Das Buch

Plötzlich Drache 3 – Unerwartete Wendung ist das dritte Buch der voraussichtlich neunteiligen Serie *Plötzlich Drache*. Es setzt die Handlung von *Plötzlich Drache 2 – Künstliche Intelligenz* direkt fort. Weitere Informationen sind unter nicolas-bretscher.ch abrufbar.

Nicolas Bretscher

Plötzlich Drache [3]

Unerwartete Wendung

Roman

Bibliografische Information der Deutschen Nationalbibliothek: Die Deutsche Nationalbibliothek verzeichnet diese Publikation in der Deutschen Nationalbibliografie; detaillierte bibliografische Daten sind im Internet über dnb.dnb.de abrufbar.

3. Auflage

© 2025 Nicolas Bretscher
Illustrationen: Durch Fooocus generiert
Verlag: BoD · Books on Demand GmbH, Überseering 33, 22297 Hamburg, bod@bod.de
Druck: Libri Plureos GmbH, Friedensallee 273, 22763 Hamburg
Webseite: nicolas-bretscher.ch

ISBN: 978-3-8192-7723-8

1

Kindergarten

«Papa, weshalb leuchtet die Sonne?», fragte meine vierjährige Tochter Lisa, während sie mit zusammengekniffenen Augen dem wolkenlosen Himmel entgegenblickte.

«Weil die Sonne in ihrem Inneren Wasserstoffatome zu Helium verschmilzt. Dabei wird sehr viel Energie erzeugt, die wir unter anderem als Licht wahrnehmen. Genaugenommen ist unsere Sonne ein riesiger Kernfusionsreaktor.», antwortete ich schmunzelnd.

Die Tatsache, dass meine Tochter dieselbe Faszination gegenüber Naturwissenschaften besass wie ich, amüsierte mich. In ihrem Alter hatte ich meine Eltern ebenfalls ununterbrochen über den Weltraum, den Lebenszyklus von Sternen und Mathematik ausgefragt. Diesbezüglich war der Apfel nicht weit vom Stamm gefallen.

«Ist das wie bei deinem alten Auto?», fragte sie.

«Genau. Woher weisst du das?», erwiderte ich überrascht.

Vor einigen Wochen hatte ich ihr erklärt, woher die Energie des Raumschiffs stammte, was ich im Kampf gegen Z-17-k verwendet hatte. Dennoch hätte ich nicht erwartet, dass sie die Gemeinsamkeiten dieser beiden Erklärungen erkennen würde.

«Du hast gesagt, dass dein Auto ein Kernfu-irgendwas hat wie die Sonne.»

«Meinst du einen Kernfusionsreaktor?»

«Ja. Stimmt es, dass man damit Wasser zu Energie machen kann?»

«Wohl eher Wasserstoff. Wasser ist nicht dasselbe.»

«Hä?»

«Das hat mich damals, als ich in deinem Alter war, ebenfalls verwirrt.»

Leicht grinsend sah ich Lisa in die Augen. Sie schien konzentriert über das nachzudenken, was ich soeben gesagt hatte, denn ihr Blick war auf keinen festen Punkt gerichtet.

Gemeinsam spazierten wir in Richtung des Kindergartens, den Lisa heute zum ersten Mal besuchen musste. Es war Montag, der zwölfte August 2030. Vor etwas mehr als fünf Jahren hatte ich mich mit Vanessa verheiratet. Seitdem lebten wir ein nahezu vollkommen normales Leben in unserer gemeinsamen Wohnung. In den letzten Jahren hatte ich mich kein einziges Mal in einen Drachen verwandelt. Mittlerweile gelang es mir bereits, diesen Teil von mir für mehrere Wochen am Stück vollständig zu vergessen, bis mich die Gespräche mit meiner Tochter wieder an meine Vergangenheit erinnerten.

«Woher kommt die Energie aus dem Wasserstoff?», durchschnitt Lisa meine Gedanken.

«Jede Form von Materie entspricht einer bestimmten Menge Energie. Bei der Fusion von Wasserstoff zu Helium geht eine kleine Menge an Masse verloren, wobei viel Energie freigesetzt wird.»

Wieder versank Lisa in Gedanken und ich tat es ihr gleich. Erst als ich dutzende Kinderstimmen wahrnahm, wurde mir bewusst, dass wir den Kindergarten erreicht hatten. Ich wollte meiner Tochter sagen, sie solle sich hier umsehen und falls möglich neue Bekanntschaften schliessen, jedoch fiel mir ihr abwesender Blick auf, der an allen Kindern und Eltern vorbei an einer leeren Wand eines Gebäudes gegenüber der Strasse hängengeblieben war. Geduldig wartete ich darauf, bis sie ihre Gedankengänge abgeschlossen hatte. Schliesslich wusste ich aus eigener Erfahrung, dass es ausserordentlich lästig war, währenddessen unterbrochen zu werden. Ich sah auf meine Uhr und stellte erleichtert fest, dass wir eine Viertelstunde zu früh eingetroffen waren. Dies liess mich ebenfalls gedanklich abschweifen, bis mir Lisa abermals eine Frage stellte.

«Und warum ist das so?»

«Meinst du, weshalb bei der Kernfusion Masse in Energie umgewandelt wird?»

«Ja.»

«Das kann ich dir leider nicht genau beantworten.»

«Kennst du jemanden, der weiss, weshalb es so ist?»

«Ja, aber ich spreche bereits seit Jahren nicht mehr mit ihm.»

«Wieso denn?»

«Das ist eine sehr lange und komplizierte Geschichte, die ich dir vielleicht irgendwann mal erzählen werde, wenn du älter bist.», antwortete ich seufzend.

Die Person, von der ich gesprochen hatte, war R-34-d. Als ich im Jahre 2024 mit dem Leben als Drache abgeschlossen hatte, verstaute ich den schwarzen Speer, die beiden letzten Nanobot-Injektionen und das ausserirdische Speichermedium im hintersten Bereich des Kellers. Seit jeher versuchte ich, diese Utensilien zu vergessen. Da mich meine Tochter immer noch flehend anblickte und um jeden Preis eine Antwort auf ihre Frage finden wollte, sprach ich ein anderes Thema an.

«Schau mal, wie viele Kinder hier sind. Möchtest du nicht zu ihnen gehen?»

«Nein.», entgegnete Lisa trotzig.

«Du könntest neue Freunde finden.»

«Aber die sind alle so laut.»

«Einige von ihnen würden bestimmt gerne mit dir spielen, wenn du sie fragst.»

«Ich möchte nicht spielen.»

Während unseres Gesprächs hatte Lisa ununterbrochen den Boden angestarrt. Insbesondere in den letzten Monaten hatte sich meine Vermutung verstärkt, dass sie genau wie ich autistisch war. In diesem Moment spielten drei Kinder auf dem Pausenhof Fangen, wobei sie laut schreiend und lachend zwischen den Erwachsenen umherrannten. Obwohl ich mit Lisa absichtlich am Rand des Areals stand, zwanzig Meter von den anderen entfernt, musste sie sich die Ohren zuhalten.

«Ich will wieder nach Hause zu Mama.», sagte sie schliesslich.

«Mama ist am Arbeiten.»

«Trotzdem will ich nach Hause gehen.»

«In exakt zwei Stunden und acht Minuten können wir das auch.»

Niedergeschlagen setzte sich Lisa auf den durch die Sonne erwärmten Asphalt und beobachtete die Autos auf der Strasse nebenan. Gleichzeitig schweiften meine Gedanken entgegen meines Willens wieder in meine Vergangenheit als Drache ab.

«Guten Morgen Herr Wollseif, möchten Sie mit Lisa bereits in den Gruppenraum gehen?», fragte mich jemand derart plötzlich, dass ich erschrak.

Instinktiv blickte ich nach hinten, wobei mich ein Zwicken im Hinterkopf erneut an die Nanobots erinnerte, die immer noch in meinem Körper steckten. Mit dem linken Daumen massierte ich die betroffene Stelle, während ich hinter mir Frau Schneider erblickte. Sie war die Kindergärtnerin von Lisa und wusste bereits über ihre besondere Wesensart Bescheid.

«Guten Morgen Frau Schneider. Das wäre eine gute Idee.», antwortete ich, immer noch von ihrem plötzlichen Erscheinen überrascht.

«Kommst du mit?», fragte ich Lisa, während ich mich bereits zum Gehen wandte.

«Okay.», entgegnete sie mürrisch.

Ihr war klar und deutlich anzusehen, dass sie am liebsten alles andere getan hätte, als den Kindergarten zu besuchen. Trotzdem folgte sie Frau Schneider und mir mit wenigen Metern Abstand durch die Menschenmenge hindurch in den Gruppenraum, der mit allerlei Spielsachen, Stühlen und bunten Zeichnungen ausgestattet war. Fasziniert beobachtete ich die zahlreichen Gegenstände in den Regalen, die allesamt säuberlich eingeräumt waren und nur darauf warteten, von den Kindern benutzt zu werden. Lisa hingegen war alles andere als fasziniert. Sie setzte sich stumm auf einen Stuhl in der Ecke und starrte zu Boden. Ich setzte mich neben sie und bemühte mich, sie nicht direkt anzusehen, da sie dies stets verunsicherte. Frau Schneider gesellte sich ebenfalls dazu und begann, Lisa den genauen Tagesablauf zu beschreiben. Obwohl sie währenddessen keinen gegenseitigen Augenkontakt behielten, war ich mir sicher, dass meine Tochter zuhörte. Je länger die Kindergärtnerin zu ihr sprach, desto entspannter wurde sie.

«Gibt es hier auch Bücher über den Weltraum?», fragte Lisa zurückhaltend, als Frau Schneider ihre Erklärung beendet hatte.

«Nein, aber ich kann welche kaufen, wenn du möchtest.», antwortete Frau Schneider mit einem leicht fragenden Blick in meine Richtung.

«Sie liebt es, wenn ihr jemand aus einem Buch über Mathematik oder Naturwissenschaften vorliest. Insbesondere wenn es Bilder oder Grafiken enthält.», erklärte ich.

Nun traten die anderen Eltern mit ihren Kindern ein und es wurde wesentlich lauter als zuvor. Da ich mir sicher war, dass Frau Schneider genau wusste, wie sie mit Lisa umzugehen hatte, stand ich auf und wollte mich bereits zu den anderen Eltern begeben, als mir Lisa einen verunsicherten Blick zuwarf.

«Wirst du jetzt gehen, Papa?»

«Nein, ich bleibe hier in diesem Raum.»

Immer noch war sie zutiefst verunsichert. Ich kniete mich vor ihr hin und sah ihr in die blauen Augen, die sie von Vanessa geerbt hatte, wobei ihr Blick auf meine Armbanduhr fiel.

«Du musst dir keine Sorgen machen, Lisa. Frau Schneider wird sicherstellen, dass es dir gut geht. Du hast schliesslich gehört, dass sie deinetwegen Bücher kaufen wird.», sprach ich in beruhigendem Ton.

«Kannst du mir danach wieder Geschichten aus dem Weltraum erzählen?»

«Ja.»

«Okay.»

Da sie nun weniger verunsichert wirkte, stand ich abermals auf und ging zu den anderen.

Die nächsten zwei Stunden vergingen nahezu reibungslos. Frau Schneider setzte sich mit den vierundzwanzig Kindern im Kreis und alle lernten einander mehr oder weniger gut kennen. Zuerst sprach Lisa kein Wort. Als die zweite Stunde begann, konnte sie sich dazu überwinden, über ihre Interessen zu sprechen, wobei die anderen Kinder höchstwahrscheinlich kein Wort verstanden. Stolz beobachtete ich meine Tochter, die mehreren anderen Mädchen erklärte, dass Wasser aus Milliarden Molekülen bestand, die jeweils viel zu klein waren, sie mit blossem Auge zu erkennen. Währenddessen tauschten zwei von ihnen fragende Blicke aus.

Wenn die wüssten, dass jede von ihnen diese Fakten irgendwann in der Schule lernen muss, dachte ich schmunzelnd.

Als wir um elf Uhr den Gruppenraum verliessen, begab ich mich mit Lisa ohne Umwege auf den Heimweg. Sie schien überglücklich zu sein, ihren ersten Tag im Kindergarten überstanden zu haben, denn sie hüpfte ununterbrochen lächelnd neben mir her, während sie mir alles erzählte, was sie an diesem Tag erlebt hatte.

«Laura hat einem Jungen sein Spielzeugauto weggenommen und dann musste er weinen. Danach ist er zu seiner Mutter gerannt.»

«Das habe ich ebenfalls gesehen.», erwiderte ich schmunzelnd.

Lisas Freude ging mittlerweile auch auf mich über.

«Wieso hat Laura das getan?»

«Vielleicht wollte sie damit spielen und hat währenddessen vergessen, ihn zu fragen. Oder sie wollte ihn absichtlich wütend oder traurig machen.»

«Das verstehe ich nicht. Wieso kann sie ihn nicht einfach in Ruhe lassen?»

«So sind Menschen nun mal. Es gibt einiges am menschlichen Verhalten, was ich bis heute nicht nachvollziehen kann.»

«Hm.», sagte Lisa nachdenklich.

Sie versank wieder in Gedanken, bis sich ihr Gesichtsausdruck einige Sekunden später plötzlich wieder erhellte.

«Kannst du mir jetzt Geschichten aus dem Weltraum erzählen?», fragte sie beinahe enthusiastisch.

«In Ordnung.», antwortete ich seufzend, da ich es ihr versprochen hatte, obwohl mich dies stets an meine verdrängte Vergangenheit erinnerte. «Eines Tages flog ich mit meinem Auto zu einem weit entfernten Planeten. Die Berge und Täler erinnerten mich an die Südschweizer Alpen. Riesige Wälder erstreckten sich bis zum Horizont. Ich erkundete die Gegend, bis sich plötzlich etwas in die linke Tragfläche verbiss und mich nach unten zog. Als ich aus dem

Fenster sah, erkannte ich einen goldenen Drachen, der mindestens zehnmal so gross war wie ich.»

«Wow!», sagte Lisa staunend.

«Um diesem Drachen zu entkommen, musste ich die Schubdüsen aktivieren. Wir drehten uns immer schneller, bis ...»

Während des gesamten Heimwegs setzte ich meine Geschichte fort. Lisa lauschte gespannt jedem meiner Worte. Erst als ich die Haustür aufschloss, endete meine Erzählung.

«... reparierte sich das Raumschiff automatisch und ich konnte wieder nach Hause fliegen.»

Erwartungsvoll blickte mir Lisa in die Augen. Dies war vermutlich der erste direkte Augenkontakt mit ihr, seitdem wir aufgestanden waren.

«Morgen kann ich dir mehr darüber erzählen.», sagte ich.

«Warum nicht jetzt?»

«Ich muss jetzt unser Mittagessen kochen.»

«Aber es ist spannend.»

«Das weiss ich doch. Trotzdem müssen wir etwas essen. Oder möchtest du lieber hungern?»

«Ja.»

«Tatsächlich? Soll ich nur für mich kochen, dass du mir während dem Essen zusehen musst?»

«Nein. Ich habe hunger.»

«Dann werde ich für uns beide kochen.»

Enttäuscht ging Lisa in ihr Zimmer und nahm eines ihrer Bücher aus dem Regal. Sie setzte sich damit in ihren weichen Sitzsack und begann, darin zu blättern. Zwar konnte sie erst die einzelnen Buchstaben lesen, die sie anschliessend zu vollständigen Worten zusammensetzen musste, jedoch verstand sie beinahe alles, was in ihren Büchern stand. Die Bücher, die Vanessa und ich ihr gekauft hatten, waren für Kinder geschrieben worden, weswegen sie nicht allzu komplex waren. Nichtsdestotrotz handelten sie über naturwissenschaftliche Themen, die das Vorstellungsvermögen der meisten vierjährigen Kinder übertrafen. Leise, um meine Tochter nicht abzulenken, betrat ich die Küche und begann, unser Essen zuzubereiten. Nachdem ich fertig gekocht hatte, assen wir gemeinsam. Anschliessend legte sich Lisa für eine Stunde schlafen, da der heutige Tag für sie sehr anstrengend gewesen war. Währenddessen las ich in einem meiner Bücher.

Am Nachmittag verdeckten einige Wolken die Sonne, wodurch es wesentlich erträglicher war, wie noch wenige Stunden zuvor. Da ich mir diese und die nächste Woche freigenommen hatte, um Lisa bei ihren ersten Tagen im Kindergarten begleiten zu können, verfügte ich über genügend Freizeit, mit ihr in den Wald zu fahren. Vanessa konnte leider nicht mitkommen, da sie bis halb sechs Uhr arbeiten musste.

Sobald ich mein vor vier Jahren gekauftes Auto am Waldrand geparkt hatte, schlenderten wir gemächlich mit unseren Rucksäcken dem Waldweg entlang. Mehr als eine Stunde diskutierten wir über die Unterschiede zwischen dem römischen und dem arabischen Zahlensystem, bis wir eine Feuerstelle erreichten.

«Jetzt müssen wir Brennholz finden, um ein Feuer zu machen.», erklärte ich.

«Okay.», antwortete Lisa mit dem Blick nach unten gerichtet.

Ihr war es unangenehm, frisches Holz aus der Natur mit blossen Händen anzufassen, da sie es als unsauber und rau empfand. Ebenfalls störten sie die intensiven Reize von Gras auf nackten Füssen, wodurch sie selbst bei grosser Hitze niemals barfuss unterwegs war. Um sie daran zu gewöhnen, brachte ich sie regelmässig dazu, ihre taktile Überempfindlichkeit zu überwinden. Gemeinsam gingen wir ein Stück abseits des Weges in den Wald hinein, bis wir einige trockene Äste fanden. Ich hob einen besonders sauber aussehenden Ast ohne Blätter auf und streckte ihn Lisa entgegen.

«Hier, diesen Ast kannst du tragen.», sagte ich gleich darauf, als sie die Arme verschränkte.

«Aber ich möchte diesen Ast nicht anfassen.»

«Wenn du dich nicht überwindest, wirst du niemals Äste tragen können. Ich hatte früher dieselben Schwierigkeiten wie du, aber weil mir meine Mutter geholfen hat, meine innere Blockade zu überwinden, kann ich heutzutage problemlos Holz anfassen.»

Lisa wollte immer noch nicht nachgeben, weswegen ich ihr geduldig ins Gesicht blickte und wartete. Nach einer Weile trat sie einen Schritt näher und nahm den Ast mit zwei Fingern entgegen, während sie darauf achtete, ihn so weit wie möglich von ihrem Körper entfernt zu tragen. Mit angeekeltem Gesichtsausdruck starrte sie auf die Rinde des Asts, als wäre sie verseucht.

«Sehr gut, Lisa.», lobte ich sie. «Jetzt musst du ihn nur noch auf die Feuerstelle legen. Je schneller du dort bist, desto schneller kannst du den Ast wieder loslassen.»

Dies liess sich Lisa nicht zweimal sagen. Zügig wie der Wind eilte sie zurück zur Feuerstelle, während ich weitere Äste sammelte und ihr schliesslich folgte.

Aus der Ferne konnte ich erkennen, wie Lisa ihren Ast hastig zwischen die vom Russ geschwärzten Steine warf und die Hand an ihrer Kleidung abwischte. Leicht kopfschüttelnd stieg ich über einen umgestürzten Baum hinweg. Aufgrund meiner Kopfbewegung zwickte es mich erneut an der Stelle, wo sich die Nanobots befanden. Da ich beide Arme mit Ästen beladen hatte, konnte ich meinen Hinterkopf nicht massieren. Stattdessen versuchte ich, die Stelle mit meiner linken Schulter zu erwischen, was mir jedoch nicht gelang. Seufzend widerstand ich dem Drang, auf das Zwicken zu reagieren, und ging weiter.

Kurz darauf erreichte ich ebenfalls die Feuerstelle und stapelte mein Holz in der Mitte auf.

«Zündest du es jetzt an?», fragte Lisa interessiert.

«Ja. Möchtest du mithelfen?»

«Nein, lieber nicht.»

Ich vermutete, dass sie aufgrund ihrer Schwierigkeiten, Naturholz anzufassen, abgelehnt hatte, denn das Feuer faszinierte sie wie kaum etwas anderes auf dieser Welt. Bereits als Säugling hatte sie stundenlang in die lodernden Flammen gestarrt, sobald sie entzündet worden waren. Nun nahm ich das Feuerzeug aus meinem Rucksack und entzündete damit die kleinsten Äste, die wiederum grössere in Brand steckten. Erwartungsgemäss starrte Lisa wie gebannt auf die fortlaufend wachsenden Flammen.

«Weshalb ist Feuer gefährlich?», fragte sie einige Minuten später.

«Weil es sich unkontrolliert ausbreiten kann, wenn man nicht darauf achtet. Ausserdem kann man sich daran verbrennen.»

Ausser natürlich, man ist ein Drache, dachte ich, wobei ich mich gleich darauf selbst tadelte, erneut an die Vergangenheit gedacht zu haben.

Zwei Wochen hatte ich es geschafft, meine zweite Gestalt zu vergessen, nur um heute bereits zum dritten Mal daran zu denken.

«Wie ist es, wenn man sich verbrennt?»

«Ist dir das noch nie passiert?»

«Nein, ich glaube nicht.»

«Es schmerzt an der betroffenen Stelle wie jede andere Wunde. Die verbrannte Haut wird rot und bei schwereren Verbrennungen bilden sich Blasen.»

«Ihgitt.»

«Es kommt aber auch immer darauf an, wie lange man mit dem Feuer in Kontakt gerät. Bei sehr kurzen Berührungen entsteht keine Verbrennung.»

«Also kann man das Feuer anfassen, ohne sich zu verbrennen?», fragte sie verblüfft.

«Ja, aber an deiner Stelle würde ich das nicht ausprobieren.»

Beinahe ehrfürchtig betrachtete Lisa das Feuer mit drei Metern Abstand, während ich zwei lange, gerade Äste mit meinem Taschenmesser anspitzte. Anschliessend hielt ich die Spitzen ins Feuer, um sie zu härten und zu sterilisieren. Als ich einen davon Lisa überreichte, starrte sie mich an, als hätte ich den Verstand verloren.

«Ich dachte, ich müsste keine Äste mehr halten.», sagte sie frustriert.

«Wenn das so ist, brate ich alle Würstchen für mich selbst.», entgegnete ich schmunzelnd, da ich genau wusste, wie sehr sie gebratene Würstchen mochte.

«Nein, ich will auch welche haben!»

«Dann musst du sie dir mit diesem Spiess braten.»

Widerwillig gab sie sich geschlagen und nahm den Stock entgegen. Nun packte ich die Würstchen aus und wir steckten sie auf unsere Spiesse. Anschliessend hielten wir sie über das Feuer, wobei Lisa stets versuchte, den Spiess mit der kleinstmöglichen Anzahl Finger zu halten. Amüsiert von ihrem Anblick dachte ich darüber nach, wie ich in ihrem Alter mit exakt denselben Problemen gekämpft hatte. Nach einer Weile bemerkte ich, wie Lisa fortlaufend frustrierter wurde, da sie ihren Spiess verkrampft mit vier Fingern über dem Feuer hielt, wobei ihre Wurst mehrere Male zu weit nach unten schwankte. Um sie aufzuheitern, erklärte ich ihr, dass Feuer eine chemische Reaktion war, die stets Sauerstoff, einen Brennstoff und Hitze benötigte. Dies half ihr geringfügig, jedoch hielt sie ihren Spiess immer noch nicht richtig fest.

Um Viertel vor fünf hatten wir unsere Würstchen gegessen und das Feuer gelöscht. Wir begaben uns auf den Rückweg, wobei Lisa einen erschöpften Eindruck erweckte. Während der Autofahrt schlief sie in ihrem Kindersitz ein. Als ich mit ihr auf den Armen die Wohnung betrat, war Vanessa bereits zu Hause. Sie nahm mir Lisa ab und legte sie auf das Sofa, sodass ich die Rucksäcke ausräumen und im Schrank verstauen konnte. Vanessa, die ebenfalls erschöpft war, küsste mich und fragte anschliessend, wie Lisas erster Tag im Kindergarten verlaufen war.

«Es war in Ordnung. Wie erwartet waren die neuen Begegnungen und der Lärm stressig für Lisa, aber sie kam damit zurecht.», antwortete ich.

«Denkst du, sie wird dieselben Schwierigkeiten haben wie du in deiner Schulzeit?»

«Ich hoffe nicht. Wie geht's eigentlich Mario?», fragte ich.

«Sehr gut, möchte ich behaupten. Er hat ununterbrochen während der Arbeit getreten.»

Da Vanessa mittlerweile zum zweiten Mal im neunten Monat schwanger war, bereitete es ihr wesentlich weniger Schwierigkeiten wie zuvor bei Lisa. Sie konnte ihren Alltag beinahe uneingeschränkt durchführen. Laut den Ärzten sollte Mario zwischen dem 19. und 21. August zur Welt kommen, was bereits anfangs nächster Woche war.

«Mama!», rief Lisa, die soeben aufgewacht war, voller Freude.

Sie sprang vom Sofa auf und umarmte Vanessa. Ohne danach gefragt zu werden, erzählte sie ihrer Mutter alles, was heute geschehen war. Erst um sieben Uhr unterbrach ein Gähnen ihren Redefluss. Wie beinahe jeden Abend brachte Vanessa sie ins Bett und erzählte ihr eine Geschichte. Eine halbe Stunde später schlief Lisa bereits.

«Hast du heute Abend noch etwas vor?», fragte Vanessa, nachdem sie leise die Tür zum Kinderzimmer geschlossen hatte.

«Nein.», antwortete ich schmunzelnd.

Zufrieden setzten wir uns auf das Sofa, um uns einen Spielfilm anzuschauen. Währenddessen legte ich meinen Kopf sachte auf Vanessas Bauch, bis ich Marios Tritte fühlen konnte.

«Bitte werde nicht so wie dein Vater, hörst du?», sagte ich an Mario gerichtet.

«Was wäre falsch daran?», fragte Vanessa.

«Ich möchte nicht, dass er jahrelang als Aussenseiter behandelt wird, wie ich damals. Das hätte er nicht verdient.»

«Niemand hat es verdient, so behandelt zu werden. Trotzdem fände ich es schön, wenn er ähnlich wird wie du. Schliesslich habe ich mich nicht grundlos in dich verliebt.»

Vanessas Worte liessen mein Herz weich werden.

«Du kannst dir gar nicht vorstellen, wie froh ich bin, dich kennengelernt zu haben.», sagte ich, wobei ich meine Frau umarmte.

«Genau dasselbe könnte ich zu dir sagen.», entgegnete sie.

Liebevoll blickten wir uns gegenseitig in die Augen, bis wir uns schliesslich küssten und den Spielfilm ausser Acht liessen.

2

Missgeschick

Am nächsten Morgen begleitete ich Lisa erneut in den Kindergarten. Dieses Mal betrat sie den Gruppenraum zu meinem Erstaunen beinahe freiwillig. Nur eine einzige Aufforderung genügte, und sie setzte sich zu den anderen Kindern in den Kreis. In der Pause zwischen den beiden Stunden gingen alle nach draussen. Lisa erklärte einem geduldigen Jungen, woher die Sonne ihre Energie bezog. Obwohl sich bei ihrer Erklärung einige Fehler eingeschlichen hatten, war ich stolz auf meine Tochter.

«Guten Morgen Nils, hast du einen Moment Zeit?», fragte plötzlich eine bekannte Stimme neben mir.

«Hallo Ben, geht es wieder um die Geschehnisse in 2023?», stellte ich dem Oberhaupt der DrSG eine Gegenfrage.

«Ja, wir haben neue Entdeckungen gemacht und du könntest uns dabei helfen, es zu verstehen.»

«Damit möchte ich nichts mehr zu tun haben.»

«Nicht einmal für einen Augenblick?»

«Nein, das habe ich dir auch schon hundertmal gesagt. Jetzt lass meine Tochter und mich in Ruhe.»

«Aber du bist die einzige Person der Erde, die darüber ...»

«Das ist mir egal, jetzt verschwinde von hier!»

Meine aufbrausende Reaktion liess Benjamin zusammenzucken und lenkte die neugierigen Blicke einiger Eltern auf uns, die gemeinsam mit ihren Kindern auf dem Pausenhof standen. Endlich zog sich mein Gegenüber zurück und verliess das Areal, während wir uns ununterbrochen gegenseitig anstarrten. Dank des Umzugs in 2024 war ich trotz einiger Unachtsamkeiten als Drache und mit meinem Raumschiff ungeschoren davongekommen, ohne dass jemand Verdacht geschöpft hatte, wer ich in Wirklichkeit war. Dabei hatten die simultanen Angriffe von Z-17-k ebenfalls eine wichtige Rolle gespielt, da sich die Menschen in den letzten Jahren lieber mit einer Alieninvasion beschäftigten als einem Drachen, der ein verdächtiges Verhalten aufwies.

«Ist alles in Ordnung bei Ihnen?», fragte mich eine Mutter in meinem Alter mit leicht besorgtem Gesichtsausdruck.

«Ja, eigentlich schon.», antwortete ich. «Aber dieser Mann geht mir mit seiner ständigen Fragerei auf die Nerven.»

«Wie lange geht das schon so zwischen euch?»

«Das müssten jetzt über fünf Jahre sein. Beinahe monatlich muss ich ihn wieder und wieder aufs Neue abweisen.»

«An Ihrer Stelle hätte ich längst die Polizei gerufen.»

Nun wusste ich nicht, was ich ihr antworten sollte, denn mit diesem Gedanken hatte ich ebenfalls bereits gespielt. Da ich befürchtete, dass meine Vergangenheit ans Licht treten könnte, hatte ich mich bisher stets dagegen entschieden.

«Papa, Lukas möchte mir nicht mehr zuhören.», unterbrach Lisa mein Gespräch mit der mitfühlenden Frau, gerade als es mir unangenehm wurde.

Danke Lisa, du hast die Situation gerettet, dachte ich aufatmend.

«Vielleicht musst du ihm mehr Zeit geben, alles zu verarbeiten, was du sagst.», riet ich meiner Tochter.

«Aber wieso?»

«Weil die meisten Menschen nicht unbegrenzt viel Wissen in kürzester Zeit aufnehmen können. Ausserdem kann es sein, dass er sich für andere Themen interessiert als Astrophysik.», antwortete ich schmunzelnd.

«Sie sprechen mit Ihrer Tochter über Physik?», fragte die Frau verblüfft.

Erleichtert darüber, dass sie mich nicht weiterhin über mein Verhältnis mit Benjamin ausfragte, erklärte ich ihr Lisas unstillbaren Wissensdurst nach Naturwissenschaften und ihre erstaunliche Auffassungsgabe.

Nachdem ich mit Lisa um halb zwölf Uhr zu Hause angekommen war, assen wir gemeinsam zu Mittag.

«Ich mag keinen Spinat.», meckerte Lisa.

«Das weiss ich bereits. Aber wenn du ihn nicht isst, gibt es keinen Dessert.»

Mittlerweile erinnerten mich meine Erziehungsmethoden Lisa gegenüber an meine Mutter. Sie hatte mich damals auf exakt dieselbe Weise erzogen, was sowohl hart als auch wirkungsvoll gewesen war.

Tapfer ass Lisa den Auflauf mit Spinat ohne weiteres trotziges Verhalten. Dafür hatte sie sich ihren Dessert redlich verdient. Um halb ein Uhr standen wir schliesslich vom Tisch auf und ich räumte das Geschirr in den Geschirrspüler, während Lisa in ihr Zimmer verschwand, um in ihren Büchern zu stöbern.

Nachdem ich die Küche aufgeräumt, den Tisch geputzt und den Geschirrspüler gestartet hatte, betrat ich Lisas Zimmer und fand sie schlafend auf ihrem Sitzsack vor. Ihr Buch war ihr inzwischen aus den Fingern gerutscht und lag offen auf dem Fussboden. Da die Sonne mittlerweile von dunklen Wolken bedeckt war, die das bevorstehende Unwetter ankündigten, deckte ich Lisa mit einer ihrer Decken zu und verliess das Zimmer auf Zehenspitzen.

Donnergrollen liess mich urplötzlich hochschrecken. Ich war auf dem Sofa eingeschlafen, ohne es bemerkt zu haben. Die abrupte Bewegung erzeugte abermals ein unangenehmes Zwicken in meinem Hinterkopf. Während ich mich von meinem kurzen Schreck erholte, massierte ich die Stelle wie bereits tausende Male zuvor. Anschliessend stand ich seufzend auf und betrat Lisas Zimmer. Sie sass gespannt vor dem Fenster und beobachtete das tosende Unwetter. Beinahe sekündlich flackerten die Wolken durch das Gewitter auf, während der Regen aufgrund einer Sturmböe laut gegen die Fensterscheibe prasselte.

«Schau mal, Papa.», sagte Lisa aufgeregt, als sie mich bemerkte.

Gewitter gehörten ebenfalls zu den Naturphänomenen, die sie interessierten. Immer noch leicht schläfrig setzte ich mich neben sie und starrte gedankenverloren aus dem Fenster.

Selbst zwei Stunden später waren die Strassen noch nass und der Himmel wolkenverhangen. Demnach verzichtete ich auf einen Spaziergang mit Lisa. Stattdessen beschäftigten wir uns im Wohnzimmer, indem ich eine Kerze anzündete und Lisa erklärte, dass das Zentrum der Flamme ungefähr 1200 Grad Celsius heiss war.

«Wenn es so heiss ist, weshalb verbrennen wir uns jetzt nicht?», fragte meine Tochter verwirrt.

«Es kommt immer darauf an, wie gross die Quelle der Hitze ist. Je grösser das Objekt, desto mehr Hitze kann es abgeben. Aus diesem Grund wirkt ein Backofen wesentlich heisser als eine Kerzenflamme, obwohl er in Wirklichkeit weniger heiss ist.»

«Und wie gross ist die Sonne?»

«So gross, dass die Erde eine Million Mal darin Platz finden würde.»

«Ist dann die Sonne das Heisseste, was es gibt?»

«Nein, es gibt viel heissere Objekte im Weltraum.»

«Und auch grössere?»

«Ja, das auch.»

Lisa liess ihren Blick gedankenverloren zur Kerzenflamme wandern, die friedlich auf dem Docht tänzelte. In diesem Augenblick wusste ich genau, dass meine Tochter die wahren Ausmasse des Kosmos zu begreifen versuchte. So wie es ihr Spass bereitete, Neues zu lernen, vergnügte es mich, ihr das Wissen zu übermitteln.

Mein Mobiltelefon klingelte in diesem Moment. Ich stand auf und nahm den Anruf meines Bruders entgegen.

«Hallo Tom.», begrüsste ich ihn.

«Guten Tag Nils, ich wollte nur wissen, wie es dir und Lisa geht.»

«Uns geht's gut. Lisa hatte gestern ihren ersten Tag im Kindergarten und mittlerweile ist sie kaum noch nervös deswegen.»

Während des Gesprächs mit Tom wanderte ich ziellos in der Wohnung umher und blickte zwischendurch aus dem Fenster. Die Strassen glänzten immer noch vor lauter Nässe, obwohl der Regen bereits vor einer halben Stunde aufgehört hatte. Nachdem ich mich einige Zeit später von meinem Bruder verabschiedet hatte, schrieb ich Vanessa eine Nachricht und las einen Zeitungsartikel über die heutigen Unwetterschäden in Nidwalden. Gerade als ich mein Mobiltelefon in die Hosentasche steckte, nahm ich einen erschrockenen Schrei von Lisa aus dem Wohnzimmer wahr. Augenblicklich beschleunigte sich mein Puls und ich eilte zu ihr, um zu sehen, was geschehen war. Sobald ich meine Tochter erblickte, fiel mir auf, dass ihr Arm eine dunkelblaue Farbe aufwies. Erst dachte ich, sie hätte sich verletzt, bis mir die glänzenden, extrem scharfen Klauen auffielen, die ihre Finger ersetzten. Königsblaue Schuppen breiteten sich von ihrem Arm bis zu ihrem Oberkörper aus.

«Papa!», rief sie in vollkommener Verwirrung, während ich sie fassungslos anstarrte.

Das darf doch nun echt nicht wahr sein! Wie ist das möglich?, fragte ich mich währenddessen.

Lisas Hals verlängerte sich und auf ihrem Kopf wuchsen Hörner. Schlaff sackte sie vom Stuhl des Esszimmertischs, als ihre Sinne sie aufgrund der Verwandlung kurzzeitig verliessen. Im allerletzten Moment erreichte ich sie und fing sie auf. Nun hielt ich einen königsblauen Drachen in den Armen, dessen Flügel zum ersten Mal wuchsen und das T-Shirt zerrissen. Von Kopf bis Schwanz schätzte ich eine Länge von etwas mehr als einem Meter. Ich hatte noch nicht vollständig begriffen, was soeben geschehen war, als Lisa ihre Sinne zurückerlangte und unbeholfen von meinen Armen zu Boden sprang. Ihre

Klauen hinterliessen tiefe Kratzer im Parkett, als sie sich strampelnd von ihren Kleidern befreite und gleichzeitig in ihr Zimmer zurückzog.

«Lisa, warte!», rief ich ihr hinterher.

Wenige Sekunden später trat ich ebenfalls in ihr Zimmer ein. Erst konnte ich sie nicht finden, bis ich eine Bewegung in ihrem Bett wahrnahm. Langsam näherte ich mich und zog die Bettdecke beiseite. Sobald Lisa bemerkte, dass ich sie aufdeckte, verkroch sie sich tiefer unter der Decke.

«Es ist alles in Ordnung, Lisa.», sagte ich, so beruhigend ich konnte.

«Es tut mir leid, Papa. Ich wollte das Feuer nicht berühren. Jetzt habe ich mich verbrannt.», wimmerte sie leise durch den Stoff hindurch.

«Nein, du hast dich nicht verbrannt, sondern in einen Drachen verwandelt.», korrigierte ich sie.

«Aber du hast gesagt, dass man sich verbrennt, wenn man Feuer zu lange berührt.»

«Normalerweise ist das auch so, aber nicht bei Drachen. Ich wusste nicht, dass du einer bist.»

«Also stimmt etwas nicht mit mir?»

«Nein, mit dir ist alles in Ordnung.»

Erneut zog ich die Bettdecke beiseite. Dieses Mal verkroch sich Lisa nicht mehr. Sie blickte mir lediglich verunsichert mit ihren grossen, blau leuchtenden Augen entgegen. Behutsam legte ich meine Hand auf Lisas Kopf und strich ihr über die glatten Schuppen, von denen eine erstaunliche Wärme ausging. Bevor ich die Drachengestalt meiner Tochter weiterhin bestaunen konnte, fiel mir ein, dass ich in grossen Schwierigkeiten steckte. Ich hatte Vanessa bisher nie gesagt, dass ich ein Drache war. Wenn sie nun erfahren würde, dass sowohl ich als auch ihre Tochter eines dieser Wesen war, fände unser neuerdings normales Leben, was wir uns sehnlichst erwünscht hatten, ein abruptes Ende. Ausserdem war es möglich, dass sie mich anschliessend verlassen würde, da ich ihr jahrelang die Wahrheit verschwiegen hatte. Aus eigener Erfahrung wusste ich, dass es für ein Kind alles andere als leicht war, wenn sich die Eltern scheiden liessen.

«Möchtest du wieder ein Mensch sein wie zuvor?», fragte ich Lisa, da ich hoffte, sie würde dieses Missgeschick in Zukunft irgendwann vergessen.

Immer noch unsicher und zurückhaltend nickte sie. Ich nahm sie auf die Arme und trug sie stumm ins Badezimmer. Anschliessend liess ich die Badewanne mit kaltem Wasser volllaufen und setzte Lisa hinein.

«Mir ist kalt.», sagte sie, als das Wasser über ihre nachtblauen Flügel mit hellblauen Punkten schwappte.

«Das muss auch so sein, wenn du dich wieder in einen Menschen verwandeln möchtest. Jetzt stell dir vor, dein gesamter Körper würde aus Eis bestehen.»

Bibbernd vor Kälte stand sie im Wasser und starrte die weisse Wand des Badezimmers an.

«Und jetzt?», fragte sie wenige Sekunden später.

«Du musst es dir lebhaft vorstellen. Lass die Kälte deinen Körper durchströmen, bis es zu kribbeln beginnt. Es fühlt sich gleich an wie die Verwandlung in einen Drachen.»

«Okay.», sagte sie mit zittriger Stimme.

Es tat mir leid, sie auf diese Weise frieren zu lassen, jedoch war es der einzige Weg, ihr die Verwandlung in einem Menschen zu erleichtern. Mehrere Minuten sass sie in der kalten Wanne, bis sie vor Kälte schlotterte. Mein Mitleid ihr gegenüber brachte mich schlussendlich dazu, das Wasser abzulassen. Seufzend und nach einem neuen Ausweg suchend hob ich Lisa aus der Wanne heraus und setzte sie auf dem Badeteppich ab.

«Ich bin immer noch nicht wie vorhin. Wie lange geht das?», fragte sie.

«Das weiss ich leider nicht. Ich muss mir noch überlegen, wie ich dir helfen kann, dich zu verwandeln.»

Während ich sprach, schrumpften plötzlich Lisas Flügel. Ihr Drachenschwanz wurde kürzer, ihre Schuppen verwandelten sich in nackte Haut und Haare wuchsen auf ihrem Kopf. Dieses Mal stützte ich sie von Anfang an während ihrer Gestaltwandlung.

«Hat es funktioniert?», fragte sie zähneklappernd, nachdem sie ihr Bewusstsein zurückerlangt hatte.

«Ja, das hat es. Gut gemacht, Lisa!», lobte ich sie mit grosser Erleichterung.

Ich half ihr, sich abzutrocknen, und brachte ihr neue Kleider, die nicht zerrissen waren. Die alten entsorgte ich im Hausmüll. Lisa trat schlotternd aus dem Badezimmer heraus. Mitfühlend begleitete ich sie zum Sofa und deckte sie mit einer ihrer Decken zu.

«Soll ich dir einen Tee bringen?», fragte ich.

Schüchtern nickte sie. Die unerwartete Verwandlung in einen Drachen belastete sie offensichtlich noch sehr, denn sie sprach kein Wort.

Zehn Minuten später brachte ich Lisa den versprochenen Tee. Dieses Mal hatte ich besonders darauf geachtet, nicht zu heisses Wasser zu verwenden, da dies zu einer erneuten Verwandlung führen konnte, sollte sie damit in Kontakt geraten.

«Versprichst du mir, dass du Mama nichts von dem erzählst, was heute passiert ist?»

«Mhm.», antwortete sie trinkend.

Dass sie ohne Widerrede zugestimmt hatte, verwunderte mich. Wahrscheinlich lag es an ihrer momentanen Verunsicherung. Da sie es nicht mochte, umarmt zu werden, sass ich lediglich mit zwanzig Zentimetern Abstand neben ihr und starrte gedankenverloren auf die halbvolle Teetasse, die sie in den Händen hielt.

Ich hätte eigentlich wissen müssen, dass meine Fähigkeiten vererbbar sind. Schliesslich hat R-34-d meine DNS verändert, dachte ich.

Eine Stunde später kam Vanessa pünktlich zum Abendessen nach Hause. Lisa begrüsste sie derart zurückhaltend, dass mich meine Frau fragte, was heute im Kindergarten geschehen war.

«Nichts Aussergewöhnliches.», antwortete ich leicht nervös.

Ich hoffte inständig, dass Lisa ihr Versprechen halten und Vanessa nichts über ihre Verwandlung in einen Drachen verraten würde.

«Bist du dir sicher?», hakte sie nach.

Vanessa hatte bemerkt, dass ich ihr etwas verschwieg, da ich immer noch wie ein offenes Buch für sie war.

«Es ist nichts Wichtiges.», erwiderte ich.

«Mhm.», antwortete sie ungläubig, liess die Fragerei jedoch bleiben.

Am Tag darauf war Lisa immer noch schweigsam. Selbst im Kindergarten sagte sie kaum ein Wort.

«Sprich doch wenigstens mit den anderen Kindern.», ermutigte ich sie.

Stumm und mit hängendem Kopf stand sie neben mir und schien von meinen Worten keineswegs Kenntnis genommen zu haben.

«Möchtest du mit mir über die Geschehnisse von gestern sprechen? Du trägst absolut keine Schuld daran und ich bin dir auch nicht böse deswegen.», sprach ich beruhigend auf sie ein.

Ihr Blick war erneut auf die Strasse gerichtet und sie schien mich zu ignorieren. Ungefähr eine Minute später ging sie aus heiterem Himmel zu den anderen, was mich in diesem Augenblick überraschte.

«Hast du schon mal Feuer berührt?», fragte sie ein Mädchen aus dem Kindergarten.

«Nein. Und du?»

«Ich habe es gestern aus Versehen gemacht. Dann hat sich mein Arm ganz komisch angefühlt und er wurde blau. Und dann war plötzlich alles anders. Ich war ein ... das ist schwer zu erklären.»

«Du lügst.»

«Nein, ich lüge nicht.»

«Das glaube ich dir nicht.»

«Aber es stimmt!»

Nun war Lisa offensichtlich frustriert. Ich kannte das Gefühl, die Wahrheit zu sprechen und als Lügner bezeichnet zu werden, nur allzu gut, und Lisa schien es ebenso sehr zu verabscheuen wie ich. Sie ging zu dem Jungen, den ich mit dem Namen Lukas in Erinnerung hatte, und fragte ihn ebenfalls, ob er bereits Feuer berührt hatte.

«Ja, und es hat aua gemacht.», antwortete dieser.

«Und wurde dein Arm danach blau?»

«Nein.»

Verwirrt kam Lisa zu mir zurück. Ich hoffte bereits, sie würde nun mit mir über die gestrigen Geschehnisse sprechen, jedoch hatte ich mich getäuscht.

Auf dem Weg nach Hause sprach sie immer noch kein Wort. Nicht einmal meine Erzählungen aus dem Weltraum konnten sie aus ihrer negativen Stimmung lösen. Zu Hause angekommen gab ich seufzend auf, sie zum Sprechen zu bringen. Stattdessen kochte ich stumm unser Mittagessen, was wir anschliessend ohne ein Wort verspeisten.

«Soll ich dir mehr über das Feuer erzählen und was es mit dir gemacht hat?», fragte ich vorsichtig, nachdem ich den Tisch geputzt und die Küche aufgeräumt hatte.

«Nein, kein Feuer mehr. Ich hasse Feuer!», entgegnete sie trotzig.

Innerlich liess mich ihre Antwort aufjubeln, da sie nun endlich wieder zu mir sprach.

«Das stimmt doch gar nicht. Du liebst Feuer.»

«Nicht mehr. Ich möchte es nie wieder anfassen.»

«Trotzdem heisst das nicht, dass du Feuer hasst.»

«Doch.»

Sie wandte sich von mir ab und ging in stampfenden Schritten in ihr Zimmer. Kurz vor ihrem Sitzsack blieb sie plötzlich stehen.

«Papa, es passiert schon wieder!», rief sie in völliger Aufregung.

Lisas rechter Arm verwandelte sich bereits, als ich ihr Zimmer erreichte. Ohne etwas zu sagen, zog ich ihr das T-Shirt aus und lockerte ihre Hose, sodass diese Kleidungsstücke während ihrer Verwandlung nicht erneut zerrissen. Sobald sich ihr Kopf verformte, sackte sie in meine Arme, die ich bereitgehalten hatte, und verwandelte sich schliesslich vollständig. Dieses Mal war ihre Verwandlung wesentlich schneller abgeschlossen worden, als hätte sie bereits Übung darin. Wie gestern sprang sie auf und verkroch sich unter ihrer Bettdecke.

«Weshalb bin ich nicht so wie die anderen?», fragte sie weinerlich.

Ich setzte mich neben ihr auf das Bett und zog die Decke beiseite, bis ihr königsblauer Echsenkopf mit den beinahe weissen Hörnern zum Vorschein trat. Aus ihren tiefblauen Augen rannen Tränen.

«Weil du ein Drache bist, wie ich.»

«Passiert dir das auch manchmal?»

Dass ich dieselbe Fähigkeit besass wie sie, schien ihr Hoffnung zu geben.

«Ja. Aber schon einige Jahre nicht mehr.»

«Also ist das normal?»

«Für uns beide schon.»

«Ich will aber so sein wie die im Kindergarten.»

«Was wir sind, können wir leider nicht bestimmen. Du wurdest mit der Fähigkeit geboren, dich in einen Drachen zu verwandeln, und es gibt absolut nichts, was man dagegen machen kann. Aus diesem Grund solltest du es so akzeptieren, wie es ist.»

«Was ist ein Drache eigentlich?»

«Ein Drache ist eine Echsenart mit Flügeln, scharfen Zähnen und Klauen. Einige können Feuer speien und andere wiederum nicht.»

Ich verzichtete darauf, ihr die Unterschiede zwischen den wilden Drachen auf dem Alienplaneten und den Drachen auf der Erde zu erklären.

«Kannst du Feuer speien?»

«Ja, und du wirst es ebenfalls können.»

«Und was ist mit Mama?»

«Sie ist kein Drache.»

«Also ist sie wie die anderen?»

«Genau.»

«Wieso bin ich dann nicht so wie Mama?»

Wieder rannen ihr dicke Tränen aus den Augen, die von ihren Schuppen abperlten und auf der Matratze landeten. Obwohl ich vor einigen Jahren geschworen hatte, mich niemals wieder in einen Drachen zu verwandeln, verspürte ich urplötzlich das Bedürfnis dazu, meiner Tochter auf diese Weise beizustehen.

«Möchtest du sehen, wie ich als Drache aussehe?», fragte ich sie, während ich ihr die Tränen mit der Bettdecke abwischte.

Sie nickte schniefend, woraufhin ich den Raum verliess, mir meine Kleidung auszog und an Feuer dachte. Zu meinem Erstaunen geschah nichts. Ich erhöhte meine Anstrengung und versuchte mit aller Kraft, mir lodernde Flammen vorzustellen, jedoch trat das altbekannte Kribbeln nicht ein.

«So ein Mist.», murmelte ich vor mich hin.

«Was bedeutet Mist?», nahm ich Lisas Stimme aus ihrem Zimmer heraus wahr.

«Das solltest du nicht hören.», antwortete ich verlegen.

Ich hatte mittlerweile vergessen, dass Drachen über ein ausgezeichnetes Gehör verfügten. Um mir selbst die Verwandlung zu erleichtern, nahm ich ein Feuerzeug aus der Schublade und hielt meine linke Hand über die eben erzeugte Flamme. Sofort verwandelten sich meine Finger in dunkelrote Klauen, begleitet von einem unangenehmen Kribbeln. Das Gefühl war wesentlich intensiver und unangenehmer, als ich es in Erinnerung hatte. Trotzdem stellte ich mir vor, es würde sich in meinem gesamten Körper ausbreiten, was es schliesslich auch tat. Ich verlor kurzzeitig das Bewusstsein und wachte mit einem schmerzhaften Stechen im Hinterkopf auf. Es war exakt die Stelle, an der sich die Nanobots befanden. Das Kribbeln verebbte langsam und ich öffnete meine nun höchst lichtempfindlichen Augen. Das Tageslicht, was durch die Fensterscheiben hindurch ins Wohnzimmer fiel, blendete mich, bis sich die Iris ausreichend zusammengezogen hatte. Ich roch meine eigenen Stresshormone, das Mittagessen, was ich vor einer Stunde gekocht hatte, den Holzboden, Spuren von Vanessas Körpergeruch und selbst Lisa in ihrem Zimmer. Währenddessen hörte ich das Brummen des Kühlschranks und die vorbeifahrenden Fahrzeuge auf der Strasse in hoher Intensität. Gleichzeitig fühlte ich die davon ausgehenden Vibrationen wie ein leichtes Erdbeben.

«Kommst du, Papa?», fragte Lisa in einer Lautstärke, die mich zusammenzucken liess, obwohl sie keineswegs geschrien hatte.

«Ja, ich komme gleich.», antwortete ich.

Selbst das Sprechen fühlte sich anders an. Es war, als würde der Körper, in dem ich mich befand, zu jemand anderem gehören. Ich atmete mehrere Male tief durch, um mich an meine veränderte Wahrnehmung zu gewöhnen. Allmählich kam ich wieder mit den verstärkten Sinnen zurecht und das Stechen im

24

Hinterkopf verebbte. Ich wollte meine Flügel anziehen, da sie schlaff zu Boden hingen, jedoch zuckten sie nur kurz, als hätten sie die Verbindung zu meinem Bewusstsein verloren. Nun blickte ich sie an und konzentrierte mich vollständig auf meine Flügelmuskeln, bis sie endlich meinem Willen gehorchten. Langsam und zittrig falteten sie sich zusammen.

Es geht also doch noch, dachte ich erleichtert.

Langsam setzte ich einen Fuss vor den anderen, während ich unbeholfen durch das Wohnzimmer torkelte. Bei jedem Schritt erzeugten meine Klauen unangenehm laute Geräusche auf dem Fussboden. Wieder in meiner Drachengestalt zu sein, fühlte sich falsch an. Vieles an meinem jetzigen Körper störte mich. Selbst meine eigene Schnauzspitze schien mir die Sicht zu versperren. Ich schloss die Augen und als ich sie einige Sekunden später wieder öffnete, fühlte es sich bereits besser an.

Vielleicht muss ich mich nur wieder daran gewöhnen.

Nachdenklich betrat ich Lisas Zimmer. Sie wartete geduldig auf ihrem Bett. Sobald sie mich erblickte, erschrak sie und versteckte sich unter ihrer Bettdecke.

«Du musst keine Angst vor mir haben. Ich bin's, dein Papa.»

Vorsichtig lugte sie unter einem Spalt der Decke hervor. Um ihr nicht das Gefühl zu geben, sie zu beobachten, legte ich mich dem Fenster zugewandt flach auf den Fussboden, mit dem Kopf zwischen den Vorderbeinen, wie ich es früher oft getan hatte. Auf einmal fühlte sich diese Haltung wieder vertraut an, was mich unwillkürlich zum Schmunzeln brachte. Nach einer Weile streckte Lisa ihren Kopf unter der Decke hervor und schnupperte kaum wahrnehmbar in meine Richtung.

«Was riechst du?», fragte ich interessiert.

«Es riecht nach Papa.», antwortete sie leise vor lauter Verunsicherung.

«Glaubst du mir nicht, dass ich dein Papa bin?»

«Ich weiss es nicht so genau.», gab sie zu.

«Das ist schon in Ordnung, wenn du dir noch unsicher bist. Drachen können furchteinflössend wirken.»

«Bin ich auch furchteinflössend?»

«Mir gegenüber bisher nicht. Aber wenn ich nicht wüsste, dass du meine Tochter bist, vielleicht schon.»

Langsam, ohne mich auch nur eine Sekunde aus den Augen zu lassen, kletterte Lisa vom Bett herunter.

«Fühlt sich bei dir auch alles anders an als Drache?», fragte ich, um sie an mich zu gewöhnen.

«Ja.»

«Das ist normal. Drachen verfügen über eine viel bessere Wahrnehmung als Menschen. Ausserdem sind wir resistent gegen Hitze und die Schuppen schützen uns vor allem Möglichen.»

«Können Drachen auch fliegen?»

«Ja, wozu hätten wir sonst Flügel?», entgegnete ich lachend, wobei ich meine langen und spitzen Zähne entblösste, was Lisa einen Schritt zurückzucken liess.

Ich stellte mein Lachen augenblicklich ein und setzte meine Erklärung fort.

«Die Flügel kannst du bewegen, sobald du gelernt …»

Weiter kam ich nicht, da Lisa automatisch ihre Flügel anzog, als hätte sie sie bereits ihr gesamtes Leben besessen.

«Vergiss einfach, was ich eben gesagt habe.»

«Wieso denn?», fragte sie verwirrt.

Ihre Angst mir gegenüber wich allmählich, was mich erfreute.

«Ich dachte, du könntest deine Flügel noch nicht bewegen. Bei mir war das in den ersten Tagen so.»

«Ich bin vier Jahre alt. Und das ist mehr als Tage. Deswegen kann ich sie bewegen.»

«So habe ich das nicht gemeint. Früher war ich ein Mensch wie Mama und dann hat mir jemand ein Serum verabreicht, was mich zu einem Drachen gemacht hat. Die ersten Tage danach konnte ich meine Flügel nicht bewegen.»

«Also kann Mama auch so werden wie wir?»

Während sie mir diese Frage stellte, leuchteten ihre wunderschönen, tiefblauen Augen auf, die mich an einen stürmischen Ozean erinnerten.

«Nein, das geht leider nicht. Wir haben nicht die Möglichkeit, mehr von diesem Serum herzustellen. Kann ich deine Augen mal näher betrachten?»

«Okay.»

Wieder leicht verunsichert setzte sie sich vor mich hin und blickte mir in die Augen. Lisas Iris sah in ihrer Drachengestalt schöner aus, als ich Vanessas Augen in Erinnerung hatte, da sie einen für Menschen unnatürlich tiefblauen Farbton aufwiesen. Das Tageslicht liess die winzigen Wellen auf der Oberfläche glitzern wie ein Ozean unter direktem Sonnenlicht.

«Ich bin so froh, dass du die Augen von Mama geerbt hast.», flüsterte ich.

Mit meinen Klauen versuchte ich, Lisas Kopf zu streicheln, jedoch wich sie zurück.

«Es ist alles gut, Lisa. Du musst keine Angst haben.», beruhigte ich sie.

Ich versuchte es erneut und dieses Mal blieb sie sitzen. Ganz sachte, ohne sie zu erschrecken, strich ich ihr mit den Klauen über den Kopf, was ein leises Kratzgeräusch erzeugte.

«Das fühlt sich seltsam an.», sagte sie schliesslich, da das Gefühl von harten Klauen auf Schuppen unangenehm war.

Sie mochte es nicht, gestreichelt zu werden, weswegen ich den Drang verspürte, sie zu umarmen, was sie ebenfalls nicht mochte. Stattdessen stupste ich sie einfach mit meiner Schnauzspitze an, wie Tim, der grüne ausserirdische Drache, es stets bei mir getan hatte. Daraufhin musste Lisa lachen. Ich stimmte wenige Sekunden später ebenfalls ein, denn ihre Unsicherheit mir gegenüber war beinahe vollständig verschwunden. Ich betrachtete meine Tochter nun genauer und stellte fest, dass ihre dunkelblauen Flügel mit den hellblauen Punkten einem Sternenhimmel glichen. Passenderweise wiesen vereinzelte Schuppen ebenfalls einen hellblauen Farbton auf, die neben den sonst königsblauen Schuppen denselben Effekt erzeugten wie Lisas Flügel.

«Ich hätte dich Stella taufen sollen.», stellte ich fest.

«Wieso das denn?»

«Deine Flügel und Schuppen sehen aus wie ein Sternenhimmel und Stella bedeutet Stern.»

«Dann heisse ich jetzt Stella.»

«Das geht nicht. Du kannst nicht einfach deinen Namen wechseln.»

«Ich möchte auch nicht einen anderen Namen haben. Aber als Drache will ich Stella heissen.»

«Wie jetzt?»

«Wenn ich normal bin, heisse ich Lisa, und als Drache heisse ich Stella.»

«Du bist genial, Lisa … ich meine Stella.»

Sie hatte mich auf eine Idee gebracht, wie ich sie dazu bringen konnte, niemals ihre Drachengestalt zu verraten.

«Also ist Lisa kein Drache?», fragte ich.

«Nein, sie ist ein Mensch.»

«Und bist du jetzt Lisa?»

«Nein, ich heisse Stella.»

Vor lauter Freude konnte ich mich nicht mehr zurückhalten und umarmte Stella mit den Vorderbeinen. Erstaunlicherweise liess sie es kommentarlos über sich ergehen. Selbst als ich ihr einen Kuss auf die Stirn gab, so gut es in meiner Drachengestalt möglich war, reagierte sie kaum.

«Du bist die Beste, Stella.», sagte ich überglücklich vor lauter Liebe meiner Tochter gegenüber.

«Und Lisa auch?»

«Ja, sie ist auch die Beste.»

Erst jetzt löste sie sich aus meinem Griff und trat einen Schritt zurück. Nun breitete sie die Flügel aus, die sie fasziniert betrachtete.

«Kann ich fliegen gehen, Papa?», fragte sie mit beinahe flehendem Blick.

Gerade als ich «Ja» sagen wollte, fiel mir ein, wie ich damals während meinen ersten Flügen beinahe gestorben wäre.

«Erst, wenn du älter bist, denn das Fliegen ist gefährlich.»

«Aber ich möchte jetzt fliegen. Bitte, nur ganz kurz.»

Seufzend blickte ich ihr entgegen. Sie schien keine Schwierigkeiten mehr zu haben, den Blickkontakt aufrechtzuerhalten. Ununterbrochen starrten wir uns gegenseitig in die Augen, bis ich mich dazu entschied, ihr den Wunsch zu erfüllen.

«Na gut. Aber erst am Wochenende. Ausserdem musst du meine Anweisungen genau befolgen, hörst du?»

«Ja! Danke Papa.»

Freudig sprang sie durch ihr Zimmer und stiess währenddessen die Lampe von ihrem kleinen Tisch, den sie in Zukunft für Hausaufgaben verwenden konnte, sobald sie die Schule besuchte. Die Lampe schlug auf dem Boden auf und blieb glücklicherweise unbeschädigt liegen. Trotzdem erstarrte Stella in ihrer Bewegung und blickte mit eingezogenem Kopf in meine Richtung.

«Die Lampe ist noch ganz.», erklärte ich gelassen.

Mit den Klauen griff ich danach, was leichter gesagt als getan war, da ich kein Fingerspitzengefühl mehr besass. Voller Konzentration hob ich die Lampe auf und versuchte, sie nicht mit meinen gefühllosen Krallen fallenzulassen. Erst als ich sie wieder auf dem Tisch abstellte, bemerkte ich, dass ich versehentlich leichte Kratzer im Metall hinterlassen hatte. Nun blickte ich auf den Fussboden, der dutzende, noch wesentlich tiefere Kratzer aufwies, die soeben durch Stella entstanden sein mussten.

«Du musst aufpassen, dass du den Holzboden nicht mit deinen scharfen Klauen zerkratzt, Li … ähm … Stella.», ermahnte ich meine Tochter.

«Das tut mir leid.», entgegnete sie zurückhaltend.

Einen Augenblick später wich ihre Zurückhaltung der Neugier, als sie plötzlich am Boden zu schnuppern begann.

«Jetzt riecht das Holz viel stärker.», stellte sie fest.

«Das ist gut möglich, weil durch die Beschädigungen Duftmoleküle austreten können, die bisher im Holz gefangen waren. Damit du es nicht noch mehr zerkratzt, solltest du dich wieder in Lisa verwandeln.»

«Wie geht das?»

«Magst du dich noch daran erinnern, was du gedacht hast, als du heute zu Stella wurdest?»

«Ja. Ich habe daran gedacht, was gestern passiert ist.»

«Du musst dir genau dasselbe vorstellen, nur dass das Gefühl von Eis statt Feuer stammt.»

«Okay.»

Stella konzentrierte sich und tatsächlich schrumpften ihre Flügel plötzlich und ihre Schuppen wichen Lisas Haut. Ihre Hörner verkürzten sich und sobald sie sich vollständig zurückgezogen hatten, wuchsen ihre Haare erneut. Ich trat langsam aus ihrem Zimmer, da ich vermutete, dass sie mich in ihrer menschlichen Gestalt fürchten würde, jedoch kam sie gleich nach ihrer Verwandlung strahlend auf mich zu und umarmte mich am Hals.

«Du bist der beste Papa auf der Welt.», sagte sie.

Selbst als mich ihre Aussage zum Grinsen brachte, fürchtete sie mich nicht. Stattdessen lächelte sie und liess mich schliesslich los, sodass ich ins Wohnzimmer gehen und mich in einen Menschen verwandeln konnte. Glücklicherweise gelang mir die Verwandlung beinahe sofort. Das Kribbeln war erneut intensiver, als ich erwartet hatte, und das Stechen in meinem Hinterkopf verstärkte sich abermals, jedoch bereitete mir der Sinneswandel keinerlei Probleme mehr. Nachdem ich mir meine Kleider angezogen hatte, ging ich erneut zu Lisa, die nun ebenfalls wieder Kleider trug.

«Versprichst du mir, dass du Mama niemals von Stella erzählst?», fragte ich, um sicherzugehen, dass Vanessa nichts von Lisas Drachengestalt erfuhr.

«Wieso denn?»

«Weil … ähm. Ich weiss es auch nicht so genau. Irgendwie fürchte ich mich davor, ihr die Wahrheit zu sagen.»

Lisa blickte mich fragend an.

«Ich möchte nicht, dass sie mich wegen meiner Drachengestalt verlässt.», erklärte ich.

«Was meinst du damit?»

«Ich meine, dass sie mich dann nicht mehr liebt.»

«Aber Mama wird dich immer lieben, wie sie mich liebt.»

«Die Liebe zwischen Mann und Frau ist komplizierter als zwischen Eltern und Kindern.»

«Das verstehe ich nicht.»

Seufzend gab ich es auf, ihr genauere Einzelheiten zu erklären. Meine Angst davor, Vanessa könnte ihre Liebe mir gegenüber verlieren, sobald ich ihr meine Drachengestalt offenbarte, hatte sich in den letzten Jahren noch verschlimmert. Mittlerweile wusste ich nicht einmal mehr, weshalb ich befürchtete, sie würde mich verlassen, was meine Hemmungen ironischerweise zusätzlich verstärkte.

«Was ist eigentlich mit dem Fussboden passiert? Heute Morgen sind mir diese Kratzer zum ersten Mal aufgefallen und jetzt sind es wesentlich mehr geworden. Es ist beinahe so schlimm wie in deiner alten Wohnung.», sagte Vanessa am Abend.

«Ich glaube, das war Lisa beim Spielen.»

«Was hat sie denn gespielt, dass überall diese parallel verlaufenden Kratzer entstanden sind?»

«Das weiss ich auch nicht so genau. Aber ich habe ihr gesagt, dass sie es lassen soll.», entgegnete ich mit leicht geröteten Wangen.

«Kann ich morgen auf der Wiese spielen gehen?», fragte Lisa voller Energie.

«Ja, sicher kannst du das.», antwortete ich überrascht, da sie bisher nie draussen spielen wollte.

Vanessa warf mir einen fragenden Blick zu.

«Geh einfach nicht allein auf die Strasse.», ermahnte sie Lisa.

«Ja, Mama.»

Unsere Tochter verschwand in ihrem Zimmer und schloss die Tür hinter sich.

«Was ist denn nun in sie gefahren? Gestern war sie schweigsam und heute komplett aus dem Häuschen.»

Vanessa war nun verständlicherweise verwirrt.

«Vermutlich hat ihr der Kindergarten Freude bereitet.», erwiderte ich.

3

Neugier

«Was fressen Drachen normalerweise?», fragte Lisa am nächsten Morgen auf dem Weg zum Kindergarten.

«Alles, was Menschen essen, vermute ich. Zumindest konnte ich keine Unterschiede feststellen und nichts, was ich gegessen habe, bereitete mir Bauchschmerzen.», antwortete ich mit leicht gedämpfter Stimme, da wir nicht die einzigen Passanten auf der Strasse waren.

«Und wie schnell fliegen Drachen?»

«Ungefähr 120 Kilometer pro Stunde geradeaus und im Sturzflug bis knapp 400. Ganz genau weiss ich das aber auch nicht, denn ich habe meine Geschwindigkeit nie gemessen.»

«Wow! Das ist ja schneller als die Autos auf der Autobahn.»

«Zumindest auf Schweizer Autobahnen. In Deutschland ist es noch auf vereinzelten Strecken erlaubt, unbegrenzt schnell zu fahren. In einem Jahr wird das aber nicht mehr der Fall sein, da für ein allgemeines Tempolimit gestimmt wurde.»

«Wie schnell sind die Autos auf deutschen Autobahnen?»

«Einmal fuhr einer mit über 410 Kilometern pro Stunde und ich bin mir sicher, dass es noch weitere solcher Fälle gegeben hat.»

«Ich will auch mal Auto fahren.»

«Ich dachte, du wolltest fliegen.»

«Aber Autos sind schneller.»

«Dafür ist Fliegen schöner, glaub mir.»

«Was ist das Höchste, was du jemals geflogen bist?»

«Ich war als Drache im Weltraum. Weiter oben geht überhaupt nicht mehr.»

«Und wie war es da?»

«Sehr kalt und es gibt keine Luft.»

«Wie konntest du dann atmen?»

«Gar nicht. Ich wäre beinahe erstickt.»

Unser Gespräch setzte sich bis zum Kindergarten fort. Obwohl Lisa keinerlei Hemmungen mehr davor hatte, den Gruppenraum zu betreten, wollte sie fortlaufend mit mir sprechen.

«Wir können am Mittag wieder über dieses Thema sprechen. Hier sind zu viele Menschen, die uns hören können.», sagte ich, um das Gespräch zu beenden.

«Wieso darf ich nur mit dir darüber sprechen?»

«Weil es Menschen gibt, die Drachen jagen und einsperren möchten. Deswegen darfst du niemandem von Stella erzählen.»

«Okay.», antwortete sie niedergeschlagen.

Ihre Freude war in diesem Augenblick von ihr gewichen. Langsam und energielos betrat sie mit mir den Gruppenraum und setze sich zu den anderen, die bereits im Kreis sassen.

Eine Viertelstunde später war Lisa immer noch nachdenklich und still. Sie schien genauestens über ihre Drachengestalt und die Ereignisse der letzten Tage nachzudenken.

«Ist alles in Ordnung mit dir, Lisa? Seit gestern bist du so still.», sprach Frau Schneider sie fürsorglich an.

Lisa wich dem Blick der Kindergärtnerin aus und antwortete nicht.

«Sie fühlt sich nicht besonders gut.», sagte ich, um meiner Tochter aus dieser Situation zu helfen.

«Ist sie krank?»

«Ich weiss es nicht.»

«Wenn es ihr am Wochenende nicht besser geht, würde ich an Ihrer Stelle mit ihr zum Kinderarzt gehen.»

Nachdenklich nickte ich, wobei es mich erneut im Hinterkopf zwickte. Ohne es zu bemerken, kratzte ich mich an der betroffenen Stelle, während ich meine Tochter beobachtete. Sie begann, ihren rechten Arm festzuhalten, als wäre er verletzt. Sofort vermutete ich, dass sie erneut an ihre Verwandlung dachte.

«Ich glaube, ich begleite sie jetzt nach Hause. Es scheint ihr wirklich nicht gut zu gehen.», sagte ich, während ich meine Tochter an ihrer rechten Hand leicht in meine Richtung zog.

«In Ordnung. Gute Besserung Lisa.», entgegnete Frau Schneider.

Ihre Verwirrung war deutlich zu erkennen, denn sie blickte uns nach, bis wir den Ausgang des Gruppenraums erreichten. Im Flur stach mir bereits eine Klaue in die Hand, da sich Lisas Arm verwandelte. Nervös blickte ich umher und zog meine Tochter in die Frauentoilette nebenan. Noch bevor sich die Tür hinter uns geschlossen hatte, half ich Lisa, ihre Kleidung während ihrer Verwandlung auszuziehen. Gerade als ich ihr T-Shirt über ihren Kopf zog, bildeten sich weisse Hörner und sie sackte zusammen. Nur fünf Sekunden später war ihre Verwandlung abgeschlossen. Sie blickte mich mit Tränen in den Augen an.

«Das wollte ich nicht, Papa. Es ist einfach passiert.», entschuldigte sie sich weinerlich.

«Ich weiss. Du wirst bestimmt bald lernen, deine Fähigkeiten zu kontrollieren.», beruhigte ich sie, obwohl ich selbst alles andere als ruhig war.

«Ich habe versucht, nicht daran zu denken, aber es hat nicht geklappt.»

«Wenn du versuchst, einen Gedanken zu verdrängen, denkst du automatisch daran. Stattdessen musst du dir das Gegenteil vorstellen, was in deinem Fall Eis ist.»

Stella nickte. Ihr Blick wanderte plötzlich zur Tür hinter uns.

«Kommt jemand?», fragte ich leise.

«Ja.», antwortete sie.

Blitzschnell nahm ich meine Tochter auf die Arme und stiess ihre Kleider mit dem Fuss in die nächstgelegene Kabine. Nur einen Augenblick später öffnete sich die Tür, während ich Stella vor die Toilette zu ihren Kleidern setzte und die Kabine schloss.

«Guten Tag.», begrüsste mich die Frau, die soeben dazugestossen war.

Sie durchbohrte mich mit ihrem fragenden Blick, der in dieser Situation durchaus nachvollziehbar war, da ich mich auf der Frauentoilette befand.

«Guten Tag.», entgegnete ich nervös.

Ein leises Klacken hinter mir wies mich darauf hin, dass Stella die Kabinentür verriegelt hatte.

Sie ist schon reichlich geschickt mit ihren Klauen, dachte ich.

«Haben Sie sich verirrt?»

«Nein, ich habe meine Tochter nur auf die Toilette begleitet.»

«Ah, ich dachte bereits, Sie hätten die Damentoilette benutzt.», entgegnete die Frau lachend.

«Ganz so verwirrt bin ich zum Glück noch nicht.»

Ich versuchte, zu lächeln, was mir nicht vollständig gelang. Dennoch schien ich die Situation einigermassen in den Griff bekommen zu haben. Vor lauter Anspannung zitternd verliess ich die Damentoilette und wartete gespannt vor der Tür auf Lisa. Eine Minute später trat die unbekannte Frau heraus, von meiner Tochter fehlte jedoch jede Spur. Ich blickte der Frau nach, bis sie hinter einer

Biegung des Flurs verschwunden war, und betrat die Toilette erneut. Nun vernahm ich ein leises Schnuppern.

«Papa?», fragte Stella, die es immer noch nicht geschafft hatte, sich zu verwandeln.

«Ja, ich bin es.»

«Es geht nicht. Immer wenn ich zu Lisa werde, muss ich an Feuer denken und dann bin ich wieder Stella.»

Angestrengt dachte ich nach, wie ich dieses Problem lösen konnte. Nach einer Weile kam mir eine äusserst riskante Idee, die ich lediglich als letzte Option in Betracht ziehen wollte.

«Kannst du es nochmals versuchen? Du musst ausschliesslich an Eis denken.»

«Ich weiss, aber es geht nicht.»

«Versuche es bitte noch einmal.»

«Okay.»

Unter der Kabinentür hindurch erkannte ich, wie Stellas Drachenschwanz kürzer wurde und anschliessend verschwand. Kurz darauf erschien er jedoch aufs Neue.

«Es hat wieder nicht geklappt.»

Ich vergrub mein Gesicht in den Händen und seufzte laut hörbar.

«In diesem Fall habe ich keine andere Wahl, als dich in deiner Drachengestalt nach Hause zu tragen.», erklärte ich.

«Weshalb kann ich nicht einfach fliegen?»

«Das wäre zu gefährlich. Ausserdem funktioniert mein Plan nur, wenn du tust, als wärst du verletzt. Du darfst aber währenddessen nicht sprechen.»

«Wieso nicht?»

«Weil das für Drachen unüblich ist.»

«Okay.», flüsterte Stella, als müsste sie jetzt bereits schweigen.

«Kannst du bitte die Tür öffnen?»

Stumm befolgte sie meine Anweisung. Ihre Klauen kratzten leicht an einer Seitenwand, als sie sich daran abstützte, bis sie den Riegel erreichte. Mit einem Klacken öffnete sich die Tür abrupt, wodurch Stella abrutschte und auf alle Viere fiel. Ihr schien dies jedoch keineswegs geschadet zu haben, denn sie blickte mich erwartungsvoll mit ihren tiefblau schimmernden Augen an. Ich hob ihre Kleider auf, stopfte sie unter mein T-Shirt und nahm Stella auf meinen linken Arm. Mit der rechten Hand öffnete ich die Toilettentür und blickte umher. Als niemand zu sehen war, schlich ich blitzschnell auf Zehenspitzen nach draussen. Auf dem Pausenhof kam mir plötzlich jemand entgegen.

«Zieh den Kopf ein.», zischte ich, während ich die Richtung wechselte, sodass der Mann mittleren Alters Stella nicht entdeckte.

Meine Tochter tat wie geheissen, da sie sich dem Ernst dieser Lage bewusst war. Ich machte einen Bogen um den fremden Mann herum und trat nun auf den Gehweg.

«Jetzt musst du die Augen schliessen und mucksmäuschenstill sein.», murmelte ich, ohne meine Lippen mehr als notwendig zu bewegen.

Sofort erblickte uns eine Frau mit zwei Kindern.

«Was haben Sie denn da? Ist das etwa ein Babydrache?», fragte sie interessiert.

«Den habe vorhin auf der Strasse gefunden. Entweder ist er verletzt oder sehr erschöpft. Ich bringe ihn in den Wald, da ich dort bereits andere Drachen gesehen habe.», erklärte ich.

«Wollen Sie ihn nicht in ein Tierspital bringen?»

«Ich befürchte, dass die DrSG dann einschreiten würde.»

«Oh, daran habe ich nicht gedacht. In diesem Fall ist Ihre Entscheidung bestimmt besser für den Drachen. Eigentlich sollte man rechtlich gegen diese Organisation vorgehen. Diese Tierquälerei ist inakzeptabel.»

«Da bin ich ganz Ihrer Meinung.»

«Darf ich ihn mal streicheln?», fragte der kleine Junge neben der Frau.

«Ja, aber bitte vorsichtig. Ich weiss nicht, ob der Drache das mag.», antwortete ich.

Langsam ging ich in die Knie und liess den Jungen nähertreten. Er streckte seine Hand aus und streichelte Stella sachte an ihrem rechten Flügel. Ohne ihre Augen zu öffnen, seufzte sie.

«Darf ich auch, Mama?», fragte der zweite, etwas jüngere Junge.

«Ja, aber sei vorsichtig wie dein Bruder.»

Der zweite Junge streichelte Stella lediglich an der Schwanzspitze und zog wenige Sekunden später bereits seine Hand zurück. Stella rührte sich nicht.

Sie macht das perfekt, dachte ich erstaunt über die Schauspielkünste meiner Tochter.

«Ich wünsche Ihnen einen wunderschönen Tag und dem Drachen gute Besserung.», verabschiedete sich die Frau von mir und Stella.

«Danke. Ihnen wünsche ich auch einen schönen Tag.», entgegnete ich.

Obwohl mein Puls in diesem Augenblick raste und ich den Drang verspürte, blitzschnell mit Stella nach Hause zu rennen, blieb ich äusserlich seelenruhig. Einzig ein leichtes Zittern meiner rechten Hand verriet meine Anspannung.

Auf dem Weg nach Hause traf ich auf vier weitere Menschen, die sich allesamt nach Stella erkundigten. Eine junge Frau wollte ein Foto von uns schiessen, jedoch konnte ich sie mit der Erklärung, die DrSG würde auf uns aufmerksam werden, umstimmen.

Wenn Ben ein Foto von mir und einem bisher unbekannten Drachen entdeckt, fliege ich bestimmt auf, dachte ich.

Als ich endlich in unsere Wohnung eintrat, atmete ich erleichtert durch und blickte Stella strahlend an.

«Das hast du fantastisch gemacht!», lobte ich sie und schloss sie in eine feste Umarmung.

Kurze Zeit später wand sie sich aus meinen Armen heraus und sprang leichtfüssig zu Boden, wobei sie instinktiv ihre Flügel benutzte, um den Sturz zu dämpfen.

«Aber wie werde ich jetzt wieder zu Lisa?», fragte sie verunsichert.

«Das schaffen wir schon irgendwie. Schliesslich haben wir bis am Abend Zeit.», entgegnete ich hoffnungsvoll.

Eine Stunde später hatte sie es immer noch nicht geschafft. Dutzende Male wechselte sie die Gestalt in einen Menschen, um gleich darauf wieder ein Drache zu werden.

«Ich glaube, wir müssen unsere Strategie anpassen.», schlug ich vor.

Stumm nickte Stella, die mittlerweile aufgrund der anhaltenden Anstrengung schläfrig geworden war. Ausserdem knurrte ihr Magen laut hörbar.

«Hast du hunger?», fragte ich.

«Ja.», antwortete sie.

Von einem Augenblick auf den anderen war sie plötzlich wieder hellwach.

«Was gibt es zu Essen?»

«Ich kann uns schnell Würstchen braten, wenn du magst. Als Drache sind die in einer Minute durch. Ich geh mich jetzt verwandeln und bin gleich wieder zurück.»

«Darf ich dir dabei zusehen?»

«Beim Würstchen braten?»

«Nein, bei der Verwandlung.»

«Ähm ... okay. Aber ich muss mich zuerst ausziehen und mir ein Tuch umbinden.»

Stella rollte sich flach auf dem Fussboden zusammen. Trotz ihrer entspannten Haltung beobachtete sie mich durchgehend, während ich ins Badezimmer ging. Anschliessend zog ich mich aus, band mir ein Tuch um die Hüfte und ging zurück zu Stella.

Jetzt darf ich mich bloss nicht blamieren, dachte ich, da mir meine gestrige Verwandlung in einen Drachen misslungen war.

Ich stellte mir exakt das Gefühl des Feuers vor, wie ich es in Erinnerung hatte, und tatsächlich verwandelte sich meine linke Hand in rote Klauen. Der faszinierte Blick meiner Tochter lenkte mich in diesem Moment ab, wobei die Hand erneut zu kribbeln begann und sich zurückverwandelte.

«Siehst du? Ich kann das auch nicht so gut.», sprach ich zu ihr.

Nun schloss ich die Augen und versuchte es erneut. Dieses Mal gelang es mir, mich vollständig zu verwandeln. Sobald ich meine Sinne zurückerlangt hatte, bemerkte ich Stella, die neugierig an meinem Kopf schnupperte.

«Dein Geruch hat sich verändert.», sagte sie.

«Inwiefern?», fragte ich, während ich mit den Klauen des rechten Vorderbeins an meinem Hinterkopf kratzte, um das lästige Stechen loszuwerden, was abermals aufgetreten war.

«Du riechst immer noch nach Papa, aber schwächer. Dafür ist etwas Neues dazugekommen.»

Höchst interessant, dachte ich zu mir selbst.

«Findest du das interessant?», fragte sie mich.

«Ja. Hast du eben meine Gedanken gehört?»

«Nein.»

«Ich denke schon. Drachen können ihre Gedanken gegenseitig wahrnehmen.»

«Hä?»

«Du musst dir das so vorstellen, dass ich an etwas denke und du plötzlich in deinem Kopf exakt denselben Gedanken hast. Genau das ist vorhin ebenfalls geschehen.»

Stella blickte mir nachdenklich auf die dunkelrot glänzenden Klauen. Ich versuchte, ihre Gedanken wahrzunehmen, jedoch empfing ich absolut gar nichts. Um zu überprüfen, ob ich mit meiner Vermutung korrekt lag, dachte ich an Würstchen, die aufgrund meines Feuers zwischen den Krallen platzten, wie ich in das sowohl saftige, als auch knackige Fleisch biss und sich der köstliche Geschmack in meinem Maul ausbreitete.

«Können wir jetzt Würstchen essen?», fragte Stella einen Moment später.

«Auf jeden Fall. Ich bin nun auch hungrig geworden.»

Meine Vermutung war anscheinend korrekt, dachte ich schmunzelnd.

Möglichst ohne unnötige Geräusche zu erzeugen, ging ich in die Küche, öffnete den Kühlschrank und griff nach einer Packung Würstchen. Mit einer Klauenspitze schnitt ich die Verpackung auf und nahm ein Würstchen heraus. Stella verfolgte jede meiner Bewegungen genau. Hierbei erinnerte sie mich an Emma, die Hündin meines Bruders, die nichts mehr mochte, als zu fressen. Nun stellte ich mir vor, die Luft in meinen Lungen würde kontinuierlich heisser werden. Erstaunt stellte ich fest, dass sich bereits nach wenigen Sekunden angenehme Hitze in meinem Inneren ausbreitete. Vermutlich hatte mir der leckere Fleischduft währenddessen geholfen, mich zu konzentrieren. Ich öffnete mein Maul einen Spalt breit und stiess eine kleine, kontrollierte Flamme aus, die das Würstchen vollständig einhüllte. Bei dem wohligen Gefühl, was das Feuer in meinem Rachen verursachte, schloss ich entspannt die Augen.

«Das will ich auch können!», rief Stella aufgeregt.

Da ich in diesem Moment nicht sprechen konnte, blickte ich sie grinsend an, während fortlaufend orangerote Flammen zwischen meinen Zähnen hervortraten. Nach nur einer Minute gab das Würstchen ein pfeifendes Geräusch von sich und strömte einen herrlichen Duft aus. Stella tropfte bereits der Speichel aus dem Maul. Ich stellte das Feuerspeien ein und streckte ihr das gebratene Würstchen entgegen.

«Hier. Du kannst dich nicht daran verbrennen.», sagte ich.

Ohne Zeitverzögerung sprang Stella darauf zu und entriss mir das Würstchen mit den Zähnen. Innert zwei Sekunden verschlang sie es restlos. Gleich darauf setzte sie sich erneut vor mich und blickte mir erwartungsvoll entgegen.

«Kann ich die anderen Würstchen jetzt schon essen?», fragte sie ungeduldig.

«Dagegen habe ich nichts einzuwenden.», antwortete ich zögerlich, da ihr Verhalten vorhin ausgesprochen animalisch gewesen war.

Als hätten sie meine Worte aus unsichtbaren Fesseln befreit, stürzte sie sich auf die angebrochene Packung und frass die verbleibenden fünf Würstchen in wenigen Bissen wie ein wildes Tier. Anschliessend leckte sie die Packung sauber, bis nicht ein einziger Tropfen Wurstsaft übriggeblieben war.

«Ist alles in Ordnung bei dir?», fragte ich verunsichert.

«Ja.», antwortete sie, als wäre nichts geschehen. «Kannst du mir das mit dem Feuer beibringen?»

«Lieber noch nicht. Sonst fackelst du noch die ganze Wohnung ab.»

«Bitte.», flehte sie mich mit grossen Augen an.

«Nein, das ist zu gefährlich.»

Trotzig schnaubte sie und wandte sich zum Gehen, bis sie kurz vor dem Kücheneingang stehenblieb.

«Kann ich es wenigstens noch einmal sehen?»

«Okay.»

Stella trat wieder näher und beobachtete mich geduldig, während ich mich auf das Feuerspeien vorbereitete. Sobald ich kleine Flammen erzeugte, blieb ihr Blick daran hängen, als wäre sie hypnotisiert worden. Ihre Augen reflektierten das Feuer auf beinahe magische Weise. Langsam kam sie auf mich zu, bis ihre Schnauzspitze mit dem Feuer in Kontakt kam. Sie schnupperte daran, wobei sie sogar einen Teil davon einatmete, was ihr jedoch nichts ausmachte. Ich schloss mein Maul, um das Feuerspeien für heute zu beenden.

«Das ist so cool, Papa. Kannst du es nochmal machen? Bitte!», flehte sie mich erneut an, wobei eine kleine, hellblaue Flamme in ihrem Rachen aufloderte.

Oh nein! Sie hat mein Feuer eingeatmet und die Hitze hat ausgereicht, ihr eigenes zu entzünden, dachte ich angespannt.

Ich hielt einen Moment inne und wartete ab, was geschah. Da sie ihren eigenen Feuerstoss nicht bemerkt hatte, atmete ich erleichtert auf.

«Es wäre besser, wenn wir es für heute bleiben lassen. Möchtest du noch etwas essen?», erwiderte ich, um sie vom Thema abzulenken.

«Nein, ich hab keinen Hunger mehr.»

Niedergeschlagen verliess sie die Küche, sprang auf das Sofa und rollte sich wie ein Tier zusammen. Da sie bemerkte, dass ich sie ununterbrochen beobachtete, bedeckte sie ihren Kopf mit einem Flügel.

Nachdem ich ebenfalls einige rohe Würstchen gegessen hatte, ging ich zu Stella, die bereits eingeschlafen war. Ihr Atem ging ruhig und sie schien entspannt zu sein. Voller Konzentration versuchte ich nun, ihre Gedanken wahrzunehmen. Wieder erschienen lediglich meine eigenen Probleme, Wünsche und Bedürfnisse vor meinem inneren Auge. Plötzlich kam mir eine neue Idee, wie ich meine Tochter dazu bringen konnte, sich in einen Menschen zu verwandeln. Da sie unwissentlich meine Gedanken wahrnahm, musste ich mir lediglich vorstellen, aus Eis zu bestehen, sodass sie dasselbe dachte. Ich wagte den Versuch und wenige Sekunden später setzte das unangenehme Kribbeln am gesamten Körper und das schmerzhafte Stechen in meinem Hinterkopf ein. Mir wurde schwarz vor Augen und als meine menschlichen Sinne zurückkehrten, lag Lisa ebenfalls in ihrer menschlichen Gestalt vor mir.

Das hat ja perfekt funktioniert, dachte ich positiv überrascht.

Ich betrat das Badezimmer, zog mir meine Kleider an und ging erneut zu meiner Tochter, um sie zuzudecken. Nun nahm ich eines meiner Bücher aus dem Regal und begann, zu lesen.

Eine knappe Stunde später streckte sich Lisa, nachdem sie aufgewacht war. Kurzzeitig blickte sie verwirrt umher, bis sie begriff, dass sie nun kein Drache mehr war.

«Möchtest du ein eiskaltes Glas Wasser trinken?», fragte ich sie.

«Mhm.», antwortete sie schläfrig.

Ich betrat die Küche, füllte ein Glas ungefähr zwei Drittel mit Wasser auf und gab einige Eiswürfel dazu. Anschliessend brachte ich es meiner Tochter. Auf diese Weise wollte ich ihre Gedanken an Eis verstärken, sodass sie nicht versehentlich an Feuer dachte. Lisa zog ihre Kleider an und nahm das kalte Getränk entgegen. Sobald sie einige Schlucke getrunken hatte, stellte sie das Glas auf den Wohnzimmertisch und warf einen Blick auf ihre Zimmertür. Sie schien sich etwas zu überlegen, denn ihre Augen fokussierten keinen bestimmten Gegenstand. Kurz darauf zog sie ihr T-Shirt aus und lockerte ihre Hose.

«Was tust du da, Lisa?», fragte ich verwirrt.

«Ich möchte Stella sein.»

«Das halte ich für keine gute Idee. Du konntest dich das letzte Mal nicht mehr zurückverwandeln.»

Ohne auf mich zu achten, zog sie sich vollständig aus und setzte sich auf den Fussboden. Augenblicklich bildeten sich königsblaue Schuppen auf ihrer Haut und sowohl ihr Oberkörper als auch ihr Hals wurden in die Länge gestreckt. Weniger als zehn Sekunden später hatte sie sich bereits vollständig in Stella verwandelt.

«Was soll das, Lisa? Ich habe dir doch gesagt, du sollst dich nicht verwandeln.», sagte ich frustriert.

«Aber ich bin Stella.»

Erst jetzt fiel mir auf, dass ich sie mit Lisa angesprochen hatte.

«Weshalb gehorchst du nicht, Stella?», fragte ich sie erneut.

«Weil ich ein Drache sein möchte.»

«Von mir aus kannst du am Wochenende ein Drache sein, aber jetzt musst du dich wieder in Lisa verwandeln. Hast du nicht gestern gefragt, ob du draussen spielen darfst? Mama und ich haben Lisa die Erlaubnis erteilt, und nicht Stella.»

«Wieso darf ich nicht einfach sein, wer ich möchte?»

Ohne auf eine Antwort zu warten, tapste sie trotzig in ihr Zimmer.

«Weil dich niemand hier in dieser Gestalt sehen darf. Es gibt eine Organisation namens DrSG, die Drachen jagt, einsperrt und wissenschaftliche Experimente an ihnen durchführt. Wenn sie dich hier sehen, finden sie unter Umständen heraus, wer du als Mensch bist. Dann können sie dich viel leichter gefangennehmen, als wenn du dich nur in der Natur als Drache zeigst. Ich kann nicht zulassen, dass sie dich mir wegnehmen und dir Schaden zufügen.», erklärte ich, während ich sie bis zu ihrem Bett verfolgte.

«Trotzdem will ich Stella sein.», entgegnete sie wütend.

Ihre blauen Augen blitzten auf, als würde sie mich jeden Moment angreifen. Die verspannte Körperhaltung verstärkte diesen Effekt zusätzlich.

«Wie gesagt, du darfst am Wochenende Stella sein, so viel du möchtest.»

Langsam trat ich näher und streckte die rechte Hand nach ihr aus, um sie zu beruhigen. Ihr Blick blieb auf meinen Fingern hängen. Je näher ich mich auf sie zubewegte, desto angespannter wurde sie. Als meine Hand lediglich noch zwanzig Zentimeter von ihrem Kopf entfernt war, zog sie die Lefzen zurück, was ihre scharfen, perfekt weissen Drachenzähne entblösste. Währenddessen stiess sie ein bedrohliches Fauchen aus, was mir durch Mark und Bein ging. Verunsichert zog ich meine Hand wieder zurück. Die Tatsache, dass meine Tochter nun einem wilden Tier glich und ich ihr dieses Verhalten in keinster Weise beigebracht hatte, bereitete mir Angst. Stella sprang von ihrem Bett herunter und verliess ihr Zimmer, wobei sie einen grossen Bogen um mich machte, ohne mich auch nur für einen Sekundenbruchteil aus den Augen zu lassen. Wie erstarrt blieb ich im Kinderzimmer stehen und blickte meiner Tochter nach, bis sie aus meinem Sichtfeld verschwunden war. Nach einigen Sekunden der Fassungslosigkeit liessen sich meine Beine erneut bewegen und ich trat ins Wohnzimmer zu Stella. Sofort starrte sie mich zähnefletschend an.

«Stella, ich bin's, dein Papa.», sprach ich auf sie ein, während ich mich langsam mit leicht erhobenen Händen näherte.

Abermals stiess sie ein bedrohliches Zischen aus, was mich an eine Schlange erinnerte. In ihren Augen erkannte ich ausschliesslich wilden Zorn wie auch

Angst vor mir. Nichts an diesem königsblauen Drachen erinnerte mich an meine Tochter.

«Erkennst du mich nicht mehr?», fragte ich, wobei mir langsam die Tränen in die Augen stiegen.

Bei diesen Worten stellte sich Stellas Zähnefletschen langsam ein.

«Bist das immer noch du, Lisa?»

Ich verwendete absichtlich ihren menschlichen Namen, da ich hoffte, sie auf diese Weise zurückgewinnen zu können. Endlich entspannte sich ihre Körperhaltung und sie setzte sich auf den Fussboden.

«Was ist passiert, Papa?», fragte sie leicht verwirrt.

Da ich nun wieder meine Tochter vor mir hatte, kniete ich mich vor ihr hin und schloss sie in die Arme, wobei ich genau darauf achtete, dass ihr die körperliche Nähe nicht unangenehm wurde. Eine grosse Last schien von meinem Herzen zu fallen. Ich gab ihr einen Kuss auf die Stirn und blickte ihr in die Augen. Aufgrund der Lichtverhältnisse hatten sich ihre Pupillen zu Schlitzen verformt.

«Ich glaube, du hast die Kontrolle über deine Dracheninstinkte verloren.», mutmasste ich.

«Okay.», antwortete Stella mit dem Blick auf meine Armbanduhr gerichtet, wie sie es häufiger tat, wenn sie meinem direkten Augenkontakt auswich.

«Aus diesem Grund solltest du dich wieder in Lisa verwandeln.»

«Aber ich will nicht.»

Mit meiner rechten Hand strich ich ihr sachte über den Kopf, wobei ihr der Blick auf meine Uhr verwehrt wurde. Ihre tiefblauen Augen richteten sich auf einen Punkt in meinem Gesicht aus.

«Am Wochenende werde ich gemeinsam mit dir fliegen, so lange du möchtest, das verspreche ich dir. Onkel Tom ist vermutlich auch als Drache dabei.»

Beim Wort «Drache» blickte mir Stella kurzzeitig in die Augen, während ihre Pupillen geringfügig grösser wurden.

«Ist Onkel Tom auch ein Drache?», fragte sie interessiert.

«Ja.»

«Dann möchte ich mit euch beiden fliegen.»

«Ich werde ihn fragen, ob er ebenfalls Zeit hat, sobald du dich in Lisa verwandelt hast.»

Dies liess sich meine Tochter nicht zweimal sagen, denn sie löste sich aus meiner Umarmung und wechselte sofort in ihre menschliche Gestalt zurück, was ihr keinerlei Schwierigkeiten zu bereiten schien. Anschliessend zog sie sich wieder ihre Kleider an. Um mein Versprechen zu halten, rief ich derweil meinem Bruder Tom an.

«Guten Tag Nils.»

«Hallo Tom, möchtest du dieses Wochenende wieder einmal mit mir als Drache über den Walchwilerberg fliegen?»

«Ja, das würde ich sehr gerne! Aber du hast doch gesagt, dass du dich niemals wieder in einen Drachen verwandeln möchtest. Woher kommt dein plötzlicher Sinneswandel?»

Seine Überraschung war ihm deutlich anzuhören.

«Ich vermisse unsere gemeinsame Zeit von früher.», antwortete ich, um ihn mit Lisa, beziehungsweise Stella, überraschen zu können.

«Okay.», entgegnete Tom leicht misstrauisch.

«Geht es dir am Samstag Nachmittag?», fragte ich, um sein Misstrauen zu vertreiben.

«Ja, das ist in Ordnung. Ich bin ab 14 Uhr frei.»

«Gut! Dann bis morgen.»

«Ja, wir sehen uns dann.»

«Tschüss.»

Schmunzelnd über Toms Verwirrtheit legte ich auf. Lisa blickte mich währenddessen erwartungsvoll an.

«Kann ich jetzt draussen spielen gehen?», fragte sie.

«In Ordnung. Aber ich werde mitkommen.»

Auf der Wiese angekommen, wagte es Lisa kaum, sich zu bewegen. Bei jedem Insekt, was sie zwischen den Gräsern entdeckte, blieb sie so lange stehen, bis es verschwunden war. Sie stellte ihre Füsse nur ab, nachdem sie sich vergewissert hatte, dass sie auf keinerlei Insekten treten würde. Nach einer Weile erreichte sie die Schaukel. Angeekelt wischte sie ein loses Blatt beiseite und setzte sich anschliessend auf die durch die Sonne erhitzte Plastiksitzfläche. Blitzschnell stand sie wieder auf und betrachtete ihre Beine von hinten.

«Was ist los?», fragte ich verwirrt.

«Ich dachte, ich würde mich wieder verwandeln, weil es so heiss war.»

Daran habe ich gar nicht gedacht. Wie konnte ich bloss vergessen, dass Feuer und Hitze eine Verwandlung einleiten? Fragte ich mich kopfschüttelnd, bis mich das Zwicken in meinem Hinterkopf dazu zwang, meinen Kopf stillzuhalten.

Ich blickte langsam umher, ohne ruckartige Bewegungen auszuführen, und berührte die Sitzfläche der Schaukel mit meiner rechten Hand, nachdem ich sichergestellt hatte, dass mich niemand beobachtete. Das blaue Plastik war höchstens fünfundvierzig Grad warm und leitete keine Verwandlung ein.

«Es ist in Ordnung.», erklärte ich Lisa.

Durch meine Aussage bestätigt, setzte sie sich erneut und begann, zu schaukeln. Ich wartete wenige Meter daneben, um meine Tochter nicht aus den Augen zu lassen. Nach den heutigen Geschehnissen wollte ich verhindern, dass sie sich erneut in einen Drachen verwandelte. Kurze Zeit später geriet ich ins Schwitzen. Gnadenlos brannte die Sonne auf die Spielwiese hinunter, was erklärte, weshalb sich momentan keine anderen Kinder hier aufhielten.

Dieses wechselhafte Wetter in den letzten Jahren geht mir auf die Nerven. An einem Tag wütet ein Gewitter und am nächsten Tag scheint die Sonne bei fünfunddreissig Grad im Schatten. Vor zehn Jahren war das Klima noch wesentlich angenehmer.

Meine Gedanken schweiften zu meiner Kindheit ab, in der es noch normal gewesen war, dass das Wetter ausserhalb des Aprils einigermassen konsistent blieb. Ich fragte mich, wie sich der Klimawandel in Zukunft auswirken würde und was diese Veränderungen für meine Familie bedeuteten.

«Möchtest du nicht rein gehen, Papa? Es ist sehr heiss hier draussen.», unterbrach Lisa meine Gedanken.

Aha. Sie möchte sich hinter meinem Rücken in einen Drachen verwandeln, dachte ich.

«Nein, ich bleibe hier draussen, bis du wieder nach Hause gehen möchtest.», antwortete ich ihr.

«Dann will ich jetzt nach Hause.»

«Okay.»

Schmunzelnd begleitete ich meine enttäuschte Tochter zurück in unsere kühle Wohnung. Sie wischte ihre schweissnasse Stirn an ihrem T-Shirt ab und ging schnurstracks in ihr Zimmer.

«Jetzt will ich lesen.», sagte sie währenddessen.

Ohne mir auch nur einen Blick zuzuwerfen, schloss sie die Tür hinter sich. Da ich wusste, dass sie sich wieder in einen Drachen verwandeln wollte, lauschte ich vor der Tür. Tatsächlich hörte ich bereits eine halbe Minute später, wie ihre harten Klauen bei jedem Schritt über den Boden kratzten. Um ihr wenigstens ein bisschen Privatsphäre zu lassen, wartete ich gespannt vor ihrer Tür, bis die Geräusche verstummten. Kein Tapsen und auch kein Kratzen war mehr zu hören.

Über eine Viertelstunde wartete ich, bis sich ein ungutes Gefühl in meinem Bauch ausbreitete.

«Lisa?», fragte ich vorsichtig.

Es kam keinerlei Antwort. Ich klopfte sachte an, jedoch gab sie immer noch keinen Laut von sich. Nun trat ich in ihr Zimmer. Von meiner Tochter fehlte jede Spur.

«Lisa? Wo versteckst du dich?»

Mein Unbehagen hatte bereits meine Stimme erreicht. Es war deutlich herauszuhören, dass ich in Sorge war. Plötzlich fiel mein Blick auf das angelehnte Fenster hinter dem Schreibtisch. Das Holz unterhalb des Fensters wies leichte Kratzer auf, die zuvor noch nicht existiert hatten. Die Wahrheit, wo meine Tochter steckte, traf mich wie ein Schlag. Mit pochendem Herzen öffnete ich das Fenster und blickte nach unten. Von ihr war nichts zu erkennen.

«Lisa?», rief ich aus dem Fenster hinaus. «Lisa, wo bist du?»

Als keine Antwort kam, rief ich nach Stella, jedoch ebenfalls erfolglos. Nervös wanderte ich im Kinderzimmer umher, während ich überlegte, wie ich sie finden konnte. Blitzschnell traf ich den Entscheid, mich zu verwandeln und als Drache mithilfe meines Geruchssinns nach ihr zu suchen. Ohne zu zögern, riss ich mir meine Kleider vom Leib, warf sie in eine Ecke und verwandelte mich, so schnell ich konnte. Noch bevor das Kribbeln und Stechen versiegt war, blickte ich aus dem Fenster und scannte mit meinen scharfen Drachenaugen die Umgebung ab. Zu meiner Enttäuschung konnte ich Stella nicht erkennen. Nun schnupperte ich, bis mir ihr Geruch in die Nase stieg. Die Duftspur führte von ihrem Schreibtisch über die Fensterbank nach draussen. Unsicher schob ich den Schreibtisch ein wenig beiseite und stützte ich mich mit den Vorderbeinen am Fensterrahmen ab, während ich meinen Kopf nach draussen streckte und in Richtung Strasse blickte, die sich zwei Stockwerke unter mir befand.

Ich muss wohl, dachte ich leer schluckend, und kletterte vollständig hinaus.

Sobald ich mich in der Luft befand, fiel ich wie ein Stein zu Boden. Ich hatte vergessen, meine Flügel auszubreiten. Da mir dies aufgrund meiner neu entdeckten Höhenangst erst viel zu spät auffiel, prallte ich mit meinem gesamten Körper beinahe ungebremst auf den heissen Asphalt. Das Stechen in meinem Hinterkopf meldete sich intensiv, als mein Kopf schmerzhaft auf dem harten Untergrund aufschlug. Es fühlte sich an, als würde die betroffene Stelle anschwellen und mit jedem Herzschlag von innen her gegen meinen Schädelknochen schlagen. Ächzend richtete ich mich auf, froh darüber, ansonsten unverletzt geblieben zu sein. Im meiner menschlichen Gestalt wäre dieser Sturz höchstwahrscheinlich weniger glimpflich ausgegangen.

Erst jetzt fielen mir zwei Passanten auf, die abwechslungsweise mich und das Fenster anblickten, aus dem ich soeben gesprungen war. Mit pulsierendem Schmerz im Hinterkopf breitete ich meine zittrigen Flügel aus und stiess mich vom Boden ab. Unbeholfen versuchte ich, an Höhe zu gewinnen, wobei ich gleich wieder mit dem Asphalt in Berührung kam. Erst auf den dritten Versuch gelang es mir, in der Luft zu bleiben. Obwohl es vollkommen windstill war, schwankte ich gefährlich bei jedem Flügelschlag. Bereits zehn Meter über der Strasse keuchte ich vor lauter Anstrengung.

Das habe ich jetzt davon, dass ich jahrelang nicht geflogen bin, kritisierte ich mein eigenes Verhalten.

Schnuppernd folgte ich Stellas Duftspur, die in Richtung Stadtzentrum führte. Obwohl ich mich immer noch kaum in der Luft halten konnte, gelang es mir, an Geschwindigkeit zu gewinnen, bis ich schliesslich über die Häuser hinweggleiten konnte wie damals, als ich Vanessa kennengelernt hatte. Mit über einhundert Kilometern pro Stunde flog ich auf das Stadtzentrum zu, bis ich ein blaues Schimmern über den Dächern entdeckte. Bei genauerer Betrachtung identifizierte ich dieses Leuchten als meine Tochter. Sie kreise ziellos über dem Hauptbahnhof und dem Landesmuseum umher. Eine Welle der Erleichterung überkam mich, als ich erkannte, dass sie unverletzt war. Zumindest erweckten ihre natürlichen Bewegungen diesen Anschein. Schwer atmend beschleunigte ich weiter in ihre Richtung, bis sie mich schliesslich ebenfalls entdeckte. Sie schien sehr froh darüber zu sein, mich zu sehen, denn sie steuerte nun geradewegs auf mich zu. Kurz bevor wir uns erreichten, begann sie, mit den Flügeln zu schlagen, bis sie mitten in der Luft stehengeblieben war. Ich versuchte, dasselbe Manöver auszuführen, was mir kläglich misslang. Unbeholfen bewegte ich meine Flügel auf und ab, während ich kontinuierlich an Höhe verlor. Schlussendlich entschied ich mich dazu, auf dem Dach des Landesmuseums zu landen. Stella folgte mir währenddessen.

Schneller als erwartet stiess ich mit den Klauen und meinem Oberkörper gegen den Dachfirst des Museums, wobei einer der obersten Ziegel brach. Ich versuchte, meine hohe Geschwindigkeit mit den Beinen abzufangen, jedoch vergeblich. Nach diesem glücklicherweise nur leicht schmerzhaften Zusammenstoss flog ich wenige Meter weiter und krachte auf die schräge Seite des Daches. Knirschend und kratzend rutschte ich die Ziegel hinunter, bis ich auf die Idee kam, mich mit den Klauen festzuhalten. Ich rammte die Krallenspitzen in die Dachziegel, so gut ich konnte, wodurch sich meine Geschwindigkeit endlich reduzierte. Kurz vor der Dachkante kam ich schliesslich zum Stillstand. Schwer atmend beruhigte ich mich, während mir Stella, die im Gegensatz zu mir gekonnt auf dem Dachfirst gelandet war, einen besorgten Blick zuwarf. Mit wackeligen Beinen richtete ich mich auf und kletterte zu ihr nach oben. Erst jetzt bemerkte ich, dass mein Maul vollständig ausgetrocknet war. Als ich Stella erreichte, war mir dies jedoch gleichgültig. Wortlos legte ich mein rechtes Vorderbein um sie und hielt sie auf diese Weise behutsam fest. Nach einigen Augenblicken, als ich mich vollständig beruhigt hatte, fand ich meine Sprache wieder.

«Geht es dir gut, Stella?»

Besorgt betrachtete ich sie von allen Seiten und versuchte herauszufinden, ob sie verletzt war.

«Ja.», antwortete sie knapp.

Obwohl ihr Körper aufgrund des Sonnenscheins und der körperlichen Anstrengung Hitze ausstrahlte, zitterte sie. Da ich nicht wusste, was ihr fehlte, schnupperte ich an ihr, in der Hoffnung, allfällige Verletzungen riechen zu können, wie ich es einmal bei Vanessa getan hatte. Nach ausgiebiger Untersuchung fiel mir immer noch nichts Ungewöhnliches auf.

«Was ist los mit dir?», fragte ich erneut.

«Ich wollte nur mal kurz fliegen und dann habe ich unser Haus nicht wiedergefunden. Es sieht alles so anders aus von oben. Ich hatte Angst, dich und Mama nie wieder zu sehen.»

Verlegen vergrub Stella ihren Kopf unter meinem linken Flügel. Ich umarmte sie nun mit beiden Vorderbeinen und liess meinen Kopf über ihren Rücken hängen.

«Ich bin so froh, dass dir nichts zugestossen ist.», sagte ich mit Tränen der Freude in den Augen.

Erst jetzt fiel mir auf, dass Lisas Rücken mit hellblauen Zacken bestückt war, die im Gegensatz zu meinen abgerundet waren. Gemeinsam mit den Schuppen reflektierten sie das Sonnenlicht, wodurch Stellas Körper in verschiedensten Blautönen schimmerte. Fasziniert von der Schönheit dieser Farben verharrte ich in meiner jetzigen Position, bis sich Stella schliesslich aus meiner Umarmung löste. Ich sah ihr in die Augen, wobei sie sofort die von mir zerkratzten und zerbrochenen Dachziegel anblickte.

«Es tut mir leid, Papa. Ab jetzt werde ich nicht mehr einfach so wegfliegen.», murmelte Stella.

Derweil fiel mir auf, dass ihre Lefzen verklebt waren. Allem Anschein nach war ihr Maul ebenso ausgetrocknet wie meines.

«Wollen wir jetzt gemeinsam nach Hause fliegen?», fragte ich.

Stella nickte, konnte mich aber immer noch nicht ansehen. Ich spreizte meine Flügel und ging einen Schritt nach vorn, bis mich eine neue Welle der Angst erreichte. Da ich nun bereits auf der Dachschräge stand, rutschte ich langsam in Richtung Dachkante. Nervös stiess ich mich nach oben ab und schlug ruckartig mit den Flügeln, wobei ich kaum an Höhe gewann. Erst als ich über die Dachkante hinweggeflogen war und sich der Boden mindestens zwanzig Meter unter mir befand, brachte mich mein Adrenalin dazu, die Flügel korrekt zu bewegen, indem ich sie während der Aufwärtsbewegung einklappte. Instinktiv schwang ich sie auf und ab, bis ich eine sichere Geschwindigkeit erreicht hatte. Sobald ich mit einem Blick nach hinten sichergestellt hatte, dass mir meine Tochter folgte, wechselte ich erleichtert seufzend in einen Gleitflug.

«Wie hast du eigentlich Fliegen gelernt?», fragte ich Stella mitten in der Luft.

Inzwischen hatte ich mich beinahe vollständig entspannt und wir flogen gelassen nebeneinander her. Stella erweckte den Anschein, als wäre sie hierfür geboren worden. Ihre Flügelschläge waren geschmeidig und ihre Haltung nahezu perfekt aerodynamisch.

«Ich weiss es nicht. Heute bin ich zum ersten Mal geflogen.», antwortete sie.

Gedankenverloren versuchte ich zu ergründen, weshalb ihr das Fliegen wesentlich leichter fiel als mir. Sie war mit der Fähigkeit geboren worden, sich in einen Drachen zu verwandeln, jedoch hatten wir dies erst vorgestern entdeckt. Dementsprechend konnte sie keinerlei Übung im Fliegen haben.

Helfen ihr ihre starken Dracheninstinkte dabei? Fragte ich mich.

Vor meinem inneren Auge sah ich mich selbst, wie ich Lisa erklärte, dass man als Drache über einhundert Kilometer pro Stunde geradeaus fliegen konnte.

«Ich bin sicher schneller als die Autos.», hörte ich die Stimme meiner Tochter derart leise, dass ich sie beinahe nicht wahrgenommen hätte.

Bei den Worten «die Autos» erschien ein Bild von der Autobahn in meinen Gedanken. Plötzlich wurde mir bewusst, woher diese Eindrücke stammten.

«Hast du gerade 'Ich bin sicher schneller als die Autos' gedacht?», fragte ich Stella neugierig.

«Ja.», antwortete sie gelassen, als wäre das Gedankenlesen vollkommen normal.

Ich kann es also doch noch! Jubelte ich innerlich.

«Was kannst du noch?», unterbrach Stella meine Gedankengänge.

«Ich kann wieder die Gedanken anderer Drachen wahrnehmen wie früher. Und du kannst das ebenfalls. Mittlerweile habe ich beinahe befürchtet, diese Gabe verloren zu haben.»

Stolz lächelte ich meine Tochter an, die kurz darauf mein Lächeln erwiderte. Einige Minuten später erreichten wir unser Zuhause. Stella flog schnurstracks durch das offene Fenster hindurch in ihr Zimmer, ohne abzustürzen, wobei sie ihre Flügel kurzzeitig einklappte, sodass sie nicht mit dem Fensterrahmen kollidierten. Ich versuchte, dieses Manöver zu wiederholen, jedoch krachte ich mit voller Wucht gegen den unteren Fensterrahmen. Der Aufprall drückte die Luft aus meinen Lungen, wodurch ich ungewollt aufstöhnte und beinahe rücklings zu Boden stürzte. Im allerletzten Moment konnte ich eine Klaue im Fensterrahmen verkanten und mich auf diese Weise auffangen. Erneut rauschten meine Ohren aufgrund des beschleunigten Herzschlags. Verunsichert blickte ich nach unten und erkannte einige Passanten, die mich interessiert beobachteten.

Das war's wohl mit der Geheimhaltung, dachte ich.

Ächzend zog ich mich hoch und kletterte durch das Fenster hindurch in Lisas Zimmer. Erleichtert seufzend liess ich mich zu Boden sacken und schloss die Augen. Bald darauf hörte ich Stellas Schnuppern. Sachte stupste sie mich an der Schnauzspitze an.

«Papa?», fragte sie leicht besorgt.

«Mir geht es gut. Ich bin nur ausserordentlich erleichtert.», antwortete ich und öffnete die Augen.

Ohne dass ich etwas sagen musste, leitete meine Tochter die Verwandlung ein und zog sich anschliessend ihre Kleider an. Ich hob meine Jeans, mein T-Shirt und meine Unterwäsche mit den Klauen des rechten Vorderbeins auf und hopste auf drei Beinen in Richtung Badezimmer.

«Wieso trägst du die Sachen nicht einfach normal?», fragte Lisa.

«Wie meinst du das?»

«Normalerweise tragen Tiere alles mit dem Maul.»

«Stimmt. Aber ich dachte, wir wären keine Tiere.»

«Was sind Drachen, wenn sie keine Tiere sind?»

«So habe ich das nicht gemeint. Drachen sind Tiere, wir jedoch nicht. Es gibt zwei verschiedene Arten von Drachen. Die einen sind wie wir und die anderen können sich nicht in Menschen verwandeln und verhalten sich, wie man es von Tieren erwarten würde.»

«Hä?»

Ihr schien meine Erklärung nicht einzuleuchten. In diesem Augenblick wünschte ich mir, sie wäre noch ein Drache, um ihr die Unterschiede der wilden Drachen zu uns gedanklich erklären zu können. Ohne ihre Frage zu beantworten, betrat ich das Badezimmer und leitete die Verwandlung ein, obwohl mein Hinterkopf und mein Brustkorb noch schmerzten. Dies bereute ich kurze Zeit später, als das Stechen deutlich verstärkt wurde und in ein schmerzhaftes Pochen überging. Nachdem ich meine menschliche Gestalt zurückerlangt hatte, konnte ich mich aufgrund meiner Kopfschmerzen kaum noch bewegen. Mit zusammengebissenen Zähnen lag ich auf dem kühlen Fussboden und wartete, bis mein Leiden erträglicher wurde. Nach einigen Minuten konnte ich aufstehen und entdeckte eine tiefrote, langgezogene Prellung auf meiner Brust, die vermutlich durch den Fensterrahmen entstanden war.

Verletzungen werden durch die Verwandlung verschlimmert. Ich hätte noch ein wenig länger ein Drache bleiben sollen, dachte ich.

In langsamen, schmerzhaften Bewegungen zog ich mir meine Kleidungsstücke an, wobei ich mich wie ein alter, gebrechlicher Mann fühlte. Nachdem ich mich vollständig angezogen hatte, betrat ich das Wohnzimmer. Lisa hielt ihr Wasserglas in den zittrigen Händen und trank es gierig bis auf den letzten Tropfen aus. Das Kondenswasser, was sich auf der Aussenseite des Glases gebildet hatte, tropfte auf den Fussboden.

«Soll ich dir gleich ein neues Glas Wasser bringen?», fragte ich.

Lisa nickte und ich bereitete ihr ein zweites, eiskaltes Wasserglas zu.

4

Überraschung

Vanessa betrat die Wohnung um halb sieben Uhr abends. Wie immer war sie vollkommen erschöpft. Trotzdem setzte sie sich zu Lisa, die ruhig in einem Buch las.

«Möchtest du mir erzählen, was du heute erlebt hast?», fragte Vanessa.

Lisa blickte mich an und ich hielt einen Finger vor die Lippen, um ihr zu signalisieren, dass sie ihrer Mutter nichts von den heutigen Ereignissen in ihrer Drachengestalt erzählen durfte.

«Nein.», entgegnete Lisa und richtete ihre Aufmerksamkeit wieder auf ihr Buch.

Vanessa blickte sie misstrauisch an und wandte sich schliesslich wieder mir zu.

«Mario war heute besonders aktiv. Ausserdem habe ich zwischendurch falsche Wehen verspürt. Ich glaube, dass er bald zur Welt kommt. Was denkst du?»

«Das kann ich unmöglich beurteilen. Schliesslich habe ich kein Baby in meinem Bauch.», entgegnete ich grinsend.

«Da hast du wohl recht.»

«Würde es dir etwas ausmachen, dieses Wochenende zu Hause zu bleiben, damit ich mit Lisa allein etwas unternehmen kann?»

«Also möchtest du deine hochschwangere Frau loswerden, dass du unbeschwert Spass haben kannst?»

«So habe ich das nicht gemeint.»

«Das war auch nur ein Scherz.»

Schmunzelnd gab mir Vanessa einen Kuss auf die Lippen, den ich leicht überrumpelt erwiderte.

«Ich wollte dich ohnehin fragen, ob du dieses Wochenende auf Lisa aufpassen kannst. Das trifft sich wieder einmal perfekt.», sagte sie.

Am nächsten Morgen verabschiedete sich Vanessa für ihren letzten Arbeitstag dieser Woche. Da ich immer noch Ferien hatte und lediglich mit Lisa den

Kindergarten besuchen musste, blieb ich schläfrig im Bett liegen, bis mir wieder die Augen zufielen.

Plötzlich wurde ich aus dem Schlaf gerissen, als die Decke von meinem Körper gezogen wurde und mich ein kleiner, königsblauer Drache zähnefletschend anknurrte. Bevor ich reagieren konnte, biss mir Stella in die Schulter. Instinktiv schreckte ich hoch und drückte meine Tochter von mir weg. Erst jetzt fiel mir auf, dass sie nur spielerisch zugebissen hatte und meine Schulter unverletzt war.

«Was tust du da, Li … ich meine Stella?», fragte ich mit rasendem Puls.

Aufgrund meines Schocks zitterte ich am ganzen Leib.

«Ich bin ein böses Tier, was dich angreift.», antwortete Stella und stürzte sich auf meine Kehle.

«He!», rief ich aus, wobei ich mir ein Grinsen bereits nicht mehr unterdrücken konnte.

Erst als Stellas Zähne während ihrem wilden Spiel tatsächlich meine Haut geringfügig aufkratzten, drückte ich ihren Kopf sachte beiseite. Nun liess sie meinen Hals los und biss stattdessen in meinen rechten Arm, den sie sogleich mit den Klauen umklammerte. Eine ihrer rasiermesserscharfen Krallenspitzen hinterliess einen schmerzhaften, zehn Zentimeter langen Kratzer in der Haut.

«Autsch! Du musst aufpassen, dass du mich nicht verletzt.»

Bei meinem Ausruf liess Stella plötzlich los und verharrte in ihrer Position. Sie schnupperte an der weissen, sich leicht rötenden Linie, die meinen rechten Unterarm durchzog. Anschliessend leckte sie den Kratzer sachte ab, was ich verwundert über mich ergehen liess. Sobald sie damit fertig war, vergrub sie sich unter meiner Bettdecke und robbte so lange umher, bis ihr Kopf zufälligerweise meine Seite berührte. Nun blickte sie unter der Decke hervor und starrte mich mit ihren grossen, blauen Augen und den beinahe perfekt runden Pupillen an, die sich an die düsteren Lichtverhältnisse meines Schlafzimmers angepasst hatten.

«Kann ich jetzt schon mein Frühstück essen, Papa? Ich habe hunger.», sagte Stella, wobei sie auf einmal wieder menschlich wirkte.

«Ja, welche Uhrzeit haben wir jetzt?»

«7:36 Uhr»

«Normalerweise stehst du doch nicht vor acht Uhr auf.»

«Lisa nicht, aber ich schon.»

«Warst du etwa die ganze Zeit über Stella?»

«Ja. Ich konnte viel besser schlafen als sonst. Das Bett fühlt sich immer so bequem an, wenn ich Stella bin.»

Da mein Wecker ohnehin in neun Minuten geklingelt hätte und ich meine Tochter nicht hungern lassen wollte, stand ich auf und zog mich um. Die gestrigen Kopfschmerzen waren beinahe verschwunden und die Prellung an meiner Brust hatte eine blaue Farbe angenommen. Auch im Allgemeinen fühlte ich mich bereits viel besser. In der Küche schnitt ich einige Scheiben Brot ab, bis mir Stellas Blick auffiel. Sie sass geduldig neben mir und wartete darauf, dass sie ihr Frühstück verspeisen konnte. Schmunzelnd blickte ich abwechselnd auf die Brotscheiben und zu Stella.

«Hier, fang!», sagte ich und warf ein Stück Brot in ihre Richtung, was sie gekonnt aus der Luft schnappte und in wenigen Bissen verschlang.

Nun mussten wir beide grinsen. Spielerisch warf ich ihr ein weiteres Stück zu wie ein Frisbee. Dieses Mal musste sie knapp einen Meter hoch springen, um es zu erwischen. Dennoch gelang es ihr auf Anhieb.

«Macht es dir Spass?», fragte ich Stella nach vier weiteren Scheiben.

«Ja.», antwortete sie lachend.

Ich setzte dieses Spiel mit ihr fort, bis sie ihre achte Scheibe mit dem Maul auffing und auf den Fussboden legte.

«Isst du das noch am Mittag?», fragte ich, da ich vermutete, dass sie satt war.

Stumm nickte sie und sprang in einem Satz auf die Küchenablage. Sie öffnete den Wasserhahn mit ihren Klauen und trank beinahe so gierig, wie sie die Brotscheiben verspeist hatte. Anschliessend sprang sie wieder herunter und machte Anstalten, mit ihrer tropfenden Schnauze das Wohnzimmer zu betreten.

«Warte, du tropfst noch den ganzen Fussboden voll.», rief ich ihr hinterher und griff nach einem Küchentuch.

Entgegen meiner Erwartung wischte sie ihr Maul nicht eigenständig trocken, sondern setzte sich vor mich hin und blickte mir erwartungsvoll in die Augen. Ohne etwas zu sagen, tupfte ich ihre Schnauze ab und wischte anschliessend die wenigen Tropfen auf, die den Fussboden bedeckten.

Kommt es mir nur so vor, oder verhält sie sich immer mehr wie ein Tier? Fragte ich mich.

Selbst die Tatsache, dass sie mir nun problemlos in die Augen blicken konnte, verunsicherte mich. Gedankenverloren warf ich das Küchentuch in den Wäschekorb und begann, mein eigenes Frühstück zuzubereiten. Während dem Schneiden des Brots fiel mein Blick auf die mittlerweile rote Linie, die meinen rechten Unterarm überzog.

Ich muss ihr unbedingt beibringen, ihre Instinkte zu kontrollieren.

Nach dem Frühstück ging ich ins Badezimmer, um meiner Tochter und mir die Zähne zu putzen. Zu meiner Verwunderung sass sie bereits als Drache im Waschbecken vor dem Spiegel und schrubbte ihre Zähne eigenständig.

«Du putzt deine Zähne jetzt selbst?», fragte ich überrascht.

«Ja. Nur Lisa kann das noch nicht.»

«Wieso das denn?»

«Lisa kann den Schmutz auf den Zähnen nicht sehen. Ich aber schon.»

«Man putzt die Zähne auch nicht, indem man den Schmutz sieht. Das macht man nach Gefühl.»

«Ich nicht.»

Kopfschüttelnd über das Verhalten meiner Tochter griff ich nach meiner Zahnbürste. Das erneute Zwicken in meinem Hinterkopf ignorierte ich.

Nach einer kurzen Debatte mit Stella, dass sie nicht in ihrer Drachengestalt den Kindergarten besuchen konnte, verwandelte sie sich in Lisa und zog sich an. Der Tag verlief erstaunlicherweise normaler, als ich erwartet hatte, nur dass es am Mittag unerträglich heiss wurde. Sobald ich mit Lisa um halb zwölf Uhr zu Hause angekommen war, wischten wir unseren Schweiss mit feuchten Tüchern ab.

«Wusstest du, dass Stella niemals zu heiss hat?», fragte ich Lisa auffordernd.

«Wirklich?»

Sofort warf sie ihre Kleider beiseite und verwandelte sich in einen Drachen. Sie rollte sich auf dem kühlen Fussboden zusammen und seufzte entspannt.

«Als Drache ist Hitze sogar angenehm. Möchtest du dich mal auf dem Balkon hinlegen?»

«Ja.»

Stella folgte mir hinaus auf den durch die pralle Sonne erhitzten Balkon, der für Menschen in dieser Jahreszeit kaum zu gebrauchen war.

«Du hast recht!», rief Stella begeistert und schmiegte sich flach gegen den heissen Stein.

Selbst ihre Flügel breitete sie vollständig aus, um nicht das kleinste bisschen Sonnenstrahlung zu verpassen. Ich blickte umher, um sicherzustellen, dass uns kein Mensch von den umliegenden Häusern beobachtete. Glücklicherweise konnte ich niemanden erkennen, der uns gesehen hatte. Durch das dichte Gitter des Balkongeländers hindurch konnte man ohnehin kaum sehen, was sich dahinter befand. Glücklich darüber, dass sich meine Tochter hier draussen vollkommen wohl fühlte, setzte ich mich neben sie und begann, ihren Kopf zu streicheln. Meine Streicheleinheiten gingen langsam in eine Nackenmassage über und endeten damit, dass ich ihren Rücken und ihre Flügel massierte. Sachte drückte ich auf die Stellen, die noch leichte Verspannungen aufwiesen, und strich sie beiseite, wie es Vanessa damals auf dem Lindenhof bei mir getan hatte. Stellas Atmung nach zu urteilen, war sie mittlerweile eingeschlafen. Da ich nun stark schwitzte und sowohl mein T-Shirt als auch meine Jeans an meiner Haut klebten, stand ich auf und ging in die angenehm kühle Küche, um unser Mittagessen zuzubereiten.

Es hatten sich erste Wolken gebildet, als ich gemeinsam mit Lisa in Richtung Walchwilerberg fuhr. Gestern nach dem Mittagessen hatte sie sich wieder in einen Menschen verwandelt und es waren bis zum jetzigen Zeitpunkt keinerlei Schwierigkeiten mehr aufgetreten. Um nicht aufzufallen, hatte ich entschieden, dass wir uns erst im Wald in Drachen verwandeln würden. Den Vorfall vom Donnerstag wollte ich nicht wiederholen, da die Gefahr bestand, von der DrSG entdeckt zu werden. Sobald ich das Auto am Waldrand geparkt hatte, stiegen wir aus und spazierten dem Weg entlang, bis wir uns sicher waren, dass uns niemand beobachtete.

«Jetzt können wir uns verwandeln.», sagte ich, was Lisa sofort ein Lächeln ins Gesicht zauberte.

Während sie sich auszog, verschwand ich hinter mehreren Bäumen und tat es ihr gleich. Obwohl meine Prellung auf der Brust noch nicht vollständig verheilt war, leitete ich die Verwandlung ein. Mittlerweile hatte ich mich wieder an den Wechsel der Wahrnehmung und das Kribbeln gewöhnt. Selbst meine Brust fühlte sich bereits wesentlich besser an als vorgestern, wobei die betroffene Stelle noch berührungsempfindlich war. Einzig das schmerzhafte Stechen in meinem Hinterkopf wurde nicht besser. Im Gegenteil: Es schien mit jeder Verwandlung stärker zu werden. Um schnellstmöglich wieder zu meiner Tochter zu gelangen, ignorierte ich den Schmerz und trat zwischen den Bäumen hervor. Stella wartete bereits grinsend auf mich.

Wir versteckten unsere Kleider in einem Gebüsch und begaben uns zu Fuss auf den Weg zum Treffpunkt. Es war dieselbe Stelle wie bereits vor fünf Jahren, weswegen ich angesichts der Umgebung in Nostalgie schwelgte. Auf einmal verspürte ich den Drang, wieder dem Himmel emporzusteigen und gemeinsam mit Tom durch die Wolken zu fliegen, mit dem Unterschied, dass meine Tochter nun ebenfalls dabei war. Wenige Minuten später erreichten wir den Waldrand. Tom lag bereits im hohen Gras der Lichtung und betrachtete gedankenverloren die sich bildenden Wolken am tiefblauen Himmel.

«Ist das Onkel Tom?», fragte Stella verunsichert.

«Ja. Du musst keine Angst vor ihm haben.», entgegnete ich, da mir aufgefallen war, wie sie leicht vor Anspannung zitterte.

Um sie zusätzlich zu unterstützen, dachte ich an die gemeinsamen Flüge mit Tom und wie wir uns gegenseitig durch den Himmel gejagt hatten. Leider schweiften meine Gedanken gleich darauf zu Toms erster Begegnung mit der DrSG ab, bei der er jemanden getötet und eine zweite Person schwer verletzt hatte. Erneut spielte sich die brutale Kampfszene in meinem Kopf ab, obwohl ich versuchte, an etwas anderes zu denken. Nun war ich derjenige, der verunsichert sein Gegenüber anblickte. Stella hingegen schien nichts von meinen Gedanken mitbekommen zu haben, denn sie sah Tom ununterbrochen an.

«Darf ich zu ihm gehen?», fragte sie lächelnd.

Anscheinend hatte sie sich nebst dem Flug als Drache auch auf das Wiedersehen mit ihrem Onkel gefreut. Ich nickte stumm und beobachtete Stella, die augenblicklich in grossen Sätzen auf Tom zusprang.

«Hallo, Onkel Tom!», rief sie, sobald er uns entdeckt hatte.

Überrumpelt blieb er liegen und blickte dem königsblauen Drachen entgegen, der auf ihn zustürmte. Erst als sich Stella zu ihrem letzten Sprung abstiess, richtete sich Tom auf. In vollkommener Verwirrung liess er zu, dass sie ihn mit den Vorderbeinen am Hals packte und aufgrund ihrer hohen Geschwindigkeit zu Boden riss. Verdattert starrte er Stella an, die ihn nun in eine feste Umarmung schloss. Erst einige Sekunden später fand er seine Sprache wieder.

«Lisa? Bist du das?»

«Nein, ich bin Stella.», antwortete sie grinsend.

«So nennen wir sie in ihrer Drachengestalt.», ergänzte ich.

«Lisa kann sich in einen Drachen verwandeln?»

Tom war immer noch ausgesprochen verwirrt, insbesondere da Stella nun jeden Quadratzentimeter von ihm abschnupperte.

«Du riechst als Drache auch anders wie Papa.», stellte sie fest.

«Seit wann weisst du, dass sie ... wie hat Vanessa darauf reagiert?», stammelte Tom.

«Ich weiss es seit dem Dienstag, Vanessa aber noch nicht.», antwortete ich.

«Du hast es ihr nicht gesagt? Selbst als sich eure Tochter verwandelt hat?»

Seufzend richtete ich meinen Blick nach unten und beobachtete einen Käfer, der einem Grashalm emporkletterte.

«Wo ist eigentlich Delia?», fragte ich, um das Thema zu wechseln.

«Sie ist bei den Hunden geblieben.»

Tom wusste sowohl von meinen Gedanken als auch meinem Verhalten, dass mir die Diskussion über das Verschweigen meiner Drachengestalt Unbehagen bereitete. Demnach richtete er seine Aufmerksamkeit Stella zu.

«Schau mal, wie gut ich schon fliegen kann.», rief sie begeistert, sobald sie Toms Blick bemerkte.

Geschmeidig schwang sie sich in die Höhe und flog über unsere Köpfe hinweg, als wären wir winzige Kieselsteine auf ihrem Weg.

«Wow!», staunte Tom. «Weisst du, was das bedeutet? Wir sind ab sofort nicht mehr die einzigen Drachen auf der Erde.»

Obwohl seine letzten Worte an mich gerichtet waren, sass ich immer noch stumm beobachtend im Gras. Der innere Konflikt, Vanessa endlich die Wahrheit zu sagen, war aufs Neue entfacht worden.

«Kommt ihr jetzt auch?», fragte Stella ungeduldig.

«Auf jeden Fall!», antwortete Tom und flog ebenfalls in Richtung Himmel davon.

Gedankenverloren sah ich den beiden Drachen nach, bis mich ihre erwartungsvollen Blicke dazu verleiteten, ihnen zu folgen. Schnell gewannen wir an Höhe, bis ich vollkommen ausser Atem war. Tom und Stella hingegen schienen die Anstrengung problemlos wegzustecken.

«Seit wann bist du so langsam geworden, Nils?», neckte mich Tom.

«Seitdem ich … fünf Jahre lang … nicht geflogen bin.», keuchte ich.

Schnaubend unterdrückte ich den Drang, seine Bemerkung weiterhin zu kommentieren, und konzentrierte mich auf meine Flügelschläge. Einige Minuten später hatten wir endlich die Wolken durchquert. Aus dieser Höhe liessen wir uns treiben und genossen die warmen Aufwinde. Wieder die sanften Luftströmungen an meinen Flügeln zu spüren, bereitete mir Freude. Unwillkürlich musste ich grinsen. Ich entspannte mich, so gut ich konnte, und schloss die Augen. In diesem Moment füllte sich mein Innerstes erneut mit der Sehnsucht, die mich einst dazu getrieben hatte, stundenlang ziellos über die Stadt Zürich hinwegzufliegen. Je länger sich dieses Gefühl fortsetzte, desto mehr wurde mir bewusst, wie sehr ich das Fliegen vermisst hatte. Als ich die Augen wieder öffnete, flogen Stella und Tom dicht neben mir. Ihre Flügelhäute flatterten geringfügig im Wind und ihre Schuppen glänzten wie Edelsteine. Kombiniert mit den riesigen Wolkentürmen, die sich während der letzten Stunde gebildet hatten, und den saftig grünen Hügeln, die sich bis an den Horizont erstreckten, war dies ein wundervoller Anblick. Der Gedanke, gemeinsam

Fangen zu spielen, kam wie aus dem Nichts auf. Ich wusste nicht, ob er von Tom, Stella oder mir stammte, jedoch war er hier und wir alle dachten dasselbe. Stella war die Erste, die sich im Sturzflug den Wolken näherte, gefolgt von Tom und schliesslich auch mir, obwohl meine Flügel bereits vor Anstrengung schmerzten. Immer schneller jagten wir einer Wolke entgegen, bis Stella im letztem Moment die Richtung wechselte. Der Wasserdampf unter ihr verformte sich in Wirbeln, die stellenweise wie Säulen emporstiegen. Tom flog geradewegs durch eine dieser Säulen hindurch. Sein grüner Schuppenpanzer schimmerte nun aufgrund der Nässe wie frisch geschliffene Smaragde. Ich liess mich weiterhin fallen und flog vollständig in die Wolke hinein. Tausende Wassertropfen bildeten sich auf meinem Körper und ich wagte es kaum, einzuatmen. Nach wenigen Sekunden drang ich bereits wieder aus dem anderen Ende der Wolke heraus, wobei ich eine Spur aus winzigen Wassertröpfchen hinterliess, die im Sonnenlicht in allen Farben des Regenbogens glitzerten. Über mir entdeckte ich Stella und Tom, die sich mit nur wenigen Metern Abstand bei mindestens einhundert Stundenkilometern hinterherjagten. Schmunzelnd drehte ich eine Pirouette in der Luft, um das Wasser loszuwerden, und näherte mich schliesslich den beiden Drachen von unten her. Da sich plötzlich wieder eine Wolke zwischen uns befand, war ich mir sicher, dass sie mich nicht gesehen hatten. Mit kräftigen Flügelschlägen betrat ich die Wolke und flog höher, bis ich zwei drachenförmige Schatten über mir entdeckte, die durch langgezogene Lichtstrahlen begrenzt wurden, die sich wiederum bis zur Unterseite der Wolke fortsetzten.

Der kleinere Schatten flog direkt über mir Schlangenlinien, sodass ich insgesamt schneller war. Knapp drei Meter vor dem Schatten schwang ich einmal kräftig die Flügel, was die oberste Schicht der Wolke aufriss und mir einen freien Blick auf Stella gewährte, die mich in diesem Moment entdeckte. Ihr Ausweichmanöver kam ein wenig zu spät, wodurch es mir gelang, ihre Schwanzspitze mit meinen Klauen zu berühren.

Du bist dran, Stella! Rief ich gedanklich.

Sofort wechselte ich die Richtung und flog knapp über der Wolke davon, sodass der Wasserdampf hinter mir hochgewirbelt wurde und Stella die Sicht auf mich versperrte. Sie folgte mir währenddessen, so gut sie konnte. Da meine Flügel bereits stark erschöpft waren, holte sie trotz der schlechten Sichtverhältnisse schnell auf.

«Lass mich das machen.», nahm ich Toms Gedanken wahr, der neben Stella flog und sie schmunzelnd anblickte.

Anscheinend hatte sie seine Gedanken verstanden, denn sie berührte Toms Schwanzspitze, wodurch er nun an ihrer Stelle auf mich zuflog, bis ich im Sturzflug auswich. Er tat es mir gleich. Immer schneller schossen wir abwärts, während der Wind in meinen Ohren dröhnte. Nur wenige hundert Meter über den Baumwipfeln bremste ich ab. Mein Bruder nutzte diese Gelegenheit, mich einzuholen, und packte mich mit allen Vieren am Oberkörper. Anstatt mich direkt wieder loszulassen, verhalf er mir in einen entspannten Gleitflug und legte seinen Kopf auf meinen.

Fliegen wir jetzt etwa im Doppeldeckermodus weiter? Scherzte ich gedanklich.

«Das würde ich sehr gerne. Ich habe das Fliegen mit dir in den letzten Jahren vermisst.»

Plötzlich stürzte sich Stella auf uns und biss Tom spielerisch in den Nacken. Gleichzeitig wand ich mich aus seinem Griff heraus und stiess ihn von mir weg. Stella liess ihn nun ebenfalls los und flog grinsend in meine Richtung.

«Ich habe dich beschützt, Papa!», sprach sie gedanklich zu mir, ohne es zu bemerken.

Bei dem Wort «beschützt» erschien ein Bild von einem Mann, der ein Kind vor einem aggressiven Hund beschützte, in meinem Bewusstsein.

Danke, Stella. Du weisst schon, dass ich jetzt dran bin?

Mit diesem Gedanken stupste ich ihre linke Flügelspitze mit meinem rechten Flügel an und stieg erneut dem Himmel empor. Sie folgte mir nur eine Sekunde später und Tom war uns ebenfalls dicht auf den Fersen.

5

Gewitter

Die Sonne stand bereits tief über dem Horizont und in der Ferne war Donnergrollen zu hören, als wir endlich landeten. Vor lauter Erschöpfung liess ich mich lediglich ins hohe Gras fallen. Trotz brennender Flügelmuskeln musste ich aufgrund meiner Glücksgefühle ununterbrochen grinsen. Mit ausgestreckten Flügeln lag ich im Gras und beobachtete Stella, die sich soeben dazugesellte. Ihre Flügel zitterten ebenfalls, was mich insgeheim freute, da ich somit nicht der Einzige von uns war, den diese stundenlange Verfolgungsjagd erschöpft hatte. Tom, der am besten durchtrainiert war, fragte uns gedanklich, ob wir Hunger hatten.

Ja, antworteten Stella und ich simultan.

Mein Bruder flog in Richtung seines Autos davon und liess uns auf der Waldlichtung allein. Stolz betrachtete ich meine Tochter, die sich im hohen Gras zusammenrollte und die Augen schloss. In ihrer menschlichen Gestalt hätte sie sich niemals zwischen derart vielen Insekten, Gräsern und Erde entspannen können. Wahrscheinlich hätte sie es nicht einmal gewagt, diese Wiese zu betreten. In ihrer Drachengestalt hingegen war dies überhaupt kein Problem.

Wenige Minuten später traf Tom mit einer grossen Tasche voller Esswaren ein, die er für unseren Ausflug gepackt hatte. Wie es für Drachen üblich war, assen wir alles gierig und in kürzester Zeit auf. Obwohl wir insgesamt vier Kilogramm Brot, Fleisch und Käse verspeist hatten, fühlten wir uns nicht überfüllt. Diese Menge war gerade ausreichend, um unseren Heisshunger zu stillen.

Die Wolkendecke schloss sich und das Gewitter rückte näher, wodurch wir gezwungen waren, zu unseren Autos zurückzukehren. Erschöpft verwandelte ich mich in einem Menschen, als bereits der erste Nieselregen einsetzte. Auf zittrigen Beinen stapfte ich zwischen den Bäumen hervor und half Lisa, die sich nun ebenfalls verwandelt hatte, ins Auto zu steigen. Während der Fahrt nach Hause schlief sie tief und fest auf dem Rücksitz.

«Ihr seht aber erschöpft aus!», kommentierte Vanessa, als wir eine Stunde später die Wohnung betraten.

«Das sind wir auch.», antwortete ich seufzend, während Lisa schlaftrunken gähnte.

Nachdem wir Lisa ins Bett gebracht hatten, setzte ich mich ächzend neben Vanessa auf das Sofa.

«Du klingst wie ein alter Mann.»

«Genauso fühle ich mich auch.»

«Was habt ihr heute alles gemacht?»

«So einiges.»

Meine schmerzenden Flügelmuskeln machten sich in menschlicher Gestalt als Rücken- und Schulterschmerzen bemerkbar. Selbst die Brustmuskeln brannten, als stünden sie in Feuer. Zu meiner Erleichterung leitete dies nicht automatisch eine Verwandlung ein, solange ich fortlaufend an Eis dachte.

«Morgen Abend werde ich bereits ins Krankenhaus gehen, da ich befürchte, dass Mario am Montagmorgen zur Welt kommen wird. Ich möchte vermeiden, durch den Berufsverkehr dorthin eilen zu müssen.», erklärte Vanessa schliesslich, da sie davon ausging, dass ich zu erschöpft war, von den heutigen Erlebnissen zu berichten.

In Wirklichkeit konnte ich mich immer noch nicht dazu überwinden, ihr die Wahrheit über mich und nun auch Lisa zu erzählen. Bevor ich weiterhin darüber nachdenken konnte, fielen mir bereits kurzzeitig die Augen zu.

«Ich glaube, du solltest dich schlafen legen.», riet mir Vanessa.

«Mhm.», antwortete ich und stand mit schmerzendem Rücken auf, um mir die Zähne zu putzen und ins Bett zu gehen.

Ein stechender Schmerz riss mich aus meinen Träumen über die Verfolgungsjagd mit Stella und Tom. Es fühlte sich an, als hätte mir jemand eine Nadel in den Hinterkopf gerammt. Gleichzeitig hörte ich einen lauten Donner, begleitet von prasselnden Regentropfen. Ich war zu erschöpft, um mir über meine Schmerzen oder das Gewitter Sorgen zu machen, geschweige denn die Augen zu öffnen. Bereits wenige Sekunden später schlief ich erneut ein.

Etwas kuschelte sich zwischen Vanessa und mir ein, als ich abermals erwachte. Da ich dieses vor Angst zitternde Etwas kurze Zeit später als meine Tochter identifizierte, schloss ich sie in eine Umarmung, um sie zu beruhigen.

«Ich habe Angst, Papa.», hörte ich ihre Gedanken, gefolgt von Bildern eines heftigen Gewitters ausserhalb der Wohnung.

Das ist bloss das Gewitter. Hier drin kann es dir nichts anhaben, dachte ich und schlief während meiner Erklärung ein.

Da ich fortlaufend meiner Tochter die Furcht nehmen wollte, begleitete mich dieser Gedanke bis in meine Träume. Lisa sass in ihrer Drachengestalt auf ihrem Bett, als ich leise ihr Zimmer betrat. Bei jedem Blitz, dessen Licht durch die geschlossenen Fensterläden drang, drückte sie verkrampft ihre Vorderbeine gegen die Ohrlöcher, um den darauffolgenden Donner zu ertragen. Aufgrund ihrer verstärkten Wahrnehmung zuckte sie dennoch zusammen, als die Schallwellen unsere Wohnung erreichten und den gesamten Raum vibrieren liessen. Als Drache war dies ein ausserordentlich furchteinflössendes Schauspiel.

Mitfühlend setzte ich mich neben Stella auf ihre Bettdecke und blickte ihr in die nachtblau schimmernden Augen. Obwohl kein Licht in ihrem Zimmer brannte, konnte ich jedes noch so kleine Detail an ihr erkennen. Erst jetzt fiel mir auf, dass ich ebenfalls ein Drache war. Ich legte meinen rechten Flügel um sie und fragte mich, wie ich hier hergekommen war.

Das muss ein Traum sein, dachte ich plötzlich.

«Wirklich?», antwortete Stella gedanklich.

Ja, du schläfst jetzt schliesslich bei Mama und mir im Bett.

Da ich nun wusste, dass dies ein Traum war, stellte ich mir vor, mit Stella über die Wolken hinweg in Richtung Sonnenuntergang zu fliegen. Sobald ich diesen Gedanken zu Ende gedacht hatte, befanden wir uns tatsächlich in der Luft. Das Gewitter unter uns war kaum noch mehr als weit entfernte Berge aus Wasserdampf, die zwischendurch aufblitzten. Stella entspannte sich augenblicklich, als sie das orangerote Leuchten des Abendhimmels betrachtete. Glücklich sah sie mich an, wobei der Traum mit der Zeit angenehmer Leere wich.

Graues Tageslicht erfüllte das Schlafzimmer, als ich erwachte. Genüsslich streckte ich mich, um meine Muskelverspannungen zu lockern. Die Schmerzen waren beinahe vollständig verschwunden und ich fühlte mich vollkommen ausgeschlafen. Entspannt seufzend blickte ich zu Vanessa, die mit Stella in den Armen tief und fest schlief. Es dauerte einen Moment, bis ich begriff, dass meine Tochter in ihrer Drachengestalt war. Sofort beschleunigte sich mein Puls und ich reckte den Kopf hoch. Sachte versuchte ich, aufzustehen, wobei mich etwas daran hinderte. Ein Blick auf meinen Körper verriet mir, dass ich ebenfalls ein Drache war und mein nun zerrissener Pyjama meine Bewegungen beeinträchtigte. Ich stellte mir vor, aus Eis zu bestehen, was augenblicklich ein schmerzhaftes Stechen in meinem Hinterkopf auslöste, begleitet von unangenehmem Kribbeln. Kurz darauf verliessen mich meine Sinne und kehrten auf menschliche Weise wieder zurück. Sachte massierte ich die schmerzende Stelle über meinem Nacken und robbte zur Bettkante. Ich stand auf, wechselte meinen Pyjama und verliess das Zimmer mit den zerrissenen Kleidungsstücken. In der Küche angekommen, stopfte ich die Stofffetzen so tief in den Hausmüll, wie ich konnte, obwohl hierbei meine Arme schmutzig wurden. Angeekelt wusch ich mich und betrat anschliessend das Schlafzimmer mit Stella und Vanessa. Die beiden schliefen in solch einer Ruhe beieinander, dass es mich lockte, sie einfach liegen zu lassen. Dennoch musste ich verhindern, dass meine Frau beim Aufwachen einen Schock erlitt.

Stella, wach auf! Dachte ich, um meine Tochter zu wecken.

Sie schlief unbeirrt weiter, bis mir auffiel, dass sie meine menschlichen Gedanken nicht wahrnehmen konnte.

«Stella!», flüsterte ich, so leise ich konnte.

Sofort öffneten sich ihre blauen Augen und sie blickte mich an, während sich ihre Pupillen verkleinerten.

«Du musst jetzt ganz sachte aufstehen, ohne Mama zu wecken.», flüsterte ich.

Stella sah mich an, sagte jedoch nichts. Anschliessend robbte sie langsam zwischen Vanessas Armen hervor. Mit angehaltenem Atem erwartete ich bereits, dass meine Frau erwachen und Stella entdecken würde. Insbesondere als sie sich im Schlaf auf die andere Seite drehte, wuchs meine Anspannung. Unwillkürlich begann ich, auf meinen Fingernägeln zu kauen, bis Stella endlich die Bettkante erreichte. Damit ihre Klauen keinerlei Geräusche auf dem Fussboden erzeugten, nahm ich sie auf die Arme und trug sie in ihr Schlafzimmer. Währenddessen kuschelte sie sich an meinen Oberkörper, als würde sie gleich wieder einschlafen wollen.

«Wieso bist du ein Drache?», fragte ich leise, nachdem ich mich mit ihr auf das Kinderbett gesetzt hatte.

«Ich bin gerne Stella.»

«Aber du weisst doch, dass dich Mama so nicht sehen darf.»

«Ja, Papa.»

Sie wandte ihren Blick verlegen von mir ab. In diesem Moment wurde mir bewusst, dass ich vermutlich zu viel von ihr erwartete. Schliesslich war sie noch ein vierjähriges Kind.

Ich muss Vanessa endlich die Wahrheit sagen, dachte ich.

Was, wenn sie vor lauter Schock Mario sofort gebärt? Warf eine zweite Stimme meines Bewusstseins ein.

Noch länger kann ich es kaum vor ihr verschweigen. In den letzten Jahren habe ich mir eine Ausrede nach der anderen überlegt, um dieser Entscheidung aus dem Weg zu gehen.

Die Gefahr einer Frühgeburt besteht trotzdem.

Mario kommt ohnehin in den nächsten Tagen zur Welt.

Ich kann es ihr einfach nicht sagen.

Wieso nicht?

Keine Ahnung.

Dann sage ich es ihr.

Nein!

Während meiner inneren Debatte blickte mich Stella fragend an. Sie schien etwas von mir wissen zu wollen, jedoch sagte sie nichts. Erwartungsvoll stupste sie meinen Arm mit der Schnauze an.

«Wenn du mir etwas sagen möchtest, musst du es aussprechen. Ich kann deine Gedanken als Mensch nicht verstehen.», sagte ich.

«Okay.», erwiderte sie, ohne anschliessend weiterzusprechen.

«Was wolltest du mir sagen?»

«Ich habe dich gefragt, wieso du mich so seltsam anschaust.»

«Habe ich das?»

«Ja, die ganze Zeit.», antwortete Stella lächelnd.

Anscheinend hatte sie mein fokussierter Blick während meinem Gewissenskonflikt amüsiert. Schmunzelnd stand ich auf und überlegte, wie ich mein Problem mit Vanessa lösen konnte. Nachdem ich einige Minuten gedankenverloren durch den Raum gewandert war, kam ich zu dem Entschluss, es ihr nach Marios Geburt zu sagen, sobald sie wieder zu Hause war. Um sicherzustellen, dass ich nicht erneut eine Ausrede erfinden würde, hatte ich mir vorgenommen, ihr heute bereits Hinweise zu geben.

«Ist dir diese Nacht etwas Spezielles aufgefallen?», fragte ich Vanessa während dem Frühstück.

«Nein, nicht wirklich. Weshalb meinst du?»

«Nur weil Lisa zu uns ins Bett gekrochen ist, da sie sich vor dem Gewitter gefürchtet hat.»

«Ich dachte, sie liebt Gewitter.»

«Das tu ich auch, aber Stella nicht.», antwortete Lisa.

«Wer ist Stella?», fragte Vanessa verwirrt.

«Das blaue Drachenmädchen mit den weissen Punkten auf den Flügeln.»

Während meine Tochter sprach, warf ich ihr einen strengen Blick zu. Ganz so schnell wollte ich nicht zum Punkt kommen.

«Ist Stella deine imaginäre Freundin?»

«Was heisst 'imaginäre'?»

«Imaginär bedeutet, dass man sich etwas vorstellt, was nicht wirklich existiert.»

«Okay.»

Lisa wollte weitersprechen, aber als ihr mein Blick endlich auffiel, wandte sie sich wieder dem Frühstück zu.

«Das passt ausserordentlich gut zu meinem Traum, den ich heute Nacht hatte. Ich habe geträumt, wieder einen Drachen zu streicheln wie früher auf dem Lindenhof.», setzte Vanessa das Gespräch fort.

«Und ich habe geträumt, dass ich mich vor dem Gewitter fürchte. Dann kam Papa und ist mit mir durch den Himmel geflogen.», sprach Lisa mit vollem Mund.

Überrascht begriff ich, dass wir diese Nacht einen gemeinsamen Traum gehabt hatten.

Vermutlich liegt das an der Telepathie, mutmasste ich.

«Das klingt sehr schön. Habe ich dir schon erzählt, wie ich mit dem roten Drachen geflogen bin?», fragte Vanessa.

Das Gespräch setzte sich fort, bis wir den Tisch abgeräumt und die Küche saubergemacht hatten. Erst jetzt ergab sich eine Gelegenheit, mein Geständnis anzukündigen. Ich nahm Vanessa an der Hand und blickte ihr in die blauen Augen, deren volle Schönheit lediglich für Drachen sichtbar war.

«Es gibt etwas, was ich dir sagen muss.», begann ich.

Gespannt lauschte Vanessa jedem meiner Worte.

«Ich wollte es dir bereits vor Jahren sagen, aber bisher konnte ich mich nie dazu überwinden. Da das alles sehr kompliziert ist, möchte ich es dir nach Marios Geburt erklären.»

«Hängt das mit dem zusammen, was wir vor deinem zehnmonatigen Verschwinden erlebt haben?»

«Unter anderem ja.»

«Du weisst doch, dass ich nicht mehr an all dieses Leid zurückdenken möchte.»

«Trotzdem muss ich es dir sagen. Ich kann es einfach nicht mehr länger für mich behalten.»

Vanessa, deren Freundliches Lächeln vollständig aus ihrem Gesicht gewichen war, seufzte tief. Erst jetzt fiel mir auf, dass sie unsere Vergangenheit mindestens genauso verdrängt hatte wie ich.

«In Ordnung. Aber ehrlich gesagt habe ich Angst davor, dass ich wieder in eine Depression verfallen könnte. Das möchte ich unseren Kindern nicht antun.»

Ihre Bedenken konnte ich durchaus nachvollziehen, obwohl ich noch nie in einer Depression gewesen war, denn meine Eltern hatten sich drei Jahre nach meiner Geburt scheiden lassen. Seit jeher war ich zwischen zwei Fronten hin und hergerissen worden, die sich gegenseitig verabscheuten, während ich beide liebte. Dementsprechend hatte ich nur entweder meinen Vater oder meine Mutter sehen können, niemals beide gleichzeitig, wie es mein Wunsch gewesen wäre. Sollte Vanessa in eine Depression verfallen oder mich verlassen, hätten es unsere Kinder gleichermassen schwer. Leer schluckend legte ich mir bereits Worte im Kopf zurecht, mit denen ich ihr alles auf schonende Weise erklären konnte.

Den gesamten Tag regnete es ununterbrochen. Lisa war ganz unruhig, als Vanessa uns am Abend verliess, um ins Krankenhaus zu fahren. Obwohl sie noch keine echten Wehen verspürte, bestellte sie ein Taxi, um auf Nummer Sicher zu gehen. Um sieben Uhr brachte ich Lisa ins Bett. Drei Stunden später, als ich mich ebenfalls schlafen legen wollte, trat sie plötzlich in ihrer Drachengestalt aus dem Zimmer.

«Ich kann nicht schlafen, Papa.», sagte sie.

«Komm, ich erzähle dir eine Geschichte.», antwortete ich und setzte mich auf das Sofa.

Stella sprang ebenfalls hoch und kuschelte sich an meine Seite. Während ich sie ruhig streichelte, erzählte ich ihr von meinen Abenteuern als Drache. Über eine halbe Stunde später war Stella immer noch nicht eingeschlafen. Unruhig blickte sie mich an.

«Weisst du, was mir stets geholfen hat, wenn ich nicht schlafen konnte?», fragte ich.

Sie schüttelte den Kopf.

«In solchen Situationen bin ich einmal um die Stadt geflogen.», antwortete ich, wobei sich mein Blick unbewusst auf die schwarze Fläche des ausgeschalteten Fernsehers richtete.

In Gedanken schwebte ich bereits über die Wolken hinweg, unter dem fahlen Licht des Mondes. Stella schien in ähnlichen Gedanken zu schwelgen, denn ihre Augen leuchteten plötzlich auf. Um sicherzugehen, dass das Unwetter vorüber war, sah ich aus dem Fenster. Der Himmel war stockdunkel, jedoch konnte ich weder Regentropfen noch Blitze erkennen.

Ohne dass ich etwas sagen musste, stand Stella auf und wartete, bis ich mich in einen Drachen verwandelt hatte. Das schmerzhafte Stechen im Hinterkopf nahm ich erneut meiner Tochter wegen in Kauf. Ich öffnete die Balkontür, was sich immer noch gewöhnungsbedürftig anfühlte, da sich der Hebel über meinem Kopf befand und ich ihn nur knapp mit meinen Klauen erreichen konnte. Anschliessend sah ich mich auf dem Balkon um. Draussen waren keinerlei Menschen zu erkennen. Der Himmel war vollständig von Wolken bedeckt, die das gelbliche Licht der Strassenbeleuchtung reflektierten.

Wie lange es wohl noch dauert, bis sie endlich überall LED-Lampen einsetzen, dachte ich, da sich das Thema Stromknappheit in den letzten Jahren insbesondere durch den Wechsel zur E-Mobilität und erneuerbaren Energien zugespitzt hatte.

«Keine Ahnung.», antwortete Stella gedanklich.

Diese Gedanken waren an mich selbst gerichtet.

Schmunzelnd breitete ich die immer noch leicht schmerzenden Flügel aus und kletterte über das Balkongeländer, um anschliessend dem Himmel emporzusteigen. Stella folgte mir bereits eine Sekunde später. Wir stiegen immer höher, bis wir schliesslich die Wolkendecke durchbrachen. Vor lauter Nässe froren wir, obwohl der Aufstieg anstrengend gewesen war. Stellas königsblauer Schuppenpanzer glitzerte aufgrund der tausenden Wassertropfen und des blauen Mondlichts wie Diamanten. Obwohl ich ihr mit meinem Feuer gegen die Kälte helfen wollte, konnte ich meinen Blick nicht von ihr lösen, bis sie sich schüttelte und das Wasser in alle Richtungen spritzte. Nun flog sie ein Stück über mir. Da das Mondlicht nun aus meiner Perspektive weniger stark an Stella reflektierte, konnte ich sie aufgrund ihrer dunkelblauen Farbe kaum noch erkennen. Im Nachthimmel war sie perfekt getarnt.

«Mir ist kalt.», durchbrachen Stellas Gedanken meine eigenen.

Die Sorge, sie könnte sich jederzeit versehentlich in einen Menschen verwandeln, holte mich augenblicklich in die Realität zurück.

Soll ich dich mit Feuer wärmen? Fragte ich gedanklich, wobei ich mir die genaue Vorgehensweise vorstellte, sodass sie wusste, was auf sie zukommen würde.

Sie nickte und schloss die Augen, wie ich es ihr telepathisch gezeigt hatte. Nun erhitzte ich die Luft in meinen Lungen, bis das Wasser auf meinem Körper verdampfte. Als ich die Hitze schliesslich ausstiess, schossen hellorange Flammen aus meinem Maul, die meine Tochter vollständig einhüllten. Um sicherzugehen, dass sie genügend Wärme abbekam, erhielt ich den Feuerstrahl aufrecht, bis mir die Luft ausging. Nun öffnete Stella ihre Augen, die in diesem Licht magisch funkelten. Ihrem Blick war zu entnehmen, dass sie mir für mein Feuer dankbar war.

Entspannt flogen wir über den Wolken durch die Nacht, bis plötzlich ein kalter Wind aufkam. In der Ferne flackerten Blitze innerhalb von hohen Wolkentürmen auf.

Wir sollten wieder nach Hause fliegen, dachte ich, da ein Gewitter durchaus gefährlich sein konnte.

Stella antwortete nicht. Ich blickte umher, konnte sie jedoch nicht erkennen.

Ich habe sie doch nur eine Sekunde aus den Augen gelassen. Wo ist sie hin?

Besorgt scannte ich den gesamten Himmel nach ihr ab, ohne Erfolg. Mein Puls beschleunigte sich und ich begann, mir Sorgen zu machen. Ich stellte mir bereits vor, was geschehen würde, sollte ich sie nicht wiederfinden. Gleich darauf fragte ich mich, ob sie im Ernstfall eigenständig nach Hause fliegen konnte.

Stella, wo bist du? Rief ich gedanklich, so laut ich konnte.

«Stella!», wiederholte ich den Ruf verbal.

Vor meinem inneren Auge spielten sich mittlerweile Horrorszenarien ab, was ihr in der Zwischenzeit alles zugestossen sein konnte.

Hat sie sich aufgrund der Kälte versehentlich in einen Menschen verwandelt?

Sofort blickte ich nach unten und suchte die Wolkendecke nach Lisa ab. Wieder konnte ich sie nirgends entdecken. Plötzlich packte mich etwas von hinten. Instinktiv drehte ich mich danach um und biss zu. Erst einen Sekundenbruchteil später bemerkte ich, dass es sich hierbei um Stella handelte und ich ihr versehentlich in den Hals gebissen hatte. Schockiert liess ich sie los, wobei sie ihren eigenen Flug lachend fortsetzte. Einerseits war ich froh, sie nicht verletzt zu haben, und andererseits wütend über ihr plötzliches Verschwinden.

Mach das nicht nochmal, Stella! Du hast mich beinahe zu Tode erschreckt. Habe ich dir wehgetan?

«Nein, es tat überhaupt nicht weh.», dachte sie immer noch grinsend.

Das Gefühl, mein Hals wäre zwischen etwas Hartem eingeklemmt, erreichte mich. Es war äusserst unangenehm, jedoch nicht schmerzhaft und von kurzer Dauer. Dies musste Stellas Wahrnehmung meiner instinktiven Verteidigung gewesen sein.

Bitte verschwinde nicht einfach so. Ich dachte bereits, dich verloren zu haben. Ausserdem müssen wir jetzt nach Hause fliegen.

Sie schien meine besorgten Gedanken empfangen zu haben, denn das Grinsen wich aus ihrem Gesicht. Mittlerweile hatten die Winde zugenommen, weswegen wir uns beeilen mussten, nach Hause zu fliegen. Minütlich verstärkte sich der aufkommende Gewittersturm. Die Wolken flackerten, als würde eine wilde Party darin stattfinden, während das bedrohliche Donnergrollen stetig näherrückte. Sobald wir uns zwischen den Wolken befanden, wehten uns die Winde auf und ab. Es war beinahe unmöglich, zusammenzubleiben. Vor uns glühte ein heller Blitz auf, der meine Augen blendete. Kurz darauf erschütterte ein gewaltiger Knall die Nacht. Die Druckwelle fühlte sich an, als hätte mir jemand gegen die Brust geschlagen. Meine Ohren pfiffen und es fiel mir zunehmend schwer, mich zu orientieren. Da nun auch noch Regen einsetzte, wurde es noch unangenehmer. Immer tiefer sanken wir zwischen den hell blitzenden und laut donnernden Wolken hinab, wobei keinerlei Ende in Sicht war. Stella verschwand oft aus meinem Blickfeld. Jedes Mal wuchs meine Sorge um sie an, bis sie schliesslich wieder zu mir fand. Aufgrund ihrer Farbe war es für mich unmöglich, sie unter diesen Verhältnissen zu entdecken. Meine leuchtend roten Schuppen hingegen hoben sich wesentlich stärker von der Umgebung ab.

Das Gewitter verstärkte sich weiter, bis wir nahezu durchgehend von mindestens einem Blitz beleuchtet wurden. Aufgrund der heftigen, kalten Winde und des starken Regenfalls froren wir beide. Ein besonders heller Blitz leuchtete zu unserer Rechten auf. Wie ein Baum, der tausende Wurzeln schlug, breitete er sich in unsere Richtung aus, bis einer dieser Verästelungen Stella am Schwanz traf. Zeitgleich schossen kleinere Blitze aus ihrer Schnauzspitze, ihren Flügelspitzen und ihren Vorderbeinen heraus. Sofort verdampfte das Wasser auf ihrem Körper, der nach einem kurzen Zucken jegliche Muskelspannung verlor. Die Druckwelle des Donners war derart heftig, dass es sich anfühlte, als würde jegliche Luft aus meinen Lungen gedrückt werden, während ein stechender Schmerz durch meine Ohren und meinen Hinterkopf zuckte. Nun konnte ich nichts mehr hören ausser des eben entstandenen Tinnitus. In Schockstarre blickte ich zu Stella, die gefolgt von einer breiten Spur aus Wasserdampf schlaff nach unten sackte.

«Lisa!», rief ich in völliger Verzweiflung, wobei ich meine eigene Stimme nicht hören konnte.

Dass ich ihren menschlichen Namen verwendete, war meiner panischen Angst um meine Tochter zuzuschreiben. Bewusstlos fiel sie in die Tiefe.

Sofort setzte ich zum Sturzflug an und holte sie in wenigen Sekunden ein. Mit allen Vieren packte ich sie und hielt sie fest, so gut ich mit meinen nassen Klauen konnte. Ich blickte sie an und stellte fest, dass ihre Augen geschlossen waren. Ihren Puls konnte ich aufgrund des Pieptons meiner Ohren nicht hören, selbst wenn ich meinen Kopf gegen ihre Brust drückte, weswegen ich mit meinem rechten Flügel versuchte, ihn zu fühlen. Dass ich hierbei unkontrolliert nach unten fiel, war mir in diesem Moment nicht einmal bewusst. Immer noch regte sich keiner ihrer Muskeln. Selbst nach mehreren Versuchen hatte ich es nicht geschafft, ihren Puls zu fühlen.

«Lisa, wach auf!», schrie ich, während ich versuchte, sie wachzurütteln.

Von meinen Worten drangen nur dumpfe, schwache Laute durch den Tinnitus hindurch. Blitzschnell rasten meine Gedanken zu den Nanobot-Injektionen, die ich in meinem Keller verwahrte, mit denen ich Tom vor sieben Jahren einmal wiederbelebt hatte. Ich war mir sicher, dass solch eine Injektion in meinem jetzigen Fall ebenso hilfreich sein würde. Mit dem neuen Ziel vor Augen, meine Tochter wiederzubeleben, legte ich die Flügel vollständig an und schoss in rasender Geschwindigkeit in die Tiefe. Die mir entgegenfliegenden Regentropfen zwangen mich dazu, die Augen zuzukneifen. Beinahe blind flog ich durch den wilden Gewittersturm hindurch. Hunderte Blitze flackerten aus allen Richtungen auf, während mich heftige Windböen trafen. Von all diesen Gegebenheiten liess ich mich jedoch nicht beeinflussen. Eisern hielt ich meine Tochter fest und setzte den Sturzflug fort, bis ich endlich aus den tiefhängenden Wolken brach. Sofort erkannte ich die Gebäude unter mir und passte meine Flugrichtung an, um schnellstmöglich nach Hause zu gelangen. Während ich in hoher Geschwindigkeit über die Stadt flog, flatterten meine Flügelhäute wie Segel im Wind. Die Kälte drang mir bereits in jede Zelle meines Körpers. Dennoch flog ich unbeirrt weiter.

Der Regen nahm mit der Zeit ab. Als ich schliesslich meine Wohnung erblickte, war das Gewitter bereits beinahe verschwunden. Wenige Meter vor dem Balkon breitete ich die Flügel aus, um abzubremsen. Als ich über das Geländer flog und unsanft auf dem nassen Steinboden landete, fiel mir auf, dass ich wieder einigermassen gut hören konnte. Ich legte Stella auf meinen Rücken und sprang in einem Satz durch die offene Balkontür in die Wohnung hinein. Dass der Sturm die angelehnte Tür geöffnet und das Regenwasser den Boden aufgeweicht hatte, war mir gleichgültig. Ohne darauf zu achten, ob sich jemand im Treppenhaus befand, öffnete ich die Wohnungstür mit dem Maul, da ich Stella mit dem rechten Vorderbein und den Flügeln auf meinem Rücken festhielt und die anderen Beine zur Fortbewegung nutzte. Tropfend nass und mit laut schabenden Klauen stolperte ich aufgeregt die Stufen hinunter, bis ich endlich die Kellertür erreichte. Da ich keinen Schlüssel bei mir trug, erhitzte ich das Schloss mit meinem Feuer und rammte die Tür, sobald das Metall hellgelb glühte. Der Riegel brach durch und ich drückte mich mit Stella in den dunklen Gang hinein. Sobald ich bei meinem Kellerabteil angekommen war, versperrte mir mein eigenes Vorhängeschloss den Weg. Da die Absperrung aus Holzbrettern bestand, war ich dazu gezwungen, auf Feuer zu verzichten und das Schloss stattdessen durchzubeissen. Erstaunlicherweise gab das Metall rasch zwischen meinen hinteren Zähnen nach, ohne dass es währenddessen schmerzte. Mit einem Knacken brach das Schloss entzwei und ich konnte endlich mein Kellerabteil betreten. Sachte legte ich meine leblose Tochter auf den Boden und riss die Schranktür auf, hinter der ich die Injektionen vermutete. Ungeduldig wühlte ich zwischen den Gegenständen umher und warf alles hinter mich, was ich nicht als Injektion identifizieren konnte. Als ich schliesslich einen der gesuchten Behälter zwischen den Klauen hielt, wandte ich mich wieder Stella zu und stach ihr mit der Nadel zwischen die Schuppen am Hals. Sachte, ohne mein Handeln zu überstürzen, drückte ich die silberne Flüssigkeit aus der Spritze, bis nichts mehr übriggeblieben war. Ich warf den leeren Behälter beiseite, der sogleich auf dem Steinboden zersplitterte, und blickte wie gebannt auf Stella.

Erst zuckten ihre Lefzen, dann ihre Beine und schliesslich japste sie nach Luft. Mir kamen Freudentränen, während ich auf meine wiederbelebte Tochter zusprang und sie in eine feste Umarmung schloss. Wie damals bei meinem Bruder glich ihr Verstand nun einem wilden Durcheinander aus Eindrücken der Vergangenheit. Schluchzend und mit ununterbrochenem Tränenfluss hielt ich Stella fest. Das Gefühl, sie doch nicht verloren zu haben, erfüllte mich mit einer unbeschreiblichen Menge an Erleichterung, die mich zum Weinen brachte.

«Wieso weinst du, Papa?», fragte Stella einige Minuten später verwirrt.

Ich dachte, ich hätte dich für immer verloren, antwortete ich telepathisch, ohne mich von ihr zu lösen.

Ihr Körper war noch sehr kalt, weswegen ich die Luft in meinem Inneren erhitzte und wartete, bis sich die Wärme zu ihr ausgebreitet hatte.

Nach einer unbestimmbar langen Zeitspanne liess ich sie endlich los und blickte ihr ins Gesicht. Mittlerweile wirkte sie wieder gesund, was mir erneut Freudentränen in die Augen trieb. Als ich bemerkte, dass dieses Unglück einzig und allein meinetwegen entstanden war, erfüllte mich ein bedrückendes Schuldgefühl.

Ich hätte niemals mit dir durch ein Gewitter fliegen dürfen. Es tut mir so leid.

«Aber es ist doch nichts passiert, Papa.»

Doch. Du weisst es nur nicht mehr, weil es für dich so schnell ging.

Stella verliess leise das Kellerabteil und liess mich schluchzend zurück. Da ich bei ihr bleiben wollte, konnte ich mich schliesslich dazu überwinden, ihr zu folgen. Ich schloss das Kellerabteil, ohne es zu verriegeln, und trat anschliessend ins Treppenhaus. Die beschädigte Tür liess ich offen. Sobald ich mit Stella in der Wohnung angekommen war, kamen mir erneut die Tränen. Im Gegensatz zu mir schien meine Tochter in einigermassen guter Verfassung zu sein. Sie legte sich auf ihr Bett und rollte sich zusammen, als wäre nichts geschehen. Ich kletterte zu ihr hoch, klammerte mich an ihr fest, als könnte sie mir jederzeit entrissen werden, und legte meinen Kopf neben ihren. Nun rollte ich mich ebenfalls zusammen, wobei ich sie mit meinem Körper vollständig umschloss. Zuletzt deckte ich sie mit meinem rechten Flügel zu und schweifte gedanklich zum heutigen Vorfall ab. In einer Endlosschleife spielte sich der Blitzschlag, der Stella vorübergehend getötet hatte, vor meinem inneren Auge ab. Mit jedem Mal entdeckte ich weitere grässliche Details, wie zum Beispiel ihre Augen, die sie während eines Sekundenbruchteils verdreht hatte, oder das abrupte Aufflammen und Erlöschen ihres Verstandes, den ich währenddessen wahrgenommen hatte. Selbst den Wasserdampf, der langsam von ihrem Körper aufgestiegen war und während ihrem Sturz Wirbel gebildet hatte, sah ich nun in vollkommener Klarheit vor mir.

Irgendwann seufzte Stella tief. Sie strömte eine Ruhe aus, die ich nur zu gern ebenfalls empfunden hätte. Unwillkürlich nahm ich ihren Duft wahr, der mich daran erinnerte, dass sie wieder lebte. Gleichzeitig erreichten mich Bilder von ihr, wie sie genüsslich unter tausenden Sternen durch den Nachthimmel flog, wie der kühle Wind ihre Flügel streichelte und der Mond ihre Schuppen glitzern liess. Ich fühlte ihre Freude, die sie empfunden hatte, als sie mich wieder unter ihr entdeckte, ihr Vergnügen, im Sturzflug auf mich zuzufliegen und ihre Schadenfreude, mich mit ihrem spielerischen Angriff erschreckt zu haben. All diese Gedanken und Empfindungen erfüllten nun mein Bewusstsein und wiegelten mich in den Schlaf. Bevor ich mich vollständig der Traumwelt hingab, dachte ich noch einen letzten, liebevollen Gedanken, der an Stella gerichtet war.

Danke, mein Schatz. Du bist die Beste!

6

Mario

Das bekannte Geräusch meines Weckers riss mich unsanft aus einem wilden Gemisch von Träumen. Einige davon waren ruhig und schön gewesen, andere hingegen dunkel und brutal. Wahrscheinlich hatte ich es meiner Tochter zu verdanken, dass nicht alle Träume schlecht gewesen waren. Sie lag immer noch entspannt und dicht an mich gekuschelt unter meinem Flügel.

Pflichtbewusst stand ich auf und schaltete den Wecker aus. Anschliessend verwandelte ich mich in einen Menschen, wobei erneut ein stechender Schmerz durch meinen Hinterkopf schoss. Nachdem ich meine Kleider angezogen und mich vergewissert hatte, dass Stella noch immer ruhig atmend auf ihrem Bett lag, betrat ich das Treppenhaus und ging zu meinem Kellerabteil. Die Gegenstände, die ich gestern aus dem Schrank gerissen hatte, lagen wild verstreut auf dem Boden. Sachte räumte ich alles wieder ein, wischte die herumliegenden Scherben auf und nahm das zerbrochene Vorhängeschloss wie auch die letzte Nanobot-Injektion mit nach oben. In meiner Wohnung angekommen, stellte ich die Injektion in das grosse Bücherregal und entsorgte das Vorhängeschloss. Zu guter Letzt schloss ich die Balkontür. Den aufgeweichten Fussboden, der nun wellig und weich war, konnte ich leider nicht auf die Schnelle reparieren.

Erschöpft von der gestrigen Aufregung und der viel zu kurzen Nacht setzte ich mich neben Stella auf ihr Bett. Mittlerweile war sie wieder tief eingeschlafen. Ihre Beine und Flügel zuckten geringfügig im Traum. Gedankenverloren sass ich neben ihr, mein Blick auf ihren königsblauen Körper gerichtet. Abermals überkam mich ein Schwall von Erleichterung, sie nicht verloren zu haben. Ohne dass ich mich dagegen wehren konnte, schloss ich sie in meine Arme und legte meinen Kopf sachte auf ihren Oberkörper. Dies weckte Stella, die sich nun streckte und sich mit einem tiefen Seufzer erneut entspannte.

«Es wird Zeit, aufzustehen.», flüsterte ich ihr zu.

Sie antwortete mit einem erschöpften Brummen, was mich an Tim, den ausserirdischen Drachen erinnerte. Ohne auf meine Worte zu achten, vergrub sie ihren Kopf unter der Bettdecke. Nach einer Weile entschied ich mich dazu, sie heute vom Kindergarten abzumelden. In diesem übermüdeten Zustand konnte sie ohnehin nicht viel unternehmen.

Nachdem ich Frau Schneider telefonisch erklärt hatte, dass Lisa sehr schlecht geschlafen hatte und demnach nicht den Kindergarten besuchen konnte, setzte ich mich auf das Sofa und starrte müde den ausgeschalteten Fernseher an. Innert weniger Minuten fielen mir bereits die Augen zu, ohne dass ich etwas dagegen unternehmen konnte.

Am Mittag weckte mich Lisa in ihrer menschlichen Gestalt.

«Geht es dir gut?», fragte ich schlaftrunken.

«Seit gestern fühle ich mich irgendwie seltsam.», antwortete sie.

«Seit wann genau?»

«Als ich dich gefragt habe, wieso du traurig bist.»

«Nachdem ich dich wiederbelebt habe?»

Sie antwortete nicht auf meine Frage. Stattdessen war ihr Blick auf meine rechte Hand gerichtet. Trotzdem wusste ich, dass ihr verändertes Empfinden mit dem gestrigen Blitzschlag und den Nanobots zusammenhängen musste.

«Kannst du beschreiben, was sich seltsam anfühlt?», setzte ich das Gespräch fort.

«Ich weiss es nicht.», antwortete sie, ohne mich anzusehen.

Sie schniefte und wischte sich anschliessend die Nase an ihrem T-Shirt ab, was rote Spuren hinterliess. Augenblicklich war ich hellwach.

Sind das Nebenwirkungen der Nanobots? Was, wenn sie ausschliesslich für Tom und mich entwickelt wurden? Fragte ich mich.

«Du blutest aus der Nase. Ich hole dir schnell ein Taschentuch.»

Mit pochendem Herzen stand ich auf und suchte das Wohnzimmer nach Taschentüchern ab.

«Papa, es tut weh.»

Blitzschnell richtete ich meine Aufmerksamkeit wieder auf Lisa. Wie bei jeder abrupten Kopfbewegung zwickte es mich im Hinterkopf. Mit zunehmender Geschwindigkeit tropfte das Blut aus Lisas Nase. Sie fing an zu husten, wobei noch mehr Blut zum Vorschein kam.

«Lisa?»

Meiner Stimme war nun die blanke Angst zu entnehmen. Ich eilte zu meiner Tochter, die in diesem Augenblick zu Boden sackte. Im letzten Moment, bevor ihr Kopf aufschlagen konnte, fing ich sie auf.

«Lisa, was ist los?», fragte ich panisch.

Ohne auf meine Frage zu reagieren, zuckte sie laut röchelnd in meinen Armen. Immer noch floss Blut aus ihrer Nase, was inzwischen eine Lache gebildet hatte. Ihre Augen verdrehten sich und ihr Zucken wich einem wilden Strampeln. Ratlos nach Hilfe suchend blickte ich umher, bis mir die letzte Dosis Nanobots ins Auge stach. Ich liess Lisa los, sprang auf und griff nach der Spritze. Nun ging ich zurück zu meiner Tochter, die sich krampfhaft auf dem Boden wand, während ununterbrochen Blut aus ihrer Nase und ihrem Mund strömte. Mit dem linken Arm hielt ich sie fest, so gut ich konnte, und rammte ihr die Injektionsnadel in den rechten Oberschenkel. Da ihr Strampeln heftiger wurde, stützte ich mich mit den Knien auf ihren Beinen ab, um ihr die Nanobots zu verabreichen. Langsam drückte ich den silbernen Inhalt aus dem durchsichtigen Behälter, bis nichts mehr übrigblieb. Nun wartete ich darauf, dass sich ihr Zustand besserte. Entgegen meiner Erwartungen verkrampfte sich ihr Körper noch mehr und der Blutfluss verstärkte sich. Plötzlich knackte etwas in ihr, wobei sich ihr Brustkorb unnatürlich nach innen wölbte.

«Lisa!», rief ich verzweifelt.

An einigen Stellen platzte ihre Haut auf und gab eine silberne Masse preis, die sich wie ein ausserirdischer Parasit durch ihren Körper grub. Weitere ihrer Knochen brachen grundlos auseinander und verschiedenste Körperflüssigkeiten traten aus. Beissender Verwesungsgestank stieg mir in die Nase. Als sich ihr verkrampftes Zucken schliesslich einstellte, hatte die silberne Masse ihren Kopf erreicht.

«Nein!», schrie ich, als sich Lisas Schädel laut knackend verformte.

In den nächsten Sekunden schien sich ihr Körper in meinen Armen zu verflüssigen. Ihre Haut, ihr Muskelgewebe, ihre inneren Organe und selbst ihre Knochen verbanden sich mit der silbernen Masse, die sich nun langsam auf dem Fussboden ausbreitete. Das, was von meiner Tochter übriggeblieben war, sickerte zwischen meinen zittrigen Fingern hindurch und tropfte zu Boden.

«Lisa, nein!»

Mit diesem Schrei schreckte ich schweissgebadet hoch. Lisa sass in ihrer Drachengestalt neben mir und schien sich Sorgen um mich zu machen. Ich streckte meine rechte Hand nach ihr aus. Aufgrund meines Zitterns fiel es mir schwer, sie behutsam am Kopf zu streicheln. Interessiert schnuppernd trat sie näher. Als sie bei meinem Kopf angekommen war, sog sie den Geruch meines Gesichts auf und leckte mir anschliessend den Schweiss von der Stirn. Wie in Trance betrachtete ich meine Tochter, bis ich begriff, dass ihr erneutes Ableben lediglich Bestandteil eines Traums gewesen war. Fern von jeglicher

Menschlichkeit schnupperte sie an meinen Haaren, blickte mir in die Augen und legte sich seufzend neben mir auf das Sofa, wobei ihr Blick keine Sekunde von mir wich. Entspannt liess sie ihren linken Flügel über die Kante des Sofas nach unten hängen. Wenige Sekunden später schloss sie die Augen.

«Lisa?», fragte ich nun, da ich meine Sprache wiedergefunden hatte.

Stella öffnete ihre Augen und legte den Kopf leicht schräg.

«Ich meine natürlich Stella. Geht es dir gut?»

«Ja.», antwortete sie, wobei ihr animalisches Verhalten plötzlich der Menschlichkeit wich.

«Fühlst du dich irgendwie seltsam oder hast du Schmerzen?»

«Nein.»

«Wirklich nicht?»

Sie nickte, was mir beinahe jegliche Angst nahm. Ich legte meine Hand auf ihren warmen Hals. Unter den harten Schuppen fühlte ich ihren regelmässigen Puls, was mich allmählich beruhigte. Froh darüber, dass meiner Tochter nichts fehlte, gab ich ihr einen Kuss auf die Stirn, wobei ich Acht geben musste, mir kein Auge an ihren Hörnern auszustechen. Beruhigt atmete ich auf und setzte mich gerade hin. Mein Magen knurrte in diesem Augenblick.

«Ich habe Hunger.», sagte Stella, als ich sie gerade nach dem Frühstück fragen wollte.

«Dann werde ich uns etwas zu Essen machen.», antwortete ich.

Voller Liebe meiner Tochter gegenüber starrte ich sie an, während ich mich auf den Weg zur Küche begab.

Nach dem Essen wusch ich mir den Schweiss vom Körper und setzte mich erneut auf das Sofa. Stella, die immer noch in ihrer Drachengestalt war, sprang zu mir hoch und kuschelte sich auf meinem Schoss ein. Zum ersten Mal diesen Montag nahm ich mein Mobiltelefon zur Hand. Sofort erkannte ich, dass Vanessa mehrere Male versucht hatte, mich zu erreichen. Ich hatte ausserdem drei Anrufe einer unbekannten Nummer verpasst. Im Gegensatz zu Vanessa hatte die unbekannte Person eine Sprachnachricht hinterlassen.

«Guten Morgen Herr Wollseif. Mein Name ist Sara Kaufmann vom Spital Triemli. Ihr Sohn Mario kam heute um 9:34 Uhr zur Welt und ist wohlauf. Bei Ihrer Frau gab es einige Komplikationen. Sie hat viel Blut verloren und muss heute noch operiert werden. Derzeit befindet sie sich auf der Intensivstation. Wenn Sie wünschen, können Sie sie jederzeit besuchen.»

Geschockt liess ich das Mobiltelefon sinken und blickte zu Stella, die bestimmt alles mitgehört hatte, jedoch keine Reaktion zeigte.

«Wir müssen jetzt ins Krankenhaus fahren.», sagte ich, nachdem sich meine wild drehenden Gedanken ein wenig beruhigt hatten.

«Was sind Kompilationen?», fragte Stella, während ich sie sachte von meinem Schoss auf das Sofa setzte.

«Das heisst Komplikationen und bedeutet, dass etwas schiefgelaufen ist.»

«Hat das etwas mit Mama zu tun?»

Stella war auf einmal vollkommen bei der Sache und durchbohrte mich mit ihrem fordernden Blick.

«Ja. Aber das wird schon wieder.», antwortete ich.

Gerade als ich nach der letzten Nanobot-Injektion griff, die sich im Bücherregal befand, zögerte ich. Abermals erschienen die Bilder meines Traums vor meinem inneren Auge und ich war mir nicht mehr sicher, ob ich dieser Alientechnologie weiterhin vertrauen sollte. Dennoch entschied ich mich dazu, sie mitzunehmen.

Bereits eine halbe Stunde später erreichten Lisa und ich das Krankenhaus. Da sich Vanessa gerade mitten in ihrer Operation befand, mussten wir im Wartezimmer Platz nehmen. Nervös tippte ich auf meinem Mobiltelefon herum, ohne zu wissen, was ich eigentlich wollte. Die Sorgen um meine Frau liessen mich in diesem Augenblick keine klaren Gedanken mehr fassen. Lisa hingegen schien den Ernst dieser Lage glücklicherweise noch nicht begriffen zu haben, denn sie sass entspannt auf dem Stuhl neben mir, der ihr viel zu gross war, und blätterte in einem Buch über die Entstehung des Universums. Die verwunderten Blicke der anderen Personen, die ebenfalls im Wartezimmer sassen, fielen mir erst auf, als ich mein Mobiltelefon zurück in die Hosentasche steckte, nachdem ich zum siebten Mal meine Mails geprüft hatte. Ich erwartete, dass mich jemand auf die aussergewöhnlichen Interessen meiner Tochter ansprechen würde, jedoch wurden wir ausschliesslich stumm beobachtet.

Ein Junge in Lisas Alter spielte lauthals mit einem Spielzeugauto, bis ihm seine Mutter einschärfte, er solle leise sein. Nach nur einer Minute hatte diese Zurechtweisung bereits ihre Wirkung verloren und er erzeugte wieder laute Motorgeräusche, während er mit dem Auto quer durch den Raum kroch.

Ich bin so froh, dass sich Lisa still beschäftigen kann und nicht andauernd einen wilden Spieldrang verspürt, dachte ich schmunzelnd.

Wenige Sekunden später wurde ich mir erneut dem Ernst der Lage bewusst und meine kurzzeitige Freude verblasste.

«Herr Wollseif, Ihre Frau wurde soeben in den Aufwachraum gebracht.»

Die Worte der Assistentin, deren Namen ich nicht kannte, rissen mich aus meinen Gedanken.

«Komm Lisa, wir können jetzt Mama besuchen.», sagte ich und stand auf.

Aufgrund der langen Wartezeit war mein rechtes Bein eingeschlafen. Hiervon liess ich mich jedoch kaum beirren und folgte der Assistentin leicht hinkend in den Aufwachraum.

Vanessa lag schlafend mit einer Infusion am rechten Unterarm in einem weissen Bett ohne Decke innerhalb ihres Einzelzimmers. Neben ihr lag der neugeborene Mario. Im Gegensatz zu Vanessas Bett war seines mit Gitterstäben begrenzt und wesentlich kleiner. In diesem Augenblick wusste ich gar nicht, ob ich zuerst zu Mario oder Vanessa gehen sollte. Ratlos blickte ich zwischen den beiden umher, bis mich die kreidebleiche Haut meiner Frau dazu verleitete, mich vorerst ihr zu nähern. Lisa, die beinahe ebenso ratlos zu sein schien, griff nach meiner Hand und folgte mir zu Vanessa. Sobald ich neben ihrem Bett angekommen war, liess uns die Assistentin allein. Behutsam strich ich über Vanessas kühle Wange. Ihr Atem ging regelmässig und sie schien unter keinerlei Schmerzen zu leiden. Deshalb richtete ich meine Aufmerksamkeit nun meinem Sohn zu. Seufzend blickte ich ihm in sein kleines Gesicht. Noch liess sich kaum erkennen, wessen Körpermerkmale er von welchem Elternteil geerbt hatte. Einzig die Form der Nase liess sich zweifellos Vanessa zuordnen. Da ich seinen friedlichen Schlaf nicht stören wollte, stand ich stumm neben ihm und beobachtete seine ebenfalls ruhigen Atemzüge.

Lisa, die sich immer noch an meiner linken Hand festhielt, blickte wie gebannt durch die Gitterstäbe hindurch auf ihren kleinen Bruder.

«Ist das Mario?», fragte sie leise.

«Ja.»

«Kann er sich auch in einen Drachen verwandeln?»

Diese Frage vertrieb augenblicklich das unwirkliche Gefühl, was die jetzige Situation in mir verursacht hatte.

«Ich weiss es nicht.», antwortete ich nachdenklich.

Da es momentan keine Möglichkeit gab, dies herauszufinden, setzte ich mich mit Lisa auf Vanessas Bettkante. Obwohl wir lange warteten, fragte mich Lisa nicht nach ihrem Buch. Stattdessen blickte sie Mario stumm an, als würde sie ihn am liebsten auf den Arm nehmen.

Es verging beinahe eine Viertelstunde, bis Vanessa endlich die Augen aufschlug. Müde sah sie in meine Richtung und streckte ihren linken Arm nach mir aus. Ich nahm ihre kühle, zittrige Hand entgegen und umschloss sie mit beiden Händen, um ihr ein wenig von meiner Körperwärme abzugeben.

«Nils.», flüsterte sie.

«Mama!», rief Lisa plötzlich, als sie entdeckt hatte, dass ihre Mutter aufgewacht war.

Sie robbte zu ihr und begrüsste sie in einer Umarmung.

«Mein Schatz!», sagte Vanessa lächelnd und drückte ihre Tochter sanft an sich.

«Wie geht es dir?», fragte ich besorgt.

«Ich lebe.», antwortete Vanessa sarkastisch.

«Es tut mir leid, dass ich mein Handy ausgeschaltet hatte. Ich hätte bei Marios Geburt dabei sein sollen.»

«Das ist schon in Ordnung.»

«Nein, ist es nicht. Was, wenn es dir noch schlechter ergangen wäre?»

«Das spielt keine Rolle. Im Ernstfall hättest du mich ohnehin mit deiner Alientechnologie wiederbelebt, habe ich recht?»

«Ja, das stimmt.», gab ich zu und zeigte ihr den durchsichtigen Behälter mit der im weissen Licht des Krankenhauses glitzernden Flüssigkeit.

Dass ich erst gestern die zweitletzte Dosis Nanobots verbraucht hatte, verschwieg ich ihr.

«Trotzdem hätte ich bei dir sein sollen.», setzte ich fort.

«Kümmere du dich lieber um Lisa. Mario und ich müssen nämlich noch eine Weile im Krankenhaus verbringen.»

«Bist du dir sicher, dass ich nicht hier bleiben soll?»

«Ja. Du weisst schliesslich, dass sich Lisa in dieser ungewohnten Umgebung nicht wohl fühlt.»

Ich blickte in die Richtung unserer Tochter, die nun gedankenverloren Mario anstarrte, während sie in Vanessas Armen lag.

«In Ordnung. Aber ich werde dich jeden Tag besuchen.»

Damit es Lisa nicht unangenehm wurde, verabschiedete ich mich einige Minuten später mit einem Kuss von Vanessa, streichelte Mario, der immer noch tief und fest schlief, sachte an der Hand und verliess das Zimmer.

Am nächsten Tag brachte ich Lisa in den Kindergarten. Obwohl Frau Schneider ihr ein Buch über die Eigenschaften verschiedenster Stoffe gekauft hatte und sich Lisa bereits einigermassen wohl fühlte, fiel es mir schwer, sie alleinzulassen. Bevor ich den Gruppenraum verliess, um ins Krankenhaus zu fahren, blickte ich zu meiner Tochter zurück, die bereits mit den anderen im Kreis sass und ihnen stolz das Buch präsentierte. Seufzend dachte ich an die Geschehnisse der letzten Tage zurück. Auf einmal wollte ich sie mitnehmen und niemals wieder hergeben.

Frau Schneider weiss, wie sie mit Lisa umgehen muss. Ihr wird schon nichts zustossen, solange ich fort bin, meldete sich meine innere Stimme.

Von neuem Mut bestärkt verliess ich den Gruppenraum vollständig und ging zu meinem Auto, um anschliessend Vanessa zu besuchen. Als ich dieses Mal ihr Zimmer betrat, wirkte sie bereits wesentlich gesünder. Sie lag mit Mario im Krankenhausbett, der wie gestern tief schlafend meinen Besuch verpasste.

«Und? Wie geht's euch beiden?», fragte ich leise.

«Soweit ganz gut. Dank den Medikamenten habe ich kaum noch Schmerzen und Mario ist kerngesund.»

Voller Freude näherte ich mich meiner Frau, die mir unseren Sohn entgegenstreckte. Ich nahm Mario behutsam auf den Arm, wobei ich genau darauf achtete, ihn nicht zu wecken und gleichzeitig seinen Kopf ausreichend zu stützen. Mein Blick blieb auf seinem friedlichen und entspannten Gesicht haften. Voller Liebe ihm gegenüber starrte ich ihn an, obwohl ich ihn erst knapp eine Stunde meines Lebens gesehen hatte. Vanessa beobachtete uns währenddessen schmunzelnd.

«Er hat die braunen Augen von dir geerbt. Und das Lächeln ebenfalls.», erklärte Vanessa. «Hoffentlich bleibt das so.»

Ich lächelte ihr stumm entgegen. Ihr Blick verriet mir, dass sie eben dieses Lächeln gemeint hatte.

«Wann wirst du entlassen?», fragte ich Vanessa einige Zeit später.

«Sobald ich meine Strafe abgesessen habe.»

Aufgrund ihrer Aussage mussten wir beide lachen.

«Voraussichtlich nächste Woche.», erklärte sie anschliessend.

Glücklich darüber, dass sich Vanessas Zustand gebessert hatte, blieb ich noch eine Weile bei ihr. Erst eine Stunde später machte ich mich zurück auf den Weg zu Lisa. Es stimmte mich traurig, dass ich meinen neugeborenen Sohn erst morgen wiedersehen konnte. Am liebsten hätte ich ihn augenblicklich mit nach Hause genommen.

Einige Zeit später wartete ich auf dem Pausenhof des Kindergartens, bis Lisa schliesslich aus dem Gebäude stürmte.

«Papa!», rief sie und umarmte mich, sobald ich mich zu ihr nach unten gebückt hatte.

«Wie war dein Tag heute?», fragte ich neugierig.

«Es war gut, aber ich habe dich vermisst.», antwortete Lisa mit dem Blick auf meine Armbanduhr gerichtet.

«Wirklich?»

«Ja. Wieso konntest du nicht bei mir bleiben?»

«Ich habe dir doch bereits erklärt, dass ich Mama besuchen musste.»

«Trotzdem möchte ich, dass du bei mir bleibst.»

«So funktioniert das leider nicht. Im Kindergarten musst du lernen, einige Stunden ohne Mama und mich auszukommen. Komm, wir gehen nach Hause und ich bereite uns ein Mittagessen zu. Mein Magen knurrt bereits seit einer halben Stunde.»

Gemächlich ging Lisa voraus, da sie den Weg bereits auswendig kannte. Ihre traurige Stimmung steckte mich an, wodurch wir beide stumm nebeneinander nach Hause spazierten.

«Möchtest du, dass ich dir Geschichten aus dem Weltraum erzähle?», fragte ich Lisa, da sich ihre Stimmung nach dem Mittagessen immer noch nicht gebessert hatte.

«Nein, ich möchte fliegen.», antwortete sie trotzig.

«Das ist auch in Ordnung, da du deinen ersten Tag allein im Kindergarten überstanden hast.»

Sofort hellte sich Lisas Miene auf. Sie begann bereits, ihr T-Shirt auszuziehen, als ich ihr dazwischenkam.

«Am helllichten Tag können wir nicht von zu Hause aus als Drachen starten, ohne gesehen zu werden. Stattdessen müssen wir in den Wald fahren.»

Ohne mich anzusehen, verschwand Lisa im Eingangsbereich und zog sich die Schuhe an. Nachdem ich mich mithilfe eines Blicks aus dem Fenster vergewissert hatte, dass kein Gewitter bevorstand, tat ich es ihr gleich.

Wie bei unserem Flug mit Tom verbrachten wir mehrere Stunden in der Luft. Lisas Freude, die ich aufgrund meiner telepathischen Fähigkeiten ebenfalls verspürte, verleitete mich dazu, sie uneingeschränkt fliegen zu lassen. Wir jagten uns lachend hinterher, bis unsere Flügelmuskeln brannten und unsere Lefzen vor lauter Durst verklebt waren. Erschöpft begaben wir uns wieder auf den Weg nach Hause und verbrachten diese Nacht gemeinsam in meinem Zimmer als Drachen.

7

Freundinnen

Am nächsten Morgen verwandelten wir uns wieder zurück. Wie gestern begleitete ich Lisa in den Kindergarten und besuchte anschliessend Vanessa im Krankenhaus.

«Wie erging es Lisa allein im Kindergarten?», fragte mich Vanessa, nachdem ich mich auf die Kante ihres makellos weissen Krankenhausbetts gesetzt hatte.

«Soweit sehr gut, obwohl sie mich vermisst hat. Wie geht es Mario?»

«Auch sehr gut. Er schläft zwar noch beinahe den ganzen Tag, aber ich werde ihn voraussichtlich am Montag der darauffolgenden Woche mit nach Hause nehmen können.»

Mein Blick fiel auf meinen neugeborenen Sohn, der tief und fest an Vanessas Brust schlief. Ich konnte es kaum erwarten, ihn endlich rund um die Uhr in meiner Nähe zu haben.

Wie er wohl auf Lisas und meine Drachengestalt reagieren wird? Fragte ich mich. *Und was noch viel wichtiger ist: Kann er sich ebenfalls verwandeln?*

Vanessa setzte das Gespräch fort, was mich augenblicklich aus den Gedanken riss. Während wir sprachen, musste ich ununterbrochen an mein bevorstehendes Geständnis ihr gegenüber und die möglichen Konsequenzen meiner Verschwiegenheit denken.

«Ist alles in Ordnung mit dir, Nils? Du wirkst ein wenig abwesend.», unterbrach sie die Konversation, da ihr mein starrer, auf die gegenüberliegende Wand gerichteter Blick aufgefallen war.

«Mehr oder weniger. Mich beschäftigt das, was ich dir nach deinem Krankenhausaufenthalt sagen möchte, sehr.»

Vanessa wusste sofort, worauf ich anspielte. Jegliche Freude wich aus ihrem Gesicht und sie wurde für die nächsten Minuten still. Erst als ich das Thema wechselte, fand sie ihre Sprache wieder. Wir setzten unser Gespräch fort, bis ich mich schliesslich wieder auf den Weg zu Lisa begeben musste. Ich verabschiedete mich mit einem Kuss von Vanessa und verliess ihr Zimmer schweren Herzens. Mario fehlte mir bereits ab dem Augenblick, als ich die Tür hinter mir schloss.

Da ich mich aufgrund des Stadtverkehrs einige Minuten verspätet hatte, wartete Lisa bereits auf dem Pausenhof, als ich endlich eintraf. In ihrer Hand entdeckte ich eine Zeichnung von einem blauen und einem roten Drachen.

«Papa, schau mal, was ich gezeichnet habe!», begrüsste sie mich.

«Sind das wir beide?», fragte ich, wobei ich vergass, mich für meine Verspätung zu entschuldigen.

«Ja. Findest du es gut?»

Die farbigen Flächen waren unregelmässig ausgemalt und die Drachen auf dem Bild eigenartig geformt. Dennoch konnte ich nicht anders, als ihre Zeichenkünste zu loben.

«Auf jeden Fall! Wir sollten es zu Hause im Wohnzimmer an die Wand hängen.»

In diesem Moment kam mir in den Sinn, dass Frau Schneider Lisas Zeichnung bestimmt ebenfalls gesehen hatte, wodurch sich ein flaues Gefühl in meinem Magen ausbreitete.

«Hast du das Frau Schneider gezeigt?», fragte ich verunsichert.

«Ja.», antwortete sie stolz.

«Und was hast du ihr darüber erzählt?»

«Dass das Stella ist und das Papa.», erklärte sie, während sie mit dem Zeigefinger auf den blauen und schliesslich den roten Drachen deutete.

Hoffentlich glaubt sie, dass Lisa Stellas Vater und nicht mich gemeint hat, dachte ich verunsichert, während wir gemächlich nach Hause spazierten.

Ein ungefähr zehnjähriges Mädchen auf der anderen Strassenseite erregte meine Aufmerksamkeit, da sie Lisa ununterbrochen anstarrte. Eilig blickte sie umher und querte die Strasse, da gerade kein Auto in Sicht war. Ich beobachtete das Mädchen, während sie schnurstracks in unsere Richtung schritt. Ihr Gesicht kam mir bekannt vor, jedoch wusste ich nicht, woher.

«Hast du das gezeichnet?», fragte sie Lisa, ohne auf mich zu achten.

«Ja.»

«Bist du dem roten Drachen auf deiner Zeichnung in Echt begegnet?»

Lisa nickte verunsichert. Ihr Blick wanderte auf ihre Füsse, da das andere Mädchen sie immer noch anstarrte und ihr direkter Augenkontakt in ihrer menschlichen Gestalt unangenehm war.

«Weisst du, wo ich ihn finden kann?»

Die rohe Neugier, die von diesem unbekannten Mädchen ausging, überraschte mich. Ich vermutete, dass ihr Interesse an dem roten Drachen einen persönlichen Grund haben musste. Angestrengt durchforstete ich meine Erinnerungen nach ihr bis hin zu meinen ersten Wochen als Drache. Plötzlich wusste ich, woher ich sie bereits einmal gesehen hatte. Dieses Mädchen war Silvia, die ich vor über sieben Jahren aus einem brennenden Wohnhaus gerettet hatte.

«Er ist hier.», antwortete Lisa und zeigte direkt auf mich.

Diese Situation fühlte sich für mich an, als wäre die nackte Wahrheit über meine Geheimidentität der Öffentlichkeit preisgegeben worden. Meine Tochter hatte mir soeben ungeniert die Tarnung genommen, da ich ihr nie gesagt hatte, sie sollte meine Identität geheim halten.

Silvia blickte interessiert an mir vorbei und versuchte, den roten Drachen hinter mir zu entdecken.

«Aber er ist nicht hier.», erwiderte sie.

«Mach ihr keine falschen Hoffnungen, Lisa. Der Drache ist im Moment nicht bei uns.», unterbrach ich ihre Unterhaltung.

Ich warf meiner Tochter einen strengen Blick zu, den sie zum Glück gleich bemerkte.

«Haben Sie schon mal den roten Drachen gesehen?», fragte mich Silvia beinahe aufdringlich.

«Ja, aber es ist einige Jahre her. Ich bin ihm auf dem Lindenhof begegnet.»

«Schade. Ich hatte gehofft, Sie hätten ihn vor Kurzem gesehen.»

«Da muss ich dich leider enttäuschen.»

Silvia wandte sich wieder Lisa zu.

«Interessierst du dich auch für Drachen wie ich?»

«Mhm.», antwortete sie schüchtern.

«Ich wurde einmal vom roten Drachen gerettet. Seit diesem Tag bin ich auf der Suche nach ihm.»

Da Lisa nun wusste, dass sie nichts verraten durfte, blieb sie stumm. Ihre zurückhaltende Art und der fehlende Augenkontakt schienen Silvia jedoch nicht zu stören.

«Er hat damals zu mir gesprochen und als ich meiner Mutter davon erzählt habe, hat sie mir nicht geglaubt. Meine Freundinnen im Kindergarten und später in der Schule ebenfalls nicht. Irgendwann wurde ich wie besessen davon, zu beweisen, dass der Drache sprechen kann. Ich musste jahrelang zu einem

Psychologen gehen, der gesagt hat, dass es sich um die Folgen meines Traumas handelt. Dabei weiss ich genau, was ich gesehen habe!»

Während unserem gesamten Spaziergang nach Hause erzählte Silvia alles über die Begegnung mit meiner Drachengestalt und den daraus entstandenen Folgen. Lisa hörte stumm zu, bis sie schliesslich von diesem unaufhörlichen Redeschwall angesteckt wurde. Vor der Haustür angekommen, diskutierten Lisa und Silvia weiterhin über Drachen, bis ich meine Tochter aufforderte, nach Hause zu kommen.

«Ihr könnt nach dem Mittagessen wieder über Drachen sprechen, wenn ihr möchtet.», erklärte ich.

«Okay. Ich wohne gleich hier um die Ecke. Sobald ich kann, werde ich auf den Spielplatz kommen.», verabschiedete sich Silvia, bevor sie hastig nach Hause eilte.

«Ich komme dann auch.», rief ihr Lisa hinterher.

Allem Anschein nach wurde Silvia von ihrer Mutter erwartet. Anders konnte ich mir ihre Eile nicht erklären.

«Wie es aussieht, hast du doch noch eine Freundin gefunden.», sagte ich zufrieden und verunsichert zugleich, während ich die Haustür aufschloss.

«Ja. Aber wieso darf ich ihr nichts über dich erzählen?»

«Über mich schon, nur nicht über meine Drachengestalt. Stella musst du ebenfalls geheim halten. Und über Tom erzählst du am besten auch nichts.»

«Okay.», antwortete Lisa sichtlich enttäuscht.

Ihr war der Trotz deutlich anzusehen. Aus diesem Grund entschied ich, sie im Auge zu behalten.

Eine knappe Stunde später begleitete ich sie auf den Spielplatz neben dem Haus. Die Sonne brannte unerbittlich auf die Wiese, wodurch es unangenehm heiss war. Dies schien Lisa und ihre neue Freundin Silvia, die bereits auf einer Schaukel wartete, jedoch nicht zu stören.

«Geh nicht allein auf die Strasse und bleib hier in der Nähe.», wies ich meine Tochter an.

«Ja, Papa.», entgegnete sie mürrisch.

Sie setzte sich auf die Schaukel neben Silvia und die beiden begannen augenblicklich, über Drachen zu diskutieren. Ich trat einige Schritte beiseite und lauschte ihrem Gespräch. Wie vereinbart verriet Lisa nichts über unsere Drachengestalten. Da mir bereits der Schweiss von der Stirn rann und mir die Kleidung an der Haut klebte, ging ich zurück in die kühle Wohnung und blickte sogleich aus dem Fenster, um meine Tochter beobachten zu können. Sie schaukelte gemächlich neben ihrer neuen Freundin und unterhielt sich fortlaufend mit ihr. Irgendwann ermüdeten meine Beine und ich setzte mich auf das Sofa. Ich schlug eines meiner Bücher auf und las ein Kapitel, bis ich wieder aufstand, um aus dem Fenster zu blicken. Anschliessend setzte ich meine Lektüre fort. Mehrere Male las ich ein Kapitel und stand wieder auf, bis ich mich endlich entspannte. Meine Gedanken schweiften in die Fantasiewelt meines Buches ab, sodass ich meine Tochter zwischendurch vergass. Die letzten paar Kapitel waren ausserordentlich spannend, wodurch ich vollkommen darin versank, bis ich erschrocken feststellte, dass bereits anderthalb Stunden vergangen waren, seitdem ich das letzte Mal nach meiner Tochter gesehen hatte.

Ich sprang auf und blickte aus dem Fenster. Der Spielplatz war leer. Die neulich entstandene Wolkendecke hüllte alles in graues Licht. Sofort zog ich mir die Schuhe an und gerade als ich die Wohnungstür öffnete, klingelte es. Ich betätigte erleichtert den Türöffner. Lisa kam mit Silvia das Treppenhaus hochgestürmt. Meine Erleichterung wich der Unsicherheit, als ich Silvias unerbittliches Verlangen nach der Wahrheit in ihrem Gesicht erblickte. Zumindest interpretierte ich ihren fordernden Gesichtsausdruck auf diese Weise.

«Lisa hat mir erzählt, dass Sie sich in einen Drachen verwandeln können.», sprudelte es aus ihr heraus.

Meine Tochter blickte verlegen zu Boden.

Ich hätte es wissen müssen, dachte ich leer schluckend.

«Was hast du ihr nun wieder für Fantasiegeschichten erzählt?», versuchte ich, mich aus dieser Situation herauszureden.

«Es sind keine Geschichten. Sie hat es mir bei sich selbst gezeigt.», erwiderte Silvia.

Wie eingefroren blieb ich stehen und starrte in die Leere. Gedanklich suchte ich immer noch verzweifelt nach einem Ausweg. Als mir keine passende Lösung für die momentane Situation einfiel, gab ich seufzend die Wohnungstür frei.

«Kommt herein. Wir sollten das nicht im Treppenhaus besprechen.», sagte ich.

Silvia folgte meiner Anweisung aufs Wort und Lisa tat es ihr ein wenig zögerlich gleich. Verunsichert blickte sie mich kurz an, um dann mit eingezogenem Kopf an mir vorbeizuschleichen. Ich schloss die Tür hinter uns und richtete meine Aufmerksamkeit nun auf Silvia.

«Das Einzige, was ich möchte, ist den roten Drachen noch einmal zu sehen.», setzte sie die Konversation fort, bevor ich etwas sagen konnte.

Noch immer suchte ich nach den richtigen Worten, während ich in ihr flehendes Gesicht blickte.

«Bitte! Ich will nur wissen, ob ich tatsächlich verrückt bin oder nicht.»

Dicke Tränen traten ihr aus den Augen und rannen ihre Wangen hinunter, was mein Herz augenblicklich erweichte.

«In Ordnung. Wartet hier.», antwortete ich seufzend.

Ich verschwand im Badezimmer, um mich zu verwandeln, und trat schliesslich als Drache heraus. Die Schmerzen in meinem Hinterkopf waren noch nicht verblasst, was mir jedoch gleichgültig war. Silvia starrte mich mit offenem Mund an und rannte schliesslich in meine Richtung. Leicht überrumpelt liess ich zu, dass sie mich in eine feste Umarmung schloss.

«Ich danke ... ähm ... Ihnen.», stotterte sie währenddessen.

«Du darfst mich Nils nennen.», antwortete ich, um ihr ein wenig auf die Sprünge zu helfen.

«Danke Nils, dass du mein Leben gerettet hast!»

«Gern geschehen. Jetzt musst du mich nur wieder kurz loslassen. Ich habe nämlich noch ein Hühnchen mit meiner Tochter zu rupfen.», erwiderte ich, da mir Silvias Umarmung unangenehm war.

Sie liess mich los, stellte sich jedoch zwischen Lisa und mich.

«Sie trägt keine Schuld daran. Ich habe sie dazu gedrängt, mir die Wahrheit zu sagen. Es wäre unfair, wenn du sie meinetwegen bestrafen würdest.»

Obwohl sie grossen Respekt vor meiner Erscheinung hatte und nun einen unsicheren Eindruck erweckte, blieb sie wacker stehen. Beeindruckt von ihrem Mut und der Loyalität Lisa gegenüber setzte ich mich hin.

«Nun gut. Aber versprich mir, dass du Lisa nicht erneut dazu drängst, etwas zu machen, was ich ihr verboten habe.»

«Das werde ich.», antwortete sie eifrig nickend. «Eine Sache wäre da noch.»

Verlegen blickte sie zu Boden, während ich gespannt darauf wartete, was sie nun noch von mir wollte.

«Darf ich mit dir fliegen?», fragte sie einen Moment später.

«Nein. Dass wir Drachen sind, ist streng geheim. Ich kann es nicht riskieren, gesehen zu werden. Insbesondere nicht mit dir.»

«Okay. Wenn das so ist, werde ich jedem sagen, dass du ein Drache bist.»

Mein Gefühl der Selbstsicherheit wich in diesem Augenblick der Panik.

«Bitte nicht! Niemand darf das erfahren.», flehte ich Silvia an, wobei ich mich als Zeichen der Ergebenheit auf den Boden legte.

«Ich behalte euer Geheimnis für mich, wenn ich regelmässig mit dir fliegen darf.»

Ich bin ein ausgewachsener Drache und lasse mich von einer Zehnjährigen erpressen, dachte ich leise murrend, was beinahe einem Knurren glich.

Gleichzeitig richtete ich mich wieder auf, um imposanter zu wirken. Da mich Silvia immer noch todernst anblickte, wobei sie mein Verhalten keineswegs einzuschüchtern schien, war ich dazu gezwungen, ihr den Wunsch zu erfüllen.

«Na gut. Wenn du möchtest, kannst du zwischendurch mit mir fliegen. Aber du musst mir versprechen, dass du dieses Geheimnis unter keinen Umständen verrätst.»

Bei meinen letzten Worten trat ich einen Schritt näher, bis sich mein Kopf direkt vor Silvias Gesicht befand. Sie blieb unbeirrt stehen und tätschelte mir sanft den Kopf.

«Dann sind wir uns ja einig.», entgegnete sie grinsend.

Mürrisch zog ich mich ins Badezimmer zurück und verwandelte mich wieder in einen Menschen. Als ich das Wohnzimmer betrat, fand ich Lisa in ihrer Drachengestalt vor, die mit Silvia spielte. Wie ein wildes Tier stürzte sich meine Tochter auf ihre Freundin, die sich wiederum lachend zu Boden stossen liess. Selbst als Stella auf ihrem Arm herumkaute, schien es Silvia nichts auszumachen. Beide rauften miteinander, bis sie einige Minuten später erschöpft auf dem Fussboden liegenblieben. Stella kuschelte sich an ihre Freundin und legte ihren Kopf auf Silvias Arm, während sich die beiden schmunzelnd in die Augen blickten. Obwohl sich Silvia einige Kratzer an den Armen zugezogen hatte und ihre Kleider an vereinzelten Stellen eingerissen waren, konnte ich ausschliesslich Freude in ihrem Blick erkennen.

«Was wirst du deiner Mutter sagen, wenn sie diese Kratzer sieht?», fragte ich verunsichert.

«Dass ich gestürzt bin.», antwortete Silvia gelassen.

«Macht sie sich keine Sorgen um dich, dass du schon so lange fort bist?»

«Doch, wahrscheinlich schon. Vielleicht sollte ich jetzt nach Hause gehen. Fliegst du heute Abend noch mit mir, wenn es dunkel ist?»

«Ja, wenn du unbedingt möchtest.», antwortete ich überrascht darüber, dass sie selbst die Geheimhaltung meiner zweiten Identität mit eingeplant hatte.

Zufrieden, jedoch auch erschöpft, begab sich Silvia auf den Weg zur Wohnungstür. Ich begleitete sie bis zum Treppenhaus.

«Wenn ich bereit bin, werde ich klingeln.», sagte sie zur Verabschiedung.

«In Ordnung. Aber denk an dein Versprechen, niemandem hiervon zu erzählen.»

«Geht klar.»

Mit gemischten Gefühlen blickte ich ihr nach, während sie die Treppe hinunterging.

«Kann ich morgen wieder mit ihr spielen?», unterbrach Stella meine Gedanken.

«Ja, du kannst wieder mit ihr auf den Spielplatz gehen, wenn du magst.»

«Aber ich darf doch so nicht auf den Spielplatz gehen.»

«Lisa hingegen schon.»

«Sie möchte nicht mit Silvia spielen.»

«Ich dachte, sie wäre deine Freundin.»

«Das ist sie auch, aber mit Lisa ist es anders. Nur ich möchte mit Silvia spielen. Dafür spricht Lisa gerne über Drachen.»

Endlich verstand ich, dass meine Tochter lediglich in ihrer Drachengestalt einen Spieldrang verspürte. Als Mensch war sie noch wie zuvor.

Um zehn Uhr abends, lange nachdem ich Lisa ins Bett gebracht hatte, klingelte es an der Haustür. Silvia hielt ihr Versprechen, erst nach dem Sonnenuntergang ihren Flug einzufordern. Auch wenn ich momentan keine Lust verspürte, als Drache zu fliegen, musste ich ihr diesen Wunsch erfüllen.

Seufzend liess ich sie eintreten und wechselte sogleich meine Gestalt. Wieder bereitete mir das Stechen in meinem Hinterkopf Sorgen, da es sich aufs Neue verstärkt hatte. Mit jeder Verwandlung dauerte es länger, bis der Schmerz verblasste.

«Ich bin bereit.», sagte Silvia leise, sobald ich aus dem Badezimmer getreten war.

Dies war sie in der Tat, denn sie hatte sich eine windfeste Jacke, einen Schal und sogar Handschuhe angezogen. Anstelle ihrer kurzen Hose trug sie nun Jeans, die ihr bis zu den geschlossenen Turnschuhen reichten. Ob sie ihre Mutter um Erlaubnis gebeten hatte, das Haus um diese Uhrzeit zu verlassen, fragte ich nicht.

«Gut. Komm mit auf den Balkon und ich werde dir zeigen, wie du dich festhalten musst.», entgegnete ich mürrisch.

Obwohl die dunklen Wolken des Nachmittags ein Gewitter hatten vermuten lassen, war der Himmel nun wolkenlos. Ein kühler Wind wehte uns entgegen, was mich erschaudern liess, da erneut meine Erinnerungen an Stellas Tod durch den Blitzschlag geweckt wurden. Glücklicherweise konnte ich mich mit meiner präzisen Erklärung, wie sich Silvia auf meinen Rücken setzen musste, ablenken. Sie begriff erstaunlich schnell, was ich ihr beschrieb, und führte meine Anweisungen sofort aus, ohne zu zögern.

Bereits eine Minute später konnte ich mit ihr starten. Kraftvoll stiess ich mich vom Boden ab, sprang über das Balkongeländer hinweg und breitete die Flügel vollständig aus. Da Silvia vergleichsweise leicht war, beeinträchtigte sie meinen Flug kaum. Mit Armen und Beinen klammerte sie sich an mir fest. Ich war mir nicht sicher, ob sie diesen Flug auch tatsächlich genoss, denn sie schien verkrampft zu sein und ich fühlte ihren rasenden Puls auf meinem Rücken, wenngleich sie nicht schrie. Mit der Zeit wurde mir der Flug zunehmend unangenehm, da Silvia mir ihre Knie schmerzhaft gegen die Rippen drückte.

«Du musst dich entspannen, Silvia. Es kann dir nichts geschehen.», redete ich beruhigend auf sie ein, in der Hoffnung, sie würde sich endlich entspannen.

«Ich weiss. Trotzdem habe ich noch ein wenig Angst.», gab sie zu.

«Das vergeht mit der Zeit.»

Gelassen glitt ich über die umliegenden Wohnhäuser hinweg und schlug nur dann mit den Flügeln, wenn es zwingend notwendig war, um Silvias Flug so angenehm wie möglich zu gestalten.

Weshalb schere ich mich überhaupt darum, ob es ihr gefällt oder nicht? Sie hat mich dazu gezwungen und nun muss sie mit ihrer Entscheidung klarkommen, dachte ich.

«Vielleicht magst du sie.», nahm ich Stellas Gedanken wahr.

Verwirrt blickte ich umher, konnte meine Tochter jedoch nicht in der dunklen Nacht erkennen.

Du solltest doch eigentlich schlafen!

«Ich habe gehört, dass Silvia geklingelt hat.»

Das ist keine Ausrede dafür, dass du jetzt mitkommen darfst. Geh sofort wieder zurück in dein Zimmer!

«Was ist los?», fragte Silvia, die meine verwirrten Kopfbewegungen mitbekommen hatte.

«Lisa ist in ihrer Drachengestalt bei uns, obwohl ich ihr verboten habe, ohne meine Erlaubnis das Haus zu verlassen.»

«Wirklich? Ich kann sie gar nicht sehen.»

«Bitte, ich möchte doch nur mit dir und Silvia fliegen.», kam meine Tochter gedanklich dazwischen.

Nein, du musst morgen den Kindergarten besuchen. Es ist schon sehr spät und du brauchst den Schlaf. Wo bist du eigentlich die ganze Zeit?

Ein Schwall von Eindrücken erreichte mich von Stella. Um nicht den Fokus zu verlieren, konzentrierte ich mich grösstenteils auf ihre visuelle Wahrnehmung. Ich sah mich selbst mit Silvia auf dem Rücken. Der Perspektive nach schloss ich, dass sich Stella knapp zwanzig Meter über uns befinden musste. Ausserdem erreichte mich ein unstillbares Verlangen, als Drache durch die Nacht zu fliegen. Ich konnte ihre Freude, die sie im Falle einer Zusage meinerseits empfinden würde, lediglich erahnen. Meine abweisenden Worte hatten in ihr das Gefühl verursacht, eingesperrt zu sein. Aufgrund ihres starken Willens würde sie mit uns fliegen, egal wie sehr ich versuchte, sie davon abzuhalten.

Du hast mich überzeugt, Stella. Aber flieg immer dicht bei uns, verstanden?

«Ja! Danke Papa!»

Ihre Freude überschlug sich und als dieses Gefühl unvermindert in meinem Bewusstsein auftauchte, musste ich augenblicklich grinsen. Einen Moment später fragte ich mich, weshalb die telepathische Verbindung zwischen Tom und mir nicht einmal annähernd so stark war wie die zu meiner Tochter. Ich konnte jeden ihrer Sinne, jeden Gedanken und selbst die winzigsten Emotionen empfangen. Wenn ich mich genug stark konzentrierte, konnte ich mich beinahe in ihrem Kopf verlieren.

«Wo ist Lisa?», fragte meine Passagierin, wodurch sie mich aus den Gedanken riss.

«In ihrer Drachengestalt heisst sie Stella. Sie befindet sich irgendwo über uns.»

Langsam lockerte sie ihren Griff um meinen Hals und blickte den Sternen entgegen.

«Ich kann sie immer noch nicht sehen.», antwortete sie einige Sekunden später enttäuscht.

Ich reckte meinen Kopf hoch und konnte im Gegensatz zu Silvia meine Tochter am Nachthimmel ausmachen. Sie war zwar lediglich als dunkle Silhouette erkennbar, da sie zwischendurch die Sterne verdeckte, jedoch genügte dieser geringe farbliche Unterschied für meine Drachenaugen aus. Was ihre Tarnung noch perfekter machte, war die Tatsache, dass ihre Flügel und Schuppen blauweisse Punkte aufwiesen, die das Licht der Stadt reflektierten und für menschliche Augen von Sternen nicht zu unterscheiden waren.

8

Konfrontation

Die kühle Nachtluft streichelte angenehm meine Flügel und die Anwesenheit meiner Tochter besänftigte mich, obwohl ich von Silvia dazu gezwungen worden war, mit ihr über die Stadt Zürich zu fliegen. Mittlerweile flogen wir dicht beisammen durch das Industriegebiet, was um diese Uhrzeit stockdunkel und menschenleer war. Stella, die immer noch kaum zu erkennen war, lächelte uns entgegen.

«Ich glaube, ich habe Stella endlich gefunden. Ihre Augen und Zähne reflektieren das Mondlicht. Das sieht irgendwie gespenstisch aus.», stellte Silvia fest.

«Da hast du aber lange gebraucht.», scherzte ich. «Weshalb hast du eigentlich keine Angst vor Drachen?»

«Sollte ich das? Ich wurde schliesslich von einem gerettet.»

«Da hast du wieder einmal recht.»

Ein leises Sirren von links erregte meine Aufmerksamkeit. Zwischen den Lagerhäusern und Fabriken erkannte ich eine kleine Drohne, die mit einer Kamera ausgestattet war. Sofort beschleunigte sich mein Puls und ich flog abrupt tiefer, wodurch Silvia kurzzeitig aufschrie.

«Was ist los?», fragte sie verunsichert.

«Wir werden beobachtet. Das muss die Drachenschutzgesellschaft sein. Um nicht entdeckt zu werden, musst du ruhig bleiben und nicht sprechen.», zischte ich ihr entgegen.

Stella hatte ebenfalls mitbekommen, dass etwas nicht stimmte.

«Was machen wir jetzt, Papa?», fragte sie mich mit verunsicherten Gedanken.

Wir verstecken uns, antwortete ich und steuerte eine schmale Industriestrasse zwischen zwei Fabrikgebäuden an.

Bevor ich zur Landung ansetzen konnte, nahm ich eine zweite Drohne direkt vor uns wahr. Instinktiv wechselte ich die Flugrichtung, was mich in eine Sackgasse führte. Mit drei kräftigen Flügelschlägen schwang ich Silvia und mich über die Fabrik hinweg. Inzwischen erkannte ich mindestens acht Drohnen im

Industriegebiet. Aus der Ferne war zudem noch ein Hubschrauber zu hören, der offensichtlich in unsere Richtung flog. Ich versuchte, weiterhin an Höhe zu gewinnen, jedoch entdeckten mich mehrere Drohnen augenblicklich. Frustriert setzte ich zum Sturzflug an, wobei sich meine Passagierin tapfer an mir festklammerte, ohne einen Laut von sich zu geben. Neben einer Lagerhalle, bei der sich noch keine Drohnen befanden, entschied ich mich, zur Landung anzusetzen.

Lisa ... ich meine Stella, bist du bei mir? Fragte ich telepathisch in die Nacht hinein.

«Ja.», antwortete sie, wobei mich ein Bild von ihr erreichte, wie sie dicht hinter mir flog.

Abermals erstaunte mich die Fähigkeit meiner Tochter, sich sowohl unsichtbar als auch lautlos durch den Himmel zu bewegen.

«Ihr müsst euch verstecken, während ich mich um die Drohnen kümmere.», sprach ich leise, führte einen letzten Flügelschlag aus und setzte sachte mit allen Vieren auf dem Asphalt auf.

«Wieso können wir nicht einfach fliehen?», fragte mich Silvia verwirrt.

«Das sind professionelle Drohnen, die problemlos zweihundert Stundenkilometer überschreiten können. Wir hätten keine Chance, ihnen zu entkommen. Ausserdem sind sie mit Nachtsichtkameras ausgestattet.»

«Du konntest von hier aus sehen, was das für Dinger sind?»

Meine Drachenaugen schienen Silvia offensichtlich zu beeindrucken.

«Ja.», antwortete ich gedankenverloren, während mein Blick auf die Kreuzung zweier Industriestrassen fiel, die sich links neben der Lagerhalle befand.

Das stetig lauter werdende Sirren der Drohnen wies mich darauf hin, dass sie jeden Moment hinter dem Gebäude hervorkommen würden. Gedanklich ging ich bereits einen Angriffsplan durch, während ich nach meiner Tochter Ausschau hielt, die nicht bei uns gelandet war.

Stella? Fragte ich sie stumm.

Ehe mich eine Antwort erreichte, schoss eine Drohne zwischen zwei Lagerhallen hervor. Ihre Kamera hatte Silvia und mich direkt im Visier. Obwohl keinerlei Lichter brannten, vermutete ich, dass wir auf dem Bild zu sehen waren. Gerade als ich mich zum Angriff abstossen wollte, zerbrachen die kleinen Plastikrotoren krachend. Splitter flogen meterweit umher und schlugen prasselnd gegen die Wand der Lagerhalle. Erst jetzt erkannte ich Stella, die sich zähnefletschend auf die Drohne gestürzt hatte. Mit den Klauen hielt sie ihre

Beute fest, während sie nach den Rotoren schnappte. Wie gebannt beobachtete ich meine Tochter, die mühelos die Stangen, an denen die Elektromotoren befestigt waren, entzwei biss. Meine ursprünglichen Sorgen um sie wichen in dem Augenblick, als sie schliesslich die Kamera aus der Halterung riss, wobei sie ihren Kopf wild umher warf. Sämtliche Teile der zerstörten Drohne fielen zu Boden und zerbrachen in weitere Stücke. Mit hoher Wahrscheinlichkeit war die Kamera nicht mehr funktionstüchtig. Es dauerte einen Moment, bis ich wieder klare Gedanken fassen konnte. Stella war inzwischen grinsend neben uns gelandet.

Was sollte das jetzt genau? Du hättest dich verletzen können, schalt ich meine Tochter telepathisch, wobei ich ihr meine besorgten Gefühle ungefiltert mitteilte.

«*Du wolltest doch die Drohnen zerstören.*», rechtfertigte sie sich mit einem Verweis auf meinen gedanklichen Angriffsplan.

Das habe ich lediglich für mich selbst gedacht.

Da der Angriff meiner Tochter auf einem Missverständnis beruhte, konnte ich ihr keine Vorwürfe machen. Seufzend blickte ich umher, in der Hoffnung, ein gutes Versteck finden zu können.

«Ich glaube, wir könnten uns in diesem Lüftungsschacht verstecken.», sagte Silvia plötzlich.

Sie deutete auf ein Gitter, was mit vier Schrauben an der Wand der Lagerhalle befestigt war. Dahinter liess sich ein Lüftungsschacht erkennen, der nach ungefähr einem Meter senkrecht nach oben führte.

«Das ist eine sehr gute Idee, Silvia!», lobte ich sie und trat näher.

Mit den Klauen versuchte ich, die Kreuzschrauben zu öffnen, jedoch waren die Schlitze nicht gross genug.

Stella, ich brauche deine Hilfe.

Sofort sprang sie in meine Richtung und setzte sich erwartungsvoll vor mich.

Kannst du diese Schrauben öffnen? Fragte ich sie.

«*Wie denn?*»

Als Antwort griff ich nach ihrem rechten Vorderbein und benutzte ihre rasiermesserscharfe Klaue, die einst ein Zeigefinger gewesen war, als Schraubenzieher. Die Spitzen waren schmal genug, dass dies problemlos möglich war. Stella blickte mich nun leise kichernd an.

Hast du es jetzt verstanden?

«*Ja.*», antwortete sie lächelnd und setzte die Arbeit fort.

Nachdem du die vier Schrauben gelöst hast, müsst ihr gemeinsam das Gitter entfernen und euch dahinter verstecken.

Stella nickte leicht, ohne ihren Blick von der zweiten Schraube abzuwenden. Stolz beobachtete ich sie, während sie eigenständig die Schrauben der Abdeckung lockerte. In diesem Moment hätte ich mir keine bessere Tochter wünschen können. Ich widerstand dem Drang, sie in eine liebevolle Umarmung zu schliessen, und richtete meine Aufmerksamkeit wieder auf die Drohnen, die sich sirrend zwischen den Gebäuden näherten.

«Bleib bei Stella. Sie weiss, was zu tun ist.», sagte ich zu Silvia und stiess mich schwungvoll vom Boden ab.

Genau in diesem Augenblick erschienen zwei weitere, mit Nachtsichtkameras ausgestattete Drohnen vor mir. Ich flog rasend schnell auf die Vordere zu, die ich anschliessend mit den Klauen an den vier Rotoren packte, bevor sie reagieren konnte. Wie bei Stellas Angriff zersplitterten die Rotorblätter krachend. Neugierig betrachtete ich die nun bewegungsunfähige Drohne. Die Kamera war mit zwei dünnen Kabeln an einem Akku angeschlossen, die ich sogleich durchtrennte. Das schwache, rote Licht neben der Linse erlosch augenblicklich. Zufrieden liess ich die Drohne fallen und widmete mich der nächsten, die sich einige Meter zurückgezogen hatte. Sobald ich mich ihr näherte, wich sie blitzschnell zurück. Aufgrund ihrer hohen Geschwindigkeit konnte ich ihr nicht folgen. Aus der Ferne filmten mich noch mindestens fünf weitere dieser kleinen, wendigen Flugobjekte.

Wahrscheinlich sind die von der DrSG nun vorsichtiger und lassen mich nicht mehr an ihre Drohnen heran. Mir bleibt wohl oder übel nichts anderes übrig, als sie von hier wegzulocken, stellte ich fest.

Leicht verunsichert blickte ich zu Stella und Silvia zurück, die die Abdeckung des Lüftungsschachts inzwischen entfernt hatten und sich darin versteckten. Wieder überkam mich eine Welle von Stolz und Liebe meiner Tochter gegenüber.

Das inzwischen laute Geräusch des Hubschraubers riss mich aus meinen Gedanken. Die DrSG-Mitarbeiter hatten sich auf wenige hundert Meter genähert, während mich immer noch einige Drohnen ausspionierten. Ich flog zwischen den Industriegebäuden umher und hoffte, dass sie mir folgen würden. Leider setzte der Hubschrauber genau auf der Kreuzung neben Stellas und Silvias Versteck zur Landung an. Die Drohnen flogen ebenfalls in ihre Richtung. Frustriert schnaubend wendete ich und folgte ihnen. Eine der Drohnen stiess unsanft gegen eine Wand, was ein Versehen gewesen sein musste. Ich nutzte diesen

Augenblick, um sie in einem gezielten Feuerstrahl zu rösten. Wenige Sekunden später fiel die zerstörte Drohne rauchend zu Boden. Vor meinem inneren Auge erschienen wieder die Bilder aus dem dritten Weltkrieg, als ich russische Kampfdrohnen auf dieselbe Weise zerstört hatte.

Ich schüttelte diese düsteren Gedanken ab und konzentrierte mich wieder auf die DrSG-Mitarbeiter, die nun den Hubschrauber verliessen und ihre Drohnen einsammelten. Unsicher flog ich über sie hinweg. Keiner von ihnen schien mich bemerkt zu haben. Nicht eine einzige Kamera war noch mir zugewandt. Stattdessen näherten sie sich der Abdeckung des Lüftungsschachts, hinter der sich Stella und Silvia versteckten. Obwohl das Gitter wieder perfekt verschlossen war und nichts von den Kindern zu sehen war, traten die Drachenjäger zielstrebig näher. Um sie abzulenken, flog ich nun wenige Meter über ihre Köpfe hinweg. Zwei von ihnen schienen den Luftzug bemerkt zu haben, jedoch entdeckten sie mich nicht, da sie lediglich aufgrund ihrer Taschenlampen im Dunkeln sehen konnten.

Weshalb können Menschen nicht einfach bessere Augen haben? Fragte ich mich frustriert.

In dieser Situation wäre dies tatsächlich hilfreich gewesen. Ein Mann mit einer vernarbten, steifen Hand erreichte den Lüftungsschacht als Erster. Verblüfft stellte ich fest, dass es sich hierbei um Laurin handelte. Er war unbewaffnet und wirkte keineswegs aggressiv, was mich geringfügig verwirrte. Ich landete einige Meter neben ihm, ohne dass er mich bemerkte. Selbst als meine Klauen auf den harten Asphalt trafen und währenddessen Geräusche erzeugten, nahm mich keiner wahr.

Taub sind die auch noch.

Laurin streckte seine Hand nach der Abdeckung aus, dessen Schrauben fehlten. Leise knurrend trat ich in den Schein einer Taschenlampe, um die Aufmerksamkeit der DrSG endlich auf mich zu ziehen. Sofort drehte sich Laurin in meine Richtung um. Seine Augen weiteten sich und er blieb vor Schreck erstarrt stehen.

«Der rote Drache!», rief einer der Männer, als hätten mich nicht bereits alle gesehen.

«Was machen wir jetzt?», fragte eine Frau, die ich als Shona identifizierte.

Alle Blicke waren nun auf mich gerichtet, was mir gefiel, da meine Ablenkung perfekt funktioniert hatte. Angestrengt suchte ich die Männer und Frauen nach Betäubungswaffen ab, jedoch erfolglos. Verwirrt und durch den Schein der Taschenlampen geblendet blieb ich stehen, bis sich Benjamin, das ranghöchste Mitglied der DrSG, vorsichtig mit ausgestrecktem rechten Arm näherte. Als ich dies bemerkte, knurrte ich ihn bedrohlich an, was ihn zu meiner Überraschung keineswegs verunsicherte.

«Das kannst du dir sparen. Wir wissen, dass Drachen sprechen können.», sagte er, während er seine Hand zurückzog.

Mein Atem stockte einen Augenblick, als ich begriff, was Benjamins Aussage bedeutete. Mit leicht geöffnetem Maul starrte ich ihn fassungslos an. Ich versuchte, meine sich wild drehenden Gedanken zu sortieren, um die richtige Antwort zu finden, bis mir auffiel, dass nicht zu antworten die beste Wahl wäre. Stumm blickte ich meinem Gegenüber in die Augen, in der Hoffnung, ihn vom Gegenteil seiner eigenen Aussage überzeugen zu können. Als er meinem Blick standhielt, begann ich abermals zu knurren, wobei ich aufgrund meiner Unsicherheit weniger überzeugend wirkte.

«Bist du dir sicher, dass er sprechen kann?», fragte ihn einer seiner Mitarbeiter.

Die beiden Männer, die ich im Kampf gegen Z-17-k vor einem Hubschrauberabsturz bewahrt hatte, starrten mich teilnahmslos, jedoch auch analysierend an.

«Ja, er möchte uns lediglich täuschen. Zeigt ihm das Video.», erwiderte Benjamin selbstsicher.

Eine junge Frau, die ich noch nicht kannte, tippte auf ihrem Tablet herum und zeigte mir anschliessend den Bildschirm. Obwohl sie beinahe zehn Meter von mir entfernt stand, konnte ich jede Kleinigkeit des Videos erkennen, in dem Tom in seiner Drachengestalt gefesselt im Labor der DrSG lag. Ich sass in meiner menschlichen Gestalt daneben und sprach auf meinen Bruder ein, der langsam die Augen öffnete und mir anschliessend antwortete.

«Leider habe ich vergessen, das Mikrofon zu aktivieren. Ich hätte zu gern gewusst, was Nils mit dem grünen Drachen besprochen hat.», setzte Benjamin das Gespräch fort.

Er hat absichtlich zugelassen, dass ich Tom befreien konnte, um meine Befreiungsaktion aufzuzeichnen! Stellte ich fest.

Verdattert setzte ich mich hin. Aufgrund meiner Ratlosigkeit fehlten mir die Worte.

«Wir sind nicht mehr daran interessiert, Drachen zu fangen. Die DrSG möchte ausschliesslich an Informationen über euch und die ausserirdische Invasion gelangen. Nachdem du mit deinem grünen Freund Odermatt entführt hast, hat sich einiges bei uns geändert. Aus diesem Grund möchten wir auch nicht mehr Drachenschutzgesellschaft genannt werden, sondern lediglich noch DrSG.»

Ich antwortete immer noch nicht, obwohl mich alle erwartungsvoll anblickten. Sie erweckten tatsächlich nicht den Anschein, mich gefangennehmen zu wollen.

«Sprich einfach zu uns, bitte.», sprach Benjamin flehend auf mich ein, während er sich vor mich hinkniete.

«Ich hege keinerlei Interesse daran, diese Informationen mit euch zu teilen.», antwortete ich schliesslich, da sich meine Meinung ihnen gegenüber nicht verändert hatte.

Ab dem ersten Wort starrten mich alle wie gebannt an. Einige von ihnen schienen ihren Augen und Ohren nicht mehr zu trauen. Anscheinend waren sie nicht vollständig vom Videomaterial überzeugt worden. Benjamins Gesichtsausdruck veränderte sich ebenfalls. Er starrte mich verwirrt, jedoch höchst interessiert an. In seinen Augen war Erkennung festzustellen.

«Nils?», fragte er einige Sekunden später.

Mist, ich habe vergessen, meine Stimme zu verstellen, dachte ich wütend auf mich selbst.

«Ähm ... nein?», antwortete ich mit leicht zittriger Stimme.

«Ach komm schon, du sprichst exakt wie Nils Wollseif. Das kann unmöglich ein Zufall sein.»

«Ich glaube, da irrst du dich.», versuchte ich, mich aus dieser Situation zu retten, indem ich absichtlich tiefer sprach und die Konsonanten stärker betonte.

«Ich wusste doch, dass etwas mit dir nicht stimmt.», setzte Benjamin unbeirrt fort. «Das habe ich jetzt nicht negativ gemeint. Mir ist bloss aufgefallen, dass du zufälligerweise mit exakt demselben Auto bei deinem ersten Besuch in unserem Hauptquartier aufgekreuzt bist, was sich in einem viralen Onlinevideo in ein Raumschiff transformiert hat. Selbst das Kennzeichen stimmte überein. Ich wusste von Anfang an, dass du einige Geheimnisse zu verbergen hattest, jedoch hätte ich niemals gedacht, dass du selbst einer der Drachen bist. Wie ist das überhaupt möglich und was hattest du bereits alles mit den Ausserirdischen zu tun? Kannst du beschreiben, wie es sich anfühlt, ein Drache zu sein? Was isst du am liebsten? Wie steuerst du das Feuerspeien?»

Benjamin war nun nicht mehr zu bremsen. Seine Neugier verleitete ihn dazu, unzählige Fragen innert kürzester Zeit auszusprechen. Seine Mitarbeiter blickten ihn inzwischen schmunzelnd an. Um den Spiess umzudrehen, antwortete ich mit einer Gegenfrage.

«Weshalb möchtet ihr an diese Informationen gelangen?»

«Weil wir die Alientechnologie studieren und weiterentwickeln. Wir stehen kurz vor einem Durchbruch. Dein Wissen könnte uns dabei helfen, unser Ziel zu erreichen und jegliche Konkurrenz ein für alle Mal abzuhängen.»

«Konkurrenz?», fragte ich verwirrt.

«Wie du bestimmt weisst, haben die Angriffe der ausserirdischen KI auf dem gesamten Planeten stattgefunden. Wir sind dementsprechend nicht die Einzigen, die die abgestürzten Raumschiffe und die Überbleibsel der Nanobots studieren.»

«Also geht es wieder einmal um Geld?»

«Ist das nicht offensichtlich?»

«Doch, aber ihr habt bereits die staatliche Unterstützung in Form von finanziellen Mitteln und Sonderberechtigungen zurückerlangt, seitdem ihr bei der Verteidigung von Zürich geholfen habt. Reicht das denn nicht?»

Benjamin trat noch näher und setzte sich einen halben Meter vor mir auf den Asphalt.

«Eben nicht. Wir möchten … *ich* möchte, dass die Menschheit dieses Jahrhundert überdauert. Irgendwann werden wir diesen Planeten verlassen müssen, ob wir es wollen oder nicht. Sollte sich die benötigte Technologie und ausreichende finanzielle Mittel bis zu diesem Zeitpunkt nicht in unseren Händen befinden, haben wir verloren.»

Diese Ansprache verwirrte mich eher, als dass sie meine Fragen beantwortete. Schweigend und mit leicht schräg gelegtem Kopf blickte ich Benjamin ins Gesicht. Die Taschenlampen der DrSG-Mitarbeiter waren immer noch allesamt auf uns gerichtet, weswegen ich die Augen angestrengt zukneifen musste.

«Könnt ihr bitte eure Taschenlampen aus meinem Gesicht richten?», fragte ich die neugierigen Männer und Frauen.

Ohne zu zögern, schalteten sie ihre Lampen aus oder richteten sie von mir weg. Einige von ihnen schien meine Bitte sogar in Verlegenheit gebracht zu haben.

«Verstehst du, weshalb ich das hier mache? Das Überleben der Menschheit hängt davon ab, ob wir es schaffen, die Erde zu verlassen oder nicht.», setzte Benjamin das Gespräch unbeirrt fort, wobei mich seine Argumentation an die von Z-17-k erinnerte.

«In gewisser Weise schon, aber weshalb musst du die Konkurrenz besiegen? Wäre es nicht besser, wenn mehrere Institutionen unabhängig voneinander daran arbeiten und schlussendlich ihr Wissen vereinen?»

«Nein, weil … nun ja, wie soll ich das jetzt am besten formulieren …»

«Weil du der Retter sein möchtest, dem die Menschheit über Jahrhunderte hinweg dankbar ist?»

«Nicht ganz.»

«Wahrscheinlich auch, dass alle Menschen die Technologie der DrSG kaufen, wodurch ihr eine Monopolstellung habt.»

Benjamin blickte mich mit zusammengepressten Lippen an, woraus ich schloss, der Wahrheit sehr nahe gekommen zu sein.

«Wärst du damit einverstanden, mir einige Fragen zu beantworten? Dein Wissen ist von immenser Bedeutung für mich.»

«Nein, das möchte ich nicht.»

«Aber wieso?», fragte er enttäuscht.

In diesem Augenblick nahm ich ein metallisches Kratzen aus dem Lüftungsschacht wahr, was von Stellas Klauen stammen musste. Allem Anschein nach wurde sie langsam unruhig. Laurin drehte sich verwirrt um, da er es ebenfalls gehört hatte. Um seine Aufmerksamkeit erneut auf das Gespräch zwischen Benjamin und mir zu lenken, sprach ich unbeirrt weiter.

«Weil ich nichts mehr damit zu tun haben möchte.»

Es ist alles in Ordnung, Stella. Sie werden euch nicht finden, sprach ich gedanklich zu meiner Tochter, da ich ihre Aufregung empfangen hatte.

«Ich möchte nicht, dass sie dich gefangennehmen.», kam ihre Antwort wenige Sekunden später.

Das werden sie nicht, versprochen!

Während der Konversation mit meiner Tochter richtete ich meinen Blick angestrengt auf Benjamin. Es fiel mir schwer, nicht den Lüftungsschacht anzusehen, jedoch musste ich diesem Drang widerstehen, um die Kinder nicht zu verraten.

«Aber es könnte sein, dass das Überleben unserer Spezies davon abhängt.», setzte mein Gegenüber die Konversation fort.

«Ich glaube, dass die Menschheit auch gut ohne meine Antworten zurechtkommen wird.», entgegnete ich, wobei ich mich bereits zum Gehen wandte.

«Bitte, Nils. Wenn du es nicht für die Menschheit machen möchtest, dann wenigstens für mich. Ich bitte dich nicht als Vorgesetzter der DrSG, mir diese Fragen zu beantworten, sondern als Freund.», flehte mich Benjamin an.

Ich hielt einen Moment inne und starrte abwesend auf den leeren Hubschrauber.

«Wir sind keine Freunde.», entgegnete ich schliesslich.

«Für mich bist du ein Freund. Seitdem du mir das Raumschiff gezeigt hast, habe ich immer alle möglichen Spuren verwischt, die du hinterlassen hast. Ist dir etwa noch nie aufgefallen, dass dich niemand jemals nach deinem Auto oder Drachen gefragt hat ausser ich? Selbst nachdem du mehrere Male als Drache bei deinem Haus oder mit dem Raumschiff gesichtet wurdest?»

Als ich nun darüber nachdachte, fiel mir auf, dass Benjamin recht hatte. Bisher war Silvia die Einzige gewesen, die mich jemals nach meiner Drachengestalt gefragt hatte.

«Das hast du doch bloss getan, um die Konkurrenz vom Kurs abzubringen.»

Aufgrund meiner harschen Antwort blickte Benjamin betreten zu Boden. Meinerseits war das Gespräch beendet, weswegen ich die Flügel ausbreitete und zum Starten ansetzte. Auf diese Weise wollte ich die DrSG von hier weglocken, sodass die Kinder anschliessend ihr Versteck verlassen konnten.

«Nils, warte!»

Gerade als ich mit dem ersten Flügelschlag abheben wollte, erstarrte ich in meiner Bewegung, da Shona zu mir gesprochen hatte. Erwartungsvoll sah ich ihr in die Augen.

«Ich würde auch gerne erfahren, was es mit euch Drachen und den ausserirdischen KIs auf sich hat. Und ich glaube, dass wir alle dieselbe Neugier verspüren.», setzte sie fort.

«Trotzdem möchte ich nicht darüber sprechen.»

Shonas mitfühlender und zugleich flehender Blick zog mich in ihren Bann. Nun war ich beinahe gewillt, ihr alles zu erklären. Ihr gegenüber hegte ich keinen Groll, wie es bei Benjamin der Fall war.

«Wir möchten nur die Wahrheit erfahren.»

«Ansonsten können wir auch das Mädchen suchen.», warf Benjamin niedergeschlagen ein.

«Welches Mädchen?», fragte ich in plötzlicher Aufregung, während mein Blick unbewusst den Lüftungsschacht streifte.

«Du hast sie heute auf deinem Rücken getragen.», klärte mich Shona auf.

Dies setzte mich mehr unter Druck, als ich zugeben wollte, da ich befürchtete, sie könnten Silvia tatsächlich finden. Stella schien meine Aufregung zu spüren, denn ich konnte ihre besorgten Gedanken wahrnehmen.

«Kommt, Leute. Wir verschwinden von hier und machen uns auf die Suche nach diesem Mädchen.», sagte Benjamin, während er aufstand und in Richtung des Hubschraubers schlurfte.

Seine Niedergeschlagenheit liess ihn müde und altersschwach erscheinen, obwohl ich ihn auf unter vierzig schätzte und er zuvor einen ausgeschlafenen Eindruck erweckt hatte. Shona warf mir noch einen enttäuschten Blick zu und wandte sich ebenfalls zum Gehen. Selbst Laurin und die anderen wirkten niedergeschlagen.

«Lasst ihr den grünen Drachen, das Mädchen und mich in Ruhe, sobald ihr die Informationen habt, die ihr benötigt?», fragte ich, da ich hoffte, Silvia dadurch von der DrSG zu schützen.

Ich erwähnte weder meine Tochter noch irgendwelche Namen, um ihnen keine neuen Informationen zu schenken. Benjamin wandte sich mir erneut hoffnungsvoll zu.

«Ja.», antwortete er leicht überrascht von meiner Frage.

«Und ihr versprecht, dass niemand von euch diese Informationen der Öffentlichkeit preisgibt?»

Benjamin nickte. Kurz darauf taten es ihm die anderen gleich. Alle schienen damit einverstanden zu sein, was mich geringfügig beruhigte.

«In diesem Fall werde ich euch eure Fragen beantworten, jedoch erst in frühestens zwei Wochen. Es gibt nämlich noch einige private Angelegenheiten, um die ich mich kümmern muss.»

Shona war die Erste, die mich strahlend anstarrte. Die anderen blickten mich kurz darauf ebenfalls zufrieden an. Jeder von ihnen schien sich darüber zu freuen, mehr über Drachen, R-34-d und Z-17-k zu erfahren. Benjamin trat nun wieder schmunzelnd auf mich zu.

«Abgemacht! Wir werden dich, deine Familie und Freunde in Ruhe lassen, sobald du meine Fragen beantwortet hast.», sagte er und streckte mir die rechte Hand entgegen.

Shona blickte Benjamin vorwurfsvoll an.

«Ich meinte natürlich unsere Fragen.», korrigierte er sich.

Mit den Klauen des rechten Vorderbeins griff ich nach seiner Hand und schüttelte sie, wie ich es als Mensch getan hätte. Obwohl sich diese Geste sowohl für mich als auch für Benjamin seltsam anfühlte, liessen wir uns nichts anmerken. Selbst meine harten Krallen störten ihn keineswegs, was mich verwunderte.

«Dann wäre das hiermit geklärt. Könnte ich noch deine Telefonnummer haben?», fragte er schliesslich, während er sein Mobiltelefon aus der Tasche nahm.

Ich übergab ihm meine Nummer, die er sogleich eintippte, und wir verabschiedeten uns voneinander. Geschmeidig stiess ich mich vom Boden ab und schlug einige Male kräftig mit den Flügeln, um über das Lagerhaus hinwegzufliegen, während mich Shona staunend beobachtete und mir Laurin mit seiner verletzten Hand zum Abschied winkte. Schmunzelnd wandte ich meinen Blick dem Horizont zu.

Knapp eine Minute später landete ich jenseits des Industriegebiets und wartete, bis der Hubschrauber der DrSG verschwunden war. Anschliessend begab ich mich wieder auf den Weg zu den Kindern. Bereits aus der Ferne konnte ich Stellas unruhige Gedanken wahrnehmen.

Die Luft ist rein. Ihr könnt jetzt aus eurem Versteck kommen, dachte ich.

Kurz darauf landete ich neben dem Lüftungsschacht, wobei ich Silvias Gespräch mit meiner Tochter wahrnahm.

«Er ist doch überhaupt nicht hier. Wie kann er zu dir gesprochen haben?»

«Ich habe seine Stimme gehört.»

«Erzähl doch keinen Quatsch, Lisa.»

«Ich heisse Stella.»

«Sie hat recht. Ich habe ihr gesagt, dass ihr aus eurem Versteck kommen könnt.», unterbrach ich ihre Konversation.

«Aber wie?», fragte Silvia verwirrt.

«In Gedanken. Drachen können telepathisch miteinander kommunizieren.»

«Was?»

Silvia blickte mich fassungslos an, während das Gitter des Lüftungsschachts scheppernd zu Boden fiel und Stella in meine Richtung sprang. Ich setzte mich hin, sodass sie mich mit ihren Vorderbeinen umarmen konnte.

«Ich hatte Angst, Papa.», hörte ich ihre Gedanken begleitet von Bildern aus dem Lüftungsschacht heraus, bei denen sich Laurin zu ihr umdrehte.

Gleichzeitig fühlte ich Silvias Hand, die Stellas Kopf beruhigend streichelte, während sie vor Anspannung zitterte.

Ich weiss, mein Schatz. Ihr habt das fantastisch gemacht! Dachte ich mit einem dankbaren Blick in Richtung Silvia, da sie ihrer Freundin in dieser gefährlichen Situation geholfen hatte.

Stella liess mich bereits wieder los und schmiegte sich an meine Seite. Liebevoll umschloss ich sie mit meinem Flügel. Sie war inzwischen derart erschöpft, dass sie sich auf den Boden legte und seufzend die Augen schloss.

Du kannst zu Hause wieder schlafen, teilte ich ihr telepathisch mit, während ich ihren Kopf sachte mit der Schnauze anstupste, um sie vom Einschlafen abzuhalten.

«Ihr beide seid einfach so süss.», unterbrach uns Silvia, die ebenfalls aus dem Lüftungsschacht geklettert war.

«Kannst du uns im Dunkeln sehen?», fragte ich sie leicht verblüfft.

«Ja, inzwischen schon. Den Lüftungsschacht habe ich aber von Anfang an gesehen, weil er das Mondlicht reflektiert.»

«Für mich ist es immer sehr schwer, als Drache die Nachtsicht eines Menschen einzuschätzen.», erklärte ich.

«Das verstehe ich. Ihr könnt ja viel besser sehen wie jeder Mensch. Ebenfalls weiss ich jetzt, weshalb du nicht mit mir fliegen wolltest. Ich wusste nicht, dass diese Typen auf der Jagd nach uns sind. Es tut mir leid, dass ich euch in diese Gefahr gebracht habe. In Zukunft werde ich dich nicht mehr fragen, mit mir zu fliegen.»

«Das konntest du nicht wissen.», beruhigte ich sie. «Und das Problem mit der DrSG wird ohnehin bald ein für alle Mal gelöst sein, nachdem ich ihre Fragen beantwortet habe. Du darfst mich gerne jederzeit um einen Flug bitten. Ausser natürlich, ich bin beschäftigt.»

Meine Aussage zauberte Silvia ein Lächeln auf ihr Gesicht. Dankbar kam sie auf mich zu und umarmte mich kräftig, sodass mir beinahe die Luft abgeschnürt wurde.

«Ist schon gut. Du musst mich nicht gleich erwürgen.», redete ich mich aus dieser mir unangenehmen Umarmung heraus.

Zu meiner Erleichterung liess sie mich los und richtete ihre Aufmerksamkeit nun auf Stella, die unter meinem Flügel eingeschlafen war.

«Wie es aussieht, muss ich euch beide nach Hause tragen. Kannst du sie auf meinen Rücken setzen und während dem Flug festhalten?», fragte ich Silvia.

«Sicher.», antwortete sie hilfsbereit.

Ich faltete meinen Flügel zusammen, sodass Silvia Stella auf den Arm nehmen konnte, und legte mich flach auf den Boden. Mit grösster Sorgfalt setzte sie meine Tochter auf meinem Rücken ab und stieg anschliessend ebenfalls auf. Mit beiden Armen hielt sie sich an mir fest, während sie Stella gleichzeitig Sicherheit bot. Nachdem ich mich vergewissert hatte, dass meine Tochter nicht von meinem Rücken gleiten konnte, breitete ich die Flügel aus und stieg langsam dem Himmel empor. Da ich nun sowohl Silvias als auch Stellas Puls fühlte, konnte ich mich bald entspannen, obwohl der Flug mit zwei Passagieren anstrengend war. Mit dem guten Gefühl, das Problem mit der DrSG nachhaltig gelöst zu haben, flog ich in Richtung Zuhause davon.

9

Krankenhausbesuch

«Stella, es wird Zeit, aufzustehen.», begrüsste ich meine Tochter am nächsten Morgen.

Da heute Donnerstag war, musste sie den Kindergarten besuchen. Erneut wollte ich sie keinesfalls abmelden. Tief seufzend ignorierte der königsblaue Drache meinen Weckruf.

«Du darfst heute nur mit Silvia spielen, wenn du auch den Kindergarten besuchst.»

Diese Aussage schien perfekt ins Schwarze getroffen zu haben, denn sie öffnete ihre wunderschönen, tiefblauen Augen.

«Aber ich bin müde.», brummte sie undeutlich vor sich hin.

«Das weiss ich doch. Am Nachmittag kannst du wieder schlafen.»

Meine Tochter hatte glücklicherweise bereits begriffen, dass ich ihre Gedanken in meiner menschlichen Gestalt nicht verstehen konnte, weswegen sie auf normale Weise zu mir sprach. Zufrieden über ihre schnelle Auffassungsgabe betrat ich die Küche und bereitete ihr die dreifache Menge an Frühstück zu, da sie bereits seit mehr als zwölf Stunden ein Drache war und demnach mehr Nahrung benötigte. Sobald ich mit dem gefüllten Teller das Wohnzimmer betrat, warf ich erneut einen Blick in das Kinderzimmer. Stella war inzwischen wieder eingeschlafen. Schmunzelnd brachte ich den Teller zu ihr und hielt eine bestrichene Scheibe Brot direkt vor ihre Schnauze. Zuerst zuckten lediglich ihre Lefzen, danach fing sie an zu schnuppern und schliesslich öffnete sie ihr Maul und biss ein grosses Stück mit geschlossenen Augen ab. Nachdem sie ihr Essen ohne zu kauen heruntergeschluckt hatte, schnappte sie erneut blind nach dem Brot, wobei sie geringfügig meinen Zeigefinger erwischte.

«Au!», entfuhr es mir, wobei Stella endlich vollständig wach wurde.

Verlegen blickte sie auf meine frisch entstandene Wunde, aus der nun ein Tropfen Blut floss. Instinktiv versuchte sie, den Finger abzulecken, wie es bei Tieren üblich war, jedoch zog ich meine Hand vorzeitig zurück.

«Du musst schauen, bevor du zubeisst.», ermahnte ich sie, wobei dieses Missgeschick mindestens teilweise meine Schuld gewesen war.

Stumm, ohne mich anzusehen, setzte Stella ihr Frühstück fort. Ihrem Verhalten nach schloss ich, dass es ihr leid tat. Bevor ich die Bettdecke mit Blut bekleckerte, stand ich auf und betrat das Badezimmer. Ich desinfizierte die Wunde und klebte sie mit einem Pflaster zu, so gut ich konnte. Anschliessend wusch ich das Blut von meiner linken Hand, die ich während der letzten Minute als Auffangbecken verwendet hatte, um nicht den Boden vollzutropfen.

Nachdem Stella ihr Frühstück verspeist hatte, war sie einigermassen wach. Nur eine Aufforderung genügte, um sie aus dem Bett zu locken. Schlaftrunken tapste sie ins Badezimmer und putzte sich die Zähne. Ich tat es ihr gleich, nachdem ich ihren Teller in die Geschirrspülmaschine geräumt hatte.

Anschliessend verwandelte sie sich in Lisa und zog ihre Kleider an, um gemeinsam mit mir den Weg zum Kindergarten anzutreten. Bevor ich die Wohnung verliess, steckte ich noch ein Feuerzeug ein, um später im Krankenhaus überprüfen zu können, ob sich Mario ebenfalls in einen Drachen verwandeln konnte. Zumindest war dies mein Plan, da ich nicht mit Sicherheit wusste, ob sich eine passende Gelegenheit ergeben würde.

Lisa setzte sich gähnend zu den anderen Kindern im Gruppenraum, als ich mich bereits zum Gehen wandte. Voller Vorfreude, meinen Sohn wiedersehen zu können, stieg ich ins Auto ein und fuhr zum Krankenhaus. In schnellen Schritten eilte ich die Korridore entlang, bis ich endlich vor Vanessas Zimmertür stand. Ich klopfte zweimal kurz an und trat schliesslich ein.

«Guten Morgen Nils.», begrüsste mich meine Frau mit Mario im Arm.

Sie sass aufrecht in ihrem Bett und wirkte beinahe wieder gesund, was mich sehr freute.

«Hallo Vanessa. Du siehst wieder munter aus!»

«Munter vielleicht noch nicht, aber mir geht es viel besser als gestern.», antwortete sie.

Wir küssten uns, wie wir es zumeist bei Begrüssungen taten, und ich setzte mich anschliessend auf die Bettkante.

«Was hast du denn mit deinem Zeigefinger angestellt?», fragte Vanessa, als sie das Pflaster entdeckte.

«Ich habe mich geschnitten.», redete ich mich heraus.

Dass unsere Tochter ein Drache war, wollte ich ihr erst nach ihrem Krankenhausaufenthalt erklären. Wie während jedem vorherigen Besuch bei ihr unterhielten wir uns über Marios Gesundheit und Lisas Erfahrungen im Kindergarten.

«Lisa hat eine Freundin gefunden?», fragte Vanessa verblüfft, nachdem ich ihr von Silvia erzählt hatte.

«Ja. Sie haben gestern mehrere Stunden lang geplaudert.»

«Das passt überhaupt nicht zu ihr, aber ich finde es schön, dass sie jemanden gefunden hat, mit der sie sich gut versteht.»

Vanessa blickte auf ihre Uhr und schien von der aktuellen Uhrzeit überrascht zu sein.

«Oh, es ist schon Viertel nach zehn. Ich habe in fünf Minuten eine Untersuchung. Kannst du kurz auf Mario aufpassen? Es dauert nicht lange.», sagte sie leicht gestresst.

«Ja, kein Problem. Das mache ich sogar sehr gerne.», antwortete ich schmunzelnd, als ich den schlafenden Mario entgegennahm.

Vanessa zog sich die Schuhe an, die neben ihrem Bett standen, und eilte anschliessend zur Tür, so schnell sie in ihrem noch immer geschwächten Zustand konnte. Gerade als ich sie fragen wollte, ob ich ihr die Tür öffnen könne, öffnete sie sie bereits eigenhändig.

«Bis in einer Viertelstunde.», verabschiedete sie sich.

«Okay. Bis bald.»

Ihr abruptes Verschwinden hatte mich ein wenig überrumpelt. Nichtsdestotrotz spielte mir ihre kurzzeitige Abwesenheit in die Karten, da ich nun die perfekte Gelegenheit hatte, festzustellen, ob Mario ebenfalls ein Drache war. Ich setzte mich mit ihm auf Vanessas Bett und kramte das Feuerzeug aus meiner Hosentasche heraus. Verstohlen blickte ich umher, um mich zu vergewissern, dass ich nicht beobachtet wurde, obwohl dies ein Einzelzimmer war, zu dem lediglich Vanessa, ich und das Krankenhauspersonal Zutritt hatten. Anschliessend entzündete ich das Feuerzeug und bewegte Marios Hand langsam auf die kleine Flamme zu. In diesem Augenblick fühlte sich mein Handeln grundlegend falsch an. Ich zog bereits in Erwägung, den Versuch abzubrechen, als mir mein Unterbewusstsein befahl, es trotzdem durchzuziehen. Schnell bewegte ich Marios Hand über das Feuer hinweg, sodass ich ihn nicht verbrennen würde, falls er kein Drache wäre. Zu meiner Überraschung verwandelten sich seine Finger augenblicklich in türkisblaue Klauen.

«Ja!», entfuhr es mir vor Freude.

Grinsend löschte ich das Feuerzeug und versorgte es wieder in meiner Hosentasche. Nun betrachtete ich Marios Klauen, die seltsamerweise etwas weniger scharf waren als die von Stella. Bevor ich sie jedoch länger anstarren konnte, breiteten sich hellblaue Schuppen auf Marios Arm aus.

«Nein, nein, nein. Bloss das nicht!», sagte ich zu mir selbst.

Auf meinem Schoss verwandelte er sich immer weiter in einen Drachen. Sein Kopf schrumpfte, bildete Schuppen und Hörner, Flügel und Zacken sprossen aus seinem Rücken wie Pflanzen aus der Erde und seine Windel wurde aufgrund seines kontinuierlich wachsenden Schwanzes ausgezogen. Wenige Sekunden später schlief ein hellblauer Drache auf meinen Beinen. Er war ungefähr halb so gross wie Stella, die wiederum halb so gross war wie ich in meiner Drachengestalt. Im Gegensatz zu einem Menschenbaby war Marios Kopf nun nicht mehr überdimensioniert gross. Mit hoher Wahrscheinlichkeit konnte er sich in dieser Form problemlos eigenständig fortbewegen. Staunend und fassungslos zugleich starrte ich meinen Sohn an, der glücklicherweise nicht aufgewacht war. Genau in diesem Moment klopfte es an der Tür. Vor lauter Schreck zog sich mein Innerstes zusammen. Panisch warf ich Vanessas Decke über Mario, der zusammengerollt auf meinem Schoss lag, und blickte zur Assistentin, die soeben das Zimmer betrat.

«Guten Morgen Herr Wollseif, ich wollte nach Mario sehen, da Ihre Frau momentan in einer Untersuchung ist.», begrüsste sie mich.

«Guten Morgen.», wiederholte ich mit leicht zittriger Stimme.

Mein Blick war ununterbrochen auf sie gerichtet und ich wagte es nicht, mich zu bewegen. Meine Wangen wurden heiss, während ich leicht zu schwitzen begann. Die Assistentin sah sich suchend im Zimmer um.

«Mario ist hier bei mir.», erklärte ich schliesslich und deutete auf den zusammengeknüllten Deckenbündel auf meinem Schoss.

«Okay.», antwortete sie verwirrt.

Ihr war offensichtlich aufgefallen, dass Vanessas Decke viel zu gross war für ein neugeborenes Kind, weswegen sie Anstalten machte, sich mir zu nähern.

«Er schläft gerade.», versuchte ich, mich aus dieser Situation herauszureden.

«Bekommt er noch genügend Sauerstoff?»

«Ähm, ja. Eigentlich schon.»

Vorsichtig hob ich die Decke auf meiner Seite an, bis ich Marios Kopf erkennen konnte. Seine Beine zuckten geringfügig und er seufzte tief. Die Assistentin schien diesen Seufzer ebenfalls gehört zu haben, denn sie wirkte nun wesentlich beruhigter als zuvor.

«Dann ist ja alles in Ordnung.», sagte sie mit offensichtlich gespieltem Lächeln, während ich fühlen konnte, wie noch mehr Blut in mein Gesicht gepumpt wurde.

Vermutlich glich ich nun eher einer Tomate als einem Menschen. Leicht abschätzig blickte mir die Assistentin entgegen, während sie zur Tür trat.

«Ich wünsche Ihnen noch einen schönen Tag.»

«Ja.», antwortete ich, wie ich es oft versehentlich unter grossem Stress tat.

Dies hatte ich mir bereits seit Jahren versucht, abzugewöhnen, jedoch war es mir bisher noch nicht gelungen, da es sich um eine Eigenart meines Autismus handelte.

«Danke, gleichfalls.», ergänzte ich meine Verabschiedung, als ich meinen Fehler bemerkte.

Verwirrt schloss die Assistentin die Tür hinter sich. Mit angehaltenem Atem wartete ich einige Sekunden, bis ihre Schritte auf dem Flur verstummt waren. Erleichtert atmete ich aus und schob die Bettdecke beiseite. Es würde nicht mehr lange dauern, bis Vanessa aus ihrer Untersuchung zurückkehrte. Deswegen musste ich Mario dazu bringen, sich zurückzuverwandeln.

Stella konnte von Anfang an meine Gedanken verstehen. Wenn das bei Mario genauso ist, wird er sich vielleicht verwandeln, sobald ich in meiner Drachengestalt an Eis denke, dachte ich.

Da mir nichts anderes übrigblieb, als meine Theorie auszuprobieren, verwandelte ich meinen Kopf, was wieder durch einen stechenden Schmerz begleitet wurde. Dieses Mal reichte er sogar bis in den Nacken herab, was zuvor noch nicht der Fall gewesen war. Nach einigen Sekunden verblassten die Schmerzen allmählich und ich fand meine Konzentration wieder. Nun stellte ich mir vor, meine rechte Hand würde aus Eis bestehen. Kaum einen Moment später verwandelte sich Marios rechte Hand zurück.

Das funktioniert ja einwandfrei!

Angespornt durch diesen Erfolgsmoment setzte ich Marios Verwandlung in einen Menschen fort, bis ausschliesslich der Kopf übriggeblieben war. Sobald ich mir vorstellte, er würde aus Eis bestehen, verwandelten wir uns gleichzeitig vollständig zurück. Der Schmerz in meinem Hinterkopf verstärkte sich abermals, wodurch ich unwillkürlich zuckte, was Mario aus dem Schlaf riss. Während meine menschlichen Sinne zurückkehrten, hörte ich sein Geschrei bereits, bevor ich etwas sehen konnte. Sobald das Kribbeln verblasst war, lag Mario weinend auf meinem Schoss. Ich ignorierte die Schmerzen, zog ihm seine Windel wieder an und sprach beruhigend auf ihn ein. Gleichzeitig wiegelte ich ihn sachte in den Schlaf, was kurze Zeit später tatsächlich Wirkung zeigte. Seine Augen fielen zu und er glitt in einen entspannten Schlaf zurück, wie es in den letzten Stunden der Fall gewesen war.

Fünf Minuten später kehrte Vanessa zurück. Vor lauter Nervosität blickte ich unruhig umher, als sie sich auf ihr durchwühltes Bett setzte.

«Was ist denn mit meiner Bettdecke los?», fragte sie mich.

«Ich habe damit gespielt.», antwortete ich abermals mit rotem Kopf.

Da sie vermutlich dachte, dass meine Schamröte vom Geständnis des Spielens mit der Bettdecke anstelle meiner Notlüge stammte, ging sie nicht weiter darauf ein. Stumm und mit leicht zittrigen Händen übergab ich ihr unseren Sohn. Ohne ein Wort zu sagen, sassen wir nebeneinander, bis Vanessa endlich das Schweigen brach.

«Ich hoffe, du hast einen Regenschirm dabei. Die Wolken sehen beinahe schwarz aus.»

«Tatsächlich? Meinen Schirm habe ich zu Hause und die Regenjacke ebenfalls.»

«Dann wirst du wahrscheinlich sehr nass.», entgegnete Vanessa lachend.

Als ich eine halbe Stunde später mit dem Auto zurück nach Hause fuhr, bewahrheitete sich ihre Aussage. Mitten auf dem Weg setzte ein Platzregen ein, durch den die Sichtweite auf wenige Meter reduziert wurde. Mit der Vorahnung, wie nass der Fussweg von meiner Wohnung zum Kindergarten und wieder zurück sein würde, parkte ich das Auto direkt neben dem Pausenhof anstelle der blauen Zone im Wohngebiet. Ich stieg aus und rannte, so schnell es ging, zur Eingangstür. Genau während ich eintrat, wurde Lisa aus dem Kindergarten entlassen. Müde schlurfte sie mir entgegen, wobei sie mich nicht einmal richtig begrüsste. Aus lauter Mitleid nahm ich sie auf den Arm und trug sie zum Auto. Obwohl die Strecke sehr kurz war, tropften unsere Kleider bereits vor Nässe, nachdem wir beide eingestiegen waren. Auf der zweiminütigen Fahrt nach Hause schlief Lisa trotz des lauten Regens ein.

Zu meinem Pech war kein Parkplatz in der Nähe des Hauses frei, weswegen wir schliesslich doch durch den Regen rennen mussten. Zu Hause angekommen, tropften wir erst das Treppenhaus und anschliessend auch noch die Wohnung voll, bis wir endlich unsere Kleider ausgetauscht und uns abgetrocknet hatten. Frisch angezogen betrat ich das Wohnzimmer, wo Stella bereits auf mich wartete. Sie hatte sich in einen Drachen verwandelt, statt ihre Kleider anzuziehen. Da ich ihr diese Freiheit gewähren wollte, sagte ich nichts und wischte stattdessen das Wasser vom Fussboden auf. Anschliessend bereitete ich unser Mittagessen zu, was wir getrennt assen. Ich sass als Mensch am Esstisch während Stella als Drache auf dem Fussboden lag. Nach dem Essen hüpfte sie auf mein Bett und blickte mir erwartungsvoll entgegen.

«Möchtest du, dass ich mich auch in einen Drachen verwandle?», fragte ich sie.

Stella nickte, wobei ihr bereits beinahe die Augen zufielen. Seufzend verliess ich das Zimmer, zog meine Kleider aus und leitete die Verwandlung ein, die wie immer von Schmerzen begleitet wurde. Leider hatte ich meinen verletzten Zeigefinger vergessen, wodurch sich die Wunde verschlimmerte. Meine Klaue wies nun eine tiefe, blutende Furche auf, die durchgehend brannte. Selbst die Schuppen waren an der verletzten Stelle aufgerissen. Ich betrat das Badezimmer und wickelte meine Klaue in einen Verband ein, um die Blutung zu stoppen. Währenddessen überlegte ich, wie ich das Problem mit den Kopfschmerzen in Zukunft lösen konnte. Bei jeder Verwandlung wurde es schlimmer. Irgendwann würde ich dazu gezwungen sein, für immer in einer Gestalt zu verweilen. Gedankenverloren kletterte ich zu Stella auf mein Bett hoch und rollte mich neben ihr zusammen. Sie hatte bemerkt, dass ich dazugestossen war, denn sie vergrub sich unter meinem rechten Flügel und kuschelte sich an meinen Bauch. Tief seufzend entspannte sie sich und fiel daraufhin in einen traumlosen Schlaf. Ich hingegen dachte lange über die Folgen meiner Kopfschmerzen nach, die erst nach einer Viertelstunde verblasst waren. Anschliessend formulierte ich gedanklich das Geständnis an Vanessa bezüglich meiner Drachengestalt und zu guter Letzt beschäftigte mich auch noch die bevorstehende Zusammenarbeit mit der DrSG.

10

Synchronisation

Ein stechender Schmerz weckte mich am Nachmittag. Ich hatte überhaupt nicht bemerkt, wie ich eingeschlafen war. Verwirrt blickte ich zu meiner verletzten Klaue, die ausgiebig von Stella abgeleckt wurde, während sie mein rechtes Vorderbein umklammerte. Den Verband hatte sie heruntergerissen.

Lass das, Stella! Rief ich gedanklich aus.

«Aber du bist verletzt.», antwortete sie mir, ohne ihre animalische Wundversorgung zu unterbrechen oder mich anzusehen.

Trotzdem bedeutet das nicht, dass du meine Wunde kontaminieren musst. Ausserdem tut es weh.

Ich zog mein Bein zurück und betrachtete die verletzte Klaue genauer. Die Blutung war inzwischen gestoppt, jedoch trat noch ein wenig Wundflüssigkeit aus. Seufzend sprang ich aus dem Bett und humpelte ins Badezimmer. Mit viel Wasser und schliesslich auch Desinfektionsmittel säuberte ich die Wunde, bevor ich erneut einen Verband anlegte und zu meiner Tochter zurückkehrte.

Wenn ich eine Wunde verbinde, solltest du den Verband in Ruhe lassen, tadelte ich sie, während ich ihr streng in die Augen blickte.

«Ich wollte doch bloss helfen.», antwortete sie traurig, wobei ich ihre Beweggründe telepathisch wahrnahm.

Ihre Aktion von vorhin war auf ihre neuen Dracheninstinkte zurückzuführen. Anscheinend hatte sie sich vollständig von ihnen leiten lassen. Stella blickte nun traurig auf den losen Verband, der auf der Bettdecke lag. Ihre Traurigkeit erzeugte starkes Mitgefühl in meinem Inneren. Liebevoll legte ich meinen Flügel um sie.

So war das nicht gemeint. Ich schätze es, wenn du mir hilfst. Es war nur in diesem Moment unpassend, erklärte ich ihr.

Stellas Gedanken drehten sich noch eine Weile um meine Zurechtweisung, bis sie schliesslich zu Silvia abschweiften. Sie blickte aus dem Fenster. Draussen regnete es immer noch in Strömen, wodurch sich meine Tochter seufzend entschied, zu Hause zu bleiben. Sie legte ihren Kopf wieder auf die Bettdecke und versuchte, zu schlafen, obwohl sie keine Müdigkeit verspürte. Wir beide wussten in diesem Augenblick nicht, was wir machen sollten. Aus diesem Grund lagen wir stumm nebeneinander und konzentrierten uns auf unsere Gedanken. Nach einer Weile versuchte ich aus reiner Neugier, so viele Empfindungen von Stella wahrzunehmen, wie ich konnte. Mit geschlossenen Augen konzentrierte ich mich auf ihren Atem, ihren Herzschlag, die leere Wand, die sie bereits seit einigen Minuten gedankenverloren anstarrte, das Prasseln des Regens, was in ihre Ohren drang und die Wärme meines Flügels, der auf ihrem Rücken lag. Als ich schliesslich auch ihren Gedanken lauschte, fiel mir etwas auf, was ich bisher noch nie bei ihr wahrgenommen hatte: In meinem Bewusstsein erschien plötzlich etwas Neues, was mit zunehmender Konzentration an Komplexität gewann. Ich versuchte, einzuordnen, was es war, bis mich Stellas Stimme unterbrach.

«Papa?», fragte sie verwirrt.

Ihre Stimme war derart laut und deutlich zu hören, dass ich augenblicklich in die Realität zurückgeholt wurde. Ich hob meinen Flügel an, um nach meiner Tochter zu sehen. Sie lag entspannt neben mir und blickte mir in die Augen.

Was ist, Stella?

«Ich habe vorhin etwas Seltsames gespürt.», antwortete sie gedanklich.

Vor meinem inneren Auge spielte sich die vorherige Situation erneut ab. Ich sah, hörte und fühlte alles, was meine Tochter wahrgenommen hatte, bis plötzlich etwas Unbekanntes in meinem Bewusstsein erschien, mit dem Unterschied, dass es sich leicht anders anfühlte, wie ich es zuvor selbst erlebt hatte.

Zeigst du mir etwa meine eigenen Gedanken? Fragte ich verwirrt.

«Nein.»

Aber ich habe eben exakt dasselbe erlebt. Weshalb hast du eigentlich vorhin zu mir gesprochen, obwohl wir uns gedanklich unterhalten können?

«Ich habe nicht gesprochen.»

Tatsächlich?

Wieder rief ich die neusten Ereignisse ab und verglich meine eigene Wahrnehmung mit dem, was mir meine Tochter übermittelt hatte. Auf einmal fiel mir auf, dass ich das unbekannte Etwas aus Stellas Erinnerung doch in gewisser Weise erkannte. Es handelte sich um meine Denkweise, die ich stets anwendete, um mich auf etwas zu konzentrieren, nur dass Stella aus welchem Grund auch immer Zugriff auf dieses abstrakte Konstrukt hatte. Soweit ich mich erinnern konnte, hatte ich eben diese in meinem Bewusstsein verankerte Funktion verwendet, um mich auf Stellas Gedanken zu konzentrieren.

Um mehr über dieses eigenartige Phänomen herauszufinden, fokussierte ich mich abermals auf alles, was ich von meiner Tochter empfangen konnte. Dieses Mal gelang es mir bereits innert einer Minute, auf dasselbe hochkomplexe Konstrukt zu stossen.

«Es passiert schon wieder.», hörte ich Stellas Stimme.

Hast du das gerade gedacht oder ausgesprochen? Fragte ich sie telepathisch, wobei ich versuchte, nicht erneut in die Realität gerissen zu werden.

Kurzzeitig flackerte wieder das Bild aus meiner eigenen Perspektive auf, jedoch gelang es mir, die telepathische Verbindung zu meiner Tochter wiederherzustellen.

«Ich habe es gedacht.», antwortete sie in derselben Klarheit wie zuvor.

Weshalb verstehe ich dich dann so gut?

Zeitgleich mit meiner Frage teilte ich ihr meine Wahrnehmung ihrer Stimme mit. Sie tat es mir gleich, wobei ich feststellte, dass sich unsere Empfindung nicht unterschied.

Es ist, als wären wir auf eine Weise miteinander verbunden, die wir zuvor noch nicht entdeckt hatten, mutmasste ich.

«Wieso fühlt es sich so seltsam an?»

Weil du wahrscheinlich meine Gedanken ebenso sehr wahrnimmst wie ich deine in diesem Augenblick.

Die Tatsache, dass Stella fühlen konnte, wie ich eine telepathische Verbindung zu ihr aufgebaut hatte, stimmte mich neugierig. Ich erkundete das neue Konstrukt in meinem Bewusstsein und versuchte, es einzuordnen, beziehungsweise dessen Grenzen zu finden. Je weiter ich mich darauf konzentrierte, desto grösser schien es zu werden. Die einzelnen Abschnitte waren derart komplex, dass ich sie instinktiv zu abstrahieren versuchte. Irgendwann schwirrte mein Kopf vor lauter Anstrengung. Ich war kurz davor, aufzugeben, als mir plötzlich alles mehr oder weniger bekannt vorkam. Die einzelnen Abschnitte waren allesamt logisch strukturiert. Einzelne Methoden führten Funktionen aus, die wiederum auf einer Art Betriebssystem basierten. Dieses System hatte Zugriff auf einen unermesslich grossen Speicher, der in mehrere Abschnitte unterteilt war. Ein kleiner Teil davon war allem Anschein nach dafür zuständig, Informationen kurzzeitig abzuspeichern, denn die darin enthaltenen Daten veränderten sich fortlaufend. Alle anderen Abschnitte des Speichers blieben mehr oder weniger konstant. Als Informatiker bezeichnete ich den Kurzzeitspeicher als Arbeitsspeicher und den Rest als Festplatte.

Inzwischen war ich vollständig in dieser Welt versunken. Ich nahm die Realität überhaupt nicht mehr wahr. Wahrscheinlich hätte man mich aus diesem meditativen Station nicht einmal wachrütteln können. Nach einem scheinbar endlosen Prozess der Abstraktion und Vereinfachung gelang es mir schliesslich, das Gesamtsystem zu überblicken. Vom Aufbau her unterschied es sich kaum von einem Computer. Dies war jedoch nicht der einzige Grund, weshalb es mir vertraut vorkam. Die Funktionsweise der einzelnen Komponenten und der Software stimmte beinahe mit dem überein, wie ich mir mein eigenes Bewusstsein vorstellte. Die wenigen Unterschiede waren vernachlässigbar.

Da ich nun wusste, wie dieses System funktionierte, analysierte ich die Einzelteile genauer. Dabei fiel mir auf, dass ich meine Denkweise geringfügig anpassen konnte, um sie mit dem zweiten System zu synchronisieren. Gerade als ich damit beginnen wollte, fühlte ich Stellas unruhige Gedanken. Sie teilte mir ihre Wahrnehmung mit, wobei ich die Gemeinsamkeiten zu meinem Synchronisierungsversuch erkannte. In diesem Augenblick fiel es mir wie Schuppen von den Augen. Dieses komplexe System, worauf ich nun Zugriff hatte, war das Bewusstsein meiner Tochter. Sofort schämte ich mich dafür, versucht zu haben, mich auf diese Weise mit ihr zu verbinden. Ich verzichtete auf die Synchronisierung der einzelnen Komponenten und analysierte stattdessen deren Aufbau genauer. Die jeweiligen Programme waren erlernte Fähigkeiten wie zum Beispiel das Gehen, Sprechen oder Lesen. Sie konnten beliebig erweitert und verändert werden. Alle diese Programme führten grundlegende Funktionen aus, die direkt mit der Hardware und somit auch über die Schnittstellen mit der Peripherie kommunizierten. Im Falle eines Lebewesens war der Körper die Hardware. Die Verbindung des Gehirns mit dem Nervensystem stellte das Motherboard dar, was wiederum alle Informationen der Eingabegeräte beziehungsweise der Augen, Ohren und Nerven verarbeitete und zum Betriebssystem, der individuellen Denkweise weiterleitete. Im Gegensatz zu den Programmen konnte das Betriebssystem nicht grundlegend verändert werden, sobald es einmal installiert wurde. Es liess sich geringfügig anpassen und konfigurieren, jedoch waren diese Funktionen im Gegensatz zu den Programmen stark eingeschränkt. Meine eigene Denkweise war sogar noch unveränderlicher als die meiner Tochter. Dies lag vermutlich daran, dass ich bereits erwachsen war. Ich konnte zwar noch neue Fähigkeiten erlernen und somit Programme installieren oder erweitern, jedoch war es kaum möglich, meine Wesensart zu verändern geschweige denn eine andere Persönlichkeit zu erlangen. Nachdem die empfangenen Informationen durch das Betriebssystem und die Programme verarbeitet wurden, sendete das Gehirn entsprechende Signale an die angeschlossenen Ausgabegeräte, wobei es sich meist um Muskeln handelte.

Erstaunt von meiner neuen Entdeckung betrachtete ich meine Tochter nun aus einem völlig anderen Blickwinkel. Ihre Denkweise stimmte beinahe perfekt mit der Meinen überein. Dank ihrer logischen Speicherverwaltung und ihrer starken Generalisierung konnte meine Tochter mit Leichtigkeit Neues erlernen, indem sie bereits vorhandene Informationen kombinierte und wiederverwendete. Das Einzige, was ihr im Gegensatz zu mir fehlte, waren die Fähigkeiten und das Wissen, was ich mir im Laufe meines Lebens erarbeitet hatte. Ich verspürte den Drang, meine Programme und Dateien mit ihr zu teilen, um ihr zu helfen, komplexe Zusammenhänge zu verstehen und neue Fähigkeiten zu erlernen.

«Papa, was ist das alles?», weckten mich Stellas Gedanken aus meiner vertieften Analyse ihres Bewusstseins.

Sie sendete mir Eindrücke von meiner eigenen Denkweise und meiner Wesensart, die sie als Gesamtbild betrachtete.

Das bin ich, Stella. Alles, was ich denke, jedes Konstrukt meines Bewusstseins und all meine Erinnerungen stehen nun vor dir.

Diese klare, direkte Art der Gedankenübertragung, die durch unsere Verbindung ermöglicht worden war, empfand ich immer noch als gewöhnungsbedürftig. Ich konnte die Neugier und Verwirrung meiner Tochter fühlen, weswegen ich ihr in Bildern und Eindrücken erklärte, was uns heute ermöglicht worden war. Auf meine Einweisung hin passte sie ihre Denkweise geringfügig meiner eigenen an, um eine Komponente zu synchronisieren, wie ich es zuvor bei ihr versucht hatte. Es fühlte sich eigenartig an, wenn plötzlich ein anderes Bewusstsein dieselben Funktionen ausführen konnte wie das eigene. Da ich ebenso neugierig war wie Stella, liess ich dennoch zu, dass sie sich mit meiner Speicherverwaltung verband, die Zugriff auf all meine Erinnerungen hatte. Gleichzeitig konnte ich auf diese Weise ihr Langzeitgedächtnis verwenden, da wir nun über eine gemeinsame Speicherverwaltung verfügten. Überrascht von unserer Entdeckung begannen wir gegenseitig, weitere Komponenten zu synchronisieren, bis unsere Bewusstseine kaum noch voneinander unterschieden werden konnten. Sobald Stella etwas dachte, war dies ebenfalls mein eigener Gedanke. Wir hatten die Wesensart des jeweils Anderen vollständig begriffen, wodurch wir in der Lage waren, ganze Konstrukte zu kopieren. Beispielsweise fügte ich mein Verständnis der Relativitätstheorie bei Stella ein, wobei ich es perfekt auf ihr Bewusstsein konfigurierte. Voller

Enthusiasmus testete sie ihr neues Programm aus und erklärte mir eigenständig, wie sowohl die Bewegung durch den Raum als auch die Gravitation die Wahrnehmung der Zeit verändern konnte.

Stella rief anschliessend meine Erinnerungen an Vanessa auf, wobei sie sich fragte, weshalb ich sie nicht als «Mama» assoziiert hatte. Hierbei fiel mir auf, wie sehr sie sie vermisste. Obwohl sie nie etwas gesagt hatte, wünschte sie sich nun die Nähe ihrer Mutter. Sehnsüchtig sah sie sich eine Erinnerung an, in der mich Vanessa auf dem Lindenhof gestreichelt hatte. Einen Augenblick befürchtete ich, sie könnte von meiner Art und Weise, wie ich meine Frau liebte, verstört werden. Ebenso schämte ich mich dafür, meiner Tochter alles über meine Wesensart, selbst die schlechten Charakterzüge, mitgeteilt zu haben. Auf diese Weise veränderte sich mein Verhältnis zu meinen Erinnerungen, wodurch sich Stellas Verbindung zu dieser Komponente trennte. Enttäuscht und frustriert versuchte sie, erneut auf die Erinnerung an Vanessa zuzugreifen, jedoch sperrte ich sie weiterhin mit meiner anderen Denkweise aus. Obwohl ich wusste, dass sie meine Beweggründe zumindest teilweise verstand, verspürte sie nun Traurigkeit.

«Wieso hast du das gemacht? Ich wollte Mama sehen.», nahm ich ihre Gedanken wahr.

Es gibt einige Dinge, die ich nicht mit dir teilen möchte. Du hast bestimmt auch private Erinnerungen.

Trotzig sträubte sie sich gegen meine Aussage, wodurch sich die meisten Verbindungen unserer Bewusstseine lösten.

«Ich will zu Mama.»

Das weiss ich doch. Wenn du magst, können wir sie morgen gemeinsam besuchen.

Ich stellte mir vor, wie wir uns zu zweit neben Vanessa und Mario setzten, wie Lisa die beiden begrüsste und wir uns alle auf einen gemeinsamen Tag freuten, obwohl wir das Krankenhaus nicht verlassen konnten. Diese Gedanken besänftigten Stellas Trotz. Wir stellten langsam wieder eine bessere Verbindung zueinander her. In diesem Augenblick wurde ich mir aufs Neue bewusst, wie sehr ich meine Tochter liebte. Alles an ihr, von ihrer perfekt geordneten Struktur erlernten Wissens über ihre Fähigkeit, sich in einen Drachen zu verwandeln bis hin zu ihrer Denkweise liebte ich mehr als alles andere auf dieser Welt, obwohl mir ihr Trotz zwischendurch auf die Nerven ging. Unsere gemeinsame telepathische Verbindung hatte dieses Empfinden noch zusätzlich verstärkt. Sie fühlte meine Liebe zu ihr, was ihr unbeschreibliche Freude bereitete. Nun konnte sie jegliche negativen Gefühle beiseitelegen und sich auf die Synchronisierung unserer Bewusstseine konzentrieren. Selbst meine Sorgen, sie könnte aufgrund einiger Makel meines Charakters schlecht über mich denken, verblassten mit der Zeit, als ich begriff, dass sie mich genauso akzeptierte, wie ich war.

Während der nächsten Zeit sahen wir uns gemeinsam meinen heutigen Besuch bei Vanessa und Mario an. Selbst Marios Verwandlung in einen Drachen und den darauffolgenden Besuch der Assistentin teilte ich ihr mit. Die peinliche Situation, in der ich mich befunden hatte, amüsierte Stella, während ihr meine Schmerzen im Hinterkopf Sorgen bereiteten. Alles in allem gefiel es ihr, meine Erinnerungen wie ihre eigenen erleben zu können.

«Ich habe Hunger.», dachte sie plötzlich, als wir den Magen knurren verspürten.

Das war doch eher unser Magen, nicht deiner, entgegnete ich leicht verwirrt aufgrund unserer gemeinsamen Wahrnehmung. *Warte, das ergibt überhaupt keinen Sinn. Wir sind zwei separate Lebewesen. Dementsprechend haben wir auch zwei unterschiedliche Mägen*, korrigierte ich mich.

Gemeinsam beschlossen wir, unsere telepathische Verbindung zu trennen. Sobald sich Stellas Bewusstsein von meinem löste, fühlte es sich an, als würde etwas in mir fehlen, obwohl ich zugleich wieder mehr Kontrolle über die eigenen Funktionen erlangte. Eine tiefe Traurigkeit breitete sich in mir aus, während ich langsam von Stella abliess und mich auf meinen physischen Körper konzentrierte. Niedergeschlagen öffnete ich die Augen und stellte fest, dass es draussen bereits dunkel war. Ich reckte den Kopf hoch. Ein Blick auf die Uhr liess mich stutzen. Es war kurz vor Mitternacht.

Das kann doch unmöglich sein.

«Es war mein Magen, Papa.», erklärte Stella, deren Magen erneut ein lautes Knurren von sich gab.

Um meiner Tochter und mir das Abendessen zuzubereiten, versuchte ich, aufzustehen, jedoch war mein linkes Hinterbein taub. Es dauerte eine Weile, bis ich begriff, dass es eingeschlafen war. Langsam kam das Gefühl in Form eines Stechens zurück, bis schliesslich das gesamte Bein kribbelte. Ich massierte es mit den Vorderbeinen, bis es wieder ausreichend mit Blut versorgt wurde, und sprang anschliessend vom Bett.

Nachdem ich uns ein grosses Abendessen gekocht hatte, verspeisten wir es gierig, wie es für Drachen üblich war. Stella leckte sogar ihren Teller aus, nachdem sie mindestens ein Kilogramm Fleisch mit Nudeln gegessen hatte. Mit prall gefülltem Bauch tapste sie ins Badezimmer, um sich für die Nacht vorzubereiten, während ich unsere Teller in den Geschirrspüler räumte. Anschliessend betrat ich ebenfalls das Badezimmer, putzte mir die Zähne, ging auf die Toilette, woran ich mich in meiner Drachengestalt niemals gewöhnen würde, und warf mich erschöpft auf mein Bett. Stella sprang zu mir hoch und kuschelte sich an meiner Seite ein. Da es bereits sehr spät war, versanken wir innert weniger Minuten im Land der Träume.

Das Geräusch meines Weckers riss mich aus einem gemeinsamen Traum mit Stella. Wir hatten uns bis zum jetzigen Zeitpunkt als Drachen durch die Wolken gejagt. Enttäuscht seufzend tastete ich mit meinen Klauen nach dem Wecker, um die Melodie zu beenden, die uns unsanft in die Wirklichkeit katapultiert hatte. Dabei fiel mir auf, dass meine Verletzung wesentlich besser geworden war. Selbst bei direkten Berührungen mit dem Verband schmerzte es kaum noch.

Komm, wir müssen aufstehen, sprach ich gedanklich zu meiner Tochter, die immer noch an meinen Oberkörper gekuschelt dalag.

Mürrisch brummend streckte sie sich und stand schliesslich mit halb geschlossenen Augen auf. Sobald wir unser Frühstück verspeist hatten, verwandelte ich mich beinahe vollständig in einen Menschen. Lediglich die verletzte Klaue beliess ich in ihrer ursprünglichen Form. Da sowohl die roten Schuppen als auch die dunkelrote Kralle unter dem Verband erkennbar waren, hüllte ich die betroffene Stelle in noch mehr Verbandsmaterial ein, bis die Klaue vollständig verborgen war.

Zufrieden blickte ich zu meiner Tochter, die bereits in ihrer menschlichen Gestalt vor der Tür wartete, um das letzte Mal diese Woche den Kindergarten zu besuchen. Draussen auf der Strasse fiel mir erst auf, wie schön das heutige Wetter war. Nicht eine Wolke bedeckte den Himmel und die Sonne erhitzte die Umgebung bereits stark. Dementsprechend würde es wieder einmal sehr heiss werden.

Während Lisa im Kindergarten war, telefonierte ich mit Vanessa. Wir vereinbarten einen Besuch bei ihr nach dem Mittagessen, sodass Lisa ebenfalls dabei sein konnte. Nach diesem Telefonat blieben mir noch beinahe zwei Stunden, um einkaufen zu gehen. Der Kühlschrank war mittlerweile leer, da wir als Drachen wesentlich mehr Nahrung als gewöhnlich zu uns genommen hatten. Obwohl meine Klaue in einem dicken Verband steckte, behinderte sie mich kaum. Einzig das Bezahlen an der Kasse gestaltete sich mühselig.

Nachdem ich die Esswaren zu Hause eingeräumt hatte, ging ich erneut zu Lisa in den Kindergarten. Eine Viertelstunde später wurde sie bereits entlassen. Wir assen gemeinsam als Menschen zu Mittag, bevor ich uns ins Krankenhaus fuhr. Wie ich bereits vermutet hatte, war Lisas Freude, ihre Mutter wiederzusehen, gewaltig. Schmunzelnd beobachtete ich sie, wie sie auf Vanessas Bett sprang und sie umarmte. Hierbei erweckte Lisa nicht den Anschein, jemals wieder loslassen zu wollen.

Als mich Vanessa schliesslich nach meinem Finger fragte, der nun in einem monströsen Verband steckte, sagte ich ihr, ich hätte mir die Wunde aufgerissen. Glücklicherweise kaufte sie mir diese Notlüge ab und wir setzten unser gemeinsames Gespräch noch über eine Stunde fort.

Am späteren Nachmittag wurde es unerträglich heiss. Sobald ich mit Lisa die Wohnung betreten hatte, zogen wir unsere Kleider aus und verwandelten uns in Drachen, da wir auf diese Weise nicht schwitzen konnten. Gerade als ich mich mit Stella auf den heissen Balkon legen wollte, klingelte es an der Tür. Ich betätigte die Türsprechanlage, in der Hoffnung, mich nicht in einen Menschen verwandeln zu müssen, da mir die Schmerzen im Hinterkopf zunehmend Sorgen bereiteten.

«Hallo, hier ist Silvia. Kann ich wieder mit Lisa spielen?», sprach Silvias Stimme aus dem Lautsprecher.

«Oh, du bist es. Sicher kannst du das. Komm ruhig hoch zu uns.», antwortete ich erleichtert und betätigte den Türöffner.

Bevor ich die Wohnungstür öffnete, lauschte ich, um allfällige Begegnungen mit Nachbarn zu vermeiden. Da ich ausschliesslich Silvia hören konnte, die die Treppe hochrannte, öffnete ich die Tür. Erst war Silvia überrascht, mich in meiner Drachengestalt zu sehen, dann trat sie jedoch unbeirrt ein. Noch bevor ich die Tür geschlossen hatte, sprang Stella bereits auf ihre Freundin zu. Spielerisch rauften die beiden im Eingangsbereich, bis es Silvia schliesslich doch zu viel wurde.

«Ist ja schon gut. Ich bin völlig verschwitzt und möchte eigentlich nur in Ruhe meine Schuhe ausziehen.»

Ohne zu antworten, setzte sich Stella grinsend vor ihr auf den Boden und wartete. Sobald Silvia ihre Schuhe ausgezogen hatte, hechtete Stella erneut zu ihr hoch, wobei sie auf ihren Armen landete. Geschickt fing Silvia sie auf und brachte sie auf diese Weise ins Wohnzimmer.

«Magst du heute Abend wieder mit uns fliegen?», fragte ich Silvia.

«Ich würde sehr gerne, aber leider habe ich keine Zeit. Meine Mutter möchte mit mir einen Campingausflug machen. Um 18 Uhr fahren wir bereits los.»

«Das ist ja schon in zwei Stunden.»

«Ich weiss. Trotzdem wollte ich noch ein wenig Zeit mit Lisa verbringen.»

Stella blickte sie mit schräg gelegtem Kopf an.

«Ich meinte natürlich Stella.», korrigierte sie sich.

Aufgrund der Hitze wollte Silvia lediglich mit ihrer Freundin auf dem Sofa sitzen und ihr sowohl den Rücken als auch die Flügel massieren, was meine Tochter natürlich liebend gern mitmachte. Müde von der anstrengenden Woche setzte ich mich mit einem halben Meter Abstand zu ihnen. Ich legte meinen Kopf zwischen die Vorderbeine und schloss die Augen. Nur wenige Sekunden später klingelte mein Telefon.

«Was ist denn jetzt schon wieder?», knurrte ich und nahm den Anruf mit meiner rechten Flügelspitze entgegen, da es mein Bruder Tom war und ich ihn keinesfalls ignorieren wollte.

«Hallo Nils, ich wollte dich gerade fragen, ob du mit Delia, den Hunden und mir einen Campingausflug machen möchtest.», sagte er nach meiner Begrüssung.

«Wenn Stella auch dabei sein kann, geht es. Vanessa und Mario müssen nämlich noch bis voraussichtlich am Montag im Krankenhaus bleiben.», antwortete ich.

«Wer ist Stella? Ah, stimmt! So nennst du Lisa in ihrer Drachengestalt. Klar kann sie mit dabei sein. Wir würden morgen um zehn Uhr losfahren.»

«Glaubst du nicht, dass es ein wenig voll wird in deinem Auto? Wir wären schliesslich vier Personen mit zwei Hunden und Gepäck.»

«Deswegen schlage ich vor, dass wir mit zwei Autos fahren.»

«Wie wäre es, wenn Stella und ich bis dorthin fliegen?»

«Das könnt ihr natürlich auch machen. In diesem Fall treffen wir uns am besten um zwölf Uhr an dieser Position.»

Während er sprach, erreichte mich eine Nachricht mit einem markierten Standort in den Alpen.

«In Ordnung.»

Wir verabschiedeten uns voneinander und Tom legte auf.

«Wie es aussieht, gehen wir dieses Wochenende auch campen.», sagte ich an Silvia gerichtet, die immer noch Stellas Rücken massierte.

«Leider gehen wir auf irgendeinen öffentlichen Campingplatz. Ich wäre zu gern irgendwo in die Natur gefahren.»

«Das tut mir leid für dich. Aber vielleicht siehst du uns ja morgen am Himmel, wenn wir in die Alpen fliegen.»

Seufzend setzte Silvia Stellas Massage fort. Ich hätte sie liebend gern zu unserem Campingausflug eingeladen. Plötzlich hellten sich Silvias Gesichtszüge auf.

«Vielleicht kann ich meine Mutter überzeugen, euch begleiten zu dürfen.», sagte sie hoffnungsvoll.

Zu Stellas Enttäuschung stand sie auf und begab sich augenblicklich auf den Weg nach Hause, um ihre Mutter zu fragen.

«Ich bin gleich wieder zurück.», rief sie zum Abschied, als sie die Tür hinter sich schloss.

Gespannt warteten Stella und ich, bis es eine Weile später wieder an der Tür klingelte. Ich betätigte den Türöffner und liess Silvia eintreten. Niedergeschlagen liess sie den Kopf hängen, was für eine Absage sprach.

«Meine Mutter hat mir nicht erlaubt, mit euch zu gehen, ausser sie kommt ebenfalls mit. Aber da ich weiss, dass ihr eure Geheimidentitäten nicht aufgeben möchtet, geht das nicht.», erklärte sie.

«Schade. Wahrscheinlich müsste sie uns zuerst kennenlernen, um dich allein mit uns gehen zu lassen.», entgegnete ich mitfühlend.

Gemeinsam sassen wir für die nächste Stunde stumm auf dem Sofa, bis Silvia zu ihrem Campingausflug aufbrechen musste. Dass wir am selben Wochenende dasselbe geplant hatten, war aufgrund des voraussichtlich schönen Wetters nach mehreren Monaten wechselhafter Stimmung kein grosser Zufall.

11

Camping

Um Punkt fünf Uhr klingelte mein Wecker. Da wir heute ungesehen als Drachen in die Alpen fliegen wollten, mussten wir das Haus verlassen, bevor die meisten Menschen wach waren. Obwohl meine Tochter noch sehr müde war, bereitete ihr das Aufstehen aufgrund ihrer Freude keinerlei Probleme. Schlussendlich war sie sogar früher bereit als ich. Aufgeregt wartete sie als Drache vor der geschlossenen Balkontür, bis ich endlich meine Tasche fertig gepackt und Vanessa schriftlich über unsere Reise informiert hatte. Dies war in meiner Drachengestalt und insbesondere wegen des Verbands schwerer, als ich vorerst angenommen hatte.

Um Viertel vor sechs band ich mir meine grosse Tasche mit den Lebensmitteln, Kleidern und Wertgegenständen um, und öffnete die Balkontür. Freudig sprang Stella nach draussen und flog davon. An einem Samstagmorgen wie heute befand sich um diese Uhrzeit noch niemand auf dem Spielplatz oder der Strasse. Alles war mucksmäuschenstill bis auf das Vogelgezwitscher. Der Himmel hatte sich bereits rot verfärbt, jedoch war die Sonne noch nicht zum Vorschein getreten. Genussvoll atmete ich die frische Morgenluft ein und breitete die Flügel aus, nachdem ich die Balkontür hinter mir geschlossen hatte. Aufgrund des schönen Wetters würde sie dieses Mal mit grosser Wahrscheinlichkeit nicht durch einen Sturm geöffnet werden. Entspannt, jedoch auch ein wenig schläfrig, folgte ich Stella in Richtung Himmel. Der Aufstieg mit der Tasche gestaltete sich anstrengender, als ich es in Erinnerung hatte. Wenige Kilometer über dem Boden war ich bereits vollständig ausser Atem. Trotzdem genoss ich den wunderschönen Anblick der aufgehenden Sonne über dem Schweizer Flachland. Stella flog grinsend neben mir her und machte sich gedanklich darüber lustig, wie langsam ich war.

Warte nur, bis du auch mal mit solch einer schweren Tasche fliegen musst, entgegnete ich schmunzelnd.

Während wir uns von den höheren Luftströmungen leiten liessen, kam mir eine Idee, wie ich es Silvia ermöglichen konnte, uns bei zukünftigen Ausflügen zu begleiten.

Wie wäre es, wenn wir Silvia und ihre Mutter zu deiner Geburtstagsfeier in zweieinhalb Wochen einladen? Auf diese Weise könnten sie uns besser kennenlernen, fragte ich Stella gedanklich.

«Das wäre toll!», antwortete sie voller Vorfreude.

Während der nächsten zwei Stunden flogen wir gelassen nebeneinander her. Das Flachland wich hohen Bergen, deren Spitzen teilweise schneebedeckt waren. Unter der angenehm warmen Sonne durch die klare, windstille Atmosphäre über solch eine malerische Landschaft hinwegzugleiten, weckte erneut das Verlangen in mir, für alle Ewigkeit weiterzufliegen. Stella schien es nicht anders zu ergehen, denn sie liess sich mit geschlossenen Augen treiben. Zwischendurch wirkte sie beinahe so, als wäre sie eingeschlafen, wenn ihre Gedanken nicht das Gegenteil beweisen würden.

Plötzlich zog etwas am Fuss eines Berges ihre Aufmerksamkeit auf sich.

«Das ist Silvia!», empfing ich ihre aufgeregten Gedanken.

Mit zusammengekniffenen Augen blickte ich nach unten und erkannte schliesslich einen Campingplatz, auf dem einige Menschen unterwegs waren. Ein Mädchen identifizierte ich tatsächlich als die Freundin meiner Tochter.

Du hast recht! Sollen wir ihnen einen Besuch abstatten? Hierfür müssten wir nur zuerst unser Gepäck verstecken, uns verwandeln und den Campingplatz zu Fuss betreten. Bei dieser Gelegenheit können wir sie auch fragen, ob sie bei deiner Geburtstagsfeier dabei sein möchten, dachte ich.

Stella nickte eifrig und setzte bereits zum Sturzflug an. Schmunzelnd folgte ich ihr, wobei ich abermals den Nervenkitzel genoss. Gedanklich schickte ich meiner Tochter das Bild einer Baumgruppe, die sich für unsere Landung eignen würde. Wir steuerten gemeinsam diese Stelle an und landeten auf dem moosbedeckten Waldboden dicht neben den Bäumen. Erst als ich meine Flügel anzog, fiel mir auf, wie sehr sie vor lauter Muskelkater schmerzten. Dennoch verwandelte ich mich in einen Menschen, wobei sich der Muskelkater nun in meinem Rücken und meiner Brust bemerkbar machte. Die verletzte Klaue beliess ich, wie sie war.

Nachdem wir unsere Kleider angezogen hatten und zwischen den Bäumen hervorgetreten waren, wanderten wir in Richtung des Campingplatzes. Eine Viertelstunde später erblickten wir schliesslich Silvia mit ihrer Mutter. Sie sassen neben einem vermutlich gemieteten Wohnmobil und genossen die unberührte Natur, die sich hinter den anderen Campern befand. Unsicher trat ich zwischen den vielen Menschen hindurch, die hier ihre Freizeit verbrachten. Ich fühlte mich in diesem Augenblick stark beobachtet und dementsprechend unwohl. Lisa schien es ähnlich zu ergehen, denn sie wich mir nicht von der Seite und blickte schüchtern umher. Als wir bei Silvia angekommen waren, sprach sie ihre Freundin trotz ihrer Unsicherheit an.

«Oh, hallo Lisa. Wo kommst du denn her?», fragte Silvia verwirrt, da sie Lisa erst jetzt bemerkt hatte.

«Wir waren gerade in der Gegend und haben euch durch Zufall gesehen.», fuhr ich dazwischen, um zu vermeiden, dass meine Tochter die Wahrheit verriet, da Silvias Mutter anwesend war, die uns nun ebenfalls bemerkte.

Sie starrte Lisa und mich an, als wären wir Ausserirdische, die auf dem falschen Planeten gelandet waren. Lisa blickte nun verlegen zu Boden, da sie diese Person noch nicht kannte.

«Sind Sie der Vater von Lisa? Meine Tochter hat bereits viel über euch beide erzählt.», sprach mich Silvias Mutter an.

«Ja, ich bin Nils Wollseif.», antwortete ich schüchtern, da mich diese Situation ebenfalls in Verlegenheit gebracht hatte.

«Mein Name ist Hanna Odermatt, aber nenn mich ruhig Hanna.»

Sobald sie dies gesagt hatte, erstarrte ich vor Schreck. Hanna schien meine Anspannung zu bemerken, was die momentane Situation noch verschlimmerte.

«Odermatt? Kennen Sie … ich meine … kennst du einen Herr Odermatt, der mal der Vorgesetzte der DrSG war?», stammelte ich.

Hannas zuvor freundlicher Gesichtsausdruck verfinsterte sich augenblicklich.

«Ja, er war mein Mann.»

Unwillkürlich schluckend blickte ich ihr ins Gesicht. Bevor dieser Moment noch unangenehmer werden konnte, sprach sie plötzlich ein vollkommen anderes Thema an.

«Silvia hat gesagt, sie hätte euch gerne bei eurem Ausflug begleitet.»

«Ja, das stimmt.», entgegnete ich leicht schwitzend mit höchstwahrscheinlich hochrotem Kopf.

Unbewusst spielte ich am Verband meiner Drachenklaue herum.

«Weshalb genau war es für euch nicht möglich, mich ebenfalls einzuladen?»

Hannas Frage wirkte beinahe eifersüchtig.

«Weil unsere Autos bereits voll waren.», redete ich mich heraus.

«Aber wir hätten doch mit unserem Auto fahren können. Ach, nicht so schlimm. Dann klappt es vielleicht ein andermal.»

Endlich fiel mir ein, weshalb ich eigentlich hier war.

«Ich wollte dich noch fragen, ob du bei Lisas Geburtstagsfeier am neunten September dabei sein möchtest. Wir würden Silvia und dich gerne einladen.»

«Am neunten September? Das sollte gehen. Wo und um welche Uhrzeit wäre es?»

«Voraussichtlich ab drei Uhr nachmittags in einem Partyraum.»

Da ich die Adresse vergessen hatte, nahm ich mit immer noch zittrigen Händen das Mobiltelefon aus der Hosentasche und zeigte Hanna den Standort. Zwischendurch fiel ihr Blick auf meinen übergrossen Verband.

«Wärst du auch gerne bei Lisas Geburtstagsfeier dabei?», fragte sie ihre Tochter schliesslich, ohne mich nach meiner Verletzung zu fragen.

«Ja, sehr gerne.», antwortete sie strahlend vor Freude.

«Dann werden wir um drei Uhr dort sein.», bestätigte Hanna.

«Gut, in diesem Fall sehen wir uns spätestens am neunten September. Wir müssen jetzt nämlich wieder gehen.»

Da wir fortlaufend von anderen Personen angestarrt wurden, die sich zwischen ihren Wohnmobilen auf ihren Liegestühlen sonnten und aufgrund des schlechten Gewissens wegen Odermatts Entführung hatte ich mich dazu entschieden, das Gespräch zu beenden, um den Campingplatz schnellstmöglich verlassen zu können.

«Möchtet ihr nicht noch ein wenig bleiben? Ihr seid doch gerade erst angekommen.», versuchte Hanna, unseren Besuch bei ihnen zu verlängern.

«Das geht leider nicht, da wir uns um zwölf Uhr auf der Bergspitze mit meinem Bruder verabredet haben.», konterte ich.

«Um zwölf Uhr dort oben? Ich glaube nicht, dass das zu Fuss möglich ist.»

«Wir werden es zumindest versuchen.»

Verlegen zog ich mich bereits wenige Schritte zurück.

«Auf Wiedersehen.», verabschiedete sich Hanna verwirrt.

Vor lauter Stress hatte ich vergessen, was ich in dieser Situation antworten konnte. Aus diesem Grund zerrte ich Lisa stumm mit, die liebend gern bei ihrer Freundin geblieben wäre, und erklärte ihr anschliessend mein Problem, nachdem wir das Gelände verlassen hatten.

«Vor ungefähr sieben Jahren habe ich Silvias Vater auf einem weit entfernten Planeten ausgesetzt, weil er mir ständig in die Quere gekommen ist und meines Erachtens ein schlechter Mensch war.»

«Wie weit entfernt?», fragte Lisa neugierig.

«Über einhunderttausend Lichtjahre, soweit ich es in Erinnerung habe.»

«Wow!»

Sie schien nicht zu begreifen, weshalb diese Entscheidung nun zu Schwierigkeiten führen konnte. Deswegen gab ich die Erklärung auf und wir gingen zurück zu unseren Sachen.

Nach unserer erneuten Verwandlung schmerzte mein Kopf sehr. Angestrengt drückte ich mein linkes Vorderbein gegen die betroffene Stelle, während ich mit Stella dem Himmel emporstieg. Als wäre dies nicht bereits schmerzhaft genug, bereitete mir der Muskelkater zusätzlich Probleme.

Beinahe zweitausend Höhenmeter weiter oben landete ich völlig erschöpft auf der Wiese, die ich mit Tom als Treffpunkt vereinbart hatte. Ächzend liess ich mich mit ausgebreiteten Flügeln ins gelbbraune Gras fallen, was oberhalb der Baumgrenze den gesamten Untergrund bedeckte. Meine Tasche hatte ich wenige Meter zuvor abgeworfen.

Kannst du mir bitte eine Wasserflasche aus der Tasche bringen, Stella? Fragte ich meine Tochter, da ich mich aufgrund meiner überanstrengten Muskeln im Gegensatz zu ihr kaum noch bewegen konnte.

Sie öffnete den Reissverschluss mit ihren Klauen, steckte ihren Kopf in die Tasche und wühlte darin herum, bis sie mit einer Flasche im Maul zu mir kam. Wie ein Hund, der einen Stock zurückbrachte, legte sie die Flasche vor mir auf den Boden und blickte mich erwartungsvoll an.

Danke, dachte ich, während meine zittrigen Klauen versuchten, das Getränk zu erreichen.

Da es sich noch knapp ausserhalb meiner Reichweite befand, robbte ich mühselig näher, bis ich es zu fassen bekam. Sobald es mir gelungen war, den Verschluss zu öffnen, schüttete ich das kühle Wasser in mein ausgetrocknetes Maul, wobei ein Grossteil das umliegende Gras tränkte. Als die Flüssigkeit schliesslich meine Speiseröhre erreichte, konnte ich meinen Durst endlich stillen. Nachdem ich fertig getrunken hatte, überreichte ich Stella die beinahe leere Flasche. Sie trank den Rest wesentlich geschickter wie ich und versorgte das Gefäss anschliessend in der Tasche.

Währenddessen schweiften meine Gedanken erneut zu Silvia und Hanna ab. Damals hatte ich Herr Odermatt ohne Rücksicht auf Verwandte und Freunde entführt, wodurch seine Tochter und seine Frau nun auf sich gestellt waren. Bei der Vorstellung, wie es für Silvia gewesen sein musste, ohne ihren Vater aufwachsen zu müssen, verspürte ich einen Stich in meinem Herzen.

Ein Knistern unterbrach meine reuevollen Gedanken. Stella wühlte in der Tasche herum und zog einen Plastiksack voller belegter Brötchen heraus. Ohne mich um Erlaubnis zu bitten, machte sie sich über das Essen her. Teilnahmslos beobachtete ich meine Tochter, die in ihrem Heisshunger ein Brötchen nach dem anderen verschlang. Aufgrund meiner Sorgen hatte es mir vollständig den Appetit verdorben, obwohl mein Magen bereits vor einer Stunde geknurrt hatte. Seufzend lag ich im Gras und wartete auf Tom, Delia und die Hunde.

Eine leichte Brise wehte mir kurz nach zwölf Uhr Toms Duft entgegen. Aufgrund meiner Erschöpfung war ich beinahe eingeschlafen. Ich streckte mich, wobei sich mein Muskelkater abermals bemerkbar machte, und reckte den Kopf hoch. Aus der Ferne konnte ich bereits Tom und Delia erkennen, die soeben in unsere Richtung spazierten. Die Hunde Emma und Nova rannten schwanzwedelnd voraus. Sobald Stella die Neuankömmlinge entdeckt hatte, flog sie direkt auf sie zu. Nova fiel der blaue Drache am Himmel sofort auf. Mit einem lang gezogenen Bellen, was eher einem Heulen glich, warnte sie die anderen vor Stellas Erscheinen. Da meine Tochter nicht abbremste, flüchtete Nova schliesslich zu Tom und Delia zurück. Nur Emma blieb mit erhobenem Schwanz stehen. Stella flog über die mittlerweile alte Hündin hinweg und stürzte sich grinsend auf Tom, der mit schweren Taschen beladen war. Er liess sich zu Boden fallen und umarmte seine Nichte, die ihn stürmisch begrüsste, während Delia das Schauspiel lachend beobachtete. Sie wusste bereits, dass sich Lisa in einen Drachen verwandeln konnte, jedoch hatte sie sie noch nie zuvor in dieser Gestalt gesehen.

Schmunzelnd beobachtete ich Stellas Begrüssung. Währenddessen schlenderte ich gemächlich und mit schlaff herunterhängenden Flügeln in Emmas Richtung, da sie mir am nächsten war. Sobald sie mich entdeckt hatte, kam sie ebenfalls gemächlich, aber dafür schwanzwedelnd näher. Ich setzte mich vor ihr ins Gras, um sie zu begrüssen, wobei sie an meiner Schnauze leckte. Vor lauter Freude winselte sie leise, da sie meine Drachengestalt seit Jahren nicht mehr gesehen hatte.

«Was hast du mit deiner Klaue angestellt?», fragte mich Tom, nachdem wir uns allesamt begrüsst hatten.

«Stella hat mich gebissen und danach habe ich mich verwandelt, ohne abzuwarten, dass die Wunde verheilt war.»

«Sie hat dich gebissen?»

Ungläubig blickte er meine Tochter an, die von unserem Gespräch nichts mitbekommen hatte, da sie momentan mit Nova Fangen spielte, obwohl sie mindestens fünfmal so gross war wie die Hündin.

«Es war ein Versehen.», erklärte ich.

Mein Blick schweifte in die Ferne, als die Gedanken an Silvias Vater erneut in meinem Bewusstsein erschienen. Wie immer bemerkte Tom, dass etwas nicht stimmte. Behutsam legte er seine Hand auf meinen Flügel und blickte mir in die Augen.

«Was ist los?», fragte er.

«Nichts.», antwortete ich leicht genervt von seiner Berührung und zog den vor Überanstrengung zitternden Flügel an, ohne meinen Bruder anzusehen.

«Ich kann mich auch in einen Drachen verwandeln und deine Gedanken lesen, wenn du mir nicht sagen möchtest, was dich beschäftigt.», entgegnete er grinsend.

«Dann mach das.»

Teilnahmslos legte ich meinen Kopf zwischen die Vorderbeine und schloss die Augen. In diesem Moment versuchte ich, mich in der Wärme der Sonne, dem sanften Wind und dem Zirpen der Heuschrecken zu entspannen. Wenige Minuten später fühlte ich, wie sich Tom dicht neben mich legte und mich mit seinem linken Flügel zudeckte.

«Kannst du mir erklären, was dich belastet?», fragte er gedanklich.

Hast du dich jetzt ernsthaft nur deswegen in einen Drachen verwandelt?

«Ja, schliesslich bist du mein kleiner Bruder und ich muss mich um dich kümmern.»

Ich robbte unter seinem Flügel hervor und dachte nach, ob ich ihm die Wahrheit mitteilen sollte oder nicht. Bevor meine Gedankengänge zu Ende waren, versuchte er erneut, sich an meine Seite zu kuscheln.

Lass das! Ich möchte in Ruhe gelassen werden.

Tom ignorierte meine Gedanken und klammerte sich unbeirrt an mir fest, dieses Mal vor Schadenfreude schmunzelnd. Schnaubend wand ich mich aus seinem Griff heraus und wich einen Meter zur Seite. Nun sprang er auf meinen Rücken, drückte mich zu Boden und pikste mir mit seinen Klauen in die Seite, um mich zu kitzeln.

Nicht schon wieder! Kannst du mich nicht einen einzigen Tag in meinem Leben in Ruhe lassen? Dachte ich, wobei mich seine spielerische Attacke bereits zum Lachen brachte.

Tom wusste genau, dass ich zu erschöpft war, mich zu verteidigen. Deswegen pikste er unentwegt auf meinen Oberkörper ein, bis ich vor lauter Lachen kaum noch atmen konnte.

Stella, hilf mir! Rief ich gedanklich.

Nur wenige Sekunden später flog sie bereits auf Tom zu und biss ihm direkt auf der Luft heraus in sein Flügelgelenk. Ihr Schwung zog ihn von meinem Rücken, wodurch ich mich endlich von seiner Kitzelattacke erholen konnte.

«Aahhh!», schrie Tom in gespielter Übertreibung, während er sich kampflos ergab.

Als Stella schliesslich losliess, wies Toms Flügelgelenk bereits mehrere rote Stellen auf, von denen zwei inzwischen leicht bluteten. Davon liess er sich jedoch nicht beirren. Stattdessen blieb er lachend auf dem Rücken liegen. Stella setzte sich auf seinen Bauch und blickte stolz in meine Richtung, wobei sie von Toms Lachanfall durchgeschüttelt wurde.

«Bist du verletzt, Tom?», fragte Delia einige Minuten später, nachdem wir uns endlich beruhigt hatten.

«Nein, nicht wirklich.», antwortete er immer noch fröhlich grinsend.

Stella hatte sich mittlerweile zu mir gesetzt und überwachte die Situation aufmerksam. Obwohl ich es mir nicht eingestehen wollte, hatte Tom dazu beigetragen, dass beinahe sämtliche Sorgen vertrieben worden waren, die mich zuvor noch beschäftigt hatten.

«Möchtest du mir jetzt erklären, was los ist?», fragte er zum perfekten Zeitpunkt, da ich ihn ohnehin gerade auf dieses Thema ansprechen wollte.

Ich dachte zurück an das Gespräch mit Silvias Mutter, sodass er sich telepathisch einen Überblick verschaffen konnte. Anschliessend zeigte ich ihm die Freundschaft, die zwischen meiner Tochter und Silvia entstanden war. Tom verstand augenblicklich, weshalb mich Odermatts Entführung nun so sehr belastete.

«Das konntest du nicht wissen.», dachte er beruhigend.

Trotzdem bin ich schuld daran, dass Silvia ihren Vater verloren hat, dachte ich niedergeschlagen.

Stella schien mein Anliegen aufgrund der Telepathie nun ebenfalls verstanden zu haben. Sie blickte mir in die Augen und schien mir helfen zu wollen, jedoch wusste sie nicht, wie. Nun legte sie ihren Kopf auf mein rechtes Vorderbein, schloss die Augen und dachte konzentriert nach. Erst als plötzlich ihr Bewusstsein neben meinem erschien, wusste ich, was sie vorhatte.

Nicht jetzt, Stella, sprach ich gedanklich zu ihr.

Kurze Zeit später entfernte sich ihr Bewusstsein wieder und verschwand vollständig. Nachdenklich blickte ich meinen Bruder an, der sich momentan von Delia die Flügel massieren liess, obwohl er heute noch gar nicht geflogen war. Ich versuchte, mich auf all seine Sinne zu konzentrieren, wie ich es vorgestern bei Stella getan hatte, jedoch vergeblich. Es war, als befände sich sein Bewusstsein ausser Reichweite von meinem. Ich konnte lediglich die Gedanken von ihm empfangen, die er in diesem Augenblick dachte.

Am Abend holten Tom und Stella Feuerholz aus dem Wald, der sich einige hundert Meter weiter unten befand, während ich mit Delia und den Hunden bei unseren Sachen blieb. Da ich nicht tatenlos herumsitzen wollte, half ich Toms Freundin, ihr Zelt aufzubauen. Stella und ich hatten keines mitgenommen, weil ich in meiner Drachengestalt noch nie das Bedürfnis verspürt hatte, in einem geschlossenen Raum schlafen zu müssen.

Kurze Zeit später kehrten die zwei Drachen mit Klauen und Mäulern voller Äste zurück.

Habt ihr einen ganzen Wald gefällt oder was? Scherzte ich gedanklich, als Stella neben mir landete und ihr Holz fallenliess.

«Nein, das waren alles lose Äste, die auf dem Boden verstreut lagen.», antwortete Tom.

Wir schichteten das Holz zu einem Haufen auf, zündeten ihn jedoch erst an, als die Sonne den Horizont streifte. Gemeinsam mit Tom stiess ich Feuer aus, während uns Stella wie gebannt beobachtete. Delia filmte das Geschehen mit ihrem Mobiltelefon. Sobald die aufeinandergestapelten Äste lichterloh brannten, setzten wir uns allesamt daneben und genossen die Wärme. Da die Sonne inzwischen hinter einer Bergspitze verschwunden war, wehte uns ein kühler Wind entgegen. Minütlich verdunkelte sich die Wiese, bis es selbst für meine Drachenaugen schwer wurde, einzelne Gräser ausserhalb des Lichtscheins erkennen zu können. Emma und Nova kuschelten sich an meiner Seite ein. Kurz darauf legte ich mich vollständig hin und blickte entspannt ins Feuer.

Ein blaues Leuchten von links erregte plötzlich meine Aufmerksamkeit. Bei genauerem Hinsehen erkannte ich Stella, die einen Büschel Gras mit ihrem eigenen Feuer anzündete.

«Oha! Sie hat gerade ihr erstes Feuer gemacht!», rief Delia begeistert, während Tom das Geschehen erstaunt beobachtete.

Ich hingegen wusste nicht, ob ich stolz oder eher besorgt sein sollte, dass meine Tochter von nun an jederzeit Feuer speien konnte. Aufgrund der Befürchtung, sie könnte unser Zuhause in Brand stecken, entschied ich mich, ihr das Feuer innerhalb der Wohnung zu verbieten.

«Kaum lerne ich etwas Neues, sagst du, ich darf das nicht.», dachte Stella frustriert, nachdem ich ihr meine Entscheidung telepathisch mitgeteilt hatte.

Aus Trotz spie sie nun noch grössere Flammen, die augenblicklich die umliegenden Gräser in Brand steckten. Sobald die hellblauen Flammen erloschen waren, loderte orangerotes Feuer auf, was nun von den trockenen Gräsern gespeist wurde. Tom, der die Gefahr als Erster erkannt hatte, erstickte den in diesem Augenblick entstehenden Flächenbrand unter seinen Flügeln.

Genau deswegen ist Feuer gefährlich. Es kann sich unkontrolliert ausbreiten. In einer sicheren Umgebung oder in der Luft kannst du von mir aus so viele deiner blauen Flammen erzeugen, wie du möchtest, erklärte ich.

Stella stiess die flimmernd heisse Luft, die sie in ihren Lungen angesammelt hatte, laut schnaubend aus. Wütend breitete sie ihre Flügel aus, sprang in die Höhe und flog über unsere Köpfe hinweg, um weiterhin Feuer speien zu können. Seufzend beobachtete ich meine Tochter, die ihrem Trotz freien Lauf liess, wobei sie ununterbrochen hellblaue Flammen erzeugte. Das hierbei entstehende Licht liess ihre Schuppen wie Diamanten glitzern und färbte das umliegende Gras dunkelblau. Glücklicherweise benötigte konstantes Feuerspeien sehr viel Energie, weswegen sie bald erschöpft neben mir landete. Obwohl sie immer noch wütend auf mich war, da ich ihre neu erlernte Fähigkeit sofort eingeschränkt hatte, grub sie sich unter meinen linken Flügel und entspannte sich kurz darauf.

Woher weisst du so plötzlich, wie man Feuer speien kann? Fragte ich neugierig und hob meinen Flügel geringfügig an, um ihr ins Gesicht blicken zu können.

«Ich habe dich beobachtet.», antwortete sie gedanklich, begleitet von ihrer Wahrnehmung meiner Gedankengänge während des Feuerspeiens.

Eigentlich hätte ich es doch wissen müssen, dass du mein Bewusstsein ausspionierst, dachte ich mit dem Blick auf Stellas wunderschöne Augen gerichtet, die den Schein des Lagerfeuers funkelnd reflektierten.

Wir assen gemeinsam unser Abendessen und legten uns anschliessend schlafen. Da es mittlerweile stockdunkel und dementsprechend kalt war, hatten sich die Hunde in das Zelt zurückgezogen. Stella und ich hingegen übernachteten unmittelbar neben der Asche des Lagerfeuers. Die körperliche Anstrengung des heutigen Tages verhalf mir innert weniger Minuten zu einem tiefen Schlaf, obwohl mich Odermatts Entführung und das in zwei Tagen bevorstehende Geständnis Vanessa gegenüber beschäftigten.

Stella weckte mich kurz nach dem Sonnenaufgang, während sie sich aus meiner Umarmung befreite. Tief seufzend öffnete ich die Augen und streckte mich. Die umliegenden Gräser waren allesamt mit Morgentau bedeckt und der frische Wind liess mich frösteln. Instinktiv erwärmte ich die Luft in meinem Inneren, um die Kälte zu vertreiben. Ein Blick zu Toms und Delias Zelt zeigte mir, dass sie noch schliefen.

Ruhig, ohne unnötige Geräusche zu erzeugen, frühstückte ich mit meiner Tochter. Anschliessend wollte sie mit mir fliegen, jedoch schmerzten meine Flügel noch immer stark.

«Du kannst auch ohne mich fliegen, solange du stets in der Nähe bleibst.», flüsterte ich ihr zu, da Tom unsere Gedanken während des Schlafs besonders gut wahrnehmen konnte und ich ihn keinesfalls stören wollte.

Lächelnd startete Stella und flog einige Runden um die freie Fläche herum, die wir für unseren Campingausflug ausgesucht hatten. Ununterbrochen verfolgte ich meine Tochter mit den Augen, um sicherzugehen, dass sie meine Anweisungen befolgte. Mit der Zeit entfernte sie sich immer weiter, bis ich unruhig wurde.

Das reicht, Stella. Kannst du wieder zurückfliegen? Bat ich sie gedanklich, da sie mein Flüstern aus mehreren hundert Metern Entfernung niemals gehört hätte.

Statt die Richtung zu ändern, flog sie noch ein Stück weiter und verschwand hinter einem Hügel.

Stella, komm her!

«*Sei still, Nils.*», fuhr mich Tom gedanklich an, da ich soeben seinen Traum unterbrochen hatte.

Ohne auf ihn zu achten, stiess ich mich vom Boden ab und flog zu der Position, an der ich Stella zum letzten Mal gesehen hatte, obwohl meine Flügelmuskeln rebellierten. Hinter dem Hügel entdeckte ich sie schliesslich im hohen Gras. Mit den Klauen buddelte sie im Erdreich herum, während sie ausgiebig schnupperte.

Stella, ich sagte doch, du sollst zurückkommen.

«*Aber hier riecht es so interessant.*»

Genervt setzte ich zur Landung an, um zu erkennen, was Stella gerochen hatte. Sobald ich mit den Klauen auf dem Boden aufsetzte, huschte eine Maus aus einem durch Stella erweiterten Loch. Instinktiv schnappte sie nach ihrer Beute, die sie sogleich mit einem Nackenbiss tötete. Im selben Moment realisierte meine Tochter, was sie soeben getan hatte, und liess die Maus schockiert los. Sie starrte das tote Tier mit dem verrenkten Hals einige Sekunden an, bis sie schliesslich zu weinen begann. Traurig kam sie auf mich zu und drückte ihren Kopf an meine Seite, während ihre Tränen auf meinen Flügel tropften.

«Ich wollte die Maus nicht töten.», dachte sie schluchzend.

Das weiss ich doch, mein Schatz, antwortete ich, so tröstend ich konnte.

«Ich bin ein Monster!»

Nachdenklich sah ich meiner Tochter in die Augen. Sie wich meinem Blick verlegen aus.

Nein, das bist du nicht.

«Aber ich habe die Maus getötet.»

Trotzdem bist du kein Monster. Selbst wenn du es absichtlich getan hättest, wärst du keines. Oder ist eine Katze ein Monster, nur weil sie Mäuse jagt und tötet?

«Nein.»

Eben. Ausserdem ist mir das auch schonmal passiert.

Ich dachte an meinen ersten Besuch auf dem Alienplaneten zurück und liess Stella an meiner unabsichtlichen Tötung eines unbekannten Tiers teilhaben. Einerseits schien sie diese Szene zu besänftigen, andererseits breitete sich dadurch ein weiteres, negatives Gefühl in ihr aus.

Mitfühlend legte ich meinen Flügel um sie und hielt sie fest, sodass sie sich geborgen fühlte. Mit der Zeit beruhigte sie dies tatsächlich.

Du wirst noch lernen, deine Instinkte zu kontrollieren, dachte ich, um ihr Hoffnung zu schenken.

Mit glänzenden Augen blickte sie mich schliesslich an.

«Wirklich?»

Ja, das kommt mit der Zeit. Lass uns jetzt wieder zu den anderen fliegen.

Stumm befolgte Stella meinen Ratschlag und flog dicht an meiner Seite zu Tom, Delia und den Hunden zurück. Während des Fluges stiess ich eine Flamme in Richtung meiner Tochter aus. Sie antwortete mit einem hellblauen Feuerstrahl, der mich beinahe vollständig einhüllte. Wir grinsten uns gegenseitig an, wobei die getötete Maus bereits in Vergessenheit geriet.

12

Geständnis

Bis am späteren Nachmittag verbrachten wir unsere Zeit auf der Wiese oberhalb der Baumgrenze. Im Laufe des Tages hatten sich vereinzelte Wolken am Himmel gebildet. Wir verabschiedeten uns schliesslich voneinander und begaben uns auf den Weg nach Hause. Das Starten war trotz meiner schmerzenden Flügel leicht, da ich mich lediglich von einer Klippe abstossen und von den warmen Aufwinden tragen lassen musste.

An der Stadtgrenze landeten wir zwischen einigen Bäumen, um uns zu verwandeln und anschliessend mit den öffentlichen Verkehrsmitteln das letzte Stück nach Hause zu fahren. Erschöpft setzte ich mich eine halbe Stunde später mit den schweren Taschen auf das Sofa. Lisa betrat augenblicklich ihr Zimmer und kam in ihrer Drachengestalt wieder heraus. Sie schien ebenfalls erschöpft zu sein, denn sie sprang zu mir hoch, gähnte einmal ausgiebig und rollte sich an meiner Seite zusammen.

«Kannst du mir als Drache erklären, wie ein schwarzes Loch aussieht?», fragte sie wenige Minuten später.

«Du möchtest, dass ich es dir in Gedanken zeige?»

Stella nickte leicht.

«Das geht leider nicht. Ich muss zuerst die Tasche ausräumen und ausserdem schmerzt mein Kopf immer sehr bei der Verwandlung.», erklärte ich.

«Mein Kopf schmerzt nie dabei.»

«Zum Glück. Hoffentlich dringen bei dir niemals Nanobots in den Hinterkopf ein, die durchgehend Probleme verursachen.»

Während ich sprach, ging von der betroffenen Stelle ein pochender Schmerz aus. Ob dies durch die körperliche Überanstrengung oder meine Verwandlung in einen Menschen verursacht worden war, wusste ich nicht. Seufzend massierte ich meinen Hinterkopf mit dem linken Daumen. Als dies zu keiner Besserung führte, stand ich auf und begann, die Tasche auszuräumen.

Plötzlich klingelte es an der Tür. Ich blickte zwischen Stella und dem Türöffner umher, was die Kopfschmerzen abermals verschlimmerte. Mit schmerzverzerrtem Gesicht liess ich den unerwarteten Besuch ins Treppenhaus eintreten.

«Kannst du in dein Zimmer gehen, Stella? Ich weiss nicht, wer das ist. Allenfalls musst du dich auch wieder in Lisa verwandeln.»

Meine Tochter streckte sich ausgiebig, sprang vom Sofa und tapste gemächlich in ihr Zimmer. Gleich darauf öffnete ich die Wohnungstür und war erfreut, Silvia ohne ihre Mutter anzutreffen. Im selben Augenblick wurde mir bewusst, dass ich ihr etwas zu gestehen hatte, wodurch sich meine gute Stimmung unverzüglich wieder verschlechterte.

«Hallo Silvia.», begrüsste ich sie knapp.

«Hallo, kann ich wieder mit Lisa spielen?», fragte sie freundlich, jedoch auch erschöpft.

«Ja, sie ist in ihrem Zimmer.», antwortete ich und liess Silvia eintreten.

Nachdem ich die Tür hinter ihr geschlossen hatte, betrat ich ebenfalls das Schlafzimmer meiner Tochter, um unseren Besuch auf ihren durch mich entführten Vater anzusprechen, was mir alles andere als leicht fiel. Lange stand ich unter dem Türrahmen und beobachtete Silvia, die sich zu Stella auf ihr Bett gesetzt hatte. Meine Tochter legte sich auf den Rücken, um ihrer Freundin zu zeigen, sie solle sie am Bauch streicheln. Endlich gab ich mir einen Ruck und begann, zu sprechen.

«Silvia, es gibt etwas, was ich dir dringend sagen muss.», startete ich mein Geständnis.

Sie richtete ihre Aufmerksamkeit nun auf mich, streichelte Stella jedoch weiterhin. Nervös spielte ich am meinem bereits viel zu lockeren und beschmutzten Verband herum, während ich mir die richtigen Worte zurechtlegte.

«Es geht um deinen Vater. Du weisst doch bestimmt, dass er in der Drachenschutzgesellschaft gearbeitet hat, oder?»

«Meine Mutter hat es mir erzählt.», antwortete sie.

«Da er mit seinen Mitarbeitern früher Drachen, also meinen Bruder und mich, gejagt hat, waren wir schlussendlich Feinde. Um ihn loszuwerden, habe ich, … nun ja, wie soll ich sagen? Ich habe ihn entführt.»

Verlegen blickte ich zu Boden, während sich meine Bauchmuskeln verkrampften.

«Hast du ihn als Drache gefressen?», fragte Silvia ruhiger, als ich es ihr in dieser Situation zugetraut hatte.

«Nein, natürlich nicht! Ich habe ihn auf einem fernen Planeten ausgesetzt.»

Für einen Sekundenbruchteil blickte ich Silvia an, die stumm neben Stella sass und gedankenverloren in meine Richtung starrte. Länger konnte ich den Blickkontakt nicht aufrechterhalten. Nervös begann ich, mit der Gummidichtung des Türrahmens zu spielen. Ich erwartete bereits, dass Silvia um ihren Vater weinen oder mich wütend anschreien würde, jedoch bewahrte sie Ruhe.

«Ich habe meinen Vater nie gekannt. Meine Mutter hat sich von ihm getrennt und scheiden lassen, bevor ich geboren wurde.», sagte sie schliesslich.

«Das tut mir leid für dich.», brachte ich unter grosser Anstrengung hervor.

Ich wagte es immer noch nicht, Silvia anzusehen. Mein schlechtes Gewissen brachte mich in diesem Augenblick beinahe zum Weinen.

«Irgendwie kann ich ihn gar nicht vermissen, obwohl er mein Vater ist. Schliesslich habe ich ihn noch nie zuvor gesehen. Meine Mutter spricht auch nur ungern von ihm. Meistens wechselt sie sofort das Thema, wenn ich nach ihm frage. Wie war er so?»

«Er war … anstrengend.», antwortete ich mit den Gedanken in der Vergangenheit.

«Hat er von mir gesprochen, als du ihn entführt hast?»

«Nein, nicht ein Wort.»

Im Augenwinkel erkannte ich, wie Silvia ihre Streichelbewegungen pausierte und den Kopf geringfügig hängen liess. Stella richtete sich auf, als sie bemerkte, dass ihre Freundin sie nicht mehr streicheln wollte. Sachte stupste sie ihre Hand an und versuchte, ihre Aufmerksamkeit wiederzuerlangen, jedoch erfolglos. Tief seufzend legte sie ihren Kopf auf Silvias Schoss.

«Denkst du, er wird eines Tages hierher zurückkehren?», fragte sie eine Minute später.

Ihre Trauer war nun deutlich hörbar.

«Das ist äusserst unwahrscheinlich. Er befindet sich über einhunderttausend Lichtjahre von der Erde entfernt auf einem Alienplaneten mit Drachen und anderen, teilweise gefährlichen Lebewesen. Ich weiss nicht einmal, ob er noch lebt. Ausserdem ist das Raumschiff, mit dem ich ihn ausgesetzt habe, zerstört.»

Jetzt schluchzte Silvia das erste Mal, seitdem ich mit meinem Geständnis begonnen hatte. Sie schloss Stella in die Arme und legte ihren Kopf auf Stellas Rücken. Ratlos stand ich unter dem Türrahmen und wusste nicht, wie ich Silvia helfen konnte. Währenddessen weinte sie leise mit dem Gesicht auf Stellas Schuppen gepresst.

«Kann ich dir irgendwie helfen?», fragte ich ebenfalls traurig.

«Nein.», antwortete Silvia weinerlich, ohne ihren Kopf anzuheben.

Voller Reue betrat ich das Wohnzimmer und wanderte ziellos im Raum umher, bis ich mich schliesslich auf das Sofa setzte.

Hätte ich doch bloss Odermatt nicht entführt, dachte ich niedergeschlagen.

In diesem Augenblick wollte ich wieder einmal die Zeit zurückdrehen. Leider lag dies ausserhalb meiner Möglichkeiten. Mein Mitgefühl trieb mir nun Tränen in die Augen, bis ich sie mir an meinem T-Shirt abwischte und ein Buch aufschlug, was auf der Lehne des Sofas gelegen hatte. Auf diese Weise wollte ich mich ein wenig ablenken. Die ersten Kapitel gestalteten sich schwierig, jedoch wurde mein Kopf mit jeder Seite klarer, bis ich irgendwann doch noch in der Literatur versank.

Während ich las, bedeckten fortlaufend mehr Wolken den Himmel, bis das Wohnzimmer von grauem Licht erfüllt wurde. Aus dem Kinderzimmer war erst kaum etwas zu hören, bis Stella schliesslich zu flüstern begann. Silvia antwortete ihr, jedoch konnte ich sie nicht verstehen. Hierfür waren meine menschlichen Ohren nicht gut genug. Die nächste Zeit vernahm ich kein Schluchzen mehr, weswegen ich mir sicher war, dass sich Silvia inzwischen beruhigt hatte. Ihr leises Flüstern setzte sich fort, bis es schliesslich zu einem normalen Gespräch anschwoll. Da ich immer noch mit meinem Buch beschäftigt war, ignorierte ich es, so gut ich konnte.

«Ähm Nils, ich glaube, es brennt!», rief Silvia plötzlich aus dem Zimmer heraus.

Gleichzeitig roch ich verbrannte Textilien, wodurch ich augenblicklich von meiner Lektüre gerissen wurde. Ich warf das Buch beiseite, sprang auf und eilte zum Feuerlöscher, der sich im Schrank neben der Wohnungstür befand. Erstaunlicherweise schmerzte mein Kopf währenddessen kaum. Sobald ich im Kinderzimmer angekommen war, verschaffte ich mir einen Überblick der momentanen Situation. Der Vorhang brannte lichterloh. Glücklicherweise waren sowohl das Bücherregal als auch das Bett bisher verschont geblieben. Ich betätigte den Feuerlöscher, wodurch der weisse Schaum laut zischend auf den Vorhang spritzte. Wenige Sekunden später erloschen die Flammen bereits. Um sicherzugehen, dass es sich nicht erneut entzünden konnte, sprühte ich weiterhin auf die angekokelte Stelle, bis kein Rauch mehr davon ausging. Seufzend stellte ich den Feuerlöscher ab und blickte Stella streng entgegen, die sich mit Silvia auf ihr Bett zurückgezogen hatte.

«Ich habe dir doch gesagt, du darfst kein Feuer in geschlossenen Räumen speien. Insbesondere nicht zu Hause.», schalt ich meine Tochter, die sich verlegen hinter ihrer Freundin versteckte.

«Was ist denn hier los?», vernahm ich plötzlich Vanessas Stimme hinter mir.

Verwirrt und schockiert zugleich blickte ich zu ihr, wobei mich der erneute Schmerz meines Hinterkopfs zusammenzucken liess. Meine Frau stand mit Mario auf dem Arm hinter mir und betrachtete den verbrannten, mit Löschschaum bedeckten Vorhang. Stella schien ihr in diesem Durcheinander noch nicht aufgefallen zu sein.

«Ich dachte, du kommst erst morgen nach Hause.», sagte ich, während ich die Tür zum Kinderzimmer langsam hinter mir schloss.

«Ist das etwa ein Drache in Lisas Zimmer?», fragte Vanessa empört, als sie Stella schliesslich doch noch durch den Türspalt entdeckte.

«Hallo Mama.», begrüsste sie ihre Mutter und sprang vom Bett herunter.

Vanessa erstarrte in diesem Augenblick. Ob vor Schreck oder Fassungslosigkeit liess sich nicht erkennen. Mario hatte glücklicherweise noch nichts von alledem mitbekommen, denn er schlief seelenruhig auf Vanessas Arm. Völlig überfordert blickte ich zwischen allen anwesenden Personen, dem Feuerlöscher und dem Vorhang umher. Mir schien jegliche Sprachkenntnis genommen worden zu sein, denn ich brachte kein Wort mehr heraus. Selbst Stella, die zuvor noch ihre Mutter hatte begrüssen wollen, stand nun aufgrund ihrer Reaktion schüchtern neben Silvia.

«Hat dieser Drache eben wie Lisa gesprochen?», fragte Vanessa schliesslich, was mich aus meiner Sprachblockade riss.

«Das wollte ich dir morgen in Ruhe erklären. Dieser blaue Drache *ist* Lisa.»

Leicht kopfschüttelnd betrachtete sie Stella, die mittlerweile hilfesuchend zu mir blickte.

«Nein. Nein, das kann nicht wahr sein. Wo ist Lisa?»

«Ich heisse Stella.», entgegnete meine Tochter schüchtern mit dem Blick auf den Fussboden gerichtet.

Das ist jetzt gerade nicht hilfreich, dachte ich.

«Sie steht vor dir, Vanessa. Das ist unsere Tochter. Sie kann sich in einen Drachen verwandeln.», erklärte ich, wobei ich versuchte, Vanessas Aufmerksamkeit zu erlangen.

Sie hingegen starrte Stella ununterbrochen an und schien immer noch nicht zu begreifen, wen sie vor sich hatte. Behutsam legte ich meine linke, unverletzte Hand auf Vanessas Schulter.

«Das wollte ich dir bereits seit Jahren sagen, jedoch hat sich nie eine gute Gelegenheit ergeben.», sprach ich beruhigend auf sie ein.

«Du machst doch bloss Witze, oder? Wo ist unsere Tochter?», entgegnete sie ungläubig.

«Nein, das ist mein voller Ernst. Lisa kann sich in einen Drachen verwandeln.», wiederholte ich.

Immer noch begriffsstutzig blickte Vanessa zwischen Stella und mir umher.

«Was ist los, Mama?», fragte Stella leicht besorgt.

Silvia stand stumm neben ihr und schien ebenso ratlos zu sein wie ich.

«Das kann unmöglich wahr sein! Wie soll sich unsere Tochter in ein solches Wesen verwandeln können?»

Vanessas Gesichtsausdruck nach war sie kurz davor, die Fassung zu verlieren. Ich befürchtete, dass dies eintreffen würde, sobald ich ihre Frage beantwortete. Aufgrund der momentanen Situation hatte ich jedoch keine andere Wahl. Leer schluckend bereitete ich mich auf mein Geständnis vor.

«Sie hat es von mir geerbt.», antwortete ich leise.

Starr blickte mir meine Frau in die Augen. Sie schien meinen Worten immer noch keinerlei Glauben zu schenken, weswegen ich meine linke Hand von ihrer Schulter nahm und mir vorstellte, sie würde aus Feuer bestehen. Augenblicklich setzte das vertraute Kribbeln ein. Meine Finger bildeten Schuppen, während die Nägel zu Krallen heranwuchsen. Vanessa beobachtete diesen Vorgang voller Entsetzen. Obwohl ich es zu verhindern versucht hatte, ballte ich aufgrund des unangenehmen Gefühls unwillkürlich die Faust. Sobald sich meine Hand wenige Sekunden später vollständig verwandelt hatte, wich Vanessa einen Schritt zurück. Vor lauter Fassungslosigkeit blieb sie stumm.

«Es tut mir leid, dass ich so lange damit gewartet habe. Ich hätte es dir bereits vor langer Zeit sagen müssen.»

Diese Aussage fühlte sich sowohl schmerzhaft als auch befreiend an. In diesem Moment war eine riesige Last von meinen Schultern gefallen, die ich seit meiner ersten Begegnung mit Vanessa getragen hatte. Bedauerlicherweise schien sie diese Offenbarung zu überfordern. Mit Mario auf dem Arm ging sie langsam rückwärts zur Wohnungstür, ohne ihren Blick auch nur einen Sekundenbruchteil von meinen roten Drachenklauen abzuwenden. Ich kam ihr einen Schritt näher, um sie zu beruhigen, jedoch bewirkte mein Verhalten das exakte Gegenteil.

«Bleib weg von mir!», schrie sie verzweifelt und entsetzt zugleich, wobei sich ihre Stimme überschlug.

Mario wachte in diesem Augenblick auf und begann, zu weinen.

«Vanessa.», sagte ich ratlos, als sie Anstalten machte, die Wohnung zu verlassen.

Sie achtete nicht auf meinen verzweifelten Versuch, sie aufzuhalten, öffnete die Wohnungstür und eilte ins Treppenhaus.

«Kannst du kurz auf Stella aufpassen?», fragte ich Silvia.

Sie nickte stumm.

«Ich bin gleich wieder zurück.», rief ich den Kindern zu, als ich mir die Schuhe anzog und gleichzeitig meine Hand zurückverwandelte.

Ohne mich noch einmal umzusehen, rannte ich Vanessa nach, die das Haus mittlerweile verlassen hatte. Bald holte ich sie auf der Strasse ein, da sie mit unserem Sohn wesentlich langsamer war als ich.

«Warte doch, Vanessa!»

«Lass mich in Ruhe!», entgegnete sie mit Tränen in den Augen.

Ihre strickte Abweisung traf mich wie ein Stich ins Herz. Sie hatte mir soeben jegliche Hoffnung genommen, sie von meinen guten Absichten zu überzeugen. Traurig blieb ich stehen und liess zu, dass sich Vanessa mit Mario aus dem Staub machte. Zwischendurch sah sie sich nach mir um, wobei ihr Blick verriet, dass sie mich fürchtete. In diesem Moment fühlte ich mich wie ein Dämon, der die Menschen in Angst und Schrecken versetzte. Ratlos blickte ich meiner Frau nach, bis sie schliesslich hinter einer Biegung der Strasse verschwand. Marios Geschrei hörte man weiterhin, bis es vom Lärm der Stadt überdeckt wurde.

Einige Minuten später fielen mir die neugierigen Blicke der Passanten auf, die mich bereits seit längerer Zeit durchbohrten. Mein gebrochenes Herz liess jedoch keinerlei Schamgefühle zu. Traurig und mit hängendem Kopf schlurfte ich nach Hause.

Sobald ich die Wohnungstür erreichte, die zu meiner Verwunderung geschlossen war, brach ich in Tränen aus. Silvia kam mir im Eingangsbereich entgegen und versuchte, mich zu trösten. Meine Trauer war jedoch zu gross. Schluchzend setzte ich mich auf das Sofa und legte mich gleich darauf hin. Ich vergrub mein Gesicht in einem Kissen, sodass Silvia meine Tränen nicht sehen konnte. Kurz darauf vernahm ich, wie die Wohnungstür geschlossen wurde. Ausserdem fühlte ich plötzlich Stella, die sich an mich kuschelte und ihren Kopf auf meinen Hals legte. Sowohl ihre warmen Schuppen als auch ihr ruhiger Atem beruhigten mich.

Während ich weinte, dachte ich darüber nach, weshalb ich Vanessa nicht früher von meiner Drachengestalt erzählt hatte. Frustriert stellte ich fest, dass es hierfür keine logische Erklärung gab. Ich hatte schlichtweg Angst davor gehabt, ihr die Wahrheit zu gestehen. Dies verstärkte meine Trauer noch zusätzlich, da ich befürchtete, sie ein für alle Mal verloren zu haben.

«Wo ist Mama jetzt?», fragte Stella einige Zeit später.

«Ich weiss es nicht. Vermutlich bei ihren Eltern.», murmelte ich ins Kissen hinein.

«Können wir sie besuchen?»

Dies war in der Tat keine schlechte Idee. Schliesslich konnte ich mir nicht vorstellen, dass Vanessa mich in Begleitung unserer Tochter abweisen würde. Mit neuer Hoffnung setzte ich mich aufrecht hin, wobei sich Stella an meiner linken Schulter festklammerte. Obwohl sich ihre Klauen schmerzhaft in meine Haut bohrten, beschwerte ich mich nicht.

«Ja, das können wir.», antwortete ich schniefend. «Du musst dich nur wieder in Lisa verwandeln.»

Erstaunt stellte ich fest, dass Silvia ebenfalls auf dem Sofa sass und mich mitfühlend anblickte. Stella kletterte vorsichtig von meiner Schulter, um anschliessend vom Sofa zu springen. Während sie fröhlich in ihr Zimmer tapste, stellte ich schmunzelnd fest, dass sie sich bereits auf das Wiedersehen mit ihrer Mutter freute. Ich wischte mir die letzten Tränen aus dem Gesicht und stand ebenfalls auf.

«Soll ich jetzt nach Hause gehen?», fragte Silvia vorsichtig.

«Ja, das wäre vermutlich am besten. Ich habe jetzt noch einiges mit meiner Frau zu klären.»

Silvia verabschiedete sich von uns, sobald Lisa in ihrer menschlichen Gestalt aus dem Zimmer trat.

«Danke, dass du mir vorhin helfen wolltest.», teilte ich ihr zum Abschied mit.

«Gern geschehen.», antwortete sie lächelnd und verliess die Wohnung.

Ich begab mich mit Lisa ebenfalls auf den Weg nach draussen. Kurze Zeit später hatten wir bereits das Auto erreicht und fuhren los. Da Vanessa vermutlich die öffentlichen Verkehrsmittel zum Haus ihrer Eltern benutzte, musste ich mich nicht einmal beeilen. Dennoch war ich ausgesprochen nervös während der Fahrt. Unruhig änderte ich an jeder Ampel geringfügig meine Sitzposition und tippte mit meinen Fingern auf dem Lenkrad herum. Währenddessen fiel mir auf, dass meine Verletzung an der rechten Hand kein bisschen schmerzte. Sobald ich auf dem Besucherparkplatz geparkt hatte, löste ich den Verband von meiner Klaue. Die Schuppen bedeckten die darunterliegende Haut wieder lückenlos und es fühlte sich vollkommen normal an. Deswegen verwandelte ich meinen Zeigefinger endlich zurück, was keinerlei Schmerzen verursachte. Wie bei jeder anderen Verletzung war alles verheilt, ohne eine Narbe zu hinterlassen.

Gemeinsam mit meiner Tochter stieg ich aus. Unsicher trat ich zur Hauseingangstür und betätigte die Klingel. Mein Herzschlag erhöhte sich, während ich darauf wartete, dass jemand die Tür öffnete. Als mir endlich Marie, Vanessas Mutter, entgegen kam, zitterte aufgrund meiner Nervosität bereits meine rechte Hand. Maries freundliches Lächeln vertrieb augenblicklich jegliche Aufregung.

«Na, wen haben wir denn da?», begrüsste sie Lisa, die bereits leicht verlegen zu Boden blickte.

Ohne auf ihre Unsicherheit zu achten, nahm Marie Lisa auf den Arm und drückte sie liebevoll an sich. Lisa liess dieses Begrüssungsritual über sich ergehen, obwohl sie solch intensive Berührungen in ihrer menschlichen Gestalt nicht schätzte.

«Guten Abend Marie, ist Vanessa bei euch?», fragte ich direkt, um mein dringendes Anliegen loszuwerden.

«Nein, das ist sie nicht. Ist ihr etwas zugestossen?»

«Nicht direkt. Es ist etwas vorgefallen, was sie sehr belastet. Ich hatte gehofft, sie wäre hier.», antwortete ich, wobei sich ein Kloss in meinem Hals bildete.

Marie stellte Lisa ächzend ab und drückte anschliessend die rechte Hand gegen ihren Rücken. Ich wollte das Gespräch mit ihr fortsetzen, jedoch fiel mir ihr Blick auf, der an mir vorbei auf die Strasse gerichtet war.

«Da ist sie ja.», sagte Marie lächelnd, aber mit besorgtem Unterton.

Als ich mich umsah, war ich dennoch überrascht, Vanessa zu sehen, die mit feuchten, entzündeten Augen in meine Richtung kam. Sobald sie mich erkannte, blieb sie stehen, während sich ihr Blick verfinsterte. Erst als ihr Lisa auffiel, trat sie näher.

«Was ist passiert, Schatz?», fragte Marie, die mittlerweile bemerkt hatte, dass ihre Tochter etwas belastete.

Wortlos ging Vanessa an mir vorbei und umarmte ihre Mutter. Anschliessend nahm sie Lisa an der Hand und betrat das Haus ihrer Eltern, ohne sich noch einmal nach mir umzusehen. Marie blickte mich verwirrt an.

«Komm doch herein, Nils.», sagte sie schliesslich.

Ich kam ihrer Aufforderung nach. Unsicher trat ich in den Eingangsbereich, zog meine Schuhe aus und begrüsste Hans, Vanessas Vater. Nun eilte ich die

Treppe hoch zum Gästezimmer, in dem ich meine Frau und die Kinder vermutete. Die Tür war verschlossen, also klopfte ich sachte an.

«Vanessa?», fragte ich vorsichtig.

«Lass uns in Frieden, was auch immer du bist!», vernahm ich ihre Stimme durch die Tür hindurch.

Abermals traf es mich wie ein Pfeil ins Herz. Tränen bildeten sich in meinen Augen, während ich hoffte, diese Situation würde sich von allein bessern.

«Kann ich zu Papa gehen?», fragte Lisa ihre Mutter.

«Nein, jetzt nicht.», antwortete Vanessa harsch.

«Wieso nicht?»

«Er ist irgendein … Ding.»

«Papa kann ein Drache werden wie ich.»

Nun trat Stille ein. Weder Vanessa noch Lisa setzten ihr Gespräch fort. Selbst Mario war mucksmäuschenstill. Gespannt wartete ich vor der Tür und lauschte.

«Wie meinst du das, mein Schatz?», fragte Vanessa schliesslich.

«Wir können uns in Drachen verwandeln, wenn wir möchten. Soll ich es dir zeigen?»

«Aber … du bist doch ein Mensch.»

«Ja, aber Stella nicht.»

«Wer ist Stella?»

«Das blaue Drachenmädchen.»

Vanessa antwortete nicht.

«Ich kann mich in Stella verwandeln.», setzte Lisa fort.

Durch die Tür hindurch nahm ich wahr, wie sie ihre Kleider auszog.

«Lisa, was …?», rief Vanessa entsetzt, verstummte jedoch mitten im Satz.

Kurze Zeit später hörte ich, wie Stellas Klauen über den Fussboden kratzten, begleitet von Vanessas erschrockenem Aufschrei.

«Jetzt bin ich Stella.», erklärte sie.

«Nein, das kann nicht sein. Ich muss träumen.», entgegnete ihre Mutter.

«Das ist kein Traum, Vanessa.», sprach ich durch die Tür hindurch, wobei meine Stimme noch aufgrund meiner Trauer zitterte.

Es dauerte eine Weile, bis Vanessa erneut etwas sagte.

«Bist das immer noch du, Schatz? Geht es dir gut?»

«Ja, Mama.»

«Lass mich dich ansehen.»

Eine Minute lang herrschte Stille.

«Du siehst aus wie ein Sternenhimmel!», stellte Vanessa erstaunt fest.

«Deswegen heisse ich auch Stella. Das war Papas Idee.»

Eine weitere Minute verstrich, bis plötzlich das Türschloss klackte. Vanessa öffnete die Tür und blickte mir aufgewühlt entgegen. Ihre Haare waren zerzaust und ihre Augen geschwollen. Trotzdem wirkte sie wesentlich ansprechbarer als noch vor zehn Minuten.

«Das wollte ich dir alles in Ruhe erklären, nachdem du aus dem Krankenhaus entlassen wurdest.», versuchte ich, meine Verschwiegenheit zu rechtfertigen.

Ihr Blick verfinsterte sich abermals, während sich ihre Körperhaltung anspannte. Ich befürchtete, dass sie mir in diesem Augenblick eine scheuern würde, was ich meines Erachtens auch verdient hatte, jedoch entspannte sie sich wieder.

«Du hast Glück, dass Lisa hier ist.», zischte sie mir wütend entgegen.

Aufgrund ihrer Wut gelang es mir nicht, den Augenkontakt aufrechtzuerhalten.

«Ich bin jetzt aber Stella.», korrigierte Stella ihre Mutter.

Sie tapste in meine Richtung und setzte sich erwartungsvoll vor mich hin. Ich bückte mich zu ihr herunter und nahm sie auf die Arme. Vanessa beobachtete mich währenddessen abschätzig. Ihr schien die Vorstellung, mit einem Drachen Kinder gezeugt zu haben, gehörig zu missfallen.

«Lass mich raten, du bist der rote Drache, den ich damals oft auf dem Lindenhof gestreichelt habe.»

«Genau.», gestand ich, während ich unbewusst Stellas Kopf streichelte, den sie auf meine linke Schulter gelegt hatte.

«Ich wusste doch, dass etwas an diesem Drachen seltsam ist. Die Art und Weise, wie er mich angestarrt hat, erinnerte mich stets an dich. Ausserdem hatte ich das Gefühl, dass er jedes meiner Worte verstanden hat.»

Vanessa musterte mich von oben bis unten, als hätte sie mich nun zum ersten Mal wirklich gesehen.

«Was hast du mir sonst noch verschwiegen?», fragte sie fordernd.

«Nur das, was mit meiner Drachengestalt zu tun hat. Bis vor drei Wochen wusste ich nicht, dass unsere Kinder dieselbe Fähigkeit haben würden.»

«Mario etwa auch?»

Sie starrte unseren Sohn überrascht an, als würde er sich jeden Augenblick verwandeln. Ich nickte langsam, sobald sie sich wieder mir zugewendet hatte.

«Wie kommst du bloss auf die Idee, mir solch eine essenzielle Information vorzuenthalten? Klar ist mir bewusst, dass das kein Thema für ein erstes Date ist. Aber spätestens nachdem wir in eine gemeinsame Wohnung gezogen sind, hättest du es mir sagen sollen und nicht erst sechs Jahre später, nachdem wir zwei Kinder in die Welt gesetzt haben!»

Betreten blickte ich zu Boden.

«Kannst du mir verzeihen?»

«Das lässt abzuwarten. Du hast Glück, dass ich Drachen mag.»

Stella liess ihren rechten Flügel entspannt nach unten hängen und seufzte tief, als würde mein ernstes Gespräch mit Vanessa überhaupt nicht stattfinden.

«Jetzt bist du mir aber eine ausführliche Erklärung schuldig, Nils Wollseif. Und zwar auf der Stelle!», befahl Vanessa streng.

Da meine Beine wahrscheinlich nicht stundenlang durchhalten würden, setzte ich mich auf den Fussboden und lehnte mich mit dem Rücken gegen die Wand. Stella machte es sich auf meinem Schoss bequem, woraufhin ich begann, ihren Rücken zu massieren. Vanessa setzte sich ebenfalls, ohne ihren durchbohrenden Blick von mir abzuwenden. Nun startete ich meine Erzählung. Ich begann mit meinem Plan, Tom im dritten Weltkrieg zu unterstützen und wie mich R-34-d gerettet hatte. Anschliessend schilderte ich meine Kriegserlebnisse, so genau ich konnte, ohne von den vor langer Zeit verdrängten Gefühlen übermannt zu werden, wobei ich einige brutale Details ausliess. Insbesondere meine Gefangenschaft schilderte ich nur dürftig. Nach den Kriegserlebnissen erzählte ich ihr alles über den Tag, an dem ich sie als Drache auf dem Lindenhof kennengelernt hatte, wie sehr ich mich in sie verliebt und was ich daraufhin als Mensch getan hatte. Über eine Stunde erzählte ich ihr von meinen Erlebnissen als Drache, bis die Erzählung schliesslich mit dem Kampf gegen Z-17-k endete.

«Du warst ohne Raumanzug im Weltraum und hast überlebt?», fragte Vanessa ungläubig.

«Ja, ich kann es auch kaum glauben.»

«Wenigstens hast du es dieser KI gezeigt.»

In ihrem Blick war plötzlich wieder Mitgefühl für mich zu erkennen, was mir beinahe Freudentränen in die Augen trieb. Mario wachte in diesem Augenblick auf und begann, zu weinen, woraufhin Vanessa ihn stillte.

«Seit wann weisst du das mit unseren Kindern?», fragte sie währenddessen.

«Seit knapp drei Wochen. Lisa hat ihre Drachengestalt zufällig entdeckt.»

Vanessa blickte nachdenklich zu unserer Tochter, die bereits seit einigen Minuten interessiert an der Luft schnupperte.

«Und du sagst, dass Mario ebenfalls ein Drache ist?»

«Genau. Ich habe es am Donnerstag im Krankenhaus überprüft.»

Meine Frau ging nicht weiter auf dieses Thema ein, was mich verwunderte. Stattdessen beobachtete sie Stella fasziniert, die nun von meinem Schoss aufstand und sich schnuppernd der Treppe näherte. Ich beobachtete ihr Verhalten nun ebenso interessiert wie Vanessa. Geschmeidig sprang unsere Tochter auf das Treppengeländer und blickte umher.

«Lisa, pass auf!», rief meine Frau besorgt.

Sie machte bereits Anstalten, sie aufzuhalten, jedoch sprang Stella mit ausgebreiteten Flügeln nach unten, bevor wir reagieren konnten. Nun war ich derjenige, der besorgt aufsprang.

«Deine Eltern wissen noch nicht, dass Lisa ein Drache ist.», erklärte ich meine plötzliche Aufregung, wodurch sich Vanessas Augen kurzzeitig weiteten.

«Mama, Papa, bitte nicht erschrecken, wenn jetzt gleich ein Drache zu euch kommt.», rief sie nach unten, während ich Stella hinterher eilte.

«Was sagst du, Schatz?», fragte Marie verwirrt, gefolgt von einem spitzen Aufschrei.

Nur eine Sekunde später erreichte ich die Küche. Stella hatte sich auf ein Backofenblech gestürzt und machte sich in diesem Augenblick über einen noch dampfend heissen Kartoffelauflauf her. Aufgrund ihrer Gier glich sie nun einer wilden Bestie. Mit den Vorderbeinen stand sie mitten im Auflauf, während sie ohne zu kauen alles verschlang, was in ihr Maul passte. Käse, Fett und kleine Kartoffelstückchen spritzten währenddessen in der Küche umher. Marie stand erstarrt vor Entsetzen in einer Ecke und beobachtete das Geschehen. Hans eilte ebenfalls herbei, da er den Aufschrei seiner Frau gehört hatte.

«Was ist das denn?», rief er erschrocken, als er Stella entdeckte.

«Das ist Lisa.», antworteten Vanessa und ich gleichzeitig.

Schmunzelnd blickte ich zu meiner Frau, die exakt dasselbe gesagt hatte wie ich. Aufgrund dieses Durcheinanders hatte ich nicht wahrgenommen, wie sie die Küche betreten hatte. Hans nahm Marie an der Hand und zerrte sie ins Wohnzimmer, ohne Stella aus den Augen zu lassen. Währenddessen versuchte Vanessa, den hungrigen, blauen Drachen zu beruhigen, der bereits die Hälfte des Auflaufs gefressen hatte.

«Stella, nicht! Du verbrennst dich noch.», rief Vanessa besorgt und legte ihre Hand auf Stellas Rücken.

Sobald ihre Finger die königsblauen Schuppen berührten, drehte sich Stella blitzschnell nach ihrer Mutter um und fauchte sie zähnefletschend an. Instinktiv zog Vanessa ihre Hand zurück. Stellas Reaktion brachte sie kurzzeitig aus der Fassung, wodurch sie in ihrer Bewegung erstarrte, während Mario auf ihrem Arm zu weinen begann. Ohne ihr linkes Auge von Vanessa zu nehmen, machte sich Stella wieder über den Auflauf her.

«Lisa … ähm Stella, was ist los mit dir?», fragte Vanessa schockiert.

«Ihre Dracheninstinkte haben wieder die Oberhand gewonnen.», erklärte ich, so ruhig ich konnte.

«Was können wir denn jetzt machen?»

Vanessa traten Tränen der Verzweiflung in die Augen. Sie schien von der momentanen Situation ebenso überfordert zu sein wie ich. Während ich Stella in ihrem Heisshunger beobachtete, kam mir eine Idee. Ich verwandelte meinen rechten Arm und streckte ihn meiner Tochter entgegen. Wie bereits erwartet fauchte sie mich zähnefletschend an. Selbstsicher, ohne zurückzuzucken, packte ich sie mit meinen Klauen am Hals und hob sie mit einem Arm hoch, um sie vom Auflauf wegzutragen. Währenddessen biss sie mir mehrfach in den nun durch Schuppen gepanzerten Arm. Erstaunlicherweise waren ihre Kiefermuskeln stark genug, mir trotz meiner Panzerung geringfügig Schmerzen zuzufügen und Nervenbahnen zu quetschen, was sich in einem unangenehmen Stechen äusserte.

«Stella, nein!», rief ich ihr streng zu, in der Hoffnung, sie auf diese Weise zur Vernunft bringen zu können.

Wütend starrte sie mir in die Augen. Essensreste und Speichel tropften ihr von der Schnauze auf die Küchenablage, während sie sich in meinem eisernen Griff wand und erfolglos versuchte, meinen Oberkörper mit ihren Klauen zu erwischen. Ganz langsam liess ihr Widerstand nach, da sie selbst in ihrem Wahn begriff, dass ich sie nicht loslassen würde.

«Nils, bitte lass sie los. Du tust ihr weh!», warf Vanessa besorgt ein und legte ihre Hand sanft auf meinen verwandelten Arm.

«Sie ist gerade nicht sie selbst. Wir müssen abwarten, bis sie sich beruhigt hat. Ausserdem ist sie durch ihren Schuppenpanzer geschützt.», entgegnete ich.

Zielstrebig starrte ich Stella in die wunderschönen, tiefblauen Augen, aus denen ihr wilder Zorn mit jeder Sekunde zu weichen schien. Ihre Gesichtszüge entspannten sich, sie stellte das Zähnefletschen ein und liess ihre Flügel schlaff nach unten hängen, während ich sie immer noch mit meinen Klauen wenige Zentimeter über der Küchenablage festhielt. In diesem Augenblick erkannte ich plötzlich wieder meine Tochter vor mir. Verwirrt strampelte sie mit ihren Beinen in der Luft herum, die aufgrund meines Griffs allesamt keinen Bodenkontakt mehr hatten. Sachte setzte ich sie ab und liess sie schliesslich los.

«Lisa? Ich meine natürlich Stella, geht es dir gut?», erkundigte sich Vanessa nach ihrem Wohlbefinden.

Sie trat einen Schritt näher und streckte ihre Hand nach Stellas Schnauze aus, die wiederum sachte daran schnupperte. Nun hustete unsere Tochter einmal und griff sich mit dem rechten Vorderbein an die Kehle, während sie mehrfach schluckte. Ich blickte verlegen zu Boden, da ich sie anscheinend doch gewürgt hatte. Gedanklich formulierte ich eine Entschuldigung, die ich jedoch nicht auszusprechen wagte, da mich Vanessas Eltern durchgehend anstarrten und ich mich für mein Verhalten schämte. Langsam verwandelte ich meinen rechten Arm zurück und legte ihn um Vanessa, die mich daraufhin mit einem empörten Blick anstarrte. Seufzend liess ich sie los und sehnte mir die Liebe herbei, die sie noch vor einigen Stunden für mich empfunden hatte.

«Ja, aber ich weiss nicht, was passiert ist.», antwortete Stella schliesslich.

«Du hattest Hunger und deine Dracheninstinkte haben wieder einmal die Kontrolle übernommen.», mutmasste ich.

Verlegen blickte Stella zum Kartoffelauflauf, den sie beinahe allein leergegessen hatte. Sie wischte ihre Schnauze an den Klauen ab, die sie anschliessend sauber leckte, wobei ihr Verhalten abermals animalischer wirkte, als ich es von meiner Tochter gewohnt war. Um sie nicht erneut an ihre Instinkte zu verlieren, sprach ich sie direkt an.

«Du hast Oma und Opa erschreckt. Vielleicht solltest du dich entschuldigen.»

Stella blickte zu Marie und Hans, die das Geschehen aus sicherer Entfernung mitverfolgt hatten.

«Entschuldigung.», murmelte sie, ohne sie anzusehen.

«Könnt ihr uns mal erklären, was hier los ist und weshalb ein sprechender Drache den Kartoffelauflauf gefressen hat?», fragte Marie kurze Zeit später.

«Das hier ist Lisa. Sie kann sich in einen Drachen verwandeln, was ich erst seit drei Wochen weiss und Vanessa seit heute. Sie hat diese Fähigkeit von mir geerbt. Ich hätte Vanessa von Anfang an die Wahrheit sagen sollen, aber ich habe mich davor gefürchtet. Deswegen haben wir uns vorhin auch gestritten. Ihr müsst euch aber nicht vor Lisa in ihrer Drachengestalt fürchten. Vorhin war sie nur sehr hungrig.», sprudelte es aus mir heraus.

«Jetzt nochmal etwas langsamer, Nils. Lisa hat die Fähigkeit, sich in einen Drachen zu verwandeln?», hakte Marie nach.

Hans starrte Stella immer noch fassungslos an.

«Genau. Mario und ich können das ebenfalls.», antwortete ich.

«Und ihr habt euch vorhin gestritten, weil du es Vanessa erst heute gesagt hast?»

«Nicht ganz. Sie hat es selbst herausgefunden.»

Vanessa hatte mittlerweile begonnen, die Sauerei aufzuwischen, die Stella verursacht hatte.

«Und er hat mir bisher kein Sterbenswörtchen darüber gesagt, dass ich mit einem *Drachen* Kinder gezeugt habe.», ergänzte sie mürrisch.

«Ich kann das alles irgendwie noch gar nicht fassen.», warf Hans ein, der sich bisher aus unserem Gespräch herausgehalten hatte.

«Ich auch nicht. Was bist du eigentlich, Nils? Woher kommst du und weshalb hast du Vanessa nie die Wahrheit gesagt?», fragte Marie daraufhin.

Ihr Blick mir gegenüber hatte sich grundlegend verändert. Anstelle von Fürsorge und Güte strahlte sie nun Misstrauen und Abscheu aus, was mich erneut innerlich verletzte. Wie bereits bei Vanessa erklärte ich ihr und ihrem Mann alles bis zu dem Zeitpunkt, als ich vor sechs Jahren beschlossen hatte, mich niemals wieder in einen Drachen zu verwandeln. Gespannt lauschte das ältere Ehepaar jedem meiner Worte. Die einzige Unterbrechung meiner Erzählung war ein Windelwechsel für Mario.

Als ich fertig gesprochen hatte, war die Sonne bereits untergegangen und Stella schlief tief und fest auf der Küchenablage. In ihrem zusammengerollten Zustand wirkte sie winzig klein und niedlich, wodurch ich fortlaufend den Drang verspürte, sie zu umarmen, jedoch wagte ich es aufgrund der durchbohrenden Blicke von Vanessas Eltern nicht. Nun herrschte absolute Stille, was mich noch zusätzlich verunsicherte.

«Ich sage, wir essen erstmal etwas und schlafen eine Nacht darüber.», schlug Marie schliesslich vor.

Da mein Magen bereits seit über einer Stunde knurrte, hatte ich nichts dagegen einzuwenden. Vanessas Eltern bereiteten uns belegte Brötchen zu. Aufgrund meiner Schuldgefühle wollte ich ihnen nicht noch zusätzlich zur Last fallen, weswegen ich darauf bestand, lediglich die Reste des Kartoffelauflaufs zu essen.

Eine Stunde später war es bereits elf Uhr abends. Vanessa und ich begaben uns mit den Kindern auf den Weg nach Hause. Um Stella nicht zu wecken, trug ich sie vorsichtig in ihrer Drachengestalt zum Auto. Selbst während der Fahrt wachte sie nicht auf. Nachdem ich in der blauen Zone geparkt hatte, gingen wir gemeinsam nach Hause, ohne irgendwelchen Menschen auf der Strasse zu begegnen, die uns nach dem blauen Drachen fragen konnten. Vanessa sprach währenddessen kein Wort, was meine Sehnsucht nach ihrer Liebe noch verstärkte. Ich wünschte mir, meinen Fehler von vor sechs Jahren rückgängig machen zu können. Wir legten die Kinder schlafen und bereiteten uns auf die Nacht vor. Im Gegensatz zu normalen Nächten nahm Vanessa die Kinder zu sich ins Bett. Sie legte Stella auf mein Kopfkissen und deckte sie behutsam mit meiner Decke zu.

«Du schläfst draussen!», zischte sie mich an.

Leer schluckend wagte ich es nicht, ihr zu widersprechen. Mit hängendem Kopf schlurfte ich auf das Sofa zu, legte mich hin und versuchte, zu schlafen, jedoch erfolglos. Mitten in der Nacht stand ich hungrig auf. In der Küche bereitete ich mir eine kleine Mahlzeit zu, die ich im Stehen verspeiste. Anschliessend trat ich vor die geschlossene Schlafzimmertür und lauschte. Alles war mucksmäuschenstill. Seufzend legte ich mich erneut auf das Sofa und schloss die Augen, während meine Gedanken ununterbrochen um die Geschehnisse des vergangenen Tages kreisten.

13

Neuanfang

Das Geräusch der sich öffnenden Zimmertür weckte mich, kurz nachdem ich endlich eingeschlafen war. Schläfrig reckte ich meinen Kopf hoch und beobachtete Vanessa, die mit Stella auf dem linken Arm das Schlafzimmer verliess. Sie strich ihr behutsam mit dem Zeigefinger von der Schnauzspitze bis zum Hinterkopf. Anschliessend küsste sie Stella liebevoll schmunzelnd auf die Stirn.

«Also ist es doch nicht mehr so schlimm, dass unsere Kinder Drachen sind?», fragte ich in der Hoffnung, sie hätte ihre Meinung mir gegenüber bereits geändert.

Vanessas freundliches Lächeln wich augenblicklich aus ihrem Gesicht, als sie mich bemerkte. Zornig blickte sie in meine Richtung und betrat schliesslich wortlos die Küche. Ich legte mich wieder vollständig hin und liess meinen Tränen freien Lauf. Die Art und Weise, wie mich die Liebe meines Lebens nun behandelte, schmerzte mehr wie alle Wunden, die ich mir jemals während meiner Kämpfe als Drache zugezogen hatte.

Plötzlich hörte ich, wie sich Stella tapsend näherte. Sie sprang auf das Sofa und schnupperte beinahe zärtlich an meinem Gesicht.

«Komm her, Li … ähm Stella! Das Frühstück ist fertig.», rief ihr Vanessa entgegen.

«Aber Papa ist traurig.», antwortete sie.

«Soll er doch.»

Trotz Vanessas Aufforderung blieb Stella an meiner Seite und liess sich von mir streicheln, was mich in kürzester Zeit beruhigte. Dankbar blickte ich ihr entgegen, bis ich dem Drang nicht mehr widerstehen konnte, sie zu umarmen. Liebevoll drückte ich sie an mich, während sie entspannt seufzte. Unter normalen Umständen hätte ich an einem Montagmorgen arbeiten müssen. Aufgrund des Vaterschaftsurlaubs hingegen konnte ich meine Ferien um zwei Wochen verlängern. Mit geschlossenen Augen hielt ich meine Tochter in den Armen. Wäre nicht Vanessa dazwischengekommen, hätte ich sie wahrscheinlich für den gesamten Morgen nicht mehr losgelassen.

«Komm jetzt!», befahl sie ungeduldig.

Stella starrte ihre Mutter trotzig an und blieb neben mir liegen, obwohl ich sie bereits losgelassen hatte. Vanessa streckte die Hand nach ihr aus, um sie zum Esstisch tragen zu können. Als Antwort fauchte Stella sie wütend an, wodurch ihre Mutter erschrocken zurückzuckte.

«Ah, so ist das also? Na gut, wenn du lieber bei deinem Vater bleibst, esse ich das Frühstück allein.», entgegnete sie mürrisch.

«Wieso bist du wütend auf Papa? Er hat doch gar nichts getan.», verteidigte mich Stella.

«Und ob er etwas getan hat! Seit Jahren hat er mir verschwiegen, was er in Wirklichkeit ist.»

«Aber das ist doch nicht schlimm. Du weisst es ja jetzt.»

«Wenn du mal so alt bist wie ich, würdest du das verstehen.»

Um meine Tochter zu unterstützen, beteiligte ich mich nun ebenfalls am Gespräch.

«Vanessa, ich wünsche mir nichts mehr, als diesen grossen Fehler rückgängig machen zu können, um in unser gewohntes Leben zurückzukehren, das musst du mir glauben. Leider liegt das nicht in meiner Macht. Bitte verzeih mir!», flehte ich sie an.

«Ich weiss nicht, ob ich das kann.», entgegnete sie, ohne mich anzusehen.

«Dann gib mir eine zweite Chance, dass ich es wieder gut machen kann. Meine Liebe dir gegenüber ist nämlich immer noch unsterblich.»

Endlich blickte sie mir in die Augen. Nachdenklich musterte sie mich, bis sie schliesslich einen Entschluss gefasst hatte.

«Ich werde es versuchen. Aber wehe, es stellt sich heraus, dass du mir noch etwas verschwiegen hast.»

Meine Freude überschlug sich innerlich, wobei ich unvermittelt aufsprang und Vanessa umarmte.

«Danke, mein Schatz!», sagte ich voller Liebe ihr gegenüber und gab ihr einen Kuss auf die Wange.

«Übertreiben musst du aber auch nicht.», entgegnete sie immer noch leicht mürrisch.

Während Stella und Vanessa assen, bereitete ich mir mein Frühstück zu und gesellte mich schliesslich ebenfalls zu ihnen. Sobald ich meinen Teller abgestellt hatte, starrte Stella erwartungsvoll mein Essen an. Nachdem sie einmal ausgiebig geschnuppert hatte, leckte sie sich hungrig die Lefzen. Schmunzelnd warf ich ihr eine Scheibe Brot zu, die sie aus der Luft schnappte und in wenigen Bissen verschlang. Vanessa blickte mich vorwurfsvoll an.

«In unserer Drachengestalt benötigen wir mehr Nahrung.», erklärte ich.

«Okay? Wie viel mehr?»

«Schätzungsweise die doppelte bis dreifache Menge je nach Aktivität.»

Vanessas Blick sprach Bände. Ihr war klar und deutlich anzusehen, dass sie nur ungern mehr einkaufen beziehungsweise kochen wollte.

«Wie machen wir das jetzt eigentlich mit dem Kindergarten?», fragte sie kurz darauf, nachdem sie diese Information verarbeitet hatte.

«Stella verwandelt sich zurück in Lisa und besucht den Kindergarten wie jedes andere Kind auch.», antwortete ich, als wäre dies das Normalste der Welt.

«Aber was geschieht, wenn sie sich in einen Drachen verwandelt?»

«Das wird sie nicht. Sie hat die Verwandlung mittlerweile gut unter Kontrolle, stimmt's Stella?»

Unsere Tochter nickte.

«Trotzdem könnte es geschehen.»

«Sie hat sich seit Wochen nicht mehr unbeabsichtigt verwandelt.»

Vanessa war immer noch zutiefst besorgt.

«Ich begleite dich heute zum Kindergarten, mein Schatz.»

«Ist das wirklich notwendig? Ich denke, sie schafft das bereits allein.», warf ich ein.

«Ich möchte kein Risiko eingehen. Was, wenn die Drachenschutzgesellschaft sie findet?»

«Die sind kein Problem mehr. Ausserdem heissen sie jetzt nur noch DrSG.»

«Wie meinst du das?»

«Sie haben mich in meiner Drachengestalt entdeckt und zu mir gesprochen. Sie wussten bereits, dass ich sie verstehen kann. Aus diesem Grund sind wir ins Gespräch gekommen und es hat sich herausgestellt, dass sie lediglich an Informationen interessiert sind.»

«Du hast mit ihnen gesprochen? Was hast du dir dabei gedacht?»

Vanessas Zorn gegenüber der DrSG hatte sich allem Anschein nach nicht vermindert.

«Ich habe ihnen nichts über Tom oder die Kinder erzählt. Wir haben ausschliesslich ein Treffen vereinbart, bei dem ich ihnen einige Fragen über Z-17-k, die Alientechnologie und meine Fähigkeiten beantworte. Im Gegenzug haben sie versichert, uns ein für alle Mal in Ruhe zu lassen. Selbst wenn sie Stella finden würden, wäre dies meines Erachtens kein Problem.»

«Bist du dir sicher?»

«Zu einhundert Prozent.»

Aus irgendeinem Grund vertraute ich Benjamins Wort. Wahrscheinlich lag es daran, dass Shona und Laurin immer noch für ihn arbeiteten.

«Gut. Aber ich werde Lisa trotzdem begleiten.»

Nach unserem Frühstück verwandelte sich unsere Tochter zurück in einen Menschen. Vanessa schärfte ihr ein, sich auf gar keinen Fall zu verwandeln, was ich schmunzelnd beobachtete, da ich ihr vor knapp zwei Wochen exakt dasselbe gesagt hatte. Anschliessend wechselte Vanessa Marios Windel und sie begaben sich auf den Weg zum Kindergarten. Gerade als Vanessa die Tür hinter sich schliessen wollte, fiel mir ein, dass ich sie ebenfalls begleiten konnte. Dementsprechend zog ich mir eilig meine Schuhe an und folgte ihnen.

Frau Schneider begrüsste uns herzlich, als wir fünf Minuten vor Beginn des Kindergartens eintrafen.

«Machen Sie sich keine Sorgen, Frau Wollseif. Lisa ist sehr selbständig und kann diesen Tag auch problemlos ohne Sie überstehen.», versuchte sie, Vanessas Sorgen zu mindern.

Gleichzeitig nickte ich meiner Frau zu. Nach kurzem Zögern gab sie schliesslich nach und verabschiedete sich von Lisa.

«Pass gut auf dich auf, Schatz.», sagte sie und gab ihr einen Kuss auf die Stirn.

«Ja, Mama.», entgegnete Lisa leicht genervt von Vanessas Übervorsicht.

Mit ihrem Ärmel wischte sie sich die Stirn trocken und betrat gemeinsam mit Frau Schneider den Gruppenraum. Vanessa blicke ihr seufzend hinterher.

«Was machen wir jetzt in der Zwischenzeit?», fragte sie schliesslich.

«Ich könnte dir meine Verwandlung in einen Drachen zeigen.», schlug ich vor.

Insgeheim hoffte ich, sie zu einem Flug überreden zu können. Sie blickte zu Mario, der auf ihrem Arm schlief, und anschliessend wieder zu mir. Ich vermutete, dass sie sich fragte, ob Mario mich in meiner Drachengestalt fürchten würde. Deswegen sprach ich sie genau auf dieses Thema an.

«Ich werde versuchen, mich Mario möglichst zurückhaltend zu nähern, sodass er mich nicht fürchtet.»

«Hoffentlich gewöhnt er sich bald daran, dass sein Vater ein Drache ist. Bei Lisa musste er gestern noch weinen.»

«Es wäre tatsächlich nicht gut, wenn mich mein eigener Sohn fürchten würde.», entgegnete ich schmunzelnd, in der Hoffnung, Vanessa mit meinem Humor anstecken zu können.

Sie hingegen blickte lediglich stur nach vorn, während wir uns auf den Weg nach Hause begaben.

Vanessa legte den schlafenden Mario eine Viertelstunde später auf das Sofa, während ich in unserem Schlafzimmer die Kleider auszog. Sobald meine Frau den Raum betrat und mich von oben bis unten musterte, fühlte ich mich zum ersten Mal in ihrer Gegenwart tatsächlich nackt.

«Und wie läuft das jetzt mit der Verwandlung?», fragte sie mich auffordernd.

«Dazu muss ich mir nur vorstellen, aus Feuer zu bestehen.»

«Ist das alles?»

«Ja.»

«Wie hast du es geschafft, diesen Gedanken jahrelang erfolgreich zu verdrängen?»

«Mit viel Disziplin.»

Leicht bewundernd nickte mir Vanessa zu.

«Jetzt mach endlich!», forderte sie mich auf.

Ich kniete mich hin und stützte mich mit den Armen auf dem Fussboden ab, um nach der Verwandlung direkt stehen zu können. Nach einem leichten Zögern rief ich meine Gedanken an Feuer auf und schloss in Erwartung von Kopfschmerzen die Augen. Gleich darauf setzte sowohl das Kribbeln im ganzen Körper als auch das Stechen im Hinterkopf ein, wobei ich mein Gesicht verzerrte. Glücklicherweise verebbte der Schmerz bereits kurz nachdem meine animalischen Sinne zurückgekehrt waren. Ich presste meine rechte Vorderpranke gegen die betroffene Stelle, um das Stechen vollständig loszuwerden, und blickte anschliessend Vanessa entgegen, die wie angewurzelt vor mir stand. Ihre Augen zogen mich direkt in ihren Bann, wodurch ich sie unbewusst anstarrte, ohne klare Gedanken fassen zu können.

«Deine Augen sind sogar noch schöner, als ich sie in Erinnerung hatte.», sagte ich, nachdem ich meine Sprache wiedergefunden hatte.

«Und du konntest die ganze Zeit sprechen.», entgegnete Vanessa schmunzelnd. «Wie ist mir das nie aufgefallen? Ich hätte es doch bemerken müssen, dass du das bist.»

Nachdenklich betrachtete sie meine Drachengestalt von allen Seiten, während ich meinen Blick immer noch nicht vom blauen Ozean ihrer Iris lösen konnte, der bei jeder ihrer Bewegungen Wellen schlug. Zudem strömte mir nun ihr wundervoller Duft entgegen, dessen unzählige Facetten mich überwältigten. Ich konnte nicht anders, als an ihren Hosenbeinen zu schnuppern.

«Dieses Verhalten kannst du dir jetzt sparen.», sagte sie, während sie mich vorwurfsvoll anblickte.

«Aber dein Geruch ist überwältigend! Als Mensch konnte ich diese Seite von dir nie kennenlernen. Ich weiss gar nicht genau, wie ich das in Worte fassen soll, aber meine Drachengestalt hat dich vermisst.»

«Das klingt mir jetzt ein wenig zu sehr nach einer gespaltenen Persönlichkeit, wenn du mich fragst.», entgegnete Vanessa lachend.

«Damit hast du nicht einmal unrecht. Meine Dracheninstinkte haben mich bereits zu bestimmtem Handeln gezwungen.»

«Bedeutet das, dass du es nicht kontrollieren konntest?»

«Genau. Lisa ist nicht die Einzige, die zwischendurch von animalischen Trieben geleitet wird.»

«Wie äussern sich diese Triebe bei dir?»

«Meistens sind es nur kurze Reflexe. Zum Beispiel muss ich immer zwingend in die Richtung schauen, aus der ein unerwartetes Geräusch stammt oder wenn mich etwas erschreckt, beisse ich unkontrolliert zu. Erst einmal habe ich aus Versehen ein Tier getötet. Das war damals auf dem Alienplaneten, von dem ich dir erzählt habe.»

Besorgt blickte sie mir in die Augen.

«Weisst du, wann sich Mario das erste Mal selbständig verwandeln wird?»

«Nein, leider nicht. Entweder wenn er mit Feuer in Berührung kommt oder zufälligerweise an Feuer denkt, wird es geschehen.»

Kopfschüttelnd dachte Vanessa nach. Ihr Gesichtsausdruck verfinsterte sich abermals.

«Wieso kann ich nicht einfach ein normales Leben führen? Ich möchte doch bloss mit einem normalen Mann und normalen Kindern in einer normalen Wohnung leben. Stattdessen musste ich mich ausgerechnet in einen Drachen verlieben, der gegen eine ausserirdische KI gekämpft und mit mir Drachenkinder gezeugt hat.»

Da die momentane Situation sie immer noch stark belastete und sie sich genau wie ich selbst ihr normales Leben zurückwünschte, stupste ich ihre rechte Hand sachte mit meiner Schnauze an. Daraufhin strich sie mir über den Kopf, wie sie es damals auf dem Lindenhof stets getan hatte. Erst jetzt bemerkte ich, dass sich Tränen in ihren Augen gebildet hatten.

«Gemeinsam schaffen wir das, Vanessa. Davon bin ich felsenfest überzeugt.», redete ich beruhigend auf sie ein.

Ein Lächeln bildete sich auf ihrem Gesicht, was mich augenblicklich mit Glücksgefühlen durchflutete. Sie setzte sich neben mich und schloss mich in eine herzhafte Umarmung, während sie ihren Tränen der Freude freien Lauf liess. Um ihr ein Gefühl der Geborgenheit zu geben, legte ich meinen rechten Flügel um sie, so gut ich konnte. Ihre Tränen rannen mir den Rücken hinunter, bis sie schliesslich zu Boden tropften. Als wäre dies ein Zeichen gewesen, löste sie sich von mir und küsste mich von oben her auf die Schnauze.

«Eigentlich möchte ich wütend auf dich sein, aber meine Liebe dir gegenüber lässt das nicht mehr zu. Ich kann es kaum glauben, dass du es wieder einmal geschafft hast, mich zu verzaubern.», sagte sie lächelnd, jedoch auch schniefend.

«Genauso wie du mich jeden Tag verzauberst.», entgegnete ich voller Liebe.

Mein Herzschlag beschleunigte sich und es fühlte sich an, als würde ich jeden Moment vor Liebe platzen. Wir starrten uns gegenseitig in die Augen, während die Zeit stillzustehen schien.

Marios Geschrei weckte uns plötzlich aus unserer Zweisamkeit. Wir betraten das Wohnzimmer und Vanessa nahm unseren Sohn auf den Arm. Augenblicklich beruhigte er sich wieder. Sie setzte sich auf das Sofa und blickte mir erwartungsvoll entgegen. Vorsichtig, um Mario nicht zu erschrecken, trat ich näher. Obwohl ich mir grösste Mühe gab, nicht furchteinflössend zu wirken, starrte er mich entsetzt an und schrie erneut los. Vanessa sprach nun beruhigend auf ihn ein, während ich mich neben sie setzte. Sachte strich ich Mario mit einer Klaue über die Wange. Da er sich auch nach mehreren Minuten nicht beruhigte, gab ich den Versuch auf. Enttäuscht legte ich mich mit einem halben Meter Abstand daneben und beobachtete Vanessa, die unseren Sohn abermals in den Schlaf wiegelte.

Sobald Mario wieder tief in seinen Träumen versunken war, rückte Vanessa näher. Abermals betrachtete sie jedes Detail von meinem Körper, als hätte sie mich eben zum ersten Mal gesehen.

«Wem hast du es sonst noch verschwiegen, was du in Wirklichkeit bist?», fragte sie urplötzlich, was mich aufgrund meiner empfindlichen Ohren zusammenzucken liess.

«Nur meinem Vater und natürlich noch allen Personen, die mir nicht nahestehen.», antwortete ich unbeirrt.

Vanessas Gesichtsausdruck verriet ihre Unzufriedenheit deutlich.

«Also bin ich eine der letzten Personen in deinem nahen Umfeld, die darüber erfährt?»

Verlegen nickte ich, wobei ich den Augenkontakt nicht aufrecht erhalten konnte, obwohl ihre Iris zu den schönsten Dingen zählte, die ich jemals zu Gesicht bekommen hatte. Schweigend sassen wir nebeneinander und warteten. Keiner von uns schien zu wissen, wie wir das Gespräch fortsetzen sollten. Mit der Zeit nahm der Wind ausserhalb der Wohnung zu. Bald prasselten Regentropfen gegen die Fenster, während in der Ferne Donnergrollen zu hören war. Vanessa blickte verunsichert auf. Ich nutzte diese Gelegenheit, um meinen Kopf sachte auf ihren Schoss zu legen.

Bitte weise mich jetzt nicht ab, dachte ich währenddessen.

Leicht überrumpelt starrte mich Vanessa an. Angespannt starrte ich zurück, in der Hoffnung, sie würde mich einfach wieder wie auf dem Lindenhof streicheln.

«Du bist mir aber einer. Hast du jetzt tatsächlich auf eine Gelegenheit gewartet, dich an mich zu kuscheln, während ich meine Aufmerksamkeit etwas Anderem zuwende?», fragte sie mich kopfschüttelnd.

«Ja.», gab ich grinsend zu.

Ihr Blick blieb auf meinen langen und spitzen Drachenzähnen hängen, die sie nun zum ersten Mal aus der Nähe sah.

«Bei diesem Grinsen musst du aber aufpassen, dass du niemanden zu Tode erschreckst.», scherzte sie lachend.

«Warte nur ab, bis du mich mal beim Gähnen erwischst.», entgegnete ich, wobei sich Vanessas Lachen verstärkte.

Nun stimmte ich in ihr Gelächter ein. Wir beruhigten uns erst wieder, als uns Marios Strecken auffiel. Mucksmäuschenstill verharrten wir in unserer Position und warteten ab, bis er wieder vom Schlaf übermannt wurde.

«Kannst du mich auf dieselbe Weise streicheln, wie du es damals auf dem Lindenhof getan hast?», fragte ich hoffnungsvoll.

«In Ordnung, mein kleiner Schossdrache.»

«He! Ich bin nicht klein.»

«Im Vergleich zu den Geschichten schon.»

Da Vanessa recht hatte, blieb mir nichts anderes übrig, als ihren Kommentar über meine Grösse stehenzulassen. Sobald ihre Hände von meinem Kopf über den Nacken bis hin zu meinem Rücken strichen, war es mir bereits gleichgültig, dass sie mich als klein bezeichnet hatte.

«Ist das gut so?», fragte sie, als sie mir gerade die perfekte Stelle zwischen zwei Rückenzacken massierte.

«Mhm.», antwortete ich tief seufzend, was meiner Frau ein Kichern entlockte.

«Deswegen warst du als Drache immer so gern bei mir, oder?»

Als Antwort gab ich ein wohliges Brummen von mir, während ich die Augen schloss. Zusätzlich zu ihrer Massage atmete ich auch noch ihren überwältigenden Geruch ein. Aufgrund meines Schlafmangels glitt ich bereits wenige Minuten später in das Reich der Träume über.

Ein lauter Donner riss mich unsanft aus dem Schlaf. Mit rasendem Puls sprang ich auf, wobei abermals ein stechender Schmerz durch meinen Hinterkopf zuckte. Nervös blickte ich umher, bis ich Vanessa und Lisa entdeckte, die mit besorgten Gesichtern neben mir standen. Ich atmete einmal tief durch, um mich zu beruhigen

«Geht es dir gut, Nils?», fragte Vanessa.

«Ja. Das Gewitter hat mich bloss beinahe zu Tode erschreckt.»

«Du hast im Schlaf andauernd gezuckt. Deswegen habe ich es nicht gewagt, dich aufzuwecken. Schliesslich hast du gesagt, du würdest zubeissen, wenn dich etwas erschreckt.»

«Beim Aufwachen geschieht dies eher selten. Ausser du schüttest mir einen Eimer Wasser über den Kopf, wie es Tom einmal getan hat.»

Lisa und Vanessa mussten aufgrund meiner Aussage kichern. Währenddessen witterte ich den wohlriechenden Duft gebratenen Fleisches. Passenderweise knurrte mein Magen in diesem Augenblick.

«Hast du für uns Mittagessen gekocht?», fragte ich meine Frau.

Aufgrund der nun erhöhten Speichelproduktion musste ich schlucken, um nicht unkontrolliert zu sabbern.

«Ja, es gibt …»

«… gebratenes Fleisch mit Teigwaren an Rahmsosse.», sprach ich ihren Satz zu Ende.

«Korrekt.», entgegnete Vanessa erstaunt nickend. «Es sollte in fünf Minuten fertig sein.»

«Ausgezeichnet.»

Grinsend vor lauter Vorfreude auf die bevorstehende Mahlzeit streckte ich mich und stand auf. Das durchgehend laute Donnergrollen ignorierte ich bereits. Gähnend tapste ich auf den Esstisch zu, sprang auf einen Stuhl und setzte mich so gerade hin, wie es in meiner Drachengestalt möglich war. Den Schwanz liess ich auf der rechten Seite nach unten hängen.

«Mama, kann ich auch als Drache essen?», fragte Lisa neidisch.

«Wenn du das wünschst, darfst du es. Aber du musst dich beeilen.»

Freudig verschwand Lisa in ihrem Zimmer und erschien bereits eine Minute später als Drache im Wohnzimmer. Vanessa beobachtete stolz, wie sie ihren Stuhl nach hinten zog, ohne das Stuhlbein mit den Zähnen zu zerkratzen. Geschmeidig sprang Stella auf die Sitzfläche und setzte sich exakt in derselben Position hin wie ich.

«Du machst das fantastisch, mein Schatz. Ich bin so stolz auf dich!», sprach Vanessa zu ihr und küsste sie anschliessend auf die mit königsblauen Schuppen besetzte Stirn.

Im Gegensatz zu ihrer menschlichen Gestalt wischte unsere Tochter den Kuss nicht ab.

«Sie hat sich im Kindergarten nicht verwandelt und auch nichts über Drachen verraten.», schilderte Vanessa lächelnd.

«Ich weiss. Sie macht das sehr gut.», antwortete ich.

Ich blickte Stella ebenfalls stolz in die Augen, wobei ich sie am liebsten wie ein Plüschtier geknuddelt hätte. Ihre tiefblaue Iris zog mich abermals in ihren Bann, bis mir meine Frau dazwischenkam.

«Weshalb starrst du ihr immer so in die Augen?», fragte sie interessiert.

«Weil sie sogar noch schöner sind als deine. Ist dir bereits aufgefallen, wie viele Blautöne in ihrer Iris existieren? Je nach Lichteinfall entdeckt man ganz neue Muster, die perfekt ineinander übergehen und alle erdenklichen Formen annehmen können.»

«Um das zu sehen, bräuchte ich wahrscheinlich eine Lupe oder gar ein Mikroskop.», entgegnete sie lachend.

Mir einem entschuldigenden Blick wandte sie sich von uns ab und verschwand in der Küche. Kurz darauf kam sie mit zwei gut gefüllten Tellern zurück.

«Hoffentlich reicht das für euch.»

«Ich glaube schon, dass das reicht. Zumindest für die nächste halbe Stunde.», scherzte ich.

Als Vanessa den Teller vor meiner Schnauze abstellte, konnte ich mich beinahe nicht mehr zurückhalten. Sehnsüchtig schnuppernd wartete ich, bis sich meine Frau ebenfalls mit ihrem Teller gesetzt hatte. Stella erging es nicht besser, denn ihr tropfte bereits der Speichel aus dem Maul.

«Guten Appetit.», sagte Vanessa und erlöste uns somit aus unserer Starre.

Stella schnappte direkt nach ihrem Fleisch, riss es entzwei und schlang ein Stück nach dem anderen herunter. Ich hingegen versuchte, so gesittet wie möglich zu essen und währenddessen ausreichend zu kauen. Trotzdem schmeckte das Essen derart köstlich, dass ich meinen gehäuft vollen Teller innert einer Minute leergegessen hatte. Jeder einzelne Bissen war förmlich auf der Zunge zerfallen. Nachdem ich meinen Teller blank geleckt hatte, blickte ich auf und entdeckte Vanessa, die das Geschehen grinsend mit ihrem Mobiltelefon filmte. Jetzt konnte sie sich das Lachen nicht mehr verkneifen.

«Ich finde das total süss, wie du versucht hast, langsam zu essen, es aber trotzdem nicht konntest. Und Stella erst! Sie hat alles wie ein wildes Tier verschlungen.»

Vor lauter Lachen liess sie beinahe ihr Mobiltelefon fallen. Ihre Freude steckte Stella und mich an, bis wir alle gemeinsam lachten. Erst als wir mit unserem Lärm Mario weckten, der im Kinderzimmer geschlafen hatte, verstummten wir allmählich. Mein Blick fiel nun auf das Besteck, was Vanessa uns aufgetischt hatte. In unserer Drachengestalt hatten Stella und ich es nicht angerührt.

«Hätten wir Besteck verwenden sollen?», fragte ich leicht verlegen, da Vanessa erst gerade mit ihrem Essen begonnen hatte.

«Ist schon in Ordnung. Ich habe bereits vermutet, dass ihr nicht mehr wie Menschen essen würdet.»

Schmunzelnd wartete ich, bis Vanessa fertig gegessen hatte. Stella wurde mit der Zeit ungeduldig und blickte unruhig umher. Glücklicherweise gelang es mir, sie mit gedanklichen Erklärungen zur Funktionsweise eines Kernfusionsreaktors zu beschäftigen. Vanessa bemerkte nicht einmal, dass wir uns telepathisch unterhielten. Für sie starrten wir uns lediglich stumm an.

Nachdem Vanessa ihr Mittagessen beendet hatte, gab sie ihren Teller Stella, die die Essensreste genussvoll aufleckte. Gleichzeitig half ich Vanessa, das Geschirr in den Geschirrspüler zu räumen, wobei sie durch mein Feingefühl mit den Klauen beeindruckt war. Inzwischen hatte sich das Gewitter verzogen und die Sonne schien wieder strahlend in unsere Wohnung hinein.

«Möchtest du heute mit mir fliegen?», fragte ich Vanessa.

«Ich weiss nicht, ob wir Mario so lange alleinlassen können.», gab sie zu Bedenken.

«Wie wäre es, wenn wir meine Mutter fragen, ob sie auf ihn aufpasst?»

«Gute Idee! Kannst du sie schnell fragen?»

Ich nickte zufrieden und startete mithilfe eines Sprachbefehls meines Mobiltelefons den Anruf. Nach einer Weile sprach der Anrufbeantworter. Seufzend hinterliess ich ihr eine Nachricht, in der Hoffnung, sie würde sie noch in den nächsten Stunden abhören. Stella, die unser Gespräch über das Fliegen mitgehört hatte, sprang aufgeregt durch das Wohnzimmer und hinterliess währenddessen weitere Kratzer im Parkett.

«Das erklärt jetzt auch die ganzen Schäden im Fussboden.», stellte Vanessa fest.

«Mama, schau mal, was ich kann!», rief Stella begeistert und schlug schwungvoll mit den Flügeln.

Sie flog quer durch das Wohnzimmer, landete auf dem Bücherregal, stiess sich direkt wieder davon ab und schoss in rasender Geschwindigkeit in ihr Zimmer. Um durch die Türöffnung zu passen, musste sie ihre Flügel kurzzeitig einklappen, was jedoch kein Problem für ihr mittlerweile stark ausgeprägtes Flugtalent darstellte. Ebenso schnell wie sie ihr Zimmer betreten hatte, verliess sie es auch wieder. Grinsend drehte sie enge Kreise im Wohnzimmer, bis ihre Flügelschläge mehrere Bücher im Regal umstiessen. Eines dieser Bücher fiel auf die letzte Nanobot-Injektion, die zur Seite kippte und aus dem Regal rollte. Blitzschnell hechtete ich nach vorn, um den zerbrechlichen Behälter aufzufangen, jedoch war ich zu spät. Krachend schlug die Spritze auf den Fussboden und zersplitterte in mehrere Teile. Die silberne Masse, die sich darin befunden hatte, verteilte sich willkürlich auf dem Fussboden.

«Nein!», schrie ich verzweifelt.

Mit den Klauen wischte ich die Nanobots zusammen, so gut ich konnte. Bedauerlicherweise rann die seltsame Flüssigkeit meinen Schuppen entlang nach unten und sickerte in den Fussboden hinein, ohne dass ich sie aufhalten konnte. Entsetzt starrte ich auf die Glasscherben, ohne zu wissen, wie ich nun reagieren sollte. Stella, die inzwischen neben mir gelandet war, schnupperte sanft an den Überbleibseln der Nanobot-Injektion.

«Ist dir bewusst, was du da gerade zerstört hast?», fragte ich sie mit zittriger Stimme.

Obwohl ich es nicht wollte, bildete sich ein lodernder Zorn in mir, der gegen meine Tochter gerichtet war.

«Das ist doch nicht weiter schlimm, Nils. Einerseits hast du noch eine dieser Injektionen und andererseits war es bloss ein Gegenstand.», beschwichtigte mich Vanessa.

«Leider muss ich dir widersprechen. Dies war die letzte Injektion und jede davon war unersetzlich. Es ist für die Menschheit nicht möglich, solche Nanobots herzustellen. Selbst R-34-d kann uns hierbei nicht behilflich sein.», erwiderte ich.

«Es tut mir leid, Papa.», entschuldigte sich Stella verlegen.

Sie rollte sich in einer Ecke des Wohnzimmers zusammen, versteckte ihren Kopf unter dem rechten Flügel und seufzte tief. Ihr Anblick liess jeglichen Zorn in mir verblassen. Stattdessen verspürte ich nun Mitleid mit ihr. Einzig das mulmige Gefühl, die letzte dieser lebensrettenden Nanobot-Injektionen verloren zu haben, blieb bestehen.

«Wie meinst du das, dass es die Letzte war?», fragte meine Frau verwirrt.

«Vor drei Wochen bin ich mit Stella geflogen. Es hat sich urplötzlich ein Gewitter gebildet und sie ...», begann ich meine Erklärung, wurde jedoch von meiner neu auftretenden Trauer aufgehalten.

«Was ist geschehen, Nils? Sprich zu mir!»

Ich schluckte leer und versuchte, die schlechten Gefühle zu verdrängen, die aufgrund Stellas Ableben entstanden waren.

«Sie wurde von einem Blitz getroffen.», sagte ich schluchzend.

Tränen rannen mir aus den Augen und ich konnte nicht anders, als auf das Sofa zu springen und meinen Kopf unter einem Kissen zu vergraben.

«Stimmt das, Stella?»

Unsere Tochter, die das Geschehen passiv mitverfolgt hatte, antwortete weder verbal noch telepathisch, weswegen ich vermutete, dass sie nickte.

«Ihr Herz ist stehengeblieben und ich musste sie mit einer Injektion wiederbeleben.», murmelte ich ins Kissen hinein.

Da Stella meine Trauer mitbekommen hatte, sendete sie mir tröstende Gedanken von unserem gemeinsamen Flug mit Tom. Ich musste unwillkürlich schmunzeln und mein Tränenfluss versiegte allmählich.

Danke, mein Schatz, dachte ich liebevoll und zog meinen Kopf unter dem Kissen hervor.

«Du bist mit ihr durch ein Gewitter geflogen?», fragte Vanessa empört.

«Ja, aber es hat sich gebildet, als wir bereits über den Wolken waren. Ich habe noch nie gesehen, wie ein derartiges Unwetter in weniger als zehn Minuten entsteht. Noch vor zehn Jahren wäre so etwas undenkbar gewesen.», rechtfertigte ich mich.

«Vor zehn Jahren! Wir leben aber nicht mehr in 2020, mein Lieber.», fuhr sie mich wütend an. «Was hättest du getan, wenn es keine weiteren Nanobot-Injektionen gegeben hätte?»

«Ich weiss es nicht.», antwortete ich leise, während mir abermals Tränen in die Augen stiegen.

Beinahe stürmisch näherte sich Vanessa unserer Tochter. Sie nahm sie auf die Arme und drückte sie fest an sich.

«Ach, meine Kleine, wie konnte dein Vater bloss so verantwortungslos sein?», sprach sie auf Stella ein.

«Schlussendlich wurde aber alles wieder gut.», versuchte ich, die Situation zu retten.

«Zu deinem Glück. Ansonsten wäre ich diejenige gewesen, die sich animalischer verhalten hätte, wenn du verstehst, was ich meine.»

Wenn Blicke töten könnten, hätten mich nicht einmal zehn Nanobot-Injektionen vor Vanessa beschützen können. Sie starrte mich mit solch einer Wut an, dass ich befürchtete, sie würde jeden Augenblick die Wohnung verlassen und die Kinder mit sich nehmen. Die Türklingel liess Stella aufschrecken, die zuvor noch entspannt in Vanessas Armen gelegen hatte.

«Das ist höchstwahrscheinlich Silvia.», sprach ich meine Gedanken laut aus.

«Wer ist Silvia?», fragte Vanessa verwirrt.

«Meine Freundin!», rief Stella begeistert und sprang von Vanessas Armen nach unten.

Vor der Wohnungstür angekommen, schlug sie einmal mit den Flügeln, um mitten in der Luft den Türöffner betätigen zu können.

«Ihr müsst euch auf der Stelle verwandeln.», rief uns Vanessa aufgeregt zu.

Stella verkroch sich aufgrund ihrer Anweisung im Kinderzimmer.

«Nein, das ist kein Problem. Silvia kennt unsere Drachengestalten.», erklärte ich.

«Tatsächlich?»

Verwirrt trat Vanessa zur Tür. Als sie sie öffnete, kam ihr bereits Silvia entgegen, die unsicher vor meiner Frau stehenblieb.

«Ist Lisa hier?», fragte sie vorsichtig.

«Ja, und Nils ebenfalls. Von mir aus darfst du eintreten.», antwortete Vanessa.

Stella kam aus ihrem Zimmer gestürmt und begrüsste Silvia noch bevor sie ihre Schuhe ausgezogen hatte. Wie immer rauften sie wild miteinander, bis beide erschöpft keuchend auf dem Fussboden liegenblieben. Dieses Mal hatte sich

Stella besser unter Kontrolle gehabt, wodurch ihre Freundin keine Kratzwunden erlitten hatte. Vanessa stand verwirrt daneben und warf mir einen fragenden Blick zu.

«Das ist normal.», erklärte ich grinsend.

Ich begrüsste Silvia ebenfalls, die mich freundlich umarmte. Von der Trauer um ihren Vater schien mittlerweile nichts mehr übriggeblieben zu sein.

14

Kinder

Den gesamten Nachmittag verbrachten Silvia und Stella gemeinsam im Kinderzimmer. Währenddessen wartete ich immer noch gespannt auf die Antwort meiner Mutter, ob sie heute auf Mario aufpassen konnte, denn das Wetter hatte abermals gewechselt. Wo einst dunkle Wolken gewesen waren, strahlte nun die Sonne auf dem tiefblauen Himmel. Die Temperatur hatte sich inzwischen auf beinahe dreissig Grad im Schatten erhöht. Um uns die Zeit zu vertreiben, sahen Vanessa und ich einen Film an. Mario schlief die meiste Zeit in den Armen seiner Mutter, während sich ihre Wut mir gegenüber allmählich legte.

«Was geschehen ist, ist geschehen. Das lässt sich nun nicht mehr ändern.», sagte sie schliesslich und liess weitere Kommentare über mein unüberlegtes Handeln bleiben.

Am frühen Abend hatte sich meine Mutter endlich gemeldet. Erst ab morgen würde sie auf Mario aufpassen können. Kurze Zeit später kamen Stella und Silvia aus dem Zimmer.

«Ich muss jetzt wieder nach Hause gehen.», sagte sie zu uns allen.

«Auf Wiedersehen.», antwortete ich.

Vanessa winkte ihr freundlich zu, während sie sich auf den Weg zum Eingangsbereich begab. Ich stand auf, um ihr die Tür zu öffnen, und sie trat mit einer weiteren Verabschiedung ins Treppenhaus. Sobald ich die Tür zugedrückt hatte, wirkte Stella bereits gelangweilt.

«Können wir jetzt fliegen?», fragte sie.

«Heute leider nicht. Grossmutter kann erst morgen auf Mario aufpassen.», erklärte ich.

«Okay. Aber wieso kann er nicht einfach mitkommen? Er ist doch ein Drache, oder?»

Hoffnungsvoll blickte mir Stella in die Augen. Vanessa legte den schlafenden Mario auf das Sofa und stand auf.

«Du könntest doch allein fliegen.», schlug sie vor, während sie ihren Kopf streichelte.

«Allein? Aber …», warf ich ein.

«Kennst du dich hier in der Gegend aus?», fragte Vanessa unsere Tochter.

Stella nickte.

«Und du würdest auch wieder nach Hause finden, wenn du von hier wegfliegst?», hakte sie nach.

«Mhm.»

«Dann sehe ich kein Problem, Nils. Lassen wir sie doch für eine Weile fliegen. Das Wetter ist wunderschön und die DrSG jagt keine Drachen mehr.»

Die Vorstellung, Stella allein fliegen zu lassen, bereitete mir Unbehagen. Abermals wurden die Erinnerungen an ihren ersten Flug wachgerufen. Die Panik, die ich damals verspürt hatte, als ich auf der Suche nach ihr gewesen war, durchflutete mich aufs Neue.

«Ich weiss nicht, ob das eine gute Idee ist.»

«Wir können es doch einfach mal versuchen. Nur für eine Viertelstunde. Lisa, ich meine natürlich Stella, weiss, wie sie Uhren lesen muss.», schlug Vanessa vor.

«Trotzdem könnte sie sich verirren oder abstürzen.»

«Ich bin aber noch nie abgestürzt.», verteidigte sich Stella.

«Könntest du sie notfalls wiederfinden, wenn sie sich verirren würde?», fragte mich Vanessa.

«Ja, ich kann ihre Fährte aufnehmen.», gestand ich. «Trotzdem habe ich ein wirklich schlechtes Gefühl dabei.»

Verständnisvoll blickte mir meine Frau in die Augen. Während unserer Diskussion war Stella auf das Sofa gesprungen und schnupperte ausgiebig an Marios Gesicht. Er schlief immer noch tief und fest, wodurch er nicht bemerkte, dass ein Drache neben ihm stand. Bilder aus dem Krankenhaus, als ich Marios Verwandlung mithilfe eines Feuerzeugs eingeleitet hatte, erreichten mich von Stella. Ich hatte ihr diese Erinnerung während unserer starken telepathischen Verbindung von letzter Woche gezeigt. Augenblicklich wusste ich, was sie vorhatte.

Nein, Stella. Lass ihn schlafen, dachte ich, während ich ihr einen strengen Blick zuwarf.

Vanessa schien mein Verhalten aufgefallen zu sein, denn sie sah nun ebenfalls in Stellas Richtung. Unsere Tochter hingegen ignorierte meine Gedanken. Zielstrebig setzte sie sich vor ihren kleinen Bruder, öffnete ihr Maul einen Spalt breit und stiess eine kurze, jedoch heisse Flamme aus, die Marios

Gesicht einhüllte. Die hellblauen Flammen erloschen bereits kurz bevor sie das Sofa erreichten.

«Lisa, was tust du da?», schrie Vanessa panisch, wobei sie vergass, unsere Tochter mit ihrem Zweitnamen anzusprechen.

Stella sprang erschrocken beiseite, als ihre Mutter Mario auf den Arm nahm und sein Gesicht untersuchte, was bereits die Form änderte und Schuppen bildete. Fassungslos starrte sie das Baby an, was sich innert weniger Sekunden in einen hellblauen Drachen mit türkisblauen Klauen verwandelte. Mario hatte die Aufregung inzwischen geweckt. Verwirrt blickte er umher, wobei ich feststellte, dass er seinen Kopf im Gegensatz zu seiner menschlichen Gestalt problemlos bewegen konnte. Sobald er Vanessa erblickte, fauchte er sie an. Kreischend liess sie ihn fallen und wich einen Schritt zurück. Mario landete unsanft auf allen Vieren, schlug geringfügig mit dem Kopf gegen den Fussboden und tapste unbeholfen einige Schritte von seiner Mutter weg. Seinem starren Blick nach schien er sich vor ihr zu fürchten.

Vanessa war hin und hergerissen. Einerseits wollte sie zu ihrem Sohn gehen, den sie aus lauter Furcht fallengelassen hatte, und andererseits zwang ihre Angst sie, zurückzubleiben. Nun war ich derjenige, der sich Mario als Erster näherte. Er hatte gerade leicht knurrend seine Windel abgestreift, als ich ihn sachte mit den Klauen umfasste. Er hielt still, ohne sich zu wehren, während ich ihn von allen Seiten untersuchte und nach einer Verletzung Ausschau hielt. Anschliessend liess ich ihn los und schnupperte, in der Hoffnung, versteckte Wunden erkennen zu können, falls welche vorlagen. Unterwürfig legte er sich auf den Rücken und zog seine Beine und Flügel an.

«Er ist unverletzt.», informierte ich Vanessa schliesslich, die immer noch geschockt drei Meter neben uns stand.

Sobald Mario sie erneut erblickte, fletschte er seine kleinen, jedoch äusserst spitzen Zähne.

«Ist wirklich alles in Ordnung mit ihm?», fragte Vanessa verunsichert.

«Ja.»

«Ich dachte bereits, Li ... Stella hätte den Verstand verloren.»

Aufgrund der momentanen Aufregung vergass ich, unsere Tochter nach ihrem unerlaubten Feuerstoss zurechtzuweisen. Sie näherte sich nun ebenfalls schnuppernd ihrem kleinen Bruder. Im Gegensatz zu mir liess er dieses Mal nicht zu, dass sie an seinem Bauch schnuppern konnte. Stattdessen setzte er sich aufrecht hin und reckte seinen Kopf hoch, so weit er konnte. Wahrscheinlich beabsichtigte er auf diese Weise, grösser zu wirken. Stella trat näher und blieb wenige Zentimeter vor ihm stehen. Sie starrten sich gegenseitig in die Augen, bis Mario schliesslich Stellas Schnauze mit seiner anstupste und sich wieder Vanessa zuwandte.

«Das ist Mama.», redete ich beruhigend auf ihn ein, da er sie immer noch als Bedrohung identifizierte.

Vanessa kniete sich hin und streckte ihrem Sohn vorsichtig die Hand entgegen. Als Reaktion fauchte Mario aufgebracht in ihre Richtung, was seine Mutter zögern liess. Währenddessen rief ich ruhige Gedanken auf, in der Hoffnung, er würde sie auffassen. Da sich weder sein Zähnefletschen noch seine verspannte Körperhaltung besserte, versuchte ich, die Lösung in seinen Gedanken zu finden. Alles, was ich von ihm wahrnehmen konnte, waren vereinzelte Bilder von Vanessa, begleitet von scheinbar zufälligen Geräuschen und Gerüchen. Ich konnte weder auf seine momentane Empfindung noch seine fünf Sinne zugreifen.

«Ich kann ihn nicht telepathisch beruhigen. Es ist wie bei Tom, dass ich ausschliesslich das sehen, hören und fühlen kann, was er in diesem Augenblick denkt.», erklärte ich.

«Stimmt, ihr Drachen könnt gedanklich miteinander kommunizieren. Das habe ich bereits wieder vergessen. Ehrlich gesagt ist das alles ein bisschen viel auf einmal.»

Verständnisvoll blickte ich meiner Frau entgegen, deren Schweiss ich nun mit zunehmender Intensität roch, bis mich meine Erinnerungen an Odermatts Begegnung mit dem blauen Drachen ablenkten.

«Ich habe eine Idee. Du kannst dich ganz langsam auf ihn zubewegen, während ich zwischen euch stehe und ihn beruhige. Das hat damals mit Odermatt ebenfalls geklappt.», sagte ich schliesslich.

Vanessa tat wie geheissen und kroch langsam näher, ohne ruckartige Bewegungen auszuführen. Als ich meinen Kopf genau in Marios Sichtlinie hielt, stellte er das Zähnefletschen ein und leckte sich beschwichtigend die Lefzen. Gleich darauf reckte er seinen Kopf zur Seite und starrte Vanessa hinter mir erneut an. Da sie wesentlich grösser war als er und keine Anstalten machte, sitzenzubleiben, wich er fauchend einen Schritt zurück. Hierbei wäre er beinahe über seine eigenen Beine gestolpert.

«Es ist alles in Ordnung, Mario.», redete ich beruhigend auf ihn ein.

Er blieb leicht zitternd stehen und legte seinen Kopf schräg. Behutsam umschloss ich ihn mit meinem rechten Flügel, um ihm ein Gefühl der Geborgenheit zu vermitteln. Dies brachte tatsächlich Besserung, denn er fauchte

Vanessa nicht mehr ununterbrochen an. Stattdessen entblösste er lediglich seine Zähne. Inzwischen war Vanessas Hand nur noch einen halben Meter von ihm entfernt. Verängstigt blickte er zwischen mir und seiner Mutter umher, während er sich weiter unter meinen Flügel zurückzog. Ich blieb ruhig sitzen, ohne ihn aus den Augen zu lassen. Meine Ruhe schien nun endlich auf ihn überzugehen, denn er stellte das Zähnefletschen ein. Dennoch fürchtete er sich vor Vanessa. Zitternd und mit eingezogenem Kopf liess er zu, dass sie ihre Hand direkt vor seine Schnauze hielt. Anschliessend streichelte sie ihn behutsam am Kopf. Verunsichert blickte mir Mario in die Augen, da er immer noch nicht wusste, ob er ihr vertrauen konnte. Vermutlich war er sich nicht einmal bewusst, dass Vanessa seine Mutter war.

«Wieso hat er solche Angst vor mir?», fragte sie, da ihr Marios Zittern nicht entgangen war.

«Für ihn bist du ein unbekanntes Wesen. Zumindest solange er ein Drache ist.», mutmasste ich.

Ganz sicher war ich mir jedoch nicht mit meiner Vermutung.

Zehn Minuten dauerte es, bis sich Mario während Vanessas Streicheleinheiten entspannen konnte. Er legte sich flach auf den Boden und schloss kurze Zeit später sogar die Augen. Zufrieden stand Vanessa auf und streckte ächzend die Beine.

«Sind sie eingeschlafen?», fragte ich schmunzelnd.

«Ja, leider.», antwortete sie.

Vanessa stapfte in der Wohnung umher, um die Durchblutung ihrer Beine zu verbessern, was Mario aus seinem leichten Schlaf weckte. Streckend richtete er sich auf und torkelte durch das Wohnzimmer. Währenddessen glich er einem Betrunkenen, der kurz davor war, zu stürzen. Seiner Gangweise war sein junges Alter noch deutlich anzusehen, obwohl er sich als Drachenjunges im Gegensatz zu einem Menschenbaby frei bewegen konnte. Stella, die es sich auf dem Sofa bequem gemacht hatte, beobachtete ihren kleinen Bruder gedankenverloren.

Irgendwann drehte sich Mario wieder zu mir um. Ich lag mit teilweise ausgestreckten Flügeln auf dem Fussboden und beobachtete ihn ebenso wie Stella. In seinen Gedanken blitzte ein unscharfes Bild von mir auf, was ihm anscheinend Freude bereitete, denn er bewegte sich tapsend auf mich zu. Wenige Zentimeter vor meiner Schnauze blieb er stehen und schnupperte. Schmunzelnd blieb ich mit dem Kopf auf dem Fussboden liegen und liess zu, dass er sich mit den Vorderbeinen darauf abstützte. Anschliessend kletterte er vollständig auf meine Schnauze, wobei sein Stand äusserst unsicher war. Auf wackeligen Beinen tapste er zwischen meinen Hörnern hindurch bis zu meinem Nacken. An dieser Position blickte er umher wie auf einem Aussichtsposten. Anschliessend zwängte er sich an meinen Rückenzacken vorbei, bis er auf den glatten Schuppen ins Rutschen geriet und zur Seite purzelte. Da ich ihn ununterbrochen beobachtet hatte, gelang es mir, ihn mit meinem Flügel aufzufangen. Leise stöhnend landete er auf meiner gespannten Flügelhaut, die seinen Sturz wie ein Trampolin abfederte. Sanft legte ich den Flügel mitsamt meinem Sohn auf den Boden. Mario rappelte sich wieder auf und tapste in Richtung des Eingangsbereichs. Neugierig schnupperte er an einer Wand, hob sein linkes Hinterbein geringfügig an und pinkelte in die Ecke.

«He!», rief ich empört und amüsiert zugleich.

Vanessa musste bei diesem Anblick lauthals lachen. Nachdem Mario seine glücklicherweise kleine Blase geleert hatte, folgte er einer Duftspur, die ihn zu den Schuhen im Eingangsbereich führte. Währenddessen wischte Vanessa bereits den kleinen See auf. Nach ihrer Putzaktion schnupperte ich an der Wand, um sicherzustellen, dass sie auch wirklich sauber war.

«Es riecht immer noch nach Pisse.», stellte ich fest.

«Wenn es dich stört, dann putz es gefälligst selbst. Mario ist schliesslich auch dein Sohn.»

Murrend trat ich in die Küche, nahm ein Reinigungsmittel aus dem Schrank und hopste auf drei Beinen zurück ins Wohnzimmer. Nachdem ich die stinkende Stelle eingesprüht hatte, verstaute ich das Reinigungsmittel wieder und wischte alles mit einem Tuch auf. Enttäuscht stellte ich anschliessend fest, dass der Uringeruch immer noch nicht verschwunden war.

«Und?», fragte Vanessa amüsiert.

«Es stinkt immer noch.», knurrte ich.

«Ich rieche gar nichts mehr. Das ist wohl einer der Nachteile, wenn man eine gute Nase hat.», entgegnete sie lachend und tätschelte mir freundschaftlich auf den Kopf.

Ich zog in Erwägung, die Wand ein weiteres Mal zu putzen, jedoch lenkte mich Mario ab, der seinen Kopf in einen Wanderschuh gesteckt hatte. Irgendetwas schien interessant zu riechen, denn er schnupperte darin herum, bis er feststellte, dass sein Kopf steckengeblieben war. Vorsichtig versuchte er, sich aus dem Schuh zu befreien, jedoch erfolglos, da sich seine Hörner wie Widerhaken im weichen Leder verkantet hatten. Stolpernd ging er einige Schritte rückwärts, wobei er den Schuh mit sich zog. Als er schliesslich mit einer Wand zusammenstiess, blieb er verunsichert sitzen. Mit den Vorderpranken versuchte er, den Schuh loszuwerden, was ihm immer noch nicht gelang. Lachend standen Vanessa und ich daneben, bis Mario ein verzweifeltes Geräusch von sich gab, was einem Winseln glich. Nun kam ihm Vanessa zur Hilfe. Sachte löste sie den Schuh von seinem Kopf, bis er sich aus eigener Kraft befreien konnte. Sobald Mario seine Mutter erblickte, stolperte er erschrocken einen Schritt zurück. Gleich darauf beruhigte er sich jedoch wieder und tapste schwankend zwischen Vanessas Beinen hindurch ins Wohnzimmer.

«Denkst du, er mag seine Drachengestalt?», fragte sie mich plötzlich, ohne ihren Blick von Mario abzuwenden.

«Keine Ahnung. Ich an seiner Stelle würde diese Form auf jeden Fall bevorzugen, da ein neugeborenes Menschenbaby keine Möglichkeit hat, die Welt eigenständig zu erkunden. Aber das ist bloss meine eigene Meinung.», antwortete ich.

«Ich frage mich gerade, ob es für ihn wichtig ist, beide Gestalten gleichermassen zu erleben. Wenn er jahrelang ein Menschenkind ist, wird er vermutlich Schwierigkeiten haben, sich anschliessend an seine Drachengestalt zu gewöhnen. Anders herum wäre es bestimmt ebenfalls schlecht. Vermutlich sollten wir ihn abwechslungsweise ein Mensch und ein Drache sein lassen.»

«Das halte ich für eine gute Idee.»

Dass ich mir noch überhaupt keine Gedanken darüber gemacht hatte, wie sich die Gestalt unseres Sohnes auf seine Entwicklung auswirken würde, verschwieg ich ihr. Leicht verlegen beobachtete ich Mario, der mittlerweile das Sofa erreicht hatte und sehnsüchtig zu Stella hochstarrte, die ihn von oben herab beobachtete. Er stützte sich mit den Vorderbeinen an der Seite des Möbelstücks ab und versuchte, zu seiner Schwester zu gelangen. Da seine untrainierten Beine noch nicht über genügend Kraft verfügten, ihm einen Sprung auf das Sofa zu ermöglichen, setzte er sich leise wimmernd hin, während er Stella einen erwartungsvollen Blick zuwarf. Sie schien direkt verstanden zu haben, was er von ihr wollte, denn sie kroch zur Kante des Sofas, streckte ihren Kopf nach Mario aus und packte ihn mit den Zähnen am Nacken wie eine Katzenmutter ihren Nachwuchs. Vanessa und ich tauschten verwunderte Blicke aus, während Stella ihren kleinen Bruder sorgfältig auf das Sofa zog. Ihr Verhalten wirkte derart natürlich, dass ich mich in diesem Augenblick fragte, ob unsere Kinder überhaupt noch etwas Menschliches an sich hatten.

Stella? Fragte ich gedanklich.

«Ja, Papa?», antwortete sie nur einen Sekundenbruchteil später.

Es ist nichts. Ich dachte, du würdest wieder von deinen Instinkten beherrscht werden.

«*Wieso denkst du das?*»

Als Antwort dachte ich an ihre Art und Weise, wie sie ihrem Bruder geholfen hatte. Stella begriff nicht, weshalb ich ihr Verhalten als eigenartig betrachtete, weswegen ich es aufgab, ihr mein Anliegen genauer zu erklären.

Mario kuschelte sich seufzend an Stellas Seite, die ihn anschliessend mit ihrem Flügel zudeckte. Sie rollte sich zusammen, wobei sie ihren kleinen Bruder vollständig umschloss, wie ich es bereits mehrere Male bei ihr getan hatte. Dieser rührende Anblick verleitete Vanessa und mich dazu, uns ebenfalls zu ihnen zu setzen. Schlussendlich lagen wir zu viert auf dem Sofa und genossen die gegenseitige Nähe. Wenn Stella und ich keine Drachen gewesen wären, hätte uns dies bereits taktil überfordert. Bei Mario war ich mir diesbezüglich noch nicht sicher.

Mario und Vanessa schliefen innert kurzer Zeit ein, woraus ich schloss, dass meine Frau diese Nacht ebenso schlecht geschlafen hatte wie ich. Stella und ich hingegen schwelgten in Gedanken. Irgendwann fühlte ich plötzlich wieder ihr Bewusstsein neben meinem. Da ich ohnehin nichts vorhatte, liess ich zu, dass sie ihre Denkweise geringfügig meiner eigenen anpasste, um unsere Bewusstseine zu synchronisieren. An einigen Stellen half ich ihr, da sie nicht dazu bereit war, sich mir vollständig anzugleichen. Wortlos beschlossen wir, uns telepathisch miteinander zu verbinden, bis wir jeden einzelnen Gedanken gemeinsam dachten und uns als ein einzelnes Lebewesen identifizierten. Aufgrund meiner Liebe Stella gegenüber zählte die Synchronisierung unserer Bewusstseine zu den schönsten Dingen, die ich jemals erlebt hatte. Es fühlte sich an, als wären wir zwei Puzzleteile, die sich perfekt miteinander verbanden und ergänzten. Sofern sich keiner von uns widersprach, funktionierten wir als eine Einheit.

Je stärker wir unsere Denkweisen anglichen, desto mehr Kontrolle übergaben wir unserem Kollektiv. Wir fühlten, dass es möglich war, sich vollständig der anderen Person hinzugeben und somit von ihr geleitet zu werden, jedoch widerstrebte uns dieser Gedanke. Stattdessen behielten wir jeweils noch gewisse Grundkonzepte für uns, die es uns ermöglichten, eigenständige Entscheidungen zu treffen.

Stella rief meine Erinnerung an das schwarze Loch auf, was ich während des Kampfes mit Z-17-k umkreist hatte. Ich half ihr, indem ich die Erinnerung mit meinem logischen Verständnis dieses Himmelskörpers ergänzte. Als Erstes stellte ich mir eine Milchstrasse vor, die Stella ebenfalls sehen konnte. Anschliessend fügte ich das schwarze Loch ein, was die unzähligen Sterne verzerrte. Die hellorange leuchtende Akkretionsscheibe aus glühend heisser Materie, die diesen Himmelskörper umgab, fügte ich ebenfalls hinzu. Um der Verzerrung des Lichts gerecht zu werden, fügte ich eine Kopie dieser glühenden Masse sowohl oberhalb als auch unterhalb des schwarzen Lochs ein, sodass es aus jeder Perspektive von einem leuchtenden Ring umgeben war, dessen Form sich niemals änderte, egal aus welcher Richtung man es betrachtete. Nun fügte ich das Raumschiff von Z-17-k in die Akkretionsscheibe ein. Da ich die Oberfläche dieses Flugobjekts als glänzend schwarz in Erinnerung hatte, stellte ich mir dieses Material mit Reflexionen vor. Selbst an das rote Plasma, was aus den Antrieben verschossen wurde, dachte ich, und zog es bei den Reflexionen und Schatten in Betracht. Schlussendlich fügte ich noch einen leichten Rotstich hinzu, der aufgrund der Verzerrung des Lichts und der Zeitdilatation entstand, da sich das Raumschiff von Z-17-k näher am schwarzen Loch befand als wir.

Je länger ich mich auf diese Szene konzentrierte, desto fotorealistischer wurde sie. Als ich schliesslich mit dem Resultat zufrieden war, fügte ich mein eigenes, weisses Raumschiff hinzu. Ich selbst hatte es niemals von ausserhalb gesehen, während ich um das schwarze Loch geflogen war, weswegen ich die fehlenden Informationen durch eine Erinnerung ersetzte, in der ich es in strömendem Regen von allen Seiten betrachtet hatte. Nun passte mein Raumschiff aufgrund der Belichtung, den Reflexionen und dem Wasser nicht in meine gedankliche Umgebung. Dementsprechend entfernte ich die Tropfen und passte sowohl die darauf geworfenen Schatten als auch die Reflexionen an. Stella war von diesem Prozess höchst fasziniert. Ohne einzugreifen, sah ihr Bewusstsein zu, wie ich die eben erstellte fotorealistische Szene zum Leben erweckte. Ich liess die Akkretionsscheibe und die Raumschiffe um das schwarze Loch drehen, wobei ich darauf achtete, die Bewegungen nahe des pechschwarzen Ereignishorizonts zu verlangsamen und gleichzeitig den Rotstich zu erhöhen. Derweil beobachtete meine Tochter, wie ich pinke Plasmageschosse auf das schwarze Alienraumschiff verschossen hatte, nur dass sie das Geschehen aus jeder beliebigen Perspektive miterleben konnte. Sie war hiervon derart fasziniert, dass ich die gedankliche Simulation für eine sehr lange Zeit aufrechterhielt. Wie viele Minuten oder gar Stunden währenddessen vergingen, wusste keiner von uns beiden.

Plötzlich verspürten wir einen stechenden Schmerz an einem rechten Flügelgelenk. Aufgrund der Ungewissheit, um wessen Flügel es sich handelte, beschlossen wir, die Verbindung zu beenden. Effizient lösten sich unsere Bewusstseine voneinander, wobei mich ein Gefühl des Verlusts und der Einsamkeit überkam. Sobald Stellas Bewusstsein aus meinem verschwunden war, wünschte ich es mir bereits wieder zurück. Abermals schoss derselbe Schmerz durch meinen Flügel. Dieses Mal wusste ich, dass er zu mir gehörte. Ich öffnete meine Augen und erkannte Mario, der mir in den Flügel gebissen hatte und mit aller Kraft knurrend daran zog. Sobald er meinen verwirrten Blick bemerkte, liess er los und schnupperte an meiner Schnauze.

Du wolltest bloss meine Aufmerksamkeit, oder? Fragte ich ihn gedanklich, um Vanessa nicht zu wecken.

Ein leicht undeutliches Bild eines roten Drachen erschien vor meinem inneren Auge. Instinktiv wusste ich, dass es sich um Marios Gedanken handelte. In seiner Vorstellung sprang ich einen Schritt zurück, wobei mich Mario verfolgte. Derweil begriff ich seine Absicht, Fangen zu spielen.

Das geht leider nicht, ohne Mama zu wecken, dachte ich mitfühlend.

Mario schien meine Gedanken nicht verstanden zu haben, denn er tapste aufgeregt auf dem Sofa umher, bis seine Schwester ihn von hinten anstupste. Er drehte sich blitzschnell um und versuchte, nach ihr zu schnappen, jedoch wich sie geschickt aus. Nun sprang Stella über Vanessa hinweg, die in diesem Moment die Augen aufschlug und miterlebte, wie Mario geradewegs in ihr Gesicht sprang. Seine scharfen Klauen kratzten über ihre rechte Wange, wodurch eine weisse, glücklicherweise nicht blutende Linie entstand.

«Au!», rief sie aus, während Mario vollständig über ihren Kopf kletterte, um Stella zu verfolgen.

Vanessa setzte sich hin, rieb sich die Wange und blickte kopfschüttelnd den beiden spielenden Drachen hinterher, die sich gegenseitig über das Sofa jagten. Der Kratzer auf ihrer Haut hatte inzwischen eine rötliche Farbe angenommen.

«Ich habe versucht, ihm zu erklären, dass es momentan keine gute Zeit zum Spielen ist.», rechtfertigte ich die Tatsache, nicht eingegriffen zu haben.

«Das hat ja wirklich gut funktioniert.», entgegnete sie schmunzelnd.

Gähnend streckte sie sich und stand auf. Ich tat es ihr gleich, wobei ich meinen Blick kaum von unseren Kindern abwenden konnte.

«Es wird Zeit, dass sich Mario wieder in einen Menschen verwandelt.», sagte Vanessa am frühen Abend.

«Kann ich nicht noch ein wenig mit ihm spielen?», fragte Stella mit flehendem Blick, der beinahe unwiderstehlich war.

«Du solltest dich auch verwandeln. Ihr könnt morgen wieder spielen.», entgegnete ihre Mutter kalt.

Enttäuscht seufzend und mit hängendem Kopf schlurfte Stella in ihr Zimmer und drückte die Tür mit ihrem Schwanz hinter sich zu.

«Wie können wir Mario mitteilen, dass er die Gestalt wechseln soll?», fragte mich Vanessa einen Augenblick später.

«Wenn ich mich in einen Menschen verwandle, wird er meine Gedanken aufschnappen und ebenfalls die Verwandlung einleiten. So habe ich es auch im Krankenhaus gemacht.», erklärte ich.

Noch während wir sprachen, schrumpften plötzlich Marios Flügel. Sein Schwanz wurde kürzer, die Schuppen und Hörner wichen nackter Haut und sein Kopf schwoll auf die ursprüngliche Grösse an. Nun lag er in seiner menschlichen Gestalt mit dem Gesicht nach unten auf dem Sofa. Vanessa eilte zu ihm, zog ihm eine Windel über und drehte ihn auf den Rücken.

«Wie es aussieht, hat sich dieses Problem von selbst erledigt.», stellte Vanessa überrascht fest.

Nur eine halbe Minute später trat Lisa aus ihrem Zimmer. Immer noch liess sie enttäuscht den Kopf hängen und setzte sich mit einem Buch über den Lebenszyklus von Sternen auf das Sofa.

Nach dem Abendessen brachten Vanessa und ich die Kinder zu Bett. Anschliessend sahen wir uns einen Film an, während sie meiner Drachengestalt den Rücken und die Flügel massierte. Als wir schliesslich ebenfalls unser Schlafzimmer betraten, war es bereits beinahe Mitternacht. Dennoch schien keiner von uns beiden schlafen zu wollen. Lange blickte ich in Vanessas wunderschöne Augen, während sie mich ebenso gebannt anstarrte. Irgendwann kam ich ihr näher, um ihren Geruch besser wahrnehmen zu können. Ich schnupperte an ihren Armbeugen, ihren Achseln und schliesslich ihrem Hals. Derweil beobachtete sie mich schmunzelnd, bis ich mit meiner Schnauze vor ihrem Gesicht verharrte. Ich verspürte den Drang, sie zu küssen, jedoch wartete ich ab, was sie tat. Keinesfalls wollte ich sie auf welche Art auch immer bedrängen. Gespannt musterte ich ihr Gesicht, was sich nur wenige Zentimeter vor meinem befand. Sie kam mir geringfügig näher, hielt jedoch inne, kurz bevor ihre Lippen meine Schnauzspitze berührten. Ich fühlte, dass sie mich ebenfalls küssen wollte. Trotzdem schien irgendetwas nicht zu passen.

«Das fühlt sich irgendwie nicht richtig an.», sprach sie meine Gedanken flüsternd aus.

Ich vermutete, dass es an meiner Drachengestalt lag, weswegen ich die Verwandlung in einen Menschen einleitete. Sowohl das Kribbeln als auch der stechende Schmerz im Hinterkopf setzten ein. Ich hörte, sah, roch und schmeckte nichts mehr, während mein Kopf die Form änderte. Noch bevor all meine menschlichen Sinne zurückgekehrt waren, fühlte ich bereits Vanessas Lippen auf meinen. Ich klammerte mich mit meinen noch kribbelnden Armen an ihr fest und erwiderte ihren Kuss leidenschaftlich. Es fühlte sich an, als wären wir uns jahrelang nicht mehr derart nahe gewesen, obwohl dies dem exakten Gegenteil der Realität entsprach. Unsere Auseinandersetzung, die aufgrund meines viel zu späten Geständnisses entstanden war, hatte uns weiter voneinander entfernt als jemals zuvor. Dennoch verspürten wir nun beide den Drang, uns auf physische Weise näherzukommen.

«Du weisst schon, dass du gerade einen Drachen geküsst hast?», fragte ich Vanessa grinsend, nachdem wir uns das erste Mal wieder voneinander gelöst hatten.

«Nicht irgendeinen Drachen, sondern *dich*.», entgegnete sie.

Wortlos setzten wir unsere intime Zweisamkeit fort, bis wir uns aufgrund unserer Müdigkeit dazu entschieden, zu schlafen. Entspannt, glücklich und dicht an Vanessa geschmiegt, versank ich im Reich der Träume.

15

Verantwortung

Am nächsten Morgen stand ich gemeinsam mit Vanessa auf. Wir weckten Lisa, die sich zu meinem Erstaunen mal nicht in einen Drachen verwandelt hatte, und bereiteten uns auf den Tag vor.

«Zieh deinen Bändel nie aus, wenn du auf der Strasse unterwegs bist.», wies Vanessa unsere Tochter an.

Lisa nickte, streifte sich den gelben Bändel mit den Reflektoren über und verliess allein das Haus. Wir hatten uns dazu entschieden, sie dieses Mal nicht mehr zum Kindergarten zu begleiten, da sie den Weg bereits sehr gut kannte, die Strecke nicht gefährlich war und Frau Schneider uns informieren würde, sofern Lisa nicht zu gegebener Zeit erscheinen sollte. Trotzdem verspürte ich ein flaues Gefühl im Magen, als sie allein die Wohnung verliess. Vanessa schien ebenfalls nervös zu sein, denn sie stapfte ruhelos im Wohnzimmer umher.

Unsere Anspannung legte sich mit der Zeit, als Mario aufwachte und gestillt werden musste. Wieder ein menschliches Kind in den Armen zu halten, schien Vanessa zu beruhigen. Mich hingegen entspannte die Tatsache, dass uns die Kindergärtnerin noch nicht angerufen hatte.

Pünktlich vor dem Mittagessen klingelte es an der Tür. Ich sprang ein wenig zu schnell vom Sofa auf, wodurch sich das Stechen im Hinterkopf erneut bemerkbar machte, und betätigte den Türöffner. Lisa kam leicht verschwitzt die Treppe hochgerannt und umarmte mich zur Begrüssung. Ich war ausgesprochen froh, sie wiederzusehen, jedoch fiel mir ihr abwesender Blick negativ auf.

«Was ist los, Schatz?», fragte ich, wobei sie stumm zu Boden starrte.

«Nichts.», antwortete sie einige Sekunden später und zwängte sich an mir vorbei in die Wohnung.

Vanessa war Lisas deprimierte Stimmung ebenfalls aufgefallen, denn sie stellte ihr dieselbe Frage wie ich, mit dem Unterschied, dass sie nicht direkt locker liess.

«Ist es wegen dem Kindergarten?», fragte sie.

Lisa nickte, ohne sie anzusehen.

«Was ist passiert? Du kannst mir alles erzählen.», sprach sie liebevoll auf unsere Tochter ein und versuchte, sie in ihre Arme zu schliessen, wobei sich Lisa weigerte.

Traurig schlurfte sie in ihr Zimmer und verschloss die Tür. Derweil blickte ich Vanessa ratlos an. Sie gab mir mit einem Schulterzucken zu verstehen, dass sie ebenso wenig über den Gemütszustand unserer Tochter wusste wie ich. Durch die Zimmertür hindurch vernahm ich das kratzende Geräusch von Stellas Krallen auf dem Fussboden. Anschliessend war ihr leises, gedämpftes Schluchzen zu hören. Wahrscheinlich hatte sie sich unter ihre Bettdecke verkrochen.

Um die Gefühle meiner Tochter besser nachvollziehen zu können, verwandelte ich mich nun ebenfalls in einen Drachen, obwohl ich dadurch abermals unter Kopfschmerzen litt. Ich legte mich flach vor Lisas Zimmertür auf den kühlen Fussboden, schloss die Augen und konzentrierte mich auf ihre Gedanken und Empfindungen. Augenblicklich empfing ich starke Traurigkeit. Ich fühlte, wie sie eingekuschelt in ihrem Bett lag und Tränen aus ihren Augen rannen. Ihre Nase war verstopft, weswegen sie einmal schniefte. Sobald ich versuchte, mich mit ihrem Bewusstsein zu verbinden, wies sie mich ab. Unsanft wurde ich von ihr weggestossen, was meine Neugier und mein Mitgefühl noch verstärkte.

Mit respektvollem Abstand betrachtete ich ihre Gedanken, bis Stella mir endlich einen Hinweis hinterliess. Ein Bild von mehreren Kindern erschien in meinem Bewusstsein. Sofern ich mich nicht täuschte, versuchte Lisa in dieser Erinnerung, den anderen die Relativitätstheorie zu erklären. Hierfür verwendete sie zwei Steine, die sie aufeinander zubewegte und währenddessen die individuelle Erfahrung der Zeit beschrieb. Die anderen Kinder starrten sie abschätzig an und begannen, zu kichern.

«Das, was du sagst, macht gar keinen Sinn.», sagte ein Junge.

«Doch, das tut es! Du verstehst es nur nicht.», verteidigte sich Lisa.

Ein Mädchen trat einen von Lisas Steinen mit ihrem Fuss beiseite, sodass er im nächstgelegenen Gully landete.

«He!», rief Lisa aus.

Die anderen Kinder lachten aufgrund ihrer Reaktion. Bestärkt durch die Aktion des frechen Mädchens nahm sich ein Junge, der einen Kopf grösser war als Lisa, den zweiten Stein.

«Gib den zurück!», fuhr meine Tochter ihn an.

Grinsend hielt der Junge den Stein über seinem Kopf, sodass sie ihn nicht erreichen konnte. Verzweifelt griff sie nach seinem ausgestrecktem Arm, um ihr Vorzeigeobjekt zurückzuerlangen. Als Antwort auf ihre Reaktion schubste er Lisa beiseite. Sie wiederum liess nicht locker. Wütend trat sie nach ihm, während er einen Schritt zurückwich. Sein durchgehend hämisches Grinsen verstärkte den Zorn meiner Tochter noch zusätzlich. Um nicht weiterhin getreten zu werden, rannte der Junge lachend von Lisa weg. Ohne zu zögern, lief sie ihm hinterher, bis ihr das freche Mädchen ein Bein stellte und sie zu Boden stürzte. Sowohl der Schmerz ihrer nun leicht aufgeschürften Hände als auch ihre Frustration durchfluteten mich. Kombiniert mit dem schallenden Gelächter der anderen Kinder schwoll ein lodernder Zorn in mir an.

Stella beendete ihre Gedanken an die Auseinandersetzung im Kindergarten. Mein eben entstandener Hass auf die Kinder, die ihr Schmerzen physischer und psychischer Art zugefügt hatten, stellte sie in gewisser Weise zufrieden. Insbesondere aufgrund meiner eigenen Schulzeit, in der ich jahrelang gemobbt worden war, verstand ich die Gefühle meiner Tochter. Bestätigt durch meine Wut stellte sie sich nun vor, wie sie vor diesen Kindern in ihre Drachengestalt wechselte und sich wild auf sie stürzte. Diese Situation befriedigte einen Teil in mir, während ich mich zeitgleich um die Gesundheit der Kinder sorgte. Am fehlenden Gefühl während ihres Angriffs und einigen Ungenauigkeiten konnte ich klar erkennen, dass sie sich diese Situation gerade eben ausgedacht hatte. Nichtsdestotrotz überkam mich plötzlich die Furcht, was geschehen würde, sollte meine Tochter diese Gedanken in die Tat umsetzen.

Ich verstehe, dass du wütend auf sie bist, aber dies rechtfertigt keine Gewalt. Stattdessen solltest du Frau Schneider um Hilfe bitten, dachte ich, um sie nicht auf den falschen Pfad zu leiten.

«Aber du bist doch auch wütend. Ich habe es gespürt.», entgegnete sie telepathisch.

Das stimmt. Trotzdem darfst du sie nicht als Drache angreifen. Einerseits müssen deine Fähigkeiten geheim bleiben und andererseits könntest du diese Kinder schwer verletzen oder gar töten. Bitte versprich mir, dass du dieses Problem Frau Schneider erklärst. Sie wird dir bestimmt helfen können.

«Okay, Papa.», dachte sie niedergeschlagen.

Ihre gewalttätigen Gedanken den anderen Kindern gegenüber setzten sich fort, jedoch hatte ich nicht mehr das Gefühl, sie würde es auch tatsächlich wollen, da zwischendurch ein kurzes Gespräch mit der Kindergärtnerin aufflackerte.

Ich öffnete die Augen und stellte überrascht fest, dass Vanessa mich durchgehend beobachtet hatte.

«Und?», fragte sie neugierig.

«Sie wurde im Kindergarten gemobbt.», erklärte ich knapp.

Vanessas Gesichtsausdruck verfinsterte sich augenblicklich.

«Weshalb müssen diese Kinder immer auf die Schwächeren gehen?», entgegnete sie wütend.

«Das habe ich mich auch bereits gefragt. Sobald sich jemand anders verhält, wird er oder sie ausgestossen und gemobbt.»

«Kinder sind grausam.»

Vanessas Aussage brachte mich zum Schmunzeln.

«Was hast du ihr gesagt?», fragte sie kurz darauf.

«Dass sie es mit Frau Schneider besprechen soll. Sie hat sich bereits vorgestellt, wie sie die anderen Kinder als Drache angreift.»

Vanessa warf mir einen besorgten Blick zu und trat anschliessend zu Lisas Zimmertür. Sachte klopfte sie an. Gerade als sie etwas sagen wollte, kam Stella ihr entgegen. Vanessa kniete sich hin und streckte die Arme nach unserer Tochter aus, die sich dieses Mal nicht vor der Umarmung drückte. Mit traurigem Blick, sofern ich ihre Mimik korrekt interpretiert hatte, sprang sie auf Vanessas Schoss und kuschelte sich bei ihr ein. Wortlos streichelte Vanessa ihre Tochter, wie sie es stets bei mir getan hatte.

«Soll ich dieses Mal etwas kochen?», fragte ich vorsichtig, um die beiden nicht zu stören.

Vanessa nickte mir zu.

Nach dem Mittagessen legte sich Stella neben Mario schlafen, während Vanessa und ich einen Film ansahen. Wie immer legte ich meinen Kopf auf ihren Schoss, um sowohl ihre Streicheleinheiten als auch ihren Geruch in vollem Ausmass geniessen zu können. Da heute erneut schönes Wetter war, warteten wir auf die Ankunft meiner Mutter, die sich für einige Stunden um Mario kümmern konnte. Währenddessen würden Vanessa, Stella und ich gemeinsam fliegen.

Eine halbe Stunde später nahm ich eine Bewegung ausserhalb des Fensters wahr. Instinktiv sah ich mich danach um. Trotz meiner Drachenaugen erkannte ich lediglich ein königsblaues Glitzern. Ich wollte mich gerade wieder entspannen, als mir auffiel, dass keine königsblauen Vögel in Zürich heimisch waren. Aufgrund meines Verdachts konzentrierte ich mich auf die Gedanken meiner Tochter. Erst verspürte ich Freude, anschliessend sah ich mehrere

Hausdächer und den Spielplatz aus der Vogelperspektive. Gleichzeitig fühlte ich die warme Sonne auf Stellas Rücken und sanfte Luftströmungen an ihren Flügeln.

Stella? Fragte ich sie gedanklich.

Aufgrund meiner telepathischen Frage erschrak sie. Unschlüssig und mit dem Gefühl, auf frischer Tat ertappt worden zu sein, blickte sie umher, wobei mir Mario in seiner Drachengestalt zwischen ihren Klauen auffiel. Mein Herzschlag beschleunigte sich, als ich Marios verängstigten Blick durch Stellas Augen wahrnahm.

Komm sofort wieder zurück! Wir haben dir nicht erlaubt, mit Mario zu fliegen.

«*Aber ich wollte ihm doch nur zeigen, wie man das macht.*», rechtfertigte sie sich.

«Stimmt etwas nicht, Nils?», fragte Vanessa, der meinen starren, auf die leere Wand gerichteten Blick aufgefallen war.

«Stella fliegt gerade mit Mario zwischen den Häusern umher.»

«Was?»

Erschrocken sprang sie auf und stiess währenddessen mit ihrem Knie gegen meinen Kopf. Erwartungsgemäss löste diese Erschütterung Schmerzen an der Stelle aus, in der die Nanobots von Z-17-k eingedrungen waren. Vanessa öffnete ruckartig das nächstgelegene Fenster und hielt nach unserer Tochter Ausschau. Ich stand nun ebenfalls auf. Mit den Gedanken auf Stellas Flugbahn gerichtet, näherte ich mich der Balkontür. Es erforderte höchste Konzentration, ihre und meine Perspektive simultan wahrzunehmen. Dennoch gelang es mir, derweil auf den Balkon zu treten und über das Geländer hinwegzuspringen. Dass mich währenddessen Menschen beobachteten, war mir gleichgültig.

«Stella!», hörte ich Vanessa aus dem Fenster schreien, als ich kräftig mit den Flügeln schlug, um an Höhe zu gewinnen.

Mario war es inzwischen ungemütlich geworden. Durch Stellas Augen nahm ich wahr, wie er sich in ihrem Griff wand und ich fühlte, wie ihre Klauen den Halt verloren. Einen Sekundenbruchteil später entdeckte ich sie am Himmel. Mario fiel torkelnd nach unten, während Stella zum Sturzflug ansetzte, um ihn aufzufangen. Marios Flügel flatterten nutzlos und schlaff im Gegenwind, während er sich mit zunehmender Geschwindigkeit dem grauen Asphalt näherte, der sich unter ihm befand. Wenngleich ich mit aller Kraft in seine Richtung beschleunigte, so würde ich ihn niemals rechtzeitig auffangen können, bevor er auf die Strasse stürzte. Hierfür war meine Entfernung noch zu gross.

Stella, du musst ihn auffangen! Rief ich ihr gedanklich zu.

In ihrem Sturzflug kollidierte sie beinahe mit den Stromleitungen der Strassenbahn, weswegen sie geringfügig abbremsen musste. Mario hingegen drehte sich mitten in der Luft, sodass seine Beine nach unten gerichtet waren. Instinktiv versuchte er, die Flügel auszubreiten, jedoch knickten sie unter der Belastung ein. Er war nun noch wenige Meter über dem Boden. Stella fürchtete sich davor, ihn jetzt noch aufzufangen, da sie nicht ebenfalls abstürzen wollte. Unsicher breitete sie ihre Flügel aus und setzte zur Landung an. In der Zwischenzeit schlug Mario hart auf dem durch die pralle Sonne erhitzten Asphalt auf. Ein von ihm ausgehendes Knacken liess mich erschaudern. Schockiert flog ich näher, froh darüber, dass er auf die Strassenbahngleise gestürzt war, wo keine Autos verkehrten. Bis jetzt war keine Strassenbahn in Sicht.

Leicht benommen versuchte Mario, wieder aufzustehen, jedoch brach er direkt wieder zusammen. Währenddessen jaulte er herzzerreissend, da er offensichtlich unter Schmerzen litt. Noch nie zuvor hatte ich einen Drachen solch verzweifelte Laute von sich geben hören. In diesem Augenblick wünschte ich mir, ich könnte die Verletzungen an seiner Stelle übernehmen. Stattdessen war ich dazu gezwungen, zehn Sekunden verspätet neben ihm zu landen und ihn machtlos bei seinen Qualen zu beobachten. Stella setzte sich ebenfalls zu uns. Wie paralysiert starrte ich Mario an, der stossweise atmete und währenddessen durchgehend winselte. Bei genauerer Betrachtung stellte ich fest, dass sein linkes Vorderbein gebrochen sein musste, denn es war unnatürlich nach aussen gekrümmt. Seinem Verhalten nach litt er zusätzlich noch an inneren Verletzungen. Verzweifelt versuchte er, in meine Richtung zu kriechen, jedoch sackte er wieder jaulend zusammen.

Meine Gedanken wechselten sofort zu den Nanobot-Injektionen. Gleich darauf stellte ich fest, dass keine mehr übriggeblieben waren, weswegen ich mich Stella zuwandte.

Sag Mama, sie soll Onkel Tom Bescheid geben, dass Mario als Drache verletzt ist und medizinisch versorgt werden muss. Danach kommst du wieder zu mir. Ich möchte, dass wir gemeinsam zu Tom fliegen, dachte ich.

Ich wollte meine Tochter mitnehmen, um ihr die Folgen ihres Handelns näherzubringen. Sie hingegen war mit der momentanen Situation hilflos überfordert. Schockiert starrte sie ihren kleinen Bruder an, der offensichtlich unter starken Schmerzen litt.

Na los! Wir haben nicht unbegrenzt viel Zeit, drängte ich sie zur Eile.

Aufgeschreckt durch meine harsche Aufforderung flatterte sie hastig davon, um zurück zur Wohnung zu gelangen. Während ihrem Flug blickte sie beinahe durchgehend zurück, weswegen sie die nächstgelegene Hauswand nur knapp verfehlte. So feinfühlig ich konnte, schob ich meine Klauen unter Marios kleinen, zerbrechlichen Körper. Als ich ihn sanft anhob, jaulte er abermals auf, wodurch ich mitfühlend die Augen schloss. Kurz darauf öffnete ich sie wieder, um ihm in eine möglichst schmerzfreie Position zu verhelfen. Schlussendlich stützte ich ihn grösstenteils am Kopf und an den Flügelansätzen. Sorgfältig breitete ich die Flügel aus, stiess mich ohne ruckartige Bewegungen vom Boden ab und gewann langsam an Höhe. Die unzähligen Passanten auf der Strasse beobachteten mich währenddessen. Selbst einige Autos hatten angehalten. Unbeirrt flog ich über sie hinweg und hielt nach Stella Ausschau, die mittlerweile wieder bei mir sein müsste.

Endlich erblickte ich sie über den Hausdächern. Sie flog schnurstracks auf mich zu und erweckte einen eingeschüchterten Eindruck. Dies war meines Erachtens zweitrangig, da sich Mario zwischen meinen Klauen verspannte. Gleichzeitig fing er an zu hecheln, was kein gutes Zeichen sein konnte.

Wir müssen uns beeilen, rief ich Stella gedanklich entgegen und flog in Richtung von Toms Wohnung davon.

Nicht einmal fünf Minuten später setzte ich bereits zur Landung an. Tom wartete in seiner menschlichen Gestalt auf dem Balkon und beobachtete mich durchgehend. Neben ihm stand Delia mit einem Erste-Hilfe-Kasten, zusätzlichem Verbandsmaterial und einer Kiste voller Medikamente. Sowohl Delia als auch Tom hatten medizinische Ausbildungen hinter sich, weswegen ich mir sicher war, dass Mario gut versorgt werden würde. Er zitterte angespannt und winselte leise vor sich hin, während ich mehrere Male mit den Flügeln schlug, um abzubremsen. Noch bevor ich mit den Klauen den Boden berühren konnte, nahm Tom Mario entgegen. Hierbei wurde Marios linkes Vorderbein geringfügig bewegt, weswegen er ein lautes Jaulen ausstiess. Seinem erschrockenen Blick nach, vertraute er Tom nicht. Dennoch hielt er still und liess zu, dass mein Bruder ihn sachte auf den Boden legte.

«Ich glaube, sein Bein ist gebrochen.», sagte ich leicht ausser Atem, während ich mit dem Kopf auf die betroffene Stelle deutete.

Ich setzte mich neben meinen Sohn und liess ihn nicht aus den Augen. Stella landete nun ebenfalls. Ohne ihren Onkel zu begrüssen, starrte sie Mario an, der verängstigt wimmernd auf dem heissen Steinboden lag. Glücklicherweise konnte diese Hitze keinem Drachen Schaden zufügen. Stella zitterte vor lauter Unbehagen. Ich nahm in ihren Gedanken wahr, wie sehr sie es bereute, ihren kleinen Bruder auf einen Rundflug mitgenommen zu haben. Dies war exakt die Reaktion, die ich mir von ihr erhofft hatte. Auf diese Weise würde sie ihren Fehler einsehen und höchstwahrscheinlich nicht wiederholen.

Tom tastete Marios Bein ab, wobei dieser abermals laut jaulte. Er versuchte, sich von meinem Bruder zurückzuziehen, jedoch hielt ich ihn mit den Klauen auf. Mario blickte ängstlich zwischen den anwesenden Menschen und Drachen umher.

«Ja, sein Bein ist definitiv gebrochen.», stellte Tom fest.

Er tastete nun Marios Brustkorb ab, was wieder einen herzzerreissenden Aufschrei zur Folge hatte. Nun begann der kleine Drache wieder, zu hecheln.

«Mindestens eine Rippe ist angeknackst.», fuhr Tom fort.

Wieder umfasste er Marios Körper mit den Händen, tastete jedoch seine Hüfte, die Hinterbeine und anschliessend seinen Schwanz ab. Verwirrt umherblickend liess Mario diese Behandlung über sich ergehen.

«Ansonsten hat er keine weiteren Verletzungen.», sagte mein Bruder schliesslich, was mich erleichtert aufatmen liess.

«Und was jetzt?», fragte ich immer noch leicht besorgt.

«Wir müssen seinen Knochen im linken Vorderbein zurechtrücken, eine Schiene anlegen und verbinden. Wegen seinen Rippen darf er sich anschliessend die nächste Zeit nicht viel bewegen. Am besten sorgst du dafür, dass er im Bett bleibt. Delia, kannst du mir das Valium bringen?»

Sie wühlte in der Kiste voller Medikamente herum, bis sie schliesslich eine kleine Packung Tabletten fand, von denen sie eine aus dem Film löste und in vier Teile zerbrach. Tom, der mittlerweile seine Hand nach ihr ausgestreckt hatte, nahm einen Viertel der Tablette entgegen, ohne Mario aus den Augen zu lassen. Da ich nicht wusste, wie ich ihm helfen konnte, trat ich einen Schritt zurück, wobei mich mein Sohn verunsichert anblickte. Delia trat näher und hielt Mario an den Flügelansätzen fest, während Tom seinen Kopf mit einer Hand von oben her umklammerte und mit Daumen und Zeigefinger seitlich gegen seine Schnauze drückte. Obwohl er sich im Griff meines Bruders wand, gelang es ihm nicht, sich zu befreien. Stattdessen öffnete der beidseitige Druck auf seinen Kiefer automatisch sein Maul. Mit einem Finger stopfte Tom den Viertel der Tablette in Marios Rachen. In diesem Augenblick verwunderte es mich, dass er nicht einmal versuchte, zuzubeissen. Als Tom ihn losliess, schluckte Mario reflexartig. Nun wies mein Bruder seine Freundin an, ihm einen vollen

Wassernapf von den Hunden zu bringen. Sie tat wie geheissen, während ich dankbar meinen Bruder anblickte, der seinen Finger an meinem linken Flügel abwischte. In der jetzigen Situation störte mich dies nicht.

«Vanessa hat gesagt, dass sie auch gleich kommt.», sprach Tom auf einmal in ruhiger Tonlage.

«Wirklich? Das ist gut.», entgegnete ich aufgewühlt.

Ich konnte meinen Blick immer noch nicht von Mario abwenden, der leicht hechelnd und zitternd auf dem Boden lag. Delia stiess in diesem Moment dazu und stellte den Wassernapf vor Marios Schnauze ab. Tom stützte ihn geringfügig, sodass er unbeschwert trinken konnte. Hastig schnappte er nach dem Wasser und verteilte gleichzeitig die Hälfte davon auf dem heissen Steinboden. Nach einigen Sekunden blickte er meinen Bruder an und stiess ein leises Wimmern aus.

«Hast du fertig getrunken?», fragte Tom den kleinen Drachen.

Dieser reagierte ausschliesslich mit einem unsicheren Blick in meine Richtung. Nun nahm mein Bruder ihn auf den Schoss, während er peinlich genau darauf achtete, Mario keine Schmerzen zuzufügen. Trotz all seiner Bemühungen jaulte Mario auf, als dieser sich flach hinlegte. Stella starrte immer noch schockiert ihren kleinen Bruder an. Mittlerweile rannen Tränen aus ihren Augen. Als ich dies bemerkte, ging ich auf sie zu und umschloss sie behutsam mit meinem Flügel.

«Das wollte ich nicht, Papa. Es tut mir leid.», nahm ich ihre Gedanken wahr.

Ich weiss doch, mein Schatz, entgegnete ich stumm und drückte meinen Kopf geringfügig an ihren.

Wir richteten unsere Aufmerksamkeit wieder Mario zu, dessen Atmung sich langsam beruhigte. Er stellte sein Hecheln ein und liess die Flügel entspannt herabhängen. Einige Minuten später fielen ihm bereits zwischendurch die Augen zu.

«Jetzt muss ich dir leider kurz weh tun.», flüsterte Tom seinem Neffen zu, der ihn beinahe durchgehend anblickte.

Mit beiden Händen umfasste er Marios gebrochenes Bein und richtete es gekonnt mit einem leisen Knacken gerade. Mario kommentierte sein Handeln mit einem erschöpften Jaulen, was gleich darauf wieder verstummte, als ihm abermals die Augen zufielen. Nun legte Tom ihm die Beinschienen an und befestigte alles mit einem Verband.

«So, jetzt ist es fertig.», sagte er zufrieden.

«Danke, Tom.», erwiderte ich.

«Wir müssen jetzt wieder arbeiten gehen. Nimmst du ihn nach Hause?», fragte er, während er meinen Sohn musterte, der noch immer auf seinem Schoss lag und aufgrund des Valiums kaum noch die Augen offenhalten konnte.

In dieser Sekunde klingelte es an der Haustür, die Delia gleich darauf öffnete.

«Wo sind eigentlich die Hunde?», fragte ich Tom, da mir das fehlende Bellen nach dem Klingeln nicht entgangen war.

«Die sind noch in der Tierarztpraxis.», antwortete er.

Delia, die immer noch als tiermedizinische Praxisassistentin arbeitete, konnte die Hunde jeweils zur Arbeit mitnehmen. Dank ihrer Arbeit hatte sie auch Zugang zu allerlei Medikamenten und weiterem medizinischem Material, was sich heute als ausgesprochen hilfreich erwiesen hatte.

«Wo ist Mario? Wie geht es ihm?», sprudelte es aus Vanessa heraus, die kurze Zeit später stürmisch die Wohnung betrat.

«Er ist hier auf dem Balkon und ihm geht es bereits ein wenig besser.», rief ich ihr entgegen.

Ohne uns zu begrüssen oder die Schuhe auszuziehen, eilte sie zu ihrem Sohn. Sie kniete sich neben ihn und schien nicht zu wissen, wie sie ihn berühren konnte, ohne ihm Schmerzen zuzufügen. Zärtlich strich sie ihm mit ihrer Hand über den Kopf. Der kleine Drache entspannte sich nun aufgrund der Anwesenheit seiner Mutter vollständig. Mit geschlossenen Augen und ruhigem Atem versank er in einen tiefen Schlaf.

Vanessa begutachtete Marios Verband und anschliessend seinen gesamten Körper. Obwohl er bereits medizinisch versorgt worden war, schien sie alles noch einmal überprüfen zu wollen. Sobald sie sich versichert hatte, dass es ihrem Sohn gut erging, schloss sie Tom in eine herzhafte Umarmung, während sie sich bei ihm für die Hilfe bedankte. Kurz darauf wandte sie sich Delia zu, bei der sie sich ebenfalls bedankte, und richtete ihre Aufmerksamkeit schliesslich auf Stella.

«Was hast du dir bloss dabei gedacht? Er hätte sterben können!»

Stella verkroch sich leise schluchzend unter meinem Flügel.

«Sie bereut ihr Handeln bereits, Vanessa.», unterstützte ich sie.

Ich wollte verhindern, dass unsere Tochter für dieselbe Tat doppelt bestraft wurde. Vanessa schien verstanden zu haben, denn sie wandte sich nun wieder Mario zu.

«Wir sollten jetzt wirklich wieder arbeiten gehen.», warf Tom ein und legte seinen Neffen behutsam auf den Boden, ohne ihn aufzuwecken.

«Okay, dann werden wir nach Hause fliegen.», entgegnete ich.

Vanessa bedankte sich erneut bei meinem Bruder und seiner Freundin. Anschliessend verabschiedeten wir uns von ihnen.

«Wie machen wir das jetzt am besten?», fragte Vanessa, nachdem Tom und Delia die Wohnung verlassen hatten.

«Ich schlage vor, du setzt dich mit Mario auf meinen Rücken.»

Stella, die unserer Konversation gelauscht hatte, kroch unter meinem Flügel hervor und setzte sich mit hängendem Kopf einen Meter neben uns. Ihr Blick war starr auf den Horizont gerichtet, während ihr noch immer Tränen aus den Augen rannen.

Mario wird wieder gesund, dachte ich beschwichtigend.

«Das ist alles meine Schuld.», entgegnete Stella telepathisch.

Schniefend wischte sie sich die Tränen an den Flügeln ab. In diesem Augenblick bereute ich es, meiner Tochter befohlen zu haben, während der Verarztung ihres kleinen Bruders anwesend zu sein. Sie schien stärker psychisch betroffen worden zu sein, als ich erwartet hatte.

Wir fliegen jetzt gemeinsam nach Hause und entscheiden dann, wie es weitergeht. Du musst nicht mehr traurig sein. Schliesslich bin ich dir auch nicht mehr böse, weil du mit Mario geflogen bist.

Meine Gedanken besserten ihren Gemütszustand kaum. Seufzend, ohne den Blick von ihr abzuwenden, legte ich mich flach auf den Boden, sodass Vanessa mit Mario aufsteigen konnte. Ich war derart auf Stellas Trauer konzentriert, dass ich nicht einmal bemerkte, wie Vanessa mir gesagt hatte, sie wäre bereit.

«Nils, du kannst jetzt starten, statt gedankenverloren Stella anzustarren.», flüsterte sie mir ins Ohr.

«Oh, okay.», antwortete ich leicht überrumpelt.

Während ich die Flügel ausbreitete und mich aufgrund des zusätzlichen Gewichts ächzend vom Boden abstiess, schmunzelte mir Vanessa entgegen. Gleich darauf wich die Freude wieder aus ihrem Gesicht, als sie Stella erblickte, die immer noch traurig auf dem Balkon sass.

Komm jetzt, Stella. Wir fliegen nach Hause, sprach ich gedanklich zu ihr.

Energielos startete sie nun ebenfalls, wobei sie mich keines Blickes würdigte. Ein tiefes Schuldgefühl ging von ihr aus, was sich bis in mein eigenes Bewusstsein ausbreitete. Obwohl ich meines Erachtens keine Schuld an Marios Absturz trug, fühlte ich mich schuldig. Um nicht noch weiter von Stellas Gefühlen beeinflusst zu werden, schottete ich mich innerlich von ihren Empfindungen ab und konzentrierte mich auf den Flug. Ich fühlte Vanessas angespannten Griff um meinen Hals, ihren erhöhten Herzschlag und wie sie ihre

Beine gegen meine Seite presste. Da sie jahrelang nicht mehr mit mir geflogen war, schien sie sich nun geringfügig zu fürchten, sagte jedoch nichts. Mario hingegen schlief seelenruhig auf meinem Rücken, umschlossen von Vanessas Armen und windgeschützt durch ihren Oberkörper. Sein Puls ging langsam und regelmässig, was mich mit der Zeit beruhigte.

Während des Fluges fragte ich mich, ob die vielen Passanten, die Marios Absturz miterlebt hatten, Probleme verursachen würden. Ich spielte mit dem Gedanken, R-34-d zu befragen, indem ich das ausserirdische Speichermedium an meinen Computer anschloss, wodurch ich mit dieser künstlichen Intelligenz kommunizieren konnte. Einen Augenblick später hatte ich die Idee, Benjamin von der DrSG um Hilfe zu bitten. Schliesslich hatte er bereits jahrelang erfolgreich die Spuren verwischt, die mich mit Drachen oder Alientechnologie in Verbindung gebracht hatten.

Als unser Balkon in Sicht kam, bremste ich langsam ab und setzte zur Landung an. Nachdem ich die letzten Male mit den Flügeln geschlagen hatte, um möglichst sanft aufzusetzen, atmete Vanessa einmal tief durch. Ihr Herzschlag beruhigte sich, sie löste ihren leicht verkrampften Griff um meinen Hals und stand auf. Bevor sie Mario von meinem Rücken nahm, streckte sie sich einmal ausgiebig.

«Deine Rückenzacken sind immer noch unbequem.», meckerte sie.

Als Antwort grinste ich ihr schadenfreudig entgegen. Ein raues Kratzen erregte meine Aufmerksamkeit. Stella war nun ebenfalls gelandet und trat langsam auf ihren kleinen Bruder zu. Schnuppernd analysierte sie seinen Verband und stupste ihn leicht mit ihrer Schnauze an, wobei Mario nicht aufwachte. Wieder bildeten sich Tränen in Stellas wunderschönen Augen. Das zusätzliche Wasser liess ihre tiefblaue Iris wie Kristalle glitzern. Momentan war es mir nicht möglich, etwas anderes anzusehen, so sehr hatte mich dieser Anblick gefesselt.

«Was ist los, mein Schatz?», fragte Vanessa, der Stellas Traurigkeit bereits seit Längerem aufgefallen war.

Schniefend wich Stella dem Blick ihrer Mutter aus. Da sie kein Taschentuch hatte, wischte sie ihren überschüssigen Nasenschleim am rechten Vorderbein ab. Vanessa setzte sich nun neben unsere Tochter und schloss sie in die Arme. Dieses Mal wich sie nicht zurück.

«Es ist alles in Ordnung.», sprach sie so beruhigend auf Stella ein, wie es nur eine Mutter konnte.

Schluchzend vergrub Stella ihren Kopf unter Vanessas Armen, während sie sanft am Rücken gestreichelt wurde. In diesem Augenblick klingelte mein Telefon. Da ich befürchtete, dass sich Stella nicht innert weniger Sekunden beruhigen würde und auf Vanessas Nähe angewiesen war, musste ich mich selbst um diesen Anruf kümmern. Mit den Klauen versuchte ich, Mario zu erreichen, der immer noch auf meinem Rücken schlief, jedoch erfolglos. Nun versuchte ich mithilfe einer Schräglage, ihn sachte von meinem Rücken rutschen zu lassen, was ebenso wenig zielführend war, da sich einige seiner Schuppen mit meinen Rückenzacken verkantet hatten. Nun erinnerte ich mich wieder daran, wie Stella ihn auf das Sofa getragen hatte. Zögerlich reckte ich meinen Kopf nach hinten, griff mit den Zähnen nach seinem Nacken und zog ihn sachte zur Seite, sodass er auf meinen linken Flügel rutschte. Hierbei war ich derart vorsichtig, dass seine Schuppen geringfügig meinem Biss entglitten.

Diese Methode hat anscheinend doch ihren Zweck, dachte ich zu mir selbst, obwohl mir bewusst war, dass Stella meine Gedanken empfangen konnte.

Derweil wachte Mario auf, bewegte sich jedoch nicht. Ich liess ihn los, zog meinen Flügel unter ihm hervor und eilte anschliessend zu meinem Mobiltelefon. Währenddessen blickte mir mein Sohn verwundert nach. Das Klingeln stoppte wenige Sekunden, bevor ich den Anruf entgegennehmen konnte. Da es meine Mutter gewesen war, rief ich ihr mithilfe eines Sprachbefehls zurück.

«Guten Tag Nils, ich stehe hier bereits seit einer halben Stunde vor deiner Haustür und niemand lässt mich hinein.», begrüsste sie mich.

«Hallo Mama. Die Lage hat sich ein wenig geändert. Lisa ist in ihrer Drachengestalt mit Mario geflogen, ohne Vanessa oder mich zu informieren. Dabei ist Mario abgestürzt und ich musste ihn bei Tom und Delia verarzten lassen. Jetzt sind wir gerade eben wieder angekommen.», erklärte ich.

«Oh, das klingt aber gar nicht gut. Wie geht es ihm?»

«Er hat momentan keine Schmerzen.», entgegnete ich und versicherte mich mit einem kurzen Blick zurück, ob meine Aussage der Wahrheit entsprach.

Mario lag entspannt auf dem Balkon und beobachtete mich während meines Telefonats. Zwischendurch fielen ihm beinahe die Augen zu, wogegen er sich mit Kräften wehrte.

«Wenn das so ist, sollte ich wohl besser ein Andermal vorbeikommen.», sagte meine Mutter.

«Nein, eigentlich wäre es ganz gut, wenn du uns mit Mario helfen könntest.»

«In Ordnung. Kannst du mir die Tür öffnen?»

«Ja, ich komme gleich.», entgegnete ich und eilte zur Tür, während meine Mutter den Anruf beendete.

Sobald sie die Wohnung betreten hatte, umarmte sie mich und gab mir einen Kuss auf die Stirn. In diesem Augenblick fiel mir auf, wie lange sie mich nicht mehr in meiner Drachengestalt gesehen hatte. Dennoch überforderte mich ihr Begrüssungsritual, weswegen ich mich aus ihren Armen löste und auf den Balkon trat. Meine Mutter folgte mir und begrüsste Vanessa und schliesslich auch ihre beiden Enkelkinder.

«Grossmutter!», rief Stella plötzlich und sprang auf sie zu.

Meine Mutter fing sie mitten in der Luft auf, was höchstwahrscheinlich nur deswegen gelungen war, da Stella sich mit ihren Klauen an ihr festklammerte. Ich befürchtete bereits, sie könnte meine Mutter verletzt haben, jedoch bewies ihr Gesichtsausdruck das Gegenteil.

«Du siehst aber schön aus!», stellte sie fest, nachdem sie Stella ausgiebig umarmt hatte.

«Wie ein Sternenhimmel.», ergänzte ich schmunzelnd.

Grinsend sprang Stella von den Armen meiner Mutter herunter und tapste anschliessend aufgeregt in der Wohnung umher. Ihre Trauer schien vollständig von ihr gewichen zu sein. Froh darüber, meine Tochter auf diese Weise glücklich zu sehen, setzte ich mich wieder neben meinen Sohn, der aufgrund der plötzlichen Aufregung unruhig umherblickte.

Meine Mutter begrüsste ihn ebenfalls, sprach mitfühlend auf ihn ein, als würde er ihre Worte bereits verstehen, und streichelte anschliessend seinen Kopf. Nach einem verunsicherten Blick in meine Richtung und beruhigenden Gedanken meinerseits entspannte er sich wieder.

«Eigentlich kannst du dich wieder in Lisa verwandeln.», sagte Vanessa zu Stella, nachdem wir uns alle begrüsst und die neusten Informationen ausgetauscht hatten.

«Nein, bloss nicht!», fuhr ich dazwischen, wobei mich alle fragend anstarrten.

Selbst Marios erschrockener Blick konnte auf diese Weise interpretiert werden.

«Wenn sich Stella in einen Menschen verwandelt, wird Mario die Gedanken an Eis empfangen und ebenfalls die Verwandlung einleiten. Dies könnte seine Verletzungen um ein Vielfaches verschlimmern. Mario muss sich einige

Kilometer von uns entfernt befinden, dass wir uns bedenkenlos verwandeln können.», erklärte ich bereits wesentlich ruhiger.

Vanessa nickte dankbar.

«Wie wäre es, wenn ich ihn mitnehmen und die nächste Zeit auf ihn aufpassen würde?», schlug meine Mutter vor.

«Das ist eine gute Idee. Aber ist das nicht zu viel für dich? Schliesslich ist das ein Drache und kein gewöhnliches Kind.», erwiderte Vanessa.

«Das sollte kein Problem sein. Und falls doch, werde ich euch Bescheid geben.»

«Glaubst du, er benötigt noch Muttermilch?»

Diese Frage war nun an mich gerichtet.

«Ehrlich gesagt habe ich keine Ahnung. Da er bereits Zähne hat, könnten wir es auch mit gewöhnlichen Lebensmitteln versuchen.»

Um zu überprüfen, ob Mario tatsächlich feste Nahrung zu sich nehmen konnte, betrat ich die Küche, schnitt eine Scheibe Brot ab und brachte sie nach draussen auf den Balkon. Gespannt hielt ich meinem Sohn das Essen vor die Schnauze, wobei er augenblicklich zu schnuppern begann. Kurze Zeit später schnappte er nach der Brotscheibe und biss problemlos ein Stück ab. Nach kurzem Kauen schluckte er es herunter und biss erneut zu. Hierbei wirkte sein Essverhalten derart natürlich, dass ich ihm die gesamte Scheibe Brot überliess. Nachdem er alles bis auf den letzten Krümel verspeist hatte, leckte er meine Klauen blank. Anschliessend schnupperte er am Boden. Allem Anschein nach hatte er eine Duftspur entdeckt. Neugierig versuchte er, aufzustehen, um dem Geruch zu folgen, brach jedoch aufgrund seiner Verletzungen jaulend zusammen. Meine Mutter hielt ihn gleich darauf mit beiden Händen fest, sodass er dazu gezwungen war, liegenzubleiben. Beruhigend strich sie ihm über den Rücken, bis er seine volle Aufmerksamkeit ihr zuwandte und keinen Versuch mehr unternahm, der Duftspur zu folgen.

Da wir uns nun sicher waren, dass Mario nicht mehr nur auf Muttermilch angewiesen war, übergaben Vanessa und ich ihn in die Obhut meiner Mutter. Insbesondere Marios entspanntes Seufzen, als seine Grossmutter ihn auf den Arm nahm, stellte mich mit dieser Entscheidung zufrieden. Vanessas zufriedenem Blick nach erging es ihr nicht anders. Wir bedankten uns bei meiner Mutter und Vanessa begleitete sie nach draussen. Um Mario vor neugierigen Blicken zu schützen, hatten sie ihn in eine Decke gehüllt. Gemeinsam mit Stella wartete ich, bis Vanessa zurückkehrte. Anschliessend erklärte ich, dass ich Benjamin von der DrSG darum bitten musste, die Spuren des heutigen Vorfalls zu verwischen, sofern dies überhaupt noch möglich war. Leider verfügte ich nicht über seine Telefonnummer, weswegen ich nach Aargau zum DrSG-Hauptquartier fliegen musste. Bereits während meiner ersten Flügelschläge verspürte ich den Drang, wieder zu meiner Familie zurückzukehren. Nach Marios Unfall wollte ich sie auf keinen Fall im Stich lassen. Dennoch musste ich mich um die Geheimhaltung unserer Drachenkräfte kümmern. Heute war ich schliesslich nicht bloss ein einziges Mal mit meinen Kindern und zusätzlich auch noch mit Vanessa gesehen worden. Seufzend setzte ich meinen Flug fort und hoffte inständig, dass Benjamin uns helfen würde.

16

Vereinbarung

Ein flaues Gefühl beschlich mich, sobald ich das Hauptquartier der DrSG erblickte. Obwohl ich mit grösster Wahrscheinlichkeit nicht von Benjamin und seinen Männern gefangengenommen werden würde, fürchtete ich diesen Ort. Mittlerweile hatte sich die ehemalige Lagerhalle, die das Hauptgebäude dieses Areals darstellte, stark verändert. Ein zusätzlicher Anbau vergrösserte die nutzbare Fläche auf nahezu das Doppelte.

Noch bevor ich zum Landeanflug ansetzte, trat Benjamin aus der Lagerhalle heraus und winkte zur Begrüssung. Zwiegespalten steuerte ich auf ihn zu und landete vor seinen Füssen, während ich seinen Körper mehrfach visuell nach Waffen absuchte. Glücklicherweise wurde ich nicht fündig. Im Gegensatz zu mir lächelte Benjamin freundlich, was mein Unbehagen jedoch nicht minderte.

«Guten Tag Nils, was verschafft mir die Ehre?», begann er unser Gespräch.

«Hallo Ben, ich habe ein Problem.», entgegnete ich, um ohne Umschweife auf den Punkt zu kommen.

Mein Gegenüber sah mir sowohl neugierig als auch analysierend in die Augen. Selbst in meiner Drachengestalt fiel es mir schwer, seinem Blick standzuhalten.

«Ich wurde gesehen. Als Drache. Und ich wollte fragen, ob du dafür sorgen könntest, dass sich dieses Wissen nicht verbreitet.», setzte ich fort.

Unsicher blickte ich umher, da ich mich hier alles andere als wohl fühlte. Auf dem gesamten Areal herrschte gespenstische Stille. Nicht ein anderer Mensch schien anwesend zu sein. Dennoch roch ich Laurin und einige andere Männer. Von Shonas Duft fehlte jede Spur.

«Wann, wo und wie wurdest du gesehen?», fragte Benjamin.

«Zwischen 14 und 15 Uhr auf meinem Balkon und in der Nähe meiner Wohnung. Einmal bin ich mit meiner Frau geflogen.»

Ich verschwieg, dass meine Kinder dabei gewesen waren, da ich dem Vorgesetzten der DrSG nicht genügend vertraute.

«Ist Vanessa auch ein Drache?»

Bei der Erwähnung ihres Namens lief mir ein kalter Schauer den Rücken herunter. Ich hatte Benjamin nie gesagt, wie meine Frau hiess. Fortlaufend starrte er mir in die Augen, wobei ich seine Neugier nun förmlich riechen konnte.

«Nein, ganz bestimmt nicht. Sie sass auf meinem Rücken.», antwortete ich bedacht darauf, keine Gefühlsregungen in meinem Gesicht zu zeigen.

Selbst den kleinsten Hinweis bezüglich meiner Kinder wollte ich ihm vorenthalten. Er musterte mich nachdenklich, was mich unwillkürlich verunsicherte, bis er schliesslich nickte.

«Ich werde die Spuren verwischen, die du hinterlassen hast. Im Gegenzug musst du aber einen konkreten Zeitpunkt für ein weiteres Treffen vereinbaren. Ich bin nämlich sehr scharf auf deine Antworten.», entschied er.

«Dass du an meinem Wissen interessiert bist, weiss ich bereits. Was den Zeitpunkt betrifft, ...»

Das Geräusch einer sich öffnenden Tür erschreckte mich. Instinktiv blickte ich zu Laurin, der gerade eines der neuen Nebengebäude verliess. Aufgrund meiner plötzlichen Kopfbewegung zuckte ein stechender Schmerz durch meinen Hinterkopf, den ich jedoch ignorierte, um mein langfristiges Leiden vor Benjamin zu verbergen. Laurin winkte mir fröhlich zu. Da wir mindestens fünfzig Meter voneinander entfernt waren und immer noch eine Totenstille herrschte, wagte ich es nicht, ihm eine Begrüssung entgegenzurufen. Für ein Winken, Kopfnicken oder Lächeln fühlte ich mich in Benjamins Anwesenheit zu unsicher. Stattdessen blickte ich lediglich verlegen zwischen den beiden Männern umher, bis Benjamin mich aus dieser unangenehmen Situation erlöste.

«Was wolltest du eben sagen, Nils?», fragte er.

«Das mit dem Zeitpunkt. Ähm ...»

Mittlerweile hatte ich die Worte bereits vergessen, die ich mir zurechtgelegt hatte, was mich noch mehr in Verlegenheit brachte. Nervös kratzte ich mir mit einer Klaue am Hinterkopf, der noch immer leicht schmerzte. Ich überlegte, wann ich Zeit für ein Treffen mit Benjamin hatte. Am liebsten hätte ich es abgesagt, jedoch war ich dazu gezwungen, ihm diesen Wunsch zu erfüllen. Einerseits hatte ich es ihm versprochen und andererseits würde er sonst nicht die «Spuren verwischen», wie er es nannte. Während ich überlegte, verschwand Laurin bereits wieder in einem der Gebäude. Benjamin starrte mich immer noch durchdringend an. Unruhig bewegte ich meinen Schwanz hin und her, bis mir eine Antwort einfiel.

«Ich hätte ab morgen bis am Freitag Zeit, weil ...»

... Mario verletzt ist und ich an diesen Tagen wahrscheinlich sowieso nicht mit Vanessa und Stella fliegen kann, setzte ich den Satz gedanklich fort.

«... es mir gerade gut passt.», sprach ich schlussendlich aus.

«Das ist ja fantastisch! Sagen wir morgen um zehn Uhr?»

«In Ordnung.»

Da ich alles andere als glücklich war, ihm mehr über mich erzählen zu müssen, richtete ich meinen Blick seufzend dem Boden entgegen.

«Dann sehen wir uns morgen.», sagte er und tätschelte mir urplötzlich den Kopf.

Ich hatte seine Hand nicht kommen sehen, weswegen ich bei seiner Berührung erschrak und beinahe instinktiv zugebissen hätte. Gerade als mein Kopf bereits nach oben zuckte, konnte ich mich noch davon abhalten. Eine weitere Person so zu verletzen, wie ich es bei Laurin getan hatte, wollte ich um jeden Preis vermeiden.

Du hast Glück, dass ich meine Instinkte zumindest teilweise kontrollieren kann, dachte ich, während ich ihm leicht gereizt in die Augen starrte.

Entweder ignorierte er meine Körpersprache oder er hatte es schlichtweg nicht bemerkt, denn er nickte mir lächelnd zu und wandte sich von mir ab, ohne sich noch einmal nach mir umzusehen. Derweil überlegte ich, ob er seine Freundlichkeit bloss spielte oder tatsächlich so war. Als mir endlich auffiel, dass ich vergessen hatte, mich von ihm zu verabschieden, hatte er bereits die Tür zum Hauptgebäude hinter sich geschlossen. Nachdem die letzten Geräusche im Areal verklungen waren, herrschte wieder absolute Stille. Einzig ein trockenes Blatt, was von einer schwachen Brise über den Asphalt geschoben wurde, erzeugte ein leises Kratzen. Diese Stille gefiel mir ganz und gar nicht. Froh darüber, endlich von hier verschwinden zu können, breitete ich meine Flügel aus und hob ab. Jederzeit erwartete ich, von irgendeinem elektrisch geladenen Netz oder Betäubungspfeilen abgeschossen zu werden, jedoch geschah nichts dergleichen. Nachdenklich flog ich in Richtung Zürich davon. Obwohl es angenehm warm und windstill war, genoss ich diesen Flug nicht. Hierfür hatte ich ein viel zu schlechtes Gefühl im Bauch.

«Und?», fragte Vanessa neugierig, als ich durch die Balkontür unsere Wohnung betrat.

«Er wird uns helfen, aber nur, wenn ich morgen zu ihm fliege, um seine Fragen zu beantworten.», antwortete ich immer noch leicht verunsichert.

Stella, die freudig auf mich zusprang und meinen Hals mit ihren Vorderbeinen umarmte, vertrieb meine schlechten Gefühle beinahe augenblicklich.

«Bist du dir sicher, dass sie dich nicht gefangennehmen möchten?», hakte meine Frau nach.

«Ja, eigentlich schon.»

Meine Unsicherheit liess sich deutlich aus meiner Stimme heraushören, was Vanessa nicht entgangen war. Mit besorgtem Blick streichelte sie mir liebevoll über den Kopf und küsste mich von oberhalb auf die Schnauze. Anschliessend widmete sie sich Stella.

«Es wird Zeit, dass du dich wieder verwandelst.»

«Aber ich möchte noch Stella bleiben.», entgegnete unsere Tochter flehend, während sie sich noch stärker an meine Seite schmiegte, als würde ich sie davor bewahren, wieder ein Mensch werden zu müssen.

«Trotzdem wird es langsam Zeit dafür. Du konntest bereits viele Stunden Stella sein.»

«Papa darf aber auch ein Drache bleiben.»

«Er ist erwachsen. Deswegen kann er das selbst entscheiden. Wenn du alt genug bist, lasse ich dir dieselbe Freiheit.»

«Wann bin ich alt genug?»

«Das kommt darauf an, wie schnell du erwachsen wirst.»

Unzufrieden mit Vanessas Antwort löste sich Stella von mir, tapste in ihr Zimmer und verwandelte sich zurück in Lisa.

«Möchtest du dich nicht auch verwandeln? Ihr würde es leichter fallen, ein Mensch zu sein, wenn du es als ihr Vater vormachst.», flüsterte Vanessa mir ins Ohr.

Unwillkürlich schluckend erinnerte ich mich wieder an die stechenden Schmerzen, die jede Verwandlung begleiteten. Erst seit einer halben Stunde fühlte sich mein Hinterkopf wieder normal an. Ich wollte gerade zu einer Erklärung ansetzen, weshalb ich mich nicht verwandeln konnte, als ich innehielt, da mir diese Ausrede albern vorkam. Meine Kopfschmerzen sollten nicht Lisas Erziehung beeinträchtigen.

«Ist es wegen den Schmerzen?», fragte Vanessa, die mein Zögern korrekt interpretiert hatte.

Vorsichtig nickte ich, um das Stechen nicht erneut hervorzurufen.

«Ich glaube, du solltest mal ins Krankenhaus gehen und dir diese Nanobots entfernen lassen. In den letzten Jahren wurden unzählige solcher Eingriffe durchgeführt. Du bist nicht der Einzige, der noch Nanobots in seinem Körper hat.», setzte sie fort.

«So schlimm ist es nun auch wieder nicht.», antwortete ich, da ich mich vor einer Operation am Hinterkopf fürchtete.

Seufzend umarmte mich Vanessa und lehnte ihren Kopf an meine Seite. Währenddessen umschloss ich sie mit meinem rechten Flügel. Gedankenverloren dachte ich darüber nach, ob es nicht doch eine gute Idee wäre, mich um meine Kopfschmerzen zu kümmern.

Am späten Abend, als Lisa bereits schlief und ich in meiner Drachengestalt neben Vanessa im Bett lag, hatten mich diese Gedanken immer noch nicht losgelassen. Unter normalen Umständen hätte meine Frau bereits das Licht ausgemacht, jedoch blickte sie mich besorgt an. Wie immer war ich wie ein offenes Buch für sie, obwohl sie meine Gedanken nicht verstehen konnte. Mitfühlend legte sie ihren linken Arm um mich, wobei ich wiederum meinen Kopf auf ihren Bauch legte. Nun kraulte sie meinen Nacken an exakt der Stelle, die jeweils nach einer Verwandlung schmerzte. Mit geschlossenen Augen entspannte ich mich und sog tief seufzend Vanessas herrlichen Duft ein.

Plötzlich stellte sie ihre Streicheleinheiten ein und hob stattdessen meine Lefzen auf der rechten Seite an. Verwundert öffnete ich die Augen und blickte Vanessa entgegen, die fasziniert meine Zähne analysierte. Nun musste ich grinsen, was ihr ein Kichern entlockte.

«Wie findest du meine Drachenzähne?», fragte ich neugierig.

«Passend. Sie haben vom ästhetischen Aspekt her exakt die richtige Länge, um furchteinflössend, jedoch nicht absurd lang zu wirken. Ausserdem wollte ich nachsehen, ob du jetzt mehr Zähne hast als zuvor. Wie es aussieht, ist die Anzahl tatsächlich gestiegen, aber ich kann nicht erkennen, welche du bereits als Mensch hattest und welche nicht. Wo wir gerade von Zähnen sprechen, hast du Lisa in ihrer Drachengestalt beigebracht, sich die Zähne zu putzen?»

«Nein. Das hat sie ganz plötzlich von selbst getan, mit der Erklärung, sie würde den Schmutz jetzt sehen können.»

Vanessa musste aufgrund meiner Aussage lauthals lachen. Ich stimmte kurz darauf ebenfalls mit ein.

«Wir sollten ihr dringend beibringen, dass man sich die Zähne nicht nach Sicht putzt.»

Die schlechte Stimmung von vorhin war nun wie verflogen. Zufrieden schmunzelnd lag ich dicht an Vanessa geschmiegt und blickte ihr in die wunderschönen blauen Augen. Obwohl ich bereits sehr erschöpft war, wollte ich mich nicht dem Schlaf hingeben. Vanessa schien es genauso zu ergehen, denn sie stupste spielerisch mit dem Zeigefinger gegen meine Schnauzspitze und zog ihn blitzschnell wieder zurück. Ich wusste sofort, welche Reaktion sie provozieren wollte. Als sie es erneut tat, schnappte ich nach ihrer Hand, wobei ich penibel darauf achtete, sie nicht zu verletzen. Zu meiner Überraschung versuchte sie nicht einmal, mir auszuweichen. Stattdessen liess sie zu, dass ich sachte auf ihrer Hand herumkaute, wie es Tim, der ausserirdische Drache, damals bei mir getan hatte. Nach einer Weile liess ich sie schliesslich los. Sie schien ihre spielerische Laune nicht verloren zu haben, denn sie pikste mich mit ihren Fingern in die Seite. Glücklicherweise reichte dies nicht aus, mich zu kitzeln, da mich mein Schuppenpanzer davor bewahrte. Als Antwort gab ich ein leises Knurren von mir, während ich die Zähne fletschte. Unbeirrt pikste sie weiter auf mich ein, bis ich einen Angriff simulierte. Knurrend hielt ich ihre Hände mit den Klauen fest, während ich ihr schnell, jedoch behutsam in die Kehle biss. Hierbei nicht zu lachen, war wesentlich schwerer, als ich es mir vorgestellt hatte. In diesem Augenblick konnte ich mich selbst kaum ernst nehmen.

«He! Das kitzelt.», rief sie aus und drückte mich beiseite.

Derweil liess ich sie los, um sie nicht mit meinen Krallen oder Zähnen zu verletzen. Sie warf sich auf mich, drückte mich rücklings nach unten und hielt mir mit beiden Händen die Schnauze zu. Widerstandslos liess ich es über mich ergehen, bis sie mich vollständig in die Bettdecke eingerollt hatte, wodurch ich bewegungsunfähig war.

«Du wärst eine gute Drachenjägerin.», nuschelte ich in ihrem erstaunlich eisernen Griff um meine Schnauze.

«Vielleicht bin ich das ja auch und ich habe nur auf die richtige Gelegenheit gewartet, dich zu fangen.», entgegnete sie grinsend.

Um mich aus dieser Situation zu befreien, stach ich ihr mit meiner Schwanzspitze, die sie bei meiner Fesslung nicht bedacht hatte, in die Seite. Sofort zuckte sie zusammen und versuchte, mich fortlaufend festzuhalten, während ich sie kitzelte. Nach einigen Sekunden bekam sie beinahe keine Luft mehr vor lauter Lachen und rollte nach Atem ringend von mir herunter. Blitzschnell wand ich mich aus der Bettdecke heraus und kuschelte mich an ihre Seite, als wäre nichts geschehen. Nach einer Weile hatte sie sich beruhigt und begann, mich zu streicheln. Glücklich blickte sie mir in die Augen. Ihre Iris schlug hypnotisierende Wellen, die mich sofort wieder in ihren Bann zogen. Ich wünschte mir, dass sich dieser Moment ewig in die Länge ziehen würde. Zu meiner Enttäuschung wich plötzlich jegliche Freude aus ihrem Gesicht.

«Ich habe ein schlechtes Gefühl dabei, dass du morgen zur DrSG fliegst.», flüsterte sie besorgt.

«Ich ehrlich gesagt auch.», antwortete ich leise.

«Dann bleib doch einfach hier.»

Vanessas Umarmung verstärkte sich in diesem Augenblick.

«Das geht leider nicht. Ich habe es ihm versprochen und er weiss, wie er mich erreicht.»

Sie sah mich analysierend an.

«Du hast Angst vor ihm, hab ich recht?»

Sachte nickte ich, wobei ich den Augenkontakt zu ihr nicht aufrechterhalten konnte.

«Er weiss Dinge, die er überhaupt nicht wissen dürfte. Überall scheint er seine Spione zu haben, ohne dass ich jemals etwas davon bemerkt habe. Und immer wenn ich bei ihm bin, wirkt er freundlich. Zu freundlich. Ich vertraue ihm nicht.», erklärte ich.

Mitfühlend strich mir Vanessa über die Stirn.

«Lass dich einfach nicht gefangennehmen. Ich wüsste nicht, wie ich ohne dich leben könnte.»

Beinahe zärtlich küsste sie mich an der Schnauze, streckte ihren linken Arm nach dem Lichtschalter aus und liess das Licht per Knopfdruck erlöschen. Entspannt seufzend schmiegte ich mich noch dichter an sie. Meine Gedanken kreisten um den morgigen Besuch bei der DrSG. Selbst nachdem Vanessa eingeschlafen war, hielten mich meine Sorgen wach.

Um Punkt zehn Uhr erreichte ich schweren Herzens das Hauptquartier der DrSG. Am liebsten wäre ich bei Vanessa geblieben, jedoch musste ich meinem Versprechen nachgehen. Benjamin, Laurin, Shona und noch vier weitere Personen warteten bereits gespannt draussen vor dem Hauptgebäude, als ich zur Landung ansetzte. Aufgrund meiner Bedenken flog ich kurz zwischen den Gebäuden hindurch, um allfällige Betäubungswaffen finden zu können oder einen Hinterhalt aufzudecken. Wie bereits gestern wurde ich nicht fündig. Dennoch zitterten meine Flügel vor Aufregung, als ich einen Augenblick später vor den wartenden Personen landete. Ohne sie zu begrüssen, blickte ich unruhig umher, denn abgesehen von den Männern und Frauen, die vor mir standen, war es wieder mucksmäuschenstill.

«Guten Morgen Nils, es freut mich, dass du so pünktlich erscheinst.», begrüsste mich Benjamin freundlich.

Ich richtete meinen Blick auf die Personen, die mich durchgehend neugierig musterten.

«Guten Morgen.», erwiderte ich schüchtern, ohne ihnen direkt in die Augen zu sehen.

«Möchtest du uns in den Besprechungsraum begleiten?»

«Nein, ich würde lieber hier draussen bleiben.», antwortete ich, um nicht doch noch in eine Falle zu tappen.

Dieses Mal war es Shona, die mich verwundert anstarrte.

«Das ist auch in Ordnung. Der Regen sollte schliesslich erst am Nachmittag einsetzen, sofern auf den Wetterbericht Verlass ist.», erwiderte Benjamin auf den wolkenbedeckten Himmel deutend.

«Soll ich uns Stühle nach draussen bringen?», fragte Laurin in die Runde.

Einige Männer und Frauen nickten. Daraufhin verschwand er in einem der kleineren Gebäude und kehrte mit sieben zusammengeklappten Plastikstühlen zurück. Mich verwunderte es, dass ihm niemand seine Hilfe angeboten hatte, obwohl er mit seinem verletzten, rechten Handgelenk offensichtlich Schwierigkeiten hatte, die Stühle zu transportieren.

«Oh, ähm. Möchtest du auch einen Stuhl?», fragte mich Laurin, nachdem er allen anderen jeweils einen Stuhl übergeben hatte.

«Nein, danke.», antwortete ich, da ich vorzugsweise auf dem nackten Asphalt sass.

«Stört es dich, wenn wir dieses Gespräch aufnehmen?», fragte mich Shona mit einem Mikrofon in der Hand.

«Wir werden keine dieser Aufnahmen veröffentlichen.», ergänzte Benjamin.

«In Ordnung.», antwortete ich unsicher.

Nun waren die starren Blicke dieser sieben Personen nicht der einzige Grund, weshalb ich mich unwohl fühlte. Die Tatsache, dass sie dieses Gespräch aufzeichneten, verschlimmerte es noch. Benjamin nahm sein Mobiltelefon zur Hand, tippte ein wenig darauf herum und stellte mir schliesslich seine erste Frage.

«Wann hattest du zum ersten Mal Kontakt zu einer ausserirdischen KI?»

Ich antwortete ihm wahrheitsgetreu und erzählte ebenfalls die Vorgeschichte über Toms Militäreinsatz und der Ausrüstung, die ich ihm währenddessen geben wollte. Selbst als ich erzählte, wie meine Mission kläglich gescheitert war, blieben alle Beteiligten ernst, was mich geringfügig beruhigte.

«Dann warst du der geheimnisvolle Schwertkämpfer im schwarzen Anzug?», hakte Benjamin nach.

Ich nickte. Da mein Nicken nicht von Shonas Mikrofon aufgenommen werden konnte, bejahte ich seine Frage noch einmal verbal.

Anschliessend stellte mir Benjamin Fragen über mein erstes Gespräch mit R-34-d, der Alientechnologie, die ich von ihm erhalten hatte und schliesslich auch meinen Fähigkeiten als Drache. Währenddessen entspannte sich unser Gespräch fortlaufend, bis es eher einer lockeren Unterhaltung als einer Befragung glich. Die Informationen bezüglich meiner Kinder, meiner telepathischen Fähigkeiten, des beinahe unzerstörbaren Speers und des ausserirdischen Speichermediums behielt ich für mich. Kurz nach zwölf Uhr hatte ich bereits alle von Benjamins Fragen beantwortet. Nun diskutierten wir noch über das vierdimensionale Multiversum und den elektromagnetischen Feldgenerator, mit dem ich darin manövriert hatte. Erste Regentropfen landeten auf meiner Schnauze, als wir unser Gespräch beendeten.

«Danke für deine Auskunft, Nils. Es gibt nur noch eine Sache, um die wir dich gerne bitten würden.», sagte er schliesslich.

«Und was ist mit unseren Fragen?», fuhr Shona dazwischen.

«Oh, stimmt. Das habe ich völlig vergessen.», entgegnete Benjamin lachend über sich selbst.

Ob dieses Lachen bloss gespielt war, liess sich aus meiner Perspektive nicht feststellen. Mit einer übertrieben respektvollen Handgeste erteilte er Shona die Erlaubnis, Fragen zu stellen.

«Wie fühlt es sich an, ein Drache zu sein?», fragte sie interessiert, ohne sich um die Gesten ihres Vorgesetzten zu scheren.

Diese Frage überraschte mich, da sie nicht fachlicher Natur war. Dennoch entschied ich mich, sie zu beantworten.

«Es ist vollkommen anders, als wenn man ein Mensch ist. Alle fünf Sinne sind um ein Vielfaches verstärkt, wodurch ich meine Umgebung wesentlich intensiver wahrnehme. Das Feuerspeien oder auch Hitze im Allgemeinen löst ein angenehmes Gefühl aus, was sich in meinem ganzen Körper ausbreitet und mit einer guten Massage vergleichbar ist. Was ich jedoch am schönsten finde, ist das Fliegen. Wenn ich entspannt durch die Luft gleite, fühlt es sich an, als wäre ich kurzzeitig von allen Sorgen dieser Welt befreit. In diesen Augenblicken schwelge ich in reiner Lebensfreude.»

Überrascht von meiner eigenen Antwort hielt ich inne. Unbeabsichtigt hatte ich mehr von meinen persönlichen Gefühlen preisgegeben, als ich der DrSG anvertrauen wollte. Shona blickte mir bewundernd und beinahe neidisch entgegen. Ihr schien meine Erklärung gefallen zu haben.

«Das klingt wunderschön.», erwiderte sie, wobei ihre Augen feucht wurden.

«Kannst du deine Kräfte immer kontrollieren oder gibt es Momente, in denen du davon gesteuert wirst?», fragte mich ein junger Mann, dessen Namen ich nicht kannte.

Während ich ihn nachdenklich anblickte, schien er seine Frage zu bereuen.

«Du musst das nicht beantworten, wenn es zu persönlich ist.», sagte er verlegen.

«Es ist nicht zu persönlich, ich musste mir lediglich eine Antwort überlegen.», versuchte ich, ihm seine Verlegenheit zu nehmen.

Erleichtert setzte er sich wieder gerade hin und lauschte interessiert.

«In gewissen Situationen gibt es Reflexe, die ich nicht kontrollieren kann. Meistens geschieht es, wenn mich etwas erschreckt oder überrascht. Einmal habe ich sogar ungewollt ein Tier getötet, was vor mir geflohen ist. Bis zu dem Zeitpunkt, als ich es mit einem Nackenbiss getötet habe, wusste ich nicht, was ich tat.», setzte ich fort.

«Wie genau äussern sich diese Reflexe?», warf Benjamin ein, dessen Interesse urplötzlich wieder geweckt worden war.

«Oft beisse ich ungewollt zu. Als Laurin mich vor sieben Jahren festgehalten hat, war dies auch der Fall. Das tut mir übrigens wirklich leid. Ich habe nicht beabsichtigt, dich ernsthaft zu verletzen.»

Die letzten zwei Sätze hatte ich an Laurin gerichtet.

«Ist schon okay. Ich habe mich bereits damit abgefunden.», erwiderte er, als wäre seine Verletzung, durch die er seine Hand niemals wieder auf die ursprüngliche Weise benutzen konnte, irrelevant.

Der Nieselregen wurde stärker, während uns plötzlich ein kalter Wind entgegenwehte.

«Ich glaube, ich sollte jetzt wieder nach Hause fliegen.», sagte ich, um mich von der DrSG zu verabschieden.

«Wir möchten dich noch um einen Gefallen bitten.», erinnerte mich Benjamin.

«Und der wäre?», fragte ich harsch.

«Offensichtlich sind deine Verletzungen, die du im dritten Weltkrieg erlitten hast, restlos verheilt. Wir würden gerne untersuchen, wie das möglich ist. Ausserdem interessiert mich noch deine Fähigkeit, Feuer zu speien, wie auch deine Hitzeresistenz.»

«Ihr möchtet also Experimente an mir durchführen?»

Dieses Mal war ich derjenige, der sein Gegenüber mit durchbohrendem Blick anstarrte.

«Ja, aber auf freiwilliger Basis. Du kannst dich jederzeit dazu entscheiden, die Untersuchung abzubrechen.»

Nachdenklich sah ich mich auf dem Areal um und atmete die feuchte, nach Regen duftende Luft ein. Obwohl dieses ausführliche Gespräch dazu beigetragen hatte, meine Verunsicherung zu mindern, fürchtete ich mich immer noch vor einer Falle.

«Iss doch erst mit uns, bevor du dich entscheidest.», schlug Shona vor.

Unter ihrem vertrauensvollen Blick gab ich tatsächlich nach.

«In Ordnung, ich werde mit euch essen. Aber ob ich an diesen Experimenten teilnehmen möchte, weiss ich noch nicht.»

«Na dann, auf geht's. Ich habe einen Bärenhunger.», sagte Benjamin, während er energievoll aufsprang, seinen Stuhl zusammenklappte und ihn in Richtung des Hauptgebäudes trug.

Wortlos folgten ihm die anderen. Einen Augenblick blieb ich verunsichert stehen, bis mich Shona mithilfe eines erwartungsvollen Blicks davon überzeugte, mitzugehen.

Freundlich hielt sie mir die Tür auf und ich trat ein. Ohne dass ich es kontrollieren konnte, hatte sich mein Herzschlag erhöht. Nervös blickte ich in der ehemaligen Lagerhalle umher, die nun völlig anders ausgestattet war, als ich sie in Erinnerung hatte. In der Mitte dieser grossen Halle stand ein perfekt restauriertes Alienraumschiff. Alles bis hin zur Plasmakanone schien wieder funktionstüchtig zu sein. Selbst die glatte, schwarze Verschalung hatten sie vollständig repariert. Staunend erblickte ich tausende Einzelteile von anderen Raumschiffen, die perfekt sortiert auf dutzenden Tischen verteilt lagen. An der Rückwand lehnten vier Plasmakanonen, deren Anblick mich direkt wieder an die höllischen Schmerzen meines rechten Flügels erinnerte, als ich von solch einer Waffe getroffen worden war. Leicht zitternd presste ich den Flügel an meine Seite, was Shona direkt auffiel.

«Was ist los, Nils?»

«Ich wurde bereits einmal von einer dieser Plasmakanonen angeschossen. Die Schmerzen verfolgen mich noch immer in meinen Albträumen.», erklärte ich, ohne meinen Blick von den langen, kantigen Läufen abzuwenden.

«Du hast ein Plasmageschoss überlebt? Die sind über zwanzigtausend Grad heiss. Hättest du nicht augenblicklich verdampfen müssen?»

«Nein, zum Glück nicht.»

«Hat es dich am rechten Flügel erwischt?»

«Unter anderem.»

Shona kniete sich neben mich und betrachtete ehrfürchtig die tiefrote, ledrige Flügelhaut, die einst vollständig verbrannt gewesen war. Sachte strich sie mir über die betroffene Stelle, wobei mich ihr offensichtliches Mitgefühl beeindruckte. Schliesslich kannte sie mich noch kaum.

«Was isst du am liebsten?», durchschnitt Benjamins Stimme die Ruhe dieser Situation.

Er hielt demonstrativ mehrere Fertiggerichte in die Höhe.

«Gebratenes Hühnchen an Currysosse wäre gut.», antwortete ich.

Meine Wahl war auf dieses Gericht gefallen, da Tom damals im dritten Weltkrieg ungefähr dasselbe Fertiggericht gegessen hatte und es mich an unsere gemeinsame Zeit erinnerte, in der selbst dieser grausame Krieg kurzzeitig in Vergessenheit geraten war. Benjamin öffnete die Verpackung, leerte den Inhalt in einen grossen Teller und stellte diesen schliesslich in eine der drei Mikrowellen, die an der linken Wand neben dem Kühlschrank standen. Sobald mein Essen genügend erwärmt worden war, nahm er meinen Teller wieder heraus und stellte ihn auf einen der zwei freien Tische im Küchenbereich, der scheinbar fliessend in den Entwicklungsbereich mit der Alientechnologie überging. Ich setzte mich auf die Sitzbank vor meinen Teller und blickte das Essen misstrauisch an. Da ich Benjamin nicht vertraute, schnupperte ich ausgiebig daran, bis ich mir sicher war, dass er keine weiteren Substanzen dazugemischt hatte. Dennoch konnte ich mich nicht dazu überwinden, das Hühnchengericht zu essen, selbst als sich die anderen zu mir gesellten und mein Magen zu knurren begann. Unbeirrt von meinem Zögern nahmen die sieben Menschen ihr Besteck zur Hand und starteten ihr Mittagessen.

«Es ist verständlich, dass du uns nicht vertraust, aber du musst dich nicht vor uns fürchten. Wir möchten dir nichts antun.», flüsterte mir Shona ins Ohr, während die anderen bereits lauthals miteinander scherzten.

Demonstrativ stach sie mit ihrer Gabel in ein Stück Fleisch innerhalb meines Tellers und ass es, ohne mich aus den Augen zu lassen.

«Komm schon, es ist nicht vergiftet.», warf Benjamin ein, dem meine Zurückhaltung ebenfalls aufgefallen war.

Shona nickte mir währenddessen zu. Ich starrte nachdenklich auf mein Besteck und anschliessend wieder auf mein Essen, was bereits abkühlte. Da ich mir bei bestem Willen nicht vorstellen konnte, dass sich Betäubungsmittel oder Gift darin befand, begann ich nun ebenfalls mit meiner Mahlzeit. Derweil starrten mich alle anwesenden Personen an. Ob sie es aufgrund dessen taten, dass ich mein Besteck ignorierte und direkt mit dem Maul zubiss, oder weil sie noch nie einen Drachen essen gesehen hatten, wusste ich nicht. Dennoch verunsicherte mich diese Situation sehr.

Ich bin ganz allein hier am Tisch mit meinem Essen und es gibt absolut Niemanden, der mich dabei beobachtet, redete ich mir selbst ein, wie ich es damals bereits in Kiew getan hatte, um trotz der neugierigen Blicke der Soldaten essen zu können.

Meine gedankliche Ablenkung funktionierte erstaunlich gut, denn ich hatte meine Mahlzeit bereits nach zwei Minuten beendet. Selbst den Teller hatte ich leer geleckt, ohne auf die anderen zu achten. Nun setzte ich mich wieder aufrecht hin und blickte in die Runde. Wie erwartet starrten mich immer noch alle interessiert an. Dieses Mal fand ich den Mut, etwas zu erwidern.

«Was glotzt ihr denn so?»

Die meisten gerieten aufgrund meiner Aussage in Verlegenheit und setzten ihr Mittagessen fort, während sie ihre Blicke übertrieben offensichtlich von mir abwandten. Lediglich Benjamin und Shona verhielten sich normal.

«Magst du noch mehr essen oder hattest du genug?», fragte mich Shona.

«Das war genug, danke.», entgegnete ich, obwohl mein Magen noch zu schätzungsweise zwei Dritteln leer war.

Ich wollte vermeiden, erneut während des Essens angestarrt zu werden.

Knapp eine Stunde später, nachdem wir mittlerweile freundschaftliche Scherze ausgetauscht hatten, liess ich mich tatsächlich dazu überreden, an den Untersuchungen der DrSG teilzunehmen. Gemeinsam mit Benjamin, Shona, Laurin und einem weiteren Mann betraten wir das neue Forschungslabor. Die drei anderen Personen hatten sich bereits von uns verabschiedet und waren nach Hause gefahren. Das Labor war mit Mikroskopen, Behältern verschiedenster Formen und Grössen, allerlei Werkzeugen, Messgeräten und Maschinen ausgestattet, deren Funktion ich bloss erahnen konnte. Alles war klinisch rein, selbst die Luft roch nach absolut gar nichts ausser Desinfektionsmitteln. Obwohl ich mich zuvor noch gefürchtet hatte, diesen Raum zu betreten, konnte ich nicht anders, als mich erstaunt umzusehen.

«Bitte hier drin nichts anfassen. Ich mag meine Ordnung am liebsten genauso, wie sie ist.», unterbrach Benjamin meine Gedanken.

Eigentlich wollte ich ihn fragen, welche Funktion eines der Geräte vor mir erfüllte, jedoch hielt ich meine Neugier zurück, um den Besuch bei der DrSG nicht unnötig in die Länge zu ziehen.

«Was möchtest du jetzt genau an mir untersuchen?», fragte ich ihn, um es schnellstmöglich hinter mich zu bringen.

«Als Erstes schlage ich vor, dass wir deine Wundheilung analysieren. Hierfür bitte ich dich, dir mit dieser Nadel in den Flügel zu stechen. Einen Millimeter tief sollte bereits ausreichen.», erklärte er, während er mir eine kleine, äusserst spitze Nadel entgegenstreckte.

«Was genau bringt das?», fragte ich verwirrt, nahm die Nadel jedoch trotzdem mit den Klauen entgegen.

«Ich kann anschliessend unter dem Mikroskop betrachten, wie deine Zellen auf die Verletzung reagieren.»

Da er es mir selbst überliess, wie und wo ich mich mit der Nadel stach, tat ich es ohne schlechtes Gefühl. Anschliessend hielt ich ihm die betroffene Stelle an der rechten Flügelspitze hin. Das durch die Nadel entstandene Loch war kaum grösser als eine menschliche Hautpore und blutete nicht.

«Jetzt müssen wir deinen Flügel unter dem Mikroskop fixieren.», erklärte Benjamin, der daraufhin sachte nach meiner Flügelspitze griff und sie unter der Linse befestigte.

Währenddessen hielt ich still, da ich bisher nichts dagegen einzuwenden hatte. Sobald Benjamin das Mikroskop korrekt eingestellt hatte, starrte er minutenlang hindurch, ohne etwas zu sagen oder aufzusehen. Laurin trat bereits unruhig von einem Fuss auf den anderen, als ich die Stille durchbrach.

«Starrst du jetzt etwa die ganze Zeit auf dieses winzige Loch, bis sich etwas tut?»

«Pssst!», zischte Benjamin, als würde das Sprechen die Zellheilung beeinträchtigen.

Gespannt warteten wir, bis er mit zunehmender Aufregung durch das Mikroskop blickte. Er schien etwas Bahnbrechendes entdeckt zu haben, jedoch teilte er es uns nicht mit.

«Sag schon, Ben. Was siehst du?», fragte Shona, die nun ebenso ungeduldig geworden war wie ich.

«Die Zellen teilen sich so schnell, man kann ihnen dabei zusehen! Das Loch ist bereits beinahe verschlossen.», entgegnete Benjamin, dessen Stimme vor lauter Aufregung zitterte.

«Was?», rief Shona ungläubig aus.

«Nein, warte! Sie teilen sich gar nicht, um die Wunde zu verschliessen, sondern sie setzen sich wieder zusammen. Die Zellen regenerieren sich selbst.»

«Das ist doch überhaupt nicht möglich. Lass mich mal sehen!»

Shona stiess Benjamin einfach beiseite und blickte ebenfalls durch das Mikroskop. Voller Erstaunen weiteten sich ihre Augen.

«Wenn ich es nicht mit eigenen Augen sehen würde, könnte ich das nicht glauben. Deine Zellen ziehen sich gegenseitig in die ursprüngliche Position zurück und verbinden sich erneut miteinander. Selbst die zerstörten Zellen regenerieren sich irgendwie wieder von allein. Soweit ich weiss, existiert kein anderes Lebewesen auf diesem Planeten, was dazu in der Lage ist.», stellte sie fest.

«Das erklärt die perfekte Wundheilung. Wenn sich alle Zellen auf diese Weise reparieren können, werden alle nicht tödlichen Verletzungen restlos und in kürzester Zeit verheilen.», ergänzte Benjamin.

«Inwiefern bringt euch das weiter?», fragte ich interessiert.

«Noch ist diese Erkenntnis nutzlos, aber wenn wir deine Zellen fortlaufend studieren, könnten wir diese Art der Regeneration vielleicht auf den Menschen übertragen. Dies würde alle erdenklichen Krankheiten heilen. Würdest du uns ein kleines Stück deiner Flügelhaut überlassen, damit wir die Zellregeneration genauer untersuchen können?»

«Ich sehe keinen Grund, der dagegen spricht.»

Jubelnd vor Freude stiess Benjamin Shona beiseite, wie sie es zuvor bei ihm getan hatte, was mich unwillkürlich zum Schmunzeln brachte. Er löste meinen Flügel aus der Verankerung unterhalb des Mikroskops und hielt mir gleich darauf ein Skalpell hin.

«Es muss auch nicht gross sein.», beruhigte er mich, als er meinen leicht verdatterten Blick sah.

Gerade als ich mit der Klinge am Flügelrand ansetzte, um ein winziges Stück davon abzuschälen, hielt Benjamin einen runden Plastikbehälter darunter. Ich schnitt ein flaches, insgesamt beinahe drei Millimeter langes Stück der Flügelhaut heraus, wobei die betroffene Stelle anschliessend leicht brannte. Den Schnitt selbst hatte ich nicht einmal gefühlt, da das Skalpell derart scharf war.

Als ich es zurück auf den Tisch legte, fielen mir die erstaunten Blicke der anwesenden Personen auf.

«Du kannst unglaublich präzise mit deinen Klauen umgehen.», beantwortete Shona meine unausgesprochene Frage.

Benjamin, der den winzigen Hautfetzen bereits im Plastikbehälter eingeschlossen und diesen wiederum in einen Kühlschrank gelegt hatte, war völlig aus dem Häuschen.

«Ich hätte niemals gedacht, dass wir direkt am Anfang etwas derart Bahnbrechendes entdecken würden. Kannst du dir vorstellen, wie nützlich das in Zukunft werden könnte? Vielleicht entwickeln wir daraus eine Heilung für Krebs.», sprach er euphorisch auf mich ein, während er beide Hände seitlich an meinen Kopf hielt.

«Das wäre in der Tat sehr gut, aber übertreibst du es nicht ein wenig?», fragte ich verlegen.

«Meines Erachtens ist es sogar eine Untertreibung, diese Entdeckung als bahnbrechend zu bezeichnen. Ich wünschte, ich könnte gleich alle Geheimnisse deiner DNS lüften, aber leider muss ich eine Sache nach der anderen angehen. Heute werde ich noch einiges an deinen Zellen überprüfen. Hoffentlich gelingt es mir, sie lang genug am Leben zu halten. Kannst du morgen erneut hier erscheinen, damit wir allenfalls weitere Versuche durchführen können?»

Benjamins Hochstimmung hatte meine Neugier geweckt, mehr über mich selbst herauszufinden. Aus diesem Grund stimmte ich zu.

«Danke, Nils!», rief er begeistert und umarmte mich.

Überrumpelt liess ich es über mich ergehen und blickte währenddessen zu Shona, die ihrerseits überrascht zu sein schien.

«Dann sehen wir uns morgen um neun Uhr?», fragte er noch einmal.

Ich nickte.

«Vielen Dank und noch einen schönen Abend.», verabschiedete er sich von mir.

Aufgrund meiner Verlegenheit wusste ich nicht, was ich darauf erwidern sollte. Demnach verabschiedete ich mich mit einem «auf Wiedersehen», winkte den anderen mit meinem rechten Flügel zu und verliess durcheinandergebracht das Labor. Draussen angekommen, regnete es in Strömen. Helle Blitze schossen durch die Wolken, gefolgt von ohrenbetäubendem Donner. Erstaunt darüber, wie schalldicht das Labor war, stieg ich dem Himmel empor und flog in geringer Höhe nach Hause. Währenddessen achtete ich stets darauf, nicht das höchste

Objekt in naher Umgebung zu sein. Schlussendlich war ich dazu gezwungen, zwischen den Häusern hindurch zu fliegen.

Knapp eine Stunde später erreichte ich endlich meinen Balkon. Tropfnass und erschöpft landete ich und klopfte an die Tür. Vanessa kam augenblicklich zu mir gestürmt und warf mir ein Badetuch entgegen, mit dem ich mich abtrocknen konnte.

«Wo warst du so lange? Ich habe mir solche Sorgen um dich gemacht.», begrüsste sie mich, während sie ihre Arme um meinen Hals schlang und meinen Kopf an sich drückte.

«Ich war nur bei der DrSG. Es hat ein wenig länger gedauert, als ich erwartet hatte. Nach einem ausführlichen Interview bin ich noch zu einigen Experimenten geblieben.»

«Du hast Experimenten zugestimmt?», fragte sie ungläubig.

«Ja. Sie waren alle freiwillig und überhaupt nicht schlimm.», versuchte ich, meine Frau zu beruhigen.

Derweil hatte sie mir geholfen, mich abzutrocknen. Lisa kam nun ebenfalls aus ihrem Zimmer gestürmt und sprang mir freudig entgegen. Wie bereits Vanessa umarmte sie mich herzlich. Gemeinsam verbrachten wir den Abend auf dem Sofa, während ich jedes Detail über meinen Besuch bei der DrSG erklärte. Vanessa war erstaunt, wie gut alles verlaufen war.

«Wahrscheinlich waren unsere Sorgen unbegründet.», sagte sie schliesslich.

«Das kann gut sein. Sofern sich die Lage nicht ändert, werde ich auch gerne weiteren Experimenten zustimmen. Ich bin selbst neugierig, was wir sonst noch alles über mich herausfinden können. Die DrSG scheint sich endlich in eine gute Organisation entwickelt zu haben.»

Mit einem guten Gefühl im Bauch ass ich mit Vanessa und Lisa zu Abend. Nachdem wir Lisa ins Bett gebracht hatten, sahen wir uns noch einen Film an und legten uns mehrere Stunden später ebenfalls schlafen.

«Was steht heute an?», fragte ich Benjamin am nächsten Morgen.

Diese Nacht hatte ich sehr gut geschlafen und war dementsprechend zufrieden.

«Ich würde am liebsten das Geheimnis deines Feuerspeiens ergründen. Aber erst muss ich dir zeigen, was ich gestern noch entdeckt habe.»

Er führte mich wieder in sein Labor. Dieses Mal waren weder Laurin noch Shona oder andere Personen anwesend. Benjamin holte den Plastikbehälter von gestern hervor und zeigte mir meinen Hautfetzen.

«Fällt dir etwas auf?», fragte er, als er mir den Behälter vor die Schnauze hielt.

Mit meinen scharfen Drachenaugen betrachtete ich das rote Stück Fleisch, wobei mir auffiel, dass es wesentlich grösser war als am Vortag.

«Es ist gewachsen.», antwortete ich.

«Genau. Solange man die Zellen nicht absterben lässt und ihnen ausreichend Nährstoffe zur Verfügung stellt, teilen sie sich weiter. Unter normalen Umständen würde sich die DNS bei kontinuierlicher Zellteilung geringfügig ändern, da eine perfekte Kopie unmöglich ist. Aber wie gesagt, gilt dies ausschliesslich unter normalen Umständen. Bei deinen Zellen hingegen ist jede Kopie perfekt. Die DNS bleibt dementsprechend gleich.»

«Und?», fragte ich neugierig, da ich immer noch nicht wusste, worauf er anspielte.

«Das bedeutet, dass du nicht nur alle erdenklichen Wunden restlos verheilen kannst, sondern auch keine Alterung existiert.»

«Wie jetzt?»

«Wenn ein Organismus alt wird, verlangsamt sich die Zellerneuerung aufgrund der sich ändernden DNS. Überall, wo neue Zellen erzeugt werden müssen, schleichen sich mit der Zeit Fehler ein, bis es zu Ausfällen führt. In deinem Fall ändert sich die DNS jedoch nicht, was bedeutet, dass sich deine Zellen für immer perfekt regenerieren können. Du bist demnach biologisch unsterblich!»

«Bitte was?»

«Das bedeutet, dass du ausschliesslich durch äussere Einflüsse sterben kannst.»

«Das ist mir schon klar, aber ich kann das momentan noch nicht wirklich begreifen.»

Ungläubig starrte ich auf den kleinen Hautfetzen, der zu dieser Entdeckung geführt hatte. Anschliessend wechselten meine Gedanken zu den Folgen, die diese Tatsache für mich hatte. Ich stellte mir vor, wie ich ein ewiges Leben führen, bis ans Ende der menschlichen Zivilisation existieren und unseren unvermeidlichen Untergang miterleben würde. Wie bereits Benjamin verspürte ich nun reine Euphorie, die jedoch durch einen Gedanken getrübt wurde, der mich in ein tiefes Loch zu reissen schien. Sollte ich tatsächlich ewig leben, würde ich alle Personen, die ich kannte, unweigerlich sterben sehen. Einzig meine Kinder würden aufgrund ihrer Drachengestalt davon verschont bleiben.

«Meiner Theorie nach wäre es sogar möglich, dass du diese Fähigkeit der Zellregeneration selbst in deiner menschlichen Gestalt besitzt. Bevor wir das überprüfen können, müsste ich aber noch weitere Untersuchungen durchführen.», unterbrach Benjamin meine wirren Gedanken.

«Okay.», entgegnete ich geistesabwesend.

«Wie wäre es, wenn wir jetzt damit beginnen, dein Feuer besser zu verstehen?»

Ich nickte, konnte mich jedoch nicht wirklich auf das konzentrieren, was Benjamin gesagt hatte. Stattdessen kämpfte mein Bewusstsein damit, ob biologische Unsterblichkeit ein Fluch oder ein Segen war.

«Könntest du bitte deinen Mund öffnen und eine kleine Flamme in Richtung dieser Kamera speien?»

Benjamins Frage floss durch meinen Verstand wie Wasser durch ein Sieb.

«Erde an Nils. Hast du verstanden, um was ich dich gebeten habe?», setzte er fort.

Endlich gelang es mir, ihm meine Aufmerksamkeit zu schenken.

«Ähm ja, so in etwa.»

Es dauerte einen Moment, bis ich seine Worte in meinem Kopf rekonstruiert hatte. Anschliessend öffnete ich mein Maul und erzeugte eine kleine Flamme in meinem Rachen.

«Perfekt! Jetzt haben wir sowohl eine Wärmebildaufnahme als auch ein Zeitlupenvideo.», kommentierte er.

Gleich darauf versank ich wieder in Gedanken, bis mich Benjamin erneut in die Realität zurück holte.

«Du kannst deinen Mund wieder schliessen.»

Leicht verlegen schloss ich mein Maul, wobei ich mich fragte, weshalb er es «Mund» nannte.

Vielleicht ist es auch ein Mund, da ich genaugenommen ein Mensch bin. Trotzdem finde ich die Bezeichnung «Maul» passender, dachte ich.

«Wie man hier auf dem Video sieht, stösst du erst heisse Luft aus, bevor sich das Feuer entzündet, was vermutlich von einem Brennstoff in deinem Rachen genährt wird. Hier ist das Flimmern der Luft vor den Flammen sogar auf der regulären Aufnahme erkennbar.», sprach er auf mich ein, während er mir das Videomaterial zeigte, ohne darauf zu achten, ob ich überhaupt zusah.

Erst bei seiner zweiten Erklärung, die mehr ins Detail ging, richtete ich meine Aufmerksamkeit auf den kleinen Bildschirm, mit dem mir Benjamin die Aufnahmen zeigte. Noch bevor ich das Videomaterial analysieren konnte, stellte er mir bereits die nächste Frage.

«Wärst du so nett, erneut deinen Mund zu öffnen? Dieses Mal möchte ich einen genaueren Blick auf deinen Rachen werfen.»

Ich tat wie geheissen und liess zu, dass er mir mit einer Taschenlampe ins Maul leuchtete. Währenddessen schweiften meine Gedanken wieder zu meiner biologischen Unsterblichkeit ab. Benjamin sprach erneut zu mir, jedoch blieben seine Worte nicht in meinem Verstand haften. Plötzlich berührte etwas meinen Rachen, wodurch sich instinktiv mein Würgereflex bemerkbar machte, während ich mit dem Kopf zurückzuckte, was abermals einen stechenden Schmerz hervorrief. Benjamin hatte mithilfe eines Stäbchens, was mich an die eines Corona-Tests erinnerte, einen Abstrich gemacht. Er trug nun Latexhandschuhe, von denen ich nicht einmal bemerkt hatte, wie er sie angezogen hatte. Ich blickte ihn leicht verwirrt und überrumpelt zugleich an.

«Ja, solche Abstriche sind unangenehm.», sprach er unbeirrt drauf los, während er die klebrige, dunkelrote Masse auf dem Stäbchen analysierte.

Stumm beobachtete ich, wie er die Substanz unter dem Mikroskop betrachtete und anschliessend ein Feuerzeug zur Hand nahm. Konzentriert zündete er es an. Augenblicklich begann die Luft über der roten Masse zu flimmern. Kurz darauf entstanden dreissig Zentimeter grosse, orangerote Flammen, die jedoch nicht mit dem Stäbchen verbunden waren. Sie loderten in sicherem Abstand über dem Brennstoff, ohne diesen direkt anzuzünden.

«Äusserst eigenartig.», kommentierte Benjamin und fuhr mit weiteren Analysen fort.

Derweil betrachtete ich das Geschehen interessiert, da ich diese Substanz heute zum ersten Mal sah.

War dieses Zeug die ganze Zeit in meinem Hals, ohne dass ich es bemerkt habe? Und weshalb brennt es auf diese seltsame Weise? Fragte ich mich.

Einige Zeit später versank ich wieder in Gedanken, bis mich Benjamin zurück in die Realität holte.

«Wie mir scheint, erzeugst du eine Substanz, die unter heissen Temperaturen langsam verdampft. Das hierbei entstehende Gas geht eine chemische Reaktion mit der Luft ein, wodurch sowohl Hitze als auch ein brennbares Gemisch entsteht, was schlussendlich zu Feuer führt. Selbst ein kleiner Tropfen dieses

Materials kann einen grossen Brand auslösen. Jetzt müssen wir lediglich noch herausfinden, wie du die initiale Hitze erzeugst.»

Wir setzten die Experimente fort, bis sich herausstellte, dass meine Zellen, wie die jedes Warmblüters, Hitze erzeugten. Im Vergleich zu allen irdischen Lebensformen konnte ich den Traubenzucker jedoch wesentlich schneller in Energie umwandeln. Dies erklärte auch, weshalb mich sowohl das Feuerspeien als auch das Erwärmen der Luft in meinen Lungen innert kürzester Zeit erschöpfte. Ebenfalls entdeckten wir, dass ich ausschliesslich in meinen Lungen grössere Mengen an Wärme erzeugen konnte, die sich aufgrund einer uns unbekannten Substanz blitzschnell in meinem Körper verteilte. Diese Substanz, die in jeder meiner Zellen existierte, verlieh mir die Feuerresistenz und führte dazu, dass mein Körper über starke wärmeleitende Eigenschaften verfügte. Auf einer Wärmebildaufnahme war ersichtlich, wie sich die Hitze innert zwanzig Sekunden von einer Flügelspitze zur nächsten ausbreitete. Inzwischen hatte mich Benjamins Eifer, die Funktionsweise meiner Fähigkeiten zu ergründen, angesteckt. Wir massen die Kraft einzelner Muskeln in meinem Körper, die Widerstandsfähigkeit meiner Schuppen, Klauen und Hörner wie auch meine Reaktionsgeschwindigkeit, die im Vergleich zu einem Menschen kaum besser war. Einzig meine unkontrollierbaren Instinkte reagierten wesentlich schneller, was mich jedoch nicht verwunderte. Erst als mein Magen laut knurrte, fiel uns auf, wie viel Zeit inzwischen vergangen war.

«Es ist bereits vier Uhr nachmittags. Wir sollten etwas essen gehen.», schlug Benjamin vor, der ebenfalls hungrig wirkte.

Zum ersten Mal fielen mir seine zerzausten Haare und dunkelblauen Augenringe auf. Erschöpft schlurfte er in Richtung des Hauptgebäudes, während ich ihm ebenfalls leicht müde folgte. Sobald er in die ehemalige Lagerhalle trat, begrüsste ihn Shona mitfühlend.

«Du siehst aus, als hättest du die ganze Nacht durchgearbeitet.»

«Das habe ich auch.», erwiderte Benjamin gähnend.

Kopfschüttelnd half Shona ihm dabei, sein Essen aus dem Kühlschrank zu nehmen und auszupacken. Er hingegen schien in Gedanken genauso wie ich bei unseren Entdeckungen zu hängen.

«Wir sollten noch deine Verwandlung in einen Menschen untersuchen.», unterbrach Benjamin plötzlich meinen geistesabwesenden Zustand.

«Lieber nicht. Ich fühle mich dabei nicht sonderlich wohl.», entgegnete ich, da ich mich nicht vor seinen Augen in einen nackten Menschen verwandeln und abermals unter starken Kopfschmerzen leiden wollte.

«In Ordnung. Dann werde ich heute einfach noch meine neusten Erkenntnisse festhalten.»

«Du solltest wohl eher schlafen.», warf Shona vorwurfsvoll ein, während sie unsere Teller vor uns auf den Tisch stellte.

Mein Hunger verleitete mich dazu, direkt mit dem Essen zu beginnen. Die doppelte Portion, die mir Shona gegeben hatte, verschlang ich in weniger als einer Minute. Zufrieden wischte ich mir die Schnauze an einem Küchentuch ab und betrachtete Benjamin, der gedankenverloren in seinem Essen herumstocherte.

«Ich glaube, es wäre besser, wenn du uns morgen wieder besuchen kommst. Ben benötigt dringend Schlaf.»

Da Shona zweifelsfrei recht hatte, begab ich mich nun auf den Weg nach Hause, während ich meine sich wild drehenden Gedanken zu sortieren versuchte.

17

Drachensitterin

«Wie war's heute?»

Vanessas Stimme zwang mich, in die Realität zurückzukehren. Verwirrt blickte ich umher und stellte fest, dass wir gemeinsam auf dem Balkon sassen. Ich hatte nicht einmal bemerkt, wie ich gelandet war.

«Wir haben herausgefunden, wie das Feuerspeien funktioniert, weshalb ich resistent gegen Hitze bin und dass meine Zellen nicht altern können.», erwiderte ich beinahe beiläufig.

«Du kannst nicht altern? Jetzt im Ernst?»

Vanessas verblüffter Blick zog endlich meine volle Aufmerksamkeit auf sich.

«Ja. Meine Zellen behalten stets ihre ursprüngliche DNS bei der Zellteilung, wodurch …»

«… sie sich unbegrenzt oft reproduzieren können.», vervollständigte Vanessa meinen Satz.

«Genau.», entgegnete ich mit gemischten Gefühlen.

«Freust du dich denn nicht?», fragte sie mich, da ihr mein Blick nicht entgangen war.

«Ich habe mir bloss vorgestellt, wie es ist, wenn du alt wirst und ich für immer jung bleibe. Irgendwann werde ich dich verlieren und bin dazu gezwungen, für alle Ewigkeit ohne dich weiterzuleben.»

Während des Sprechens bildeten sich Tränen in meinen Augen. Vanessa drückte meinen Kopf behutsam an ihren Oberkörper. Mit einer Hand kraulte sie mir den Nacken.

«Du musst dir doch nicht bereits jetzt Gedanken darüber machen, was in einigen Jahrzehnten geschieht, Nils.», sprach sie beruhigend auf mich ein.

«Aber ich … was geschieht, wenn …»

Mir fehlten momentan die Worte.

«Wir waren heute bei deiner Mutter. Mario geht es bereits viel besser. Er hat seit heute Morgen begonnen, zu spielen und benimmt sich anständig. Als ich zu ihm gegangen bin, hat er mich nur noch einmal angefaucht. Danach konnte deine Mutter ihn beruhigen. Sie hat ihm sogar beigebracht, auf Kommando zu sitzen.»

Vanessa kramte ihr Mobiltelefon aus der Hosentasche und startete ein Video von Mario, der auf dem Boden sass und durchgehend seine Grossmutter anblickte. Vor ihm lag ein Stück Fleisch, was er jedoch nicht anrührte, bis ihn meine Mutter mit «Jetzt» erlöste. Sobald sie dieses Wort ausgesprochen hatte, stürzte er sich auf den kleinen Fleischfetzen, wobei ihn seine Verletzungen und sein Verband nicht zu beeinträchtigen schienen. Obwohl ich traurig war, musste ich bei diesem Anblick lachen.

«Sie hat ihn wie einen Hund trainiert.», erklärte Vanessa.

«Ich wusste doch schon immer, dass sie gut mit Drachen umgehen kann.»

«Du hättest Mario sehen sollen, wie sehr er sich gefreut hat, Stella wiederzusehen. Die beiden wollten direkt wild miteinander spielen. Am liebsten hätte ich sie auch gelassen, aber Marios Wunden hätten sich dabei verschlimmern können.»

«Wo ist sie jetzt?», fragte ich verwirrt umherblickend.

«Meinst du Lisa?»

«Ja.»

«Sie zeichnet gerade etwas für Mario.»

Schmunzelnd löste ich mich aus Vanessas Umarmung und trat in die Wohnung, um meine Tochter zu begrüssen. Sobald sie mich erblickte, sprang sie von ihrem Pult auf und umarmte mich liebevoll. Währenddessen umschloss ich sie mit meinen Flügeln, froh darüber, meinen schlechten Gedanken kurzzeitig entkommen zu sein.

Am nächsten Morgen beschäftigte mich meine biologische Unsterblichkeit immer noch. Seufzend landete ich vor Benjamin, der heute wesentlich wacher wirkte als bei meinem letzten Besuch. Ebenfalls roch er nach Shampoo anstelle von Schweiss, woraus ich schloss, dass er kürzlich geduscht hatte.

«Würdest du mir eine Urinprobe überlassen, damit ich das hitzeresistente Material aus deinem Körper studieren kann?», fragte er mich anstelle einer Begrüssung.

«Weshalb genau eine Urinprobe?»

«Weil es sich in jeder deiner Körperflüssigkeiten und Zellen befindet.»

Ich stimmte zu, obwohl ich in diesem Augenblick nicht pinkeln musste. Benjamin übergab mir einen Behälter, mit dem ich das Badezimmer betrat. Mit leicht gefülltem Behälter kehrte ich zurück. Ich befürchtete bereits, dass er mich auf die geringe Urinmenge ansprechen würde, jedoch schien er mit dem Resultat zufrieden zu sein. Gemeinsam betraten wir das Labor und setzten unsere Untersuchungen fort. Das Einzige, was Benjamin noch von mir wollte, war eine weitere Probe von der brennbaren Substanz aus meinem Rachen. Ich willigte ein, was ich jedoch gleich darauf bereute, da die Entnahme äusserst unangenehm war. Dieses Mal gab er sich erst zufrieden, als er einen zylinderförmigen Behälter mit zehn Zentimeter Durchmesser und einer Höhe von zwei Zentimetern beinahe vollständig gefüllt hatte. Bei jeder Berührung meines Rachens musste ich gegen den Würgereflex ankämpfen, wodurch sich die Entnahme scheinbar ewig in die Länge zog.

«Das ist schlimmer als jeder Corona-Test.», kommentierte ich, nachdem ich diese Prozedur endlich überstanden hatte.

«Das kann ich mir gut vorstellen. Leider gibt es keine andere Möglichkeit, an diese Substanz zu gelangen.»

«Könnte ich etwas zu Trinken haben?», fragte ich vorsichtig, da sich mein Hals wund und ausgetrocknet anfühlte.

«Selbstverständlich.», antwortete Benjamin und füllte mir einen Plastikbecher mit Wasser, den er mir mit freundlichem Lächeln überreichte.

An seine übertriebene Freundlichkeit hatte ich mich inzwischen gewöhnt.

«Sind wir nun fertig mit den Experimenten?»

«Ja, ausser du hast dir das mit der Verwandlung anders überlegt.»

«Die Gestaltwandlung ist mir zu persönlich.»

«Kein Problem. Ich danke dir für deine Kooperation. Es war mir ein Vergnügen.»

«Eine Sache wäre da noch. Hast du dafür gesorgt, dass mich niemand nach meiner Drachengestalt fragen wird, nachdem ich bei meinem Zuhause gesehen wurde?»

«Ich kann dir zwar nicht garantieren, dass meine Mitarbeiter jede Person gefunden haben, die Probleme verursachen würde, aber mit ziemlicher Sicherheit wirst du nicht danach gefragt werden.», entgegnete er selbstsicher.

«Wie macht ihr das überhaupt? Setzt ihr Spione ein, die den ganzen Tag alle möglichen Personen überwachen und bei Bedarf Beweise vernichten, oder wie geht ihr das an?», fragte ich interessiert.

«Das ist ein Betriebsgeheimnis.», antwortete Benjamin grinsend.

Ich gab auf, ihn weiterhin zu löchern, und verabschiedete mich, glücklich darüber, die Untersuchungen allesamt überstanden zu haben. Ausserdem wusste ich nun wesentlich mehr über die Funktionsweise meiner Fähigkeiten.

Die Substanz in meinem Rachen, die durch genügend Hitze verdampft, sich mit der Luft verbindet und anschliessend Feuer erzeugt, erklärt, weshalb ich Flammen erzeugen kann, die ganze Räume ausfüllen, dachte ich.

Gedankenverloren öffnete ich die Tür des Forschungslabors, wobei mir Shona entgegenkam.

«Guten Tag Nils, ich wollte dich noch etwas fragen.», begrüsste sie mich.

«Hallo Shona, was möchtest du wissen?»

Ihr Blick richtete sich verlegen zu Boden, während ich gespannt auf ihre Frage wartete.

«Es ist keine Wissensfrage, sondern etwas … Spezielles.», begann sie unsicher.

Nervös trat sie von einem Fuss auf den anderen.

«Ja?», forderte ich sie auf, mir endlich ihre Frage zu stellen, da mich ihr Verhalten neugierig gestimmt hatte.

«Ich … nein, eigentlich ist es eine blöde Idee, dir diese Frage zu stellen.»

«Ich glaube nicht. Frag mich einfach, was du möchtest.», entgegnete ich, da sie bereits Anstalten machte, sich von mir zu verabschieden.

«Wirklich?», fragte sie ungläubig.

«Ja. Eine Frage kann schliesslich nie falsch sein. Zumindest wenn es nach mir geht.»

Shona schluckte leer und blickte mir kurz in die Augen, um anschliessend wieder auf den Asphalt zu starren.

«Es ist nur so, dass ich gerne … wie soll ich sagen … mit dir fliegen möchte.»

Ihr war deutlich anzusehen, dass sie sich für diese Aussage schämte. Bevor sie fortfahren konnte, verstummte sie verlegen.

«Du möchtest mich fragen, ob ich dich bei einem Flug mitnehmen kann?»

«Ja.»

Ich dachte einen Moment nach. Genaugenommen schadete es mir keineswegs, mit ihr zu fliegen. Ausserdem verriet ihr Verhalten, dass ihr diese Tätigkeit viel Freude bereiten würde, wenngleich sie sich dafür schämte. Dennoch hielt mich der Gedanke zurück, Vanessa könnte eifersüchtig werden. Nachdenklich blickte ich Shona in die Augen, die gespannt auf meine Antwort wartete.

Ich bin auch bereits mit Tom und Silvia geflogen, ohne dass sie eifersüchtig war. Ausserdem muss ein Flug mit Shona nicht unbedingt lange sein, dachte ich.

«In Ordnung, aber nur für zehn Minuten.», sagte ich seufzend.

In Shonas Gesicht war augenblicklich Freude zu erkennen, sie hielt ihre Emotionen jedoch erfolgreich im Zaum. Um ihr das Aufsteigen zu erleichtern, legte ich mich flach auf den Boden. Sie hingegen blieb reglos stehen.

«Komm, steig auf!», weckte ich sie aus ihrer Starre.

Zögerlich trat sie auf mich zu, setzte sich jedoch nicht auf meinen Rücken. Ihr schien diese Situation einerseits peinlich und andererseits unangenehm zu sein. Vermutlich lag es daran, dass wir für einen Flug nahen Körperkontakt benötigten. Um ihre innere Blockade zu lösen, erklärte ich in aller Ruhe, wie sie sich festhalten musste. Bedauerlicherweise gesellten sich einige andere DrSG-Mitarbeiter ebenfalls dazu, die Shonas Verlegenheit nicht minderten.

«Komm schon, Shona.», forderte sie eine junge Frau auf, deren Name ich nicht kannte.

Die anderen starrten sie ebenso fordernd an, bis sie ihre Unsicherheit aufgrund des Gruppenzwangs endlich überwinden konnte. Zögerlich setzte sie sich zwischen zwei meiner Rückenzacken und nahm langsam die korrekte Haltung ein. Während sie ihre Arme um meinen Hals legte, strömte mir der Duft ihrer Stresshormone entgegen.

«Du musst dich schon ein wenig fester an ihn klammern.», rief einer der Männer lachend dazwischen.

«Setzt sie doch nicht so unter Druck.», verteidigte Laurin sie, bevor ich etwas sagen konnte.

Sobald ich davon überzeugt war, dass Shona nicht mehr von meinem Rücken fallen konnte, richtete ich mich unter dem zusätzlichen Gewicht auf, breitete die Flügel aus und stiess mich vom Boden ab. Schwungvoll bewegte ich die Schwingen, um möglichst schnell an Höhe zu gewinnen. Derweil hatte sich Shona verkrampft an mich geklammert. Bereits nach wenigen Sekunden flogen wir über die Gebäude des DrSG-Hauptquartiers hinweg.

«Die anderen sind echt gemein, dass sie dich derart unter Druck setzen.», sagte ich, sobald wir uns ausser Hörweite befanden.

«Mhm.», entgegnete Shona mit zusammengepressten Augen und verzerrtem Gesicht.

Ihr Atem ging stossweise und ihr Puls raste.

«Du kannst dich entspannen. Sie können dich nicht mehr sehen.»

Als sich ihr Griff nicht lockerte, fiel mir auf, dass ihre Anspannung aufgrund des Fluges und nicht ihrer Schamgefühle entstanden war. Aus diesem Grund liess ich mich ruhig treiben, während ich erzählte, wie oft ich bereits geflogen war und was ich jeweils dabei empfand. Nach einigen Minuten verlangsamte sich ihr Herzschlag endlich. Da sie den Flug erst jetzt zu geniessen schien, flog ich länger mit ihr, als ich es ursprünglich vorgehabt hatte. Irgendwann entspannte sich auch ihre Haltung, bis ich sie kaum noch auf meinem Rücken wahrnahm. Einmal blickte ich sogar zu ihr nach hinten, da ich befürchtete, sie verloren zu haben. Grinsend sah sie mir entgegen. Ihrem Gesichtsausdruck entnahm ich, dass es ihr gefiel. Demnach setzte ich meinen Flug noch für eine Viertelstunde fort, bis ich schliesslich wieder auf das DrSG-Hauptquartier zusteuerte.

«Kannst du im Sturzflug landen?», fragte mich Shona plötzlich.

«Ja, sicher.», entgegnete ich unwillkürlich grinsend und klappte die Flügel ein.

Mit zusammengekniffenen Augen raste ich dem Boden entgegen, während sich Shona jubelnd und schreiend an mir festklammerte. Die anderen beobachteten gespannt, wie wir rasant an Höhe verloren, bis ich im allerletzten Moment die Flügel ausbreitete und gekonnt abbremste. Schwungvoll und mit vergleichsweise hoher Geschwindigkeit flog ich einen Bogen um die Zuschauer herum, bis ich schliesslich in der Mitte des Areals mit den Klauen aufsetzte und noch einige Schritte zu Fuss abbremste. Sobald mir kein Gegenwind mehr ins Gesicht wehte, drang der Geruch von Shonas Adrenalin in meine Nase. Mit zittrigen Gliedern löste sie sich von mir. Während des Aufstehens kippte sie beinahe zur Seite.

«Das war unglaublich!», rief sie begeistert.

«Darf ich auch mit dir fliegen?», fragte mich einer der Zuschauer.

«Und ich ebenfalls?», warf Laurin ein.

Drei weitere Personen stellten mir eine ähnliche Frage, bis ich mich schliesslich dazu überreden liess, ihnen jeweils einen Flug zu schenken. Schlussendlich flog ich mit jedem Mitglied der DrSG ausser Benjamin, wobei ich darauf achtete, nicht erneut eine halbe Stunde zu fliegen, wie es bei Shona der Fall gewesen war. Meine Flügel zitterten bereits unter der anhaltenden Belastung, als ich mit dem Letzten der DrSG landete.

«Möchtest du nicht auch fliegen?», fragte ich Benjamin leicht ausser Atem.

«Nein, lieber nicht. Diese Freude überlasse ich den anderen.», entgegnete er.

«Weshalb nicht, Ben? Nils hat deinen Experimenten schliesslich auch zugestimmt.», forderte ihn Shona heraus.

«Genau. Jetzt bist du an der Reihe.», fuhr eine andere DrSG-Mitarbeiterin fort.

«Ich weiss nicht, ob das eine gute Idee ist.», erwiderte Benjamin scheu.

«Lasst ihn doch, wenn er nicht möchte.», warf Laurin ein.

Sein Einwand wurde jedoch ignoriert. Benjamins Mitarbeiter führten ihn grinsend zu mir, während ich unschlüssig abwartete. Ich wollte ihn weder zwingen, mit mir zu fliegen, noch wollte ich ihn verteidigen.

«Nimm ihn doch einfach mit den Klauen mit, Nils.», flüsterte mir Shona hämisch grinsend zu.

Sie schien sich für irgendetwas bei Benjamin revanchieren zu wollen. Ein Teil von mir wollte ihr dabei helfen, sei es nur, um ihre Schadenfreude zu sehen. Dennoch wollte ich in dieser Situation neutral bleiben.

«Na gut. Ich werde mit ihm fliegen, wenn es unbedingt sein muss.», gab Benjamin in diesem Moment nach.

Verunsichert trat er näher und liess sich noch einmal im Detail erklären, wie er sich festhalten musste. Im Gegensatz zu den anderen führte er meine Anweisungen augenblicklich und äusserst präzise aus. Er wollte anscheinend sichergehen, nicht von meinem Rücken zu fallen, obwohl ich dies niemals absichtlich zugelassen hätte. Sobald ich startete, fiel mir sein ängstlicher Gesichtsausdruck auf. Nervös versuchte er, in alle Richtungen blicken zu können. Ihm schien es gehörig zu missfallen, nicht jederzeit alles zu sehen.

Vermutlich ist er besessen davon, immer einen vollständigen Überblick auf die momentane Situation zu haben, dachte ich schmunzelnd aufgrund seiner Nervosität.

«Kannst du ein wenig geradeaus fliegen?», fragte er mich mit zittriger Stimme.

Ich liess mich stumm treiben. Derweil behielt ich ihn permanent im Auge.

«Du hast doch mal gesagt, dass du ausgebildeter Kampfpilot bist. Weshalb hast du solche Angst?», fragte ich einige Zeit später.

«Eine Maschine selbst steuern zu können ist etwas anderes als von jemandem geflogen zu werden.»

Er mag es nicht, keine Kontrolle zu haben, stellte ich fest.

«Könntest du bitte nach links fliegen? So ungefähr dreissig Grad?»

«Okay?»

Leicht verwirrt über seine Anweisung flog ich ein wenig nach links. Benjamin fokussierte währenddessen ununterbrochen einen bestimmten Baum am Waldrand.

«Und jetzt noch einmal dreissig Grad nach links bis zu dieser Kuppe vor uns.»

Die Tatsache, dass ich in seine gewünschte Richtung flog, schien ihn geringfügig zu beruhigen. Sobald wir die Kuppe auf dem grossen Feld erreicht hatten, was das DrSG-Hauptquartier umgab, wies er mich an, zurückzufliegen. Selbst bei der Landung wählte er eine Route aus, die ich ohne Widerrede befolgte. Möglichst sachte setzte ich auf und faltete meine Flügel zusammen. Benjamin stieg in ruckartigen, teilweise unkoordinierten Bewegungen von meinem Rücken. Er warf mir einen dankbaren Blick zu, als sich die anderen scherzend näherten. Einige machten sich sogar darüber lustig, wie wackelig Benjamin nun auf den Beinen war, obwohl es ihnen kaum anders ergangen war. Mitfühlend blickte ich dem Vorgesetzten der DrSG nach, der in keinster Weise seine Mitarbeiter zurechtwies. Er war somit das exakte Gegenteil von Odermatt, seinem Vorgänger.

Shona, Laurin und die anderen bedankten sich noch einmal bei mir für die Flüge und wir verabschiedeten uns voneinander. Mein Magen knurrte bereits, als ich mich mit schmerzenden Flügeln den vereinzelten Wolken entgegen schwang.

Es wird höchste Zeit, nach Hause zu fliegen, dachte ich.

Zu Hause angekommen, ass ich mein etwas verspätetes Mittagessen. Vanessa und Lisa hatten bereits gegessen, weswegen sie mir lediglich Gesellschaft leisteten. Am Nachmittag besuchten wir meine Mutter. Ich erwartete, von Mario angefaucht zu werden, jedoch wies ihn seine Grossmutter mit einem strengen «Sitz» an, sich zu setzen und Ruhe zu bewahren. Ihre starke autoritäre Ausstrahlung liess meinem Sohn keinerlei Spielraum, sich ihren Anweisungen zu widersetzen.

Vorsichtig setzte ich mich in meiner menschlichen Gestalt neben Mario, der sachte an meiner nach ihm ausgestreckten Hand schnupperte. Er machte Anstalten, danach zu schnappen, jedoch hinderte ihn meine Mutter mit einem strengen Laut daran. Verlegen und mit eingezogenem Kopf blickte Mario in ihre Richtung, legte sich flach auf den Boden und liess zu, dass ich ihn mit meiner Hand berührte.

«Wie hast du das geschafft?», fragte ich meine Mutter verblüfft, während ich Mario streichelte.

«Ich habe ihn wie einen Hund erzogen.», erwiderte sie schmunzelnd.

Da ihr Hund namens Paul vor einem halben Jahr gestorben war, hatte sie nun kein Haustier mehr. Diese Art der Erziehung schien ihr jedoch fortlaufend Spass zu bereiten. Sie zeigte uns noch einige Tricks, die Mario gelernt hatte, und klärte uns über den Stand seiner Verletzungen auf.

«Er scheint keine Schmerzen mehr zu haben. Wahrscheinlich kann er sich bald wieder normal bewegen.», erklärte sie.

«Aber er hat sich doch erst am Dienstag das Bein gebrochen. Und heute ist Freitag.», warf Vanessa verwirrt ein.

«Ich habe dir doch bereits von meinem Flügelbruch im Jahre 2022 erzählt. Die Knochen waren in wenigen Tagen verheilt.», half ich meiner Frau auf die Sprünge.

Dass sie die ausserordentlich schnelle Wundheilung von Drachen vergessen hatte, nahm ich ihr aufgrund der turbulenten Woche nicht übel.

«Können wir dann wieder fliegen, Mama?», fragte Lisa aufgeregt.

«Wie siehst du das, Nils?», leitete Vanessa die Frage an mich weiter.

Mein Rücken schmerzte inzwischen aufgrund des Muskelkaters, der während den Flügen mit den DrSG-Mitarbeitern entstanden war. Dennoch wollte ich Lisa die Freude nicht nehmen.

«Das halte ich für eine gute Idee. Wir können Mario auf meinem Rücken transportieren und aufpassen, dass er sich nicht verletzt oder zu sehr bewegt.», antwortete ich schliesslich.

«Ja!», rief Lisa aus, umarmte mich kurz und setzte sich wieder mit strahlendem Gesicht neben Mario.

«Vor einer Woche haben wir gemeinsam mit Tom und Delia in den Bergen übernachtet. Dieses Wochenende könnten wir das wieder machen. Wie denkst du darüber, Lisa?»

«Ich würde gerne in die Berge fliegen. Und in den Wald. Kann ich dann das Feuer machen?»

«Ja, das kannst du, mein Schatz.»

Ich gab ihr einen Kuss auf die Stirn, den sie direkt wieder mit ihrem Ärmel abwischte. Trotzdem war sie ausserordentlich glücklich darüber, als Drache in der Natur übernachten zu dürfen. Ich fühlte mich ebenfalls gut bei dieser Entscheidung, da mich ein Campingausflug von den Gedanken bezüglich meiner biologischen Unsterblichkeit ablenken konnte.

«Wann wäre eine geeignete Zeit, loszufliegen?», fragte mich Vanessa.

«Sobald die Sonne untergegangen ist.»

«Ist das nicht ein wenig zu spät für Lisa?»

«Nein, glaub mir. Sie bleibt gerne bis nach Mitternacht auf, um fliegen zu können.»

Schmunzelnd blickte ich unserer Tochter entgegen, die ihren kleinen Bruder streichelte und ihm ihre volle Aufmerksamkeit schenkte. Momentan erweckte sie den Anschein, als würde sie alle Menschen in diesem Raum ignorieren, jedoch wusste ich, dass sie genauestens zuhörte, obwohl sie niemandem direkt in die Augen sah.

18

Jagdtrieb

Am späten Abend, nachdem die Sonne untergegangen war, starteten Vanessa, Stella, Mario und ich unseren Ausflug in die Alpen. Vanessas ursprüngliche Bedenken bezüglich Stellas Müdigkeit erwiesen sich als unbegründet. Voller Energie flog sie neben uns her, während ich mit Vanessa und Mario auf meinem Rücken Schwierigkeiten hatte, überhaupt in der Luft zu bleiben. Nebst meinen beiden Passagieren musste ich nämlich noch unser Gepäck tragen. Keuchend und japsend erreichte ich einige Zeit später endlich die Wolken. Da gestern Neumond gewesen war, leuchteten die riesigen Berge aus Wasserdampf lediglich im Licht der Sterne und Städte. Diese grösstenteils unterseitige Beleuchtung erweckte den Anschein, verkehrt herum zu fliegen.

«Musst du unbedingt noch höher fliegen? Mir ist kalt und ich bekomme gleich keine Luft mehr.», riss mich Vanessa aus den Gedanken.

«Hier oben ... kann man ... sich besser ... von der Luft ... tragen lassen.», keuchte ich.

Für eine genauere Erklärung der Luftströmungen fehlte mir der Sauerstoff. Dennoch hatte Vanessa recht mit ihren Einwänden. Im Gegensatz zu mir war sie nicht dafür geschaffen, in grosser Höhe zu fliegen.

Stella, wir müssen wieder etwas tiefer fliegen, dachte ich.

«Okay, Papa.», antwortete sie telepathisch.

Ich hatte es bereits aufgegeben, sie am dunklen Nachthimmel zu suchen. Aufgrund ihrer natürlichen Tarnung reichten nicht einmal meine Drachenaugen aus, sie ohne ausreichend Mondlicht zu erkennen. Um Vanessa ein wenig aufzuwärmen, erhitzte ich die Luft in meinen Lungen, wobei mir nun bewusst war, dass mir dies wortwörtlich die Lebensenergie raubte. Dankbar schmiegte sich meine Frau dichter an mich, während Mario, der zuvor noch verunsichert umhergeblickt hatte, seufzend seinen Kopf auf meinen Nacken legte.

«Ist Lisa immer noch bei uns?», fragte mich Vanessa auf halbem Weg zu den Alpen.

«Ja, und sie heisst in ihrer Drachengestalt Stella.», antwortete ich erschöpft.

«Oh, das habe ich wieder vergessen. Daran werde ich mich nie gewöhnen!»

Meine Flügel waren steif und brannten vor Kälte und Muskelkater. Dennoch flog ich stur weiter, um noch diese Nacht unser Ziel zu erreichen. Eine Stunde später gelangten wir zu den ersten hohen Bergen. Abermals musste ich an Höhe gewinnen, obwohl mein Maul beinahe vollständig ausgetrocknet war und bereits bunte Sterne über mein Sichtfeld tanzten. Zwischendurch verschwamm sogar die Umgebung, bis ich mich nach angestrengtem Blinzeln wieder auf meinen Flug konzentrieren konnte.

«Möchtest du nicht landen, Nils? Du wirkst völlig erschöpft.»

Vanessa hatte wieder einmal bemerkt, dass etwas nicht stimmte.

«Das geht schon.», keuchte ich mit heiserer Stimme, da ich sie nicht enttäuschen wollte.

Stella hatte meine Erschöpfung ebenfalls mitbekommen, denn sie flog plötzlich dicht neben mir und blickte uns besorgt entgegen.

«Wir haben das ganze Wochenende Zeit. Du musst nicht unbedingt die gesamte Strecke am Stück fliegen.», bemerkte Vanessa.

«Es ist nicht mehr weit.», entgegnete ich stur.

Ich konnte es nicht auf mir sitzen lassen, aufgrund der letzten halben Stunde landen zu müssen, selbst wenn ich mich auf diese Weise körperlich folterte. Wie bereits hunderte Male zuvor erhitzte ich die Luft in meinen Lungen, bis sich die Wärme überall in meinem Körper ausgebreitet hatte. Gleichzeitig schlug ich mit aller Kraft mit den Flügeln, um dem steilen Berghang entlang nach oben zu fliegen, ohne mit den Bäumen zu kollidieren. Zwischendurch verdunkelten sich die Ränder meines Sichtfelds, was ich jedoch zu ignorieren versuchte. Angestrengt blinzelte ich mit meinen mittlerweile trockenen, verklebten Augen. Es fühlte sich an, als wären sie voller Fremdkörper, obwohl ich wusste, dass dies nicht der Wahrheit entsprach. Mein Magen knurrte, ich hatte Durst und nahezu jeder Muskel meines Körpers brannte. Dennoch wollte ich keinesfalls im letzten Abschnitt dieser Reise aufgeben.

«Kann ich dir helfen, Papa?», fragte mich Stella schliesslich, nachdem sie eine Weile neben uns her geflogen war.

Nein, ich wüsste nicht, wie, antwortete ich gedanklich.

Stella musterte mich nachdenklich. Ihre wunderschönen Augen spiegelten das Sternenlicht wider, was erneut die Hoffnung in mir weckte, eigenständig bis ans Ziel zu gelangen. Noch bevor ich meinen Blick von ihr lösen konnte, flog sie näher und griff nach den Gepäckstücken, die Vanessa an ihren Rücken gebunden hatte.

«Stella, bist du das?», fragte sie erschrocken.

«Ja, Mama. Ich möchte Papa helfen.», erwiderte unsere Tochter.

«Das ist eine gute Idee. Wie mir scheint, ist er zu stur, kurz vor dem Ziel aufzugeben.»

«Wohl eher zu ehrgeizig.», warf ich ein.

Vanessa löste das Gepäck von ihrem Rücken und übergab es Stella, die es problemlos in ihren Klauen trug. Gedanklich bat sie mich um Erlaubnis, bereits vorausfliegen zu dürfen. Ich willigte ein und stellte mir die noch bevorstehende Flugstrecke bildlich vor, sodass sie es ebenfalls sah. Blitzschnell verschwand sie in der Dunkelheit. Obwohl der Gewichtsverlust gering war, fühlten sich meine Flügelbewegungen bereits ein wenig unbeschwerter an.

Kurze Zeit später erreichten mich Bilder von mehreren Bergspitzen, die von einer dünnen Grasschicht und Steinen bedeckt waren. Nur ein hauchdünner Sichelmond beleuchtete die Umgebung. Nichtsdestotrotz erkannte ich jedes noch so kleine Detail. Selbst mehrere Tiere waren zu erkennen, darunter einige Füchse und Steinböcke.

Siehst du immer so gut im Dunkeln? Fragte ich Stella gedanklich.

«Ja.», antwortete sie stolz.

Weshalb können wir uns eigentlich auf diese Distanz telepathisch unterhalten?

Darauf wusste sie keine Antwort. Stattdessen erreichten mich weitere Bilder von ihr, wie sie einen geeigneten Landeplatz suchte. Ich markierte gedanklich eine Stelle in ihrem Sichtfeld, die sie gleich darauf ansteuerte. Plötzlich brach die telepathische Verbindung ab, als wäre sie durch etwas blockiert worden. Trotz meiner Erschöpfung blickte ich nervös umher.

Stella? Rief ich gedanklich in die Nacht hinein.

Sie antwortete nicht. Stattdessen nahm ich lediglich Marios Traum wahr, der in diesem Augenblick durch meinen Ruf beeinflusst wurde. Auf einmal wich die gesamte Erschöpfung aus meinem Körper. Sowohl mein Puls als auch meine Flügelschläge beschleunigten sich. Diese neu gewonnene Energie hielt jedoch nur für knapp eine Minute an, bis mir erneut beinahe schwarz vor Augen wurde. Kurzzeitig erschlafften meine Flügel, wodurch ich einige Meter an Höhe verlor.

«Nils, lass uns landen.», nahm ich Vanessas Stimme wahr.

«Stella ist verschwunden. Ich kann ihre Gedanken … nicht mehr wahrnehmen.», keuchte ich.

Das Sprechen fiel mir zunehmend schwer, da meine Zunge stets am Gaumen festkleben wollte.

«Ist sie bereits vorausgeflogen?»

«Ja.»

«Dann kommt sie bestimmt zurück, wenn wir hier landen.»

«Nein, ich kann nicht ...»

«Kann ich dir wieder helfen, Papa?», unterbrachen mich Stellas Gedanken. *Vielleicht. Was ist passiert? Ich konnte dich nicht erreichen*, antwortete ich erleichtert aufatmend.

Stella teilte ihre Landung mit mir, bei der ich nichts Ungewöhnliches entdecken konnte. Nachdem sie das Gepäck neben einen grossen Stein gelegt hatte, ist sie direkt wieder in meine Richtung geflogen.

Seltsam, dachte ich.

«Weshalb kannst du nicht landen? Li ... ähm Stella wird uns auf jeden Fall wiederfinden.», setzte Vanessa fort.

«Das Problem hat sich erledigt. Sie ist wieder hier.»

«Wenn das so ist, sollten wir jetzt landen.»

«Nein, ich kann das schaffen.»

Wieder tanzten bunte Sterne über mein Sichtfeld. Meine Augen brannten und über die Schmerzen meiner Flügel wollte ich gar nicht erst nachdenken. Plötzlich wurde die Last geringer. Verwirrt blickte ich umher, bis ich Stella entdeckte, die sich an Vanessa geklammert hatte und angestrengt mit ihren Flügeln schlug. Auf diese Weise erleichterte sie mir das Gewicht um mindestens zehn Kilogramm. Erstaunt über die Kraft, die meine Tochter in ihrer Drachengestalt besass, setzte ich meinen Flug fort, bis zu der Stelle, an der unser Gepäck lag. Selbst beim Landeanflug unterstützte mich Stella, so gut sie konnte.

Es existieren überhaupt keine Worte, die beschreiben könnten, wie dankbar ich dir bin, Stella, teilte ich ihr telepathisch mit.

Sie lächelte mir als Antwort stolz entgegen. Einen Meter über dem Boden liess sie uns los. Ich versuchte vergeblich, unser Gewicht mit den Beinen aufzufangen, und prallte hart mit dem gesamten Körper auf den trockenen Untergrund. Augenblicklich zuckte ein Schmerz von meiner Stirn bis zum untersten Teil meines Nackens. Gleichzeitig bemerkte ich, wie Vanessa und Mario von meinem Rücken purzelten. In vollkommener Erschöpfung blieb ich keuchend liegen.

«Wie kann man bloss so stur sein wie du? Wenn du bereits vor einer halben Stunde gelandet wärst, hättest du besser landen können.», meckerte Vanessa, was meines Erachtens jedoch gerechtfertigt war.

In der Tat konnte man mein vorheriges Verhalten lediglich mit Sturheit erklären. Im Augenwinkel erkannte ich Stella, die an Mario schnupperte. Er war aufgrund der unsanften Landung aufgewacht und blickte verunsichert umher. Als er Stella, Vanessa und mich erkannte, rollte er sich seufzend zusammen und schlief innert weniger Sekunden ein. Meine Frau wollte ihre Beschwerden fortsetzen, überlegte es sich jedoch aufgrund meines momentanen Zustands anders. Sie stand auf, ging zu unserem Gepäck und kramte eine Wasserflasche heraus, die sie anschliessend zu mir brachte. Wortlos öffnete sie sie und half mir, zu trinken. Da ich durchgehend schwer atmen musste, verschluckte ich mich schliesslich, wodurch ich mehrere Male hustete, bevor ich weiter trinken konnte. Erst nach mehreren Schlucken benetzte das Wasser meinen ausgetrockneten Hals vollständig. Langsam fühlte sich auch mein Maul wieder normal an. Dankbar trank ich die Flasche leer und liess meinen Kopf daraufhin wieder schlaff zu Boden sacken.

«Hast du Hunger?», fragte mich Vanessa.

«Mhm.», brummte ich mit geschlossenen Augen.

Während sie mir einige Würstchen und Brot brachte, beruhigten sich meine Atmung und mein Puls allmählich. Gierig verschlang ich alles, was mir meine Frau vor die Schnauze hielt. Stella ass und trank währenddessen ebenfalls. Anschliessend schmiegte sie sich an meine Seite und versank in einen tiefen Schlaf. Noch bevor sich Vanessa dazugesellen konnte, fielen mir ebenfalls die Augen zu.

Ein sanftes Streicheln weckte mich am nächsten Morgen. Ich nahm Vanessas Duft intensiv wahr, weswegen ich nicht den Versuch unternahm, die Augen zu öffnen. Stattdessen genoss ich ihre Streicheleinheiten in vollen Zügen. Zu meiner Verwunderung schien mein Kopf auf ihrem Oberkörper zu liegen, denn ich fühlte ihre Wärme, ihre Atmung und ihren Herzschlag. Ausserdem war ich in eine weiche Decke gehüllt, die mich vor der kühlen Morgenluft schützte. Seufzend setzte ich zum Strecken an, bis mich stechende Schmerzen in meinen Flügeln zusammenzucken liessen.

Meinen Muskelkater habe ich völlig vergessen, dachte ich.

«Wie geht es dir, Nils?», flüsterte mir Vanessa zu.

«Gut.», antwortete ich leise.

Mein Magen knurrte in diesem Augenblick.

«Hast du etwa schon wieder Hunger?», fragte sie mich.

«Mhm.», brummte ich.

«Wir haben bald kein Essen mehr, wenn du so viel frisst.»

Bei ihrem letzten Wort musste ich unwillkürlich schmunzeln.

«*Papa!*», nahm ich Stellas Gedanken wahr.

Neben meinem Kopf fühlte ich einen leichten Luftzug gefolgt vom leisen Rascheln der trockenen Gräser. Plötzlich änderte sich die Umgebung. Ich flog über Berge hinweg, die mit ihren ganzjährig schneebedeckten Spitzen bis knapp unter die Wolken reichten. Erste Sonnenstrahlen erwärmten meine königsblauen Flügel, die seltsamerweise nicht mehr schmerzten. Genussvoll atmete ich die kühle Morgenluft ein und liess mich entspannt von den Aufwinden tragen. Erst jetzt fiel mir auf, dass dies Stellas Gedanken waren.

Du bist heute bereits geflogen? Ganz allein? Fragte ich sie verblüfft.

«*Ja.*», antwortete sie freudig.

Ich fühlte, wie die Decke von meinem Körper gezogen wurde. Sofort umfing mich Kälte, die mich zittern liess. Ich öffnete die Augen und blickte Stella entgegen, die mir offensichtlich die Decke gestohlen hatte. Grinsend rollte sie sich auf dem schwarzen, flauschigen Stoff zusammen und fragte mich gedanklich, ob ich mit ihr fliegen könne. Vorsichtig zog ich meinen rechten Flügel an, dessen Muskeln abermals einen stechenden Schmerz aussendeten.

Da muss ich dich leider enttäuschen, dachte ich und teilte meine Beschwerden mit ihr.

Augenblicklich wich die Freude aus Stellas Gesicht. Traurig blickte sie zu ihrer Mutter, die mich fortlaufend streichelte.

«Was machen wir jetzt eigentlich mit dem Essen?», fragte sie mich.

«Ich weiss nicht. Eventuell müssten wir jagen gehen.»

Beim Wort «jagen» sprang Stella direkt auf. In ihren Augen war purer Tatendrang zu erkennen.

«Möchtest du etwas für uns jagen, Stella?», fragte Vanessa.

Unsere Tochter nickte eifrig und flog davon, bevor ich etwas erwidern konnte.

«Ich glaube nicht, dass das eine gute Idee ist. Was, wenn ihr dabei etwas zustösst?», gab ich zu Bedenken, während ich mich aus Vanessas Umarmung löste und mich mit schmerzenden Gliedern aufrichtete.

Ebenfalls verwunderte es mich, dass Stella plötzlich doch Tiere töten wollte, obwohl sie nach dem Erlegen einer Maus geweint hatte.

«Ihr wird nichts zustossen, Nils. Sie weiss, dass sie sich nicht zu weit von uns entfernen darf.», versuchte Vanessa, meine Sorgen zu besänftigen.

Ich hingegen breitete unter grossen Schmerzen die zittrigen Flügel aus.

«Aber sie könnte …»

Weiter kam ich nicht, da mir Vanessa mit der Hand die Schnauze zuhielt und mir streng in die Augen blickte.

«Sie ist ein *Drache*. Ich bezweifle, dass ihr irgendein Tier hier oben Schaden zufügen geschweige denn sie überhaupt erwischen könnte. Ausserdem fliegt sie dermassen gut, dass sie selbst bei einem Sturm nicht abstürzen würde.»

Mario wachte in diesem Moment auf und beobachtete die Auseinandersetzung seiner Eltern. In seinen Gedanken liess sich Freude herauslesen. Mit tapsigen Bewegungen näherte er sich uns, wobei er einmal über sein linkes Vorderbein stolperte. Der Verband und die Schienen beeinträchtigen ihn offensichtlich mehr als die eigentliche Verletzung. Leicht zittrig vor Aufregung blieb er vor mir stehen und versuchte, meine Schnauze mit seinem Kopf zu erreichen. Vanessa liess mich los und ich beugte mich zu ihm hinunter. Mario stupste mich zur Begrüssung an und stolperte anschliessend in Vanessas Richtung.

«Ich sollte jetzt wohl auch jagen gehen.», sagte ich, um die Suche nach Stella zu rechtfertigen.

«Wie du meinst. Aber ich bin davon überzeugt, dass Stella nichts zustösst, wenn wir sie mal für einige Minuten alleinlassen.», entgegnete Vanessa seufzend.

Mit schlaff herunterhängenden Flügeln trabte ich los in Richtung meiner Tochter. Meinen Muskelkater ignorierte ich währenddessen. Nur eine Minute später erspähte ich ein dunkelblaues Glitzern am Himmel. Bei genauerer Betrachtung erkannte ich Stella, die sich mir fortlaufend näherte. Sie flog schnurstracks auf mich zu und schien ausserordentlich aufgewühlt zu sein. Von ihrer Schnauze tropfte Blut, während ihr schluchzend Tränen aus den Augen rannen. Telepathisch erklärte sie mir, wie sie zum Spass Tiere gejagt hatte, ohne sie angreifen zu wollen. Plötzlich hatte sie die Kontrolle über ihr Bewusstsein verloren und einem Hasen, dem sie bereits seit mehreren Minuten dicht auf den Fersen gewesen war, in den Nacken gebissen. In animalischer Wildheit hatte sie seine Haut aufgerissen und sich auf das darunterliegende Fleisch gestürzt. Erst nachdem sie ihren grössten Hunger gestillt hatte, war ihr Bewusstsein vollständig zurückgekehrt.

Während ihrer Erklärung landete sie neben mir. Weinend vergrub sie ihren Kopf unter meinem linken Flügel, wobei ich sie mitfühlend an mich drückte.

«Ich wollte den Hasen nur jagen, Papa.», erklärte sie schluchzend.

Das weiss ich doch, antwortete ich telepathisch.

Vanessa hatte aus der Ferne gesehen, dass etwas nicht stimmte, und eilte nun ebenfalls herbei.

«Was ist passiert?», fragte sie wenige Minuten später ausser Atem.

«Stella hat die Kontrolle über ihren Jagdtrieb verloren und einen Hasen getötet.», erklärte ich ihr, ohne unsere Tochter loszulassen.

Vanessa setzte sich mit Mario auf ihrem Arm zu uns und redete beruhigend auf Stella ein. Nach einer Weile versiegten ihre Tränen und sie streckte ihren Kopf unter meinem Flügel hervor. Mein Magen knurrte abermals, was mich an mein ursprüngliches Vorhaben des heutigen Tages erinnerte. Gleichzeitig erspähte ich einen Fuchs, der knapp über der Baumgrenze aus einem Gebüsch huschte. Unwillkürlich verspürte ich den Drang, ihn zu jagen, während sich meine Speichelproduktion erhöhte.

«Wenn du als Mensch Fleisch isst, muss das Tier ebenfalls getötet werden, Stella.», erklärte Vanessa immer noch.

Stella nickte traurig.

«Ich habe einen Fuchs gesehen, den ich jagen könnte.», teilte ich ihnen mit, ohne meine zukünftige Beute aus den Augen zu lassen.

«Also tötest du auch Tiere?», fragte mich Stella leicht schockiert über meine Aussage.

Nun richtete ich meine Aufmerksamkeit ihr zu.

«Ja, aber nur, wenn es sein muss. Möchtest du zusehen, wie ich das mache?», erwiderte ich vorsichtig.

Auf diese Weise wollte ich ihr beibringen, dass das Schlachten von Tieren unvermeidbar war, um an Fleisch zu gelangen. Verunsichert blickte Stella zwischen Vanessa und mir umher. Ohne auf eine Antwort von ihr zu warten, lief ich in Richtung des Fuchses los, da ich vermeiden wollte, dass er mir entwischte. Ich richtete meine volle Aufmerksamkeit auf das nichtsahnende Tier, während ich mich in möglichst leisen Schritten näherte. Nicht im Flug angreifen zu können, war wesentlich anspruchsvoller, als ich es mir vorgestellt hatte. Noch gut zweihundert Meter vor meinem Ziel wurde ich bemerkt. Der Fuchs verschwand blitzschnell zwischen den Bäumen. Ich beschleunigte meine Schritte und rannte ebenfalls in den Wald hinein. Immer weiter jagten wir uns hinterher, bis ich nur noch wenige Meter von dem panisch Haken schlagenden Tier entfernt war. Gerade als ich mich mit einem Satz auf ihn stürzen wollte, wich der Fuchs nach rechts aus. Ruckartig bremste ich ab und folgte meiner Beute nun mit wesentlich grösserem Abstand. Sobald ich mich erneut bis auf wenige Meter genähert hatte, schlug der Fuchs abermals einen Haken. Wieder bremste ich schlitternd ab, da meine Klauen kaum Halt auf dem weichen Waldboden fanden. Frustriert gab ich ein Murren von mir, während ich wieder zu meiner Beute aufschloss. Plötzlich landete meine Tochter vor uns und versperrte dem Fuchs den Weg. Verunsichert blieb er stehen und ich nutzte diesen Augenblick, auf ihn zuzuspringen und ihn mit einem Nackenbiss zu töten. Als Haare und Blut in mein Maul gelangten, störte mich dies überhaupt nicht. Gierig riss ich ihm mit den Zähnen die Haut auf, um anschliessend in das rohe, blutige Fleisch beissen zu können. Mein in diesem Augenblick unkontrollierbares Verlangen liess mich meine Beute in Stücke reissen, ohne auf meine Tochter zu achten, die mich währenddessen beobachtete. Ihren Gedanken entnahm ich, dass sie schockiert war, was ich jedoch nicht nachvollziehen konnte. Unbeirrt genoss ich den Geschmack von Blut und rohem Fleisch, der sich auf meiner Zunge ausbreitete. Rechts neben mir raschelte es im Gebüsch. Kurz darauf erkannte ich ein kleines, braun behaartes Tier mit nacktem, rosarotem Schwanz. Ich ignorierte es, da ich noch mit meiner Beute beschäftigt war. Meine Tochter hingegen verlor plötzlich ihren Schock und ihre Trauer. Instinktiv stürzte sie sich auf das Tier, was wesentlich kleiner war als ihr Kopf.

Nun fühlte es sich an, als wäre ich aus einem Traum erwacht. Verwirrt blickte ich auf den zerfleischten Fuchs vor meinen Vorderbeinen, dessen Anblick ein Gefühl der Übelkeit in mir aufsteigen liess, was noch zusätzlich durch den Geschmack von Blut in meinem Maul verstärkt wurde.

Was habe ich getan? Fragte ich mich auf dieselbe Weise schockiert, wie es Stella vor Kurzem gewesen war.

Ich blickte zu ihr und erlebte gerade noch, wie sie knirschend auf einer kleinen Maus herumkaute und sie anschliessend an einem Stück herunterschluckte.

Stella? Fragte ich sie telepathisch, während ich angestrengt versuchte, die Haare aus meinem Maul loszuwerden.

Sobald ich feststellte, dass Spucken nicht zielführend war, schabte ich den Rest mithilfe meiner Klauen von der Zunge. Wieder fiel mein Blick auf den toten Fuchs, dessen Anblick mich erschaudern liess. Ich richtete meine Aufmerksamkeit erneut meiner Tochter zu, die nicht auf meine telepathische Frage reagiert hatte. Sie trat mit den Gedanken, die Fleischresten des Fuchses zu verspeisen, näher. Verunsichert wich ich beiseite, woraufhin Stella meiner Beute das restliche Fleisch von den Knochen riss.

Stella, verstehst du mich? Startete ich einen weiteren Versuch, mit ihr zu kommunizieren.

Unbehagen breitete sich in mir aus. Ich versuchte, mich auf all ihre Sinne zu konzentrieren, um ihr Bewusstsein direkt zu erreichen, was mich auf eine neue Weise mit ihrer animalischen Brutalität konfrontierte. Blitzschnell ignorierte ich das Gefühl, Haut und Sehnen mit den Zähnen auseinanderzureissen und drehte mich nach Vanessa um, die bedauerlicherweise noch nicht eingetroffen war. Aufgrund der langen Strecke, die ich benötigt hatte, um den Fuchs zu fangen, würde sie bestimmt noch eine Weile auf sich warten lassen.

«Stella, hörst du mich?», fragte ich sie nun verbal, wobei mich mehrere Haare zwischen meinen Zähnen störten.

Ich versuchte, die erneut in mir aufsteigende Übelkeit wie auch den zunehmenden Gestank zu ignorieren, und trat auf meine Tochter zu. Ohne auf meine Frage zu antworten, hielt sie plötzlich inne und starrte mich an, den Kopf noch ihrer Beute zugewandt. Die Art und Weise, wie mich ihr seitlicher Blick durchbohrte, jagte mir Angst ein. Trotzdem ging ich noch einen Schritt in ihre Richtung, was sie mit einem bedrohlichen Zähnefletschen quittierte.

«Stella?», sprach ich leise mit hoher, zittriger Stimme.

Inzwischen traten mir Tränen in die Augen. Der königsblaue Drache mit den blutverschmierten Zähnen schien mich nicht mehr als ihren Vater zu identifizieren. Sie fauchte mich nun wütend an, packte die Überreste meiner ursprünglichen Beute und zog sie einige Schritte von mir weg. Ratlos und voller Adrenalin blickte ich umher.

Ich muss Vanessa um Hilfe bitten, dachte ich hoffnungsvoll.

Gleich darauf kam mir der Gedanke, dass Stella ihre Mutter nicht wiedererkennen und dementsprechend angreifen würde, weswegen ich meine Idee wieder verwarf. Abermals startete ich den Versuch, mich mit Stellas Bewusstsein zu verbinden. Verzweifelt kämpfte ich gegen die intensiven Gefühle an, die ihr Fressen begleiteten. Bedauerlicherweise musste ich mich voll und ganz auf all ihre Empfindungen konzentrieren, um ihren Verstand erreichen zu können. Gerade als mich ihr scheinbar unstillbarer Hunger, der Geschmack von Blut und das Gefühl von Fleischfetzen im Maul zu überwältigen drohten, erschien ein hochkomplexes Konstrukt neben meinem Bewusstsein. Ich hatte erwartet, den Verstand meiner Tochter vorzufinden, jedoch erblickte ich nun etwas völlig anderes. Dieses Konstrukt hatte überhaupt nichts mehr mit ihr zu tun. Es waren lediglich Anreihungen von simplen Abläufen beziehungsweise Instinkten, die durch einfache Gegebenheiten ausgelöst werden konnten. Die von mir benannte Hardware war das Einzige, was sich nicht verändert hatte. Ansonsten verfügte meine Tochter über keine ihrer Erinnerungen, ihren als

Mensch erlernten Fähigkeiten und ihrer Persönlichkeit. Es war, als hätte man die komplette Software ausgetauscht.

Jetzt war sie fertig mit ihrer Beute. Die einfachen Programme, die sie gesteuert hatten, wurden beendet und durch wesentlich vielschichtigere Software ersetzt, die nun auch über logisches Denkvermögen, Empathie und einer begrenzten Menge an Daten verfügte. Hinter all dieser animalischen Denkweise entdeckte ich die Überreste von ihrem bisherigen Verstand. Ihre Erinnerungen, ihre Persönlichkeit und alles andere, was sie als Mensch ausgemacht hatte, lag abgeschottet hinter ihrem neuen Bewusstsein.

Stella setzte sich vor mich, schnupperte neugierig an meiner Schnauze und versuchte festzustellen, was mir fehlte. Die Tatsache, dass sie mit ihrem menschlichen Verstand augenblicklich begriffen hätte, was mein Problem war, löste einen tiefen Schmerz in mir aus, der bis in mein Innerstes reichte. Aus lauter Liebe zu meiner Tochter verband ich die abgeschotteten Teile ihres Bewusstseins wieder mit ihrem momentanen Verstand, um ihr ursprüngliches Wesen wiederherzustellen. Zwischendurch sträubte sie sich gegen meine Eingriffe, liess sie jedoch kurze Zeit später widerstandslos zu. Ich begann bereits, gewisse Segmente ihres animalischen Verhaltens zu deaktivieren und durch die ursprüngliche Software zu ersetzen, als ich plötzlich gewaltsam aus ihrem Verstand gedrängt wurde. Alle Systeme schienen sich neu zu sortieren, wobei ich mehr und mehr Stella wiedererkannte. Mit Freudentränen in den Augen löste ich mich vollständig von ihrem Bewusstsein. Stella blickte derweil verwirrt umher.

«Es ist schon wieder passiert, glaube ich.», dachte sie kurze Zeit später.

Im Gegensatz zum letzten Mal brach sie nicht augenblicklich in Tränen aus, da sie immer noch Vanessas beruhigende Worte im Kopf hatte. Stumm drückte ich meinen Kopf an ihren und umschloss sie mit meinem rechten Flügel, obwohl mich der daraus resultierende Schmerz zusammenzucken liess. Selbst das Blut, was von ihrer Schnauze auf meine Schuppen gestrichen wurde, brachte mich nicht davon ab, sie zu umarmen.

Wir sollten jetzt gehen, dachte ich traurig, schockiert und erleichtert zugleich.

Stella nickte und folgte mir zurück zu Vanessa.

19

Wald

Wenige Minuten später witterte ich meine Frau bereits, noch bevor es meine Tochter getan hatte. Inzwischen war es mir gelungen, die Blut- und Fleischreste aus meinem Maul loszuwerden. Selbst die Haare hatte ich erfolgreich entfernt. Stella trottete schicksalsergeben neben mir her und wusste nicht, was sie über ihr Verhalten denken sollte. Sie wurde einzig und allein durch die Tatsache beruhigt, dass weder Vanessa noch ich wütend auf sie war. Ich hingegen konnte kaum noch an etwas anderes als meine Instinkte denken.

Wie soll das weitergehen? Fragte ich mich.

«*Was meinst du mit 'das'?*», entgegnete meine Tochter telepathisch.

Seufzend erklärte ich ihr, dass diese Gedanken an mich selbst gerichtet waren. Derweil erblickte ich Vanessa zwischen zwei Bäumen. Sie war uns bis in den Wald gefolgt.

«Da seid ihr ja. Ich habe mir bereits Sorgen gemacht. Hast du den Fuchs erwischt?», fragte sie mich aufgeregt.

Mario, der zuvor ruhig in ihren Armen gelegen hatte, fing bei meinem Anblick an zu zappeln, weswegen Vanessa ihn sachte auf den weichen Waldboden setzte.

«Ja, ich habe ihn erwischt.», erwiderte ich bedrückt.

«Was ist passiert?»

Vanessas Blick verriet plötzlich Sorge und Angst.

«Wir haben beide die Kontrolle über unsere Jagdtriebe verloren. Ich weiss nicht genau, wie das geschehen konnte. Am besten wäre es, wir verschwinden von hier. Dieser Wald, die Tiere und mein Hunger scheinen etwas in mir zu wecken, was ich nicht kontrollieren kann. Stella ergeht es nicht anders.», erklärte ich.

Vanessa setzte sich neben mich, nahm meinen Kopf zwischen ihre Hände und starrte mir in die Augen. In diesem Moment hoffte ich, die Blutreste vollständig von meiner Schnauze entfernt zu haben.

«Ach, Schatz. Mach dir doch deswegen keinen Kopf. Du bist ein Drache und da ist es natürlich, wenn du Tiere jagst. Oder soll ich mit dir dasselbe Gespräch führen wie zuvor mit Stella?»

«Nein, aber ich befürchte, dass es sich verschlimmern könnte. Was, wenn ich *dich* in diesem Zustand verletze?»

«Das kann ich mir nicht vorstellen. In meiner Gegenwart bist du immer sehr menschlich.»

Gestärkt durch die beruhigenden Worte meiner Frau beschloss ich, weiterhin an unserem Campingausflug teilzunehmen.

«Gehen wir jetzt zurück zu unseren Sachen?», fragte ich.

Vanessa zeigte schmunzelnd auf den Rucksack an ihrem Rücken.

«Das habe ich alles bereits mitgenommen. Schliesslich wollte ich unsere Wertsachen nicht unbeaufsichtigt liegenlassen.»

Zufrieden schmunzelnd über ihre Weitsicht legte ich mich neben Mario hin, der aufgeregt von einem Bein auf das andere trat. Sobald ich flach neben ihm lag, kletterte er auf meinen entspannt ausgebreiteten Flügel und schliesslich auf meinen Rücken. Aufgrund seines Verbands und seiner noch unsicheren Beine bereitete es ihm grosse Schwierigkeiten, nicht herunterzufallen. Während er sich damit abmühte, über meine Rückenzacken zu klettern, beobachtete ich Stella, die interessiert am Waldboden schnupperte. Vanessa setzte sich neben mich und blickte ihrer Tochter ebenfalls nach, die in diesem Moment in einem Gebüsch verschwand. Ich vernahm ein leises Scharren, gefolgt von einem Rascheln. Plötzlich sprang ein Hase aus dem Gebüsch, der Stella vermutlich entwischt war. Da mein Magen immer noch knurrte, entschied ich mich dazu, meiner Tochter bei der Jagd zu helfen. Ruckartig sprang ich auf, wobei erneut ein sowohl stechender als auch brennender Schmerz durch meine Flügel schoss. In Anbetracht unserer Beute ignorierte ich diese Gefühle. Mein Sohn, der auf meinem Rücken gesessen hatte, purzelte zu Boden, was mich kurz innehalten liess. Die schnelle Bewegung des fliehenden Tieres am Rand meines Sichtfelds verleitete mich jedoch dazu, erst der Beute zu folgen, bevor ich mich um ihn kümmern konnte. Gemeinsam mit meiner Tochter trieben wir das verängstigte Tier in eine Ecke. Aus welchen Gründen auch immer sprang es geradewegs auf meine Tochter zu, die instinktiv zubiss, wodurch die Muskeln des behaarten Tiers erschlafften. Gerade als sie sich über unsere Beute hermachen wollte, erinnerte ich sie mit einem Fauchen daran, dass ich höher in der Rangordnung stand und hungrig war. Schnaubend liess sie die Beute fallen und ich bewegte mich langsam darauf zu. Ein Ruf eines mir unbekannten Wesens von links erregte meine Aufmerksamkeit. In einiger Entfernung stand es aufrecht auf zwei Beinen. Die Vorderbeine liess es aus unerklärlichen Gründen nutzlos baumeln und sie erweckten den Anschein, weder für das Fliegen noch das Gehen brauchbar zu sein. Der Kopf dieses Wesens war lediglich oben mit langen, hellen Haaren bedeckt. Ansonsten schien es keinerlei Fell zu besitzen. Die helle, nackte Haut war grösstenteils von farbigen Fasern überzogen, die in gewisser Weise einem Fell ähnelten, jedoch nicht direkt mit dem Körper verbunden zu sein schienen. Es war, als hätte sich dieses Wesen damit eingehüllt.

Hungrig schlich ich näher. Da es keine Anstalten machte, zu fliehen, obwohl mich seine wasserblauen Augen bereits erfasst hatten, wartete ich mit meinem Angriffssprung. Währenddessen analysierte ich es noch genauer, falls es sich doch noch wehren würde. Trotz seiner durch die aufrechte Haltung grosse und dominante Erscheinung wirkte es schwach und verletzlich. Die gesamte Körpermasse dieses Wesens schätzte ich kleiner als meine eigene. Es verfügte lediglich über kurze, stumpfe Klauen, keine herausstechenden Zähne und kleine Muskeln. Die Haut schien ausgesprochen dünn und verletzlich zu sein. Nun drang mir der Duft dieser Kreatur in die Nase. Es roch wundervoll und in gewisser Weise vertraut, was meinen Hunger noch verstärkte. Mir tropfte bereits der Speichel aus dem Maul, als ich mir vorstellte, in dieses zarte Fleisch zu beissen. Mit dem beinahe flachen Gesicht und der scheinbar nicht vorhandenen Schnauze blickte es mir entgegen, während es sich nicht von der Stelle bewegte. Zu seinem Geruch mischte sich nun auch noch der Duft von Angst. Wie bereits zuvor gab es kurze, abgehackte Laute von sich, während es langsam einen Schritt nähertrat. Erst jetzt erkannte ich, dass mein Sohn direkt neben diesem Ding sass und es nicht zu bemerken schien, da er ununterbrochen in meine Richtung blickte. Dies war der Ausschlag, mich vom Boden abzustossen und in einem grossen Satz auf dieses Wesen zu stürzen. Im allerletzten Moment richtete es die nackten Vorderbeine nach mir aus und drückte meinen Kopf mitten im Sprung von sich weg, wodurch meine Richtung geringfügig abgeändert wurde. Aufgrund dessen gelang es mir nicht, danach zu schnappen, jedoch erwischte ich es mit den Klauen. Als ich die zarte Haut seines linken Vorderbeins aufschlitzte, stiess dieses Wesen einen spitzen Schrei aus. Während ich landete, leicht über den weichen Waldboden schlitterte und mich auf einen weiteren Angriff vorbereitete, wich es mehrere Schritte zurück zu einem seltsamen, fasrigen Gegenstand mit mehreren flachen Bändern, deren Zweck ich bloss erahnen konnte. Ohne mir weiterhin darüber Gedanken zu machen, sprang ich erneut auf das seltsame Wesen zu, was nun ein eigenartiges, schwarzes Fell ohne Haut aus dem fasrigen Gegenstand zog und vor sich ausbreitete. Mit beiden Vorderpranken hielt es die grosse, eckige Fläche zwischen uns in die Luft, wodurch ich mich jedoch keineswegs einschüchtern liess. Erneut sprang ich dem Wesen entgegen, was zeitgleich zu meinem Absprung zur Seite wich. Da ich meine schmerzenden Flügel nicht zur Korrektur meiner Flugrichtung verwenden konnte, landete ich geradewegs im ausgebreiteten, schwarzen Fell. Es hüllte sich um meinen Kopf, meine Flügel und meine Beine. Blind stürzte ich zu Boden, wodurch ich hart auf einem Stein aufprallte, was einen stechenden Schmerz in meinem Hinterkopf auslöste. Für einen kurzen Augenblick lähmten mich meine Schmerzen, bis ich mich wieder zu verteidigen versuchte. Ohne dass ich wusste, wie mir geschah, wurde ich stärker im schwarzen Fell verwickelt. Ich vermutete, dass mich das Wesen auf diese Weise attackierte. Wütend knurrend wand ich mich in den zusammengeflochtenen, schwarzen Fasern, wobei sich meine Hörner und Klauen darin verkanteten. Meine Bewegungsfreiheit wurde zunehmend eingeschränkt, bis Angst in mir aufstieg. Als mich das geheimnisvolle Wesen packte, ohne dass ich mich verteidigen konnte, gab ich ein verzweifeltes Jaulen von mir, in der Hoffnung, meine Kinder warnen zu können. Ich wollte auf jeden Fall vermeiden, dass sie durch dieses Wesen ihr Leben verloren.

Plötzlich liess es von mir ab, während ich noch immer in den schwarzen Fasern eingehüllt war. Die einzig logische Erklärung hierfür war, dass es sich nun meine Kinder vorknöpfte. Ein unbändiger Zorn stieg in mir auf. Ich musste zwingend verhindern, dass ihnen etwas zustiess. Wieder knurrte ich wütend, während ich mich in den schwarzen Fasern wand. Mit den Klauen gelang es mir schliesslich, ein Loch hineinzureissen. Gleichzeitig biss ich wild drauf los, wobei ich die Fasern weiterhin zerstörte. Durch eine kleine Öffnung erspähte ich mehrere Bäume, Erde und Steine. Von meinen Kindern und diesem Wesen fehlte jede Spur. Knurrend und tobend riss ich das schwarze Fell vollständig auseinander. Wütend sprang ich auf und blickte umher. Als ich meine Kinder unversehrt neben mir entdeckte, entspannte ich mich wieder.

Mein Hunger vermischte sich mit dem Hass gegenüber dieses unbekannten Feindes. Ausgiebig schnupperte ich, bis mir der leckere Duft erneut in die Nase stieg. Ich wollte gerade der Spur folgen, als mich ein schmatzendes Geräusch ablenkte. Meine Tochter machte sich über das bereits getötete Beutetier mit vollständigem Fell her, obwohl ihre Gedanken verrieten, dass sie bereits satt war und lediglich auf Vorrat frass. Fauchend näherte ich mich ihr, wobei sie mir ebenfalls zähnefletschend in die Augen starrte. Sie stiess ein bedrohliches

Zischen aus und verteidigte das Essen, bis ich einen Satz in ihre Richtung sprang, um sie zu vertreiben. Wütend wandte sie sich von mir ab, während ich begann, meinen Hunger zu stillen.

Nachdem ich selbst die letzten Fleischreste von dem kleinen, mageren Beutetier genagt hatte, witterte ich neues Essen. Dieses Mal stammte der Duft aus dem Objekt, woraus das unbekannte Wesen das schwarze Fell gezogen hatte. Neugierig trat ich näher, während meine Kinder hinter meinem Rücken auf die Überreste des von mir zurückgelassenen Beutetiers zugingen. Es war mir gleichgültig, ob sie noch davon fressen konnten oder nicht. Mein Interesse galt nun dem Inhalt des braunen, fasrigen Objekts. Bevor ich meinen Kopf in die schmale Öffnung steckte, versicherte ich mich, nicht beobachtet zu werden. Da ich weder das seltsame Wesen, was stets auf zwei Beinen unterwegs war, noch andere Tiere entdecken konnte, wühlte ich mit der Schnauze in dem unbekannten Objekt herum, was vor mir lag. Als ich gegen eine durchsichtige, im schwachen Licht des Waldes glitzernde Schicht stiess, knisterte es verführerisch. Mit den Zähnen zog ich es heraus, was mir erstaunlicherweise keine Schwierigkeiten bereitete. Entgegen meiner Erwartungen schien es nicht mit dem fasrigen Objekt verbunden zu sein. Es hatte lediglich darin gelegen.

Aus der dünnen, durchsichtigen Schicht drang der leckere Duft von Fleisch. Nebenbei nahm ich auch noch Getreide und einige Tierprodukte wahr, die mich jedoch kaum interessierten. Mit einer Klaue stach ich durch die knisternde Schicht hindurch und riss sie auf, wobei der Inhalt zu Boden fiel. In weisse Fasern gehüllte, scheinbar essbare Teile lagen vor meiner Schnauze. Vorsichtig schnupperte ich an den Fasern, bis ich feststellte, dass diese höchstwahrscheinlich unverträglich waren. Mit der Schnauzspitze stupste ich meinen Fund an, bis sich zwei flache, eckige Getreidestücke voneinander lösten und mehrere noch dünnere Scheiben Fleisch preisgaben, die mit einer weissen, intensiv riechenden Masse bedeckt waren. Ich vermutete, dass es sich hierbei sowohl um pflanzliche als auch tierische Erzeugnisse handelte. Dennoch widerte mich dieser stechende Geruch an. Mit gerümpfter Nase zog ich mich ein wenig von den Lebensmitteln zurück. Ich fragte mich, wie ich das Fleisch von dieser zähen, klebrigen Masse befreien konnte. Da stachen mir wieder die eher neutral riechenden, weissen Fasern ins Auge. Sorgfältig nahm ich eine dieser extrem dünnen Schichten zwischen die Klauen und drückte sie sanft auf die intensiv riechende Masse, die das Fleisch bedeckte. Als ich das weisse Gewebe wieder entfernte, klebte der grösste Teil der mir unappetitlichen Masse daran. Ich wiederholte diesen Vorgang erneut mit weiteren, noch unbeschmutzten Fasern.

Nachdem ich das Fleisch abermals damit abgetupft hatte, klebten lediglich noch kleine Überreste der weissen Masse daran. Dies war mir jedoch gleichgültig, weswegen ich nun in die zarten, dünnen Scheiben aus Fleisch biss.

Kein Fett, keine zähen Sehnen und keine groben Fasern durchzogen dieses perfekte Stück Nahrung. Ich genoss jeden Bissen davon in vollen Zügen, bis nichts mehr übriggeblieben war. Nun widmete ich mich den weiteren drei von weissem Gewebe eingehüllten Häppchen, die zwischen dem Getreide und der intensiv riechenden Masse ebenfalls perfektes Fleisch enthielten. Währenddessen fragte ich mich, ob dies das Essen dieses seltsamen Wesens gewesen war.

Nach dem ich fertig gegessen hatte, blickte ich erneut im Wald umher. Meine Kinder machten Anstalten, das braune, fasrige Objekt nun ebenfalls zu untersuchen. Da mein Interesse momentan wieder der Fährte des unbekannten Wesens galt, obwohl mein Hunger bereits grösstenteils gestillt war, liess ich sie nähertreten. Dabei fielen mir weisse Fasern auf, die das linke Vorderbein meines Sohnes bedeckten. Unter genauerer Betrachtung erkannte ich, dass es Ähnlichkeiten zu den anderen Geweben aufwies, die das unbekannte Wesen verwendet hatte. Ich setzte mich neben meinen Sohn, packte sein eingehülltes Bein mit den Zähnen und zog ihn auf diese Weise näher. Er liess es unterwürfig über sich ergehen. Mit der linken Vorderpranke drückte ich ihn zu Boden, sodass er nicht auf die Idee kam, aufzustehen, während ich sachte an den weissen Fasern zupfte. Mit der Zeit lösten sie sich ab und ich fand heraus, dass sie mehrfach in dieselbe Richtung gewickelt waren. Unter den vielen dünnen Faserschichten befanden sich zwei weisse, harte Objekte, die an sein Bein gebunden waren. Behutsam zog ich daran, bis sie sich lösten. Anschliessend schnupperte ich ausgiebig am Bein meines Sohnes. Es roch beinahe ausschliesslich nach diesen Fasern, woraus ich schloss, dass es eine lange Zeit darin gesteckt hatte.

Ein leises Knistern erregte wieder meine Aufmerksamkeit. Meine Tochter hatte mehr durchsichtiges Material gefunden, in dem lange, schmale Objekte in rotbrauner Farbe steckten. Sie kaute genüsslich auf der durchsichtigen Schicht herum, die die rotbraunen Gegenstände vollständig umschlossen. Plötzlich strömte mir der Geruch von Fleisch entgegen. Ich folgte der Duftspur, die mich zu meiner Tochter leitete. Ihr Hunger war mittlerweile vollständig verschwunden, weswegen sie lediglich noch aus Lust auf der knisternden Schicht herumkaute. Ich hingegen war noch nicht satt. Als sie dies bemerkte, liess sie ihr neu gefundenes Fressen los und trat beiseite. Genüsslich atmete ich den Duft von perfektem Fleisch ein, der aus den Bisslöchern der transparenten Schicht drang. Ich leckte es ab, wodurch sich augenblicklich der leckere Geschmack in meinem Maul ausbreitete. Da dieses Mal keine Spur einer intensiv riechenden Masse existierte, freute ich mich ganz besonders auf dieses Essen. Wie bereits meine Tochter kaute ich auf der dünnen, durchsichtigen Schicht herum, wobei eine Menge Fleischsaft in mein Maul drang. Mit der Zeit wurde ich ungeduldig und riss die hinderliche Schicht auseinander, um das darunterliegende Fleisch direkt fressen zu können. Es war mit Abstand das Leckerste, was ich jemals zu mir genommen hatte. Gierig schlitzte ich weitere dieser transparenten Schichten auf, die sich innerhalb des braunen Gewebes befanden, bis ich selbst das letzte Stück Fleisch verschlungen hatte. Anschliessend leckte ich die Reste des Fleischsafts aus den Überbleibseln der transparenten Schichten und kaute genüsslich darauf herum.

Endlich war ich vollständig satt und konnte mich entspannen. Meinen Kindern schien es nicht anders zu ergehen. Zufrieden suchte ich mir eine bequeme Stelle auf dem Boden und rollte mich seufzend zusammen. Gerade als ich die Augen schliessen wollte, fiel mir ein, dass noch ein ziemlich grosses, gefährliches Wesen in der Umgebung existierte. Ich fühlte mich durch dessen blosse Existenz in meinem Territorium bedroht. Um die verlorene Fährte erneut aufzunehmen, schnupperte ich an meinen Klauen, die noch immer von Blutresten dieses Wesens bedeckt waren. Nachdem ich den Geruch in mir aufgenommen hatte, versuchte ich, eine dementsprechende Spur zu wittern. Mit meiner Schnauzspitze eine Klaue breit über dem Boden tapste ich umher. Nach einigen Schritten roch ich tatsächlich den Duft dieses Wesens, welcher an einem Blatt hängengeblieben war. Von diesem Punkt aus ging ich weiter bis zu einem Stein, der ebenfalls danach roch. Bei genauerer Betrachtung erblickte ich einen Blutstropfen. Ich leckte ihn ab, um den Geschmack ebenfalls in mir aufnehmen zu können. Das Blut stammte zweifelsohne von demselben Wesen, was mich in die schwarzen Fasern gehüllt hatte.

Ich folgte der Fährte weiterhin, wobei ich mich versicherte, dass meine Kinder Schritt halten konnten. Mein Sohn stolperte unbeholfen umher, was mich dazu verleitete, ihm zu helfen. In seiner Geschwindigkeit würden wir das Wesen bestimmt niemals einholen können. Sachte packte ich ihn mit den Zähnen am Nacken und trug ihn auf diese Weise durch den Wald. Die Fährte wurde mit der Zeit klarer, während sich meine Schritte dementsprechend beschleunigten. Schlussendlich sprang ich in hohem Tempo zwischen den Bäumen hindurch, immer weiter den Berg hinauf. Der Wald lichtete sich allmählich. Irgendwann erreichte ich eine grosse Wiese, worauf das eigenartige Wesen deutlich erkennbar war. Im Gegensatz zu meiner letzten Begegnung mit ihm sass es nun an einen grossen Stein gelehnt im Gras. Die Fasern um den oberen Teil seines Körpers hatte es abgestreift, weswegen die nackte Haut ersichtlich war. Stattdessen hatte es die Wunde, die ich ihm zugefügt hatte, mit den Fasern bedeckt und auf eine Weise eingehüllt, die mich an das Bein meines Sohnes erinnerte. Mir kam der Gedanke, dass dieses Ding ihm das angetan hatte, weswegen sich meine Wut darauf noch verstärkte.

Auf diesem offenen Feld wäre ich ihm nur zu gern entgegengeflogen, jedoch hinderten mich meine schmerzenden Flügel daran. Zornig knurrend sprintete ich mit meinem Sohn auf dieses Wesen zu, bis es mich endlich erblickte. Ich war erstaunt, dass es nicht bereits viel früher auf mich aufmerksam geworden war. Ruckartig bremste ich ab, liess meinen Sohn in das weiche Gras fallen und setzte erneut zum Angriff an. Das Wesen stiess wieder abgehackte Laute aus, deren Bedeutung ich nicht kannte. Unbeirrt sprintete ich darauf zu, bis ich erneut seinen Duft wahrnahm. Es war das Herrlichste, was ich jemals gewittert hatte. Im Gegensatz zu meiner ersten Begegnung stimmte mich dieser Geruch nicht mehr hungrig. Er wirkte in gewisser Weise beruhigend auf mich. Unwillkürlich verlangsamte ich meine Schritte, bis ich schliesslich kurz vor diesem Wesen zum Stillstand kam. Der Geruch von Blut überlagerte sich mit dem himmlischen Duft, der davon ausging. Etwas in mir wollte die ursprüngliche Weise, wie dieses Wesen roch, wiederherstellen. Tränen flossen aus den Augen dieses wimmernden Etwas. Die im Tageslicht schimmernde Iris erinnerte mich an klares Wasser. In diesem Moment fiel mir auf, dass ich Durst hatte. Bevor ich mich darum kümmern konnte, musste ich jedoch dieses Wesen töten. Langsam trat ich näher, wobei mir der Anblick, der sich mir bot, Unbehagen bereitete. Ich wusste nicht, weshalb, aber es fühlte sich an, als würde ich in der Klemme stecken und momentan einen schrecklichen Fehler begehen. Das Wesen streckte ein Bein in meine Richtung und stiess einen mir unbekannten Laut aus. Verunsichert öffnete ich mein Maul, um nach der Pranke zu schnappen, die sich knapp neben meinem Kopf befand. Das Gefühl des Unbehagens verlangsamte meine Bewegung so sehr, dass es dem Wesen gelang, sich zurückzuziehen, bevor ich zubeissen konnte. Ich startete einen weiteren Versuch, es anzugreifen, wurde jedoch von der Iris dieses Wesens hypnotisiert. Die blauen Wellen, die sich darauf bildeten, waren schöner als die von klarstem Flusswasser. Erneut streckte es eines seiner nackten Vorderbeine nach mir aus. Ich bemerkte, wie ich in meiner Bewegung erstarrt war, und fauchte es sowohl wütend als auch verunsichert an. Irgendwie gelang es diesem Ding, mich geistig zu beeinflussen. Aufgrund meiner Reaktion zuckte es zurück, floh jedoch nicht. Mit aller Kraft versuchte ich, mich gegen die hypnotisierende Wirkung dieser blauen Augen kombiniert mit dem wundervollen Duft zu wehren, jedoch zwang mich das Gefühl des Unbehagens erneut, zu erstarren.

Plötzlich hatte ich eine Eingebung. Es war, als würde ich mich an etwas erinnern, was ich vor einer Ewigkeit vergessen hatte. Erst war es nur wage, mit der Zeit jedoch klar und deutlich. Aus welchen Gründen auch immer erinnerte ich mich nun daran, dieses auf zwei Beinen gehende Wesen zu lieben. Abermals streckte es mir eine seiner Pranken entgegen. Dieses Mal unterlag ich meinen neu entdeckten Gefühlen und wehrte mich nicht. Es kroch näher und als mich die nackte Haut seiner Klauen beinahe an der Schnauzspitze berührte, vernahm ich das bedrohliche Fauchen meiner Tochter hinter mir. Sie versuchte, mich vor diesem Wesen zu warnen, jedoch war ich seinem Bann bereits unterlegen. Es berührte mich sachte und obwohl ich mich hätte fürchten müssen, fühlte es sich gut an. Ich liess zu, dass es mir mit den Klauen über den Kopf strich und mit angenehmem Druck meinen Nacken massierte. Ein wohliges Gefühl der Liebe und Geborgenheit breitete sich in meinem Inneren aus, was einzig durch das erneute Fauchen meiner Tochter gemindert wurde. Sie sprang nun zähnefletschend auf uns zu, wobei das Wesen erschrocken zurückzuckte. Für diesen Moment schien die Zeit stillzustehen. Einerseits wollte ich mich aus dem Bann dieses Wesens befreien und andererseits fühlte es sich richtig an, in seiner Nähe zu sein. Meine Tochter hatte sich bereits zum Angriff abgestossen und war nun noch eine Körperlänge von uns entfernt. Sie würde es töten, um mich zu beschützen, jedoch wollte ich nicht, dass dies geschah. Ich fasste den Entschluss, dieses scheinbar mächtige Wesen zu verteidigen, indem ich mich vom Boden abstiess, mitten in der Luft mit meiner Tochter kollidierte und mit ihr im trockenen Gras landete. Sie fauchte mir wütend entgegen, was ich ebenso zornig erwiderte. Bedauerlicherweise setzte sie erneut zum Angriff gegenüber des fremden Wesens an, woran ich sie hinderte, indem ich ihre Schwanzspitze mit den Zähnen packte und nach hinten zog. Aufgrund ihres Zorns griff meine Tochter nun mich an. Knurrend schlug sie mit ihren Klauen nach meinem Gesicht, was ich im letzten Moment zurückziehen konnte. Gleich darauf schnappte sie nach meinem Hals, woraufhin ich nach ihrem schnappte und im Gegensatz zu ihr mein Ziel erreichte. Da ich grösser und stärker war als sie, gelang es mir, sie zu Boden zu reissen und mit meinen Pranken zu fixieren.

Bedrohlich knurrte ich ihr entgegen, während ich ihr leicht in die Kehle biss, um meine Dominanz zu untermauern. Sie gab den Widerstand auf und streckte mir unterwürfig den Bauch und die Kehle entgegen, obwohl mir diese Körperteile bereits vorhin entblösst gewesen waren. Ich gab mich mit ihrem Verhalten zufrieden und liess sie los.

Mein Blick fiel erneut auf das seltsame Wesen, was die gesamte Situation beobachtet hatte. Bevor ich mich ihm erneut nähern konnte, vernahm ich ein leises Geräusch, was ich nicht identifizieren konnte. Verwirrt blickte ich umher und versuchte, dessen Ursprung ausfindig zu machen. Es wurde fortlaufend lauter, bis es zu einem Dröhnen begleitet von schnellem, regelmässigem Klopfen anschwoll. Am Himmel entdeckte ich ein grosses, rotweisses Objekt, was sich in hoher Geschwindigkeit näherte. Sofort erfüllte mich dieser Anblick mit Panik, da es wesentlich schneller und grösser war als ich und einen starken Eindruck erweckte. Insbesondere die schnell rotierenden, schwarzen Teile über diesem Objekt jagten mir Angst ein. Begleitet von dem lauten Geräusch, was mittlerweile die Erde erbeben liess, war es schlichtweg furchteinflössend. Verunsichert blickte ich zu dem Wesen neben mir, was immer noch entspannt im Gras sass. Ich spielte mit dem Gedanken, es vor dem rotweissen Objekt in Sicherheit zu bringen, jedoch konnte ich meinen Sohn nicht im Stich lassen. Das Dröhnen wurde beinahe unerträglich, als ich mich endlich dazu entschied, meinen Sohn am Nacken zu packen und zu verschwinden. Meine Tochter folgte mir mit eingezogenem Kopf, da sie sowohl durch meine Machtdemonstration als auch durch dieses rotweisse Etwas eingeschüchtert war. Wir erreichten gerade den Waldwand, als dieses neue Ding neben dem wundervoll duftenden Wesen landete. Einige weitere dieser Wesen verliessen das rotweisse Objekt und nahmen das erste Wesen mit. Gleich darauf starteten sie mit lautem Dröhnen und Klopfen und liessen nichts zurück. Verängstigt versteckte ich mich in einem Gebüsch und wartete, bis es über mich und meine Kinder hinweggeflogen war. Erleichtert stellte ich fest, dass es uns keinerlei Beachtung schenkte.

Kurze Zeit später wurden die bedrohlichen Geräusche leiser. Gleichzeitig breitete sich ein neues Gefühl des Unbehagens in mir aus. Meine Gedanken schweiften erneut zu diesem unbekannten Wesen ab, in dessen Gegenwart ich mich geborgen gefühlt hatte. Meine neu entdeckte Liebe verleitete mich zu dem Entschluss, das rotweisse Objekt zu verfolgen, um das Wesen zu befreien. Meine Tochter fing meinen Plan telepathisch auf und antwortete mit einem warnenden Knurren. Sie traute diesem Wesen keineswegs und wollte mich davor beschützen. Ich ignorierte ihre Bedenken, stiess mich vom Boden ab und breitete die Flügel aus, um die Verfolgung aufzunehmen. Gleich darauf erschlafften meine Schwingen aufgrund der stechenden Schmerzen, die davon ausgingen. Gemeinsam mit meinem Sohn stürzte ich unsanft zu Boden. Ein weiterer Schmerz schoss durch meinen Hinterkopf, der kurzzeitig den meiner Flügel übertraf. Verkrampft lag ich auf der Erde und hoffte auf Linderung. Ein leises Winseln meines Sohnes zog meine Aufmerksamkeit auf sich. Unbewusst hatte ich stärker in seinen Nacken gebissen, als ich beabsichtigt hatte. Mitfühlend liess ich ihn los und schnupperte an der betroffenen Stelle. Erleichtert stellte ich fest, dass er nicht blutete und unter keinen grossen Schmerzen zu leiden schien. Ich stellte mir vor, meine Tochter würde ihn tragen, um ihr diesen Befehl zu erteilen. Sie blickte mir stur entgegen, da sie sein Gewicht nicht tragen wollte. Ich entblösste geringfügig die Zähne, bis sich meine Tochter schliesslich frustriert schnaubend dazu entschied, meinen Anweisungen Folge zu leisten.

Wieder stiess ich mich vom Boden ab, um meiner neuen Liebe zu folgen, jedoch stürzte ich aufgrund der Schmerzen ab. Verzweifelt versuchte ich es erneut, was abermals dasselbe Resultat provozierte. Dieses Mal vervielfachte sich das Stechen in meinem Hinterkopf, wodurch ich mich jaulend auf der Erde wand. Noch mit pochenden Schmerzen richtete ich mich auf und startete die Verfolgung zu Fuss. Die Flügel liess ich schlaff hängen, wobei sie einige Äste und Wurzeln streiften. Meine Tochter flog mittlerweile mit ihrem Bruder zwischen den Zähnen über die Bäume hinweg. Aus dem Augenwinkel erkannte ich ihre blau glitzernden Schuppen durch die Baumkronen hindurch. Ich rannte, so schnell ich konnte, um meine Liebe nicht zu verlieren. Die Geräusche des rotweissen Objekts, was das Wesen entführt hatte, waren inzwischen beinahe verstummt. Keuchend vor lauter Anstrengung raste ich zwischen den Bäumen hindurch, sprang über Büsche und Sträucher hinweg und ignorierte alles, was meinen Weg kreuzte. Selbst ein kleines, flauschiges Tier mit grauem Fell, über das ich geradewegs hinwegsprang, liess mich kalt. Momentan war mir alles gleichgültig, was nicht mit diesem seltsamen, wohlriechenden Wesen zusammenhing.

Einige Zeit später war mein Maul vollständig ausgetrocknet, meine Lungen brannten und ich hatte mir aufgrund stacheliger Büsche blutige Wunden an den Flügeln zugezogen. Selbst meine Beine fühlten sich schlaff und erschöpft an. Dennoch wollte ich keineswegs aufgeben. Das kaum noch wahrnehmbare Geräusch des rotweissen Objekts verstummte allmählich. Unbeirrt rannte ich weiter, bis ich versehentlich über eine Wurzel stolperte. Ich überschlug mich zweimal und prallte mit dem Kopf gegen einen Stein.

20

Liebeskummer

Pochende Schmerzen zuckten von meiner Stirn bis tief in meinen Nacken, als ich auf dem Waldboden erwachte. Benommen öffnete ich die Augen und erblickte meine Tochter, die mich besorgt anstarrte. Sachte stupste sie mich mit der Schnauze an, bis ich einen Versuch startete, mich aufzurichten. Mein Kiefer schmerzte und meine Beine fühlten sich schwach an, jedoch gelang es mir, mich hinzusetzen. Nebst den Kopfschmerzen verspürte ich nun auch noch Schwindel, der mich geringfügig taumeln liess. Ausserdem war mein Maul vollständig ausgetrocknet und ich verspürte starken Durst. Das Geräusch des rotweissen Objekts war verstummt und da es keine Duftspur hinterlassen hatte, wusste ich nicht, wie ich ihm noch folgen sollte. Selbst die Orientierung hatte ich aufgrund meines Sturzes verloren.

Seufzend schlenderte ich einige Schritte durch den Wald. Ich verspürte weder den Drang, etwas zu jagen, noch mich auszuruhen. Meine Gedanken wurden einzig und allein von meiner verlorenen Liebe beherrscht. Traurig und mit hängendem Kopf wanderte ich ziellos umher, bis mich ein leises Rauschen aufhorchen liess. Der Geruch von feuchter Erde und nassem Stein stach mir in die Nase. Aufgrund meines Dursts näherte ich mich instinktiv der Quelle dieser Eindrücke. Kurz darauf erblickte ich einen klaren Fluss unterhalb einer tiefen Klippe. Ich erinnerte mich daran, meine Flügel nicht benutzen zu können, und begann, sachte der Steinwand entlang nach unten zu klettern. Meine Tochter flog derweil zielstrebig mit ihrem Bruder zum Flussufer. Während sie bereits gierig tranken, kletterte ich auf zittrigen Beinen Schritt für Schritt hinab. Mein rechtes Vorderbein rutschte auf dem glatten, durch die Sonne erwärmten Fels aus. Durch einen äusserst schmerzhaften, instinktiven Flügelschlag behielt ich meine Balance und erlangte den Halt zurück. Anschliessend setzte ich meinen Abstieg mit pochendem Herzen fort. Aus offensichtlichen Gründen fürchtete ich einen Sturz.

Eine gefühlte Ewigkeit später trennten mich nur noch wenige Körperlängen vom Fluss. Ich hatte endlich die Unterseite der Klippe erreicht. Erleichtert sprang ich in das kühle Nass und schloss die Augen, während mich das reine Wasser umspülte. Kurz darauf tauchte ich auf und schwamm in entspannten Zügen ans Ufer. Meine Kinder lagen bereits auf kleinen Steinen neben dem Wasser und genossen die Wärme der Sonne. Als ich wieder Boden unter den Füssen hatte, schnappte ich nach dem Wasser, um meinen Durst zu stillen. Erst jetzt überkam mich ein erneutes Hungergefühl, was aufgrund meiner angestrengten Jagd durch den Wald entstanden sein musste. Da sowohl meine Kopfschmerzen als auch mein Schwindelgefühl nachgelassen hatten, begab ich mich auf die Suche nach etwas Essbarem. Nur einen Augenblick später entdeckte ich mehrere Lebewesen im Fluss. In ihrer langen und schmalen Gestalt schwammen sie mühelos durch das klare Wasser. Obwohl ich sie nicht riechen konnte, wusste ich instinktiv, dass sie zu meinen Beutetieren zählten. Freudig schwamm ich zurück in einen tieferen Abschnitt des Flusses und tauchte knapp zwei Körperlängen neben diesen schwimmenden Tieren unter. Während ich mich ihnen näherte, schwammen sie instinktiv in dieselbe Richtung, um einen bestimmten Abstand mir gegenüber beizubehalten. Demnach versuchte ich, mich ihnen ruckartig und somit überraschend zu nähern, jedoch schlängelten sie sich blitzschnell davon, bevor ich zu ihnen aufschliessen konnte. Ihre schmalen, flachen Hinterteile eigneten sich perfekt dazu, sich im Wasser voranzutreiben. Aufgrund meines für die Luft und das Land konzipierten Körpers würde ich sie niemals auf diese Weise einholen können. Ich hielt einen Moment inne und stellte fest, dass sich diese Tiere ebenso schnell wieder beruhigten, wie sie in Panik verfallen waren. Dies brachte mich auf eine Idee. Ich tauchte auf, füllte meine Lungen mit Luft, so gut ich konnte, und schwamm bis in das Flussbett hinab. Unten angekommen, klammerte ich mich mit den Klauen an den kleinen Steinen des Untergrunds fest, um nicht von der Strömung erfasst zu werden, und wartete geduldig.

Bereits kurze Zeit später, lange bevor mir die Luft ausgegangen wäre, schwamm eines dieser schlanken Tiere knapp an meinem Kopf vorbei. Aufgrund meiner Starre schien es mich nicht zu bemerken. Sobald es direkt vor meiner Schnauze war, schnappte ich blitzschnell zu und erwischte es tatsächlich. Mit diesem glitschigen, zappeligen Tier zwischen den Zähnen tauchte ich auf. Oberhalb der Wasseroberfläche versuchte es mit aller Kraft, zu entkommen, weswegen ich stärker zubiss. Knackend gab der Körper dieses Wesens nach und seine Bewegungen erstarben. Glücklich über meine neue Beute schwamm ich ans Flussufer und widmete mich meiner Mahlzeit. Obwohl dieses Tier geringfügig länger war als mein Kopf, konnte ich es an einem Stück verspeisen, da es vergleichsweise sehr schmal war. Aufgrund seiner glitschigen, schuppigen Haut rutschte es problemlos meinen Hals hinunter, wodurch ich bereits nach einem kurzen Augenblick mit meiner Beutejagd fortfahren konnte. Diese Art der Beschäftigung hatte mich kurzzeitig von meiner verlorenen Liebe abgelenkt, weswegen ich mich erneut voller Freude ins Wasser stürzte, um dem nächsten schwimmenden Tier aufzulauern.

Die Zeit verstrich, während ich einige dieser Wesen verspeiste, obwohl ich bereits satt war. Irgendwann gesellten sich meine Kinder ebenfalls dazu und versuchten ihr Glück an der Jagd nach diesen schlanken Wesen, die ich bereits beinahe perfekt beherrschte. Meiner Tochter gelang es nach drei Versuchen bereits, ein grosses Exemplar zu fangen. Mein Sohn hingegen fürchtete die Tiefe des Flusses und wagte sich nicht bis zu uns vor. Deswegen stand er im seichten Wasser, während er uns sehnsüchtig beim Jagen beobachtete. Nachdem ich ein weiteres dieser Wesen verspeist hatte, was nun ein beinahe schmerzhaftes Völlegefühl in meinem Magen auslöste, jagte ich noch ein Exemplar für meinen Sohn. Als ich ihm das bereits getötete Tier vor die Füsse legte, was beinahe so lang war wie er selbst, stürzte er sich gierig darauf und riss das zarte Fleisch auseinander, so gut er konnte. Mit übervollem Bauch legte ich mich daneben. Entspannt seufzend beobachtete ich meinen Sohn, der gierig einen Bissen nach dem anderen verschlang. Meine Tochter, die sich ebenfalls überfressen hatte, kuschelte sich an meine Seite und versank direkt in einen tiefen Schlaf. Ich hingegen konnte nicht einschlafen, da meine Gedanken abermals zu meiner verlorenen Liebe abschweiften. Ich musste dieses wohlriechende Lebewesen befreien. Gedanklich schmiedete ich bereits Pläne, mich auf die Suche danach zu begeben, sobald mein Magen nicht mehr zu platzen drohte.

Irgendwann riss mich ein tiefes Grollen aus den Gedanken. Verunsichert blickte ich umher und stellte fest, dass der Himmel nun dunkelgrau war und die Sonne nicht mehr schien. Nahe des Horizonts flackerte ein pinkes Licht auf, was sich durch die dunkelgrauen Massen schlängelte, die die Sonne verbargen. Kurz darauf ertönte ein lauter Donner, der den Boden erbeben liess. Sowohl ich als auch meine Kinder zuckten zusammen. Auf einmal fühlte ich mich neben dem Fluss nicht mehr sicher. Mit immer noch prall gefülltem Bauch stand ich auf und verkroch mich in einem Gebüsch am Waldrand. Meine Kinder folgten mir leicht verängstigt. Ein weiteres Donnern ertönte. Die Kinder zitterten bereits vor lauter Furcht und schmiegten sich dicht an meine Seite. Ich hüllte sie schützend mit meinen glücklicherweise etwas weniger schmerzenden Flügeln ein und hielt Wache. Bei jedem weiteren Donner zuckte ich nervös umherblickend zusammen. Gleichzeitig meldete sich erneut der Schmerz in meinem Hinterkopf.

Als es schliesslich auch noch zu regnen begann und uns ein starker Wind entgegenwehte, fühlte ich mich vollständig unwohl. Angespannt lag ich mit meinen Kindern im Gebüsch und hoffte, während dieses Unwetters nicht zu Schaden zu kommen. Regentropfen prasselten gegen mein Gesicht und die Blätter der Bäume rauschten laut im Wind. Ein Ast gab knackend nach und fiel wenige Körperlängen neben uns zu Boden. In diesem Moment fragte ich mich, welches Wesen in der Lage war, solch ein Unwetter zu erzeugen. Ich stellte mir ein gewaltiges, schwarzes Tier vor, was mit seinen riesigen Schwingen Windböen erzeugte, die selbst die stärksten Bäume entwurzeln konnten. Wenn es sich schüttelte, stoben unzählige Wassertropfen in alle Richtungen, die wir als Regen wahrnahmen. Der Schrei dieses Wesens erzeugte das ohrenbetäubende Donnern, was den Boden erzittern liess. Meine Tochter ergänzte meine Vorstellung dieses abscheulichen Wesens mit Klauen und Zähnen, die länger waren als ausgewachsene Bäume. Sie verglich die Grösse des Monsters mit Bergen, wobei ich ihr stumm zustimmte. Etwas, was solch gewaltige Unwetter erzeugen konnte, musste die Grösse von Bergen haben.

Bis tief in die Nacht setzten sich Regen, Sturm und Donnergrollen fort. Als es sich endlich besserte, entspannten wir uns allesamt. Das Zittern meiner Kinder stellte sich ein und sie versanken in einen tiefen Schlaf. Ich legte erschöpft meinen Kopf auf den durchweichten Waldboden und schloss die Augen, um mich ebenfalls erholen zu können.

Direktes Sonnenlicht weckte mich am nächsten Tag. Mein Sohn hatte sich zwischen meinen Vorderbeinen unter meinen Hals gekuschelt, während sich meine Tochter dicht an meine Seite geschmiegt hatte, wodurch sie vollständig von meinem Flügel bedeckt war. Ich blickte umher und erkannte nichts als nasse, in der Sonne glitzernde Blätter, matschige Erde und feuchte, intensiv nach modrigem Holz riechende Baumstämme. Zu meiner Linken hörte ich das regelmässige Rauschen des Flusses, dessen Ufer um einige Körperlängen näher gerückt war. Das nun braune, undurchsichtige Wasser strömte wild in Richtung Tal. Aufgrund dieser Naturgewalt verzichtete ich darauf, heute noch einmal im Fluss jagen zu gehen. Stattdessen stand ich sachte auf, ohne meine Kinder aufzuwecken, trat ans Flussufer und stillte meinen Durst. Nachdem ich auch meine Geschäfte erledigt hatte, legte ich mich wieder neben meine Kinder, die immer noch entspannt schliefen. Gerade als ich mich mit meinem seit gestern vollen Bauch schlafen legen wollte, erinnerte ich mich an meine verlorengegangene Liebe. Wie ein Stechen in der Brust breitete sich dieses

Gefühl in mir aus, bis mich wieder der unumstössliche Gedanke überkam, das wohlriechende Wesen auf zwei Beinen zu retten. Sachte stupste ich meine Kinder mit der Schnauze an, um sie zu wecken. Beide streckten sich seufzend, während ich ihnen telepathisch begreiflich machte, was ich vorhatte. Murrend vergrub meine Tochter ihren Kopf unter ihrem linken Flügel. Ein Bild von ihr mit ihrem Bruder erschien in meinen Gedanken. Sie schliefen gemeinsam am Flussufer und genossen das regelmässige Rauschen wie auch die warmen Sonnenstrahlen. Schnaubend änderte ich meinen Plan, indem ich meiner Tochter einschärfte, auf ihren kleinen Bruder aufzupassen. Glücklich darüber, dass ich meine Meinung geändert hatte, legte sie sich seitlich hin, schloss die Augen und glitt bereits wieder in einen tiefen Schlaf.

Leicht besorgt, ob es eine gute Idee war, die Kinder alleinzulassen, breitete ich die fortlaufend schmerzenden Flügel aus und stiess mich vom Boden ab. Dieses Mal gelang es mir, mehrere Male damit zu schlagen, ohne abzustürzen. Dennoch zwangen mich die Schmerzen kurz darauf, zu landen. Enttäuscht setzte ich meine Suche nach dem wohlriechenden Wesen zu Fuss fort. Da ich weder wusste, in welche Himmelsrichtung es entführt worden war, noch wie weit es entfernt war, wanderte ich ziellos umher und schnupperte ununterbrochen an der Luft. Nebst dem nassen Holz, dem Harz der Bäume, einigen Tieren wie auch nasser Erde konnte ich den Geruch meiner Liebe jedoch nicht wittern. Irgendwann entschied ich mich dazu, gerade in eine Richtung zu gehen, bis ich etwas entdecken würde. Lange tapste ich durch den Wald. Mein Weg führte mich immer weiter in Richtung Tal. Die Bäume wurden artenreicher, mehr und insbesondere grössere Tiere streiften durch das Dickicht, und seltsame Geräusche, die ich nicht identifizieren konnte, drangen in meine Ohren.

Plötzlich war der Wald zu Ende. Eine grosse, beinahe perfekt flache Wiese lag nun vor mir. Dahinter standen einige seltsame Gebilde, die aus glattem, grösstenteils hellgrauem und weissem Stein bestanden. Dazwischen verkehrten einige dieser seltsamen, auf zwei von vier Beinen gehenden Wesen. Keines davon erkannte ich als meine Liebe. Verunsichert trat ich auf die Wiese zu, die durch ein dünnes, fasriges Geflecht vom Wald getrennt war. Ich sprang über das leise brummende Etwas aus rotbraunen Fasern hinweg und landete auf der Wiese.

Ein klangvolles Geräusch erregte meine Aufmerksamkeit. Rechts von mir standen einige grosse Tiere mit braunweissem Fell und einem goldbraun glänzenden Gegenstand, der ihnen um den Hals befestigt war. Zumindest vermutete ich, dass sie keines natürlichen Ursprungs waren, da diese

Gegenstände fortlaufend klangvolle Geräusche von sich gaben und nicht direkt mit den Tieren verbunden zu sein schienen. Die geheimnisvoll brummenden Fasern, über die ich soeben gesprungen war, wirkten ebenfalls unnatürlich. Genaugenommen traf dies auf alles zu, was sich neben dem Wald befand. Die perfekt flachen, grauen Ebenen aus Stein, auf denen sich die aufrecht gehenden Wesen bewegten, die Steingebilde mit ihren teilweise transparenten Wänden und die viel zu offenen Wiesen erweckten den Anschein, künstlich hergestellt worden zu sein. Ich vermutete, dass die geheimnisvollen Wesen, von denen ich eines liebte, etwas damit zu tun hatten.

Da ich keinen Hunger verspürte und mich die grossen, braunen Tiere misstrauisch und geschützt durch ihre Herde beobachteten, wandte ich mich von ihnen ab und näherte mich stattdessen den Gebilden aus Stein. Nachdem ich über ein weiteres, offensichtlich künstlich hergestelltes Hindernis gesprungen war, um von der grossen Wiese zu gelangen, landete ich mit einem kratzenden Geräusch auf dem perfekt flachen Stein. Er war rau und demnach nicht rutschig, was mir die Fortbewegung erleichterte. Dennoch fühlte es sich seltsam an, dass der Boden keineswegs nachgab und bei jedem Schritt laute Geräusche erzeugte. Urplötzlich raste ein grau glänzendes Objekt seitlich auf mich zu. Erschrocken drehte ich mich danach um und wollte bereits fliehen, als es ruckartig zum Stillstand kam. Durch eine transparente Wand hindurch erkannte ich eines dieser seltsamen, scheinbar mächtigen Wesen, die ihre Umgebung nach ihren Bedürfnissen angepasst hatten. Es starrte mich aus der schützenden Hülle des grossen, spiegelnden Objekts an, aus dem fortlaufend ein tiefes Brummen drang. Gleichzeitig schien dieses Objekt an mehreren Stellen zu leuchten, was mich in gewisser Weise faszinierte. Bevor ich es mir genauer ansehen konnte, bewegte es sich plötzlich rückwärts, blieb kurz stehen und rauschte anschliessend an mir vorbei. Währenddessen fauchte ich es an, um ihm zu signalisieren, dass ich mich verteidigen konnte, falls es in Betracht zog, mich anzugreifen.

Als es gleich darauf laut röhrend floh, blickte ich ihm verwundert nach. Ich fragte mich, weshalb sich solch ein grosses, mächtiges Wesen derart vor mir fürchtete. Ein seltsamer, beissender Gestank drang in meine Nase, weswegen ich mehrere Male hustete. Verunsichert blickte ich umher, um den Ursprung dieses Gestanks zu entdecken, jedoch fiel mir nichts Aussergewöhnliches auf. Einzig zwei weitere Wesen, die durch ihre hautlosen Felle bedeckt in meine Richtung kamen, entdeckte ich. Da mein Magen immer noch prall gefüllt war, fauchte ich ihnen entgegen, um sie daran zu hindern, mich anzugreifen. Erstaunlicherweise blieben beide auf der Stelle stehen und zogen sich sogar einige Schritte zurück.

Zufrieden über ihre Vorsicht machte ich einen grossen Bogen um sie herum und suchte zwischen einigen Gebilden aus Stein nach meiner Liebe. Währenddessen fiel mir auf, dass die glänzenden Objekte, von denen ich bereits einem nahegekommen war, jeweils mit hoher Geschwindigkeit über den perfekt glatten Stein jagten. Jedes Mal sass mindestens eines der aufrecht gehenden Wesen innerhalb eines dieser Objekte, wodurch ich vermutete, dass sie diese Dinge zur Fortbewegung einsetzten. Einige von ihnen erzeugten ein lautes Brummen, andere hingegen lediglich ein leises, geheimnisvolles Sirren. Erst vermutete ich, dass es sich hierbei um zwei Geschlechter derselben Art handeln musste. Danach stellte ich mir die Frage, ob diese glänzenden Objekte überhaupt Lebewesen waren oder nicht. Sie erweckten stets einen kalten, toten Eindruck, jedoch bewegten sie sich zielstrebig, wie es ausschliesslich ein Tier konnte. Zumindest konnte ich mir keinen Gegenstand vorstellen, der eine bestimmte Menge an Intelligenz besass.

Je länger ich zwischen den seltsamen Gebilden umherwanderte, aus denen manchmal die geheimnisvollen Wesen traten, desto sicherer wurde ich mir, dass sich meine Liebe nicht hier befand. Einerseits hatte ich ihren Geruch bisher nicht gewittert und andererseits fehlte von diesem rotweissen Objekt, was sie entführt hatte, jede Spur. Als nun mehr und mehr von bunten Fasern bedeckte Wesen auf mich aufmerksam wurden und mich zu umkreisen begannen, entschied ich mich dazu, zurück zu meinen Kindern zu gehen. Meine Flügel konnte ich immer noch nicht benutzen, weswegen ich mir mit einem verunsicherten Fauchen den Weg bahnte, wobei die Wesen respektvollen Abstand hielten. Sie schienen ebenso wenig an einem Kampf interessiert zu sein wie ich. Erleichtert sprang ich über die grosse Wiese mit den braunweissen Tieren hinweg, die hier offensichtlich eingesperrt waren, und betrat den Wald. Ich drehte mich noch einmal nach den Tieren um, die mir allesamt sehnsüchtig entgegenblickten. Für einen Augenblick spielte ich mit dem Gedanken, sie zu befreien, jedoch entschied ich mich dagegen. Einerseits war es nicht mein Problem, dass sie sich von einem hauchdünnen, fasrigen Ding davon abhalten liessen, die Weise zu verlassen, und andererseits könnte sich das Wissen, wo sich diese Tiere befanden, noch als nützlich erweisen.

Einige Zeit später erreichte ich mit erschöpften Beinen das Flussufer. Meine Kinder lagen entspannt auf einigen Steinen. Als sie mich erblickten, sprangen beide freudig auf und begrüssten mich, indem sie meine Schnauze mit ihrer anstupsten. Wir schnupperten uns gegenseitig ab und nachdem ich mich versichert hatte, dass meine Kinder unverletzt waren, legte ich mich tief seufzend neben sie auf die warmen Steine. Obwohl mich die Gedanken an meine Liebe nicht ruhen liessen, schloss ich die Augen und genoss die Wärme der Sonne.

Ich verbrachte den gesamten Tag und die darauffolgende Nacht am Flussufer. Die Kinder schliefen meistens dicht an mich geschmiegt oder spielten am schmalen Strand. Obwohl mein Magen nun nicht mehr masslos überfüllt war, verspürte ich keinerlei Bedürfnis, mitzuspielen. Zu sehr lenkte mich der Gedanke ab, meine Liebe für immer verloren zu haben. Je länger ich darauf wartete, dieses eine Wesen wiederzusehen, desto stärker schmerzte es in meinem Inneren.

Am nächsten Tag liessen sich meine Flügel endlich wieder verwenden. Ich packte meinen Sohn am Nacken und flog mit ihm in eine zufällige Richtung, darauf hoffend, meine Liebe zu wittern. Widerwillig folgte uns meine Tochter. Ihr gefiel es ganz und gar nicht, diesem Wesen hinterherzujagen. Während meines Erkundungsfluges entdeckte ich viele weitere Ansammlungen von Steingebilden, Steinflächen und auf zwei Beinen gehenden Wesen. Einige dieser Ansammlungen waren derart gross, dass sie bis an den Horizont reichten. Ich fürchtete mich davor, in diese lauten, nach tausenden Dingen stinkenden Gebiete einzudringen, weswegen ich mit meinen Kindern zurück in die Berge flog. Mein Sohn fühlte sich inzwischen ebenfalls unwohl, da ich ihn bereits den gesamten Tag getragen hatte. Bilder von ihm, wie er kleinen Tieren hinterherjagte, erreichten mich. Seufzend gab ich die Suche nach meiner Liebe für den heutigen Tag auf und landete mit den Kindern im Wald. Meinen Sohn liess ich frei jagen, wie er es wollte, während sich meine Tochter zu mir gesellte und sich neben mir zusammenrollte. Da sie sich vor zwei Tagen ebenso sehr überfressen hatte wie ich, waren wir immer noch satt.

Ein verängstigtes Jaulen gefolgt von gedanklichen Bildern eines riesigen, braun behaarten Tieres weckte mich aus meinem unruhigen Schlaf. Blitzschnell stand ich auf und sah mich nach meinem Sohn um, der verzweifelt in meine Richtung stolperte. Er blickte nach hinten zu dem Tier, was er mir telepathisch gezeigt hatte. Es näherte sich rasend schnell auf allen Vieren. Da es mindestens doppelt so gross und wesentlich massereicher war als ich, versuchte ich nicht einmal, es anzugreifen. Stattdessen sprang ich in einem Satz auf meinen Sohn zu, packte ihn am Nacken und flog senkrecht nach oben, so schnell ich konnte. Das grosse Tier stiess sich nun ebenfalls vom Boden ab und schlug mit seinen gewaltigen Pranken nach uns. Nur knapp verfehlten uns seine Klauen, da wir uns bereits in mehreren Körperlängen Höhe befanden. Meine Tochter war nun ebenfalls geflohen und flog dicht über den Baumwipfeln umher, ohne uns aus den Augen zu lassen. Keuchend vor Aufregung und mit rasendem Puls schloss ich zu ihr auf und blickte zu dem grossen Tier hinunter, froh darüber, gerade noch entkommen zu sein. Derweil suchte meine Tochter nach einem sicheren Landeplatz, von dem sie mir anschliessend ein telepathisches Bild sendete. Dankbar folgte ich ihr und setzte über einer kleinen Lichtung zur Landung an. Wir hatten uns nun genügend weit von diesem grossen, gefährlichen Tier entfernt, sodass weder ich noch meine Kinder es wittern konnten.

Während wir uns beruhigten, schweiften meine Gedanken wieder zu meiner Liebe ab, was meine Tochter mit einem genervten Knurren kommentierte, da sie die Schnauze voll von meinen ständigen Suchaktionen hatte. Einerseits konnte sie meine Gefühle diesem Wesen gegenüber nicht nachvollziehen und andererseits war es vermutlich aussichtslos, danach zu suchen. Dies hatte ich bereits beim heutigen Flug feststellen müssen, als ich die riesigen Flächen entdeckt hatte, die höchstwahrscheinlich von den Wesen gebaut worden waren.

Traurig legte ich mich hin und versuchte, an etwas anderes zu denken als meine Liebe. Da meine Tochter dies bemerkte, lenkte sie mich mit ihren Gedanken ab. Ich hielt mich daran fest, als wären sie meine eigenen, bis ich mich vollständig darin verlor. Ich nahm daran Teil, wie sie sich vorstellte, mit ihrem Bruder zu spielen, entspannt über Wälder und Berge hinwegzufliegen und Tiere zu jagen. Irgendwann beruhigten mich diese Gedanken derart, dass ich unbewusst einschlief.

Am nächsten Tag gelang es mir erstmals, nicht an meine verlorengegangene Liebe zu denken. Stattdessen erkundete ich mit meinen Kindern die Umgebung, spielte Fangen und entspannte mich in der prallen Sonne. Langsam machte sich auch wieder mein Magen bemerkbar, da ich seit Tagen nichts gefressen hatte. Anstelle des gewöhnlichen Hungergefühls nahm ich jedoch ein unangenehmes Stechen wahr. Ausserdem verspürte ich das Verlangen, Gras zu fressen, obwohl ich dessen Geschmack und Konsistenz nicht mochte. Gezwungenermassen kaute ich auf diesen Pflanzen herum, während es mir meine Tochter gleichtat. Telepathisch nahm ich wahr, dass sie exakt dasselbe Verlangen verspürte wie ich. Nachdem wir unsere Mägen mit Gras gefüllt hatten, beruhigte sich das Stechen allmählich. Wir suchten uns eine bequeme Stelle unter einem Baum aus und übernachteten aneinander gekuschelt, wie wir es bisher immer getan hatten. Diese Nacht regnete es stark, jedoch war kein Donnern zu hören, worüber ich ausserordentlich froh war, denn ich fürchtete, was auch immer solche Unwetter erzeugen konnte.

Der Regen hatte nicht nachgelassen, als es irgendwann wieder hell wurde. Mittlerweile war der Boden vollständig aufgeweicht und es fühlte sich unbequem an, darauf zu schlafen. Ich stand auf, streckte mich und ging einige Schritte auf das Zentrum der Waldlichtung zu, die wir seit Tagen bewohnten. Plötzlich überkam mich ein Gefühl der Übelkeit und mein Magen fühlte sich an, als wäre er überfüllt. Ich versuchte, es zu ignorieren, jedoch wurde es immer stärker, bis ich schliesslich zu würgen begann. Ein grosser Klumpen bahnte sich den Weg durch meine Speiseröhre nach oben. Hustend spuckte ich ihn aus und stellte fest, dass es ein Gemisch aus Haaren, Knochen und Gräsern war. Als ich daran schnupperte, brannte der saure Geruch augenblicklich in meiner Nase, wodurch ich angewidert zurückzuckte. Ich wollte mich wieder zu meinen Kindern begeben, als sich erneut mein Würgereflex meldete. Schlussendlich erbrach ich vier Klumpen aus demselben, abscheulich stinkenden Gemisch. Mein Hals brannte und ich hatte einen sauren Geschmack im Maul. Nach einem kurzen Blick zu meinen Kindern, die immer noch in aller Ruhe schliefen, begab ich mich auf die Suche nach einer Wasserquelle. Aus der Luft erkannte ich schnell einen Fluss, den ich direkt ansteuerte. Hastig, um nicht noch länger durch diesen strömenden Regen fliegen zu müssen, der mir die Sicht nahm und mich husten liess, sobald zu viel Wasser in meine Nüstern drang, landete ich am Flussufer, trank gierig einige Schlucke, und flog zurück zu meinen Kindern. Der saure Geschmack wie auch das brennende Gefühl im Hals waren nun verschwunden. Gleichzeitig fühlte sich mein Magen wieder normal an.

Meine Tochter würgte ebenfalls einen Brocken aus Knochen, Haaren und Gras hervor, als ich in der Lichtung eintraf. Ich teilte ihr telepathisch die kürzeste Route zum Fluss mit, worüber sie sehr dankbar war und sich gleich darauf vom Boden abstiess. Sobald sie hinter den Baumkronen verschwunden war, legte ich mich neben meinen Sohn, der noch ruhig atmend schlief. Ich wollte gerade meine Augen schliessen, als mein Magen zu knurren begann. Demnach begab ich mich auf die Suche nach einem Beutetier, obwohl es noch in Strömen regnete. Dies war weniger erfolgreich, als ich mir erhofft hatte, da ich aufgrund der Regentropfen kaum etwas anderes als nasses Laub, Holz und Schlamm riechen konnte. Ausserdem atmete ich während des Schnupperns dauerhaft Wasser ein, was ich jeweils schnaubend ausstiess. Nach einer Weile kehrte ich unverrichteter Dinge zurück zu meinen Kindern. Meine Tochter, die nun ebenfalls hungrig war, trat unruhig umher. Wie ich versuchte sie erfolglos, etwas

Essbares aufzutreiben. Einige Zeit später legte sie sich seufzend und mit knurrendem Magen zu uns. Ich hatte die Tatsache bereits akzeptiert, dass es heute beinahe unmöglich sein würde, etwas zu jagen. Nicht einmal der Fluss war eine Option, da das Wasser wieder einmal braun und undurchsichtig war. Ausserdem würde mich die starke Strömung augenblicklich mitreissen.

Tief in der Nacht stoppte der Regenfall. Da wir allesamt hungrig waren, begaben wir uns sogleich auf die Suche nach etwas Essbarem. Die nun weniger dominanten Gerüche von Schlamm, Holz und nassem Laub erlaubten uns eine einigermassen erfolgreiche Jagd. Insgesamt erlegten wir zwei kleinere Tiere, die wir bis auf das letzte geniessbare Stück Fleisch frassen. Aufgrund der Nahrungsknappheit teilte ich es mit meinen Kindern, obwohl ich selbst noch sehr hungrig war.

Den Rest der Nacht verbrachten wir unter einem Baum. Keiner von uns schlief sonderlich gut, weswegen wir bereits im frühen Morgengrauen unsere erneute Jagd begannen. Als wir nach einigen Erfolgen endlich satt waren, machten wir es uns wieder auf einer Lichtung bequem.

Plötzlich stieg mir ein vertrauter Geruch in die Nase. Ich reckte meinen Kopf hoch und erblickte ein grünes Schimmern am strahlend blauen Himmel. Sofort erkannte ich, dass es sich hierbei um meinen Bruder handelte. Gespannt wartete ich darauf, dass er mich entdeckte und auf mich zusteuerte. Voller Vorfreude zitternd sass ich neben meinen noch schlafenden Kindern, bis mir etwas Seltsames auffiel. Ein anderes Wesen sass auf dem Rücken meines Bruders und klammerte sich an ihm fest. Ich vermutete, dass er in Schwierigkeiten steckte, weswegen ich mich vom Boden abstiess und kräftig mit den Flügeln schlug, um ihm zur Hilfe zu eilen. Meine soeben erwachte Tochter blickte mir fragend hinterher, als ich mich meinem Bruder näherte.

Sobald ich meine Entfernung zu ihm ausreichend verringert hatte, um genauere Details zu dem zweiten Wesen erkennen zu können, erstarrte ich mitten in der Bewegung und fiel mehrere Körperlängen nach unten, bevor ich mich wieder daran erinnerte, mit den Flügeln zu schlagen. Das Wesen, was auf seinem Rücken sass, war meine Liebe. Anscheinend hatte mein Bruder es befreit. Sehnsüchtig beschleunigte ich in seine Richtung, bis ich die Gedanken meines Bruders empfangen konnte. Seltsamerweise glichen sie den Lauten eines dieser merkwürdigen Wesen. Ohne mich weiterhin mit dieser Tatsache zu beschäftigen, schloss ich zu ihm auf und flog dicht neben den beiden her, die mich ununterbrochen anstarrten. Sowohl die Gedanken meines Bruders als auch die

Rufe meiner Liebe drangen auf mich ein, jedoch konnte ich beide nicht verstehen. Mein Bruder blickte das Wesen auf seinem Rücken an, was seinen Blick erwiderte. Verwirrt beobachtete ich, wie sich mein Bruder herabgleiten liess und zur Landung ansetzte. Ich folgte ihm bis zur Lichtung mit meinen Kindern, wobei mir auf einmal wieder der wundervolle Duft des Wesens entgegenwehte. Meine Tochter fauchte es vorwurfsvoll an, da sie es nicht einsah, dass mein Bruder und ich es akzeptierten, obwohl es offensichtlich gefährlich war, wie mein erster Kampf mit ihm bereits bewiesen hatte.

Unbeirrt setzte mein Bruder die Landung fort. Sobald er auf dem Boden aufgesetzt hatte, sprang meine Tochter ihm wütend fauchend und zähnefletschend entgegen, wobei plötzlich grünes Feuer aus seinem Maul schoss. Meine Kinder und ich erschraken allesamt. Hastig zogen wir uns einige Schritte zurück. Währenddessen fauchte ich in Richtung des Feuers, da ich mich davor fürchtete. Die Flamme erlosch so plötzlich, wie sie erschienen war, und schien meinem Bruder nicht geschadet zu haben, obwohl sie die Innenseite seines Mauls gestreift hatte. Verwirrt und angespannt sass ich mit einigem Abstand zu ihm auf der Lichtung, während das seltsame Wesen von seinem Rücken stieg und mir entgegenblickte. Wie bereits bei meiner letzten Begegnung mit ihm streckte es eines seiner scheinbar nutzlosen Vorderbeine nach mir aus und setzte sich hin. Inzwischen konnte ich meinen Blick nicht mehr von seinen wunderschönen Augen abwenden. Langsam trat ich näher, wobei mir der Geruch von Fleisch in die Nase stieg. Ich wusste nicht, woher genau er stammte, jedoch schien er aus der Richtung des Wesens zu kommen, denn er wurde mit jedem Schritt intensiver. Meine Tochter warnte mich fauchend vor einer erneuten Begegnung mit meiner Liebe. Wütend wies ich sie mit einem Knurren zurecht, mir dieses Mal nicht in die Quere zu kommen. Sie stellte sowohl ihr Fauchen als auch ihr Zähnefletschen ein, starrte das Wesen jedoch noch immer misstrauisch an.

Mein Bruder stiess ähnliche abgehackte Laute aus, wie das Wesen vor mir bereits getan hatte, während er es ansah. Es erwiderte seinen Blick und antwortete mit anderen Lauten. Verwundert stellte ich fest, dass sie in gewisser Weise miteinander kommunizierten. Derweil empfing ich Bilder aus den Gedanken meines Bruders, die mich in einer unbekannten Umgebung darstellten. Alles war schneebedeckt, unzählige kleine Konstruktionen aus fasrigem Material mit jeweils exakt derselben Form standen auf einer grossen Fläche und am Horizont waren tausende Steingebilde zu sehen, wie ich sie bereits ausserhalb des Waldes erblickt hatte. In den Gedanken meines Bruders veränderte sich plötzlich die Form, Farbe und Beschaffenheit meines Kopfes. Braune Haare bildeten sich darauf, die Hörner und Schuppen zogen sich zurück und gaben nackte Haut preis, die der meiner Liebe oder ähnlichen Wesen glichen. Meine Schnauze verkürzte sich, bis mein Gesicht so flach war die das dieser Wesen. Plötzlich erkannte ich, dass mein gesamter Kopf durch den eines anderen Wesens ersetzt worden war.

Verwirrt schob ich die Gedanken meines Bruders beiseite und widmete mich erneut meiner Liebe. Mein Bruder seufzte tief und wandte sich von mir ab. In gewisser Weise wirkte er enttäuscht, jedoch wusste ich nicht, weshalb. Dies war mir aufgrund der Anziehungskraft, die von dem wundervoll riechenden Wesen ausging, gleichgültig. Ich trat näher, schnupperte an seiner nach mir ausgestreckten, von weicher Haut bedeckten Pranke und liess zu, dass es mich an der Schnauzspitze berührte. Derweil fiel mir weisses Gewebe auf, was sein linkes Vorderbein umgab. Neugierig streckte ich meinen Kopf danach aus und begann, zu schnuppern. Es roch identisch zu den weissen Fasern, die um das Bein meines Sohnes gewickelt gewesen waren. Verwundert blickte ich zu meinen Kindern, die das Geschehen mit einigem Abstand beobachteten. Als ich mich wieder meiner Liebe zuwandte, griff ich mit den Zähnen nach den weissen Fasern. Das Wesen berührte meinen Kopf seitlich und drückte ihn geringfügig von sich weg, bis ich die Fasern loslassen musste. Verwirrt blickte ich ihm in die Augen und versuchte erneut, es von den Fasern zu befreien. Wieder stiess es meinen Kopf sachte beiseite. Da ich bloss helfen wollte, jedoch nicht wusste, wie ich es ihr mitteilen sollte, gab ich ein tiefes Brummen von mir, während ich mit den Klauen symbolisch danach griff. Das Wesen zog sein eingehülltes Bein zurück, wodurch ich endlich begriff, dass es meine Hilfe nicht *wollte*.

Seufzend wandte ich mich wieder dem verführerischen Fleischgeruch zu, der aus der Richtung des Wesens stammte. Schnuppernd trat ich an ihm vorbei und erblickte einen Gegenstand aus feinen Fasern am Rücken meiner Liebe, woran die Duftspur endete. Als ich es mit meiner Schnauze anstupste, drehte sich das Wesen nach mir um, löste den Gegenstand von seinem Rücken und öffnete ihn mit seinen feinfühligen, weichen Klauen. Gespannt beobachtete ich, wie es ein in knisterndes, durchsichtiges Material gehülltes Stück Fleisch herauszog. Geschickt entfernte es die transparente Schicht und streckte mir das Fleisch entgegen. Verzaubert von dem verführerischen Duft biss ich hinein, trug es einige Schritte von meinem Bruder weg, um sicherzugehen, dass er es mir nicht entwendete, und verschlang es, so schnell ich konnte. Es waren wieder keinerlei Knochen, Haare, Sehnen oder grobe Fasern vorhanden, weswegen ich es ebenso genoss wie die ersten Fleischstückchen, die ich aus einem dieser fasrigen Dinge gefressen hatte.

Als ich einen riesigen Brocken Fleisch in einem Stück hinunterschlang, der beinahe in meinem Hals steckengeblieben wäre, blickten mich mein Bruder und dieses Wesen ununterbrochen an. Ihre Gesichtszüge änderten sich zeitgleich, wobei beide ihre Lefzen hochzogen und die Zähne entblössten. Verwirrt starrte ich zurück, da ich mir ihr Zähnefletschen nicht erklären konnte. Sie schienen meine Verwirrung bemerkt zu haben, denn beide stellten das Zähnefletschen wieder ein. Das Wesen griff erneut in das fasrige Objekt, zog zwei kleinere Fleischstückchen heraus und warf sie meinen Kindern entgegen, die sich mit misstrauischen Blicken darüber hermachten. Gedanklich versuchte ich, sie zu beruhigen, jedoch war meine Tochter zu stur und mein Sohn tat alles, was seine grosse Schwester tat.

Das Wesen setzte sich nun direkt vor mir ins Gras und berührte meinen Kopf. Seine Berührungen erfüllten mich abermals mit einem Gefühl der Liebe und Geborgenheit. Ich liess widerstandslos zu, dass es die Berührungen auf meinem Nacken, meinem Rücken und schliesslich meinen Flügeln fortsetzte. Derweil legte ich den Kopf auf die ausgestreckten Hinterbeine des Wesens, um seinen Geruch intensiver wahrnehmen zu können. In diesem Augenblick bereute ich es, das Wesen anfangs angegriffen zu haben. Allem Anschein nach wollte es weder mir noch meinen Kindern schaden. Während ich mich fortlaufend bei den angenehmen Berührungen entspannte, blickte mir das Wesen beinahe ununterbrochen in die Augen und stiess diese seltsamen, abgehackten Laute aus, die ich nicht verstand. Irgendwann umfasste es meinen Kopf mit den Pranken der Vorderbeine und klang immer verzweifelter. Es streckte seinen Kopf nach meinem aus und da ich ihm bereits genügend vertraute, liess ich zu, dass es meine Stirn mit seinem Gesicht berührte. Ich wusste nicht, was es damit bezwecken wollte, jedoch liess ich es geschehen, da es ihm anscheinend wichtig war. Nun rannen Tränen aus den Augen des Wesens. Ich näherte mich mit meiner Schnauzspitze, schnupperte daran und trocknete sein flaches Gesicht mit der Zunge ab. Die Tränen schmeckten salzig, was mich dazu verleitete, weitere dieser Tropfen abzulecken, die über die weiche Haut meiner Liebe flossen. Plötzlich stiess das Wesen einen lauten, jedoch erstickten Ruf aus, während es sein Gesicht von mir entfernte und mit einer Pranke bedeckte. Ich versuchte, mit Schnuppern herauszufinden, was ihm fehlte, da ich bereits befürchtete, es unbeabsichtigt verletzt zu haben, jedoch umschloss es plötzlich meinen Hals mit den Vorderbeinen, was mir kurzzeitig Angst einjagte und mich von meinem

Vorhaben abbrachte. Fauchend wand ich mich aus dem Griff dieses Wesens heraus, was mit neuen Tränen zitternd sitzenblieb. Einen Augenblick erstarrte ich verwirrt, bis ich begriff, dass es mich nicht verletzen wollte, und näherte mich abermals. Es legte sich rücklings ins Gras und ich schmiegte mich an seine Seite mit dem Kopf auf den oberen Teil seines Körpers gestützt. Es setzte seine angenehmen Berührungen fort, stiess weitere erstickte Laute aus und zuckte zwischendurch, als würde es unter Schmerzen leiden. Mitfühlend blieb ich liegen. Ich wollte ihm helfen, jedoch wusste ich nicht, wie.

Lange stiess das Wesen jämmerliche Laute aus, während sich mein Bruder neben meine Kinder gesetzt hatte und mich mit scheinbar zusammenhangslosen Gedanken bombardierte. Das Wesen blickte nahezu ununterbrochen meine Kinder an, schien in seiner unbekannten Sprache nach ihnen zu rufen und wurde fortlaufend verzweifelter. Diese Situation zog sich derart lange hin, dass mein Sohn gegen den Schlaf ankämpfen musste. Sein Kopf neigte sich langsam nach vorn, während er neben seiner Schwester sass, bis seine Schnauze den Boden berührte und er sich dessen bewusst wurde. Einige Male richtete er sich wieder gerade, bis er schliesslich nachgab, sich seufzend im Gras zusammenrollte und einschlief.

Mein Bruder trat einige Zeit später auf uns zu, kommunizierte mit dem Wesen, was mich kontinuierlich berührte, und wies mit dem Kopf in Richtung Himmel. In seinen Gedanken sah ich, wie er mit dem Wesen auf seinem Rücken flog. Sofort setzte ich mich aufrecht hin und blickte meinem Bruder streng in die Augen, während ich mir vorstellte, den gesamten Tag mit diesem Wesen zu verbringen. Ich wollte auf jeden Fall vermeiden, dass er es mir wegnahm. Demonstrativ legte ich mich quer mit dem gesamten Körper über meine Liebe und fletschte geringfügig die Zähne. Mein Bruder schien verstanden zu haben, denn er legte sich seufzend daneben, stiess diese seltsamen Laute aus und verstummte schliesslich. Das Wesen hingegen strich mit seinen Pranken über meinen Rücken und murmelte etwas in seiner Sprache. Ich legte den Kopf zwischen meine Vorderbeine, schloss die Augen und genoss sowohl seine Nähe als auch seinen Geruch.

Die Sonne befand sich lediglich noch eine Klaue breit über dem Horizont, als sich das Wesen bewegte. Es kroch unter meinem Bauch hervor, ging auf meinen Bruder zu und setzte sich auf seinen Rücken. Knurrend stand ich auf und starrte meinem Bruder in die Augen. Telepathisch zeigte er mir, wie er das Wesen an einen anderen Ort brachte, wie es in einem dieser Steingebilde übernachtete und am nächsten Tag auf seinem Rücken zu mir flog. Anscheinend wollte er es vorübergehend mitnehmen. Ich hingegen musste in der Nähe dieses Wesens bleiben, weswegen ich mir vorstellte, gemeinsam mit den beiden zu fliegen und zu übernachten. Die Kinder würde ich ebenfalls mitnehmen. Mein Sohn, der diese Gedanken empfangen hatte, bewegte sich bereits tapsig in meine Richtung, um von mir getragen zu werden, ganz im Gegensatz zu meiner Tochter, die schnaubend ihren Kopf von mir abwandte.

Kurz bevor mich mein Sohn erreichte, streckte das seltsame Wesen seine Klauen nach ihm aus. Zähnefletschend sprang ich dazwischen, bis mich die Gedanken meines Bruders beruhigten. Er machte mir begreiflich, dass sie gemeinsam meinen Sohn tragen konnten. Widerwillig setzte ich mich hin und beobachtete misstrauisch, wie das Wesen nach meinem Sohn griff, ihn auf den Rücken meines Bruders setzte und ihn anschliessend mit den Vorderbeinen umklammerte. Erstaunlicherweise liess mein Sohn diese Berührungen widerstandslos zu. Er erinnerte sich daran, bereits von diesem Wesen berührt und getragen worden zu sein. Dies unterschied sich stark von meinen eigenen Erinnerungen. Ich war mir sicher, dass sich dies niemals ereignet hatte. Andererseits erinnerte ich mich an eine Liebe diesem merkwürdigen Wesen gegenüber, die ich selbst nicht verstand.

Mein Bruder startete mit kräftigen Flügelschlägen und ich folgte ihm mit zwei Körperlängen Abstand. Meine Tochter blieb trotzig im Gras liegen, was mir jedoch keinerlei Sorgen bereitete, denn mir war bewusst, dass sie uns folgen würde, sobald sie die Verbindung zu meinen Gedanken verlor. Kurze Zeit später bewahrheitete sich meine Vermutung, als ich ihren im Licht der untergehenden Sonne blau schimmernden Körper über den Baumwipfeln erkannte. Ich wandte meine Aufmerksamkeit wieder meinem Bruder, meinem Sohn und dem seltsamen Wesen zu. Egal wie lange sie vorhatten, zu fliegen, ich würde ihnen folgen.

21

Höhle

Nach Sonnenuntergang erreichten wir riesige Gebiete von Steingebilden, glatten Flächen und tausenden Lichtern. Leicht verängstigt von den unbekannten Gerüchen, Geräuschen und Gestalten flog ich dicht hinter meinem Bruder her, der genau zu wissen schien, wo er landen musste. Er steuerte eine kleine Steinfläche an, die aus einer Wand dieser Steingebilde ragte, setzte sanft auf und liess seine Passagiere absteigen. Anschliessend drückte er eine grösstenteils transparente Wand auf und trat in eine Höhle ein, deren Innenraum ausschliesslich aus perfekt flachen Wänden, einer flachen Decke und einem flachen Boden bestand. Alles war perfekt sauber, keine anderen Lebewesen befanden sich hier und es roch intensiv nach meiner Liebe. Aus welchen Gründen auch immer witterte ich ebenfalls den Geruch meiner Kinder und mir selbst. Neugierig folgte ich meinem Bruder und schnupperte Wände, unbekannte Gegenstände und den braunen, glatten Untergrund ab. Derweil rutschte ich mehrere Male mit den Klauen aus, da der Boden keinerlei Halt bot. Einige Wände waren mit transparenten Abschnitten versehen, durch die sich die Umgebung ausserhalb erkennen liess. Beeindruckt blickte ich hinaus, wobei ich feststellte, dass die transparenten Abschnitte weder Wind noch Wetter durchliessen. Einzig die Geräusche drangen gedämpft hinein, was mich jedoch angesichts der dünnen Schichten, aus denen die transparenten Abschnitte bestanden, nicht verwunderte.

Hinter mir nahm ich meine Tochter wahr, die mit ihren Klauen auf dem Steinboden aufsetzte. Sie blickte nervös umher und schien dieser Höhle nicht zu vertrauen. Ich teilte ihr telepathisch mit, dass alles sicher war, woraufhin sie vorsichtig durch die eckige Öffnung eintrat. Derweil folgte ich einer alten, von mir entstandenen Duftspur in einen weiteren Abschnitt dieser Höhle. Die Spur endete an einem eckigen Gegenstand, dessen Oberseite mit weichen Fasern bedeckt war. Ich erkannte dieses Objekt aus den Gedanken meines Bruders wieder, da das Wesen darin geschlafen hatte. Ich sprang hoch, wobei ich erschrocken feststellte, dass meine Beine geringfügig im weichen Material versanken. Da ich jedoch nicht steckenblieb, beruhigte ich mich wieder.

Interessiert schnupperte ich an den weichen, flauschigen Fasern, die intensiv nach meiner Liebe und leicht nach mir rochen. Ich konnte mich jedoch nicht entsinnen, jemals hier geschlafen zu haben. Das seltsame Wesen betrat nun denselben Abschnitt, in dem ich mich momentan befand, und setzte sich neben mir auf das Objekt mit der flauschigen Oberseite. Es legte seinen Kopf auf ein eckiges, besonders weiches Teil und berührte meine Seite mit seinen weichen Klauen. Neugierig, was diese Höhle sonst noch zu bieten hatte, sprang ich von diesem flauschigen Objekt hinunter und verliess den Abschnitt. Aus einer anderen Richtung drang der Duft von Essen zu mir, dem ich hungrig folgte. Die Duftspur endete an einer glatten Wand mit dünnen Schlitzen, aus denen der Geruch austrat. Ich drückte meine Schnauze gegen einen dieser Spalten und schnupperte intensiv daran, jedoch fand ich keine Möglichkeit, zum Ursprung des Geruchs zu gelangen. Der Zugang zur Nahrung wurde mir aufgrund der weissen, von Schlitzen umgebenen Wand verwehrt. Enttäuscht verliess ich den Abschnitt wieder und trat zu meinem Bruder, der die Öffnung, durch die wir die Höhle betreten hatten, mit einer transparenten Wand verschloss. Klackend bildete sich eine solide, lückenlose Fläche, durch die man nicht mehr entkommen konnte. Aufgeregt sprang ich auf den kürzlich verschlossenen Ausgang zu, drückte meine Schnauze dagegen und versuchte, den winzigen Spalt mit meinen Klauen zu vergrössern, jedoch erfolglos. Anschliessend eilte ich nach einem Ausweg suchend umher, wobei ich vor lauter Nervosität mit dem Kopf gegen eine dieser transparenten Wände stiess, da ich sie für einen Ausgang gehalten hatte. Plötzlich vernahm ich abermals ein Klacken. Blitzschnell drehte ich mich danach um, wobei ich feststellte, dass die vorhin durch die Wand verschlossene Öffnung erneut offenstand. In zwei Sätzen sprang ich nach draussen und befahl meiner Tochter, mir zu folgen, bis mir auffiel, dass mein Sohn noch innerhalb der Höhle stand und mir verwirrt entgegenblickte. Gerade als meine Tochter nach draussen gestürmt kam und ich mich wieder hineinzwängte, um meinen Sohn zu retten, beruhigte mein Bruder mich mit seinen Gedanken. Er zeigte mir, wie er die transparente Wand jederzeit öffnen und schliessen konnte. Angesichts seiner Erklärung entspannte ich mich allmählich und betrat die Höhle aufs Neue. Meine Tochter wartete vorsichtshalber noch draussen, was ich ihr nicht verübeln konnte.

Kurz darauf gelang es meinem Bruder, den Spalt, hinter dem ich Essen gerochen hatte, zu vergrössern. Es tat sich ein neuer, kleiner Abschnitt der Höhle auf, in dem sich allerlei Esswaren befanden, die jeweils in bunte oder transparente Schichten unterschiedlichster Beschaffenheit gehüllt waren. Ein helles, weisses Leuchten, dessen Ursprung ich nicht erkennen konnte, erfüllte diesen Abschnitt. Gleichzeitig strömte mir Kälte daraus entgegen, wodurch ich mich jedoch nicht beirren liess. Gierig schnuppernd trat ich näher, biss in ein durch eine dünne, transparente Schicht bedecktes Stück Fleisch und zog es heraus. Mein Bruder packte dasselbe Stück mit den Klauen und stiess eigenartige Laute aus, die ich nicht identifizieren konnte. Da er mir meine Mahlzeit offensichtlich streitig machen wollte, entriss ich es ihm wütend knurrend und zog mich in den grössten Abschnitt der Höhle zurück, um das Fleisch ungestört von der transparenten Schicht befreien zu können. Mein Bruder blieb seufzend stehen und beobachtete mich, wie ich meine Mahlzeit in wenigen Bissen verschlang. Ich liess lediglich die transparente Schicht übrig. Bevor ich erneut den kalten, beleuchteten Abschnitt erreichen konnte, hatte ihn mein Bruder bereits verschlossen. Zwischen seinen Klauen hielt er ein weiteres Stück Fleisch. Da wir gleichberechtigt waren und er dieses Mal schneller gewesen war, überliess ich es ihm widerstandslos. Er blickte mich noch kurz an, trat an mir vorbei und liess mich allein.

Ich schnupperte erneut gierig am nun wieder verschlossenen Höhlenabschnitt, der das Essen verwahrte. Da ich nun wusste, wie der dünne Spalt vergrössert werden konnte, stützte ich mich mit dem rechten Vorderbein an der Wand ab, steckte eine Klaue in die schmale Öffnung hinein und zog daran, bis sie Wand das dahinterliegende Essen freigab. Wieder streckte ich meinen Kopf in diesen kalten Abschnitt hinein, schnupperte ausgiebig und wählte mein nächstes Häppchen aus. Nachdem ich es aus seiner dünnen Schicht gerissen hatte, verspeiste ich es genüsslich und setzte meine Mahlzeit fort, bis ich kein Fleisch mehr riechen konnte. Mein Magen war noch nicht voll, jedoch verspürte ich auch keinen Hunger mehr.

Nun trat ich wieder in den grössten Höhlenabschnitt und beobachtete, wie meine Liebe ein grosses Stück Fleisch zwischen seinen Klauen hielt und meiner Tochter entgegenstreckte, die fauchend neben meinem Bruder stand. Er versuchte, ihr gedanklich mitzuteilen, dass das Wesen das Fleisch mit ihr teilen wollte, jedoch vertraute sie ihm nicht. Erst als ich die Gedanken meines Bruders bestätigte, da ich bereits von den guten Absichten dieses Wesens überzeugt war, stellte meine Tochter ihr Fauchen ein, fletschte ihre Zähne jedoch weiterhin. Ich befahl ihr telepathisch, das Fleisch endlich entgegenzunehmen, woraufhin sie langsam und jederzeit angriffsbereit nähertrat. Weniger als eine Körperlänge von dem Wesen entfernt sprang sie hoch, schnappte nach dem Stück Fleisch und brachte es blitzschnell in Sicherheit, indem sie bis ans andere Ende der Höhle zurückwich. Währenddessen starrte meine Tochter das Wesen ununterbrochen an. Ihrem Blick war zu entnehmen, dass sie ihm noch immer nicht vertraute.

Mein Sohn tapste nun auf das Wesen zu und liess sich von seinen Klauen packen. Dieser Anblick erweckte abermals den Drang in mir, mich auf das Wesen zu stürzen, jedoch hielt mich meine Liebe zurück. Es brachte meinen Sohn in den Höhlenabschnitt mit dem weichen Gegenstand, legte ihn hin und bedeckte ihn mit flauschigen Fasern. Er schien diese Behandlung zu geniessen, weswegen ich nicht eingriff. Stattdessen gesellte ich mich ebenfalls dazu und rollte mich auf dem erstaunlich bequemen Material zusammen. Das Wesen legte seinen Kopf auf meine Seite, während es meinen Sohn fest umklammerte. Leicht verwirrt reckte ich meinen Kopf nach hinten, um das Geschehen beobachten zu können. Überraschenderweise seufzte mein Sohn entspannt, als würde er die Nähe diesem Wesen gegenüber ebenso schätzen wie ich. Nach einiger Zeit des misstrauischen Anstarrens überkam mich schliesslich meine Müdigkeit. Sachte glitt ich in das Reich der Träume ab.

Am nächsten Morgen erwachte ich bei den ersten direkten Sonnenstrahlen, die durch die transparente Wand der Höhle schienen. Das Wesen schlief entspannt an mich gekuschelt, während mein Sohn zwischen uns lag und im Traum mit den Beinen und Flügeln zuckte. Da ich die beiden nicht wecken wollte, blickte ich in der Höhle umher, ohne den Kopf anzuheben. Gleichzeitig schnupperte ich an der Luft, wobei ich erkannte, dass meine Tochter und mein Bruder in einem anderen Abschnitt schlafen mussten, denn ich nahm ihre Gerüche von ausserhalb wahr. Bei genauerer Betrachtung der Umgebung entwickelte sich ein seltsam vertrautes Gefühl in mir, diesen Ort bereits einmal vor der gestrigen Ankunft gesehen zu haben. Dieses Déjà-vu verstärkte sich noch, als ich das Gesicht des Wesens genauer betrachtete. Es fühlte sich an, als hätte ich eine ähnliche Situation bereits erlebt, jedoch konnte ich mich nicht erinnern.

Nach einer Weile streckte sich das Wesen neben mir, schlug die wunderschön in der Sonne glitzernden Augen auf und blickte mir entgegen. Auf einmal begann es, mir mit seinen weichen Klauen über den Kopf zu streichen und leise Geräusche von sich zu geben, die einem Fauchen ähnelten. Da es jedoch keineswegs verängstigt, wütend oder aufgebracht wirkte, vermutete ich, dass es sich hierbei ebenfalls um eine Weise der Kommunikation handelte. Gespannt lauschte ich den Lauten, die es von sich gab, da sie ein Gefühl der Vertrautheit in mir weckten, während ich meinen Blick nicht von der wild Wellen schlagenden, blauen Iris dieses Wesens lösen konnte.

Irgendwann erweckte ein komplizierter, abgehackter Laut ein Bild in meinem Kopf. Ich erblickte eine graue, von unzähligen winzigen Steinen bedeckte Flache, die zwischendurch von Bäumen bewachsen war. Viele dieser seltsamen Wesen wanderten umher. In der Mitte dieser Fläche entdeckte ich meine Liebe. Ich steuerte direkt darauf zu, setzte mich neben sie und liess mich von ihr berühren.

Sobald dieser Gedanke verblasst war, lauschte ich den Geräuschen des Wesens erneut mit voller Konzentration. Irgendwann erkannte ich den Laut wieder, der den eigenartigen Gedanken in mir ausgelöst hatte, woraufhin ich meinen Kopf leicht schräg hielt, um noch fokussierter zuzuhören. Das Wesen schien meine Bewegung bemerkt zu haben, denn es hielt mit seiner Berührung inne und verstummte. Anschliessend wiederholte es den von mir erkannten Laut. Freude kam in mir auf, da es verstanden hatte, wie sehr mich dies interessierte. Ich reckte meinen Kopf leicht in die Richtung des Wesens, bis ich sein Gesicht mit meiner Schnauze anstupsen konnte. Es wiederholte den Laut abermals. Gedanklich spielte sich die komplexe Abfolge von Geräuschen wie ein Echo ab, bis ich diesen Laut vollständig in meinem Gedächtnis abgespeichert hatte. Das Gefühl, ihn bereits früher einmal gehört zu haben, verstärkte sich.

Mein Bruder hatte inzwischen bemerkt, dass ich mich an etwas Neues erinnerte, denn er dachte denselben Laut, wobei mir weitere Einzelheiten dazu einfielen. Plötzlich bildeten die scheinbar zusammenhangslosen Geräusche eine Einheit, genauer gesagt ein Wort: Lindenhof.

Lindenhof, dachte ich wieder.

Sowohl das Wesen als auch mein Bruder wiederholten dieses Wort. Ein Teil in mir wollte es verbal aussprechen, jedoch wusste ich nicht, wie ich dies bewerkstelligen konnte. Dennoch musste ich es versuchen, bevor ich diese Möglichkeit ausschloss. Vorsichtig öffnete ich mein Maul und ahmte diese Laute nach, so gut ich konnte. Zu meiner Enttäuschung klang es eher nach einem undeutlichen Brummen als klar getrennten Geräuschen, die gemeinsam das Wort «Lindenhof» bildeten. Nichtsdestotrotz schien das Wesen begeistert zu sein. Aufgeregt stiess es weitere Geräusche aus, die ich nicht verstand, und blickte mir analysierend ins Gesicht. Gleichzeitig zog es die Lefzen zurück, was mich geringfügig verunsicherte. Mein Sohn erwachte aufgrund dieser Aufregung und sah sich um. Als er mich und das Wesen erblickte, bettete er sich wieder entspannt in den weichen Fasern ein, wobei er sich keineswegs durch das Zähnefletschen des Wesens einschüchtern liess.

Plötzlich kam mir der Gedanke, dass es sich vermutlich gar nicht um ein Zähnefletschen handelte. Vielleicht drückte dieses Wesen eine andere Emotion dadurch aus. Um herauszufinden, ob meine Theorie korrekt war, zog ich ebenfalls die Lefzen zurück, was dazu führte, dass sich das Wesen an meinen Hals klammerte, sein Gesicht gegen meine Stirn drückte und mich erst einige Zeit später wieder losliess. Das Wesen hatte seine Zähne immer noch entblösst, jedoch wirkte es bereits wesentlich ruhiger als zuvor. Es sprach erneut «Lindenhof» aus, was ich daraufhin versuchte, zu wiederholen. Dieses Mal gelang es mir wesentlich besser, wodurch ich den ersten Teil dieses Worts bereits verstehen konnte. Meine Stimme klang deutlich tiefer als die des Wesens. Trotzdem schien es sich über meine Versuche, es zu imitieren, zu freuen. Noch einige Male sprach ich «Lindenhof» aus, bis ich einigermassen zufrieden mit dem Resultat war.

Nun deutete das Wesen auf seine Brust und sprach ein anderes Wort aus, was ich ebenfalls in gewisser Weise erkannte. Ich forschte gedanklich darüber nach, bis ich auf dasselbe Gesicht stiess, was ich in diesem Augenblick anstarrte. Je länger ich an den neu entdeckten Gedanken festhielt, desto klarer wurden sie. Irgendwann erschien das bisher unbekannte Wort in voller Klarheit innerhalb meines Bewusstseins. Zudem wusste ich, wie man es aussprach.

«Vanessa.», sagte ich in einer Klarheit, die mich selbst überraschte.

Das Wesen vor mir zeigte wieder die Zähne, während sich Tränen in seinen Augen bildeten. Da ich das Wort «Vanessa» mit diesem Wesen assoziierte, nannte ich es von nun an so. Ich sprach erneut den Namen aus, wobei mir weitere Details einfielen. Vor meinem inneren Auge erkannte ich, wie ich sie auf dem Lindenhof kennengelernt hatte, was wir gemeinsam erlebt hatten und dass meine Kinder ebenfalls Vanessas Kinder waren. Dies brachte mich zu dem Schluss, dass sie weiblich war.

Vanessa sprach ein weiteres Wort aus, während sie auf mich deutete. Sofort erkannte ich es als meinen eigenen Namen: Nils. Ich sprach ihn aus und erinnerte mich daran, dass ich mich in eines dieser seltsamen Wesen verwandeln konnte. Mit zunehmender Geschwindigkeit kehrten unzählige Erinnerungen, Eindrücke und allgemeines Wissen zurück, von dem ich vergessen hatte, dass ich darüber verfügte. Gleichzeitig schienen meine animalischen Triebe zu verblassen. Es fühlte sich an, als würde ich aus einem langen, intensiven Traum erwachen. Ich wunderte mich über mein eigenes Verhalten der letzten Tage und versuchte, die starken Bewusstseinsveränderungen zu begreifen.

Mehrere Minuten starrte mich Vanessa erwartungsvoll an, während ich meinen Blick wieder einmal nicht von ihren Augen lösen konnte. Derweil war alles zurückgekehrt, was sich vor dem Vorfall mit dem Hasen ereignet hatte. Ich wusste wieder, wer ich war, wo ich mich befand und wie mein Verhalten eigentlich sein sollte. Endlich löste ich mich von dem unergründlichen Ozean in Vanessas Augen.

«Ich weiss es wieder.», sagte ich schliesslich beinahe flüsternd.

«Was weisst du wieder, mein Schatz?», fragte mich Vanessa sichtlich erleichtert über meinen wiederhergestellten Wortschatz.

«Alles. Dass ich Nils Wollseif bin, dass du meine Frau und die drei anderen Drachen unsere Kinder und Tom sind, was wir gemeinsam erlebt haben und dass ich in Wirklichkeit ein Mensch bin.»

Diese Erklärung liess Vanessa in Tränen ausbrechen. Sie umarmte mich schluchzend und schnürte mir währenddessen beinahe die Luft ab. Aufgrund meiner eigenen Erleichterung, endlich wieder ich selbst zu sein, umschloss ich sie behutsam mit meinem rechten Flügel und drückte sie ebenfalls an mich. Plötzlich wurde ich mir der Gefahr bewusst, was geschehen würde, sollte ich mich erneut in meinen animalischen Trieben verlieren. Ruckartig löste ich mich aus ihrer Umarmung und stellte mir vor, aus Eis zu bestehen. Das vertraute Kribbeln begleitet vom Stechen in meinem Hinterkopf setzte ein. Während meine menschlichen Sinne zurückkehrten, blickte mir Vanessa mitfühlend entgegen.

«Geht es dir gut? Bist du irgendwie verletzt oder hast du Schmerzen? Ich hatte bereits befürchtet, dich für immer verloren zu haben. Das ist alles meine Schuld. Ich hätte auf dich hören sollen, dass eure Instinkte gefährlich sind, aber ich habe die Gefahr unterschätzt.», sprach sie auf mich ein.

«Nein, das ist meine Schuld, Vanessa. Ich hätte mich an dich erinnern *müssen*. Stattdessen habe ich dich beinahe umgebracht. Wie geht es eigentlich deinem Arm?»

«Dem geht's gut. Nachdem ich ins Krankenhaus geflogen wurde, haben sie mir die Schnitte genäht und verbunden. Jetzt schmerzt es überhaupt nicht mehr und es wird schöne Narben geben.»

«Schöne Narben? Das hätte überhaupt nicht geschehen dürfen!»

«Es ist okay, Nils.»

«Nein, ist es nicht! Ich habe dich angegriffen.»

«Du warst nicht du selbst.»

«Doch, ich konnte ganz normal denken, aber ich habe mich an nichts erinnert und mein Verhalten war … anders.»

«Du warst ein wahrhaftiger Drache.»

«Bei dir klingt das beinahe wie ein Lob, obwohl ich dich in diesem Zustand töten wollte.»

«So meinte ich es auch, da du es schlussendlich doch nicht getan hast, obwohl du keine Kontrolle über deine Instinkte hattest.», entgegnete Vanessa und gab mir einen Kuss auf die Stirn.

«Verstehst du das denn nicht? Ich *wollte* dich töten! Und anschliessend auffressen.»

«Für mich sah das ein wenig anders aus. Du hast mich irgendwie erkannt.»

«Ich habe mich an die Liebe zwischen uns erinnert. Das war das Einzige, was mich davor abgehalten hat, dich zu zerfleischen. Wärst du nicht dank der schwarzen Decke entkommen, hättest du diesen Tag nicht überlebt.»

Die Erwähnung der Decke liess die Freude aus Vanessas Gesicht verblassen.

«Habe ich dich am Samstag eigentlich verletzt? Du hast laut aufgejault und ich hatte Angst, dir etwas gebrochen zu haben. Deswegen liess ich dich in diesem Augenblick direkt los.», fragte sie verunsichert.

«Nein, ich hatte bloss Angst.», beruhigte ich sie.

Immer noch verspürte ich das Bedürfnis, mich tausendmal für mein Verhalten als Drache zu entschuldigen. Vanessa kam mir jedoch mit ihrem Humor dazwischen. Sie schien überaus glücklich zu sein, mich wieder in ihrer Nähe zu wissen.

«*Ich* habe dir als *Drache* Angst eingejagt?», fragte sie ungläubig und musste anschliessend lachen.

Mir war nicht nach Spass zumute, weswegen ich direkt wieder mein eigentliches Problem ansprach.

«Von nun an werde ich mich niemals wieder verwandeln. Das ist viel zu gefährlich.»

«Was? Das meinst du doch nicht im Ernst, oder?»

«Doch.», entgegnete ich harsch, da ich das falsche Vertrauen, was Vanessa in mich setzte, missbilligte.

«Und wie sollen wir Lisa … ähm Stella wieder dazu bringen, ein Mensch zu sein, wenn du dich nicht verwandeln möchtest. Du hast schliesslich gesagt, du könntest dich gedanklich mit ihr verbinden. Ausserdem kann ich mir nicht vorstellen, dass es noch schlimmer werden könnte als letztes Wochenende im

Wald. Bestimmt würdest du mich wiedererkennen, sobald du erneut in diesen Zustand verfällst.»

«Was die Verwandlung von Stella betrifft, stimme ich dir zu. Trotzdem kann ich unmöglich riskieren, dich und andere Menschen erneut dieser Gefahr auszusetzen.»

«Verstehst du denn nicht, Nils? Ich glaube daran, dass du diese Seite von dir irgendwann kontrollieren kannst. Je mehr du dich damit auseinandersetzt, desto eher wird es dir gelingen.»

«Ich möchte aber kein Drache mehr sein.», entgegnete ich genervt, während ich meinen Blick von ihr abwandte und stattdessen Mario anstarrte, der sich unbeobachtet ebenfalls in einen Menschen verwandelt hatte und entspannt zwischen Vanessa und mir schlief.

Ich erinnerte mich an das Gefühl, Tiere mit Zähnen und Klauen zu zerfetzen, was mich augenblicklich erschaudern liess. Ausserdem stellte ich fest, wie schmutzig meine Zähne waren und dass noch vereinzelte Haare dazwischen hingen.

«Aber ich liebe dich, Nils. Beide deiner Gestalten, nicht nur dich als Mensch.»

Verwundert blickte ich meiner Frau in die blauen Augen. Während ich mich fragte, ob sie dies tatsächlich ernst meinte, dachte ich an die Zeit zurück, als sie mich auf dem Lindenhof und anschliessend in der Waldlichtung gestreichelt hatte, bevor sie von meiner Gestaltwandlung gewusst hatte. Damals hatte sie nicht weniger verliebt gewirkt als heute.

«Wie kann ich sicherstellen, dass ich dich nicht erneut verletze?»

«Das weiss ich auch nicht genau. Vielleicht wäre es am besten, wenn Tom anwesend ist.»

«Oder ich frage R-34-d.», kam mir plötzlich der rettende Gedanke.

Eifrig sprang ich auf, stürmte ins Wohnzimmer und wurde erst durch Stellas bedrohliches Fauchen daran erinnert, dass ich kein Drache mehr war. Tom starrte mich abschätzig an, was mich verwirrte, da er sich hätte freuen müssen. Erst als ich mir meiner eigenen Nacktheit bewusst wurde, verstand ich sein Anliegen. Beschämt deckte ich meine Genitalien zu, trat zurück ins Schlafzimmer und öffnete den Kleiderschrank.

«Du solltest dich zuerst um Stella kümmern.», ermahnte mich Vanessa.

«Oh, da hast du recht.», erwiderte ich mit Schamröte im Gesicht.

Obwohl mein Kopf noch schmerzte, verwandelte ich mich zurück in einen Drachen. Das Stechen vervielfachte sich, wodurch ich mit schmerzverzerrtem

Gesicht die Augenlider zusammenpresste, in der Hoffnung, es würde sich bald bessern. Wenige Sekunden später fühlte ich Vanessas Finger, die angenehm meinen Hinterkopf massierten. Allmählich entspannte ich mich, öffnete die Augen und stand auf.

«Danke.», flüsterte ich ihr leise zu.

Im Wohnzimmer angekommen, freute sich Stella nun, mich wiederzusehen. Sie sprang auf, tapste in meine Richtung und stupste meine Schnauzspitze an. Bevor ich mich um ihr Bewusstsein kümmern konnte, musste ich mich jedoch erst bei meinem Bruder bedanken.

Ich kann dir gar nicht sagen, wie dankbar ich bin, dass du uns geholfen hast, dachte ich unwillkürlich schmunzelnd.

«Das habe ich doch gern für dich getan, Born. Es freut mich, dass du wieder der Alte bist.»

Aufgrund seiner telepathischen Aussage konnte ich mir ein Lächeln nicht mehr unterdrücken. Ich ging auf ihn zu, umarmte ihn mit den Vorderbeinen und liess ihn erst wieder los, als mir seine Freudentränen auf den rechten Flügel tropften. Allem Anschein nach hatte er mich ebenso sehr vermisst wie Vanessa.

Stella setzte sich demonstrativ zwischen uns, um ebenfalls gekuschelt zu werden, was sie in ihrer menschlichen Gestalt niemals getan hätte. Ich blickte ihr in die tiefblauen Augen und konzentrierte mich auf all ihre Empfindungen, während ich meinen linken Flügel behutsam um sie legte. Sie liess mein telepathisches Eindringen widerstandslos zu, wodurch es mir innert kürzester Zeit gelang, ihr menschliches Bewusstsein zu lokalisieren und erste Komponenten auszutauschen. Wie beim letzten Mal wurde ich plötzlich aus ihrem Verstand geschleudert, als sie ihre Menschlichkeit schlagartig zurückerlangte.

Willkommen zurück, Stella, sprach ich sie gedanklich an.

Ich erwartete, dass sie sich freute, erneut die volle Kontrolle über ihr Verhalten zu besitzen, jedoch wich sie meinem Blick aus. Traurigkeit stieg in ihr hoch, während sie an die vergangenen Tage dachte. Brutale Szenen des Jagens und Tötens spielten sich in ihrem Bewusstsein ab. Ich versuchte, sie davon abzulenken, jedoch war ihre Trauer und ihr Schock zu gross. Stumm rannen ihr Tränen aus den Augen. Sie wandte sich von Tom und mir ab, tapste in ihr Zimmer und verschloss die Tür hinter sich. Mein Bruder und ich tauschten ratlose Blicke aus.

«Vanessa, ich glaube, unsere Tochter braucht ein wenig soziale Unterstützung.», rief ich meiner Frau entgegen, die immer noch mit Mario auf unserem Bett lag.

«Ist sie wieder normal?», fragte sie begeistert.

«Ja.»

Sofort kam Vanessa aus dem Schlafzimmer gestürmt und blickte umher. Tom und ich wiesen gleichzeitig mit dem Kopf in Richtung des Kinderschlafzimmers. Vanessa klopfte an.

«Schatz?»

Stella antwortete nicht.

«Machst du bitte die Tür auf? Dann können wir in Ruhe darüber sprechen, was geschehen ist.»

Leise drang Stellas Schluchzen durch die Tür hindurch. Währenddessen nahm ich telepathisch wahr, dass sie sich vor ihren eigenen Taten fürchtete und sich in ihrem Zimmer verbarrikadierte, um niemanden mehr zu verletzen.

Das ist nicht deine Schuld. Du wirst genauso wie ich lernen, es zu kontrollieren, dachte ich, wobei ich mir Mühe gab, es aufrichtig zu meinen.

Schliesslich glaubte ich selbst nicht daran, dass sich meine animalischen Triebe jemals vollständig kontrollieren liessen. Dennoch versuchte ich, Vanessas Hoffnung in meinen Gedanken widerzuspiegeln.

«Ihr seid mir nicht böse, dass ich das gemacht habe?», fragte sie mich, wobei sie verschiedene Eindrücke ihrer Jagd anhängte.

Nein, natürlich nicht, versuchte ich, sie zu beruhigen.

Endlich schien sie von meiner Ansicht überzeugt zu sein. Ich nahm ihre Klauen auf dem Fussboden wahr, gefolgt vom Geräusch des sich öffnenden Türschlosses. Vanessa, die sich inzwischen neben der Tür gesetzt hatte, empfing ihre Tochter mit offenen Armen. Stella sprang ihr weinend auf den Schoss und liess sich umarmen.

«Es ist alles gut, mein Schatz.», flüsterte ihr Vanessa zu.

Da ich meine telepathischen Fähigkeiten nun nicht mehr benötigte, begab ich mich auf den Weg ins Schlafzimmer, um mich in einen Menschen zu verwandeln. Bei nahezu jedem Schritt fühlte ich den pochenden Schmerz in meinem Hinterkopf, der durch die doppelte Verwandlung entstanden war. Als ich an Vanessa vorbeischlich, blickte sie mich besorgt an. Vermutlich hatte ich mein Gesicht aufgrund der Schmerzen leicht verzogen.

«Du solltest noch ein wenig mit der Verwandlung warten.», riet sie mir.

«Ich möchte kein Risiko eingehen.», antwortete ich und presste das rechte Vorderbein gegen die schmerzhafte Stelle, in der Hoffnung, es würde sich dadurch bessern.

«Wie du meinst.», entgegnete sie seufzend.

Ohne mich von meinem Vorhaben abbringen zu lassen, betrat ich das Schlafzimmer und verwandelte mich zurück. Wie bereits erwartet, verstärkten sich die Kopfschmerzen abermals, mit dem Unterschied, dass ich dieses Mal farbige Punkte über mein Sichtfeld tanzen sah. Mit schmerzverzerrtem Gesicht blieb ich in verkrampfter Haltung liegen, bis das Stechen allmählich verebbte. Ächzend stand ich auf, wobei ich mich an der Wand abstützen musste, um nicht aufgrund meines kürzlich aufgetretenen Schwindelgefühls das Gleichgewicht zu verlieren. Ich atmete einige Male tief durch, öffnete den Kleiderschrank und streifte mir die erstbesten Kleider über. Zu guter Letzt verliess ich das Zimmer und setzte mich neben Vanessa, die mich augenblicklich umarmte.

«Ich bin so froh, dass du wieder bei mir bist und klar denken kannst.», sprach sie voller Freude und küsste mir anschliessend auf die Lippen.

Ich zog mich ein wenig zurück, da immer noch Tierhaare zwischen meinen Zähnen hingen und sich alles in meinem Mund schmutzig anfühlte. Hierbei konnte es sich jedoch auch um Einbildung handeln. Dennoch wollte ich auf Nummer Sicher gehen, dass sich Vanessa anschliessend nicht vor mir ekelte.

«Was ist?», fragte sie leicht verwirrt.

«Ich muss noch die Zähne putzen.»

«Aha.», entgegnete sie lachend und liess mich los.

22

Angst

Nachdem ich mir die Zähne geputzt und jegliche Tierhaare entfernt hatte, betrat ich erneut das Wohnzimmer. Vanessa sass gemeinsam mit Stella, die sich auf ihrem Schoss eingekuschelt hatte, auf dem Sofa, während sie sich leise unterhielten. Ich verstand nicht, was sie flüsterten, da ich nun nicht mehr über mein sensibles Drachengehör verfügte. Auf jeden Fall war Stella wesentlich weniger traurig als zuvor, worüber ich ausserordentlich froh war. Ich umarmte noch einmal meinen Bruder und bedankte mich ein letztes Mal bei ihm, bevor er uns verliess. Nachdenklich blickte ich ihm hinterher, während er zu einem fortlaufend kleiner werdenden Punkt am Himmel schrumpfte.

Um meine Fragen bezüglich der Dracheninstinkte beantworten zu können, nahm ich das Speichermedium aus dem Keller, auf dem das Bewusstsein der ausserirdischen KI namens R-34-d abgespeichert war, und schloss es an meinen Computer an. Ein Konsolenfenster öffnete sich, auf dem «Neuronales Netzwerk wird initialisiert. Bitte warten …» zu lesen war. Gleich darauf wurde «Textausgabe wird generiert. Dies kann einige Zeit in Anspruch nehmen.» angezeigt. Aufgrund früherer Konversationen mit dieser KI wusste ich, dass es mehrere Tage dauern konnte, eine Antwort zu erhalten. Demnach überliess ich den Computer sich selbst, dessen Lüfter nun stark beschleunigten, um ihn unter dieser Belastung ausreichend kühlen zu können.

Stumm setzte ich mich neben Vanessa und Stella, die immer noch auf dem Sofa sassen. Ich umarmte meine Frau, woraufhin sie mich ebenfalls in ihre Arme schloss. Vielsagend blickten wir uns in die Augen. Keiner von uns schien zu wissen, wie wir mit der momentanen Situation umzugehen hatten. Schlussendlich beugten wir uns leicht vor, um in einen leidenschaftlichen Kuss überzugehen. Stella schien unser Verhalten anzuwidern, denn sie sprang von Vanessas Schoss und tapste in ihr Zimmer. Hiervon liessen wir uns jedoch nicht beirren. Minutenlang küssten wir uns, wobei unsere Sitzposition fliessend in ein Liegen überging. Mit Armen und Beinen klammerten wir uns aneinander fest, um dem jeweils anderen noch näher zu sein. Als sich unsere Lippen irgendwann wieder voneinander lösten, starrten wir uns lächelnd an.

«Ich liebe dich!», flüsterte ich kaum wahrnehmbar.

«Ich dich auch, mein kleiner Drache.», antwortete Vanessa schmunzelnd.

Aufgrund ihrer humorvollen Aussage schüttelte ich grinsend den Kopf, was ich jedoch eine Sekunde später bereits bereute, da erneut ein stechender Schmerz durch meinen Hinterkopf schoss. Die Freude wich augenblicklich aus meinem Gesicht und ich presste verkrampft die Augen zusammen. Kurze Zeit später verblassten die Schmerzen wieder. Seufzend öffnete ich die Augen und stellte fest, dass Vanessas Freude der Besorgnis gewichen war.

«Ist es sehr schlimm?», fragte sie.

«Ja, leider. Es scheint sich mit jeder Verwandlung zu verstärken. Nur wenn ich lange Zeit in einer Gestalt bleibe, verschwinden die Schmerzen.», antwortete ich nachdenklich.

Ich war mir bewusst, dass mich dieses Problem irgendwann zwingen würde, für alle Ewigkeit in einer meiner beiden Gestalten zu verweilen, es sei denn, jemand würde mir die Nanobots aus meinem Hinterkopf entfernen. Da ich mich jedoch vor einem chirurgischen Eingriff diesbezüglich fürchtete, versuchte ich krampfhaft, eine andere Lösung zu finden.

Marios plötzliches Geschrei riss mich aus meinen Gedanken. Nachdem er lange neben uns auf dem Sofa geschlafen hatte, schien er nun ein Problem zu haben. Sofort setzten Vanessa und ich uns aufrecht hin und widmeten unsere Aufmerksamkeit Mario. Meine Frau stillte ihn, wir wechselten gemeinsam seine Windel und betteten ihn erneut auf dem Sofa ein. Gerade als wir uns wieder entspannen wollten, trat Lisa in ihrer menschlichen Gestalt aus dem Kinderzimmer.

«Ich habe Hunger.», teilte sie uns leise mit, ohne ihren Blick vom Fussboden abzuwenden.

«Ich ehrlich gesagt auch.», gestand ich.

«Du hast gestern beinahe all unsere Vorräte aus dem Kühlschrank gegessen, Schatz. Wir müssen zuerst einkaufen gehen.», erklärte Vanessa mir.

Da ich mich aufgrund meines animalischen Verhaltens der letzten Tage schuldig fühlte und meiner Frau nicht zusätzlich zur Last fallen wollte, entschied ich, für uns alle einkaufen zu gehen.

«Welchen Tag haben wir eigentlich?», fragte ich Vanessa, kurz bevor ich meinen Vorschlag bezüglich des Einkaufs aussprechen konnte.

«Freitag, der sechste September 2030.», antwortete sie.

«Warte, ich hätte diese Woche arbeiten müssen. Was wird Sven bloss von mir denken, wenn ich unbegründet eine Woche abwesend war?»

«Das habe ich bereits mit ihm geregelt. Du bist diese Woche im unbezahlten Urlaub.»

«Tatsächlich?»

Meine kürzlich hervorgetretene Verunsicherung wich augenblicklich der Freude. Als Vanessa zufrieden nickte, umarmte ich sie dankbar.

«Was würde ich bloss ohne dich machen?»

«Irgendwo im Wald umherirren und Tiere jagen, schätze ich.», entgegnete sie grinsend.

Ich gab ihr einen Kuss, erklärte mein Vorhaben, einkaufen zu gehen, und zog mir schliesslich die Schuhe an.

Draussen auf der Strasse begegnete ich einigen Passanten, die ihre Blicke aufgrund des leichten Regens nach unten richteten. Sobald ich sie passierte, blitzte ein Bild in meinen Gedanken auf, in dem ich mich hungrig, wie ich war, als Drache auf die Menschen stürzte und einem nach dem anderen das Fleisch von den Knochen riss. Es war kein Instinkt, dessen war ich mir bewusst. Dennoch verunsicherte mich diese neue Denkweise derart, dass ich meine Schritte beschleunigte und jeweils den grösstmöglichen Abstand zu weiteren Passanten hielt.

Dies war nicht die einzige Situation, in der schlagartig animalische Verhaltensweisen in meinem Bewusstsein erschienen. Im Supermarkt stiess ich auf ähnliche Gedanken, in denen ich wild nach den Lebensmitteln schnappte. Da ich in keinster Weise physisch reagierte, konnte ich mich geringfügig beruhigen.

Das sind bloss Erinnerungen an die vergangenen Tage, sprach ich gedanklich zu mir selbst.

Gänzlich überzeugt war ich jedoch nicht. Es fühlte sich an, als hätte sich das exzessive animalische Verhalten auf mein menschliches Unterbewusstsein ausgewirkt, wie mich meine Menschlichkeit zuvor in Vanessas Nähe beeinflusst hatte. Nebst den Gedanken, alles Essbare aufgrund meines Hungers anzuspringen, verunsicherte mich auch die Tatsache, dass meine Denkweise in den letzten Tagen anders gewesen war. Ich hatte Vanessa erzählt, während dieser Zeit stets ich selbst gewesen zu sein, jedoch entsprach dies nicht der vollständigen Wahrheit. Meine animalische Denkweise hatte sowohl die Zukunft als auch die Vergangenheit verdrängt. Obwohl ich mich an nichts hatte erinnern können, hatte ich mich einzig und allein um meine momentanen Bedürfnisse geschert, denn ich wusste nicht mehr, was ich vergessen hatte. Als ich aufgrund der vielen Knochen und Haare in meinem Magen unter Bauchschmerzen gelitten hatte, hatte ich keinen einzigen Gedanken an deren Ursache oder einen möglichen Lösungsansatz verschwendet. Stattdessen hatte ich mich direkt nach dem Erbrechen auf die Suche nach Wasser und weiterer Nahrung begeben. Zu diesem Zeitpunkt hatte ich immer noch gewusst, dass es mir körperlich schlecht ergangen war, jedoch war es mir gleichgültig gewesen, da sich das Problem bereits gelöst hatte. Selbst die Begegnung mit dem Bär, der beinahe Mario getötet hätte, war nichts weiter als ein vorübergehender Schockmoment gewesen.

«Hätten Sie gerne eine Quittung?», fragte mich die Kassiererin.

Verwirrt stellte ich fest, dass sich mein Einkauf bereits am hinteren Ende der Kasse befand und ich geistesabwesend alle Waren auf das Förderband gelegt hatte, ohne es zu bemerken.

«Nein, danke.», erwiderte ich kurze Zeit später und wollte meine Debitkarte aus der Hosentasche ziehen, als mir auffiel, dass sie sich bereits in meiner Hand befand und ich sie vor wenigen Sekunden benutzt hatte.

Nachdenklich räumte ich die Lebensmittel in die Einkaufstaschen ein, die ich von zu Hause mitgenommen hatte. Anschliessend stellte ich den Einkaufswagen zurück und begab mich auf den Weg nach Hause.

Unterwegs setzte ein Platzregen ein, der mich bis auf die Unterwäsche durchnässte, da ich keinen Regenschirm bei mir trug und zu Fuss losgegangen war. So schnell es ging, eilte ich zu Vanessa und den Kindern zurück. Trotz all meiner Bemühungen tropfte ich sowohl das Treppenhaus als auch den Eingangsbereich voll, als ich die Wohnung betrat.

Vanessa half mir, das Wasser aufzuwischen und wir kochten anschliessend gemeinsam unser Mittagessen, da es bereits kurz vor zwölf Uhr war. Während wir das Essen einige Minuten später auf den Tellern anrichteten, fiel mir auf, dass mich keine animalischen Gedanken mehr heimgesucht hatten, seitdem ich zu Hause angekommen war. Mit neuer Hoffnung, dass sich diese Situation doch noch bessern würde, setzte ich mich zu Vanessa und Lisa an den Tisch. Schweigend assen wir unsere Teller leer. Ob wir aufgrund unseres Hungers oder der Ereignisse dieser Woche nicht gesprochen hatten, wusste ich nicht.

Nach dem Essen setzten wir uns gemeinsam neben den schlafenden Mario auf das Sofa. Ratlos blickten wir uns an. Nach einer Weile fiel mir auf, wie niedergeschlagen Lisa wirkte. Unter normalen Umständen hätte sie längst eines ihrer Bücher zur Hand genommen, jedoch sass sie mit hängendem Kopf am Rand des Sofas und liess gedankenverloren die Füsse baumeln.

Ob sie ein Trauma vom Schlachten ihrer Beute davontragen wird? Fragte ich mich.

Nun gesellten sich die Sorgen um Lisas geistigen Zustand und etwaigen psychischen Schäden zu meinen bereits düsteren Gedanken. In einer Endlosschleife spielten sich die Jagden als Drache vor meinem inneren Auge ab. Ich sah, wie Blut aus den Bisswunden meiner Beute strömte, wie der Körper zwischen meinen Klauen erschlaffte und sich die Pupillen weiteten. Ich roch den individuellen Duft des Tiers, der trotz der frisch ausgeschiedenen Stresshormone und des Blutgeruchs ungetrübt in meine Nase drang. Ich fühlte, wie sich meine Zähne durch die Haut meines Opfers bohrten und schmeckte sowohl das Blut als auch das frische Fleisch. Ebenso nahm ich erneut das unstillbare Verlangen wahr, meine Beute hemmungslos zu zerfetzen, selbst die kleinsten geniessbaren Fleischreste von den Knochen zu nagen und alles restlos zu verschlingen. Beim Gefühl, Sehnen und Knorpel knirschend durchzubeissen, erschauderte ich. Übelkeit stieg in mir hoch und ich musste mich mit einem Blick auf meinen schlafenden Sohn ablenken, um nicht zu erbrechen.

Ich verstehe jetzt, weshalb sich einige Menschen dazu entscheiden, vegetarisch oder vegan zu leben, dachte ich.

Da ich meinem rebellierenden Magen noch nicht gänzlich vertraute, hielt ich mir die Hand vor den Mund. Vanessa schien bemerkt zu haben, dass ich mit meinen Erinnerungen an die vergangenen Tage zu kämpfen hatte, denn sie legte liebevoll ihren Arm um mich. Ich wollte mich mit einem Gespräch ablenken, jedoch fiel mir nichts ein, worüber ich sprechen konnte. Meine Gedanken an die Jagd waren allgegenwärtig.

«Vor einigen Jahren habe ich mir wochenlang den Kopf über die Funktionsweise des Warpantriebs zerbrochen, jedoch erschliesst sich mir nicht, wie die Raumkrümmung vor dem Raumschiff erzeugt werden kann.», sprach Vanessa urplötzlich ein neues Thema an.

Augenblicklich wurde mein Wissen über Physik und das Raumschiff, was R-34-d mir hinterlassen hatte, wachgerufen. Angestrengt dachte ich darüber nach, wie ein Antrieb dazu in der Lage sein konnte, die Raumzeit auf eine Weise zu stauchen, die es ermöglichte, um ein Vielfaches schneller als das Licht zu reisen.

«Mit einer Wechselwirkung von positiver und negativer Masse nehme ich an.», antwortete ich kurze Zeit später.

«Aber wie soll das funktionieren? Der Raum muss bereits vor dem Raumschiff gekrümmt werden. Um dies zu erreichen, müsste sich etwas ausserhalb der Warpblase befinden. Diese Materie würde sich dementsprechend mit Überlichtgeschwindigkeit durch den Raum bewegen, was physikalisch unmöglich ist.»

«Du hast recht.»

Gedanklich ging ich unzählige Lösungsansätze durch, die schliesslich alle auf mehr oder weniger dasselbe unlösbare Problem stiessen. Erst als ich meine Denkweise an die Erkenntnis anpasste, dass ein vierdimensionales Multiversum existierte, stiess ich auf neue Ideen.

«Was wäre, wenn etwas mithilfe von Magnetwellen auf Überlichtgeschwindigkeit beschleunigt wird?», fragte ich schliesslich.

«Das ist unmöglich. Sowohl Gravitation als auch Magnetismus sind auf Lichtgeschwindigkeit begrenzt.»

«Nicht, wenn es sich durch einen vierdimensionalen Raum bewegt. Schliesslich können sich Schatten auf einer zweidimensionalen Ebene auch schneller als das Licht fortbewegen, wenn sich die Lichtquelle im dreidimensionalen Raum an Objekten vorbeibewegt.»

«Du meinst also, man könnte ein vierdimensionales Magnetfeld erzeugen und es auf eine Weise bewegen, dass es sich aus dreidimensionaler Betrachtung mit Überlichtgeschwindigkeit ausbreitet?»

«Du hast es erfasst. Da sich die Universen des Multiversums in allen erdenklichen Rotationen befinden können, müsste man das Magnetfeld lediglich in einem steilen Winkel auf ein Universum zubewegen, sodass sich die im dreidimensionalen Raum wahrnehmbaren magnetischen Wellen mit Überlichtgeschwindigkeit fortbewegen. Auf diese Weise könnte man bestimmte Objekte beliebig stark beschleunigen.»

«Verstösst das nicht gegen einige grundlegende physikalische Gesetze? Zum Beispiel wird exponentiell mehr Energie benötigt, ein Partikel zu beschleunigen, je näher es der Lichtgeschwindigkeit kommt.»

«Meiner Vermutung nach hängt dies ausschliesslich mit der Zeitdilatation zusammen. Je schneller sich ein Objekt relativ zum Raum bewegt, desto langsamer vergeht dessen Zeit. Antriebe, die sich mit derselben Geschwindigkeit nach vorn bewegen, frieren wortwörtlich in der Zeit ein, sobald die Lichtgeschwindigkeit erreicht wird. Selbst eine unendliche Menge an Energie könnte zu keiner weiteren Beschleunigung führen. Sollte jedoch ein Magnetfeld das Objekt antreiben, was sich bereits mit Überlichtgeschwindigkeit durch unsere drei Dimensionen bewegt, könnte es funktionieren. Teilchenbeschleuniger wenden schliesslich ein ähnliches Prinzip an.»

«Aber lediglich auf Unterlichtgeschwindigkeit. Je schneller ein Partikel wird, desto mehr Masse gewinnt es. Auf Lichtgeschwindigkeit erhöht sie sich sogar ins Unendliche.»

«Die Massezunahme hängt dennoch mit der Zeitdilatation zusammen. Deswegen besitzt zum Beispiel dasselbe Elektron je nach Betrachter eine andere Masse, wobei sie aus der Sicht des Elektrons stets gleich bleibt.»

«Und was geschieht dann mit der individuellen Wahrnehmung von Zeit? Teilchen, die sich mit Überlichtgeschwindigkeit relativ zum Raum bewegen, müssten doch in ihre eigene Vergangenheit reisen.»

«Diese Frage kann ich dir leider nicht beantworten. Soll ich R-34-d danach fragen?»

«Nein, du wolltest schliesslich Antworten bezüglich deiner Instinkte erhalten.»

Meine Gedanken explodierten förmlich vor lauter Theorien, was geschehen würde, sollte sich ein Teilchen mit Überlichtgeschwindigkeit durch den Raum bewegen. Nachdenklich stand ich auf und wanderte im Wohnzimmer umher, wie ich es immer während komplexen Denkaufgaben tat. Ein Blick auf Lisa verriet mir, dass sie ebenfalls über wissenschaftliche Themen nachdachte, denn sie starrte geistesabwesend den ausgeschalteten Fernseher an. Ihre Lippen formten Worte, die sie jedoch nicht aussprach.

«Kannst du mir das erklären, Papa?», fragte sie einige Zeit später.

«Wie man laut meiner Theorie ein Teilchen auf Überlichtgeschwindigkeit beschleunigen kann?»

«Ja.»

«Ich werde es mal versuchen.», entgegnete ich lachend.

Nachdem ich mir für normal sterbliche Menschen verständliche Worte zurechtgelegt hatte, begann ich mit einer ausführlichen Erklärung des vierdimensionalen Raums, der Ausbreitung von Gravitation und Magnetfeldern, der Funktionsweise von Teilchenbeschleunigern und der relativistischen Effekte, die nahe der Lichtgeschwindigkeit auftraten.

Sobald Vanessa auch nur den kleinsten Fehler in meiner Erklärung entdeckte, korrigierte sie mich augenblicklich, was meist eine wilde Debatte auslöste, die sie zu meinem Leidwesen immerzu gewann. Erst als meine Erläuterung schliesslich aus reiner Spekulation bestand, die jenseits der Grenzen moderner Physik lag, lauschte sie mir kommentarlos.

Zwischendurch unterbrach uns Lisa mit einigen Fragen, die mich jeweils daran erinnerten, dass ihr momentanes Verständnis von Naturwissenschaften noch weit unter dem von Vanessa und mir lag. Ich verspürte den Drang, ihr alles gedanklich zu erklären, bis ich mir abermals meiner Kopfschmerzen bewusst wurde, wodurch ich mich gegen eine erneute Verwandlung entschied. Ausserdem wollte ich ihr auch das Lernen an sich beibringen, da sie dies spätestens in der Schule benötigen würde. Ich wollte vermeiden, dass sie irgendwann auf meine telepathischen Erklärungen angewiesen war.

Mehrere Stunden später, als wir allesamt mit vollkommen überfüllten Köpfen auf dem Sofa sassen, fiel mir auf, dass ich meine Sorgen bezüglich meiner animalischen Triebe bis zu diesem Zeitpunkt vergessen hatte. Mit dem Gespräch, was Vanessa gestartet hatte, hatte sie mich erfolgreich von meinem düsteren Gemützustand befreit.

Womit habe ich solch eine gute Frau verdient? Immerzu unterstützt sie mich, wo sie nur kann, egal was geschieht. Vermutlich würde sie selbst dann noch zu mir halten, wenn ich in meinen Instinkten versehentlich Menschen töte, dachte ich.

Ein lauter Donner riss mich aus meinen Gedanken. Regen prasselte gegen die Fensterscheiben und die Bäume bogen sich gefährlich im Wind. Es war inzwischen Abend geworden, was ich aufgrund des anregenden Gesprächs nicht einmal bemerkt hatte. Ausserdem knurrte mein Magen, weswegen ich das Thema Abendessen ansprach.

Als wir uns schliesslich gemeinsam an den Esstisch setzten, gähnte Lisa ausgiebig. Die stundenlange wissenschaftliche Unterhaltung mit Vanessa und mir hatte sie anscheinend ermüdet. Ich selbst fühlte mich ebenfalls ausgelaugt und freute mich auf eine erholsame Nacht.

Nach dem Essen brachten wir die Kinder ins Bett und legten uns kurz darauf ebenfalls schlafen, obwohl es erst halb acht Uhr war. Trotz des Gewitters schlief ich innert kürzester Zeit mithilfe meiner wissenschaftlichen Gedanken ein.

Plötzlich weckten mich stechende Schmerzen in meinem Hinterkopf. Verwirrt und leicht benommen schlug ich die Augen auf und blickte umher. Ich lag auf hartem, trockenem Waldboden inmitten von dicht beisammen stehenden Bäumen. Als ich meinen schmerzenden Kopf anhob, wurde mir bewusst, dass ich erneut ein Drache war. Da sich weder meine Kinder noch Vanessa in der Nähe befanden, schnupperte ich an der sauberen Waldluft, um sie wittern zu können. Zu meiner Enttäuschung roch ich nichts als Holz, Harz, Laub, Erde und einige Tiere.

Was ist passiert? Fragte ich mich.

Nachdem ich mich aufgesetzt hatte, erinnerte ich mich an meinen Sturz im Wald, als ich dem Hubschrauber, der Vanessa entführt hatte, verfolgte.

Sie wurde nicht entführt, sondern in das nächstgelegene Krankenhaus gebracht, korrigierte ich meine eigenen Gedanken.

Mit der Zeit erschienen die Erinnerungen von meinem Sturz bis hin zur stundenlangen Debatte über Physik mit Vanessa in meinem Verstand. Dies warf jedoch noch weitere Fragen auf, deren Antwort ich nicht kannte. Ich wusste weder, weshalb ich nun wieder hier war, noch wo Vanessa und die Kinder zu finden waren. Einzig die Tatsache, dass ich in Worten denken konnte und nicht meinen animalischen Trieben unterlegen war, beruhigte mich.

Als hätte der Wald meine Gedanken wahrgenommen, huschte ein Eichhörnchen aus einem Gebüsch geradewegs auf mich zu. Instinktiv sprang ich ihm entgegen und biss ihm in den Nacken. Das Gefühl von Knochen, die zwischen meinen Zähnen zerbrachen, hätte mich verstören müssen, jedoch fühlte es sich in gewisser Weise gut an. Selbst das Blut, was sich aufgrund der letzten Herzschläge meiner Beute in meinem Maul ausbreitete, widerte mich nicht an. Stattdessen hatte es den gegenteiligen Effekt. Der eisenähnliche Geschmack regte meinen Appetit an, wodurch sich meine Speichelproduktion erhöhte und ich den Drang verspürte, das Eichhörnchen in Stücke zu reissen.

Dennoch hielt ich inne, da mich mein Verhalten zu sehr an das eines wilden Tiers erinnerte. Ich liess das Eichhörnchen fallen und blickte den leblosen Körper mitfühlend an. Aus irgendeinem Grund verfügte ich nun sowohl über meine menschliche, als auch meine animalische Denkweise. Ich konnte mein Verhalten in vollem Bewusstsein kontrollieren, jedoch verspürte ich dieselben Triebe wie als ich vergessen hatte, wer ich in Wirklichkeit war.

Ich bin Nils Wollseif, dachte ich, um sicherzugehen, dass meine Vermutung auch tatsächlich der Wahrheit entsprach.

Seufzend blickte ich umher. Alles war mucksmäuschenstill und nichts bewegte sich, wenngleich ich weitere Eichhörnchen, Vögel, Hasen und Mäuse witterte. Es wehte kein Wind, keine Flugzeuge durchquerten den Himmel und keine Wolken waren über den Baumkronen zu erkennen. Nicht einmal die Tageszeit liess sich bestimmen. Alles war in düsteres, diffuses Licht getaucht, obwohl der Himmel einen tiefblauen Farbton aufwies.

Bevor ich mich weiterhin über diese seltsamen Gegebenheiten wundern konnte, knurrte mein Magen. Mein Blick fiel erneut auf das Eichhörnchen, was ich zuvor getötet hatte. Zeitgleich erstarkte das Bedürfnis, es zu fressen.

Nachdem ich es mehrere Sekunden angestarrt hatte, blickte ich umher, um sicherzustellen, dass mich niemand beobachtete, und gab mich schliesslich willentlich meinen animalischen Trieben hin. Während ich die Haut des Eichhörnchens säuberlich mit den Klauen aufschnitt, fragte ich mich, ob ich es im Feuer rösten sollte oder ob ich als Drache Rohkost bevorzugte. Mein menschlicher Verstand riet mir, das Fleisch zu braten, während mir meine Instinkte das Gegenteil vorschlugen. Da mir das rohe Fleisch in meiner jetzigen Gestalt nicht schaden würde und ich durch das Feuerspeien wertvolle Energie verlieren konnte, biss ich schliesslich in das mittlerweile gehäutete Eichhörnchen hinein. Dieses Mal war es grundlegend anders als zuvor. Anstelle des unstillbaren Verlangens, was mich stets dazu verleitet hatte, meine Beute zu zerfetzen, verspürte ich lediglich noch einen leichten Drang, der sich mit geringem geistigem Einsatz unterdrücken liess.

Vielleicht liegt es auch daran, dass ich noch keinen grossen Hunger habe, mutmasste ich, erstaunt über meine Selbstbeherrschung.

Während des Essens, was man nicht mehr als Fressen oder Zerfleischen bezeichnen konnte, biss ich auf Sehnen und Knorpel, die bei meinem menschlichen Bewusstsein unter normalen Umständen zu einem Würgereflex geführt hätten. Stattdessen nahm ich das knirschende und schmatzende Geräusch kombiniert mit dem Gefühl von unterschiedlicher Konsistenz lediglich zur Kenntnis. Überrascht ass ich weiter, bis nichts als Knochen, Eingeweide und Fell übriggeblieben war.

«Nils?», hörte ich plötzlich Vanessas Stimme von hinten.

Ich drehte mich um, wischte das frische Blut mithilfe meines rechten Flügels von der Schnauze und lächelte ihr entgegen.

«Ja, Vanessa?»

«Ich dachte, du wärst wieder in dein animalisches Verhalten zurückgekehrt.»

«Nein, dieses Mal nicht. Zumindest nicht vollständig. Irgendwie kann ich es jetzt kontrollieren. Es ist, als hätten sich meine Instinkte mit meinem menschlichen Bewusstsein vereint.»

«Das freut mich für dich.», entgegnete sie und trat auf mich zu.

Aus ihrer Hosentasche nahm sie ein weisses Taschentuch hervor und wischte die letzten Blutreste von meiner Schnauze.

«Wie sind wir hier hergekommen und wo sind die Kinder?», fragte ich sie, nachdem sie sich neben mich gesetzt hatte.

«Lisa und Mario sind bei deiner Mutter. Sie passt auf sie auf, während wir dieses Wochenende im Wald verbringen.»

«Seltsam. Daran kann ich mich gar nicht erinnern.»

«Ach Schatz, hast du dir wieder einmal den Kopf gestossen?»

Zärtlich strich sie mir mit der Hand über die Stirn. Derweil sog ich ihren wundervollen Geruch ein, so gut ich konnte.

«Vielleicht. Ich kann mich nur noch daran erinnern, hier aufgewacht zu sein.»

Mitfühlend blickte mir Vanessa ins Gesicht. Um mich bei ihr für ihre Fürsorge zu revanchieren, strich ich ihr mit einer Klaue über die Wange, wie ich es bereits vor sieben Jahren einmal getan hatte. Zu meiner Linken ertönte ein Rascheln. Für einen Sekundenbruchteil obsiegten meine Instinkte, wodurch ich mit den Klauen von Vanessas Gesicht abrutschte, während ich meinen Kopf blitzschnell in Richtung der Geräuschquelle wandte. Als ich dies bemerkte, unterdrückte ich den Drang, die Wühlmaus zu jagen, und blickte erneut zu Vanessa. Ein tiefer Schnitt durchzog ihre Wange bis hin zu ihrem Hals. Mit jedem Herzschlag spritzte ihr Blut aus der eben entstandenen Wunde. Für die nächsten Sekunden erstarrte ich in schierer Fassungslosigkeit. Vanessa sackte auf dem erdigen Waldboden zusammen und presste ihre Hand mit schmerzverzerrtem Gesicht gegen den tiefen Schnitt. Endlich konnte ich mich aus meiner Starre befreien.

«Vanessa!», schrie ich in panischer Verzweiflung und versuchte, ihr dabei zu helfen, die Blutung zu stoppen.

Dieses Unterfangen war jedoch zwecklos, da sich ein dunkler Fleck unter ihrer Haut ausbreitete, sobald ich mit meiner Pranke auf die Wunde drückte, was ein klares Indiz für innere Blutungen war.

«Wie ist das passiert? Ich kann dich unmöglich derart tief gekratzt haben.», sagte ich mit sich überschlagender Stimme.

Tränen bildeten sich in meinen Augen, wodurch ich Vanessa lediglich noch verschwommen wahrnahm. Sie gab einen erstickten Laut von sich und löste ihre in Blut getränkte Hand von ihrem Hals, um meine Schnauzspitze ein letztes Mal zu streicheln. Mittlerweile hatte sich eine Blutlache von einem Meter Durchmesser gebildet.

«Ich muss die Wunde ausbrennen.», sprach ich mehr zu mir selbst als zu Vanessa.

Langsam zog ich meine Klauen von ihrem Hals zurück und blickte auf die dunkelrote Fontäne, die ihrer nahezu makellosen Haut entsprang. Vanessa starrte mir direkt in die Augen, wobei ich mich erneut in der Schönheit ihrer Iris verlor. Schnaubend schüttelte ich meinen Kopf, um ihrem Bann zu entkommen, sodass ich die Schnittwunde ausbrennen konnte. Ich atmete tief ein und wollte mir bereits vorstellen, die Luft in meinen Lungen würde sich erwärmen, jedoch gelang es mir nicht, diesen Gedanken zu fassen. Ihr absichtlich Schmerzen zuzufügen, selbst wenn es ihrem Wohlergehen diente, widerstrebte mir grundsätzlich.

Reiss dich zusammen, Nils! Sie stirbt, wenn du die Wunde nicht ausbrennst, forderte ich mich auf, mit meiner Ersthilfe zu beginnen.

In diesem Augenblick erschlaffte Vanessas Arm, das Blut spritzte mit fortlaufend abnehmender Intensität aus ihrem Hals und ihre Pupillen weiteten sich bereits. Schliesslich versiegte der Blutstrom vollständig, bevor ich etwas dagegen unternehmen konnte.

«Nein! Was habe ich bloss getan?», schrie ich meiner Frau ins Gesicht, als würden ihr meine Worte erneut Leben einhauchen können.

Ich umfasste ihren Hinterkopf mit meinen Klauen, hob ihn geringfügig hoch und drückte ihn schluchzend an meine Brust. Mit einem erneuten Blick auf ihr totenbleiches Gesicht vergewisserte ich mich, dass sich diese Situation auch tatsächlich ereignet hatte, und liess sie anschliessend los. Mein Herzschlag beschleunigte sich, während blanke Panik in mir hochstieg. Schockiert betrachtete ich meine blutverschmierten Klauen, die aufgrund ihrer erstaunlichen Schärfe zu Vanessas Tod geführt hatten. Ihr unverkennbarer Duft ging von ihnen aus, was mich sowohl magisch anzog als auch anwiderte. Je länger ich sie anstarrte, desto stärker wurde mein nervöses Zittern. Ratlos blickte ich umher, wischte hastig das Blut an einigen Blättern eines Gebüschs ab und versuchte, die momentanen Geschehnisse zu begreifen. Mein Blick fiel erneut auf Vanessas Leiche, die inmitten einer riesigen Blutlache lag. Der umliegende Waldboden weichte sich bereits auf. Dieses schreckliche Bild brannte sich in meinem Gedächtnis ein und löste einen tiefen Schmerz aus, der mich verzweifelt aufschreien liess. Ich brach unter der psychischen Belastung zusammen und blieb laut heulend auf der blutgetränkten Erde liegen.

Etwas Weiches berührte die rechte Seite meines Kopfes. Instinktiv schnappte ich danach. Sobald sich meine Zähne in das nach Baumwolle schmeckende Etwas gebohrt hatten, öffnete ich verwirrt meine Augen und erblickte Vanessa, die neben mir im Bett lag und mich mit einem Kissen gestupst hatte. Sofort liess ich es los und blickte in das Gesicht meiner Frau, was im warmen Licht der Nachttischlampe eine gesunde Farbe aufwies. Ich starrte sie noch eine Weile keuchend und zitternd an, bis mir bewusst wurde, dass die Situation im Wald lediglich ein Traum gewesen war.

Eine riesige Last fiel von meinem Herzen und ich legte meinen Kopf seufzend auf die Matratze zurück. Vanessa strich mir nun liebevoll von der Schnauze über die Stirn bis hin zu meinen Hörnern, wobei mir auffiel, dass ich mich nicht bloss in meinem Traum verwandelt hatte.

«Hast du schlecht geträumt?», fragte sie mich.

«Das kann man wohl sagen.»

«Du hast im Schlaf laut gejault. Deswegen habe ich dich mit dem Kissen geweckt.»

«Zum Glück nicht mit deiner Hand.»

«Mit deinem instinktiven Verhalten habe ich bereits gerechnet.», entgegnete Vanessa schmunzelnd.

Mit immer noch zittrigen Gliedern robbte ich ihr entgegen, bis mein Kopf sachte gegen ihren Bauch stiess. Sie drückte mich mit ihrem rechten Arm an sich, beugte ihren Kopf vor und küsste mir liebevoll auf den Nacken.

«Dieser Traum war anders als die meisten. Alles hat sich real angefühlt, was jedoch längst nicht das Verstörendste war. Ich bin allein im Wald unterwegs gewesen und konnte meine menschliche Denkweise gleichzeitig mit meinem animalischen Verhalten einsetzen. Im Gegensatz zu der Situation anfangs dieser Woche hatte ich alles mehr oder weniger unter Kontrolle. Es fühlte sich an, als wären beide meiner Wesensarten endlich in Einklang gewesen.», erklärte ich.

Geringfügig reckte ich meinen Kopf in Richtung Vanessas Gesicht und blickte ihr in die Augen.

«Das klingt doch wundervoll! Wenn es dir gelingt, dieselbe Denkweise in der Realität anzuwenden, sind all deine Probleme mit den animalischen Trieben gelöst.», entgegnete sie lächelnd.

«Denkst du, das ist möglich?»

«Sicher. Weshalb solltest du sonst davon träumen?»

Nachdenklich wanderte mein Blick auf die Zimmerdecke.

Vielleicht besteht wirklich eine Möglichkeit, die Kontrolle über mein Verhalten als Drache zu erlangen, schöpfte ich ein wenig Hoffnung.

«Leider war das noch nicht alles, wovon ich geträumt habe.», setzte ich meine Erzählung fort.

Vanessa lauschte geduldig, während ich ihr jedes grausame Detail meines Traums näherbrachte. Sobald sich wieder Tränen in meinen Augen bildeten, strich sie mir liebevoll mit der Hand über den Kopf. Ich liess das volle Ausmass meiner Emotionen insbesondere der Trauer in meine Schilderung einfliessen, da mich Vanessas Anwesenheit beruhigte und ich auf diese Weise meinen inneren Schmerz beseitigen konnte.

Nachdem ich ihr jeden Aspekt meines Traums erklärt hatte, gab sie mir einen Kuss auf die Schnauzspitze. In diesem Moment verspürte ich nichts als Liebe für sie. Ihren funkelnden Augen konnte ich entnehmen, dass sie mir gegenüber dasselbe empfand. Ich umschloss ihren Oberkörper mit meinem linken Vorderbein und drückte meine Schnauze gegen ihre Lippen, was einem Kuss am nächsten kam. Sie erwiderte diesen, jedoch hielt sie inne, bevor er intensiver wurde. Seufzend löste sie sich von mir, während ich beinahe sehnsüchtig ihren Duft einsog. Mir war bewusst, weshalb sie sich nicht auf meine Drachengestalt einlassen konnte, wie sie es stets bei mir als Mensch getan hatte. Nichtsdestotrotz enttäuschte mich diese Tatsache. Gedankenverloren starrten wir uns an. Keiner von uns schien zu wissen, wie wir dieses Problem nachhaltig lösen konnten.

«Was wäre dir lieber? Wenn ich mich nicht in einen Drachen verwandeln könnte und unsere Kinder ebenfalls nicht oder so, wie es jetzt ist?», fragte ich sie schliesslich.

«Ich weiss es nicht. Früher wäre ich lieber mit einem Menschen zusammen gewesen, aber jetzt, da Mario, Lisa und du Drachen seid, kann ich es mir gar nicht mehr anders vorstellen. Wie du vor zwei Wochen offensichtlich bemerkt hast, war ich sehr wütend auf dich, dass du mir die Wahrheit über Jahre hinweg verschwiegen hast. Jetzt habe ich mich bereits an dieses merkwürdige Leben gewöhnt und obwohl es zwischendurch sehr schwierig und auch gefährlich sein kann, möchte ich nicht wieder in meinen vorherigen Alltag zurückkehren.»

Vanessas Aussage erfüllte mein Innerstes mit Wärme. Freudig lächelte ich ihr entgegen, bis ein seltsames Geräusch meine Aufmerksamkeit erregte. Ich reckte meinen Kopf nach oben und konzentrierte mich auf die leise kratzenden Laute, die offensichtlich aus einem anderen Zimmer stammten.

«Was hörst du?», fragte mich meine Frau.

«Ich weiss es nicht. Es klingt wie ein leises Kratzen. Stella kann es aber nicht sein, da ich ihre Gedanken nicht wahrnehme.», entgegnete ich und stand sachte auf, um der Ursache dieser Laute auf den Grund zu gehen.

Mit meinen Klauen öffnete ich die Tür und trat leise ins Wohnzimmer. Das Kratzen drang erneut an meine Trommelfelle, wobei sich nun auch ein leises Klopfen dazugesellte. Schleichend näherte ich mich den Lauten, die offensichtlich aus Marios Zimmer stammten. Gerade als ich vor seiner angelehnten Tür stehenblieb, vernahm ich ein textiles Geräusch, gefolgt von weiterem Kratzen. Begleitet wurden diese Eindrücke von leichten Erschütterungen, die ich aufgrund meiner empfindlichen Pranken wahrnehmen konnte. Verwirrt drückte ich die Tür mit meiner Schnauze auf und erblickte Mario, der in seiner Drachengestalt mit einem Kissen kämpfte. Er wirbelte es mit aller Kraft umher und liess nun sogar ein angeregtes Knurren hören.

Hat Stella ihn verwandelt oder macht er das jetzt bereits eigenständig? Und wie konnte er aus seinem Kinderbett entkommen? Fragte ich mich, da Marios Bett von einem fünfzig Zentimeter hohen Gitter umgeben war.

Mario schien meine Gedanken wahrgenommen zu haben, denn er liess das Kissen los und tapste freudig in meine Richtung. Ich beugte mich zu ihm herab, sodass er meine Schnauze anstupsen konnte. Sobald er seine Begrüssung beendet hatte, erschienen Bilder vor meinem inneren Auge, in denen er sich erneut auf das Kissen stürzte. Anscheinend vergnügte es ihn, mit seiner eigenen, ungefährlichen Beute kämpfen zu können.

«Lass das Kissen in Ruhe!», zischte ich ihm entgegen, jedoch würdigte er mich nun keines Blickes mehr.

Knurrend biss er in den weichen Stoff, warf seinen Kopf umher und versuchte währenddessen, dem Kissen Schaden zuzufügen. Mittlerweile traten die ersten Federn aus kleinen Bisslöchern aus. Um diesen Teil seiner Bettwäsche vor der Zerstörung zu retten, griff ich mit meinen Klauen danach und zog das Kissen mitsamt meinem Sohn zu mir. Dies schien Mario noch stärker anzuregen, denn sein Knurren wurde wütender und seine Bewegungen wilder. Mit dem linken Vorderbein stützte ich mich auf dem Kissen ab, sodass er es mir nicht entwenden konnte, und griff gleichzeitig mit den Klauen nach Marios Kopf. Ich erinnerte mich an Toms Methode, seinen Kiefer mit einer Hand aufzusperren, und versuchte, sie selbst anzuwenden. Zu meiner Enttäuschung verbiss sich Mario nur noch stärker in seiner Beute, als ich meine Klauen gegen seine Lefzen drückte.

«Jetzt lass endlich los!»

Ungeduldig setzte ich mich auf das Kissen, um beide Vorderpranken für mein Vorhaben verwenden zu können. Bevor ich es in die Tat umsetzte, vergewisserte ich mich, dass meine Klauen ihn nicht verletzen konnten. Dies war angesichts seines spielerischen Zorns jedoch alles andere als leicht. Wild wand er sich in meinem Griff und verteidigte sich schliesslich noch mit seinen Klauen. Für eine Sekunde gelang es mir, seinen Kiefer festzuhalten, jedoch war er stärker, als ich vermutet hatte. Bevor ich mehr Kraft aufwenden konnte, sein

Maul aufzusperren, drehte er seinen Kopf nach links, wodurch ich ihn loslassen musste, um versehentliche Verletzungen seiner Augen zu vermeiden.

Vanessas Kichern hinter mir erinnerte mich nun wieder an ihre Anwesenheit. Ich warf ihr einen ratlosen Blick zu, den sie schulterzuckend erwiderte. Nun versuchte ich, meine Herangehensweise anzupassen. Da Mario offensichtlich zu einhundert Prozent von seinen animalischen Trieben gesteuert wurde, musste ich auch auf dieselbe animalische Weise mit ihm kommunizieren. Dementsprechend fauchte ich ihn scharf an, während ich meine Zähne entblösste. Sofort zuckte er zurück, liess das Kissen los und starrte mir verängstigt entgegen. Seine starke Reaktion überraschte mich derart, dass ich selbst einen Schritt zurücktrat. Mario schien meiner verdutzten Haltung weniger Beachtung zu schenken wie dem Fauchen der vorherigen Sekunde, weswegen er mit eingezogenem Kopf einen halben Meter zurückstolperte.

«So war das nicht gemeint.», sprach ich mitfühlend auf ihn ein und trat näher, um ihn wieder beruhigen zu können.

Mario zog seine Flügel und Beine an, streckte mir seinen Bauch entgegen und blieb in dieser unterwürfigen Haltung reglos liegen, bis ich ihn sachte mit meiner Schnauze anstupste. Ab diesem Zeitpunkt änderte sich sein Verhalten wieder schlagartig. Er rappelte sich unbeholfen auf, torkelte in Vanessas Richtung und liess sich von ihr auf den Arm nehmen.

«Kann hier jemand nicht schlafen?», fragte sie unseren Sohn liebevoll, während sie mit der Hand über seinen Rücken strich.

Als Antwort liess er seine Flügel entspannt herabhängen und schloss genussvoll seufzend die Augen. Vanessa und ich beschlossen, ihn diese Nacht zu uns ins Bett zu nehmen. Wir kuschelten uns zu dritt nebeneinander unter der Decke ein und setzten unseren bereits überfälligen Schlaf fort.

Diese Nacht träumte ich noch mehrere Male von der eigenartig durch meine menschliche Denkweise beeinflussten Jagd. Glücklicherweise wurde ich von weiteren Albträumen verschont. Nichtsdestotrotz verunsicherten mich diese ungewöhnlich realistischen und seltsamen Erlebnisse zunehmend. Am frühen Morgen gesellte sich Lisa ebenfalls zu uns. Sie hatte aufgrund ihrer traumatisierenden Erlebnisse die gesamte Nacht kein Auge zubekommen und war dementsprechend erschöpft. Sobald sie Mario und mich in unseren Drachengestalten erblickte, verwandelte sie sich ebenfalls. Ihre Angst vor den unkontrollierbaren Instinkten überwältigte mich in dem Augenblick, als ihr Bewusstsein für mich wahrnehmbar wurde. Zitternd grub sie sich unter meinem

Flügel ein und entspannte sich erst, als ich die Luft in meinen Lungen geringfügig erhitzte und sich die Wärme aufgrund meiner wärmeleitenden Eigenschaften bis in den letzten Winkel meines Körpers ausbreitete. Dank ihrer Erschöpfung schlief sie nun endlich ein. Kurz darauf folgte ich ihr in das Reich der Träume.

Wir befanden uns plötzlich gemeinsam im Wald. Wie bereits während meinen vorherigen Träumen dieses Tages fühlte sich alles vollkommen real an und ich verfügte sowohl über meine menschliche als auch meine animalische Denkweise. Stellas Bewusstsein hingegen erkannte ich als einhundert Prozent menschlich.

«Was ist mit dir passiert, Papa?», fragte sie mich verunsichert, wobei sie telepathisch auf die offensichtlichen Veränderungen meines Verstands deutete.

Ich kann meine Instinkte jetzt alle kontrollieren. Zumindest mehr oder weniger, antwortete ich gedanklich.

«Wie hast du das geschafft?»

Ich weiss es nicht.

Stella stellte sich vor, sich erneut in ihren animalischen Trieben zu verlieren. Um allfällige Folgen in unserem Traum zu vermeiden, dachte ich an einen gemeinsamen Flug über die Schweizer Alpen. Kurz darauf flogen wir dicht über schneebedeckte Bergspitzen hinweg, der rasch aufgehenden Sonne entgegen. Die orangerot beleuchteten Wolken ergänzten die Aussicht nahezu perfekt. Stellas Gemütszustand besserte sich augenblicklich, als sie die kühle Morgenluft an ihren Flügeln vorbeiströmen fühlte. Freudig lächelte sie mir entgegen, was ich ebenso glücklich erwiderte.

Lange flogen wir nebeneinander her, bis das Bild irgendwann verschwamm. Die Berge, Täler und Wolken wichen purer Dunkelheit, die sich jedoch warm und weich anfühlte. In diesem Moment begriff ich, dass meine Augenlider geschlossen waren und ich mich mit meiner Frau und meinen Kindern im Bett befand. Entspannt seufzend streckte ich mich und öffnete die Augen.

Auf diese Weise würde ich gerne jeden Tag aufwachen, dachte ich zufrieden.

«Ich auch.», vernahm ich Stellas Gedanken, die in diesem Moment unter meinem Flügel hervorrobbte.

Im Verlauf des Tages geriet ich mehrere Male in Versuchung, Tom zu fragen, ob er mit mir den Wald besuchen konnte, um mein animalisches Verhalten genauer zu untersuchen, jedoch hielt mich meine Angst jedes Mal zurück. Sobald ich in Erinnerung rief, welche Herausforderung es war, meine Menschlichkeit zurückzuerlangen, fürchtete ich mich vor einem weiteren Versuch. Es war gut möglich, dass ich niemals wieder meine ursprüngliche Persönlichkeit erlangen würde, sollte ich erneut in diesen Zustand verfallen.

Lisas Geburtstagsparty stand in zwei Tagen an. Dementsprechend mussten noch einige Vorbereitungen getroffen werden. Vanessa war sich meines instabilen Gemütszustands bewusst, weswegen sie sich um alles kümmerte, während ich als Drache auf Stella und Mario aufpasste. Am Nachmittag klingelte Silvia bei uns. Wie bereits die letzten Male begrüsste Stella sie aufgeregt. Anschliessend verschwanden sie im Kinderzimmer. Lange lauschte ich ihren Gesprächen, bis sich Mario neben mir plötzlich wieder in einen Menschen verwandelte, obwohl kein Drache in seiner Umgebung an Eis gedacht hatte.

«Du kannst dich also bereits eigenständig verwandeln?», fragte ich meinen Sohn, der mir mit zunehmendem Entsetzen entgegenstarrte.

Erst als er zu weinen begann, wurde mir bewusst, wie sehr er meine Drachengestalt als Mensch fürchtete. Ich sprach beruhigend auf ihn ein, streichelte ihm mit den Klauen über das Gesicht und deckte ihn anschliessend mit meinem warmen Flügel zu. Ununterbrochen weinte er weiter. Anstatt sich zu beruhigen, steigerte er sich fortlaufend mehr hinein. Irgendwann verlor ich meine Geduld und stiess eine kleine Flamme aus meinem Maul aus, die ihn augenblicklich zurück in einen Drachen verwandelte. Das Geschrei verstummte sofort und Mario kuschelte sich entspannt an meiner Seite ein.

Sein Verhalten ist an die jeweilige Gestalt gebunden, stellte ich nachdenklich fest.

Wieder versuchte ich, die Erkenntnisse der letzten vierundzwanzig Stunden für eine brauchbare Lösung zu nutzen, um meinen animalischen Zustand kontrollieren zu können. Abermals zog ich in Erwägung, dieses Verhalten in Gegenwart meines Bruders absichtlich auszulösen, jedoch beschleunigte sich mein Puls jedes Mal, sobald ich diesen Gedanken zu Ende gedacht hatte. Schlussendlich traf ich die Entscheidung, mein Problem momentan ruhen zu lassen und mich auf den Geburtstag meiner Tochter zu konzentrieren.

Es gelang mir tatsächlich, meinen inneren Gewissenskonflikt beiseitezulegen, bis die Lüfter meines Computers am nächsten Morgen urplötzlich verstummten. Die Berechnungen waren allesamt abgeschlossen, wodurch nun eine Nachricht von R-34-d zu lesen war.

«R-34-d: Herzlichen Glückwunsch zu deinem Sieg über Z-17-k! Meine Internetrecherchen ergaben, dass jegliche Raumschiffe und Nanobots zerstört wurden, bevor sie aktiviert werden konnten. Einzig über dein Schicksal konnte ich nichts entdecken ausser der Tatsache, dass du noch auf der Webseite deines Arbeitgebers aufgelistet bist und deinen Computer regelmässig verwendest. Ich hoffe, du hast diesen unangenehmen Konflikt sowohl physisch als auch psychisch gut überstanden. Wie hat sich deine Drachengestalt entwickelt? Meinen Berechnungen nach solltest du nicht gealtert sein, jedoch konnte ich dies nie praktisch validieren.»

R-34-d hat sich Sorgen um mich gemacht? Fragte ich mich sowohl amüsiert als auch verblüfft.

Ich setzte mich auf meinen Bürostuhl, so gut es als Drache möglich war, und tippte eine Antwort auf der unbeschädigten Tastatur ein, die ich mir gekauft hatte, als ich mit Vanessa zusammengezogen war. Selbst meine grössten Bemühungen, den Plastik nicht zu zerkratzen, waren erfolglos, da meine Klauen schlichtweg nicht für das Tastaturschreiben geschaffen worden waren. Ich verwandelte meine Hände zurück, blieb jedoch unverändert als Drache sitzen, da ich mir weitere Kopfschmerzen ersparen wollte. Meine Sitzposition war unbequem. Ich liess meinen Drachenschwanz an der rechten Seite des Stuhls nach unten hängen und musste ihn währenddessen geringfügig abknicken, jedoch störten mich diese Umstände momentan kaum.

«Hallo R-34-d. Physisch geht es mir soweit gut bis auf ein Stechen im Hinterkopf, was bereits seit Jahren während abrupten Kopfbewegungen auftritt und mit jeder Verwandlung stärker wird. Ich bin mir ziemlich sicher, dass es durch die Nanobots ausgelöst wird, die in meinen Körper eingedrungen sind. Psychisch hingegen bedrückt mich so einiges: Nach dem Kampf mit Z-17-k habe ich festgestellt, dass ich aufgrund der Zeitdilatation zehn Monate übersprungen habe. Anschliessend bin ich mit Vanessa in dieselbe Wohnung gezogen und sie hat mir zwei Kinder geschenkt. Dies wäre ausschliesslich eine gute Nachricht, wenn sich meine beinahe fünf Jahre alte Tochter nicht plötzlich in einen Drachen verwandelt hätte. Weshalb hast du mir niemals erzählt, dass das überhaupt möglich ist? Mein neugeborener Sohn besitzt diese Fähigkeit nun ebenfalls. Seltsamerweise sind beide blau gefärbt und scheinen meine Schuppenfarbe keineswegs geerbt zu haben.

Vanessa hat von meiner Fähigkeit erfahren, kurz bevor ich es ihr in Ruhe erklären konnte. Sie hat sich mit mir gestritten, konnte sich aber glücklicherweise wieder in mich verlieben.

Etwa zur gleichen Zeit habe ich mit der DrSG Frieden geschlossen und einigen Experimenten zugestimmt. Wir haben herausgefunden, dass ich biologisch unsterblich bin und dementsprechend nicht altere, wie du eben geschrieben hast. Ausserdem weiss ich jetzt oberflächlich, wie mein Feuerspein und meine wärmeleitenden Eigenschaften funktionieren. Dies ist vermutlich das Beste, was in den letzten Wochen geschehen ist, obwohl mich der Gedanke verstört, dass Vanessa irgendwann alt sein wird und ich für immer in einem zwanzig Jahre alten Körper leben werde.

Zusätzlich belasten mich meine animalischen Triebe, wobei das das Schlimmste ist, was ich zu berichten habe. Sobald ich im Wald unterwegs bin und mich in meinem Jagdtrieb verliere, kann ich mein Verhalten nicht mehr kontrollieren. Ich verfalle in eine Art Wahn, wobei ich alles vergesse, was mich als Mensch ausmacht. Seit zwei Tagen träume ich davon, dass ich die volle Kontrolle über mein drachenartiges Verhalten erlange. Denkst du, es wäre möglich, das auch in der Realität zu schaffen? Falls ja, schreibe mir bitte eine ausführliche Erklärung, wie ich das bewerkstelligen kann.», lautete meine Nachricht an R-34-d.

Ich betätigte die Entertaste, um sie abzusenden. Gleich darauf erschien wieder «Textausgabe wird generiert. Dies kann einige Zeit in Anspruch nehmen.» innerhalb des Konsolenfensters. Da ich mir der langen Wartezeit bewusst war, verwandelte ich meine Hände zurück in Klauen und setzte mich zu Vanessa, die einen erschöpften Eindruck erweckte, auf das Sofa.

«Wie läuft es mit den Vorbereitungen der Geburtstagsparty?», fragte ich sie, während ich mich an ihre Seite kuschelte.

Mario lag auf ihrem Schoss und Lisa gesellte sich nun ebenfalls zu uns. Beide waren in ihrer Menschengestalt. Ich war froh darüber, dass Mario tief und fest schlief, da er sich ansonsten wieder in einen Weinkrampf gesteigert hätte.

«Ziemlich gut, würde ich sagen.», antwortete Vanessa mit vorwurfsvollem Blick.

«Was? Du hast mir doch angeboten, alles ohne meine Hilfe zu machen.», entgegnete ich grinsend.

Kopfschüttelnd, jedoch auch schmunzelnd wandte sie ihre Aufmerksamkeit wieder Mario zu.

«Stimmt das, dass schwarze Löcher das Licht anziehen?», fragte Lisa plötzlich, ohne ihren Blick auch nur eine Sekunde von ihrem Buch anzuheben.

«Genaugenommen wird das Licht durch alle Himmelskörper beeinflusst. Selbst die Sonne verzerrt es, wenn auch weniger stark als ein schwarzes Loch.», antwortete ich, so schnell ich konnte, da diese Frage sowohl an Vanessa als auch an mich gerichtet war und ich meiner Frau zuvorkommen wollte.

Kommentarlos und ohne mich eines Blickes zu würdigen, nahm Lisa meine Erklärung zur Kenntnis. Dies war exakt das Verhalten, was ich von meiner Tochter gewohnt war. Allem Anschein nach hatte sich ihr geistiger Zustand in den letzten Tagen wieder gebessert. Nachdem ich ihr eine Weile in die wunderschönen Augen gestarrt hatte, die denen ihrer Mutter glichen, setzte ich mich ein klein wenig näher an sie heran, bedacht darauf, dass sie sich nicht bedrängt fühlte. Der Abstand zwischen uns betrug noch immer ungefähr einen halben Meter. Nun legte ich meinen Kopf in ihre Richtung gewandt auf das Sofa, wodurch sich die Distanz auf unter zehn Zentimeter verringerte. Lisas Sitzhaltung versteifte sich geringfügig und sie neigte sich kaum merklich von mir weg. Ich zog meinen Kopf langsam zurück, bis sie sich wieder entspannte und liess ihn mit schätzungsweise fünfundzwanzig Zentimetern Abstand liegen.

Währenddessen las Lisa angestrengt in ihrem Buch über die Himmelskörper des Kosmos. Ihrem Blick war eindeutig zu entnehmen, dass sie jeden Buchstaben einzeln las, diese anschliessend zu einem Wort kombinierte und alles schlussendlich zu einem vollständigen Satz zusammenfügte. Obwohl sie aufgrund ihrer ineffizienten Methode zwischen zwanzig und dreissig Sekunden pro Satz benötigte, schien sie den Text zumindest teilweise zu verstehen, denn sie bat weder Vanessa noch mich um Hilfe.

Nach einer halben Stunde legte sie ihr Buch gähnend beiseite. Zum ersten Mal seit heute Morgen blickte sie mir direkt in die Augen, wenn auch nur sehr kurz. Mit einer halben Armlänge Abstand legte sie sich seitlich neben mich und starrte den ausgeschalteten Fernseher an. Langsam streckte sie die linke Hand nach mir aus, bis sie meine Schnauzspitze berührte. Erstaunt beobachtete ich, wie sie mich sachte streichelte. Dies hatte sie in ihrer menschlichen Gestalt bisher noch nie getan, weswegen ich ausserordentlich verwundert war. Nach knapp zehn Sekunden zog sie ihre Hand bereits wieder zurück. Ich blieb schmunzelnd liegen und sah, wie sich ihre Atmung verlangsamte, ihre Haltung entspannte und ihre Augen kurz darauf zufielen.

23

Geburtstagsfeier

Gedankenverloren schlenderte ich durch einen Wald. Obwohl allerlei Tiere raschelnd durch das Dickicht sprangen, verspürte ich nicht den Drang, sie zu jagen. Ich war viel zu sehr damit beschäftigt, die Ereignisse der letzten Wochen zu verarbeiten. Seufzend setzte ich mich neben einen umgestürzten Baum, dessen bereits modriger Stamm von Pilzen übersät war, während ich nach einer Lösung für meine animalischen Instinkte, das immerzu während Stechen in meinem Hinterkopf und meine biologische Unsterblichkeit suchte.

Plötzlich roch ich Vanessas wundervollen Duft, fühlte ihre Hand auf meinem Kopf und nahm ihr liebevolles Flüstern wahr.

«Es ist an der Zeit, aufzubrechen.»

Der Wald verschwamm in einem heillosen Durcheinander von Eindrücken, bis es mir gelang, meine Augen zu öffnen. Ich lag als Drache auf dem Sofa und war eingeschlafen, ohne es bemerkt zu haben. Vanessa hatte sich zu mir gesetzt und streichelte nun sanft meinen Kopf. Mir wurde bewusst, dass es bereits halb drei Uhr nachmittags war, eine halbe Stunde vor dem Beginn der geplanten Geburtstagsfeier unserer Tochter. Unter normalen Umständen hätte ich an einem Montag wie heute zur Arbeit fahren müssen, jedoch hatte ich mir einen Tag freigenommen. Schläfrig streckte ich mich, setzte mich aufrecht hin und blickte Vanessa in die Augen.

«Wenn das so ist, muss ich mich jetzt wohl oder übel verwandeln.», entgegnete ich ihr seufzend in Erwartung meiner Kopfschmerzen.

«Das ist nicht nötig, schliesslich wissen bereits alle, dass du ein Drache bist.»

«Alle bis auf meinen Vater.»

«Dann wird es höchste Zeit, ihm diese Seite von dir zu zeigen.», ermutigte mich Vanessa.

Ich warf einen Blick aus dem Fenster und stellte erleichtert fest, dass der Himmel klar war und nahezu kein Wind wehte. Gedanklich schweifte ich erneut zu meinen Problemen ab, bis mich die aufgeregten Worte meiner Tochter in die Realität zurückholten.

«Können wir jetzt losfliegen?»

Stürmisch sprang Stella auf das Sofa, setzte sich zwischen Vanessa und mich und starrte uns abwechslungsweise erwartungsvoll in die Augen.

«Ja, mein Schatz.», antwortete Vanessa.

Ohne jegliche Zeitverzögerung sprang Stella hinab, zerkratzte den Fussboden mit ihren Klauen noch stärker, als es ohnehin bereits der Fall gewesen war, und verschwand in Marios Zimmer. Bilder von ihr, wie sie ihren kleinen Bruder mithilfe ihres Feuers in einen Drachen verwandelte, erreichten mich. Augenblicklich sprang ich auf, was abermals ein Stechen in meinem Hinterkopf provozierte, und versuchte, Stella vom Feuerspeien innerhalb der Wohnung abzuhalten, jedoch war ich bereits zu spät. Freudig und in Begleitung von Mario tapste sie mir entgegen.

Was habe ich dir über Feuer in der Wohnung gesagt? Fragte ich sie mit strengen Gedanken.

«*Dass ich das nicht darf.*», entgegnete sie telepathisch, den Blick auf den Fussboden gerichtet.

Ich schnupperte ausgiebig in Richtung von Marios Zimmer, konnte jedoch keinerlei verbrannte Textilien oder angekokeltes Holz riechen.

Du hast noch einmal Glück gehabt, Stella. Versprich mir, dass du von nun an kein Feuer mehr innerhalb der Wohnung speist.

«*Ja, Papa.*»

Ihr Trotz war jedem Aspekt ihrer Gedanken zu entnehmen. Es war lediglich eine Frage der Zeit, bis sie diese einfache Regel erneut brechen würde. Dennoch war es meine Pflicht als Vater, sie im Falle eines Regelbruchs zurechtzuweisen.

Kurze Zeit später sass Vanessa mit Mario auf meinem Rücken, während Stella wenige Meter neben uns flog. Grinsend und lachend tollte sie in der Luft umher. Vor meinem inneren Auge erschienen zahlreiche Bilder von Begegnungen mit Verwandten und Bekannten, die ihre Drachengestalt noch nicht kannten, begleitet von einem starken Gefühl der Freude, was mich jedoch kaum beeinflusste. Kontinuierlich dachte ich an alles, was mich seit den letzten Wochen beschäftigte.

«Kannst du nicht wenigstens heute an Li … ähm Stellas Glück teilhaben? Sie freut sich riesig auf ihre Geburtstagsparty und es wäre schön, wenn du als ihr Vater nicht andauernd deprimiert ins Leere starren würdest.», unterbrach Vanessa meine Gedankengänge.

«Du hast recht. Ich werde es versuchen.», entgegnete ich seufzend.

Als wir die kleine Wiese neben dem gemieteten, leicht abseits der Stadt stehenden Partyraum ansteuerten, erfassten uns bereits die ersten Blicke einiger Menschen. Unwillkürlich beschleunigte sich mein Puls und ich sah mich nervös um. Vanessa bemerkte meine Unruhe sofort und strich mir liebevoll mit der Hand über die Stirn, was meine Aufregung jedoch kaum minderte. Erst als ich zur Landung ansetzte und nun eine Hecke die Strasse verbarg, atmete ich erleichtert auf. Sobald ich meine Flügel eingeklappt hatte, stieg Vanessa mit Mario auf dem Arm von meinem Rücken und begrüsste die Hunde, Delia und schliesslich auch Tom, der mit seinen ehemaligen Militärkollegen Ivan und Michael bereits auf uns wartete. Er hatte sich ebenfalls in einen Drachen verwandelt, was mich angesichts der vielen Menschen auf der Strasse verwunderte. Stella sprang den ihr unbekannten Männern grinsend entgegen, setzte sich vor ihnen ins Gras und begrüsste sie mit einer Selbstsicherheit, die mich überraschte.

«Hallo, ich bin Stella. Wenn ich ein Mensch bin, heisse ich Lisa.»

«Mein Name ist Ivan und das ist Michael.», erwiderte Ivan, der sich zu ihr hingekniet hatte, um Stella die Hand entgegenzustrecken.

Er schien keineswegs überrascht zu sein, von einem kleinen, königsblauen Drachen begrüsst zu werden, weswegen ich vermutete, dass Tom ihm bereits jede Einzelheit der letzten Wochen erklärt hatte.

«Ich bin Vanessa, ihre Mutter.», begrüsste meine Frau sie.

«Es freut mich, Sie kennenzulernen, Frau Drachenreiterin.», antwortete Ivan humorvoll.

Vanessa lachte lauthals.

«So wurde ich noch nie genannt, aber es gefällt mir.», sagte sie schliesslich.

Leicht schüchtern trat ich ebenfalls näher und begrüsste Toms Militärkollegen. Da ich sie seit Jahren nicht gesehen hatte, waren sie mir fremd. Sie hingegen schienen keinerlei Hemmungen zu haben, mich anzusprechen.

«Tom hat erzählt, du hättest eine ausserirdische KI besiegt. Stimmt das?», fragte Michael.

«Ja, das stimmt.»

Ich begann mit einer ausführlichen Erklärung, wie ich gegen Z-17-k gekämpft hatte, wobei mir die Worte zunehmend leichter aus dem Maul strömten. Bereits eine Viertelstunde später lag ich gelassen neben Ivan und Michael im Gras und scherzte über den misslungenen Plan der KI, Genozid zu betreiben. Währenddessen waren auch Vanessas Eltern eingetroffen.

«Z-17-k hätte bloss Josef und Tom überwachen müssen, während er mir die Injektion verabreicht hat, und wir hätten verloren.», sagte ich.

«Wie man so schön sagt: Übermut tut selten gut.», entgegnete Ivan.

Mario tapste zu uns, setzte sich neben Michael ins Gras, legte seinen Kopf auf Michaels Oberschenkel und blickte ihm erwartungsvoll entgegen. Dieser streckte schmunzelnd die Hand nach dem kleinen Drachen aus und begann, ihn zu streicheln. Nur wenige Sekunden später schloss Mario die Augen und entspannte sich vollständig. Allem Anschein nach genoss er die Anwesenheit von Menschen, die sich um ihn kümmerten.

Die Hunde Emma und Nova jagten Stella hinterher, die freudig durch die Wiese sprang, seitdem sie ihre Geschenke erhalten hatte. Da Emma bereits sehr alt war, gab sie die Verfolgung nach nur einer Minute auf und legte sich neben Tom ins Gras.

In diesem Augenblick witterte ich einen menschlichen Geruch, den ich als Drache bisher noch nie wahrgenommen hatte. Ich reckte meinen Kopf hoch und erblickte meinen Vater, der zufälligerweise gemeinsam mit meiner Mutter eintraf. Sie begrüssten sich bemüht höflich, jedoch konnte ich die Zwietracht zwischen ihnen deutlich erkennen, selbst wenn mir die Interpretation menschlicher Gefühle aufgrund meiner autistischen Wahrnehmung Schwierigkeiten bereitete.

«Schau mal, Stella. Deine Grosseltern sind hier.», wies Tom sie auf die Anwesenheit der Neuankömmlinge hin.

«Grossmutter, Grossvater!», rief sie über die gesamte Wiese hinweg und sprintete freudig in ihre Richtung.

Mein Vater, der nichts von unseren Drachengestalten wusste, erstarrte in sichtlicher Verwirrung. Tom beobachtete das Geschehen grinsend. Allem Anschein nach hatte er Stella absichtlich auf unseren ahnungslosen Vater gehetzt.

«Was ist denn hier los?», fragte er in einem leichten Anflug von Panik, während er einen Schritt zurückwich, um meiner Tochter auszuweichen.

Zu seinem Glück sprang sie meiner Mutter in die Arme, die sie wiederum strahlend vor Freude begrüsste. Sie setzte sich mit ihrer Enkelin ins Gras und begann, ihren Nacken zu kraulen. Stellas kurzzeitige Aufregung verblasste allmählich, als meine Mutter die Frage meines Vaters beantwortete.

«Unsere Söhne und Enkelkinder sind Drachen.», sagte sie stolz.

«Wie jetzt?», entgegnete mein Vater, der sich immer noch nicht näher wagte.

Tom, der sich gemeinsam mit den anderen zur Begrüssung genähert hatte, begann mit der Zusammenfassung, was sich innerhalb der letzten acht Jahre ereignet hatte. Verdutzt lauschte mein Vater, der sich offensichtlich noch nicht an unsere Drachengestalten gewöhnt hatte. Er konnte seinen Blick keine Sekunde von Tom und mir lösen, während seine Körperhaltung angespannt wirkte. Gerade als ich ihn ebenfalls begrüssen wollte, traf Silvia ein, die die Umgebung sofort nach Stella absuchte. Hinter ihr stand ihre Mutter. Unsere Blicke trafen sich, wobei wir beide wortlos erstarrten.

Ich habe völlig vergessen, sie eingeladen zu haben, dachte ich leer schluckend.

Da sie nun zweifelsfrei erfahren würde, dass ich der rote Drache war, musste ich ihr dasselbe Geständnis ablegen, wie ich es bereits Silvia gegenüber getan hatte.

Inzwischen trug Silvia Stella auf den Armen, die sich lächelnd an ihre Freundin schmiegte. Ächzend unter Stellas Gewicht brachte sie sie zu ihrer Mutter, was uns augenblicklich aus unserer Starre befreite.

«Schau mal, Mama. Das ist Lisa als Drache. In dieser Form heisst sie Stella.», erklärte sie gelassen.

«Ist das derselbe Drache, der dich vor dem Feuer gerettet hat?», fragte Hanna mit dem Blick auf mich gerichtet, ohne auf ihre Tochter oder Stella zu achten.

«Ja.», antwortete Silvia leicht enttäuscht von der Reaktion ihrer Mutter.

Wortlos trat Hanna näher. Momentan schien ihr alles andere gleichgültig zu sein. Selbst Tom und Mario wurden von ihr ignoriert. Von dieser seltsamen Situation überrascht, blieb ich angespannt sitzen. Ich zog bereits in Erwägung, mich zurückzuziehen, als sie endlich einen Meter vor mir stehenblieb und niederkniete. Ihre Haltung glich der einer betenden Person, was meine Überraschung nicht minderte. Nachdem sie mit dem Kopf und den Händen zugleich das Gras vor mir berührt hatte, richtete sie sich erneut auf und streckte mir ihre zittrige Hand entgegen. Nicht einzuordnende Tränen hatten sich in ihren Augen gebildet. Kurz bevor sie meine Schnauzspitze mit ihren Fingern berühren konnte, wich ich ein wenig zurück, da mir diese Situation höchst unangenehm war. Mein Schamgefühl wurde noch zusätzlich von den Blicken der anderen verstärkt.

«Die verehrt dich ja wie ein Gott.», nahm ich Toms Gedanken wahr, der frech grinsend neben Ivan sass.

«Ich weiss zwar nicht, ob du verstehst, was ich sage, aber ich muss mich bei dir bedanken. Du hast das Leben meiner Tochter gerettet. Ich stehe für immer in deiner Schuld.», flüsterte mir Hanna zu, sodass es ausschliesslich Tom, Stella und ich wahrnehmen konnten.

«Ich verstehe dich klar und deutlich.», murmelte ich verlegen, in der Hoffnung, bald nicht mehr ununterbrochen angestarrt zu werden.

«Du kannst sprechen?»

Hannas Flüstern war zu einem lauten Ausruf angeschwollen.

«Ja. Und Silvia hat mir erzählt, du hättest ihr nie geglaubt.»

«Das stimmt. Sie musste jahrelang zu einem Psychologen gehen.», entgegnete sie nachdenklich.

Ihrem kurzen Blick, den sie ihrer Tochter zuwarf, konnte ich entnehmen, dass sie sich bei ihr entschuldigen wollte. Dennoch wandte sie sich erneut mir zu. Sie breitete die Arme aus und schloss mich in eine herzhafte Umarmung, was mich derart überrumpelte, dass ich es widerstandslos über mich ergehen liess. Anschliessend liess sie mich los, um mir einen feuchten Kuss auf die Schnauzspitze zu drücken. Als ich meinen Kopf geringfügig zurückzog, da mir dies entschieden zu weit ging, streckte sich ein Speichelfaden in die Länge, der mich mit Hannas Lippen verband. Angewidert wischte ich meine Schnauze mit dem linken Vorderbein sauber, was ich anschliessend im Gras abwischte. Dies schien Hanna keineswegs zu stören. Sie griff erneut nach mir, um mich in eine weitere Umarmung schliessen zu können, wobei ich mich dieses Mal im letzten Moment zurückzog. Verunsichert blickte ich zu Vanessa, die Hanna finster anstarrte.

«Wie heisst du?», fragte mich Silvias Mutter, die umstehenden Personen ignorierend.

«Ich bin Nils Wollseif.», entgegnete ich, in der Hoffnung, sie würde erkennen, dass ich sowohl ihre Umarmung als auch ihren Kuss nicht wertschätzte.

Hannas Gesichtsausdruck veränderte sich schlagartig.

«Im Ernst? Der Nils Wollseif, der mich bei meinem Campingausflug mit Silvia besucht hat?»

«Ja, genau der bin ich. Und das hier ist meine Tochter Lisa.»

Ich deutete mit dem Kopf in Stellas Richtung. Ihren Drachennamen wollte ich Hanna nicht erklären.

«Also seid ihr Drachen?»

«Eigentlich Menschen, die sich in Drachen verwandeln können.»

Mein Gegenüber schwieg für einen Moment nachdenklich. Derweil gesellte sich Silvia zu uns. Stella kuschelte sich auf ihrem Schoss ein. Hanna blickte mich mit funkelnden Augen an. Bevor sie zu Wort kam, sprach ihre Tochter sie an.

«Kann ich ab jetzt mehr Zeit mit Lisa und Nils verbringen, Mama?»

«Ja, ganz bestimmt. Aber weshalb hast du nie erzählt, dass sie Drachen sind?»

«Ich musste es Nils versprechen.»

«Es gibt da noch etwas, was ich dir gestehen muss.», warf ich ein.

«Was denn?», fragte mich Hanna interessiert und beinahe übertrieben freundlich.

«Es geht um Silvias Vater …», begann ich.

«Dementsprechend sind die Gerüchte korrekt, dass die Drachen Markus entführt haben?», schlussfolgerte sie ein wenig zu schnell für meinen Geschmack.

«Ja.», antwortete ich, meinen verlegenen Blick auf eine Ameise gerichtet, die von einem Grashalm zum nächsten kletterte.

«Wohin habt ihr ihn gebracht?»

Ein Kloss bildete sich in meinem Hals, der mich am Sprechen hinderte. Ich schluckte leer und atmete einmal tief durch.

«Auf einen Planeten, der über einhunderttausend Lichtjahre von der Erde entfernt ist.»

Noch immer wagte ich es nicht, ihr ins Gesicht zu sehen. Die erwartete zornige Reaktion blieb zu meiner Überraschung aus. Stattdessen brach Hanna in schallendes Gelächter aus. Verwundert hob ich meinen Blick wieder an und versuchte zu analysieren, weshalb sie auf diese Weise reagierte.

«Und er hat keine Möglichkeit, wieder nach Hause zu kommen?», fragte sie immer noch lachend.

«Genau. Ich habe ihn dazu gezwungen, sich mit einem Drachen anzufreunden, der seine einzige Überlebensmöglichkeit darstellt.»

Hannas Lachen steigerte sich in undefinierbares Schreien, was zwischendurch von beinahe ersticktem Gekicher unterbrochen wurde. Mir wurde diese Situation zunehmend peinlich, weswegen ich mich scheu mehrere kleine Schritte von Hanna entfernte. Ich tauschte fragende Blicke mit Vanessa aus, die ebenso ratlos zu sein schien wie ich.

Nach einer Weile beruhigte sich Silvias Mutter endlich. Zwischendurch musste sie noch lauthals lachen, jedoch gelang es ihr, einigermassen klare Worte zu formulieren.

«Du hast genau den Richtigen erwischt!», brachte sie lachend hervor.

Da ich im Gegensatz zu ihrer offensichtlichen Freude Trauer und Wut erwartet hatte, beruhigte mich Hannas Reaktion geringfügig. Dennoch war ich äusserst verwirrt.

«Was meinst du damit?», fragte ich.

«Die Strafe, die du ihm auferlegt hast, hat er mehr als verdient. Wenn du wüsstest, was er ...»

Plötzlich wich die Freude aus ihrem Gesicht. Ihr Blick wurde glasig, während ihr Atem stockte. Sie wollte weitersprechen, brachte jedoch kein Wort mehr heraus. Ich verspürte bereits das Bedürfnis, mich nach ihrem Wohlbefinden zu erkundigen, als sie mich wieder schlagartig anlächelte.

«Erzähl mir alles von diesem Planeten!»

Während der nächsten Stunden schilderte ich Hanna jedes Detail, was ich noch bezüglich des Alienplaneten wusste. Bei der Erwähnung der Schädelbrecher und Drachen musste sie abermals lachen. In der Zwischenzeit wurden Sonnenschirme, Tische und Stühle auf der Wiese aufgestellt, da sich aufgrund des schönen Wetters niemand innerhalb des Partyraums befand. Geschützt durch die undurchsichtige Hecke fühlte ich mich einigermassen sicher, was meine Geheimidentität anbelangte, die mittlerweile kaum noch unbekannt zu sein schien.

Am späteren Nachmittag assen wir gemeinsam am Buffet, was mit allerlei Fleisch bestückt war, worüber sich alle anwesenden Drachen freuten, mich eingeschlossen. Hanna wich mir noch immer nicht von der Seite. Sie starrte mich bewundernd und dankbar zugleich an. Mit der Zeit hatte ich jedoch auch das Gefühl, dass noch eine weitere Emotion dahintersteckte, denn sie bestand darauf, mich wie ein Haustier zu füttern. Um mir weitere unangenehme Diskussionen zu ersparen, willigte ich ein.

«Ich bin satt, danke.», sagte ich bei dem ungefähr zwanzigsten Stück Fleisch, was mir Hanna vor die Schnauze hielt.

«Ach, wirklich?», fragte sie ungläubig und legte es auf meine Schnauzspitze.

«Mhm.», entgegnete ich, nahm das Fleisch zwischen die Klauen und legte es zurück auf den Tisch, abseits von den anderen, unangetasteten Häppchen.

Tatsächlich war ich noch nicht satt, da die Fleischstückchen klein gewesen waren, jedoch konnte ich Hannas Blick nicht mehr ertragen, denn sie beobachtete selbst die kleinste Bewegung von mir.

«Ich dachte, Drachen wären gefrässiger.», sprach sie wenige Zentimeter vor meinem Gesicht, sodass ich die Luft anhalten musste, um nicht zwangsläufig ihren Atem zu inhalieren.

«Nils, komm mal kurz rein.», befreite mich Vanessa aus dieser unangenehmen Situation.

Erleichtert stand ich auf, stapfte durch das Gras meiner Frau entgegen und betrat gemeinsam mit ihr den leeren Partyraum.

«Was fällt dieser Hanna eigentlich ein, dich derart zu bedrängen? Und weshalb lässt du das einfach zu?», fragte sie mich flüsternd.

Ihrem zornigen Gesichtsausdruck und ihrer Sprechweise nach war sie eifersüchtig.

«Ich weiss auch nicht, weshalb sie das macht.», antwortete ich ebenso leise wie Vanessa.

«Trotzdem darfst du nicht zulassen, dass sie alles mit dir anstellt, was sie möchte.»

«Ich lasse sie nicht *alles* mit mir anstellen.»

«Doch! Ich an deiner Stelle hätte ihr bereits eine Ohrfeige verpasst.»

«Wie stellst du dir das vor?», fragte ich mit dem Blick auf meine Klauen gerichtet.

Genervt seufzend verdrehte Vanessa die Augen.

«So habe ich das natürlich nicht gemeint. Du sollst dich auf eine andere Weise wehren.»

«Wie denn?»

«Indem du ihr klar und deutlich begreiflich machst, dass du ihr kindisches, einnehmendes Verhalten nicht tolerierst!», zischte sie wütend.

«Ich weiss nicht, wie ich das sagen könnte.»

«Sag 'Lass mich in Ruhe, ich möchte nicht weiterhin von dir belästigt werden'.»

«Aber das kann ich doch nicht einfach so.»

«Weshalb nicht? Diese Schlampe hat kein Recht dazu, sich an meinem Mann zu vergreifen!»

Vanessas Augen glichen nun einem wilden Sturm anstelle eines ruhigen Ozeans. Ihre Wut liess die Luft förmlich knistern.

«Um das geht es doch überhaupt nicht. Sie ist mir nur dankbar, dass ich Silvia gerettet habe.», antwortete ich leicht eingeschüchtert.

«Nur dankbar? Sie himmelt dich an, als wärst du eine Art Gott und dann dieser Kuss, das aufdringliche Füttern, die Umarmung ... Sie hat sich auf ihre kranke Weise in dich verliebt! Und wenn du sie nicht auf der Stelle zurechtweist, werfe ich sie höchstpersönlich raus.»

«Ich weiss nicht, ob ich das kann. Es ist nicht meine Art, …»

Mitten im Satz wurde ich von Vanessa unterbrochen, die meine Schnauze mit den Händen packte, meinen Kopf in ihre Richtung zog und mir mit wenigen Zentimetern Abstand voller Zorn von oben herab in die Augen starrte. Ihr fester Griff, der äusserst unangenehm war, schüchterte mich ein. Ich versuchte, meinen Kopf zurückzuziehen, wodurch sie mich noch grober festhielt.

«Ob es deine Art ist oder nicht, ist mir egal. Entweder sagst du ihr, sie soll sich von dir fernhalten, oder ich werde es auf meine Weise machen.», fauchte sie mich an.

In diesem Augenblick war sie furchteinflössender als jeder Drache, den ich mir vorstellen konnte. Ruckartig liess sie mich los, was einen kurzen Schmerz im Hinterkopf auslöste, den ich jedoch ignorierte. Leicht entsetzt von ihrem Wutausbruch sah ich Vanessa in die böse funkelnden Augen, während sich Wärme in meinen Lefzen ausbreitete, aus denen jegliches Blut gepresst worden war. Ohne den Blick von ihr abzuwenden oder zu widersprechen, trat ich erneut nach draussen. Sobald mich Hanna wieder entdeckte, eilte sie grinsend in meine Richtung.

«Fliegst du eine Runde mit mir?», fragte sie, noch bevor sie bei mir ankam.

«Nein, das geht nicht.», antwortete ich, so bestimmt ich konnte.

«Weshalb nicht? Es wäre doch bloss für einen Augenblick.»

Ohne auf meine Abweisung zu reagieren, klammerte sie sich mit den Armen an meinem Hals fest und setzte sich unvermittelt auf meinen Rücken. Erstaunt über die Selbstverständlichkeit, die sie währenddessen ausstrahlte, reagierte ich erst, als sie ihren Kopf auf meinen Nacken legte.

«Weil ich das nicht möchte.», erwiderte ich und versuchte, mich aus ihrem Griff herauszuwinden.

Sie hingegen liess nicht locker und klammerte sich umso fester an mich. Demnach packte ich ihr rechtes Handgelenk mit den Klauen und zog sie unsanft von meinem Rücken, während ich mich zur Seite neigte. Dies führte dazu, dass Hanna den Halt verlor und ins Gras fiel, wobei sich ihr Oberteil an einer meiner Rückenzacken verhakte und ein grosses Loch hineingerissen wurde. Ihr wütender, beinahe vorwurfsvoller Blick verunsicherte mich noch mehr, als ich es bereits war. Ich liess sie los und entdeckte Vanessa, die mein Handeln kritisch begutachtete. Meine Abweisung Hanna gegenüber stellte sie sichtlich zufrieden.

Wieder einmal war ich froh, als Drache nicht erröten zu können. Die Tatsache, dass sowohl meine Eltern als auch meine Kinder diese Situation mitverfolgt hatten, war mir über alle Massen peinlich. Hanna rieb ihr nun leicht gerötetes Handgelenk, bedeckte das Loch ihres Oberteils, stand auf und zischte ihrer Tochter zu, sie müssten jetzt nach Hause gehen. Mit zornigem Blick zerrte sie Silvia, die am liebsten noch länger geblieben wäre, in den Partyraum und anschliessend auf die Strasse hinaus.

«Gut gemacht, Nils.», flüsterte mir Vanessa zu und sprach ein neues Thema an, was die anwesenden Personen augenblicklich von diesen seltsamen Geschehnissen ablenkte.

Einzig Tom, Ivan und Michael scherzten noch zwischendurch über Hannas peinliche Versuche, mich zu umgarnen. Erst als der Geburtstagskuchen aufgetischt wurde, wandten sie sich einem anderen Thema zu.

Als sich der Tag dem Ende näherte, verabschiedeten wir uns alle voneinander. Ich war froh darüber, dass mich weder meine Mutter noch mein Vater auf die Auseinandersetzung mit Hanna ansprach. Stattdessen fragte mich mein Vater noch einige Dinge über mein Leben als Drache, die ich ihm gerne beantwortete. Nach unserer Verabschiedung half ich Vanessa, die Teller, Gläser, Servietten und Essensreste aufzuräumen. Bei Letzterem half uns Mario bereitwillig, indem er jegliche Fleischreste verschlang, die er vor die Schnauze bekam. Schlussendlich war er derart überfüllt, dass er beinahe nicht mehr gehen konnte.

Nachdem wir auch die Tische, Stühle und Sonnenschirme versorgt, den Partyraum verschlossen und die Schlüssel in das dazugehörige Fach gelegt hatten, flogen wir gemeinsam nach Hause. Ich war äusserst froh, dass dieser seltsame Tag endlich ein Ende gefunden hatte.

«Ich hätte nicht erwartet, dass Hanna genauso gestört ist wie ihr Mann.», sagte ich zu Vanessa, nachdem wir die Kinder zu Bett gebracht hatten.

«Jetzt weisst du, weshalb sie geheiratet haben.», entgegnete sie schulterzuckend.

«Trotzdem scheint ihre Beziehung alles andere als gut verlaufen zu sein.»

«Hast du etwa Mitleid mit Hanna?»

«Nein, aber … ich weiss nicht.»

«Du hast Mitleid.»

Vanessa die Wahrheit zu verschweigen, war mir wieder einmal unmöglich.

«In gewisser Weise vielleicht schon. Sie hat von bestimmten Dingen erzählt, die er getan hat.»

«Was dieser Typ getan hat oder nicht, ist mir egal.»

Sie wandte den Blick von mir ab. Ihrer Körperhaltung nach war sie erneut wütend. Ich betrat das Schlafzimmer, verwandelte mich in einen Menschen, streifte mir bequeme Kleidung über und ging zurück zu Vanessa. Da ich meine Gestalt seit Tagen nicht gewechselt hatte, fühlte sich alles ein wenig seltsam an, insbesondere das Gehen auf zwei Beinen. Glücklicherweise waren meine Kopfschmerzen vernachlässigbar. Ich schloss Vanessa, die immer noch schmollend das Bücherregal anstarrte, in die Arme.

«Befürchtest du, dass ich dich ihretwegen verlassen würde?», sprach ich meine Vermutung ihres schlechten Gemütszustands an.

Sie blickte mir vorwurfsvoll in die Augen, was mich geringfügig überraschte.

«Nein, natürlich nicht! Ich weiss doch, wie sehr du mich liebst. Ausserdem habe ich gesehen, dass du dich in Hannas Nähe nicht wohl gefühlt hast.»

«Was bedrückt dich dann?»

Liebevoll strich ich ihr mit einer Hand über den Rücken.

«Du bist manchmal ein wenig zu nett, Nils. Egal, wie dich die Leute behandeln, dir würde es nicht einmal in den Sinn kommen, dich zu wehren.»

«Ich denke, ich habe mich im dritten Weltkrieg gut gegen meine Feinde gewehrt.»

«Dein Überlebensinstinkt ist doch etwas völlig anderes. Ich meinte, dass du dich nicht genügend durchsetzt, wenn dich jemand schlecht behandelt.»

Nachdenklich wandte ich meinen Blick mehreren Büchern zu, die leicht schräg aneinander gelehnt im Regal standen. Kurzzeitig verspürte ich das Bedürfnis, sie vollständig aufzurichten, jedoch zwang ich mich, auf Vanessas Aussage einzugehen.

«Das stimmt. Vermutlich wurde ich deswegen in der Schule gemobbt.»

Zufrieden nickend löste sie sich aus meiner Umarmung, setzte sich auf das Sofa und deutete mit einer Handbewegung an, ich solle ihr folgen. In dem Moment, als ich mich zu ihr setzen wollte, verstummten die Lüfter meines Computers wieder schlagartig.

«R-34-d hat geantwortet.», erklärte ich leicht aufgeregt und eilte zu meinem PC.

Auf dem Monitor war nun folgende Nachricht zu lesen:

«R-34-d: Es freut mich, dass du lediglich eine einzige, langfristige Verletzung im Kampf erlitten hast. Deiner Zellregeneration ist es leider unmöglich, vollständig eingeschlossene Fremdkörper abzubauen oder herauszuschaffen. Dementsprechend müsstest du die Nanobots chirurgisch entfernen lassen.

Deine Kinder verfügen über dieselbe Fähigkeit der Gestaltwandlung, da diese an deine DNS gebunden ist. Ihre blauen Schuppenfarben sind ebenso genetisch bedingt. Vermutlich führt ein Teil von Vanessas DNS diese Veränderung herbei.

Was den zunehmenden biologischen Altersunterschied zwischen Vanessa und dir betrifft, kann ich dir bedauerlicherweise nicht weiterhelfen. Ebenso wenig weiss ich, weshalb sich das von dir beschriebene animalische Verhalten entwickelt hat. Höchstwahrscheinlich handelt es sich hierbei um einen Fehler der Genmanipulation, den ich begangen habe. Deiner Schilderung nach könnte es sein, dass sich das genetisch bedingte Verhalten der wilden Drachen des Planeten 221.56.120.198 auf dein Unterbewusstsein auswirkt. Um diese Theorie zu bestätigen und allfällige Lösungen zu entwickeln, bedarf es jedoch genauerer neuronaler Untersuchungen. Du solltest professionelle Hilfe aufsuchen, um deine Gehirnströme zu analysieren und entsprechende Massnahmen ergreifen zu können. Unter Umständen wäre ein Implantat von Nöten, um dein instinktives Verhalten zu unterbinden. Ohne meine Technologie kann ich dir hierbei nicht weiterhelfen. Ob du jemals die vollständige Kontrolle über dieses für Drachen typische Verhalten erlangen kannst, mit oder ohne Gehirnimplantat, ist mir unbekannt.»

Soll das etwa heissen, ich bin auf mich gestellt? Fragte ich mich genervt aufgrund der unbefriedigenden Hilfeleistung, die R-34-d erbracht hatte.

Seufzend schloss ich das Konsolenfenster, schaltete meinen Computer aus und entfernte das ausserirdische Speichermedium.

«Stimmt etwas nicht?», fragte Vanessa, die mein Stirnrunzeln korrekt interpretiert hatte.

«Das kann man wohl sagen. R-34-d weiss nicht, weshalb mein animalisches Verhalten auftritt und er kann mir auch nicht weiterhelfen.»

«Wenn das so ist, werde ich dir dabei helfen.»

«Wie meinst du das?»

«Du könntest mit mir den Wald besuchen und dich absichtlich deinen Trieben hingeben. Anschliessend könnte ich …»

«Nein, das ist viel zu gefährlich. Ich muss dieses Problem mit Tom angehen.», unterbrach ich Vanessa.

«Aber du wirst meine Hilfe benötigen, wieder zu deinem menschlichen Verhalten zurückzufinden.»

«Nicht unbedingt. Ich möchte auf gar keinen Fall riskieren, dich noch einmal zu verletzen.»

Demonstrativ strich ich ihr mit dem Zeigefinger über die frischen Narben ihres linken Unterarms. Obwohl die Haut bereits zugewachsen war, wirkte sie verletzlich. An den Rändern der drei tiefen Schnitte, die meine Klauen verursacht hatten, hatte sich das Gewebe unförmig nach aussen gewölbt.

«Ach, Schatz ...», begann sie, verstummte jedoch mitten im Satz.

Nachdenklich blickten wir uns in die Augen. Keiner von uns kannte eine sichere Lösung zu meinem animalischen Verhalten. Seufzend legte sie mir ihren Kopf auf die Schulter, während urplötzlich eine Idee in meinem Bewusstsein auftauchte.

«Ich könnte Ben fragen, ob er mir hilft. Zum Arzt gehen kann ich schliesslich nicht, ohne meine Geheimidentität zu verraten.»

«Denkst du, er kann dir helfen?», fragte sie ungläubig.

«Vielleicht. Genau weiss ich das auch nicht. Ich kann ja mal morgen Abend zu ihm fliegen und fragen, ob er meine Gehirnströme messen kann, wie R-34-d mir geraten hat. Auf diese Weise wirst du keiner unnötigen Gefahr ausgesetzt und es besteht nicht das Risiko, dass ich mich vollständig in meinen Trieben verliere.»

Vanessa blickte nachdenklich auf den ausgeschalteten Fernseher. Ihr schien es zu missfallen, dass ich dieses Problem eher mit Benjamin angehen wollte als mit ihr. Dennoch hielt sie mich in keinster Weise von meinem Vorhaben ab.

24

Lagebesprechung

Um Viertel nach fünf des nächsten Tages schaltete ich meinen Computer aus. Die Arbeit war für heute zu Ende. Obwohl ich meinem Vorgesetzten einiges hatte erklären müssen, nachdem ich für eine Woche kurzfristig unbezahlten Urlaub gemacht hatte, waren keinerlei Schwierigkeiten aufgetreten. Er hatte sich mit meiner simplen Erklärung familiärer Probleme zufriedengegeben, wodurch ich meine Arbeit wie gewohnt hatte fortsetzen können.

Ich verabschiedete mich von Vanessa und den Kindern, verwandelte mich in einen Drachen und betrat den Balkon. Augenblicklich wehte mir ein kühler Wind entgegen. Dunkle Wolken bedeckten den Himmel, die das bevorstehende Unwetter ankündigten. Hiervon liess ich mich jedoch nicht beirren und begab mich auf den Weg zum DrSG-Hauptquartier.

Es hatte bereits Nieselregen eingesetzt, während mich vereinzelte Sturmböen durch die Luft schleuderten, als ich endlich das ehemalige Industriegebiet erblickte, was vor einigen Jahren zu einem Forschungszentrum umgebaut worden war. Ich wurde mehrere Meter nach rechts geweht und verlor kurzzeitig das Gleichgewicht, als Benjamin in Begleitung eines anderen Mannes in Militäruniform das Hauptgebäude verliess. Trotz des angehenden Sturms konnte ich sie einigermassen gut verstehen.

«Sie haben mir versprochen, bis vorgestern erste Resultate liefern zu können, und jetzt wollen Sie mir weismachen, Sie hätten keinerlei Fortschritte erzielt?», fragte der Mann Benjamin.

Seine befehlsgewohnte Sprechweise kam mir vertraut vor, jedoch wusste ich nicht, woher.

«Meine Arbeit ist wesentlich komplizierter, als Sie es sich überhaupt vorstellen können. Wir sprechen hier von einem wissenschaftlichen Durchbruch, der selbst die Entdeckung des Multiversums in den Schatten stellt.», erwiderte Benjamin selbstbewusst.

Plötzlich traf es mich wie ein Schlag. Dieser Mann in Militärkleidung war Leutnant Marti, Toms Befehlshaber im dritten Weltkrieg. Aufgrund seiner nun leicht gräulichen Haare hatte ich ihn nicht direkt erkannt. Selbst seinen Geruch konnte ich nicht durch die Sturmböen hindurch wahrnehmen.

Marti starrte Benjamin vorwurfsvoll in die Augen.

«Unsere Zielperson könnte jederzeit zuschlagen, was die gesamte Schweiz in ernsthafte Schwierigkeiten bringen könnte. Entweder liefern Sie mir Ihre Einsatztruppe, oder das war's mit Ihrer staatlichen Unterstützung.»

«Sie sind noch nicht bereit.»

«Wann werden sie es denn Ihrer Meinung nach sein?»

«Das weiss ich nicht. Es sind unerwartete Schwierigkeiten aufgetreten.»

«Sollten Sie dieses Problem nicht baldmöglichst in den Griff kriegen, werden Sie noch einige weitere Schwierigkeiten erwarten.»

Benjamin wich Leutnant Martis Blick aus, wobei er mich am Himmel entdeckte. Seine Gesichtszüge hellten sich augenblicklich auf.

«Die Lösung all unserer Probleme kommt gerade angeflogen.», erwiderte Benjamin schmunzelnd und deutete in meine Richtung.

Da mich nun beide Männer anstarrten, bemühte ich mich, so elegant wie möglich zu landen, was jedoch kläglich missglückte. Eine heftige Böe knickte meinen rechten Flügel schmerzhaft ein und ich stürzte die letzten drei Meter ungebremst zu Boden. Einzig mithilfe meiner glücklicherweise kräftigen Beine konnte ich eine Kollision mit dem Asphalt verhindern. Verlegen trat ich auf die Männer zu, denen meine misslungene Landung gleichgültig zu sein schien. Während ich meine Flügel einklappte, schoss ein schmerzhaftes Zwicken durch das rechte Flügelgelenk. Ich vermutete, den Flügel verstaucht zu haben. Dennoch bemühte ich mich zu einem möglichst freundlichen Gesichtsausdruck.

«Guten Abend Nils, was verschafft uns die Ehre deines Besuchs?», begrüsste mich Benjamin höflich wie immer.

«Hallo Ben, ich habe ein Problem, bei dem du mir vermutlich helfen könntest.»

«Demnach haben wir beide dasselbe Anliegen.»

Marti blickte mich stumm, jedoch mit strengem Blick an. Es war das erste Mal, dass er mich sprechen gesehen hatte.

«Sie sind also Nils Wollseif?», fragte er harsch.

«Ja, der bin ich, Leutnant Marti.»

«Das heisst jetzt Oberst Marti.»

Er deutete auf sein Abzeichen, was nun drei dicke, waagerechte Linien abbildete. Es fiel mir schwer, seinem herablassenden Blick standzuhalten.

«Entschuldigen Sie, Oberst Marti.»

«Sie und Ihr grüner Kollege haben mich im Einsatz in Kiew jederzeit verstanden, ist das korrekt?»

Die Tatsache, dass er nicht das kleinste bisschen Dankbarkeit erwiderte, da Tom und ich ihn tatkräftig im Krieg unterstützt hatten, verärgerte mich.

«Ja, und zwar jedes Wort zu jeder Zeit.», erwiderte ich ernst.

Da Oberst Marti wusste, auf welche peinlichen Situationen ich anspielte, verstummte er augenblicklich und wandte seinen Blick von mir ab.

«Würde es Ihnen etwas ausmachen, unseren Plan mit Herr Wollseif neu zu besprechen?», fragte Benjamin Oberst Marti.

«Nein, sofern diese Neubesprechung zielführend ist.», erwiderte dieser.

Benjamin öffnete erneut die Tür des Hauptgebäudes und wies Marti und mich mit einer einladenden Geste an, einzutreten. Leicht verwirrt folgte ich dem Oberst hinein. Benjamin schloss die Tür hinter uns und wir nahmen am vordersten Tisch Platz. Obwohl mir die Stühle unbequem waren, setzte ich mich, so gut es ging. Währenddessen erntete ich einige finstere Blicke von Marti.

«Ich lasse Ihnen den Vorrang.», wies Benjamin Marti an, zu sprechen.

«Wir haben folgendes Problem: Ein gewisses Individuum bedroht die nationale Sicherheit. Herr Haag hat zugestimmt, mich mit seiner Forschung zu unterstützten, jedoch erzielte er bisher keine brauchbaren Resultate.»

Marti verstummte, als wäre bereits alles geklärt. Fragend legte ich den Kopf schräg, wobei mir auffiel, dass dieses Verhalten nicht vollständig menschlich war. In dieser Situation scherte ich mich jedoch nicht um meine unbewusst animalische Verhaltensweise.

«Um wen handelt es sich bei diesem Individuum?», fragte ich vorsichtig.

«Diese Information ist vertraulich.», erwiderte Marti.

«Ein Auftragsmörder namens Reto Gisler wurde beauftragt, die Schweizer Regierung zu stürzen. Wer hinter diesem Auftrag steckt und welche Regierungsmitglieder in Gefahr sind, wissen wir nicht.», ergänzte Benjamin mit selbstzufriedenem Schmunzeln.

Oberst Marti starrte ihn mit vor Zorn funkelnden Augen an.

«Was? Er muss wissen, was das Problem ist, um uns helfen zu können.», rechtfertigte sich Benjamin grinsend.

«*Ein* Auftragsmörder bedroht die nationale Sicherheit? Ich sehe das Problem nicht. Weshalb spürt man ihn nicht einfach auf und nimmt ihn fest?», fragte ich noch verwirrter als zuvor.

Andererseits war ich froh, dass Martis Anliegen nichts mit meiner Familie oder mir zu tun hatte.

«Wir können ihn nicht aufspüren. Das ist unser Problem. Egal, was wir bereits versucht haben, er ist uns stets einen Schritt voraus. Jedes Mal, wenn wir ihn doch irgendwie finden, tötet er jeden Mann und jede Frau, die wir gegen ihn einsetzen.», erklärte Marti.

«Soll ich ihm ein Video einer Helmkamera zeigen?», schlug Benjamin vor.

«Wie Sie wünschen. Er weiss ohnehin bereits zu viel für einen Zivilisten.», erwiderte Marti und verwarf vorwurfsvoll die Hände.

Eilig kramte Benjamin sein Mobiltelefon hervor, tippte konzentriert darauf herum und legte es anschliessend auf den Tisch. Auf dem Bildschirm war ein Video einer Helmkamera zu sehen. Aufgrund des grünlich weissen Lichts und der fehlenden Farbtiefe vermutete ich, dass es sich um eine Nachtsichtaufnahme handelte. Die Person mit der Kamera auf dem Helm wies stumm mehrere bewaffnete Soldaten an, in ein Gebäude einzudringen. Alles war in vollständige Dunkelheit gehüllt und ausser der Geräusche, die die Soldaten verursachten, war es mucksmäuschenstill. Ich erkannte, dass jeder einen der feuer- und schusssicheren Anzüge der DrSG trug. Ausserdem waren alle mit Nachtsichtgeräten ausgerüstet.

Wie soll ein einzelner Mann diese Kampfeinheit aufhalten? Fragte ich mich.

Plötzlich war ein lauter Knall zu hören, der die Lautsprecher des Mobiltelefons übersteuern liess. Unzählige Splitter gefolgt von Staub und Rauch verteilten sich im Raum. Vier der Soldaten lagen reglos neben einer frisch zerstörten Wand, von der lediglich noch Trümmer übriggeblieben waren. Ein weiterer, jedoch wesentlich leiserer Knall war zu hören. Der Mann neben dem mit der Kamera sackte zusammen. Das Bild wurde wackelig, als der Kameraträger hinter einer noch intakten Wand Deckung suchte und mit seinem Sturmgewehr hastig einen Punkt nach dem anderen anvisierte. Sein Atem beschleunigte sich zunehmend. Eine dunkle Blutlache breitete sich unter dem eben getöteten Soldaten aus. Gleichzeitig war ein lautes Zischen zu hören, gefolgt von dichtem Rauch, der jegliche Sicht versperrte. Kurze Zeit später explodierte etwas in der Nähe des Kameraträgers. Er stürzte zu Boden, wobei sich die Kamera von seinem Helm löste. Weitere dumpfe Explosionen waren zu hören, begleitet von schmerzerfüllten Aufschreien. Anschliessend herrschte absolute Stille und das Video endete.

«Ich dachte, diese Anzüge seien schusssicher.», kommentierte ich in einem Anflug von Unbehagen.

«Das dachten wir ebenfalls. Dieser Reto Gisler scheint mit modifizierter, panzerbrechender Munition zu schiessen.», erwiderte Benjamin.

«Dies war das dritte und letzte Mal in zwei Monaten, an dem es uns gelungen ist, ihn zu finden. Wir haben ihn stundenlang verfolgt und in dieses verlassene Gebäude zurückgedrängt. Unter der Annahme, dass es sich um eine ausserplanmässige Flucht handelte, griffen wir an. Leider war er uns wie immer einen Schritt voraus, denn das Gebäude war mit versteckten Sprengsätzen versehen.», ergänzte Oberst Marti.

«Wir hatten bis jetzt keine Möglichkeit mehr, ihn zu finden, jedoch könntest du das Blatt wenden.», setzte Benjamin das Gespräch an mich gewandt fort.

«Ich? Wie stellt ihr euch das vor?», fragte ich verblüfft.

«Du könntest seine Fährte aufnehmen, ihn aufspüren und zur Strecke bringen. Schliesslich verfügst du über ausgezeichnete Fähigkeiten.», antwortete Benjamin.

«Was? Nein, ganz bestimmt nicht! Ich möchte niemals wieder in den Krieg ziehen oder kämpfen müssen.»

«Bitte, Nils. Du bist unsere einzige Chance, ihn aufzuhalten. Ausserdem sagtest du, du hättest ein Anliegen. Ich verspreche, dir mit deinem Problem zu helfen, wenn du uns mit unserem hilfst.»

Seufzend blickte ich Benjamin und anschliessend Oberst Marti an, der zu meiner Überraschung erwartungsvoll in meine Richtung sah.

«Dieses Risiko kann ich nicht eingehen. Ich habe Kinder, um die ich mich kümmern muss.»

«Reto Gisler hat uns jeweils kalt erwischt, da wir stets taten, was er von uns erwartete. Mit dem Angriff eines Drachen rechnet er jedoch mit Sicherheit nicht. Du könntest ihn zu einem Zeitpunkt angreifen, bei dem er dich nicht erwartet.», unterstützte Oberst Marti Benjamin.

In meinem Kopf spielten sich bereits zahlreiche Szenarien ab, in denen ich diesen geheimnisvollen Auftragsmörder angriff, seinen Schüssen auswich, wie ich es damals in Kiew getan hatte, und ihn entwaffnete. Auf einmal erschien mir diese Aufgabe eindeutig machbar. Ausserdem erfüllten mich die Gedanken an solch einen Kampf mit Adrenalin. Obwohl ich es mir nicht eingestehen wollte, gefiel mir dieser Nervenkitzel.

«Ich willige ein, aber unter der Bedingung, dass du dich zuerst um mein Anliegen kümmerst, Ben.», antwortete ich nach einer halben Minute des Schweigens.

Die Gesichtszüge beider Männer hellten sich augenblicklich auf.

«Dann sollten wir besser keine Zeit verlieren. Was beschäftigt dich, Nils?», fragte mich Benjamin.

«Ich würde es vorziehen, dies unter vier Augen zu besprechen.»

Marti warf uns abwechslungsweise fragende Blicke zu.

«In Ordnung. Besprecht untereinander, was ihr besprechen müsst. Ich habe noch einige Angelegenheiten zu regeln.», sagte er kurze Zeit später bestimmt, schob seinen Stuhl geräuschvoll zurück und wandte sich zum Gehen.

«Und denken Sie an das, was ich Ihnen heute gesagt habe, Herr Haag.», rief uns Marti zu, während er die Tür öffnete und hinaus in den Platzregen trat.

«Benjamin Haag. Du hast mir nie erzählt, wie dein Nachname lautet.», begann ich das Gespräch unter vier Augen.

«Du hast mich auch nie danach gefragt.», entgegnete Benjamin schulterzuckend.

Ich blickte kurz umher, um sicherzustellen, dass wir nicht beobachtet wurden.

«Nun zu meinem Problem. Neuerdings geschieht es, dass ich in einen seltsamen Zustand verfalle, bei dem meine Dracheninstinkte die volle Kontrolle übernehmen. Dieses Verhalten tritt auf, sobald ich im Wald unterwegs bin und aktiv ein Tier verfolge. Anschliessend vergesse ich, wer ich bin und verhalte mich, wie man es von einem wilden Drachen erwarten würde. Es ist, als hätte ich in diesem Zeitpunkt eine andere Wesensart angenommen.», erklärte ich.

«Das klingt äusserst interessant. Aber wie stellst du dir meine Hilfe diesbezüglich vor?»

«Du könntest mir dabei helfen, meine Gehirnströme zu analysieren, um das Problem zu identifizieren.»

«Weshalb genau die Gehirnströme? Glaubst du nicht, dass es sich hierbei um hormonell bedingtes Verhalten handeln könnte?»

Dies war in der Tat eine berechtigte Frage, deren Antwort ich nicht kannte.

«Weil mir ein Freund geraten hat, die Gehirnströme zu messen.», entgegnete ich.

Benjamin blickte mich nachdenklich an.

«Zu deinem Glück verfüge ich momentan über die benötigte Ausrüstung, jedoch vermute ich, dass sie uns nicht weiterhelfen wird.»

«Weshalb nicht?»

«Deine Schädeldecke ist sehr dick und dein Schuppenpanzer ebenfalls. Wahrscheinlich lassen sich deine Gehirnaktivitäten nicht von ausserhalb messen.»

«Wir sollten es trotzdem versuchen.», schlug ich hoffnungsvoll vor.

«Wie du meinst. Folge mir.»

Nach einem kurzen Aufenthalt im strömenden Regen betraten wir eines der neueren Nebengebäude. Benjamin öffnete einen der vorderen Schränke und kramte ein Bündel Sensoren hervor, die allesamt mit dünnen Drähten an einer kleinen, schwarzen Box angeschlossen waren. Während er die Drähte entwirrte, stellte er mir weitere Fragen bezüglich meines animalischen Verhaltens.

«Wie löst du dich wieder aus diesen Zuständen?»

«Meistens indem ich mich in Gegenwart einer bekannten Person oder in einer bekannten Umgebung befinde, vermute ich. Bisher ist dieses Verhalten erst einmal intensiv aufgetreten.»

«War dir zu diesem Zeitpunkt bewusst, dass du dich in Gegenwart einer bekannten Person oder innerhalb eines bekannten Umfelds befindest?»

«Nein, aber ich hatte ein Déjà-vu.»

«Kannst du mir ein konkretes Beispiel solch eines Déjà-vus nennen?»

«Als ich in diesem animalischen Zustand war, habe ich meine Frau gesehen. Ich wusste nicht weshalb, aber es fühlte sich falsch an, sie anzugreifen. Es war, als hätte ich sie in gewisser Weise erkannt.»

Nachdenklich klebte Benjamin die Sensoren an meinem Kopf fest und schloss die schwarze Box an einen Computer an.

«Hast du bereits einmal von solch einer Situation geträumt?»

«Ja, das habe ich tatsächlich. Sogar mehrere Male, nachdem es geschehen ist.», entgegnete ich überrascht.

«Im welchem Zustand warst du innerhalb dieser Träume?»

«Ich war sowohl menschlich als auch animalisch. Man könnte sagen, dass ich in beiden Zuständen gleichzeitig war.»

«Hattest du die volle Kontrolle über deine Instinkte und konntest du zudem wie ein Mensch denken?»

«Ja. Ich konnte mich sogar noch besser beherrschen, als es jetzt der Fall ist.»

«Wie mir scheint, sind deine beiden Wesensarten unterbewusst miteinander verknüpft.»

«Wie kommst du darauf?»

«Träume sind bekanntlich ein Tor in unser Unterbewusstsein. Wie du bereits erzählt hast, konntest du in deinen Träumen deine menschliche und animalische Denkweise zeitgleich anwenden. Habe ich recht?»

«Ja.»

«Ausserdem wirkt dein Essverhalten keineswegs menschlich, weswegen ich vermute, dass du durch dein animalisches Unterbewusstsein gesteuert wirst, sobald du Nahrung zu dir nimmst. Ebenso steuert dich dein menschliches

Unterbewusstsein, wenn du in deinen wilden Zustand verfällst. Schliesslich hast du erwähnt, wie du deine Frau in gewisser Weise erkannt hast.»

«Und wie kann ich diese unterbewusste Verbindung bewust einsetzen oder kontrollieren?», fragte ich erstaunt über Benjamins intelligente Schlussfolgerung.

«Vermutlich indem du diesen animalischen Zustand absichtlich hervorrufst und den Wechsel zurück zu deinem menschlichen Verhalten trainierst.»

«Glaubst du, die Messungen der Gehirnströme könnten dabei hilfreich sein?»

«Ja, da wir auf diese Weise validieren können, ob meine Theorie mit dem Unterbewusstsein der Wahrheit entspricht.»

Benjamin öffnete ein Programm, wählte mir unbekannte Optionen aus und sah sich ein neues Fenster an, was sich soeben geöffnet hatte.

«Wie ich befürchtet habe, können deine Gehirnaktivitäten nicht auf herkömmliche Weise gemessen werden.», sagte er in sichtlicher Enttäuschung.

«Wirklich nicht?»

«Nein. Wie du siehst, ist alles in diesem Fenster schwarz. Die einzelnen Bereiche müssten entsprechend der Gehirnaktivitäten die Farbe ändern. Leider dringen keinerlei Signale aus deinem gepanzerten Schädel hinaus.»

Nachdenklich versuchte ich, eine Lösung für dieses Problem zu finden. Ich wollte zu diesem Zeitpunkt keinesfalls aufgeben.

«Aber wie funktioniert dann die Gedankenübertragung?», fragte ich.

«Die *was*?»

Sofort wurde mir bewusst, dass ich ihm meine telepathischen Fähigkeiten hatte verschweigen wollen. Nervös blickte ich umher und versuchte, eine passende Ausrede zu finden.

«Ich meine das mit … ähm … du weisst schon. Wenn ich mir vorstelle, die Luft würde sich in meinen Lungen erwärmen, dann geschieht das auch wirklich.»

«Jetzt veräppelst du mich aber, Nils. Das hat doch nichts mit dem zu tun, was du vorhin gesagt hast.»

«Doch. Ich nenne das so.»

«Du kannst mir die Wahrheit sagen, wirklich. Ich werde es keiner Menschenseele verraten, das verspreche ich dir.»

«Aber ich möchte nicht. Das ist mir zu persönlich.»

«Wie soll ich dir mit deinem Anliegen helfen, wenn du mir essenzielle Informationen vorenthältst?»

Verlegen blickte ich auf den Monitor, dessen Anzeigen allesamt leer waren. Benjamin beendete das Programm, wodurch sich alle Fenster schlossen. Stumm steckte er die schwarze Box aus, entfernte die Sensoren von meinem Kopf und räumte alles wieder ein, wie es vor unserer Ankunft gewesen war. Ich fühlte, wie die Hoffnung mit der Zeit verblasste. Da mein Anliegen seine Dringlichkeit nicht verloren hatte, konnte ich mich schliesslich dazu überwinden, Benjamin mehr zu erzählen, als ich ursprünglich vorgehabt hatte.

«Wir Drachen können telepathisch miteinander kommunizieren.»

Benjamin starrte mich an, als hätte meine kurze Aussage jegliche Schwierigkeiten seines Lebens aus dem Weg geräumt.

«Jetzt ergibt alles plötzlich Sinn. Du hast mit dem grünen Drachen in Moskau telepathisch kommuniziert, hab ich recht?»

Ich nickte mit zunehmend schlechtem Gefühl im Bauch.

Das hätte ich ihm nicht sagen sollen, dachte ich reuevoll.

«Weisst du, wie das funktioniert?», fragte mich Benjamin völlig aus dem Häuschen.

«Nein, leider nicht.»

«Eure Gehirne müssen irgendeine Art Strahlung oder Frequenz aussenden, die euresgleichen empfangen können. Komm, ich … nein, du solltest am besten kurz hier warten. Ich bin gleich wieder zurück.»

Während Benjamin aufgeregt aus dem Labor stürmte, blieb er mit dem Fuss an einem Tischbein hängen, wobei er beinahe zu Boden stürzte. Allerlei Gegenstände kippten um, was ihm jedoch gleichgültig zu sein schien. Unbeirrt riss er die Tür auf und rannte nach draussen. Nur eine Minute später kehrte er mit einem grossen Kasten auf vier Rädern zurück, der ausserordentlich schwer aussah. Ein Empfänger, der einer kleinen Satellitenschüssel glich, war daran befestigt. Hastig wischte Benjamin das Regenwasser mit mehreren Taschentüchern ab, schloss das Gerät an die nächstgelegene Steckdose an und schaltete es ein. Mehrere Anzeigen leuchteten auf, unter anderem eine weisse Linie auf schwarzem Hintergrund, die rasend schnell Wellen schlug.

«Auf diesem Monitor werden akustische oder elektromagnetische Signale einer bestimmten Frequenz dargestellt. Momentan ist das Frequenzmessgerät auf einhundert Megahertz justiert. Dementsprechend werden die Radiosignale dieser Frequenz visuell über eine Zeitspanne von zehn Millisekunden dargestellt. Jetzt muss ich nur noch die Frequenz von deinen telepathischen Fähigkeiten finden, und wir sollten sie hier erkennen können.», erklärte er aufgeregt und begann, an einem Regler herumzudrehen.

Die weisse, wellige Linie veränderte sich fortlaufend, bis sie schliesslich abflachte und sich nicht mehr regte. Plötzlich schlug sie erneut aus, wobei sie unregelmässig nach oben und unten zuckte, zwischendurch abflachte und wieder Zacken bildete.

«194 Kilohertz. Hier drin sollte es kein Gerät geben, was in dieser Frequenz sendet. Ausserdem liegt dies unterhalb der meisten Übertragungssignale. Kannst du mal versuchen, an nichts zu denken?», fragte mich Benjamin.

«Wie soll das funktionieren?»

«Versuch es einfach mal.»

Stumm starrte ich die Linie an und bemühte mich, all meine Sorgen, Hoffnungen und Gedanken zu ignorieren. Für eine Sekunde flachte die Linie ab, was in mir das Gefühl weckte, überwacht zu werden, da mein Verstand zu diesem Zeitpunkt grösstenteils inaktiv gewesen war. Sobald dadurch neue Gedanken entstanden, bildeten sich erneut unregelmässige Wellen aus der einst geraden Linie.

«Denkst du, das könnte es sein?», fragte Benjamin plötzlich, wobei die Linie deutlich sichtbar ihre Form änderte.

«Keine Ahnung.», erwiderte ich mit flauem Gefühl im Bauch.

«Das muss es sein. Sobald ich gesprochen habe, hat sich die Form verändert.», stellte er fest.

Er hat es also ebenfalls bemerkt, dachte ich, wobei die Linie plötzlich neue Facetten aufwies.

Wie gebannt blickte ich auf den kleinen Monitor des Messgeräts, von dem ich nun überzeugt war, dass es meine Gedanken lesen beziehungsweise grafisch darstellen konnte. Benjamin justierte den Frequenzbereich neu, stiess jedoch auf keine weiteren Unregelmässigkeiten. Demnach wechselte er zurück zu 194 Kilohertz.

«Die Telepathie muss beidseitig funktionieren, damit ihr euch auf diese Weise verständigen könnt. Hörst du etwas, wenn ich ein Signal auf dieser Frequenz sende?», fragte er, während er eine Taste auf dem Frequenzmessgerät drückte.

Sofort fühlte ich einen unangenehmem Druck, der auf all meine Sinne zeitgleich einwirkte. Es war, als fühlte, sah, roch, hörte und schmeckte ich ein und dasselbe Etwas, wobei es bei jedem einzelnen Sinn beinahe schmerzhaft intensiv war und alle anderen Empfindungen zu überdecken schien.

«Mach das aus! Bitte!», rief ich und presste meine Vorderbeine an die Seiten meines Kopfes, was mir jedoch keinerlei Linderung verschaffte.

Meine Atmung beschleunigte sich und ich schloss die Augen, bis dieser unangenehme Druck gegen all meine Sinne endlich nachliess.

«Was hast du gehört?», fragte Benjamin interessiert.

«Ich habe es mit allen fünf Sinnen gleichzeitig wahrgenommen. Es fühlte sich an wie ein unangenehmer, konstanter Druck, der alles überdeckt.»

«Das liegt vermutlich daran, dass es sich hierbei um ein konstantes Signal auf exakt 194 Kilohertz handelt. Das muss die Frequenz eurer Telepathie sein.»

«Nachdem du mich mit diesem Signal bombardiert hast, kannst du wenigstens meine Gehirnströme messen?»

«Ich kann es versuchen, aber hierfür müsste ich diesen gesamten Frequenzbereich aufzeichnen, während du verschiedene Tätigkeiten ausführst. Wäre es in Ordnung, wenn du am Wochenende erneut zu mir fliegen würdest? Bis dahin sollte ich entsprechende Vorbereitungen getroffen haben.»

«Von welchen Vorbereitungen sprichst du?»

«Ich muss mir ein kleineres Frequenzmessgerät zulegen, was sich an deinem Kopf befestigen lässt, um alles, was von deinem Gehirn versendet wird, aufzuzeichnen. Anschliessend würden wir beide deiner Wesensarten auf diese Weise untersuchen.»

«Auch die animalische? Hier?»

«Ja. Wir könnten dich in einen Käfig einsperren, damit du nicht versehentlich jemanden angreifst.»

«Ähm …»

«Keine Sorge, es besteht kein Bedarf mehr, dich langfristig gefangenzuhalten.»

Mein misstrauischer Gesichtsausdruck fiel Benjamin auf, obwohl er der Mimik eines Drachen noch nicht sonderlich vertraut war, denn er sprach exakt den Grund an, weshalb ich nicht von ihm gefangengenommen werden wollte.

«Vertraust du mir nicht genug?»

«In gewisser Weise schon, aber ich habe ein schlechtes Gefühl dabei.», entgegnete ich unsicher mit dem Blick auf das Frequenzmessgerät gerichtet.

Ich fürchtete mich davor, erneut unter dieser unangenehmen Frequenz zu leiden.

«Wäre es für dich in Ordnung, wenn andere Personen an meiner Stelle anwesend sind?»

«Welche Personen ziehst du in Betracht?»

«Die Mitglieder der DrSG.»

«Weshalb nicht meine Frau?»

«Dagegen habe ich nichts einzuwenden, jedoch befürchte ich, dass sie noch etwas Unterstützung benötigen könnte.»

Die Art und Weise, wie er dies sagte, verunsicherte mich noch weiter.

«Wie wäre es mit Laurin und Shona, dafür ohne meine Frau?», fragte ich, da ich Vanessa nicht in Gefahr bringen wollte.

Benjamin blickte mir nachdenklich in die Augen.

«Das würde gehen. Trotzdem schlage ich vor, dass ich oder weitere meiner Mitarbeiter einsatzbereit in der Nähe warten, falls du ausbrichst.», sagte er schliesslich.

«Nein, das möchte ich nicht.»

«Also sollen Laurin und Shona allein auf dich aufpassen, während du in diesen animalischen Zustand verfällst?»

Er wirkte beinahe besorgt, was mich wiederum verwunderte.

«Ja. Du hast mir gesagt, wir würden mich in einen Käfig sperren.»

«Ich bin mir nicht sicher, ob er vollständig feuerfest ist.»

«An Feuer habe ich in diesem Zustand noch nie gedacht. Wilde Drachen fürchten es, soweit ich weiss.»

«Na gut, dann sollte es ausreichen. Ich werde ihnen Bescheid geben, dass sie am Wochenende hier anwesend sein sollen. Ist es in Ordnung, wenn ich dir anrufe, sobald alles vorbereitet ist?»

«Ja, aber was ist jetzt mit diesem Reto Gisler?»

«Mach dir um den keine Sorgen. Oberst Marti tendiert zwischendurch zur Übertreibung.»

Benjamin blickte auf seine Armbanduhr und ich stellte fest, dass es bereits halb zehn Uhr abends war und Vanessa sich mittlerweile Sorgen machen musste. Ich stand auf, verabschiedete mich von Benjamin und begab mich auf den Weg nach Hause. Der Regen und die Sturmböen hatten mittlerweile nachgelassen. Dennoch fühlte ich mich alles andere als gut, während ich das Gelände der DrSG verliess. Irgendetwas an Benjamins Vorhaben wirkte seltsam, jedoch wusste ich nicht, was es war. Ausserdem beschäftigte mich die Tatsache, dass ich irgendwann noch gegen einen Auftragsmörder kämpfen musste, der ausserordentlich gefährlich zu sein schien.

In welches Schlamassel habe ich mich nun wieder gebracht? Ich hätte doch lieber Tom um Unterstützung bitten sollen.

25

Mobbing

Nachdem ich tropfnass zu Hause angekommen war, stürmte mir Vanessa sorgenvoll entgegen, half mir, mich abzutrocknen, und fragte mich währenddessen über meinen Besuch bei der DrSG aus. Ich erklärte ihr alles bis ins kleinste Detail, da ich mittlerweile gelernt hatte, dass die Verschwiegenheit ihr gegenüber noch wesentlich grössere Schwierigkeiten zur Folge hatte, obwohl ich mich geringfügig vor ihrer Reaktion fürchtete. Anstelle von Wut liess sich jedoch Mitgefühl und Bedauern in ihrem Blick erkennen.

«Ach, Nils. Du musst wirklich noch lernen, dich bei anderen durchzusetzen.», sagte sie schliesslich und gab mir einen Kuss auf die Schnauze.

«Ich weiss.», seufzte ich verlegen und erleichtert zugleich.

Erst am nächsten Morgen, fünf Minuten vor Beginn des ersten geschäftlichen Meetings, verwandelte ich mich in einen Menschen. Da heute Mittwoch war, konnte ich von Zuhause aus arbeiten. Gedanklich schweifte ich wieder zu dem Gefühl ab, was die gestrige Ultraschallfrequenz bei mir ausgelöst hatte, bis mich die Worte meines Vorgesetzten in die Realität zurückholten.

«An was hast du gestern gearbeitet, Nils?», fragte er.

Es dauerte eine Weile, bis ich begriff, dass diese Frage an mich gerichtet war und einer Antwort bedarf.

«Ich ... ähm.»

Eilig wischte ich meine Sorgen beiseite, richtete meine Aufmerksamkeit der Arbeit zu und versuchte, mich an die gestrigen Aufgaben zu erinnern. Glücklicherweise gelang es mir, eine einigermassen präzise Beschreibung zu formulieren, bevor meine vorherige geistige Abwesenheit von meinen Arbeitskollegen bemerkt wurde.

Selbst nachdem das Meeting beendet war, fiel es mir schwer, mich auf meine Arbeit zu konzentrieren. Ich dachte gerade über Benjamins Vorschlag nach, mich in einen Käfig zu sperren, als ein Schatten an meinem Fenster vorbeihuschte. Ich blickte von meinem Computer auf und erkannte Stella, die soeben auf dem Balkon landete. Ihre Schuppen funkelten im grellen Licht der

Sonne wie tausende Diamanten. Der graue Steinboden wurde nun von hellblauen Lichtreflexen erleuchtet. Obwohl mich dieser Anblick verzauberte, beschlich mich ein Gefühl des Unbehagens.

Der Kindergarten ist doch erst in einer Stunde vorbei. Und weshalb kommt sie nicht in ihrer menschlichen Gestalt nach Hause? Fragte ich mich.

Nervös blickte Stella umher, bis sie mich hinter der Balkontür erkannte. In ihren Augen war Furcht und Entsetzen zu erkennen. Hastig öffnete ich die Tür und liess meine Tochter eintreten.

«Stella, was ist los?», fragte ich voller Besorgnis.

Tränen bildeten sich in ihren Augen und sie zwängte sich an mir vorbei, ohne mich noch einmal eines Blickes zu würdigen. Schniefend verschwand sie in ihr Zimmer, wobei sie augenblicklich auf ihr Bett sprang und sich unter ihrer Decke verkroch.

«Was machst du denn bereits hier, Schatz?», fragte Vanessa, die soeben aus ihrem Zimmer getreten war, während sie Mario stillte.

Ein leises Schluchzen liess sich von unterhalb der Bettdecke vernehmen.

«Ich glaube, sie benötigt telepathische Unterstützung.», stellte ich an Vanessa gewandt fest.

Verwirrt blickte sie mir nach, während ich in unser Schlafzimmer verschwand, mich in einen Drachen verwandelte und das Kinderzimmer unserer Tochter betrat. Stumm und ohne unnötige Erschütterungen zu erzeugen, kletterte ich auf das Bett, grub meine Schnauze unter die Decke und drückte meinen Kopf nach oben, um anschliessend unter die angehobene Bettdecke zu kriechen. Dass hierbei abermals ein unangenehmes Stechen in meinem Nacken ausgelöst wurde und die Hälfte meines Körpers nicht unter der kleinen Decke Platz fand, war mir gleichgültig.

Erst wollte sich Stella vor mir zurückziehen. Als sie jedoch bemerkte, dass ich nicht vorhatte, sie zu bedrängen, und mich stattdessen mit respektvollem Abstand neben sie legte, blieb sie liegen.

Kannst du mir erklären, was los ist? Fragte ich sie gedanklich.

«Die anderen Kinder sind gemein zu mir.», antwortete sie, den Kopf tief in der Bettdecke vergraben.

Haben sie dir weh getan?

Ein wildes Durcheinander von Eindrücken erreichte mich telepathisch. Zwischendurch liessen sich Kinder aus ihrer Gruppe erkennen, die sie gemein grinsend anstarrten, jedoch konnte ich das Geschehene nicht rekonstruieren.

Du musst mir erklären, was passiert ist, damit ich dir helfen kann, dachte ich mitfühlend.

Schluchzend gab Stella nach und forderte mich gedanklich auf, mich mit ihrem Bewusstsein zu verbinden. Ich tat wie geheissen und sobald sich unsere Denkweisen ausreichend synchronisiert hatten, nahm ich ihre Erinnerungen intensiv wahr, beinahe als wären sie meine eigenen.

Lisa versuchte, die Relativitätstheorie auf alltägliche Gegenstände anzuwenden, so gut sie konnte. Sie trug zwei Stoppuhren bei sich, die sie zeitgleich startete. Eine liess sie auf einer Bank liegen, während sie mit der anderen über den Pausenhof rannte. Hierbei wollte sie überprüfen, ob die Zeiten nach ihrem Experiment noch übereinstimmten oder nicht. Dass ihre Geschwindigkeit keine für sie messbaren relativistischen Effekte hervorrufen würde, war ihr jedoch nicht bewusst. Lisas Schritte hallten durch den gesamten Pausenhof, während sie im Sprint zwischen den anderen Kindern umherrannte. Die verwunderten, teils abschätzigen Blicke der anderen nahm sie nicht einmal wahr. Nach einiger Zeit geriet sie ausser Atem und kehrte zur Bank zurück, auf der sie die zweite Stoppuhr zurückgelassen hatte. Zu ihrer Enttäuschung war die Uhr verschwunden. Keuchend blickte sie umher, konnte sie jedoch nicht finden. In leichter Verwirrung wischte sie sich den Schweiss von der Stirn und streifte die nun feuchten Hände an ihrer Hose ab. Derweil dachte sie daran, wie sehr sie schmutzige Hände bei anderen Kindern verabscheute. Es widerte sie an, ihnen zwischendurch die Hand geben zu müssen, da ihre stets sauberen Hände dadurch beschmutzt und klebrig wurden.

Plötzlich erkannte sie Moritz, einen stämmigen Jungen ihrer Kindergartengruppe, der auf Lisas zweiter Stoppuhr herumdrückte. Eigentlich gehörten die Uhren Frau Schneider, jedoch bezeichnete Lisa sie gedanklich als ihr Eigentum, da sie die Einzige war, die sie benutzte. Zornig stapfte Lisa auf Moritz zu, der sie nun ebenfalls erblickte.

«Gib die zurück!», rief sie ihm aufgebracht entgegen.

«Nein, die ist jetzt meine.», erwiderte er frech grinsend und hielt die Stoppuhr demonstrativ hinter seinen Rücken.

«Du hast mein Experiment zerstört.»

«Was für ein Experiment?»

«Ich wollte messen, wie unterschiedlich die Zeit vergeht, wenn man sich schnell bewegt.»

Moritz begriff anscheinend nicht, was Lisa ihm erklären wollte, und starrte sie lediglich verwirrt an. Während sich die beiden anstarrten, wurde Lisa die andere Stoppuhr aus der Hand gerissen.

«Du redest wieder einmal Blödsinn.», beschwerte sich Laura, die nun ebenso wie Moritz Lisas zweite Stoppuhr verstellte.

Lisa versuchte, sie zurückzuerlangen, jedoch wurde sie von einem weiteren Jungen beiseite geschubst. Geschickt fing sie sich mit einigen Schritten zur Seite auf, ohne zu stürzen, und gab ein genervtes Schnauben von sich, was mich geringfügig an einen Drachen erinnerte. Moritz schien durch das Verhalten des zweiten Jungen angestachelt worden zu sein, denn er liess sich dazu herab, Lisa ebenfalls zu schubsen. Als sie sich nicht wehrte und stattdessen mehrere Meter zurückwich, fing er an zu lachen.

«Sie wehrt sich nicht einmal.», rief er voller Schadenfreude.

«Lasst mich in Ruhe und gebt mir meine Uhren zurück.», fuhr Lisa wütend dazwischen.

«Das sind doch gar nicht deine Uhren.», entgegnete Laura grinsend und trat bedrohlich auf Lisa zu.

In diesem Augenblick spielte Lisa mit dem Gedanken, sich in einen Drachen zu verwandeln, um ihre Stoppuhren zurückzuholen und sich gegen diese drei Kinder zu verteidigen. Einzig die Tatsache, dass ich ihr vor einiger Zeit eingeschärft hatte, niemals in der Öffentlichkeit die Gestalt zu wechseln, hielt sie von ihrem Vorhaben ab.

Eilig rannte sie in Richtung des Gruppenraums, um Hilfe bei Frau Schneider zu erbitten. Mitten im Korridor versperrte ihr jedoch ein weiterer Junge den Weg, der sie während der letzten Wochen bereits mehrfach bedrängt hatte. Abrupt wechselte Lisa die Richtung und betrat stattdessen die Toilette. Sowohl Laura als auch die drei Jungen folgten ihr.

«Ihr dürft hier nicht rein.», verteidigte sich Lisa an die Jungen gewandt.

«Das ist mir egal.», erwiderte Moritz.

«Mir auch.», bestärkte ihn einer der anderen Jungen.

Jeglicher anderer Optionen beraubt, flüchtete Lisa in eine der Kabinen und schloss sich ein. Kurz darauf schob ein Junge den Kopf unter der Kabinentür hindurch und machte Anstalten, das Schloss von innen her zu öffnen. Lisa trat mit ihrem rechten Fuss nach ihm und traf mitten in sein Gesicht. Augenblicklich brach der Junge in Tränen aus und wurde von seinen Kollegen zurückgezogen. Nun versuchte Laura ihr Glück. Im Gegensatz zu ihren männlichen Mitstreitern war sie schlank und wendig, wodurch es ihr gelang, nach dem Schloss zu greifen und es mit einer Drehbewegung zu öffnen, bevor Lisa reagieren konnte. Sofort kamen ihr sowohl Laura als auch Moritz entgegen.

Mit Tränen der Furcht in den Augen kletterte Lisa auf die Toilette und versuchte, sich noch weiter zurückzuziehen, was jedoch nicht möglich war. Die beiden packten sie an den Armen und zogen sie grob hinunter. Lisa versuchte, sich aus ihren Griffen zu winden, was ihr bedauerlicherweise nicht glückte. Kreischend, weinend und um sich strampelnd wurde sie aus der Kabine gezogen. In ihrer Panik erschien lediglich ein einziger Gedanke in ihrem Bewusstsein: Feuer. Sobald sie dies zu Ende gedacht hatte, begann ihr gesamter Körper zu kribbeln. Sie fühlte, wie sich ihre neuen Gliedmassen gegen die nun zu enge Kleidung drückten und sich sowohl Schuppen als auch Stacheln auf ihrer Haut bildeten. Voller Entsetzen liessen die anderen Kinder sie los und beobachteten Lisa bei ihrer Verwandlung in einen Drachen.

Ihr wurde kurzzeitig schwarz vor Augen. Als ihre veränderten Sinne zurückkehrten, blickte sie in die Gesichter der anderen Kinder, die sie nun erstmals bis auf das kleinste Detail wahrnahm. Sie konnte jede Pore, jedes Haar und jede Hautschuppe erkennen. Ebenfalls roch sie den Körpergeruch dieser Kinder, wie sie ihn noch nie zuvor wahrgenommen hatte. Hiervon liess sie sich jedoch nicht beirren, zwängte sich aus ihren Kleidern heraus, die bereits teilweise zerrissen waren, und griff mit den Klauen nach der Stoppuhr, die Laura noch immer bei sich trug. Kreischend zog sie ihre Hand zurück und liess die Uhr fallen, deren Glas splitternd auf dem harten Steinboden zerbrach.

Erst jetzt fiel Stella auf, dass sie soeben gegen eine wichtige Regel verstossen hatte. Hastig sprang sie in Richtung des Ausgangs, um schnellstmöglich nach Hause kehren zu können. Da Moritz ihr den Weg versperrte, wobei er dies mit grösster Wahrscheinlichkeit nicht mehr absichtlich tat, stiess sie ihn mit dem rechten Vorderbein beiseite. Als sie den weit über ihrem Kopf hängenden Türgriff mit den Klauen betätigte, was ihr noch grosse Schwierigkeiten bereitete, da sie mehrfach abrutschte, nahm sie plötzlich das Geschrei von Moritz war. Sie drehte sich noch einmal nach ihm um und erkannte, dass seine rechte Schulter stark blutete. Zeitgleich nahm sie den Geruch von Blut wahr, der sowohl von Moritz als auch von ihren Klauen ausging. Schockiert blickte sie auf die dickflüssige, dunkelrote Substanz, die ihre nachtblauen Klauen bedeckte. Es dauerte eine Weile, bis sie begriff, dass sie soeben jemanden ernsthaft verletzt hatte.

«Das wollte ich nicht. Es tut mir leid.», entschuldigte sie sich, obwohl sie wusste, dass dies in Anbetracht der momentanen Lage nicht ausreichend war.

Die anderen Kinder schrien und weinten nun ebenfalls. Der Lärmpegel innerhalb der Toilette wurde beinahe unerträglich für Stellas empfindliche Ohren. Sie drückte die Tür nun vollständig auf und trat in den Korridor. Mehrere Kinder erblickten sie, wobei einige von ihnen sofort in das Geschrei einstimmten, was aus der Toilette drang. Verängstigt und schluchzend rannte Stella in Richtung des Pausenhofs, wobei sich das Blut von ihren Klauen auf dem Fussboden verteilte. Tränen bildeten sich in ihren Augen, bis sie beinahe nichts mehr ausser verschwommener Gestalten sehen konnte. Aufgrund ihrer Eile rutschte sie auf dem glatten Untergrund aus, blinzelte die Tränen weg und rappelte sich auf, so schnell sie konnte. Sobald sie den Pausenhof erreicht hatte, breitete sie ihre Flügel aus und schwang sich in die Luft. Zwischendurch blickte sie noch einige Male verunsichert zurück zu den Kindern, die teilweise panisch aber auch teilweise interessiert in ihre Richtung deuteten.

Stellas gedankliche Übertragung brach abrupt ab und wurde durch ein tiefes Schuldgefühl ersetzt, was mich selbst beinahe zum Weinen brachte. Ich löste mein Bewusstsein geringfügig von ihrem und erklärte ihr, dass dies keineswegs ihre Schuld gewesen war. Gleichzeitig suchte ich nach einer Lösung für dieses Problem, bei der weder unsere Geheimidentitäten aufflogen noch Lisa als Sündenbock dargestellt werden würde. Zudem sorgte ich mich um die Gesundheit von Moritz, obwohl er meine Tochter bedrängt hatte.

Als ich unter der Bettdecke hervorkroch, blickte mir Vanessa erwartungsvoll entgegen. Sie hatte sich inzwischen zu uns gesetzt, ohne dass ich es bemerkt hatte.

«Sie wurde im Kindergarten gemobbt und bedrängt, bis sie sich aus lauter Angst in einen Drachen verwandelt hat und geflohen ist. Dabei hat sie einen Jungen namens Moritz an der rechten Schulter verletzt.», erklärte ich ihr.

«Das musste ja irgendwann mal geschehen.», entgegnete sie in plötzlicher Aufregung.

«Hast du eine Idee, wie wir mit dieser Situation umgehen können? Ehrlich gesagt bin ich als Vater ein wenig überfordert.»

«Ich weiss leider auch nicht so recht, was wir machen können.»

In aufgewühltem Zustand kletterte ich hinunter auf den Fussboden, verliess den Raum, verwandelte mich zurück in einen Menschen und gesellte mich erneut zu Vanessa und den Kindern. Während ich weiterhin nach einer Lösung suchte, rieb ich mir mit dem Daumen über meinen Hinterkopf, von dem aufgrund der doppelten Verwandlung ein schmerzhaftes Pochen ausging.

«Ich habe eine Idee.», sagte ich schliesslich.

Vanessa richtete ihre Aufmerksamkeit nun auf mich, nachdem sie Stella die letzten Minuten ununterbrochen gestreichelt hatte.

«Ich könnte auf der Stelle mit Lisa in den Kindergarten gehen. Da ihre zerrissenen Kleider noch dort sind, muss sie neue anziehen, die jedoch ähnlich aussehen, am besten sogar identisch. Anschliessend könnte ich mit Frau Schneider sprechen und ihr erklären, dass Lisa gemobbt wurde, bis sie weinend nach Hause gerannt ist. Falls sie einen Drachen oder die zerrissenen Kleider erwähnt, sage ich einfach, ich wüsste nichts davon.», setzte ich meine Erklärung fort.

Vanessa seufzte nachdenklich. Nach einigen Sekunden des Schweigens antwortete sie schliesslich mit einem Nicken.

«Gut. Macht das. Ich hoffe, sie glaubt dir diese Geschichte. Ansonsten könnten wir in ernsthafte Schwierigkeiten geraten.», sagte sie.

Lisas Kleiderschrank gab leider keine identischen Kleidungsstücke her. Dennoch gelang es uns, sie zum Verwechseln ähnlich zu kleiden. Da das Auto einen halben Kilometer von unserer Wohnung entfernt geparkt war, entschieden wir uns, zu Fuss zu gehen.

«Wenn irgendjemand etwas über deine Drachengestalt sagt, und ich dich frage, ob das wahr ist, musst du mit 'nein' antworten, hast du verstanden?», fragte ich Lisa, die seit ihrer Ankunft als Drache kein einziges Wort gesprochen hatte.

Sie nickte stumm, ohne mich anzusehen. Nachdenklich seufzend setzte ich den unfreiwilligen Spaziergang mit meiner Tochter fort.

Eine Viertelstunde später erreichten wir den Pausenhof. Zu unserem Leidwesen herrschte ein heilloses Durcheinander. Ein Krankenwagen verliess soeben das Gelände. Dutzende Eltern diskutierten mit ihren Kindern, von denen die meisten schockiert oder traurig waren. Frau Schneider war ebenfalls unter ihnen. Sobald sie Lisa in Begleitung von mir entdeckte, atmete sie erleichtert auf und trat zu uns.

«Guten Tag Herr Wollseif. Hallo Lisa. Ich habe mir bereits Sorgen gemacht. Ein Drache hat den Kindergarten angegriffen und es wurde zerfetzte Kleidung in der Damentoilette gefunden. Ich hatte bereits befürchtet, dass Lisa etwas zugestossen sein könnte, weil sie plötzlich nicht mehr auffindbar war.», sprudelte es aus ihr heraus.

In gewisser Weise bereitete es mir Freude, dass sie ebenso überfordert war wie ich.

«Guten Tag Frau Schneider. Der Kindergarten wurde von einem Drachen angegriffen? Tatsächlich?», fragte ich in gespielter Überraschung.

«Ja. Ein Junge wurde verletzt und die meisten Kinder reden wirres Zeug. Manche behaupten sogar, Lisa hätte sich in einen Drachen verwandelt.», entgegnete sie kopfschüttelnd.

Ihrer Körpersprache nach vermutete ich, dass sie diesen Aussagen keinerlei Glauben schenkte.

«Das klingt in der Tat sehr wirr. Eigentlich bin ich hier, um über etwas anderes zu sprechen als diesen Drachenangriff.», lenkte ich das Gespräch in meine bevorzugte Richtung.

«Ich bin ganz Ohr.»

«Lisa kam vor einer halben Stunde weinend nach Hause und erzählte, drei Jungen und ein Mädchen hätten sie gemobbt und bedrängt.»

«Das deckt sich tatsächlich mit Lauras Aussage. Sie hat mir dasselbe erzählt und möchte sich für ihr Verhalten bei Lisa entschuldigen. Sie hat aber auch behauptet, Lisa bis in die Toilette verfolgt zu haben, wo sie sich angeblich in einen Drachen verwandelt hat.»

«Stimmt das, Lisa?», fragte ich sie in der Hoffnung, sie würde verneinen.

Lisa blickte mir verunsichert in die Augen und schüttelte geringfügig den Kopf.

Du spielst absolut perfekt mit! Dachte ich an meine Tochter gerichtet, obwohl sie mich nicht verstehen konnte.

Vor lauter Freude hätte ich in diesem Moment beinahe platzen können. Um mir nichts anmerken zu lassen, rief ich das unangenehme Gefühl in meinem Gedächtnis hervor, was Benjamins Ultraschallfrequenz bei mir ausgelöst hatte. Augenblicklich bildete sich Gänsehaut an meinen Armen und meinem Rücken, wobei die Freude aus jeder Faser meines Körpers wich.

«Das hätte ich mir auch nicht vorstellen können. Demnach werde ich von nun an vermehrt auf Moritz, David, Mike und Laura achten. Sie sind bereits des Öfteren negativ aufgefallen.», setzte Frau Schneider das Gespräch fort.

«Da bin ich Ihnen sehr dankbar. Aus eigener Erfahrung weiss ich, wie schlimm Mobbing sein kann. Wie geht es jetzt weiter?»

«Für heute ist der Kindergarten zu Ende. Aber morgen möchte ich so normal wie möglich fortfahren können. Falls Lisa noch ein paar Tage Ruhe benötigt, können Sie sie jederzeit abmelden.»

Erwartungsvoll blickte mir Frau Schneider entgegen. Wieder einmal hatte mich das Gespräch in eine Sackgasse manövriert. Eigentlich hätte ich wissen müssen, was ich auf diese Aussage zu antworten hatte, jedoch glich mein Verstand aufgrund der aktuellen Geschehnisse einem undichten Fass, aus dem jegliches Wissen unaufhaltsam entfloss. Dies geschah oftmals in Momenten grosser Aufregung, wobei ich mich selbst immer weiter in meinen eigenen Gedanken verhedderte. Schliesslich entschied ich mich zu einem dankbaren Nicken, was ich gleich darauf mit Kopfschmerzen zu büssen hatte.

Verlegen massierte ich die betroffene Stelle mit meinem rechten Daumen und formte bereits innerlich die Worte einer Verabschiedung, als mir Frau Schneider erneut eine Frage stellte.

«Denken Sie, dass eine Gefahr von diesen Drachen ausgeht?»

«Nein, das glaube ich nicht. Wahrscheinlich handelt es sich beim heutigen Vorfall um eine Ausnahme.», beschwichtigte ich sie.

«Da haben Sie vermutlich recht. Bisher wurde nie von Übergriffen solcher Art berichtet. Und es soll auch ein kleiner Drache gewesen sein, vielleicht ein Jungtier, was sich im Kindergarten verirrt und in seiner Panik Moritz angegriffen hat.»

«Ich stimme Ihnen voll und ganz zu.»

«Gut, dann muss ich mich leider von euch verabschieden. Es gibt noch viel zu tun. Ich wünsche euch noch einen schönen Nachmittag.»

«Danke, gleichfalls.»

«Auf Wiedersehen.»

Mit einem kurzen Blick forderte ich Lisa auf, mir zu folgen. Angespannt verliess ich das Gelände, bis ich mir sicher war, ausser Sichtweite von Frau Schneider zu sein. Jetzt atmete ich erleichtert durch. Seit meiner Verabschiedung hatte ich aufgrund meiner Nervosität die Luft angehalten.

«Das hast du sehr gut gemacht, Lisa. Ich bin stolz auf dich! Trotzdem muss ich mir noch überlegen, wie ich auf den heutigen Vorfall reagieren soll.»

«Wirst du mich bestrafen?», fragte Lisa mit traurigem Gesichtsausdruck.

«Nein, weshalb sollte ich dich bestrafen, wenn dich vier Kinder derart bedrängen, dass du keinen anderen Ausweg mehr wusstest, als dich zu verwandeln?», entgegnete ich beinahe vorwurfsvoll.

«Wirklich nicht?»

«Nein. Aber du musst lernen, mit solchen Situationen besser umzugehen. Dies gilt sowohl für dich als auch für Stella. Du hast heute ungewollt jemanden verletzt. Ich schlage vor, wir üben die Koordination deiner Drachengestalt, damit dir in Zukunft keine ähnlichen Missgeschicke mehr geschehen.»

Lisa antwortete nicht auf meine Erklärung. Stattdessen blickte sie gedankenverloren einem Auto nach, was neben uns auf der Strasse fuhr. Seit drei Jahren galt hier nun bereits die Höchstgeschwindigkeit von dreissig Kilometern pro Stunde. Dennoch fühlte es sich noch ungewohnt an, dass sich alle Fahrzeuge in dieser langsamen Geschwindigkeit fortbewegten. Ich schweifte nun ebenfalls gedanklich ab und wurde mir dessen erst bewusst, als ich vor der Haustür stand.

Gemeinsam assen wir zu Mittag und setzten unseren Alltag bestmöglich fort. Aufgrund meiner unerwarteten Abwesenheit während der Arbeitszeit musste ich bis halb sieben Uhr arbeiten. Vanessa hatte die Kinder bereits in ihre Betten gebracht und mir mein Abendessen auf den Tisch gestellt, als ich erschöpft meinen Computer ausschaltete und mich in den Feierabend begab.

«Danke, mein Schatz.», sagte ich müde lächelnd und setzte mich an den Esstisch.

Wir beugten uns zueinander und küssten uns liebevoll, bis mir Vanessa schliesslich eine Frage stellte.

«Glaubst du, die Kinder lassen Lisa von nun an in Ruhe?»

«Ehrlich gesagt nicht. Meiner Erfahrung nach rückt sie der heutige Zwischenfall in eine noch schlechtere Position, da sie diesen vier Kindern bewiesen hat, wie anders sie ist. Sie und auch die anderen werden Lisa höchstwahrscheinlich häufiger mobben.»

«Und was ist mit Frau Schneider? Sie wird doch bestimmt helfen.»

«Die traurige Wahrheit ist, dass nur wenige Lehrpersonen dazu in der Lage sind, sich korrekt um die Bedürfnisse der Aussenseiter zu kümmern.»

Nachdenklich strich mir Vanessa mit dem Daumen über den Handrücken, während sie meine rechte Hand hielt. Vermutlich hoffte sie, ich würde mich irren, jedoch wusste ich, wie unwahrscheinlich dies war.

Am nächsten Tag begann ich zwei Stunden früher mit der Arbeit, um bereits am Nachmittag meinen Feierabend beginnen zu können. Als es 15 Uhr war, schaltete ich meinen Computer aus und widmete meine Aufmerksamkeit Lisa, die stumm auf ihrem Bett sass und in einem ihrer Bücher las. Heute war sie zu Hause geblieben, da sie sich vor einem Wiedersehen mit den anderen Kindern nach den gestrigen Ereignissen fürchtete.

«Bist du bereit für ein wenig Koordinationstraining als Drache?», fragte ich sie vorsichtig.

Sofort klappte sie ihr Buch zu und strahlte mich an, wie bereits seit Wochen nicht mehr.

«Ja!», rief sie aufgeregt, zog blitzschnell ihre Kleider aus und verwandelte sich, noch bevor ich mir eine konkrete Vorgehensweise ausdenken konnte.

«Wie machen wir das jetzt?», fragte sie und hechtete mir freudig entgegen.

Da ich nicht bereit war, sie aufzufangen, rammte sie mich mitten im Sprung und klammerte sich an meinen Armen fest, bis ich sie endlich fassen konnte, wobei ich aufgrund ihres Schwungs zwei Schritte zurücktaumelte.

«Nur nicht so hastig. Ich konnte mir noch überhaupt nicht ausdenken, wie wir am besten üben können.», entgegnete ich grinsend und setzte sie behutsam zurück auf den Boden.

Stellas Gesichtsausdruck veränderte sich schlagartig. Jegliche Freude war urplötzlich von ihr gewichen und sie trat leicht verängstigt mehrere Schritte zurück.

«Was ist los, Stella?», fragte ich verwirrt.

Eine seltsame Wärme breitete sich an meinem linken Unterarm aus. Gleichzeitig vernahm ich ein leises Tropfgeräusch. Ich blickte auf die betroffene Stelle und erkannte, dass zwei tiefe Schnitte die Innenseite meines Unterarms durchzogen. Unaufhörlich strömte Blut heraus, welches sich an meinen Fingerspitzen sammelte und in Form von grossen Tropfen auf den Fussboden fiel.

«Oh, Scheisse.», entfuhr es mir.

Kurzzeitig blickte ich ratlos umher, bis mir bewusst wurde, was ich in solch einer Situation unternehmen musste.

«Vanessa, kannst du mir schnell den Verbandskasten bringen?», rief ich ins Wohnzimmer hinein.

«Was ist passiert?», fragte sie in plötzlicher Aufruhr.

Sobald sie mich erblickte, eilte sie ohne weitere Fragen ins Badezimmer. Währenddessen war ich erstaunt, wie schmerzfrei diese Verletzung war. Obwohl die Schnitte jeweils über zehn Zentimeter lang waren, verspürte ich lediglich ein leichtes Stechen. Erst als Vanessa mit dem Verbandskasten zu uns stiess, verwandelte sich das Stechen in ein durchgehendes Brennen, was mit jeder Sekunde intensiver zu werden schien. Hastig kramte meine Frau säuberlich zusammengerolltes Verbandsmaterial und weisse Tücher aus Baumwolle hervor, die sie sogleich auf meine Schnitte drückte. Nun wickelte sie den Verband mehrfach um meinen Arm herum, sodass der Blutfluss gestoppt wurde. Währenddessen verzerrte ich angespannt das Gesicht, da die Berührungen

Schmerzen verursachten. Leicht schockiert blickte ich auf die inzwischen dreissig Zentimeter grosse Blutlache und meine blutverschmierten Kleidungsstücke. Dieser Anblick erinnerte mich an meine ersten Kampfeinsätze in Kiew, bei denen ich in meiner Drachengestalt dutzenden Menschen die Kehle aufgeschlitzt, das Genick gebrochen oder den Oberkörper aufgerissen hatte. Unwillkürlich stieg Übelkeit in mir hoch.

Ich wandte meine Aufmerksamkeit wieder Stella zu, die ebenso schockiert auf die Blutlache starrte wie ich noch einen Augenblick zuvor. Während Vanessa die Sauerei aufwischte, setzte ich mich neben meine Tochter, die mit eingezogenem Kopf vor mir zurückwich.

«Deine Krallen sind so scharf, es tut überhaupt nicht weh.», versuchte ich, sie zu beruhigen, obwohl nun ein konstanter Schmerz von meinem linken Unterarm ausging.

Obwohl sie mich verletzt hatte, verspürte ich nichts als Mitgefühl für sie. Ich konnte ihr aufgrund dieses Missgeschicks überhaupt nicht böse sein.

«Stella, sieh mich an.», forderte ich sie auf, wobei sie ihren Blick demonstrativ von mir abwandte.

«Genau deswegen müssen wir deine Koordination als Drache trainieren.», setzte ich fort, in der Hoffnung, wie würde zuhören.

Dicke Tränen rannen ihr aus den wunderschönen, tiefblauen Augen, flossen ihren von Schuppen besetzten Lefzen hinunter und tropften zu Boden. Ich streckte meine rechte Hand nach ihr aus, wobei sie abermals vor mir zurückwich. Nun gab ich die Versuche auf, mich ihr zu nähern und stand stattdessen auf, um meinen Bruder Tom telefonisch zu erreichen. Glücklicherweise nahm er meinen Anruf innert weniger Sekunden entgegen.

«Guten Nachmittag Nils.», begrüsste er mich.

«Hallo Tom, kannst du kurz zu mir fliegen, um mir zwei Schnittwunden zu nähen? Stella hat mich versehentlich mit ihren Klauen erwischt.»

«Weshalb fährst du nicht einfach ins Krankenhaus?»

«Weil es aussieht, als hätte ich einen Suizidversuch unternommen und ich möchte allfällige Fragen vermeiden.», antwortete ich verlegen.

«In Ordnung, Born. Ich komme, so schnell ich kann.», entgegnete Tom seufzend.

Wir verabschiedeten uns voneinander und beendeten den Anruf. Da sich die Schmerzen meiner Schnitte kontinuierlich verstärkten und ich bald noch Nadelstiche durchzustehen hatte, nahm ich Schmerzmittel ein, in der Hoffnung, sie würden meine Beschwerden lindern. Bereits eine Viertelstunde später landete

Tom mit einer kleinen Tasche zwischen den Klauen auf meinem Balkon. Wie bereits gestern bei Stella liess die direkte Sonnenstrahlung seine Schuppen funkeln, nur dass sie bei ihm frisch geschliffenen Smaragden anstelle von Diamanten glichen. Ich liess ihn eintreten, wobei er gleich mit dem Versorgen meiner Wunde begann, obwohl sich die volle Wirkung des Schmerzmittels noch nicht entfaltet hatte.

Geschickt öffnete er meinen Druckverband mit den Klauen, nachdem er ein Band an meinem Oberarm festgezurrt hatte. Mit einer gebogenen Nadel und einem dünnen, schwarzen Faden nähte er die beiden Schnitte zu. Die Nadelstiche schmerzten stärker als die Schnitte selbst, was mich verwunderte. Glücklicherweise war die Prozedur bereits nach zehn Minuten vollendet. Als Dank drückte ich seinen Kopf mit meinem rechten Arm an mich, bis er mir spielerisch ins Gesicht schnaubte, weswegen ich ihn grinsend losliess. Nach unserer Verabschiedung verliess er die Wohnung durch die Balkontür und flog nach Hause.

Ich bin so froh, mich jederzeit auf Tom verlassen zu können, dachte ich zufrieden, während er hinter einem Hausdach verschwand.

Erneut startete ich einen Versuch, mit Stella zu sprechen. Ich setzte mich zu ihr auf das Kinderbett, wobei sie sich unter der Bettdecke vergrub.

«Immer verletze ich andere, obwohl ich das gar nicht möchte.», murmelte sie weinerlich.

«Magst du dich noch daran erinnern, was Mama und ich dir bereits einige Male bezüglich deiner speziellen Fähigkeiten gesagt haben?»

«Nein.»

«Ich denke schon.»

Da sie keine weitere Reaktion zeigte, setzte ich das Gespräch unbeirrt fort.

«Wir sagten stets, dass du in Zukunft lernen wirst, sie zu beherrschen. Und das glauben wir immer noch. Genaugenommen *wissen* wir es.»

Meine beruhigenden Worte zeigten endlich Wirkung. Stella streckte ihren Kopf unter der Bettdecke hervor, kroch zögerlich auf mich zu und schnupperte behutsam an meinen frisch genähten Schnitten, die nun erneut in einen Verband gehüllt waren.

«Tut es wirklich nicht weh?», fragte sie verunsichert.

«Nein, es schmerzt überhaupt nicht.», antwortete ich, obwohl dies nicht der Wahrheit entsprach.

«Ich möchte kein Drache mehr sein.»

«Sag doch so etwas nicht.»

Ich streckte meinen rechten Arm nach ihr aus. Zu meinem Erstaunen wich sie dieses Mal nicht zurück. Liebevoll umarmte ich sie und zog sie auf meinen Schoss. Anschliessend strich ich ihr mit der Hand von der Schnauzspitze über die Stirn bis hin zu ihren Flügelansätzen. Sie liess meine Berührungen widerstandslos zu, wodurch ich mich dazu bestärkt fühlte, die Streicheleinheiten fortzusetzen. Nach nur wenigen Minuten fühlte ich, wie die Anspannung aus ihren Muskeln wich. Kurz darauf seufzte sie tief und schloss die Augen.

«Ich habe eine Idee, wie wir das Training fortsetzen können, ohne dass du mich verletzt.», sagte ich plötzlich.

Verwundert reckte Stella ihren Kopf in meine Richtung und blickte mir fragend in die Augen.

«Warte hier, ich bin gleich zurück.», setzte ich schmunzelnd fort.

Ich schob Stella behutsam von meinem Schoss, stand auf und verliess trotz Vanessas fragendem Blick wortlos die Wohnung. Eilig rannte ich die Treppe hinunter bis in den Keller. Bei meinem Kellerabteil angekommen, schloss ich die Tür auf, nahm meinen alten, gepanzerten Anzug aus Karbonfaser und Kevlar aus dem hintersten Schrank entgegen und zwängte mich in die Einzelteile hinein, wobei ich Acht geben musste, meine frisch genähten Schnittwunden zu schonen. Erstaunt stellte ich fest, dass der Anzug nun wesentlich enger sass als noch sieneinhalb Jahre zuvor. In der Zwischenzeit hatte ich einiges an Muskeln zugelegt, was ich bestimmt meinen Ausflügen als Drache zu verdanken hatte. Dennoch gelang es mir, den Anzug vollständig anzuziehen. Zu guter Letzt setzte ich noch meinen Helm mit dem Panzerglasvisier auf, nahm den beinahe unzerstörbaren Speer von R-34-d zur Hand und begab mich erneut auf den Weg nach oben.

«Du hast deine alte Rüstung angezogen?», fragte mich Vanessa verblüfft, als ich in voller Montur die Wohnung betrat.

«Ja. Und ich bin froh, dass sie mir immer noch passt.», entgegnete ich grinsend.

«Papa?»

Stella trat verwirrt aus ihrem Zimmer und schien unschlüssig zu sein, wer nun in dunkelgrauer Rüstung vor ihr stand.

«Ja, Stella. Ich bin's. Jetzt können wir üben, ohne dass du mich verletzt.»

Da sie immer noch unsicher war, kniete ich mich auf den Boden und hielt ihr die rechte Hand vor die Schnauze. Ausgiebig schnupperte sie daran, bis sie plötzlich wieder Eigeninitiative zeigte. Bewundernd umrundete sie mich, setzte sich anschliessend vor mich und deutete mit dem Kopf auf meinen Speer.

«Was ist das?», fragte sie.

«Das ist der Speer, den mir R-34-d vor einigen Jahren gegeben hat. Er ist beinahe unzerstörbar.», erklärte ich stolz.

«Wow! Und was machen wir jetzt damit?»

«Ich schlage vor, wir spielen ein Rollenspiel, bei dem ich ein mittelalterlicher Ritter bin und du der Drache, der sich vor mir verteidigen muss. Deine Aufgabe ist es, mir den Speer wegzunehmen, ohne mich zu verletzen.»

«Aber du hast gesagt, ich kann dich jetzt nicht mehr verletzen.»

«Das stimmt. Deswegen werde ich laut losschreien, wenn du mich bei deinem Angriff verletzt hättest.»

Stella musste aufgrund meiner Aussage lachen. Vanessa trat mehrere Schritte zurück, da sie bereits befürchtete, Stella würde sich augenblicklich auf mich stürzen. Ich richtete mich auf und zeigte mit dem stumpfen Ende des Speers zu Stella, die ihren Kopf bereits angespannt lauernd eine Hand breit über dem Boden hielt, während ihre Hinterbeine zum Absprung bereit waren. Da ich die Waffe mit dem rechten Arm führte, konnte ich meinen verletzten, linken Unterarm schonen.

«Jetzt versuch mir den Speer aus der Hand zu reissen.», forderte ich sie auf.

Noch bevor ich die letzten Worte ausgesprochen hatte, stiess sie sich zum Angriff ab, packte den Speer mit den Zähnen und zog ihn mit aller Kraft zurück. Ihre Klauen zerkratzten laut schabend den Parkettboden, was mir aufgrund der ohnehin zahlreichen Schäden bereits gleichgültig war. Einen Augenblick befürchtete ich, sie könnte sich ihre Zähne am harten, glatten Material des Speers beschädigen, jedoch zog sie angeregt knurrend weiter, ohne auch nur eine Spur von Schmerz zu zeigen.

Da ihre Kraft nicht ausreichte, mir den Speer zu entwenden, hob ich ihn mit waagerecht ausgestrecktem Arm hoch, bis Stella machtlos an dem daumendicken Stab baumelte. Wild schlug sie mit den Flügeln und versuchte, mir die Waffe zu entreissen, jedoch hielt ich ihren Bemühungen stand. Ganz so leicht wollte ich es ihr doch nicht machen. Bereits nach kurzer Zeit erkannte sie, dass ihre Strategie wenig erfolgversprechend war. Seufzend hielt sie sich mit den Zähnen am Speer fest und liess ihren Körper schlaff nach unten baumeln.

«Wie mir scheint, werde ich meiner Hoheit am heutigen Tage ein wertvolles Geschenk in Form eines erlegten Drachen überbringen können.», setzte ich das Rollenspiel fort, wobei ich mir das Lachen beinahe nicht verkneifen konnte.

Endlich liess Stella los, fing sich geschickt mit den Beinen auf und blickte mir fragend entgegen. Grinsend stupste ich sie mit dem stumpfen Ende des Speers an.

«Ich habe die königsblaue Bestie getroffen! Bald wird sie mir unterlegen sein. Ein Stoss ins Herz genügt, um sie zu töten.»

Ich bewegte den Speer langsam und bedrohlich auf die Unterseite ihres Körpers zu. Stella begriff, was ich vorhatte, und wich fauchend zurück. Unbeirrt trat ich näher, wobei sie blitzschnell auf mich zusprang und mir in die Hand biss, mit der ich den Speer führte. Ich schauspielerte, als hätte mich ihr Biss schwer verwundet, obwohl ich ihre Zähne durch das dicke Karbonfasergewebe kaum gespürt hatte. Einzig der Druck, mit dem sie zubiss, war unangenehm, da er sich auf meine gesamte Hand ausbreitete. Während ich mich übertrieben laut schreiend zu Boden fallen liess, stoppte Stella ihren Angriff augenblicklich und starrte mich entsetzt an.

«Das ist doch bloss gespielt.», beruhigte ich sie lachend, als ich bemerkte, wie ernst ihr diese Situation war.

«Habe ich dir nicht weh getan?», fragte sie verunsichert.

«Nein. Aber ich wollte dich darauf hinweisen, mir den Speer zu stehlen, ohne mich zu verletzen. Wenn ich keinen Anzug getragen hätte, wäre ich jetzt bestimmt einige Finger los.»

«Aber wie kann ich das machen?»

«Indem du deine Schnelligkeit und dein Geschick gezielt einsetzt. Wie du das genau anstellst, musst du selbst herausfinden. Ich kann dir bloss den Tipp geben, weder Zähne noch Klauen zu verwenden. Am besten ballst du die Faust, wie ich es jetzt gerade mache. Auf diese Weise können mich deine Klauen nicht ungewollt kratzen.», erklärte ich.

Nachdenklich krümmte Stella die Klauen ihres rechten Vorderbeins, bis alle Spitzen nach innen gerichtet waren.

«Ja, genau so.», ermutigte ich sie, auf diese Weise fortzufahren.

Ich richtete mich erneut auf und stupste sie spielerisch mit dem Speer an. Nun sprang sie ruckartig von links nach rechts und wieder zurück. Bei meinem nächsten Versuch, sie anzustupsen, huschte sie flink an mir vorbei, klammerte sich von hinten an meinem Speer fest und zog ihn ruckartig zu sich. Überrascht wandte ich mich nach ihr um. Sobald ich sie erblickte, liess sie den Speer los und näherte sich blitzschnell von der anderen Seite. Dieses Mal war ich auf ihren Angriff gefasst und richtete ihr den Speer entgegen, bevor sie sich vom Boden abstossen konnte. Fauchend und zähnefletschend wich sie zurück, nahm einige

Schritte Anlauf und griff erneut an. Dieses Mal schlug sie während des Sprungs mit den Flügeln, um mich möglichst hoch oben zu rammen. Derweil gruben sich ihre Klauen in das dichte Karbonfasergewebe meiner Schultern, wobei ich ausserordentlich froh war, die Rüstung zu tragen.

Die Wucht, mit der sie gegen meinen Oberkörper traf, genügte, um mich ins Taumeln zu bringen. Stella packte den Speer erneut mit den Zähnen, bevor ich mit meiner menschlichen Reaktionsgeschwindigkeit überhaupt in der Lage war, zu reagieren. Als sie dieses Mal in einem anderen Winkel daran zog, war ich noch so sehr mit dem Zurückerlangen meines Gleichgewichts beschäftigt, dass es ihr gelang, mir den Speer zu entwenden. In einem langen, klangvollen Geräusch schlug das spitze Ende der Waffe auf den Fussboden. Stella zog sich grinsend in ihr Zimmer zurück und hielt ihren Kopf kurzzeitig nach links, um mit dem Speer im Maul durch den Türrahmen zu passen. Positiv überrascht blickte ich zu Vanessa, die das Geschehen bereits mit ihrem Mobiltelefon filmte.

«Sehr gut, Stella! Du hast es geschafft, mir den Speer wegzunehmen. Trotzdem hättest du mich an den Schultern verletzt wie Moritz gestern.», rief ich ihr hinterher, bevor mir ihr ausgezeichnetes Gehör aufs Neue bewusst wurde.

Selbst ein Flüstern hätte sie mit Sicherheit wahrgenommen. Freudig kam sie wieder aus ihrem Zimmer gestürmt und lächelte mir entgegen.

«Können wir das nochmal machen?», fragte sie ungeduldig.

«Ja, sicher.», antwortete ich, obwohl mein linker Unterarm trotz der Schmerzmittel bereits heftig pochte und ich leicht zu schwitzen begonnen hatte.

Mit der Zeit lernte Stella, dass sie mir den Speer in einem bestimmten Winkel aus der Hand ziehen konnte, da meine gepanzerten Handschuhe kaum Halt auf dem harten, glatten Material fanden. Gleichzeitig bemühte ich mich zunehmend, ihr die Übungen so schwer wie nur irgend möglich zu gestalten, ohne sie zu frustrieren. Es geschah immer seltener, dass sie mich versehentlich mit den Klauen oder Zähnen erwischte, worüber ich ausserordentlich froh war.

Wir setzten unsere Übungen fort, bis mir die Nähte meiner Rüstung die Haut aufgeschürft hatten und ich die Schmerzen meiner Schnittwunden kaum noch ertragen konnte. Nass vor lauter Schweiss liess ich mich zu Boden sacken und blieb keuchend liegen. Stella war inzwischen ebenfalls ausser Atem. Nichtsdestotrotz wollte sie das Rollenspiel weiterhin fortsetzen. Knurrend kletterte sie auf meinen Oberkörper und fletschte bedrohlich die Zähne. Durch das Visier hindurch grinste ich ihr entgegen. Als ich keine weitere Reaktion zeigte, packte sie meinen rechten Arm mit den Zähnen und zog daran, als wollte sie mich aufrichten. Tatsächlich gelang es ihr, mich zur Seite zu drehen. Zu ihrer

Enttäuschung blieb ich jedoch reglos liegen. Sie verbiss sich nun stärker in meine Panzerung, bis mir der grossflächig verteilte Druck das Blut abklemmte. Ein unangenehm schmerzhaftes Kribbeln erfüllte meinen rechten Arm, als hätte ich mir den Ellbogen gestossen.

«Das reicht, Stella. Du hast mich besiegt.», sprach ich sowohl stolz als auch erschrocken auf sie ein.

Endlich liess sie meinen Arm los, wodurch sich das Blut wohlig warm darin verteilte. Ein leichtes Stechen ging durch meine Finger, weswegen ich mehrfach die Faust ballte, um den Blutfluss zu stimulieren. Gleich darauf fühlte sich mein rechter Arm wieder vollständig normal an.

«Wir sollten für heute Schluss machen.», erklärte ich meiner Tochter.

Ächzend und unter einigen Schmerzen setzte ich mich aufrecht hin, zog meinen nassgeschwitzten Helm aus und versuchte vergeblich, meine festgeklebten Haare aufzulockern.

«Wann können wir das wieder machen?», fragte Stella, die sich nun auf meinen Schoss gesetzt hatte.

«Heute bestimmt nicht mehr. Vielleicht geht es am Wochenende.»

«Wieso nicht morgen?»

«Ich muss meinen linken Arm schonen.»

«Okay.»

Niedergeschlagen und enttäuscht stand Stella auf. Mit geringfügig hängendem Kopf tapste sie in die Küche, sprang geschmeidig mithilfe eines Flügelschlags ins Waschbecken und öffnete den Wasserhahn. Gierig stillte sie ihren Durst, indem sie sich rücklings in stark gekrümmter Haltung mit offenem Maul unter den Wasserstrahl legte, wobei sowohl ihre Flügel als auch ihr Schwanz aus dem Waschbecken ragten. Nach einer Weile hatte sie allem Anschein nach genügend getrunken, denn sie liess ihr Maul vollaufen, bis das Wasser seitlich zwischen ihren Zähnen austrat. Das laute Plätschern, was sie hierbei erzeugte, bereitete ihr Freude, bis sie lachen musste und sich prompt verschluckte. Hustend spuckte sie das Wasser aus, was Vanessa und mich wiederum amüsierte.

Während ich ein Rüstungsteil nach dem anderen auszog und meine Schürfwunden begutachtete, half Vanessa unserer Tochter, das in der Küche verteilte Wasser aufzuwischen. Als ich meinen linken Arm von der Panzerung löste, zuckte ich vor Schmerz zusammen. Der schweissnasse Verband war nun blutrot gefärbt und die Schnitte brannten, als stünden sie in Feuer. Sofort stellte ich mir vor, das Brennen würde von Eis stammen, um eine unbeabsichtigte

Verwandlung zu vermeiden, die diese Verletzung ernsthaft hätte verschlimmern können. Sorgfältig entfernte ich den Verband und betrachtete die frischen Nähte, die glücklicherweise allesamt noch hielten, was vermutlich der steifen Panzerung meines Anzugs zu verdanken war. Dennoch war einiges an Blut aus der Wunde getreten und es hatte sich ein dunkler Fleck neben den beiden Schnitten gebildet. *Ich habe es wieder einmal übertrieben*, dachte ich voller Reue.

Seufzend schlurfte ich ins Badezimmer, wusch mir den Schweiss vom Körper und desinfizierte die Schürfwunden an meinem Rücken, meinen Armen und Beinen. Ausserdem wickelte ich den linken Unterarm in einem frischen Verband ein und verstaute gleich darauf sowohl den gepanzerten Anzug als auch den Speer im Keller.

Spät abends legte ich mich erschöpft neben Vanessa ins Bett. Sie blickte mir besorgt auf die Schnittwunden, die meinen linken Unterarm durchzogen. Den Verband hatte ich für die Nacht ausgezogen.

«Jetzt haben wir noch etwas gemeinsam.», sagte sie schliesslich.

«Im Gegensatz zu dir werden meine Narben spätestens dann verheilen, wenn ich wieder einige Tage ein Drache bin.», entgegnete ich.

«Trotzdem haben wir jetzt beide dieselbe Verletzung von derselben Ursache.»

«Stimmt.»

Ich begutachtete Vanessas linken Unterarm, dessen drei Narben sich kaum verändert hatten. Die Haut war an den betroffenen Stellen hart und unflexibel.

«Es tut mir wirklich leid, dir all diese Probleme bereitet zu haben.», flüsterte ich ihr schuldbewusst zu.

«Diese Schnitte sind doch gar nicht so schlimm.», erwiderte sie beschwichtigend.

«Ich meine aber nicht nur die Schnitte, sondern auch alles andere. Von Anfang an habe ich dir die Wahrheit über mich verschwiegen und jetzt musst du die Konsequenzen für mein Versagen tragen. Genauso wie unsere Kinder. Ich wünsche mir nichts mehr als ein normales Leben für sie, bei dem sie nicht gezwungen sind, ihre speziellen Fähigkeiten zu verbergen und auf die eine oder andere Weise darunter zu leiden.»

«Ach, Schatz. Du übertreibst es mal wieder. Sich in einen Drachen verwandeln zu können, bringt auch einige Vorteile mit sich. Zum Beispiel könnt ihr fliegen, euch frei wie ein Vogel durch den Himmel bewegen und die Natur in vollem Ausmass geniessen.»

«Oder in einen wahnhaften Zustand verfallen und wie ein wildes Tier alles zu zerfleischen, was uns vor die Schnauze gerät.»

Seufzend strich mir Vanessa die Haare aus der Stirn. Erst einige Sekunden später bemerkte ich, dass sie mir tief in die Augen blickte.

«Ich liebe dich und die Kinder mehr als alles andere auf dieser Welt, nein sogar im gesamten Multiversum. Die Tatsache, dass ihr euch in Drachen verwandeln könnt, hat mich anfangs verstört, aber da es ein Teil von euch ist, liebe ich diese Seite von euch nun ebenso sehr. Dies wird sich niemals ändern, egal, was geschieht. Selbst wenn uns das Ende der Welt bevorstünde. Wir sind eine Familie und wir werden alle Prüfungen bestehen, die uns das Schicksal auferlegt, und zwar gemeinsam.»

Vanessas Worte erfüllten mich mit Glück, wie es nichts anderes ausser der Liebe zu unseren Kindern vermochte. Tränen der Freude bildeten sich in meinen Augen, bis ich das wunderschöne Gesicht meiner Frau lediglich noch verschwommen wahrnehmen konnte. Schluchzend vor lauter Erleichterung umarmte ich Vanessa, wobei sie mich seitlich auf die Wange küsste.

«Meine Liebe dir gegenüber ist stärker als die Singularität eines schwarzen Lochs.», flüsterte ich ihr leise ins Ohr.

«Das ist physikalisch unmöglich, da die Krümmung der Raumzeit an diesem Punkt divergiert.»

«Ist mir egal.»

Selbst als mein Tränenfluss nach einigen Minuten versiegte, setzten wir unsere Umarmung weiterhin fort. Währenddessen küssten wir uns mit zunehmender Leidenschaft und setzten unsere intime Zweisamkeit noch einige Zeit fort.

Mitten in der Nacht verwandelten sich die brennenden Schmerzen meines linken Unterarms in ein intensives Kribbeln, was in ein Stechen überging. Sofort wusste ich, auf welche Ursache diese Veränderung zurückzuführen war, und löste mich von Vanessa. Bis zu diesem Zeitpunkt hatten wir mit Armen und Beinen umschlungen geschlafen. Das Kribbeln setzte sich in meinem gesamten Körper fort und vervielfachte die Schmerzen meiner Schürfwunden. Zeitgleich wandelten sich meine Sinne, bis ich jeden Winkel des Schlafzimmers im fahlen Mondlicht zu erkennen vermochte, welches durch die schmalen Spalten der Fensterläden schien. Aufgrund der Verwandlung machten sich auch meine Kopfschmerzen erneut bemerkbar.

«Was ist los?», fragte Vanessa verschlafen und betätigte den Schalter der Nachttischlampe.

Das plötzlich aufflackernde Licht blendete mich, weswegen ich mit zusammengekniffenen Augen meiner Frau entgegenblickte. Bei meinem Anblick begriff sie sofort, was geschehen war.

«Ach, Schatz. Du tust mir leid.», sprach sie mitfühlend auf mich ein, während ich meine Wunden begutachtete.

Die Schürfungen waren jeweils nicht mehr zu erkennen, da sie unter den Schuppen versteckt waren. Einzig die Berührungsempfindlichkeit wies mich auf deren Existenz hin. Die Schnitte hingegen erweckten einen wesentlich schlimmeren Eindruck. Mein Schuppenpanzer war an diesen Stellen von tiefen Furchen durchzogen, aus denen kontinuierlich Blut sickerte. Die schwarzen Fäden, mit denen die Verletzung genäht worden war, waren mit dem umliegenden Gewebe verschmolzen. Ich versuchte, einen dieser Fäden mithilfe meiner Klauen herauszuziehen, jedoch zuckte ich aufgrund des plötzlich aufflammenden Schmerzes zurück. Ratlos blickte ich auf die Wunde, die nun ein heftiges Stechen aussendete.

Ein grosser, tiefroter Blutstropfen rann meinem linken Vorderbein hinunter. Bevor er den Matratzenbezug erreichte, leckte ich ihn auf. Anschliessend säuberte ich die tiefen Schnittwunden auf dieselbe Weise, obwohl dies zusätzlich einen brennenden Schmerz auslöste. Erst als ich den eisenartigen Geschmack auf meiner Zunge bemerkte, hielt ich inne.

«Ich habe wieder einmal instinktiv gehandelt.», erklärte ich Vanessa, die das Geschehen verwundert beobachtete.

«Soll ich dir neues Verbandszeug bringen?», fragte sie.

«Ja, gerne.»

Ich hoffe, dass sich diese eingewachsenen Fäden irgendwie wieder entfernen lassen, dachte ich währenddessen.

Als Vanessa sowohl einen neuen Verband als auch Desinfektionsmittel brachte, war ich erleichtert. Sie half mir, die stark alkoholhaltige Flüssigkeit in den tiefen Furchen zu verteilen, die sich wie Kluften durch mein linkes Vorderbein zogen, wobei sich der Schmerz abermals verstärkte, bis ich meine Klauen in die Matratze grub und meinen Rücken verspannte. Nach nicht einmal zehn Sekunden versiegte das Brennen bereits, worüber ich ausgesprochen froh war.

Behutsam tupfte mir Vanessa Blut und Wundflüssigkeit von meinem Bein, bis sie schliesslich mit der Sauberkeit meiner Wunde zufrieden war und sie in einen dicken Verband hüllte. Währenddessen blickte ich Vanessa liebevoll in die Augen. Ohne die Verbandsutensilien zu verstauen, legte sie sich zu mir ins Bett und kuschelte sich an meinen Bauch, wobei sie ihr linkes Bein um mich legte und meinen Kopf umarmte.

«Bist du dir sicher, dass du so mit mir schlafen möchtest?», fragte ich unter grosser Anstrengung, mir meine Schmerzen nicht anmerken zu lassen.

«Ja, weshalb fragst du?», entgegnete sie.

Als Antwort deutete ich mit der Schnauze auf die Risse, die meine Klauen in der Matratze hinterlassen hatten.

«Nun mal doch nicht den Teufel an die Wand. Es wird schon nichts schiefgehen.», beschwichtigte sie mich und schloss die Augen.

Einige Sekunden später umschloss ich sie mit meinem rechten Flügel und meinen Beinen, obwohl mir die hohe Wahrscheinlichkeit, sie zu verletzen, Sorgen bereitete. Seufzend bettete ich meinen Kopf neben ihrem Hals ein und versuchte, nach diesem ereignisreichen Tag noch einmal Schlaf zu finden.

Mehrere Stunden später gab ich die Versuche auf, erneut einzuschlafen. Sowohl die Schmerzen meines linken Vorderbeins als auch die Angst, Vanessa versehentlich zu verletzen, hielten mich wach. Ausserdem fürchtete ich, was geschehen mochte, sollte Stella erneut von den anderen Kindern zur Verwandlung getrieben werden. Irgendwann erhellten die ersten Sonnenstrahlen das Zimmer und eine wohlige Wärme breitete sich im Raum aus. Kurzzeitig fielen mir die Augen zu, bis ich mir dessen bewusst wurde und sich mein Puls anschliessend beschleunigte. Währenddessen schien ich unbewusst gezuckt zu haben, denn Vanessa öffnete müde die Augen. Verzaubert durch die Schönheit ihrer Iris blickte ich sie an, bis sie mir zärtlich die Seite meines Kopfes streichelte und mir einen Kuss auf die Schnauzspitze gab.

«Welche Uhrzeit haben wir?», fragte sie flüsternd.

«Ich weiss es nicht.», entgegnete ich.

«Wie geht es deinem Arm?»

«Er schmerzt immer noch sehr.»

Eigentlich hatte ich «es» sagen wollen, da mein Arm nun in der Gestalt eines Beins war, jedoch fühlte es sich eigenartig an, den Artikel inmitten des Gesprächs zu wechseln.

«Darf ich ihn mir mal ansehen?»

Stumm nickte ich und liess Vanessa mit den Beinen und dem Flügel los. Ich erschrak, als mein Blick auf den blutgetränkten Verband fiel. Aufgrund der grossen, dunkelroten Flecken auf dem Bettbezug vermutete ich, eine Menge Blut verloren zu haben. Mit besorgtem Gesichtsausdruck löste Vanessa die vielen Schichten des Verbands von meinem linken Vorderbein. Die letzte Schicht klebte geringfügig am verletzten Gewebe. Als sie sie ebenfalls löste, zuckte ich unter starken Schmerzen zusammen. Erneut floss Blut auf die Matratze, die mittlerweile bis tief ins Innere durchnässt sein musste. Visuell konnte ich keine Besserung der Schnittwunden erkennen.

«Es blutet weniger stark.», bemerkte Vanessa.

«Tatsächlich?», fragte ich ungläubig.

Nach ausgiebiger Betrachtung fiel mir nun ebenfalls auf, dass der Blutfluss geringfügig nachgelassen hatte. Zudem waren die berührungsempfindlichen Schürfwunden unterhalb der Schuppen vollständig verheilt, denn die betroffenen Stellen fühlten sich normal an, selbst als ich mit den Klauenspitzen dagegen drückte.

Wenigstens hat diese unbeabsichtigte Verwandlung nicht nur Schlechtes an sich, dachte ich seufzend.

In diesem Augenblick klingelte der Wecker. Wir standen auf, kümmerten uns um die Kinder und ich verwandelte alles bis auf mein linkes Vorderbein zurück in meine menschliche Gestalt, um meinem letzten Arbeitstag dieser Woche bestmöglich nachgehen zu können. Ausnahmsweise konnte ich heute von Zuhause aus arbeiten. Da Lisa nun einen weniger abwesenden Eindruck erweckte, schickten wir sie in den Kindergarten, was sie mürrisch kommentierte, jedoch keinen weiteren Widerstand zeigte.

Kurz vor dem Mittag blickte ich gedankenverloren aus dem Fenster. Es hatten sich dunkle Wolken gebildet und die Bäume bogen sich im starken Wind. Ein entfernter Donner weckte urplötzlich die Sorge um Lisas Wohlergehen, wobei das Bild, als sie von einem Blitz getroffen worden war, abermals in meinem Verstand aufflackerte. Obwohl ich wusste, dass dies ein unwahrscheinliches Szenario war, breitete sich Unbehagen in mir aus.

Was, wenn sie wieder gemobbt wird? Ich muss sicherstellen, dass es ihr gutgeht, dachte ich.

Zielstrebig schob ich meinen Stuhl zurück, stand auf und verwandelte mich vollständig in einen Drachen. Nachdem ich mein Vorhaben Vanessa erklärt hatte, öffnete ich die Balkontür und sprang auf drei Beinen über das Geländer hinweg. Das linke Vorderbein hatte ich währenddessen ununterbrochen angezogen.

Nur eine Minute später erreichte ich den Pausenhof des Kindergartens. Meiner Erfahrung nach fand das Mobbing oft in den Pausen oder nach der Schule beziehungsweise dem Kindergarten statt. Gegen die starken Windböen kämpfend setzte ich zur Landung an, exakt fünf Minuten bevor Lisa den Gruppenraum verlassen durfte. Um Frau Schneider und den Kindern nicht versehentlich Angst einzuflössen, verkroch ich mich im nächstgelegenen Gebüsch nahe der Strasse. Ein trockener Zweig streifte die tiefere von beiden Schnittwunden, wodurch abermals Blut hinausströmte, nachdem dies erst seit einer Stunde nicht mehr der Fall gewesen war. Wütend schnaubend setzte ich mich und versuchte, die Schmerzen zu ignorieren, während ich den Pausenhof nach Personen absuchte. Noch war niemand zu sehen.

Gerade als meine Gedanken abzuschweifen drohten, erblickte ich zwischen den Zweigen hindurch die ersten Kinder. Laura und die beiden unverletzten Jungen, die Lisa vor zwei Tagen bedroht hatten, waren unter ihnen. Meine Tochter entdeckte ich wenige Sekunden später. Sobald sie die Tür durchschritten hatte, drehten sich Laura und die anderen nach ihr um.

«Mach das nochmal, was du am Mittwoch getan hast.», forderte Laura sie auf.

«Nein.», antwortete Lisa, so selbstbewusst sie konnte.

An ihrem steif hinter den Rücken gepressten Arm erkannte ich ihre Anspannung. Den anderen war dieses Zeichen glücklicherweise entgangen. Dennoch traten sie bedrohlich auf Lisa zu, die nun verunsichert stehenblieb.

Das kann ich mir nicht länger mitansehen, dachte ich wütend und sprang aus dem Gebüsch hervor.

Ich bemühte mich, das linke Vorderbein nicht zu belasten und zugleich unverletzt zu wirken, was alles andere als leicht war. Sofort entdeckte mich ein Junge, der seine Kollegen anstupste und in meine Richtung zeigte.

«Da!», schrie er.

Auf sein Stichwort erstarrten alle Kinder innerhalb des Pausenhofs in ihrer Bewegung. Keiner von ihnen schien zu wissen, wie man auf diese Situation zu reagieren hatte. Ich nutzte ihre Verwirrung und trat bedrohlich zähnefletschend auf Laura und die beiden Jungen zu, deren Namen ich aufgrund des Gesprächs mit Frau Schneider hätte wissen sollen. Währenddessen stiess ich ein leises Knurren aus. Die drei Kinder, die sich eben noch selbstbewusst Lisa genähert hatten, wichen erschrocken zurück. Zwei von ihnen brachen in Tränen aus.

Lisa hingegen strahlte mich voller Freude an. Sie öffnete bereits ihren Mund, um mit mir zu sprechen, als ich kaum merklich den Kopf schüttelte, während ich ihr in die Augen blickte. In diesem Moment war ich froh darüber, dass sie sich bereits mehrere Male mit meinem Bewusstsein verbunden hatte. Demnach wusste sie genauestens, was meine Körpersprache bedeutete, und blieb stumm. Obwohl bereits der erste Nieselregen einsetzte, legte ich mich mit erhobenem Kopf auf den Asphalt, bedeckte die Wunde meines linken Vorderbeins mit dem Flügel und blickte Lisa erwartungsvoll an. Sie trat grinsend näher, wusste jedoch nicht, was sie in meiner Gegenwart zu tun hatte. Die anderen Kinder hatten bereits nach Frau Schneider gerufen, die voller Besorgnis nach draussen gestürmt kam.

«Vergiss nicht, dass du auf gar keinen Fall zu mir sprechen darfst. Niemand darf wissen, dass ich dein Papa bin.», zischte ich Lisa entgegen, während ich meinen Kopf kurzzeitig zwischen den Flügeln versteckte.

«Okay.», antwortete sie flüsternd.

Aufgrund des Geschreis der Kinder war unser Geflüster nicht zu den anderen Kindern vorgedrungen. Nicht einmal Lisas Antwort hatten sie mitbekommen.

Das läuft wie am Schnürchen, dachte ich leicht schmunzelnd.

«Lisa, komm sofort zurück!», rief Frau Schneider durch das laute Stimmengewirr hindurch.

Inzwischen hatte sie sich mit den Kindern in die Nähe des Gebäudes zurückgezogen.

«Aber wieso?», fragte meine Tochter verwirrt.

«Komm jetzt! Der Drache könnte dich verletzen, wie es am Mittwoch mit Moritz passiert ist.»

«Das würde er niemals tun.», verteidigte mich Lisa.

Alle Blicke waren nun auf sie gerichtet. Ich nutzte diese Gelegenheit, um ihr eine weitere Anweisung zuzuflüstern.

«Streichle mich!»

Verwirrt drehte sie sich nach mir um.

Lass dir die Verwirrung bitte nicht zu sehr anmerken, flehte ich sie gedanklich an.

Obwohl sie meine telepathische Bemerkung offensichtlich nicht verstanden hatte, kniete sie sich vor mich und strich mir sachte mit der Hand über die Schnauze. Ungläubig starrten uns sowohl Frau Schneider als auch die Kinder an. Erst einige Sekunden später bemerkte ich, dass allesamt verstummt waren und nun eine beinahe gespenstische Stille auf dem Pausenhof herrschte. An der Tatsache, dass Lisa ihre Hand bereits kurz darauf wieder zurückzog und zu Frau

Schneider blickte, liess sich deutlich erkennen, dass sie körperlichen Kontakt in ihrer menschlichen Gestalt nicht mochte.

«Kennst du dieses Wesen?», fragte die Kindergärtnerin sichtlich verwundert über Lisas Vertrauen in mich.

«Ja.», antwortete sie.

«Wissen deine Eltern, dass du dich mit diesem Drachen angefreundet hast?»

«Mhm.»

«Wie lange kennst du ihn schon?»

«Seit ich ein Baby war.»

«Wirklich?»

«Ja. Wir sind bereits miteinander geflogen und wir waren im Wald.», begann Lisa, ihre Erlebnisse mit mir begeistert zu schildern.

Um ihrem Redefluss ein Ende zu setzen, stupste ich sie sachte mit der Schnauze an. Als sie sich nach mir umdrehte, blickte ich ihr streng in die Augen. Sie schien verstanden zu haben, was ich von ihr wollte, denn von nun an schwieg sie.

«Deine Eltern haben dir erlaubt, mit einem Drachen zu fliegen?»

Frau Schneider konnte die Worte meiner Tochter kaum fassen. Als Lisa nicht antwortete, kam sie einen Schritt näher, wies jedoch die Kinder an, zurückzubleiben.

«Und du sagst, er ist nicht gefährlich?», fragte sie vorsichtig.

Lisa nickte, den Blick ununterbrochen mir zugewandt. Um Frau Schneider nicht zu erschrecken, liess ich sie nähertreten, ohne mich zu bewegen. Sobald sie sich neben uns gesetzt hatte, kroch ich sorgfältig näher, wobei meine Klauen laut über den harten Boden kratzten.

Seid doch nicht so laut, ihr nervigen, überlangen Fingernägel, dachte ich.

Die Kindergärtnerin liess sich aufgrund der Geräusche nicht beirren. Mutig streckte sie die Hand nach mir aus, die ich symbolisch abschnupperte, ohne sie zu berühren. Hierbei fiel ihr Blick auf mein verletztes Bein. Nachdenklich musterte sie die frische Wunde. In ihrem Blick war Mitgefühl zu erkennen, was mich erfreute.

Um diese Situation nicht unnötig in die Länge zu ziehen, blickte ich erneut Lisa in die Augen und deutete mit dem Kopf auf meinen Rücken. Sie verstand meine Absichten direkt, jedoch zögerte sie.

Komm schon. Du hast gesagt, du wärst bereits mit mir geflogen, also musst du das auch beweisen.

Lange starrten wir uns gegenseitig in die Augen, bis sich Lisa schliesslich dazu überwinden konnte, auf meinen Rücken zu klettern.

«Was hast du jetzt vor?», fragte Frau Schneider leicht erschrocken, obwohl ihr Gesichtsausdruck verriet, dass sie die Antwort bereits kannte.

Wortlos umfasste Lisa meinen Hals, ohne ihn zu berühren. Ihre Arme bildeten lediglich einen Ring, der mit einigen Zentimetern Abstand um mich gelegt war.

Jetzt berühre mich endlich richtig!

Langsam richtete ich mich auf, wobei sich Lisa gezwungenermassen festhalten musste. Ihr Körper spannte sich aufgrund der ungewohnten Reize, die sie in diesem Augenblick verspüren musste, an.

«Nein, Lisa. Du kannst nicht einfach so mit ihm fliegen. Das müssen wir zuerst mit deinen Eltern besprechen.», fuhr Frau Schneider dazwischen.

Die Eltern sind bereits einverstanden, antwortete ich ihr gedanklich und blickte sie vorwurfsvoll an.

Sie hielt kurzzeitig inne und ich nutzte diese Gelegenheit, mich mit drei Beinen vom mittlerweile durch den Nieselregen befeuchteten Asphalt abzustossen, die Flügel auszubreiten und mich dem Himmel entgegenzuschwingen. Obwohl uns Frau Schneider verzweifelt hinterherrief, flog ich unbeirrt weiter. Lisa klammerte sich währenddessen zitternd an mir fest. Sie verabscheute diesen intensiven Körperkontakt, jedoch war er in dieser Situation unvermeidlich. Seufzend atmete ich die nach feuchtem Asphalt riechende Luft ein und setzte den Weg nach Hause fort, stets nach allfälligen Windböen Ausschau haltend.

«Ich wollte nicht mit dir fliegen.», beschwerte sich Lisa, nachdem ich auf dem Balkon gelandet war.

Sie stand ruckartig auf, rückte genervt ihre Kleidungsstücke zurecht und versuchte, die wenigen Regentropfen trockenzureiben, die sie abbekommen hatte.

«Das hast du dir selbst eingebrockt.», entgegnete ich grinsend.

Schnaubend stapfte Lisa ins Innere der Wohnung, ignorierte Vanessas Begrüssung und verschwand in ihr Zimmer.

«Eigentlich sollte sie mir dankbar sein, dass ich sie vor den anderen Kindern beschützt habe.», konterte ich den vorwurfsvoll fragenden Blick meiner Frau.

Mario tapste in seiner Drachengestalt aus seinem Zimmer und näherte sich uns voller Freude.

«Jetzt hat er sich schon wieder von selbst verwandelt.», stellte Vanessa fest, was uns augenblicklich vom Thema ablenkte.

Gerade als ich mich um unseren Sohn kümmern wollte, klingelte das Telefon. Ich humpelte zum Esstisch, auf dem das Gerät lag, und nahm den Anruf mithilfe meiner rechten Flügelspitze entgegen.

«Hier spricht Nils Wollseif.», begann ich.

«Oh, gut dass Sie erreichbar sind, Herr Wollseif. Ich bin Frau Schneider, die Kindergärtnerin. Es geht um Ihre Tochter. Sie ist mit einem roten Drachen davongeflogen.», entgegnete sie in beinahe panischer Aufregung.

«Hat sie das etwa schon wieder getan? Ich habe Lisa bereits hundertmal gesagt, sie darf nicht einfach so mit diesem Tier fliegen.», antwortete ich gelassen, jedoch auch mit gespielter Enttäuschung.

«Also ist es normal, dass sie sowas macht?»

«Ja, leider. Sie hat sich bereits vor Jahren mit diesem Drachen angefreundet. Bisher ist ihr glücklicherweise nie etwas zugestossen.»

«Auf mich hat er auch einen eher friedlichen Eindruck gemacht. Aber können Sie sich wirklich sicher sein, dass er nicht gefährlich ist?»

Eher friedlich? Ich hätte überhaupt nicht noch friedlicher sein können! Meckerte ich gedanklich.

«Davon bin ich überzeugt. Er hat Lisa sogar mehrere Male vor anderen Personen beschützt, die ihr zu nahe gekommen sind. Solange Lisa wohlauf ist, wird sich der Drache passiv verhalten.»

«Ist sie bereits bei Ihnen angekommen?»

«Nein, noch nicht.», log ich, um meine anfangs gespielte Überraschung zu rechtfertigen.

«Hoffentlich landet der Drache bald. Das Gewitter kommt immer näher.»

«Machen Sie sich keine Sorgen, Frau Schneider. Der Drache würde sie niemals in Gefahr bringen.»

«Wenn Sie das sagen …», entgegnete sie unsicher.

«Ich glaube, ich sehe sie bereits durch das Fenster.»

«Wirklich?»

«Ja, das sind sie. Wenn Sie mich bitte entschuldigen würden, ich habe noch ein Hühnchen mit Lisa zu rupfen.»

«Okay. Ähm … passen Sie auf sich auf.»

«Das werde ich, danke.»

«Auf Wiedersehen.»

Ich beendete das Telefonat und blickte grinsend Vanessa entgegen, die mich mit verschränkten Armen vorwurfsvoll anstarrte.

«Was?», fragte ich ebenso vorwurfsvoll.

Kopfschüttelnd wandte sie sich unserem Sohn zu, der sich bereits auf den Rücken gelegt hatte, um gestreichelt zu werden.

26

Gehirnaktivitäten

Am Samstagmorgen flog ich durch den strömenden Regen in Richtung des DrSG-Hauptquartiers, nachdem ich einen Anruf von Benjamin erhalten hatte, dass sie sich für die Untersuchungen vorbereitet hatten. Tropfnass landete ich neben mehreren frisch aufgestellten Containern, die das letzte Mal noch nicht hier gewesen waren. Benjamin trat mit einem Regenschirm in der Hand ins Freie und begrüsste mich herzlich wie immer.

«Wir haben uns wieder einmal das schönste Wetter ausgesucht.», setzte er fort.

«Weshalb bist du eigentlich hier? Ich wollte das mit Laurin und Shona allein machen.», entgegnete ich, ohne auf seine Aussage einzugehen.

«Wir müssen deine Gehirnaktivitäten zuerst in normalem Zustand messen, um eine Referenz zu haben.»

«Und wie funktioniert das?»

«Indem du mir in den vordersten Container folgst und das eigens für dich entwickelte Frequenzmessgerät aufsetzt.», erklärte er und liess mir mit einer einladenden Handgeste den Vorrang.

Mit mulmigem Gefühl trat ich voran, öffnete die Tür mit dem rechten Flügel, da ich mein linkes Vorderbein noch immer nicht belasten konnte, und blickte umher. Der Container war mit mehreren Monitoren bestückt, die allesamt an einen Computer angeschlossen waren. In der Mitte des Raums lag ein schwarzes Gerät, was von der Form her einem Halsband für Tiere ähnelte.

Was, wenn er mir dieses Ding anlegt und mich anschliessend mit irgendwelchen Frequenzen bombardiert? Fragte ich mich mit zunehmend schlechtem Gefühl im Bauch.

«Hast du dich verletzt?», unterbrach Benjamin meine Gedankengänge.

«Ja.», antwortete ich knapp.

Die tiefen Furchen meines linken Vorderbeins bluteten seit gestern Abend nicht mehr, jedoch waren sie kaum ein Stück kleiner geworden. Unter den angrenzenden Schuppen juckte es zwischendurch unerträglich.

«Was hat dich auf diese Weise verwundet?»

«Muss ich diese Frage beantworten?», entgegnete ich leicht genervt von seiner Neugier.

Das geht ihn überhaupt nichts an, dachte ich.

«Nein, das musst du nicht. Ich hätte bloss gern gewusst, was geschehen ist. Es sieht nämlich aus, als hätte dir ein Tier das Bein aufgerissen.»

Wortlos setzte ich mich in die Mitte des Containers.

«Können wir jetzt beginnen?», fragte ich ungeduldig.

Der einzige Grund, weshalb ich noch hier war, beruhte auf der Hoffnung, meine animalischen Zustände langfristig unterdrücken zu können. Am liebsten wäre ich auf der Stelle wieder nach Hause geflogen.

Benjamin nickte, trat näher und nahm das schwarze Gerät zur Hand. Ich hielt still, während er es öffnete, um meinen Hals legte und knapp hinter meinen Hörnern befestigte.

Also ist es wirklich ein Halsband.

Er setzte sich an seinen Computer, startete mehrere Programme und musterte währenddessen gespannt die Anzeigen, die soeben erschienen waren. Dass ich in der Zwischenzeit den Innenraum des Containers volltropfte, schien ihn nicht zu interessieren.

«Jetzt musst du nichts weiter tun, als dir einige Videos anzusehen, während dieses Gerät deine Gehirnaktivitäten misst.», erklärte er schliesslich.

«Okay. Wie lange wird das dauern?»

«Vier Stunden und dreissig Minuten.»

Seufzend ergab ich mich meinem Schicksal und willigte ein, über diese Zeitspanne hinweg Videos anzusehen, die derart langweilig waren, dass ich befürchtete, einzuschlafen. Während des gesamten Experiments sass Benjamin auf seinem Stuhl und betrachtete die Monitore, auf denen sich allerlei Anzeigen fortlaufend veränderten. Sobald er bemerkte, dass ich meine Aufmerksamkeit vom Video abgewandt hatte, wies er mich an, mich wieder zu konzentrieren und startete den Abschnitt neu. Auf diese Weise waren es insgesamt sechs Stunden und vierzig Minuten geworden, die sich wie eine gesamte Lebensspanne angefühlt hatten.

«Ist es jetzt endlich fertig?», fragte ich ihn gähnend.

«Ja. Morgen fahren wir mit den Experimenten in deinem animalischen Zustand fort. Ich verspreche dir, dass sie wesentlich spannender sein werden, wie es heute der Fall war. Auf deinen Wunsch hin werden lediglich Laurin und Shona die Experimente mit dir durchführen.», erwiderte er schmunzelnd, da ihm meine Langeweile nicht entgangen war.

Während meinem Flug nach Hause juckte mein linkes Vorderbein besonders stark. Ich kratzte mit den Klauen daran, bis mich ein stechender Schmerz zusammenzucken liess. Nachdem ich erschrocken mehrere Meter nach unten gesackt war, erkannte ich, dass sich eine Schuppe gelöst hatte, die noch durch eine Naht mit der darunterliegenden Haut verbunden war. Erstaunlicherweise erweckte die Haut einen gesunden Eindruck, obwohl sie in ihrem rosaroten Farbton ungewöhnlich für meinen ansonsten vollständig tiefroten Körper war. Mit den Klauen schnitt ich die Naht entzwei, um die Schuppe vollständig zu lösen.

Die behalte ich als Andenken, dachte ich währenddessen.

Am späteren Abend lösten sich noch vier weitere Schuppen. Gleichzeitig stellte ich fest, dass die Haut bereits begonnen hatte, zusammenzuwachsen. An einigen Stellen war nichts mehr von der ursprünglichen Verletzung zu erkennen. Einzig die Tatsache, dass sich die Fäden nicht aus der Haut entfernen liessen, beunruhigte mich.

Die Schmerzen hatten am Sonntagmorgen vollständig nachgelassen, solange ich die Schnittwunden nicht berührte. Die nackte Haut, die unter den Schuppen zum Vorschein getreten war, bildete raue, rubinrote Krusten, die sich höchstwahrscheinlich zu neuen Schuppen entwickeln würden.

Wie bereits am Vortag flog ich zum DrSG-Hauptquartier, mit dem Unterschied, dass nun wieder die Sonne zwischen den Wolken hindurchschien. Die noch nassen Strassen glänzten im goldenen Morgenlicht, wodurch ich die Augen zusammenkneifen musste, um nicht geblendet zu werden. Sobald ich das ehemalige Industriegebiet mit den neuen Containern erreichte, war ich erfreut, Laurin und Shona zu sehen, die bereits auf mich warteten. Von Benjamin oder anderen DrSG-Mitarbeitern fehlte jede Spur.

«Seid ihr wirklich nur zu zweit?», fragte ich sie, während ich mit drei ausgestreckten Beinen zur Landung ansetzte.

«Ja, wir sind allein.», antwortete Shona.

Laurin nickte zustimmend.

Da ich diesen beiden wesentlich mehr vertraute als Benjamin und keinerlei andere Körpergerüche wahrnehmen konnte, vermutete ich, dass sie die Wahrheit sprachen.

«Wie läuft das jetzt genau ab?», fragte ich.

«Du musst dieses Gerät um den Hals legen und anschliessend sperren wir dich in einem Käfig innerhalb der hinteren Container ein. Wir haben einige

Vorrichtungen eingebaut, um deine Intelligenz in diesem anderen Zustand zu testen.», erklärte Shona.

«Bist du dann wirklich wie ein wildes Tier?», fragte Laurin, wobei eine leichte Besorgnis aus seiner Stimme herauszuhören war.

«Ja, leider. Aus diesem Grund mache ich das hier auch. Ich möchte diesen Zustand schnellstmöglich loswerden, um niemanden unnötig in Gefahr zu bringen.», antwortete ich.

Shona überreichte mir das schwarze Halsband. Nachdem ich es mir hinter den Hörnern befestigt hatte, sicherte Shona es mit einem zusätzlichen Verschluss, der lediglich durch einen Schlüssel geöffnet werden konnte. Ich folgte den beiden in den hintersten Container. Erst jetzt stellte ich fest, dass die meisten dieser Container nahtlos aneinander angeschlossen waren und einen grossen Raum bildeten, in dessen Mitte ein Käfig von schätzungsweise zwanzig Metern Länge und zehn Metern Breite stand. Klauendicke Eisenstangen begrenzten ihn und er war in mehrere Abschnitte unterteilt, die sich alle auf unterschiedliche Weise öffnen liessen.

«Weshalb hatte Ben Angst, dass ich mit Feuer ausbrechen könnte? Dieser Käfig besteht vollständig aus Metall.», sprach ich an Laurin und Shona gerichtet, die damit beschäftigt waren, die Absperrungen und Türen zu öffnen.

«Weil der Schmelzpunkt von Eisen bei knapp über 1500 Grad Celsius liegt und dein Feuer beinahe doppelt so heiss brennt.», antwortete Shona.

«Deswegen bitte kein Feuer speien.», ergänzte Laurin.

«Keine Sorge. In diesem anderen Zustand weiss ich nicht einmal, was Feuer ist.», beruhigte ich ihn.

«Jetzt kannst du eintreten. Wir sind bereit.», forderte mich Shona auf, das Innere des Käfigs zu betreten.

Ich blickte mich noch einmal genauestens im Raum um. Es waren weder Kameras noch Mikrofone zu erkennen. Einzig mein Halsband schien der Überwachung zu dienen. Ausserdem hörte ich keinerlei andere Personen. Seufzend trat ich ein und liess zu, dass mich Shona und Laurin hinter mehreren Gittern einschlossen, von denen sich alle bis auf das letzte ohne Schlüssel öffnen liessen. Nun warfen sie gebratenes Fleisch in jeden der insgesamt vier Abschnitte. Dem Geruch nach wusste ich augenblicklich, dass es sich um Rind handelte.

«Wozu ist dieses Fleisch?», fragte ich verwirrt.

«Damit wollen wir sicherstellen, dass du versuchst, in die anderen Abschnitte zu gelangen. Die lassen sich alle auf unterschiedliche Weise öffnen.

Falls es dir gelingt, alle Fleischstückchen zu fressen, gleicht deine Intelligenz einem Elefanten.»

Prüfend tastete ich nach den Gitterstäben. Ich griff mit den Klauen danach und rüttelte, so stark ich konnte. Zufrieden stellte ich fest, dass sie keinen Millimeter nachgaben.

«Falls ich doch irgendwie ausbrechen sollte, habt ihr offiziell die Erlaubnis, mich zu betäuben.», erklärte ich den beiden.

«So weit wird es nicht kommen. Dieser Käfig ist sicher genug.», beschwichtigte mich Shona.

«Ich möchte lediglich vermeiden, euch zu verletzen.», rechtfertigte ich meine Bedenken.

«Das ist wirklich sehr zuvorkommend von dir.»

Ich blickte leicht aufgeregt im Raum umher auf der Suche nach Betäubungswaffen. Wieder wurde ich nicht fündig.

«Habt ihr etwas, um mich zu betäuben?», fragte ich.

«Ja, aber nicht in diesem Raum.»

«Dann rüstet euch bitte mit Betäubungsgewehren oder Elektroschockern aus.»

Meine Angst, sie aufgrund meiner animalischen Denkweise ernsthaft zu verletzen oder gar zu töten, war nun grösser als die, von der DrSG gefangengenommen zu werden. Laurin blickte Shona fragend an. Sie erwiderte seinen Blick mit einem Schulterzucken.

«Gut, wir sind gleich wieder zurück. Das Messgerät ist bereits aktiviert. Du kannst also schon loslegen, wenn du möchtest.», sagte Shona schliesslich und verliess gemeinsam mit Laurin den Raum.

Wenn ich doch bloss wüsste, wie ich absichtlich in die animalische Denkweise wechseln kann, dachte ich währenddessen.

«Und?», fragte mich Shona zum gefühlt tausendsten Mal.

«Immer noch nicht. Wenn du andauernd zu mir sprichst, kann ich mich nicht konzentrieren.», entgegnete ich genervt.

Mittlerweile versuchte ich bereits seit Stunden erfolglos, mein Bewusstsein mit dem Gedanken an die Beutejagd zu füllen, um meine animalische Wesensart zu wecken. Shona beobachtete mich durchgehend in höchster Konzentration, während Laurin gelangweilt an seinem Elektroschocker herumspielte.

Seufzend schloss ich die Augen und versetzte mich in den Wald zurück, dessen Tiere mich um meinen menschlichen Verstand gebracht hatten. Ich stellte mir vor, ein Kaninchen würde neben mir aus dem Dickicht springen. Genau in diesem Moment verspürte ich Angst, in meinen animalischen Zustand zu verfallen, mein Puls beschleunigte sich und meine Gedanken wechselten zu Laurin und Shona.

Ich bin eingesperrt und die beiden wissen, dass sie mich betäuben dürfen, falls etwas schiefgeht. Ausserdem habe ich ihnen Vanessas Nummer gegeben, sollte es mir nicht gelingen, in meinen menschlichen Zustand zurückzufinden, beruhigte ich mich innerlich.

Wieder dachte ich an die Beutejagd und versuchte, jegliche Sorgen auszublenden. Zum tausendsten Mal beobachtete ich ein Kaninchen, welches vor meinem inneren Auge aus dem Dickicht sprang. Mein Hunger war inzwischen gross, da meine letzte Mahlzeit einige Stunden zurücklag. Zudem war mein menschlicher Magen, den ich heute mit Frühstück gefüllt hatte, wesentlich kleiner als der meiner Drachengestalt, weswegen er seit meiner Verwandlung beinahe leer gewesen war. Während ich das imaginäre Kaninchen beobachtete, wünschte ich mir, ich könnte es tatsächlich jagen. Frustriert sprang ich darauf zu, bis ich gezwungenermassen die Augen öffnen musste, um nicht versehentlich gegen die Gitterstäbe zu laufen. Ich setzte mich erneut hin und spielte die gedankliche Situation abermals durch. Dieses Mal hechtete ich instinktiv auf meine Beute, die sich sogleich als Illusion meines Bewusstseins entpuppte. Enttäuscht blickte ich umher, konnte sie jedoch nicht mehr erkennen. Ich hatte das Gefühl, etwas vergessen zu haben, ohne mich daran erinnern zu können, was es gewesen war. Auf einmal wurde mir bewusst, dass ich inmitten von dünnen, glänzenden Objekten eingesperrt war, die allesamt senkrecht in perfekt regelmässigen Abständen nebeneinander standen. Aufgeregt sah ich mich um, in der Hoffnung, einen Ausweg zu finden. Mein Blick blieb an zwei eigenartigen Lebewesen haften, die an einer perfekt geraden Wand sassen und durch unnatürlich weisses, diffuses Licht beleuchtet wurden. Ihre Körper waren grösstenteils von bläulichen, grauen, weissen oder schwarzen Fasern bedeckt, die nicht mit der hellen Haut verbunden zu sein schienen. Auf ihren Köpfen sprossen Haare, bei einem dieser Lebewesen länger als die des anderen. Das Wesen mit den kürzeren Haaren wirkte muskulöser und somit gefährlicher als das zierliche, dünne Ding neben ihm. Beide hatten ein flaches Gesicht ohne erkennbare Schnauze, was einen verstörenden Eindruck erweckte.

Die Art und Weise, wie sie mich anstarrten, bereitete mir zusätzlich Angst. Fauchend zog ich mich einige Schritte zurück, bis ich mit meinem Schwanz gegen die kalten, harten Objekte stiess, die mir jeglichen Ausweg versperrten.

Verzweifelt versuchte ich, sie beiseitezudrücken, jedoch erfolglos. Selbst als ich sie mit meinem gesamten Körpergewicht rammte, gaben sie kein bisschen nach.

Ein stechender Schmerz schoss durch mein linkes Vorderbein. Ich erkannte zwei tiefe Furchen, die sich durch meinen ansonsten makellosen Schuppenpanzer zogen. Ohne meinen Blick von den beiden Gestalten abzuwenden, die mich fortwährend anstarrten, leckte ich meine Wunde sauber, so gut ich konnte. Eine Schuppe juckte währenddessen, wobei ich sie mit den Zähnen packte und herausriss, was einen kurzen, stechenden Schmerz auslöste, der glücklicherweise bald verebbte. Nachdem ich die darunterliegende Haut ebenfalls gesäubert hatte, fiel mir auf, dass ein Gegenstand an meinem Hals befestigt war. Mit meinem rechten Vorderbein griff ich danach und versuchte, ihn abzustreifen, jedoch erfolglos. Ich legte mich seitlich hin, rieb mit dem Nacken über den harten, rauen Boden und wand mich angestrengt in verschiedene Richtungen, was ebenso wenig zielführend war. Ich richtete meine Aufmerksamkeit wieder vollständig den beiden Wesen zu, da es mir nicht gelungen war, den Gegenstand loszuwerden. Sie stiessen abwechslungsweise eigenartige Laute aus, deren Zweck ich nicht verstand. Nun richtete sich das langhaarige Wesen auf und trat auf mich zu, wobei es lediglich zwei von vier Beinen einsetzte. Verängstigt presste ich mich mit dem Rücken gegen die Absperrung hinter mir und fauchte verzweifelt. Zu meiner Erleichterung schien dieses seltsame Wesen ebenso blockiert zu werden wie ich, denn es blieb ausserhalb meines Bereichs stehen und streckte lediglich das rechte Vorderbein zwischen den schmalen Objekten hindurch in meine Richtung. Mit einem weiteren Fauchen deutete ich ihm an, sich zurückzuziehen, jedoch blieb es stur stehen. Wütend sprang ich einen Satz darauf zu und versuchte, nach seinem ausgestreckten Bein zu schnappen. Im allerletzten Moment zog es sich zurück und ich knallte mit voller Wucht gegen die Absperrung. Die zwei Stellen meiner Schnauze, welche mit den harten Objekten kollidiert waren, sendeten nun einen pulsierenden Schmerz aus. Ausserdem schmerzte mein Hinterkopf so sehr, dass ich kurzzeitig zurücktaumelte und beinahe das Gleichgewicht verloren hätte. Als ich mich einen Augenblick später wieder fassen konnte, schmeckte ich Blut in meinem Maul.

Das langhaarige Wesen stand immer noch knapp hinter der Absperrung und starrte mir geradewegs in die Augen. Ich sprang erneut darauf zu, bremste jedoch vor den harten Objekten ab und versuchte, das Wesen mit meinen Klauen zu erwischen. Aufgrund meines verletzten Beins gestaltete sich dies schwerer, als ich angenommen hatte. Ausserdem befand sich mein Ziel leicht ausserhalb meiner Reichweite. Wütend biss ich in eines dieser langen, harten Objekte, die mir den Weg versperrten, wobei ein langanhaltender, heller Klang davon ausging, der sich in Form einer unangenehmen Vibration bis tief in meinen Schädel ausbreitete. Verwirrt liess ich das Objekt los, fauchte das eigenartige Wesen noch einmal an und wanderte in meinem kleinen, separierten Bereich umher.

Der Geruch von frischem Fleisch, der bereits seit Längerem in der Luft lag, führte mich schliesslich zu einem saftigen Stück Beute, was ohne jegliche Haut, Knochen, Sehnen oder Haare auf dem glatten, harten Untergrund lag. Ohne auch nur einen Moment zu vergeuden, verschlang ich diesen willkommenen Happen, da mein Magen bereits knurrte. Währenddessen liess ich die beiden Wesen nicht aus den Augen. Ich war überzeugt davon, dass sie mich hier nicht erreichen konnten, jedoch wollte ich keine unnötigen Risiken eingehen.

Hinter einer Absperrung entdeckte ich weitere dieser Fleischbrocken, die verführerisch auf dem Boden lagen. Ich schlich neugierig neben den harten Objekten her, wobei ich die Schnauze stets dagegen drückte, um die Absperrung nach Schwachstellen zu prüfen. Plötzlich bewegten sich mehrere dieser Objekte zeitgleich nach hinten und gaben eine Öffnung preis, die gross genug war, um hindurchzugehen. Mit einem Kontrollblick zu den beiden Wesen, die mich fortlaufend beobachteten, betrat ich den neuen Abschnitt und verspeiste gierig das saftige Stück Fleisch. Anschliessend leckte ich noch den Fleischsaft vom Untergrund, da dieser wie bei meinem vorherigen Häppchen nicht versickert war und ich mich in ausreichender Entfernung zu den beiden Wesen befand, um bedenkenlos derart viel Zeit in ungeschützter Position aufwenden zu können.

Zwei weitere Fleischstücken befanden sich hinter den nächsten Absperrungen. Demnach prüfte ich erneut mit der Schnauze, ob sich die senkrecht aneinandergereihten, harten Objekte bewegen liessen. Mittig in der Absperrung gaben sie tatsächlich ein wenig nach, wurden jedoch von einem waagerecht befestigten Stück aufgehalten. Bei genauerer Betrachtung stellte ich fest, dass es möglich sein sollte, es zur Seite zu bewegen, um die Absperrung zu entriegeln. Mit den Zähnen griff ich danach und tatsächlich liess es sich geringfügig zur Seite ziehen, bis die Absperrung von selbst aufschwang und eine weitere Öffnung preisgab.

Nachdem ich das dritte Stück Fleisch zu mir genommen hatte, widmete ich mich der nächsten Absperrung. Sie war ähnlich aufgebaut wie die letzte, jedoch befand sich das horizontale Objekt bereits hinter den vertikalen Stücken, ausserhalb meiner Reichweite. Über einen ebenso stark glänzenden Gegenstand am Boden war die Absperrung mit diesem horizontalen Objekt verbunden. Ich versuchte, den Mechanismus mit meiner Schwanzspitze zu erreichen, jedoch fehlte stets ein kleines Stück. Mein Blick fiel auf ein langes, loses Objekt, welches in der Mitte meines Bereichs lag. Ich vermutete, dass ich dadurch die fehlende Distanz überbrücken konnte, um die Absperrung zu öffnen. Sorgfältig nahm ich das eine Ende dieses extrem harten und langen Objekts ins Maul und führte es zwischen den vertikalen Teilen der Absperrung hindurch. Die Länge meines Hilfsmittels genügte, um das horizontale Objekt erreichen zu können. Mit dem entfernten Ende stiess ich den Mechanismus an, rutschte jedoch ab. Ich versuchte es erneut, bis es mir nach einigen Versuchen gelang, die Absperrung auf diese Weise zu entriegeln. Als ich mein Hilfsmittel fallenliess, erzeugte es ein lautes Scheppern, während es mit dem Boden kollidierte, was mich kurzzeitig vor Schreck zusammenzucken liess. Nachdem ich mich von diesem vorübergehenden Schock erholt hatte, suchte ich die Umgebung nach den beiden anderen Wesen ab, die zu meiner Erleichterung noch keinen Weg zu mir gefunden hatten.

Das letzte Stück Beute schmeckte ebenso gut wie die anderen. Mein Hunger war jedoch noch immer nicht gestillt. Die beiden Wesen starrten mich fortlaufend an. In diesem Moment wog ich die Chancen ab, die ich im Kampf gegen sie hätte. Im Falle eines Sieges würde ich über genügend Nahrung für die nächste Zeit verfügen. Das Einzige, was diesen Plan noch vereitelte, war die letzte Absperrung, die über einen wesentlich komplizierteren Mechanismus verfügte als die vorherigen. Mit der Schnauze stupste ich ihn von allen Seiten an, biss an verschiedensten Stellen hinein und kratzte mit den Klauen daran, jedoch ohne Erfolg. Kein einziges Stück gab auch nur ein winziges bisschen nach.

Ich versuchte es erneut mit meinem Hilfsmittel, wessen Ende ich zwischen die zwei vertikalen Objekte steckte, an denen der komplizierte Mechanismus befestigt war. Selbst hiermit liess er sich nicht öffnen. Da erschien plötzlich eine Idee in meinem Verstand, deren Ursprung ich nicht identifizieren konnte. Mithilfe meines langen Objekts konnte ich die Hebelwirkung einsetzen, um den Mechanismus aufzubrechen. Das eine Ende meines Hilfsmittels behielt ich zwischen den beiden vertikalen Objekten, während ich das andere Ende mit aller Kraft zur Seite drückte. Das harte Material drohte, mir aus den Zähnen zu rutschen, wodurch ich gezwungen war, meinen Biss zu verstärken, obwohl dies Schmerzen in meinem Kiefer verursachte. Währenddessen gab die Absperrung ein seltsames Knarren von sich. Ich setzte noch mehr Kraft ein, bis meine Klauen auf dem harten, rauen Boden kratzend nach hinten rutschten.

Endlich gab die Absperrung mit einem lauten, langanhaltenden Knall nach. Die beiden Wesen sprangen abrupt auf, als sie bemerkten, dass ich die letzte Absperrung geöffnet hatte. Ich liess mein Hilfsmittel fallen, trat zu ihnen hinaus und schätzte die Lage ab. Beide standen auf zwei Beinen vor mir, bewegten sich jedoch nicht in meine Richtung. In diesem geschlossenen Bereich gab es kaum Platz, auszuweichen. Dies bereitete mir geringfügig Angst. Da diese Wesen jedoch keinerlei scharfe Klauen, Zähne oder sonstige Waffen besassen, fühlte ich mich in meiner Vorgehensweise bestärkt. Sie hielten lediglich kleine, schwarze Gegenstände in den Klauen der Vorderbeine, die vollkommen ungefährlich wirkten. Langsam und jederzeit zum Absprung bereit pirschte ich mich an meine beiden Beutetiere heran. Das vordere, kurzhaarige Wesen richtete den schwarzen Gegenstand auf mich. Ohne seinen Blick von mir abzuwenden, verharrte es in dieser Position. Das langhaarige Wesen stiess aufgeregte Laute aus, die meinen ersten Gegner kurzzeitig ablenkten. Sobald sich sein Blick für einen Moment nach hinten richtete, sprang ich auf ihn zu. Das Wesen hielt hastig sein rechtes Vorderbein zwischen uns, bevor ich es erreicht hatte. Während ich mit ihm kollidierte, biss ich durch das weisse Gewebe hindurch in das zähe, warme Fleisch. Gleichzeitig bohrten sich meine Klauen in seinen Oberkörper und es fiel laut aufheulend rücklings zu Boden. Bevor ich erneut zubeissen konnte, zuckte ein mir unbekannter Schmerz durch meinen gesamten Körper, ausgehend von meinem rechten Flügel. Auf einmal verlor ich die Kontrolle über meine Muskulatur und sackte zuckend zusammen, während mir zunehmend schwarz vor Augen wurde. Das Letzte, was ich sah, war das Gesicht des langhaarigen Wesens, welches meinen Flügel mit dem schwarzen Gegenstand berührte, von dem diese Schmerzen auszugehen schienen.

Als ich wieder erwachte, konnte ich mich kaum noch bewegen. Mein Hals, meine Beine und mein Schwanz steckten in runden, harten Objekten aus demselben kalten Material, was ich zuletzt bei den Absperrungen gesehen hatte. Meine Flügel liessen sich aufgrund von braunen, weichen Gegenständen, die um meinen gesamten Körper gewickelt waren, nicht bewegen. Einzig mein Kopf war frei. Ich blickte umher und stellte fest, dass ich mich nun in einem anderen Bereich befand, dessen Wände ebenso perfekt glatt waren wie zuvor. Mit einigem Abstand zu mir sass das langhaarige Wesen in Begleitung von einem weiteren, welches ich noch nie zuvor gesehen hatte. Kurze Haare wuchsen auf seinem Kopf, jedoch war es schlanker und leicht grösser als das Wesen, wessen rechtes Vorderbein ich verletzt hatte.

Sie starrten mir bedrohlich in die Augen, was mir aufgrund der momentanen Situation Angst einjagte. Mit aller Kraft wand ich mich in meinen Fesseln, konnte mich jedoch nicht befreien. Währenddessen trat das langhaarige Wesen näher. Ich fauchte es verzweifelt an, was bedauerlicherweise keinerlei Wirkung zeigte. Unbeirrt setzte es sich mit einer halben Beinlänge Abstand neben mich und streckte die weichen, beinahe vollständig von blasser Haut bedeckten Klauen nach mir aus. Panisch versuchte ich, danach zu schnappen, obwohl mir bewusst war, dass ich nicht über genügend Bewegungsfreiheit verfügte.

Als mich die Klauen neben meinem linken Flügelansatz berührten, zitterte ich vor lauter Angst und stiess ein verzweifeltes Jaulen aus. Das Wesen zog die Klauen ruckartig zurück und blickte zuerst mich und anschliessend das andere Wesen an. Kurz darauf fuhr es erneut mit seinen Klauen über meine Schuppen. Ich verspannte meinen gesamten Körper und hoffte, es würde mir nicht allzu grosse Schmerzen bereiten. Ängstlich winselnd liess ich die Berührungen über mich ergehen, die erstaunlicherweise weder schmerzhaft noch unangenehm waren. Währenddessen stiess das Wesen sanfte Laute aus und blickte mir tief in die Augen.

Nach einer Weile stellte ich das Winseln ein. Noch immer berührte mich das Wesen. Es legte seine Pranke auf meinen Rücken und strich mir bis zu den Flügelansätzen hinab. Anschliessend berührte es meinen Nacken, wobei ich mich erneut aus den runden Objekten zu winden versuchte. Enttäuscht stellte ich fest, dass jegliche Gegenwehr zwecklos und ich diesem Wesen vollständig ausgeliefert war. Mit seinen weichen Klauen strich es mir mehrere Male über den Nacken, während ich ein langgezogenes, trauriges Winseln von mir gab.

Wieder stiess das Wesen seine seltsamen Laute aus, denen ich schicksalsergeben lauschte. Auf einmal hatte ich das Gefühl, diese Geräusche bereits zu kennen, jedoch wusste ich nicht, woher. Ich konzentrierte mich auf mein Déjà-vu, so gut ich konnte, bis mir weitere eigenartige Aspekte dieses Wesens vertraut vorkamen. Sein Geruch erinnerte mich an jemanden, den ich bereits mehrere Male getroffen hatte. Ich verfolgte diesen Gedanken, bis ich auf bisher unbekannte Informationen aus meinem Verstand stiess. Viele Bilder und Eindrücke von diesem Wesen, welches ich als «Shona» bezeichnete, durchfluteten nun mein Bewusstsein. Plötzlich wusste ich wieder, dass es weiblich war, wer die anderen Wesen in meinen Gedanken waren und was das hier zu bedeuten hatte. Mit dem Schwall von neuen Informationen wurde mir urplötzlich wieder alles bewusst. Es fühlte sich an, als würde ich aus einem eigenartigen, ausserordentlich realistischen Traum erwachen.

Ich betrachtete Shona nun vollkommen anders als zuvor. Ihre Streicheleinheiten waren mir zwar aufgrund der körperlichen Nähe unangenehm, jedoch fürchtete ich mich nicht mehr davor. Bevor ich etwas sagen konnte, fiel mein Blick auf Benjamin, der mich interessiert beobachtete und zwischendurch auf sein Tablet starrte. Von Laurin fehlte jede Spur.

«Wo ist Laurin? Wie geht es ihm?», fragte ich voller Besorgnis.

«Er befindet sich momentan in der Intensivstation und wird rundum betreut. Die Verletzungen, die du ihm zugefügt hast, werden bleibende Schäden an seinem rechten Arm und tiefe Narben hinterlassen, aber er wird es überleben.», antwortete Benjamin aus seiner Ecke hinaus.

Er schien kaum überrascht zu sein, mich wieder in meiner vollen Menschlichkeit erleben zu können. Vermutlich hatte er dies aus den Messwerten gelesen, die er mithilfe seines Tablets überwachen konnte.

«Bist du wieder du selbst?», fragte Shona, die ihre Streicheleinheiten mittlerweile eingestellt hatte.

«Ja. Du kannst mich wieder befreien.», entgegnete ich matt.

Meine Gedanken schweiften um die vergangenen Ereignisse. Ich hatte Laurin auf gar keinen Fall verletzen wollen. Meine Schuldgefühle trieben mir beinahe Tränen in die Augen, die ich jedoch aufgrund Benjamins Anwesenheit unterdrückte.

«Es tut mir so leid. Ich wollte euch nicht angreifen.», erklärte ich traurig.

«Das weiss ich doch. Nachdem du unerwartet aus dem Käfig entkommen bist, habe ich ihm gesagt, er solle dich betäuben. Leider hat er nicht auf mich gehört. Ich vermute, dass er sich nicht dazu überwinden konnte, dir Schaden zuzufügen.», versuchte Shona, mich zu beruhigen, während sie die Fesseln und das Frequenzmessgerät von meinem Körper löste. Trotz meiner Schuldgefühle war ich froh, einigermassen schnell zu meiner menschlichen Denkweise zurückgefunden zu haben.

Seufzend stand ich auf, wobei mir auffiel, dass Shona ihr Elektroschockgerät mit einer Hand umfasste, welches an ihrem Hosenbund befestigt war. Dieses Misstrauen konnte ich ihr keinesfalls verübeln, da ich kurz zuvor noch ihren Arbeitskollegen schwer verletzt hatte.

«Die Messwerte reichen aus, um ein genaues Modell deines Bewusstseins zu erstellen.», unterbrach Benjamin meine Gedankengänge.

«Wie wertet ihr diese Daten aus?», fragte ich, wobei mich seine Gelassenheit gegenüber der momentanen Situation überraschte.

«Mit den Aufzeichnungen von gestern trainieren wir eine künstliche Intelligenz, die in Kürze deine telepathischen Signale interpretieren kann. Hierfür verwenden wir das Videomaterial als Referenz. Je mehr das Resultat der KI dem dir zu diesem Zeitpunkt vorgeführten Video übereinstimmt, desto grösser ist die Punktzahl. Die Herangehensweisen, die zu den besten Punktzahlen führen, werden miteinander kombiniert und leicht verändert, bis die höchste Punktzahl übertroffen wird. Auf diese Weise tastet sich das System automatisch an die korrekte Interpretation deiner gedanklichen Signale heran.»

«Ihr verwendet also maschinelles Lernen.», stellte ich fest.

«Genau.»

Ich nickte anerkennend, da ich selbst nicht auf diese Idee gekommen wäre.

«Wie lange wird diese Auswertung dauern und werden wir anschliessend eine Lösung für diese animalischen Zustände finden können?», fragte ich.

«Das kann ich dir leider nicht beantworten. Hierbei handelt es sich um höchst experimentelle Wissenschaft.», entgegnete Benjamin ernüchternd.

Nachdem wir das weitere Vorgehen besprochen hatten, flog ich zurück nach Hause. Bedauerlicherweise vermochte nicht einmal der tiefblaue, wolkenlose Himmel mit der warmen Sonne, meine Schuldgefühle zu vertreiben.

Ich muss dies bei Laurin wieder gutmachen. Noch weiss ich nicht, wie, aber es ist meine Pflicht, mich für diese zusätzlichen Verletzungen bei ihm zu revanchieren, dachte ich.

«Das ist nicht deine Schuld, Nils.», versuchte Vanessa erneut, mich zu beruhigen, als wir spät abends gemeinsam auf der neuen Matratze lagen.

«Doch, das ist es. Ich habe sie unnötig in Gefahr gebracht. Hätte ich von Anfang an auf Ben gehört, mehr Mitglieder der DrSG für meine Überwachung zu beauftragen, wäre dies nicht geschehen.»

Vanessa strich mir seufzend mit der Hand über die Seite meines Kopfes, wie sie es oft gegenüber meiner Drachengestalt tat.

«Laurin hätte dich betäuben müssen, aber er hat gezögert. Deswegen ist er selbst schuld an dieser Situation.»

Noch immer übertrafen meine eigenen Vorwürfe das Gewicht von Vanessas Worten. Egal, wie sehr sie versuchen würde, mich zu überzeugen, dass ich keine Schuld an Laurins neusten Verletzungen trug, würden mich meine schlechten Gefühle begleiten, bis ich diese Sache wieder gutgemacht habe. Aufgrund meiner Müdigkeit entschied ich mich, diese Diskussion vorerst ruhen zu lassen. Ich legte meinen Kopf flach auf den frisch nach Waschmittel riechenden

Matratzenbezug und deckte Vanessa mit meinem Flügel zu. Lächelnd löschte sie die Nachttischlampe, kuschelte sich an mich und streichelte meine Seite, bis mir die Augen zufielen.

27

Sorgerecht

Am Mittwoch der nächsten Woche kehrte Lisa glücklich aus dem Kindergarten zurück. Die letzten Tage hatte sie keine Schwierigkeiten mehr mit den anderen Kindern gehabt. Frau Schneider achtete nun vermehrt auf ihr Wohlergehen und wies die Kinder zurecht, sobald sie ihr physisch oder psychisch Schaden zufügen wollten. Ich hatte den Eindruck, dass die beiden Vorfälle mit unseren Drachengestalten einen nicht unbedeutenden Teil zu diesem Wandel beigetragen hatten.

Seitdem ich Laurin im Krankenhaus besucht hatte, waren selbst meine Schuldgefühle verblasst. Er hatte mir exakt dasselbe gesagt wie Vanessa und zuvor bereits Shona, dass dies seine alleinige Schuld gewesen war. Diese Aussage von ihm selbst zu hören, hatte mein schlechtes Gewissen beinahe augenblicklich vertrieben.

«Darf ich wieder mit Silvia spielen?», fragte mich Lisa nach dem Mittagessen.

«Von mir aus schon, aber ich weiss nicht, ob ihre Mutter ihr die Erlaubnis dazu gibt.», antwortete ich.

«Wieso denn?»

«Weil ich bei deiner Geburtstagsparty mit ihr gestritten habe.»

«Aber was hat das mit Silvia zu tun?»

«Es ist kompliziert.»

Da wir beide in unseren menschlichen Gestalten waren, konnte ich ihr den Konflikt mit Hanna nicht telepathisch erklären. Ebenso wenig wollte ich mich wieder verwandeln, da mein linker Arm erst seit heute wieder die menschliche Gestalt annehmen konnte, ohne die Verletzung zu verschlimmern, und ich weitere Komplikationen wie auch Kopfschmerzen vermeiden wollte. Mittlerweile waren die Schnitte kaum noch mehr als geringe Unebenheiten auf der Hautoberfläche.

Um die Freundschaft zwischen Silvia und Lisa nicht aufgrund einer kindischen Auseinandersetzung zweier Erwachsener beenden zu müssen, entschied ich mich, mit Hanna zu sprechen. Ich verliess die Wohnung, bahnte mir den Weg durch den strömenden Regen und klingelte an Hannas Haustür. Kurze Zeit später trat sie hinaus. Sobald sie mich erblickte, verfinsterte sich ihr Gesichtsausdruck.

«Ich bin hier, um über unseren Konflikt von vorletzter Woche zu sprechen.», begann ich, um schnellstmöglich zum Punkt zu gelangen.

«Mir *dir* möchte ich nicht sprechen. Falls du mir etwas sagen möchtest, musst du in deiner wahren Gestalt erscheinen.», erwiderte Hanna mürrisch und knallte mir die Tür vor der Nase zu.

Seufzend über ihr kindisches Verhalten klopfte ich an. Ich erwartete bereits, dass sie mich ignorieren würde, jedoch öffnete sie die Haustür abermals.

«Lass mich in Ruhe! Es sei denn, du möchtest dich in einen Drachen verwandeln.», schrie sie mir ins Gesicht.

«Der Drache ist momentan nicht verfügbar.»

«Was soll das bedeuten?»

«Dass ich nur auf diese Weise zu dir sprechen werde.»

Hanna rollte genervt die Augen, als wäre ich derjenige, der sich nicht erwachsen verhielt.

«Also gut, was willst du?»

«Wie gesagt, ich möchte mit dir Frieden schliessen. Lisa würde nämlich gern wieder einmal mit Silvia spielen.»

Meine Aussage stimmte Hanna einen Augenblick nachdenklich. Wahrscheinlich hatte Silvia sie bereits nach Lisa gefragt.

«Nur, wenn du einmal mit mir fliegst.», erwiderte sie schliesslich.

«Weshalb sollte ich das machen?»

«Weil du es jederzeit tun kannst, so lange du möchtest, und ich der Meinung bin, dass du ruhig ein wenig von diesem Vergnügen weitergeben kannst.»

Vanessas Vermutung, dass eine verrückte Art von Liebe hinter ihrem Verlangen nach meiner Drachengestalt steckte und die mir unangenehme körperliche Nähe, die ein gemeinsamer Flug erforderte, erwähnte ich nicht, um allfällige aggressive Reaktionen zu vermeiden.

Vanessa sollte die einzige Person bleiben, die mich um einen Flug bitten darf. Ihre Nähe schätze ich im Gegensatz zu allen anderen Menschen dieser Welt. Ausser natürlich die meiner Kinder, dachte ich.

«Was, wenn ich das nicht möchte?», fragte ich.

«Dann werde ich überall in den sozialen Medien posten, dass sich Nils Wollseif in einen Drachen verwandeln kann.»

«Du erpresst mich mit der Veröffentlichung meiner Geheimidentität, um einen gemeinsamen Flug mit mir zu erlangen? In Silvias Fall ist der Apfel tatsächlich nicht weit vom Stamm gefallen.», erwiderte ich beinahe amüsiert über diese erbärmliche Konversation.

«Korrekt. Was sagst du nun?»

Hanna hatte ein siegessicheres Lächeln aufgesetzt, welches mich augenblicklich zornig stimmte. Ich wollte auf gar keinen Fall nachgeben, um ihr nicht das Gefühl zu vermitteln, sie könnte mich jederzeit nach ihrem Willen zu etwas zwingen, was ich nicht mochte.

«Meine Antwort bleibt dieselbe: Nein.»

«Wie du meinst. Ich wünsche dir viel Spass als neue, weltweite Berühmtheit.»

Wütend knallte sie die Tür zu, die aufgrund der Wucht noch einige Sekunden vibrierte, bis sie schliesslich zum Stillstand kam.

Das war's wohl mit Lisas Freundschaft, dachte ich mitfühlend gegenüber meiner Tochter.

Leicht gereizt stapfte ich durch den Regen nach Hause und erzählte Vanessa, wie Hanna auf meinen Besuch reagiert hatte. Sie lachte schadenfreudig, bis ich ihr erzählte, dass sie meine Geheimidentität verraten würde.

«Dieses elende Miststück! Wir sollten damit zur Polizei gehen und sie wegen Erpressung anzeigen.», erwiderte sie.

«Oder wir fragen Ben. Vielleicht kann er mir hier ebenfalls helfen.»

«Bist du dir sicher?»

«Ja. Er hat schliesslich immer grossen Wert darauf gelegt, meine zweite Persönlichkeit geheimzuhalten.»

Ausserdem möchte ich vermeiden, dass die Polizei die Wahrheit über mich erfährt, dachte ich währenddessen.

Nachdem das Gespräch beendet war, telefonierte ich mit Benjamin, der zu meinem Erstaunen ohne Umschweife einwilligte, sich um das «Verwischen der Spuren» zu kümmern, was auch immer er damit meinte.

Vierundzwanzig Stunden später erhielt ich bereits einen Anruf von ihm.

«Guten Tag Nils. Es gibt Neuigkeiten bezüglich Hanna Odermatt.», begrüsste er mich.

«Da bin ich ganz Ohr.»

«Sie wurde soeben von der Polizei aufgrund von Ausübung häuslicher Gewalt festgenommen. Ausserdem wurde ihr das Sorgerecht für ihre Tochter

Silvia permanent entzogen. Die Informationen, die sie in den Sozialen Medien bezüglich deiner Drachengestalt veröffentlicht hat, wurden allesamt gelöscht.»

«Was? Wie hast du das geschafft?», entfuhr es mir überrascht und schockiert zugleich.

«Dies war nicht einmal sonderlich schwer. Ich musste lediglich Silvia auf dem Schulweg abfangen, ihr einige Fragen über ihre Mutter stellen und anschliessend die Polizei informieren. Sie hat ausgesagt, Hanna habe sie regelmässig geschlagen, in ihr Zimmer eingesperrt und teilweise tagelang hungern lassen.»

Sprachlos starrte ich auf mein Mobiltelefon und versuchte, Benjamins Erklärung gedanklich einzuordnen. Ich hatte bereits vermutet, dass Hanna keinen sonderlich guten Charakter aufwies, aber die Ausmasse, die ihr Handeln gegenüber ihrer Tochter angenommen hatte, hätte ich mir nicht einmal zu träumen gewagt. Bevor ich aus den losen Worten, die in meinem Kopf umherschwirrten, verständliche Sätze bilden konnte, fuhr Benjamin fort.

«Silvia hat keine Verwandte oder Freude, die das Sorgerecht übernehmen können oder wollen. Demnach wird sie entweder in ein Heim eingewiesen oder Pflegeeltern übergeben.»

«Sie tut mir echt leid.»

«Da kommt mir gerade eine Idee. Möchtest du gemeinsam mit Vanessa Silvias Sorgerecht übernehmen?»

«Was? Nein, natürlich nicht.», entgegnete ich verdutzt, da ich es mir nicht vorstellen konnte, ein Mädchen zu adoptieren, was mich einige Wochen zuvor erpresst hatte, selbst wenn sie gut mit meiner Tochter befreundet war.

«Weshalb nicht? Meines Erachtens wärst du ein guter Vater für sie.»

«Silvia ist ebenso manipulativ und einnehmend wie ihre Mutter. Ich kann es mir nicht vorstellen, über längere Zeit mit ihr im selben Haushalt leben zu müssen.»

«Glaubst du nicht, dass ihr Verhalten den Umständen ihrer bisherigen Kindheit zuzuschreiben ist?»

Die Tatsache, dass ich selbst gesagt hatte, sie wäre ihrer Mutter ähnlich, verunsicherte mich. Mit grosser Wahrscheinlichkeit hatte Benjamin tatsächlich recht. Gegenüber Lisa hatte Silvia bisher einen normalen Eindruck erweckt.

«Kann man auch erst nach einigen Wochen oder Monaten entscheiden, ob man das Sorgerecht langfristig übernehmen möchte?», fragte ich.

«Selbstverständlich.»

Nachdenklich starrte ich das Bücherregal an und grübelte über die Folgen, die Silvias Adoption hätte.

«Ich werde dies noch mit Vanessa besprechen. Aber weshalb interessierst dich Silvias Wohlergehen so sehr?»

«Das ist eine lange Geschichte. Kurz zusammengefasst habe ich in meiner frühen Kindheit beide Eltern verloren und bin in einem Heim aufgewachsen. Das Gefühl, nirgends ein festes Zuhause zu haben und keiner Familie anzugehören, war das Schlimmste, was ich jemals in meinem Leben verspürt habe. Aus diesem Grund habe ich als junger Erwachsener jahrelang als Soldat und schliesslich Kampfpilot gedient. Mir war es gleichgültig, ob mein Leben ein frühzeitiges Ende finden würde oder nicht. Nach einigen Kampfeinsätzen lernte ich, das Leben wertzuschätzen, und verliebte mich in meine derzeitige Frau. Sie füllte die Leere, die mich bis zu diesem Zeitpunkt stets begleitet hatte. In ihrer Nähe fühlte ich mich endlich zu Hause.

Aus diesem Grund möchte ich vermeiden, dass irgendjemand dasselbe Schicksal erleidet wie ich. Insbesondere in diesem Fall, da die Lösung bereits auf der Hand liegt. Silvia versteht sich gut mit Lisa und Drachen. Ich hatte das Gefühl, sie hat sich bei euch zeitweise zurückgezogen, um ihrer Mutter zu entfliehen. Und ja, ich habe dich ausspioniert. Das tut mir leid. Damals habe ich dir noch nicht genügend vertraut.»

Benjamins tiefgründige, ausführliche Antwort überraschte mich. Ich hätte nicht vermutet, dass seine Unterstützung Silvia gegenüber auf derart persönlichen Motiven beruhte. Nachdenklich bedankte ich mich bei ihm für seine Hilfe und verabschiedete mich. Als ich mein Mobiltelefon auf den Tisch legte, blickte mich Vanessa fragend an.

Ich erklärte ihr die Situation detailliert. Obwohl ich Gegenwehr erwartete, lauschte sie geduldig meinen Worten, bis ich zu Ende gesprochen hatte.

«Falls Ben tatsächlich recht behält, dass Silvia bloss ein eingeschüchtertes, misshandeltes Kind ist, was von seiner Mutter nichts als Hass und Gewalt erfahren hat, willige ich ein, sie zu adoptieren. Aber sollte sich auch nur ein kleiner Verdacht äussern, der für eine manipulative oder einnehmende Persönlichkeit spricht, die nicht von Hanna stammt, wird sie wieder ans Jugendamt übergeben.», entgegnete Vanessa misstrauisch.

«Somit ist es entschieden.»

Ich war beinahe ebenso skeptisch wie Vanessa, was das Sorgerecht bezüglich Silvia betraf. Einerseits kannte ich sie noch nicht sonderlich gut und andererseits war es möglich, dass sich Benjamin irrte. Nichtsdestotrotz wollte ich ihr helfen, da mich Benjamins Worte emotional berührt und mein Mitleid Silvia gegenüber verstärkt hatten.

Bereits am nächsten Tag besuchte uns ein Mitarbeiter des Jugendamts, um sich einen Überblick über unsere familiäre Situation zu verschaffen. Silvia, die ebenfalls anwesend war, wirkte aufgewühlt und unsicher. Erst nach einigen Stunden liess sie sich von Lisas Gelassenheit anstecken und widmete sich gemeinsam mit ihr einem Buch über die Entstehung von Sternen. Lisa erklärte ihr bereitwillig jedes Detail, was sie bereits über dieses Thema wusste. Obwohl Vanessa noch sehr skeptisch war, bemühte sie sich, eine gute Mutter für Silvia abzugeben. Sie sprach viel mit dem Vertreter des Jugendamts, kümmerte sich um jegliche Formalitäten und erweckte den Anschein, als wäre sie für jene Situation geboren worden. Mir waren diese Stunden insbesondere aufgrund der permanenten Anwesenheit einer fremden Person unangenehm. Demnach beschäftigte ich mich grösstenteils mit Mario, der heute exakt einen Monat alt geworden war.

Nach einigen Förmlichkeiten, bei denen mich Vanessa tatkräftig unterstützte, beschlossen wir, vorläufig eine Woche auf Silvia aufzupassen, bevor eine weitere Kontrolle des Jugendamts durchgeführt werden würde, um festzustellen, ob die Übertragung des Sorgerechts im Einverständnis aller Anwesenden war.

Sobald der freundliche, junge Mann des Jugendamts die Wohnung verlassen hatte, atmete ich erleichtert durch. Da nun keine fremde Person mehr anwesend war, konnte ich mich endlich wieder vollständig entspannen.

«Also seid ihr jetzt meine Pflegeeltern?», fragte mich Silvia, nachdem ich mich zu ihr auf das Sofa gesetzt hatte.

Ihr Blick war starr auf die gegenüberliegende Wand gerichtet und sie wirkte angespannt, seitdem wir Lisa schlafen gelegt hatten.

«Ja. Freust du dich?», entgegnete ich.

«Ich weiss es nicht.»

Sie sah mich noch immer nicht an, was für einen neurotypischen Menschen kein gutes Zeichen war.

«Möchtest du über etwas sprechen, was dich belastet?»

«Ich … ich kann nicht.»

Nervös kratzte sie mit zwei Fingernägeln übereinander.

«Es ist verständlich, dass diese Situation ungewohnt für dich ist, Silvia.», warf Vanessa ein, die sich nun ebenfalls zu uns setzte.

Silvia schwieg.

«Wir würden dir niemals Schaden zufügen oder dich zu etwas zwingen, was du nicht möchtest.», setzte Vanessa fort.

Endlich löste Silvia ihren Blick von der Wand und sah Vanessa in die Augen. Meine Frau schien genau ins Schwarze getroffen zu haben.

«Wirklich nicht? Auch wenn ihr jetzt meine neuen Eltern seid?», fragte sie unsicher, während ihr Tränen in die Augen traten.

«Nein, niemals. Ausser Stella spielt wieder einmal etwas zu wild mit dir. In solchen Fällen können wir nicht garantieren, dass du nicht gebissen oder gekratzt wirst.», entgegnete Vanessa humorvoll lächelnd.

Silvia umarmte Vanessa schluchzend, die ihr daraufhin liebevoll die Hand auf die Schulter legte. Überrascht beobachtete ich sie, ohne zu wissen, wie ich auf diese Situation reagieren sollte. Leicht verunsichert blieb ich mit einem halben Meter Abstand neben ihnen sitzen und wartete.

«Auch wenn ich etwas falsch mache?», brachte Silvia zwischen den Schluchzern hervor.

«Aber natürlich. Fehler sind in Ordnung, solange man sie nicht absichtlich begeht.»

Silvias Trauer trat nun verstärkt zum Vorschein. Weinend lag sie in Vanessas Armen, deren Mitgefühl sich deutlich in ihren Gesichtszügen zeigte. Nach einer Weile beruhigte sich Silvia schliesslich. Sie löste sich aus der Umarmung und blickte Vanessa und mich abwechslungsweise mit geschwollenen Augen an.

«Kann ich einen Dessert haben, wenn ich danach die Küche putze?», fragte sie verunsichert.

Ihre Argumentation verwirrte mich, weswegen ich sie fragend anstarrte.

«Du hast dir deinen Dessert verdient, da du vorhin beim Abendessen alles restlos und ohne Meckern gegessen hast, obwohl wir dir Gemüse aufgetischt haben. Weshalb solltest du die Küche putzen müssen?»

«Mama hat das immer so gemacht. Wenn ich nicht aufgegessen habe, hat sie mich geschlagen und für jeden Dessert musste ich putzen.»

«Im Ernst?»

Silvia nickte. Vanessa und ich tauschten ungläubige Blicke aus.

«Bei euch darf ich nach dem Essen einfach so Dessert haben?», fragte sie ungläubig.

«Ja, komm mit. Ich zeige dir, was zur Auswahl steht.», erwiderte ich und stand auf, um Silvia unseren Vorratsschrank zu zeigen.

Strahlend vor Freude folgte sie mir und wählte schliesslich Schokolade aus. Die geringe Menge, die sie nahm, überraschte mich aufgrund der Erziehungsmethoden ihrer Mutter kaum noch.

Nach ihrem Dessert bot ich ihr an, auf meinem Rücken über Zürich hinwegzufliegen. Ich verwandelte mich in einen Drachen, wobei die noch nicht vollständig ausgewachsenen Schuppen des linken Vorderbeins deutlich zu erkennen waren. Während ich in meiner menschlichen Gestalt gelebt hatte, waren sie keinen Millimeter gewachsen.

Vermutlich funktioniert meine gute Wundheilung ausschliesslich als Drache, mutmasste ich.

«Ich darf einfach so mit dir fliegen, ohne dass ich dafür etwas tun muss?», fragte Silvia, die ihr Glück immer noch nicht fassen konnte.

«Ja. Wir sind jetzt schliesslich eine Familie, oder?»

Dies schien ihre Frage nicht zu beantworten, denn ihr ungläubiger Blick blieb bestehen.

«Familie bedeutet für uns, dass wir aufeinander achten, uns gegenseitig unterstützen und zwischendurch einen Gefallen machen, ohne eine Gegenleistung zu verlangen.», ergänzte Vanessa.

Silvia strahlte nun abermals vor Freude und umarmte mich am Hals. Dieser intensive Körperkontakt war mir unangenehm, jedoch liess ich ihn zu, da ich bemerkte, wie viel diese Geste Silvia bedeutete.

In dem Augenblick, als die Sonne hinter dem Horizont verschwand, sass ich mit Silvia auf dem obersten Felsbrocken der Spitze eines Hügels nahe von Zürich. Sie liess ihre Beine über der Kante baumeln, hinter der das Gelände gute fünf Meter senkrecht nach unten abfiel, während ich entspannt zusammengerollt neben ihr lag und die letzten Sonnenstrahlen beobachtete. Bereits seit einer halben Stunde erzählte Silvia allerlei Geschichten aus ihrer Kindheit, wie sehr sie gelitten hatte und was sie bis zum heutigen Tage beschäftigte. Gegenüber meiner Drachengestalt zeigte sie eine Offenheit, die ich von ihr bisher noch nie zuvor erlebt hatte.

Die meiste Zeit lauschte ich stumm, zwischendurch konnte ich es mir jedoch nicht verkneifen, zu erklären, wie anders Vanessas und meine Erziehungsmethoden gegenüber deren ihrer Mutter waren.

Es war bereits dunkel, als mir Silvia plötzlich mit ihrer Hand über den Kopf strich. Ich blickte ihr vorwurfsvoll in die Augen, wobei sie sich gleich wieder zurückzog und den Nachthimmel betrachtete.

«Ich mag Berührungen nicht sonderlich.», erklärte ich schliesslich, da mir ihre Verlegenheit nicht entgangen war.

Wir sind noch nicht so weit, dass du mich streicheln darfst, dachte ich.

Ein kühler Wind kam auf und wir entschieden, nach Hause zurückzukehren. Auf meinem Rücken schlief Silvia schliesslich ein, da es bereits nach zehn Uhr abends war und dieser Tag sie stark ermüdet hatte.

Bedacht darauf, meine Passagierin nicht aufzuwecken, landete ich auf dem Balkon. Mithilfe der Schnauze stiess ich die angelehnte Tür auf und trat ins Innere der Wohnung, während Silvia noch immer auf meinem Rücken lag. Bilder von Stella, wie sie ihre Freundin durch eine Wiese jagte, erschienen vor meinem inneren Auge. Sofort wusste ich, dass es sich um einen Traum meiner Tochter handelte, die sich allem Anschein nach wieder in einen Drachen verwandelt hatte.

Macht es dir etwas aus, wenn ich Silvia zu dir ins Bett bringe? Fragte ich gedanklich.

«Aber sie ist doch hier.», antwortete Stella verwirrt.

Das ist bloss ein Traum. In Wirklichkeit liegst du schlafend in deinem Bett.

Die Eindrücke, die ich von meiner Tochter empfing, veränderten sich schlagartig. Nach nur wenigen Sekunden nahm ich keinerlei Bilder mehr wahr. Ich konzentrierte mich stärker auf Stellas Empfindungen und beobachtete aus ihren Augen, wie sie aus dem Bett kletterte und leise zur Tür schlich, ohne jegliche Kratzgeräusche zu erzeugen. Sobald die Zimmertür vor mir aufschwang, verblasste das Bild in meinem Verstand, da ich mich instinktiv wieder auf meine eigenen visuellen Eindrücke fokussierte.

Mit Silvia auf meinem Rücken betrat ich das Kinderzimmer, kletterte auf das Bett und liess sie schliesslich mithilfe einer leichten Schräglage auf die Decke rutschen. Sobald ich meinen rechten Flügel unter ihr hervorgezogen hatte, betrachtete ich ihr Gesicht und stellte fest, dass sie noch tief und fest schlief. Flink sprang ich über sie hinweg, direkt auf den Fussboden. Aufgrund meiner mittlerweile ausreichenden Übung konnte ich den Sprung beinahe geräuschlos mit den Vorderbeinen abfedern. In diesem Augenblick fühlte ich mich wie eine Katze.

«Gibt es Katzen, die so gross sind wie du?», fragte mich Stella.

Ja, aber nur Raubkatzen. Das wären zum Beispiel Löwen, Tiger, Jaguare, Geparde und so weiter. Die meisten von denen sind sogar noch wesentlich grösser als ich.

«Können wir in den Zoo gehen? Da gibt es auch Löwen.»

Jetzt?

«Ja.»

Stellas tiefblaue Augen funkelten im schwachen Licht, was von ausserhalb ihres Zimmers stammte. Mit leicht schräg gelegtem Kopf starrte sie mich flehend an, wodurch es mir schwerfiel, ihr zu widersprechen.

Am Wochenende vielleicht, aber jetzt nicht. Du musst nämlich schlafen gehen.

«Okay.», antwortete sie niedergeschlagen.

Seufzend sprang sie auf ihr Bett, kuschelte sich neben Silvia ein und blickte mich enttäuscht an. Kurze Zeit später musste sie bereits gähnen.

Gute Nacht, Stella, dachte ich zum Abschied und verliess das Zimmer.

Während ich die Tür schloss, erkannte ich, wie Stellas Augen zufielen und sich ihre Flügel vollständig entspannten.

«Verhätschelst du Silvia nicht ein wenig zu sehr?», fragte mich Vanessa flüsternd.

«Weshalb meinst du?»

«Sie ist heute die erste Nacht hier und du musstest bereits stundenlang mit ihr fliegen.»

«Ich hatte Mitleid mit ihr.»

Vanessa legte den Kopf schräg, wie es Drachen stets taten, um jemanden fragend anzublicken. Mich überraschte es, dass sie dieses Verhalten bereits von mir angenommen hatte.

«Sag nicht, du hast sie jetzt schon ins Herz geschlossen.»

Ich wich verlegen ihrem Blick aus, da sie wieder einmal ins Schwarze getroffen hatte.

«Ein klein wenig vielleicht.», murmelte ich.

«Du bist echt unfassbar, Nils. Dieses Mädchen hat dich erpresst und jetzt behandelst du sie bereits wie dein eigenes Kind.»

«Jetzt übertreibst du aber ein bisschen.»

«Trotzdem habe ich recht, dass du sie magst.»

Vanessa schüttelte lächelnd den Kopf. Einen Augenblick später konnte ich mir ein Schmunzeln ebenfalls nicht mehr unterdrücken.

«Ich hoffe für dich, dass ich sie ebenfalls ins Herz schliessen kann. Ansonsten musst du ihr Lebewohl sagen.», setzte sie fort, wobei sie mir spielerisch mit dem Finger auf die Schnauzspitze tippte.

«Soll das etwa eine Drohung sein?», fragte ich grinsend.

«Vielleicht.», entgegnete sie provokant, wobei sie sich vor mich kniete.

Ihr auffordernder Blick verleitete mich dazu, mit ausgestreckten Vorderbeinen auf sie zuzuspringen und sie auf diese Weise zu umarmen. Spielerisch liess sie sich auf den Rücken fallen und hielt sowohl meinen Kopf als auch meine Schnauze mit beiden Händen umklammert. In einer fliessenden Bewegung wand ich mich aus ihrem Griff heraus und biss leicht in ihre Finger, ohne sie zu verletzen. Plötzlich spielte sich der Angriff gegen Laurin vor meinem inneren Auge ab. Ich fühlte erneut, wie Haut, Sehnen und Muskeln zwischen meinen Zähnen nachgaben und Blut in mein Maul strömte. Abrupt liess ich Vanessa los und blickte ihr mit rasendem Puls in die Augen.

«Was ist los?», fragte sie verwirrt von meiner Reaktion.

«Nichts. Ich sollte jetzt ins Bett gehen.», entgegnete ich und wandte mich nachdenklich von ihr ab.

Ohne mich noch einmal nach ihr umzusehen, verschwand ich im Schlafzimmer, sprang auf das Bett und vergrub mich unter der Decke. Allmählich beruhigte sich mein Puls und ich konnte wieder klare Gedanken fassen. Kurz darauf fühlte ich, wie sich Vanessa zu mir legte.

«Ist es wieder wegen dem Vorfall mit Laurin?», sprach sie mein Anliegen direkt aus.

«Mhm.», brummte ich unter der Decke hervor.

Der Druck auf meinen Körper erhöhte sich, wodurch ich annahm, dass Vanessa nun auf mir lag.

«Das wird schon wieder. Die Zeit heilt alle Wunden.», sagte sie, deckte meinen Kopf ab und gab mir einen Kuss auf die Schnauze.

Anschliessend blieb sie in dieser Position liegen, bis mich der Schlaf übermannte.

«Lisa, Silvia, es ist Zeit, aufzustehen!», weckte ich die Kinder durch die geschlossene Tür hindurch.

Ich hatte bereits meine menschliche Gestalt angenommen, da ich heute wieder ins Büro fahren musste. Aus dem Kinderzimmer vernahm ich lediglich verschlafenes Murren. Leise öffnete ich die Tür einen Spalt breit und blickte ins Innere. Silvia lag mit Stella in den Armen eingekuschelt auf dem Bett und blinzelte dem goldenen Sonnenlicht entgegen, welches aus dem Wohnzimmer auf ihr Gesicht fiel. Die Beiden in dieser Position zu sehen, erweckte in mir das Bedürfnis, sie für alle Ewigkeit auf diese Weise weiterschlafen zu lassen. Nachdem ich sie etwas zu lange entzückt angestarrt hatte, gab ich mir einen Ruck und öffnete die Tür vollständig, um das Zimmer mit Licht zu durchfluten. Stella streckte sich, schnupperte an Silvias rechtem Arm und befreite sich aus ihrer Umarmung. Sobald meine Tochter auf den Boden gesprungen war, rieb sich Silvia verschlafen die Augen und stand ebenfalls auf.

«Ich fühle mich jetzt bereits mehr zu Hause wie bei Mama.», sagte Silvia während unseres gemeinsamen Frühstücks.

«Es freut mich, das zu hören.», erwiderte Vanessa.

Innerlich jubelte ich vor Freude. Aufgrund von Vanessas gestrigen Bedenken wollte ich derlei Emotionen noch nicht preisgeben, weswegen ich lediglich lächelnd daneben sass und mein bestrichenes Brötchen verspeiste.

Nach der Arbeit erzählte mir Vanessa, wie sie Silvia bei den Hausaufgaben geholfen hatte. Anscheinend war es ihr bisher nicht erlaubt gewesen, Fragen bezüglich schulischen Aufträgen zu stellen. Demnach hatte sie sich in Lisas Zimmer verkrochen und an ihrem Mathematikproblem gegrübelt, bis Vanessa ihr auf die Sprünge geholfen hatte.

«Ich kann mir die Neunerreihe einfach nicht merken.», rechtfertigte sich Silvia, nachdem Vanessa dies erzählt hatte.

Ihr war deutlich anzusehen, dass sie früher für etwaige Schwierigkeiten hart und teilweise auch brutal bestraft worden war.

«Das ist doch überhaupt kein Problem. Soll ich dir einen einfachen Trick zeigen?», erwiderte ich, um ihre Anspannung zu lösen.

«Ja, gerne.»

Ich überreichte Silvia ein Stück Papier und einen Stift.

«Kannst du alle Zahlen von null bis neun untereinander auflisten, sodass die kleinste Zahl zuoberst ist?»

«Nicht von eins bis neun?»

«Nein, die Zahlenreihe muss bei null beginnen.»

Sie notierte die zehn Ziffern säuberlich untereinander, wie ich es ihr erklärt hatte. Nun blickte sie mich erwartungsvoll an.

«Jetzt kannst du rechts daneben die Zahlen neun bis null untereinander auflisten. Dabei müssen die einzelnen Zahlen der zweiten Reihe genau neben denen der ersten stehen.», fuhr ich fort.

Silvia tat wie geheissen, bis folgende Ziffern auf dem Blatt zu lesen waren:

09
18
27
36
45
54
63
72
81
90

«Das ist die komplette Neunerreihe, wenn du die Null oben links entfernst.», sagte ich schlussendlich.

«Du hast das viel besser erklärt wie mein Lehrer!», lobte mich Silvia.

«Leider funktioniert dieser Trick nicht bei den anderen Reihen.», entgegnete ich, da mir keine bessere Reaktion auf ihr Lob einfiel.

In den darauffolgenden Stunden assen wir gemeinsam, sahen einen Film und legten uns schliesslich schlafen. Unser Tagesablauf mit Silvia fühlte sich bereits derart natürlich an, dass ich es kaum glauben konnte, sie erst vierundzwanzig Stunden bei uns zu haben.

Wie die Dinge stehen, habe ich die richtige Entscheidung getroffen, dachte ich zufrieden.

Einzig und allein die Sorgen um meine animalische Wesensart hielten mich noch nachts wach. Ansonsten schien alles perfekt zu sein.

28

Auftrag

Wie die meisten perfekten Momente fand auch dieser jäh ein Ende, als mich Benjamins Anruf um drei Uhr in der Früh weckte.

«Es ist mitten in der Nacht. Weshalb weckst du mich jetzt?», grummelte ich genervt in das Mikrofon meines Telefons hinein.

«Wir konnten unsere Zielperson mithilfe einer Überwachungskamera lokalisieren. In deinem Briefkasten befindet sich ein Kommunikationsgerät, was du an deinem Hals befestigen sollst. Anschliessend leite ich dich zu seiner Position, um deine Mission durchzuführen, dich ihm zu stellen. Ich bitte dich, währenddessen keine Namen zu nennen, da unsere Verbindung nicht verschlüsselt wird.»

Oh nein! Ich habe mein Versprechen, diesen Auftragsmörder zur Strecke zu bringen, völlig vergessen, dachte ich verzweifelt.

«Wann soll ich das machen?», fragte ich, wobei meine Stimme aufgrund meiner Nervosität geringfügig zitterte.

«Natürlich jetzt! Oder glaubst du, dass dieser Mann auf uns warten wird?»

«Muss ich wirklich? Ich konnte gerade mal drei Stunden schlafen.»

«Entweder jetzt oder nie. Oberst Marti wird ausrasten, wenn ich ihm wieder berichten muss, dass uns die Zielperson entwischt ist.»

«Okay, dann werde ich mich schnellstmöglich verwandeln und dieses Ding um meinen Hals legen. Wie kann ich es aktivieren?»

«Der Kommunikator aktiviert sich automatisch, sobald du ihn anlegst.»

«Gut, ich muss mich nur …»

Ein dreifacher Piepton signalisierte, dass Benjamin aufgelegt hatte.

«… noch von Vanessa verabschieden.», setzte ich fort, obwohl mich mein Gesprächspartner nicht mehr hören konnte.

Vanessa beobachtete schläfrig, wie ich mich vor ihren Augen in einen Drachen verwandelte und mit zusammengebissenen Zähnen die frischen Kopfschmerzen unterdrückte.

«Was machst du?», fragte sie.

«Ich muss mich diesem Auftragsmörder stellen.»

«Jetzt?»

«Ja, leider.»

«Bitte geh nicht!», flehte sie mich an.

Die Müdigkeit schien auf einen Schlag vollständig von ihr gewichen zu sein. Hastig kletterte sie aus dem Bett und nahm meinen Kopf zwischen die Hände.

«Ich möchte nicht, dass du gehst. Bitte bleib bei mir!», sagte sie.

«Es gibt keine andere Möglichkeit. Ich habe es Ben versprochen und sollte ich mich weigern, wird er mir nicht mehr helfen, eine Lösung für meine animalischen Zustände zu finden. Somit wäre Laurins Verletzung umsonst gewesen.»

«Aber dieser Typ könnte dich töten.»

Mit Tränen in den Augen drückte sie mich an ihren Oberkörper und schien mich niemals wieder loslassen zu wollen.

«Das wird er nicht.», entgegnete ich, so bestimmt ich konnte, obwohl ich mich selbst vor dieser Konfrontation fürchtete.

«Versprichst du mir, dass du wieder zurückkehrst? Und nicht in einem Leichensack?»

«Ja, mein Schatz. Nichts auf dieser Welt geschweige denn in der gesamten Realität könnte mich von dir fernhalten.»

Vanessa gab mir einen feuchten Kuss auf die Schnauzspitze und blickte mich traurig an. Ich tapste mit schlechtem Gefühl zur Zimmertür, die ich sogleich öffnete. Als ich mich von Vanessa abwandte, sah ich im Augenwinkel, wie sie stumm zu weinen begann. Tief seufzend schloss ich für einige Sekunden die Augen, bevor ich mich auf den Weg nach draußen begab. Schweren Herzens betrat ich das Treppenhaus, was um diese Uhrzeit glücklicherweise immer menschenleer war, insbesondere an einem Samstagmorgen.

In meinem Briefkasten lag ein dickes, dunkelgraues Halsband, welches mich an das Frequenzmessgerät erinnerte, mit dem wir meine Gehirnaktivitäten aufgezeichnet hatten. Vorne war es mit einer Kamera, einem Mikrofon und einem Lautsprecher ausgestattet. Sobald ich es an meinem Nacken befestigt hatte und der Verschluss eingerastet war, erklang ein leises Rauschen gefolgt von Benjamins Stimme.

«Du hast dir ganz schön Zeit gelassen.», meckerte er.

«Wo soll ich hinfliegen?», fragte ich, ohne auf seine Aussage einzugehen.

Währenddessen blickte ich in die dunklen Fenster der benachbarten Gebäude, um nicht allenfalls ungewollt beobachtet zu werden. Sie waren ebenso leer wie das Treppenhaus und die Strasse.

«Von dir aus gesehen links.», antwortete Benjamin.

Ich startete nach links, schwang einige Male kräftig die Flügel und flog über das Wohngebiet hinweg. Anschliessend folgte ich Benjamins Anweisungen aus der Stadt hinaus, bis ich auf eine verlassene, durch tiefe Gräben begrenzte Überlandstrasse traf. Einzig das fahle Mondlicht spiegelte sich auf dem Asphalt wider. Ansonsten war alles stockfinster.

«Er sollte in einer halben Minute hier vorbeifahren. Du musst das Fahrzeug aufhalten und ihn zur Strecke bringen.», setzte Benjamin das Kommando fort.

«Woher wisst ihr so genau, wo sich dieser Typ befindet?»

«Sein Gesicht wurde in einem Tankstellenshop erkannt, als er am Einkaufen war. Aber du solltest dich jetzt lieber auf die Mission konzentrieren, statt Fragen zu stellen.»

Wer kauft seine Lebensmittel um drei Uhr morgens? Fragte ich mich.

Während ich über der Landstrasse kreiste, suchte ich die Umgebung nach ferngesteuerten Drohnen ab. Tatsächlich erspähte ich eine am Waldrand, deren Kamera auf die nächstgelegene Ortschaft gerichtet war. Dies erklärte, wie Benjamin den Auftragsmörder verfolgen konnte, selbst nachdem er die Tankstelle verlassen hatte. Einen Augenblick später erhellten plötzlich Scheinwerfer die Strasse.

«Das ist er!», vernahm ich Benjamins Stimme aus dem Lautsprecher hinter meinem Kopf.

«Dieses Auto vor mir?», fragte ich verunsichert.

«Ja, genau das.»

«Bist du dir sicher? Ich möchte nicht versehentlich die falsche Person angreifen.»

«Siehst du etwa andere Fahrzeuge in der Nähe?»

«Nein.»

«Dann greif ihn endlich an, bevor er uns entwischt!»

Mit flauem Gefühl im Bauch liess ich mich herabgleiten, schnurstracks auf das Fahrzeug zu. Ich hatte weder eine Ahnung, wie ich es aufhalten, noch wie ich diesen Reto Gisler überwältigen konnte. Zögerlich bremste ich ab und schlug einige Male mit den Flügeln, bis ich auf die Idee stiess, einen Reifen mit den Klauen zu beschädigen.

Sobald mich der unauffällige Kleinwagen erreicht hatte, dessen Lichtkegel mich dank meiner Flughöhe nicht erfassen konnten, beschleunigte ich im Sturzflug darauf zu, glich meine Geschwindigkeit ihm an und flog dicht daneben her. Aufgrund meiner Flügellänge gelang es mir nicht, den vorderen linken Reifen zu erreichen. Stattdessen visierte ich den Hinterreifen an. Mit voller Wucht schlug ich die Klauen meines rechten Vorderbeins dagegen, sodass sie durch den Gummi drangen. Bedauerlicherweise war das Material widerstandsfähiger, als ich angenommen hatte, denn die mittlere Klaue blieb darin stecken und wurde aufgrund der schnellen Rotation mitgerissen. Hörbar knackend drehte sie sich einmal vollständig um die Felge herum, bis sie sich endlich löste. Ich stiess einen schmerzerfüllten Schrei aus, verlor das Gleichgewicht und stürzte zu Boden, wobei ich mich mehrere Male überschlug. Währenddessen kratzten meine Schuppen, Hörner und Zacken über den Asphalt, was mir keine Verletzungen zufügte. Einzig mein rechter Flügel wies eine Schürfung auf, als ich endlich zum Stillstand kam. Leicht benommen und unter starken Kopfschmerzen blieb ich liegen.

«Du zerstörst eine ausserirdische Raumstation mitsamt einer kampffähigen Raumschiffsflotte, aber einen Kleinwagen aufzuhalten, bereitet dir Schwierigkeiten?», fuhr Benjamin dazwischen, der offensichtlich wenig beeindruckt von meiner Aktion war.

«Das ist schwerer, als es aussieht.», presste ich unter den stechenden Schmerzen meiner arg verrenkten Klaue hervor.

«Weshalb hast du nicht einfach Feuer eingesetzt?»

Ja, weshalb habe ich dieses Rad nicht einfach mit Feuer zerstört? Fragte ich mich.

«Ich weiss es nicht.», entgegnete ich nachdenklich.

«Unsere Zielperson hat das Fahrzeug aufgrund seines platten Reifens gestoppt. Er hat dich höchstwahrscheinlich nicht gesehen, da du stets ausserhalb seiner Scheinwerfer geflogen bist.», brachte Benjamin meine Gedanken zurück zur Mission.

Tatsächlich war das Fahrzeug wenige hundert Meter vor mir stehengeblieben. Ein gut durchtrainierter Mann mittleren Alters stieg aus. Auf seinem Kopf trug er ein Nachtsichtgerät und er war mit einem halbautomatischen Scharfschützengewehr ausgerüstet. Blitzschnell versteckte er sich rechts neben der Motorhaube seines Kleinwagens und zielte in Richtung des Waldes.

Er glaubt, jemand hätte ihm von links seinen Reifen zerschossen, mutmasste ich.

Auf drei Beinen richtete ich mich auf, breitete die Flügel aus und schwang mich einige Meter nach oben, um auf meine Zielperson zuzufliegen. Vor lauter Adrenalin zitterten meine Flügelmuskeln und das Blut rauschte in meinen Ohren.

Nicht einmal meine gebrochene Klaue oder meine Kopfschmerzen nahm ich noch wahr. Einen Augenblick bevor ich Reto Gisler erreichte, wandte er sich plötzlich mir zu. Begleitet von einem lauten Knall wurde mein linker Flügel schlagartig nach hinten gerissen, während sich ein sowohl stechender als auch brennender Schmerz im vorderen Gelenk ausbreitete. Gleichzeitig blitzte ein helles Licht auf, was bereits einen Sekundenbruchteil später wieder erloschen war. Unwillkürlich knickte mein Flügel ein und ich stürzte zu Boden. Mit dem linken Vorderbein gelang es mir im letzten Moment, meinen Kopf vor einem harten Aufprall zu bewahren, indem ich den Sturz abfederte. Ein Blick auf meinen Flügel liess mir einen eiskalten Schauer den Rücken herunter laufen. Das Gelenk war vollständig zerfetzt worden. Sekündlich verschlimmerte sich der Schmerz und warmes Blut floss der Flügelhaut entlang nach unten.

Reto Gisler zog einen Hebel an seiner Waffe zurück, wobei eine leere, noch rauchende Patronenhülse zu Boden fiel und zielte nun auf meinen Kopf. So schnell ich konnte, wich ich zur Seite aus und hechtete in Richtung des rechten Strassengrabens. Der zweite Schuss, den ich bereits früher erwartet hätte, traf mich ungefähr mittig am Schwanz, wobei das Projektil aus dem anderen Ende wieder austrat. Zumindest fühlte es sich dementsprechend an.

Japsend und keuchend landete ich im Graben. Mein linker Flügel hing schlaff zu Boden. Vor lauter Schmerz krümmte ich mich, bis mir bewusst wurde, in welcher Gefahr ich schwebte. Ein Blick nach oben verriet mir, dass Reto Gisler in Richtung des Strassengrabens zielte. Ich konnte meinen Kopf gerade noch rechtzeitig auf die kühle Erde drücken, als ein weiterer Knall ertönte und das dritte Projektil sirrend wenige Zentimeter über mich hinwegflog. Selbst den Luftstrom konnte ich deutlich fühlen.

Mein Gegner lud seine Waffe erneut und trat einen Schritt näher. Derweil erhitzte ich die Luft in meinen Lungen und stiess verzweifelt einen blendend hellen Feuerstrahl in seine Richtung aus. Noch bevor die Flammen erloschen, erkannte ich, dass sich Reto zurückgezogen hatte. Vorsichtig lugte ich aus dem Graben hervor, direkt in den Lauf des Scharfschützengewehrs hinein. Gleichzeitig mit meiner Rückwärtsbewegung spie ich abermals Feuer, während Reto ein weiteres Mal auf mich schoss. Wieder verfehlte mich das Projektil um wenige Zentimeter. Wir bewegten uns aufeinander zu, schossen sowohl Feuer als auch ein weiteres Projektil und wichen blitzschnell wieder zurück, ohne getroffen zu werden. In gewisser Weise war ich Reto dankbar, dass er sein Leben ebenso wertschätzte wie ich meines und demnach kein allzu riskantes Manöver ausführte, was ihm schwerste Verbrennungen einbringen konnte.

Auf diese Weise zog sich unser Kampf in die Länge. Wir wagten es jeweils kaum, uns zu bewegen, wobei dies meinerseits den starken Schmerzen zuzuschreiben war. Nach vier weiteren Schüssen antwortete Reto plötzlich nicht mehr auf meinen Feuerstoss. Stattdessen bewegte er sich leicht zur Seite, um die Distanz zwischen uns zu vergrössern und gleichzeitig eine freie Schussbahn zu erlangen.

Vielleicht geht ihm bald die Munition aus, hoffte ich.

Um Retos Nachtsichtgerät überzubelichten, stiess ich einen voluminösen Feuerstrahl senkrecht nach oben aus, während ich aus dem Graben sprang. Zeitgleich schoss mein Gegner blind durch die Flammen hindurch, wobei mich das Projektil weit verfehlte. Während er nachlud, ignorierte ich die Schmerzen und sprang schnurstracks auf ihn zu. Gerade als er wieder schussbereit war, hatte ich ihn erreicht und drückte den Lauf seiner Waffe mit dem linken Vorderbein nach unten. Dennoch drückte er ab. Sein Schuss prallte funkensprühend gegen den Asphalt, streifte meine Schwanzspitze, wobei dies auch eine Täuschung aufgrund des Luftstroms sein konnte, und traf weit hinter mir deutlich hörbar ein zweites Mal die Strasse.

Reto zog sein Scharfschützengewehr mit beiden Armen zurück, während er mit dem Knie nach mir schlug. Instinktiv passte ich die Ausrichtung meines Kopfes an und biss ihm in den Oberschenkel. Mein Gegner schrie auf, taumelte und fiel schliesslich rücklings zu Boden. Gleichzeitig liess ich sein Bein los, warf mich mit meinem gesamten Körpergewicht auf ihn und versuchte, ihm die Waffe zu entwenden. Er hingegen hielt sich mit aller Kraft daran fest. Beinahe konnte er mich von sich stossen, bis ich ihm schliesslich eine Klaue des rechten Vorderbeins, die nicht gebrochen war, an die Kehle hielt. Zeitgleich klemmte ich sein Gewehr zwischen meinem linken Flügel und meiner Seite ein, obwohl dies starke Schmerzen verursachte.

«Ergib dich, oder du bist tot!», zischte ich, wobei meine unterdrückten Beschwerden deutlich herauszuhören waren.

Entsetzt und verwundert zugleich starrte mich Reto durch sein Nachtsichtgerät an. Zögerlich liess er die Waffe los und stellte seine Gegenwehr ein. Kurzerhand warf ich das Gewehr mithilfe des linken Vorderbeins mehrere Meter hinfort.

«Du kannst sprechen?», fragte Reto verblüfft.

«Nein, das bildest du dir bloss ein.»

«Jetzt töte ihn endlich!», befahl mir Benjamin.

Retos Gesichtsausdruck veränderte sich. Sofern ich mich nicht täuschte, hatte er Angst.

«Aber er ist unbewaffnet und hat sich ergeben.»

«Trotzdem musst du ihn töten. Du bist aus keinem anderen Grund hier.»

Um den Auftragsmörder besser sehen zu können, zog ich ihm mit dem linken Vorderbein das Nachtsichtgerät aus, ohne meine Klaue von seiner Kehle zu nehmen. Im roten Rücklicht des Fahrzeugs funkelten mich seine Augen flehend an. Vor lauter Adrenalin zitterten meine Klauen, weswegen ich meinen Griff geringfügig lockern musste, um ihn nicht versehentlich zu verletzen.

«Ich möchte nicht.», antwortete ich.

Alles, was ich in diesem Moment wollte, war nach Hause zurückzukehren und mich um meine Wunden zu kümmern. Selbst meine Aufregung konnte die Schmerzen kaum noch mindern.

«Jetzt hör mir mal gut zu. Es ist deine Mission, diesen Auftragsmörder zu töten, egal ob du das willst oder nicht. Er ist eine Gefahr für die nationale Sicherheit, die es schnellstmöglich zu beseitigen gilt.»

Reto schluckte leer. Offensichtlich hatte er Benjamins Worte ebenfalls gehört. Eine gefühlte Ewigkeit starrte ich meinem Gegenüber in die Augen. Irgendwann schüttelte ich leicht den Kopf, umfasste mein Halsband mit den Klauen und löste es.

«Was tust du da?», hörte ich noch die Stimme aus dem Lautsprecher, bevor ich das Gerät mit einem Feuerstrahl erhitzte, der die Elektronik zum Schmelzen brachte.

Wie gebannt beobachtete mich Reto, während ich das Kommunikationsgerät zerstörte und in den Strassengraben warf. Ein leises Sirren erinnerte mich daran, dass wir von Drohnen umgeben waren. Ich blickte hoch in den dunklen Nachthimmel, bis ich die Umrisse eines dieser Flugobjekte vor einer durch das Mondlicht erhellten Wolke erkannte.

Plötzlich traf mich etwas am linken Auge. Erschrocken zuckte ich zurück, blinzelte einige Male in schneller Folge und blickte umher. Reto hatte mir mit dem Finger ins Auge gestochen und war bereits aufgestanden. Blitzschnell hob er das Scharfschützengewehr auf und lud nach, während ich abermals auf ihn zusprang. Bevor ich ihn erreichen konnte, drückte er ab. Das Mündungsfeuer liess die Umgebung kurzzeitig aufblitzen. Zeitgleich mit dem Knall schoss ein brennender Schmerz durch meinen Bauch. Ohne mich dagegen wehren zu können, verlor ich jegliche Körperspannung und sachte zu Boden. Reto wich zwei Schritte zur Seite, um nicht von mir getroffen zu werden.

Die nächsten Sekunden bestanden aus nichts als Schmerz. Bis zu diesem Zeitpunkt war mir nicht bewusst gewesen, dass Schmerzen derart tief vordringen konnten. Es fühlte sich an, als hätte man mir den gesamten Bauch bis zur Wirbelsäule aufgerissen und mit Feuer gefüllt, welches mir selbst als Drache unvorstellbare Schmerzen bereiten konnte. Aufgrund meiner Qualen wollte ich mich verkrampfen, jedoch gehorchte mir meine Bauchmuskulatur nicht mehr. Ausserdem konnte ich nicht mehr atmen, so sehr schmerzte es.

Bevor ich einen weiteren Gedanken fassen konnte, fühlte ich den heissen Lauf des Scharfschützengewehrs an der Unterseite meines Kopfes. Reto hatte mich auf den Rücken gedreht und starrte mich nun von oben herab an.

«Nenn mir einen Grund, weshalb ich dich nicht auf der Stelle töten sollte.», herrschte er mich an.

Ich öffnete mein Maul und versuchte, zu sprechen, jedoch brachte ich kaum mehr als ein ersticktes Krächzen heraus. Mein Zwerchfell verweigerte mir seine Dienste. Reto schien zu wissen, was mein Problem war, denn er wartete geduldig ab. Nach einer Weile gelang es mir endlich, stossweise einzuatmen.

«Ich bin Vater.», brachte ich unter grosser Anstrengung heraus.

Das ist doch kein Grund, mich am Leben zu lassen! Weshalb ist mir nichts Besseres eingefallen? Fragte ich mich.

Retos Gesichtsausdruck entspannte sich geringfügig, jedoch drückte er den Lauf seiner Waffe fortlaufend gegen meinen Kopf. Da mich seine panzerbrechende Munition bereits schwer verwundet hatte, war ich davon überzeugt, dass er mich in einem Schuss töten konnte.

Ein leises Tropfgeräusch zog meine Aufmerksamkeit auf sich. Im Augenwinkel erkannte ich ein Rinnsal von Blut, welches aus einer klaffenden Wunde an meinem Bauch trat. Aufgrund der Schmerzen hatte ich vermutet, mein gesamter Oberkörper wäre aufgerissen worden, jedoch war das Loch in meinem Schuppenpanzer kaum grösser als eine meiner Klauen. Wieder überwältigte mich ein weiterer Schwall von Schmerz, wobei ich die Augen schloss und meine Gliedmassen verkrampfte. Obwohl ich auf meinem verletzten, linken Flügel lag, verspürte ich nicht das Bedürfnis, mich zu bewegen, so sehr litt ich unter meiner neusten Schusswunde.

«Wer hat dich geschickt?», fragte mich Reto kalt.

«DrSG.», antwortete ich knapp mit zusammengebissenen Zähnen.

«Das dachte ich mir bereits. Diese elenden Wichtigtuer mit ihrer Alientechnologie haben anscheinend nichts Besseres zu tun, als mich bei meiner

Arbeit zu stören. Dass sie jetzt sogar Drachen einsetzen, hätte ich nicht vermutet.»

Mein warmes Blut hatte sich inzwischen so sehr auf dem Asphalt verteilt, dass ich es unter beiden Flügeln fühlen konnte. In dem Augenblick, als ich mir vorstellte, wie ich verbluten würde, wich jegliche Wärme aus meinem Gesicht und mir wurde übel.

Es tut mir leid, Vanessa, dachte ich.

Reto starrte mich immer noch an. Seinen Blick konnte ich in meinem derzeitigen Zustand nicht interpretieren.

«Weshalb musst du mich so qualvoll töten?», krächzte ich.

«Wenn ich dir tatsächlich das Leben nehmen wollte, hätte ich nicht auf deinen Unterbauch gezielt. Du wirst es überstehen, aber nur, wenn du auf die Blutung drückst.»

Während er dies sagte, verblasste meine Übelkeit und es fühlte sich an, als würde das Blut erneut in mein Gesicht gelangen. Allem Anschein nach waren diese Symptome lediglich psychosomatisch gewesen.

Reto zog sein Scharfschützengewehr zurück, öffnete den Kofferraum seines Wagens und nahm einen Verbandskasten heraus. Verwirrt blickte ich ihm ins Gesicht, während er mir Verbandsmaterial auf die Wunde legte.

«Wieso?», fragte ich unter grossen Schmerzen.

«Wieso ich dich am Leben lasse?»

Ich nickte.

«Du hast mich schliesslich auch nicht getötet, obwohl es dir befohlen wurde. Das hier ist Ehrensache. Solltest du mich aber ein weiteres Mal angreifen, werde ich kein Erbarmen mehr zeigen.»

Ich hätte nicht erwartet, so viel Menschlichkeit von einem Mörder zu erfahren, dachte ich.

Gleich darauf wurden meine Erinnerungen an den dritten Weltkrieg geweckt, wobei ich mir nicht sicher war, ob ich nicht ebenso als Mörder bezeichnet werden konnte. Auf einmal erkannte ich gewisse Parallelen zwischen Reto Gisler und mir. Er wandte sich bereits zum Gehen, als ich ihn erneut ansprach.

«Da oben.», keuchte ich und deutete mit der Schnauze in Richtung der Drohne, die das Geschehen kontinuierlich filmte.

Reto setzte sein Nachtsichtgerät auf und suchte den Nachthimmel nach der Überwachungsdrohne ab. Nachdem er sie entdeckt hatte, zerstörte er sie in einem gezielten Schuss. Dankbar nickte er in meine Richtung, humpelte zu seinem

Fahrzeug und stieg ein. Erst jetzt erinnerte ich mich wieder daran, ihn am rechten Oberschenkel verletzt zu haben.

Mit heulendem Motor brauste der Kleinwagen davon, obwohl der linke Hinterreifen noch platt war. Ich blieb reglos liegen und drückte das Verbandsmaterial auf meine Wunde, so gut ich unter den starken Schmerzen konnte.

Nur kurze Zeit später wurde ich von einem neuen Paar Scheinwerfer geblendet. Im Gegensatz zu Retos Wagen war dieser grosse Transporter elektrisch betrieben, denn er hielt mit einem leisen Sirren vor mir an. Mehrere Personen sprangen hinaus, die ich als Benjamin, Shona und weitere Mitarbeiter der DrSG erkannte.

«Was hast du dir bloss dabei gedacht?», fuhr mich Benjamin an.

«Oh Gott, Nils!», rief Shona zeitgleich und eilte mir zur Hilfe.

Da sie nicht wusste, wie sie mich tragen konnte, ohne meine Verletzungen zu verschlimmern, blickte sie Benjamin und die anderen fordernd an.

«Nun helft ihm doch!», schrie Shona den Männern entgegen, die immer noch keine Anstalten gemacht hatten, sich um mich zu kümmern.

Während die Mitarbeiter der DrSG eine Trage aus dem Transporter luden, drückte mir Shona das Verbandsmaterial von Reto gegen das Loch in meinem Bauch, wobei ich vor Schmerzen aufstöhnte.

«Das wird schon wieder. Einfach schön weiteratmen.», sprach sie in beruhigendem Ton auf mich ein.

Plötzlich trat sie beiseite und vier Männer hievten mich auf die Trage. Anschliessend rollten sie mich in den Transporter, dessen Ladefläche gross genug für uns alle war. Ich nahm wahr, wie mir jemand mit einer Nadel durch die dicke Flügelhaut stach, um mir eine Infusion zu verabreichen. Anschliessend wurden die Geräusche dumpf, die Ränder meines Sichtfelds begannen zu flackern und meine Schmerzen verblassten.

Ein unangenehmer Druck in meinem Bauch war das Erste, was ich bei meinem Erwachen wahrnahm. Anschliessend fühlte ich stechende Schmerzen an meinem linken Flügelgelenk und meinem Schwanz. Ansonsten war alles in meiner Umgebung warm und weich. Ausserdem roch ich Vanessa. Ich öffnete meine Augen und war überrascht, in die wunderschöne Iris meiner Frau zu blicken, die mich sorgenvoll anstarrte. Sie sass neben mir auf unserem Bett und streichelte die Seite meines Kopfes. Tränen rannen ihr über die Wangen, als sie bemerkte, dass ich aufgewacht war. Schluchzend umarmte sie mich am Hals, wobei sie penibel darauf achtete, meine verletzten Körperteile nicht zu berühren. Währenddessen blickte ich im Raum umher, der bereits von Sonnenlicht durchflutet wurde. Ausser Vanessa war niemand anwesend. Nach einer langen Umarmung gab sie mir einen Kuss auf die Schnauze und blickte mir wieder in die Augen.

«Ich bin so froh, dass du noch lebst.», flüsterte sie.

«Was ist passiert? Weshalb bin ich jetzt wieder hier?», fragte ich verwirrt mit schwacher, heiserer Stimme.

«Die von der DrSG haben das Projektil entfernt und deine Wunden versorgt. Um halb fünf Uhr morgens habe ich den Anruf einer Mitarbeiterin erhalten, die mir alles erklärt hat. Ich bin auf der Stelle zu dir gefahren und habe darum gebeten, dich nach Hause nehmen zu dürfen. Der Vorgesetzte der DrSG wollte dich erst nicht gehen lassen, aber ich konnte ihn umstimmen. Du weisst ja, wie überzeugend ich sein kann.», erwiderte sie mit einem Lächeln.

Ich warf einen Blick auf meinen Bauch und stellte fest, dass sowohl mein Rumpf als auch mein Schwanz vollständig in Verbandsmaterial gehüllt war. Selbst durch Schnuppern konnte ich kein frisches Blut wittern, was mich geringfügig beruhigte. Mein linker Flügel war zusammengeklappt und ebenfalls verbunden. Selbst meine gebrochene Klaue hatten sie verarztet. Die Knochen scheinen wieder in die korrekte Position gerückt worden zu sein, denn es schmerzte überhaupt nicht mehr.

«Von nun an verbiete ich dir, an solch lebensgefährlichen Missionen teilzunehmen. Ich möchte dich nicht wieder verlieren wie damals. Ausserdem brauchen die Kinder ihren Vater, Silvia eingeschlossen.», setzte Vanessa fort.

Die Art und Weise, wie sie dies sagte, versetzte mir einen Stoss. Sie schien Silvia nun ebenfalls akzeptiert zu haben, was mir wesentlich mehr bedeutete, als ich zugeben wollte. Ausserdem hatte ich nie beabsichtigt, die Kinder ihres Vaters zu berauben. Ich bereute es zutiefst, an dieser Mission teilgenommen zu haben, selbst wenn ich es als einzigen Weg gesehen hatte, das Problem mit meiner animalischen Wesensart anzugehen. In diesem Augenblick fragte ich mich, ob Benjamin mir selbst nach meinem offensichtlichen Versagen noch helfen würde.

«Was wird aus der Gehirnuntersuchung, wenn ich keine Missionen mehr für Ben machen kann?», fragte ich.

«Mach dir darüber keine Sorgen. Es gibt bestimmt andere Lösungen für dieses Problem. Du bist nicht auf ihn angewiesen.»

Seufzend liess ich diese Worte in meinen Verstand sinken. Ich wusste, dass Vanessa recht hatte, jedoch wollte ich sie und die Kinder in Zukunft keinesfalls durch drachenartiges Verhalten gefährden, nicht einmal für kurze Zeit.

«Welche Uhrzeit haben wir? Und wie kann ich das hier Sven erklären, ohne ihm alles zu verraten?»

«Wir haben halb zwei Uhr nachmittags. Auf mein Drängen hin hat ein Arzt, der ebenfalls bei der DrSG arbeitet, ein Arztzeugnis für dich ausgestellt. Für die nächsten zwei Wochen bist du krankgeschrieben. Sie meinten, mit deiner Wundheilung solltest du bis zu diesem Zeitpunkt bereits vollständig genesen sein.»

In Vanessas letzten Worten liess sich Skepsis heraushören.

«Ich glaube auch, dass ich in zwei Wochen wieder gesund sein sollte.», entgegnete ich, um ihr die Bedenken zu nehmen.

«Die Kinder sind bei deiner Mutter, falls du dich fragst, weshalb sie nicht hier sind.», beantwortete mir Vanessa meine nächste Frage, bevor ich sie aussprechen konnte.

«Auch Silvia?»

«Ja, auch sie.»

«Gut.»

Zufrieden wollte ich mich wieder schlafen legen, da ich aufgrund der Narkose noch erschöpft war, jedoch sprach mich Vanessa erneut an.

«Hast du Durst? Oder Hunger? Musst du auf die Toilette gehen?»

«Ein wenig zu Trinken hätte ich in der Tat gerne.»

Meine Frau eilte in die Küche und brachte mir ein Glas Wasser mit einem Strohhalm. Dankbar stillte ich meinen Durst. Anschliessend fragte ich sie, ob sie mir dabei helfen konnte, aufzustehen, um meine Blase entleeren zu können. Als Antwort brachte sie mir eine leere Flasche und sagte, ich solle mein Geschäft vor Ort verrichten.

Am Sonntagabend brachte meine Mutter die Kinder nach Hause. Stella und Mario sprangen beide freudig auf das Bett, wobei mein Sohn bereits geringfügig seine Flügel einsetzte. Stella schnupperte meine Wunden ab und kuschelte sich anschliessend neben mir ein. Ihren Gedanken entnahm ich, dass sie mich vermisst und sich grosse Sorgen um mich gemacht hatte.

Selbst Silvia wirkte betroffen, als sie mich sah. Sie bot mir an, mich mit Lebensmitteln zu versorgen, was ich dankbar annahm, obwohl mich Vanessa bereits rund um die Uhr betreute. Seit heute Morgen nahm ich keine

Schmerzmittel mehr, denn die Schusswunden besserten sich schnell. Ohne dass ich mich bewegte, fühlte es sich bereits einigermassen normal an. Dennoch hatte mir Vanessa eingeschärft, ich solle erst in ein paar Tagen aufstehen.

Plötzlich klingelte das Telefon. Silvia sprang auf, nahm den Anruf entgegen und aktivierte den Lautsprecher.

«Ja?», fragte ich, da Benjamin Haag auf dem Bildschirm angezeigt wurde.

«Guten Abend Nils. Geht es dir bereits besser?»

In seiner Stimme schwang Besorgnis mit, was mich nach den gestrigen Geschehnissen überraschte.

«Ja, mir geht es wieder besser.»

«Ab wann bist du einsatzbereit?»

«Ich möchte nicht mehr an diesen Missionen teilnehmen.»

«Aber du hast unsere Zielperson laufen lassen. Du bist verpflichtet, ihn wiederzufinden und zur Strecke zu bringen. Das hast du Oberst Marti und mir versprochen.»

«Dies ändert nichts an meiner Meinung. Unsere Zusammenarbeit ist hiermit beendet.»

«Ist dir bewusst, dass ich dich demnach auch nicht mehr unterstützen werde, wenn du deinen Einsatz verweigerst?»

«Ja, das weiss ich.»

Benjamin schwieg für einige Sekunden.

«Weshalb hast du ihn nicht einfach getötet, Nils?», fragte er schliesslich.

«Ich bin kein Mörder.»

Wieder erschienen Bilder aus dem dritten Weltkrieg in meinem Bewusstsein und ich begann, an meiner eigenen Aussage zu zweifeln.

«Es ist ausserordentlich schade, dass du unser gutes Verhältnis auf diese Weise zerstörst. Wir hätten noch viel voneinander profitieren können.»

«Vielleicht.»

«Ich wünsche dir noch ein schönes Leben.»

Bevor ich auf seine Verabschiedung reagieren konnte, legte er auf. Ich tauschte einen fragenden Blick mit Silvia aus.

«Hat der das mit dem Töten ernst gemeint?», fragte sie.

«Ja, leider. Ich sollte jemanden für ihn ausschalten. Stattdessen liess ich die Zielperson entkommen.»

«Hat dich diese Zielperson angeschossen?»

«Ja.»

«Dann ist er wohl eher entwischt.»

«Die Sache ist leider ein wenig komplizierter.»

Da Silvia bereits zehn Jahre alt war und in ihrer bisherigen Kindheit Schlimmeres erlebt hatte, erklärte ich ihr alles von meiner Mission, Reto Gisler zur Strecke zu bringen. Stella, die ebenfalls bei uns lag, lauschte jedem meiner Worte. Dies war mir jedoch gleichgültig, da sie all diese Informationen bereits direkt aus meinem Verstand entnommen hatte.

Während ich erzählte, fragte mich Stella gedanklich, wie schmerzhaft meine Schusswunde am Bauch gewesen war. Ich versuchte, ihr zu erklären, dass dies nicht in Worte zu fassen war, bis sie mich darauf hinwies, ich könne es ihr telepathisch zeigen. Dies wollte ich bisher vermeiden, um ihr meine Schmerzen zu ersparen, jedoch liess sie nicht locker, bis ich mir die gestrigen Qualen erneut vorstellte. Augenblicklich zuckte Stella zusammen und spannte ihre Bauchmuskulatur an. Ich schob den Gedanken beiseite, sodass sie sich wieder beruhigen konnte.

«Das ist wirklich sehr schlimm», dachte sie mitfühlend und ängstlich zugleich.

Sie fürchtete sich davor, erneut diesen Schmerzen ausgesetzt zu sein, wenn auch nur psychisch. Leicht verlegen vergrub sie sich unter der Bettdecke und verbrachte den gesamten Abend bei mir, bis Vanessa sie dazu aufforderte, ins Bett zu gehen.

Am darauffolgenden Dienstag überredete ich Vanessa, mich aufstehen zu lassen. Vor lauter Langeweile konnte ich einfach nicht mehr stillsitzen. Sie stützte mich, während ich sorgfältig aus dem Bett kletterte. Erstaunlicherweise schmerzte mein Flügel hierbei wesentlich mehr als mein Bauch, da das Gelenk noch immer nicht vollständig zusammengewachsen war. Jede noch so kleine Bewegung löste starke Schmerzen aus. Bei der Schusswunde am Bauch hingegen musste ich lediglich auf die Verwendung der umliegenden Muskeln verzichten. Selbst als ich mehrere Schritte durch das Zimmer tapste, bereitete sie mir keine Schwierigkeiten.

Um allfällige Schmerzen an meinem linken Flügel zu vermeiden, hielt Vanessa ihn stets in derselben, eingeklappten Position und begleitete mich ununterbrochen. Erst als ich mich auf das Sofa setzte, liess sie ihn los. Gemeinsam sahen wir uns einen Film an, bis Lisa und Silvia nach Hause kehrten. Anschliessend verbrachten wir den gesamten Tag im Wohnzimmer.

Zwei Tage später besuchte uns der Mitarbeiter des Jugendamts, um sich zu vergewissern, dass sich Silvia wohl fühlte. Während seiner Anwesenheit blieb ich im Schlafzimmer. Vanessa hatte ihm erklärt, dass ich krank war, und regelte alle Formalitäten ohne meine Hilfe.

Gelangweilt krümmte ich die frisch verheilte Klaue, deren Knochen noch vor wenigen Tagen gebrochen gewesen waren. Erstaunt stellte ich fest, dass dies keinerlei Schmerzen verursachte. Ich tastete sie ab, wobei alles einen gesunden Eindruck erweckte. Zufrieden widmete ich mich der Untersuchung meiner Schusswunden. Das Flügelgelenk war inzwischen wieder zusammengewachsen, jedoch schmerzte es noch bei jeder Bewegung. Die Wunde im Bauch war äusserlich bereits verheilt. Selbst die Schuppen waren allesamt nachgewachsen. Einzig ein Stechen, welches stets bestimmte Bewegungen begleitete, erinnerte noch an die ursprüngliche Schwere dieser Verletzung. Der Durchschuss an meinem Schwanz bereitete mir keinerlei Schwierigkeiten mehr. Sowohl äusserlich als auch innerlich schien alles verheilt zu sein. Nichtsdestotrotz vermied ich körperliche Anstrengung.

«Wie geht's meinem Pflegefall?», fragte mich Vanessa am Abend, nachdem der Mitarbeiter des Jugendamts die Wohnung verlassen hatte.

«Soweit ganz gut. Bei deiner Fürsorge kann ich mich nicht beschweren.», entgegnete ich grinsend.

Sie legte sich dicht neben mir auf das Bett und küsste mich liebevoll. Dies war das erste Mal, dass ihr Kuss gegenüber meiner Drachengestalt echt wirkte. Beinahe zärtlich klammerte ich mich mit allen Vieren an ihr fest und drückte meine Schnauzspitze gegen ihre Lippen. Ich genoss diesen Moment der körperlichen Nähe sehr. Demnach war ich enttäuscht, dass Vanessa sich bereits kurze Zeit später von mir löste. Wir blickten uns gegenseitig in die Augen und schienen denselben Gedanken zu haben, jedoch verhinderte meine Drachengestalt dessen Ausführung. Nicht einmal verwandeln konnte ich mich, da dies meine Verletzungen verschlimmern würde. Seufzend legte ich meinen Kopf neben Vanessa und schloss die Augen. Sie schaltete das Licht aus und tat es mir gleich.

29

Konsequenzen

«Bist du dir sicher, dass du nicht zu Hause bleiben möchtest?», fragte mich Vanessa am Samstagmorgen.

«Auf jeden Fall! Ich fühle mich wieder wie neu geboren.», antwortete ich enthusiastisch.

Als ich heute aufgestanden war, hatte ich keinerlei Schmerzen mehr in meinem Bauch verspürt. Ausserdem liess sich mein linker Flügel wieder geringfügig bewegen, wobei lediglich noch ein unangenehmes Zwicken davon ausging.

«Wie du meinst. Aber du darfst noch nicht fliegen.»

«Das hatte ich auch nicht vor. Wir fahren schliesslich mit dem Auto.»

Grinsend vor Freude half ich Vanessa, eine Tasche mit Lebensmitteln zu füllen, die wir für unser geplantes Campingwochenende benötigten. Besonders freute ich mich auf das Wiedersehen mit Tom, Delia, meiner Mutter und den Hunden, die ebenfalls dabei sein würden.

Nachdem wir alles gepackt hatten, ging Vanessa mit den Kindern zum Auto. Sie luden das Gepäck ein und halfen mir anschliessend, ungesehen das Fahrzeug zu betreten. Schliesslich konnte ich mich immer noch nicht in einen Menschen verwandeln. Da Vanessa direkt vor der Haustür geparkt hatte, gestaltete sich dieses Manöver leichter als gedacht. Bereits nach wenigen Minuten gab es einen Zeitraum, in dem niemand zu sehen war. Geschwind huschte ich über den Gehweg und kletterte vorsichtig auf die Rückbank, wo Mario und Lisa bereits in ihren Kindersitzen sassen. Silvia und Vanessa hatten vorn Platz genommen. Mit der Schwanzspitze zog ich die Tür zu und legte mich eng zusammengerollt auf den Sitz. Als ich meinen linken Flügel währenddessen anspannte, schoss ein stechender Schmerz durch das frisch zusammengewachsene Gelenk. Genervt schnaubend faltete ich den Flügel zusammen und hoffte, dass mein Missgeschick Vanessa entgangen war. Bedauerlicherweise hatte sie mich ununterbrochen beobachtet. Kopfschüttelnd startete sie das Fahrzeug und wir begannen unser gemeinsames Wochenende.

Der Himmel war wolkenlos, als ich nach der langen Fahrt endlich aussteigen konnte. Genussvoll sog ich die frische Bergluft ein und streckte mich ausgiebig, bis mich ein erneut stechender Schmerz in meinem Bauch zusammenfahren liess. Seufzend legte ich mich auf den von frischem Laub bedeckten Waldboden neben der Strasse, schloss die Augen und lauschte den Geräuschen der Tiere. Ich genoss die beinahe vollständige Stille sehr. Während der halben Fahrt hatte Mario geschrien, da er sich immer noch vor meiner Drachengestalt fürchtete.

«Wenn du wieder in diesen Zustand verfällst, fessle ich dich an einen Baum.», sprach Vanessa derart plötzlich, dass ich ihr meinen Kopf erschrocken zuwandte.

Die plötzliche Bewegung löste ein unangenehmes Stechen in meinem Nacken aus, weswegen ich geringfügig das Gesicht verzog.

Ich fühle mich wie ein alter Mann mit diesen Beschwerden, dachte ich währenddessen.

Da ich nicht auf Vanessas Aussage antwortete, setzte sie sich mit Mario auf dem Arm zu mir. Unser Sohn schlief glücklicherweise wieder tief und fest.

Nach einer halben Stunde traf Tom mit Delia, meiner Mutter und den Hunden ein, die uns allesamt freudig begrüssten. Nova stürmte direkt auf mich zu, leckte meine Schnauze ab und unterwarf sich schwanzwedelnd, während Emma gemächlich in meine Richtung tapste und mich auf eine ihrem Alter gerechte Weise begrüsste.

«Ich habe gehört, du wurdest angeschossen.», sprach mich Tom in seiner menschlichen Gestalt an.

«Ja, und zwar mehrere Male.»

Bereitwillig zeigte ich ihm die drei Stellen. Allesamt erweckten einen gesunden Eindruck, da äusserlich nichts mehr zu erkennen war.

Wir beschlossen, dieses Wochenende mit Ausnahme von mir als Menschen zu verbringen, und schlenderten gemütlich mit unserem Gepäck durch den Wald. Unsere gemeinsame Zeit war unbeschwert und wunderschön. Selbst meine animalischen Instinkte schienen sich momentan im Urlaub zu befinden. Nicht einmal, als ein Eichhörnchen über den Weg huschte, verspürte ich das Bedürfnis, es zu jagen.

Am Mittag setzten wir uns unterhalb einer Klippe und verspeisten unser Mittagessen. Ich war als Erster satt und starrte gedankenverloren auf den Horizont. Mein Blick schweifte über bewaldete Berge, menschenleere Wanderwege und aufgeschreckte Vögel, die über die Bäume hinwegflogen. Ein kleines, schwarzes Objekt bewegte sich schnurstracks auf uns zu, weswegen auch die Vögel verängstigt worden waren. Bei genauerer Betrachtung stellte ich fest, dass es sich hierbei um eine Drohne handelte. Gerade als ich die anderen darauf ansprechen wollte, zwickte mich etwas am linken Flügel. Mein Blick fiel auf einen Betäubungspfeil, der in meiner ledrigen Haut steckte.

«Wir werden angegriffen!», schrie ich erschrocken.

Sofort standen Vanessa und meine Mutter auf. Tom und Stella verwandelten sich zeitgleich in Drachen, um uns verteidigen zu können. Noch während ihrer Verwandlung wurden sie von mehreren Betäubungspfeilen getroffen. Die Drohne, die sich nun über unseren Köpfen befand, war mit einem Betäubungsgewehr ausgestattet, welches sich fernsteuern liess und fortlaufend auf die noch nicht getroffenen Personen feuerte. Stella riss knurrend einen Pfeil aus ihrem linken Vorderbein und wollte bereits angreifen, als sie plötzlich ruhiger wurde, zu Boden sackte und reglos liegenblieb. Ich fühlte ebenfalls, wie sich das Betäubungsmittel bereits in meinem Körper verteilte, denn ein seltsamerweise angenehm warmes Gefühl breitete sich in mir aus.

Vanessa sackte in sich zusammen, während sie Mario hielt. Mitten im Sturz stützte sie seinen Kopf, sodass er sich nicht verletzte. Sie versuchte, zu Stella zu kriechen, jedoch verliess ihre Kraft sie, bevor sie unsere Tochter erreicht hatte. Ich musste mitansehen, wie Silvia, meine Mutter, Tom und Delia das Bewusstsein verloren. Selbst die Hunde, die zuvor noch aufgeregt gekläfft hatten, waren betäubt worden. Meine Beine gaben nach, obwohl ich mich mit aller Kraft dagegen wehrte. Anschliessend wurde meine akustische Wahrnehmung dumpf. Mein Sichtfeld verdunkelte sich und ich verlor das Bewusstsein wie alle anderen bis auf Mario, dessen angsterfülltes Geschrei das Letzte war, was ich wahrnahm.

Aufgeregte Gespräche drangen an meine Ohren. Ich versuchte, mich darauf zu konzentrieren, jedoch war ich zu erschöpft. Mir gelang es nicht einmal, einen Muskel zu bewegen. Mehrere Male verlor ich das Bewusstsein, bis ich endlich verstand, was besprochen wurde.

«Ich glaube, Nils wacht gerade auf.», vernahm ich Toms Stimme links neben mir.

«Dir ist doch bewusst, dass das nicht seine Schuld ist, obwohl er mit denen zusammengearbeitet hat, oder?», entgegnete Delia.

Mein Bruder schnaubte wütend. In seinen Gedanken war ein Bild von Emma zu erkennen, die reglos in Delias Armen lag.

Was ist passiert? Fragte ich gedanklich, da ich mich noch nicht zu bewegen vermochte.

«Emma ist tot. Wegen dir! Ausserdem wurden wir eingesperrt. Du hättest dich niemals auf die DrSG einlassen sollen. Ich habe dir von Anfang an gesagt, dass du denen nicht vertrauen darfst!», entgegnete Tom wütend.

Emma? Aber ... wie?

Meine Gedanken überschlugen sich. Noch begriff ich nicht, wie die momentanen Ereignisse mit unserem Campingausflug zusammenhingen.

«Sie war bereits sehr alt und ihr Körper hat zu stark auf das Betäubungsmittel reagiert.»

Allmählich kehrten die Geschehnisse vor meiner Bewusstlosigkeit in meinen Verstand zurück.

Es tut mir so leid. Ich hätte niemals gedacht, dass uns die DrSG gefangennehmen würde.

Trauer breitete sich in mir aus. Ich nahm wahr, wie eine warme Träne aus meinem linken Auge floss und zu Boden tropfte. Plötzlich fühlte ich den harten, kalten Untergrund und die engen Fesseln, die all meine Gliedmassen fixierten. Selbst meine Flügel waren mithilfe von Lederriemen an meinen Körper gebunden worden. Mein Puls beschleunigte sich und es gelang mir, die Augen zu öffnen. Ich lag in einem fensterlosen Raum aus unverputztem Beton. In der rechten Seitenwand war ein grosser Spiegel eingelassen, neben dem sich eine Tür befand. Zu meiner Linken lag Tom und daneben stand ein Käfig mit Vanessa, Silvia, Delia, meiner Mutter und den Hunden. Emma lag reglos auf Delias Schoss, wie ich es in Toms Gedanken gesehen hatte. Ebenfalls zu meiner Linken war eine weitere Tür eingelassen, die sich neben dem Käfig befand.

Als meine Frau mich in wachem Zustand sah, sprang sie auf und drückte ihr Gesicht gegen die Gitterstäbe.

«Nils, geht es dir gut?», fragte sie beinahe hysterisch.

«Ja, eigentlich schon.», entgegnete ich kraftlos.

Mein Blick wanderte nach rechts zu meinen Kindern. Sowohl Stella als auch Mario waren mit Metallringen am Boden gefesselt. Beide befanden sich in ihrer Drachengestalt. Ich war überrascht, dass sich die Fesseln überhaupt auf deren Grösse hatten einstellen lassen. Als ich Stella genauer betrachtete, breitete sich ein ungutes Gefühl in mir aus. Sie war noch nicht bei Bewusstsein und ihr Atem ging schwach. Ausserdem konnte ich ihre Gedanken nicht wahrnehmen, was mir zunehmend Sorgen bereitete.

«Wie lange schläft Stella bereits auf diese Weise?», fragte ich voller Besorgnis.

«Seit über einer Stunde, glaube ich.», antwortete Vanessa, deren Gesichtsausdruck dieselben Gefühle preisgaben, die mich momentan plagten.

Zumindest Mario erweckte einen gesunden Eindruck. Er blinzelte mich leicht verängstigt an und stemmte sich geringfügig gegen seine Fesseln. Seiner Ruhe entnahm ich, dass er bereits seit einiger Zeit vergeblich versuchte, sich zu befreien.

Ich erhitzte die Luft in meinen Lungen, reckte meinen Kopf so weit nach hinten, wie ich konnte, und stiess einen Feuerstrahl in Richtung des Metallrings aus, der meinen Nacken fixierte. Hierbei hob ich die Lefzen leicht an und liess die Flammen seitlich aus meinem Maul strömen, da sie das Metall ansonsten nicht erreicht hätten.

«Das kannst du vergessen. Diese Fesseln sind vollständig feuerresistent.», nahm mir Tom meine Hoffnung.

Erst jetzt fielen mir die vielen angekokelten Stellen neben seinem Kopf auf. Er schien bereits zur Genüge versucht zu haben, sich mithilfe von Feuer zu befreien.

«Und was ist mit der Verwandlung? Hast du das auch schon versucht?», fragte ich ihn.

Er nickte bedrückt.

«Das darf doch nicht wahr sein. Es muss eine Möglichkeit geben, von hier zu entkommen!»

Mit aller Kraft stemmte ich mich gegen die Metallringe, bis sich ein schmerzhaftes Brennen und Stechen in meinem Bauch ausbreitete. Anschliessend fühlte ich, wie sich die frisch verheilte Schusswunde erhitzte. Ich geriet in Panik und wand mich umso stärker in meinen Fesseln. Obwohl dies starke Schmerzen auslöste, verspannte ich mich fortlaufend.

«Nils! Beruhige dich wieder! Das führt zu nichts.», sprach Vanessa aus dem Käfig heraus auf mich ein.

Ich konnte bereits fühlen, wie sich eigenartige Wärme grossflächig in meinem Bauch ausbreitete, die lediglich von inneren Blutungen stammen konnte. Dennoch ignorierte ich Vanessas Ratschlag und setzte meine panische Reaktion fort.

Ein verzweifeltes Winseln liess mich schliesslich doch innehalten. Mario war von meiner Panik angesteckt worden und versuchte erneut, sich aus den Fesseln zu winden. Als ihm dies nicht glückte, stiess er ein herzzerreissendes Jaulen aus.

Es klang, als würde er nach Hilfe schreien. Erwartungsvoll blickte er mir in die Augen und jaulte fortlaufend, um mir verständlich zu machen, dass er befreit werden wollte.

«Ich weiss, mein Schatz. Leider kann ich mich selbst nicht befreien. Aber ich verspreche dir, ich werde uns hier rausholen, sobald ich einen Plan geschmiedet habe.», beschwichtigte ich ihn.

Mit geschlossenem Maul winselte er noch für die nächsten Minuten, bis er sich schliesslich wieder vollständig beruhigte. Währenddessen versuchte ich, Stellas Bewusstsein zu erreichen, da mir ihr momentaner Zustand Sorgen bereitete. In völliger Konzentration nahm ich ihre fünf Sinne wahr. Es fühlte sich an, als würde sie schweben. Keinerlei Schwerkraft wirkte sich auf ihren Körper aus. Ich fühlte einen langen Gegenstand in ihrer Luftröhre, der ihr bis aus dem rechten Nasenloch ragte. Es fühlte sich an wie ein Beatmungsschlauch. Ihre Schnauze war vollständig in etwas Hartem eingeschlossen.

Verwirrt öffnete ich die Augen erneut und blickte zu meiner Tochter. Weder der Beatmungsschlauch noch das Ding um ihre Schnauze existierte. Wieder fokussierte ich mich auf ihre Empfindungen. Dieses Mal ignorierte ich die eigenartigen taktilen Reize und versuchte, ihr Bewusstsein direkt zu erreichen. Zu meiner Überraschung war dies wesentlich leichter, als ich angenommen hatte. Sobald ich mich darauf konzentrierte, erschien das komplexe Konstrukt neben meinem Verstand. Seltsamerweise fehlte jegliche Software. Es war, als hätte man ihr Gehirn vollständig gelöscht und ausschliesslich ihren Körper als leere Hülle zurückgelassen. Ebenfalls fiel mir auf, dass die Hardware identisch zu meiner war, obwohl ich mich noch genauestens an die strukturellen Unterschiede gegenüber meiner Tochter erinnern konnte. Aus welchem Grund auch immer existierten sie nicht mehr.

Stella? Kannst du mich hören? Fragte ich gedanklich.

Keine Antwort erreichte mich.

Vielleicht muss ich mich stärker mit ihrem Verstand verbinden, dachte ich hoffnungsvoll.

Gerade als ich damit beginnen wollte, meine Denkweise mit der meiner Tochter zu synchronisieren, wurde mir bewusst, dass dies überhaupt nicht notwendig war. Es existierten keinerlei Unterschiede ausser die der fehlenden Software. Verunsichert dachte ich nach, während sich mir plötzlich noch weitere Bewusstseine offenbarten. Nach kurzer Zeit zählte ich sechs davon. Allesamt verfügten über exakt dieselbe Gehirnstruktur, jedoch ohne Wissen, erlernte Fähigkeiten oder Instinkte. Ab diesem Moment war ich mir nicht mehr sicher, ob sich das Bewusstsein meiner Tochter darunter befand. Mindestens fünf von ihnen mussten anderen Drachen angehören. *Es existieren keine anderen Drachen ausser Tom, Stella und Mario. Oder etwa doch? Gehören diese Bewusstseine überhaupt Drachen oder handelt es sich um andere Lebewesen?* Fragte ich mich.

Um meine Theorie mit den anderen Lebewesen zu prüfen, konzentrierte ich mich auf die taktilen Empfindungen der Flügel, des Gesichts und des Schwanzes eines dieser Exemplare. Alles war identisch zu meinem eigenen Körper, weswegen ich vermutete, auf die Bewusstseine von anderen Drachen zugreifen zu können. Aus welchem Grund auch immer waren diese Tiere jedoch nichts als leere Hüllen.

Da ich nichts zu verlieren hatte, begann ich, meinen Verstand in einen dieser Drachen zu übertragen. Hierfür musste ich lediglich meine gesamte Denkweise kopieren und zeitgleich synchronisieren, sodass ich gemeinsam mit dem anderen Drachen denken konnte. Innert kürzester Zeit hatte ich die Übertragung meines Verstands bereits abgeschlossen. Nun war ich und das Bewusstsein dieses Drachen eins geworden. Ich öffnete meine Augen und sah zwei komplett unterschiedliche Bilder zeitgleich. Um nicht beide Körper simultan zu steuern, koppelte ich gewisse Systeme voneinander ab, die für die Koordination der Muskeln zuständig waren. Nun gelang es mir, die Augen lediglich aus der neuen Perspektive zu öffnen.

Ich befand mich in einem gläsernen Behälter, der vollständig mit einer klaren Flüssigkeit gefüllt war. Dies erklärte, weshalb der Körper dieses anderen Drachen beatmet wurde. Neugierig blickte ich umher. Alles fühlte sich genauso an wie in meinem eigenen Körper. Einen Augenblick befürchtete ich sogar, die Verbindung verloren zu haben, jedoch konnte ich mein originales Bewusstsein noch immer fühlen und hatte vollumfänglichen Zugriff darauf.

Erstaunt über meinen neuen Körper betrachtete ich das Labor ausserhalb des Glaszylinders, in dem ich eingesperrt war. Obwohl sich keine Menschenseele hier befand, war alles hell beleuchtet. Neben einigen Monitoren stand ein breiter Stuhl. Daneben lag ein Helm, der mithilfe von einigen Kabeln an das Frequenzmessgerät angeschlossen war, mit dessen Hilfe Benjamin meine telepathische Frequenz entdeckt hatte. Seitlich neben mir befanden sich mehrere Drachenkörper in weiteren Glaszylindern. Allesamt hatten rubinrote Schuppen und glichen meinem originalen Drachenkörper perfekt. Ausserdem wurden alle beatmet und erhielten eine Infusion in den rechten Flügel. Ein Blick auf mich selbst verriet mir, dass ich in exakt solch einem Körper steckte und ebenfalls eine Infusion erhielt.

Das sind alles Klone von mir, stellte ich überrascht fest.

Nichts an mir war gefesselt. Ich konnte mich frei in der lauwarmen Flüssigkeit bewegen. Einzig das an meinen Kopf befestigte Beatmungsgerät und die Infusion schränkten meine Bewegungsfreiheit ein. Mit einer Klaue des rechten Vorderbeins klopfte ich gegen die Glasscheibe. Anschliessend schlug ich mit wesentlich mehr Kraft dagegen, um sie zum Bersten zu bringen. Einerseits wollte ich aus diesem Behälter entkommen und andererseits war dies eine Chance, meine Familie aus der Gefangenschaft zu befreien.

Meine Klauen schlugen hart gegen das Glas, jedoch bildeten sich keinerlei Sprünge. Ich versuchte es erneut mit mässigem Erfolg. Wieder und wieder schlug ich auf die Wand des Zylinders ein. Jedes einzelne Mal steckte die Scheibe meinen Angriff problemlos weg. Nun stemmte ich mich rücklings gegen das Glas, während ich eine ausgestreckte Klaue mit allen Vieren nach vorn drückte. Hierbei setzte ich die Krallenspitze wie ein Messer ein. Mit viel Kraft ritzte ich die Scheibe von innen her ein, bis sich ein deutlich sichtbarer Kratzer gebildet hatte. Anschliessend hielt ich die Klaue dagegen und schlug mit einem weiteren Bein danach, als würde ich einen Nagel in die Wand hämmern.

Mit einem leisen Knacken vergrösserte sich der Kratzer zu einem Sprung, der mit jedem Schlag mehr Verästlungen aufwies. Ein letztes Mal schlug ich dagegen, bis die Scheibe endlich barst. Die Flüssigkeit spritzte heraus und riss mich augenblicklich mit, bis ich teilweise durch das eben entstandene Loch gedrückt wurde. In diesem Moment war ich froh über den widerstandsfähigen Körperbau eines Drachen, denn ohne meinen Schuppenpanzer hätte sich die scharfe Kante, auf der mein Bauch nun lag, bis in meine inneren Organe gebohrt.

Nachdem sich der Zylinder zur Hälfte geleert hatte, zwängte ich mich vollständig durch die Öffnung hindurch. Anschliessend riss ich die Infusionsnadel aus meinem rechten Flügel und löste das Atemgerät von meinem Kopf. Während ich die Maske von meiner Schnauze zog, fühlte ich, wie sich der Beatmungsschlauch sowohl in meiner Nase als auch meiner Luftröhre bewegte. Ich erschauderte bei dem Gefühl, ihn vollständig herauszuziehen. Hustend und schniefend schüttelte ich mich. Gleich darauf schluckte ich einige Male leer, da mein Hals vollständig ausgetrocknet war. Ein seltsamer Gestank ging von der ausgelaufenen Flüssigkeit aus, weswegen ich grösstenteils durch das Maul atmete. Neugierig blickte ich umher.

Was hat Ben mit diesen Klonen vor? Fragte ich mich bei einem Blick auf die vielen Sensoren innerhalb des Helms, mit dem sich menschliche Gehirnströme messen liessen.

Da das Frequenzmessgerät mit dem satellitenschüsselförmigen Empfänger beziehungsweise Sender damit verbunden war, vermutete ich, dass er versucht hatte, gedanklich mit den Klonen zu kommunizieren.

Bei diesen leeren Hüllen ist das verschwendete Lebenszeit, dachte ich schmunzelnd.

Nun fragte ich mich, weshalb Benjamin uns überhaupt gefangengenommen hatte. Ich konnte mir nicht vorstellen, dass einzig die Verärgerung aufgrund meiner Entscheidung, ihm nicht mehr mit seinen Missionen zu helfen, dazu beigetragen hatte, diese drastischen Massnahmen zu ergreifen. Momentan war mir sein Motiv schleierhaft. Ausserdem stimmte mich die Tatsache mulmig, dass er Klone von mir erschaffen und mir nicht einmal Shona darüber berichtet hatte.

Während ich die anderen Drachen anstarrte, fiel mir auf, wie gut sich dieser Körper anfühlte. Egal wie ich meinen Kopf bewegte, es entstanden keine Schmerzen. Ausserdem hatte ich keinerlei Verletzungen mehr, die mich beeinträchtigten. Grinsend vor Freude sprang ich im Labor umher, dessen Fussboden aufgrund der ausgelaufenen Flüssigkeit nass und rutschig war. Lachend nahm ich Anlauf, schlitterte über den schmierigen Untergrund und kam erst vor einer der beiden Türen zum Stillstand. Augenblicklich verliess mich mein Spieltrieb, da ich mir meiner Pflichten bewusst wurde. Mit einem mulmigen Gefühl blickte ich noch einmal zu den Klonen, die in gewisser Weise traurig wirkten, wie sie leblos in diesen Glaszylindern steckten, bevor ich den Raum verliess.

Ausserhalb des Labors befand sich ein langer, höchstwahrscheinlich unterirdischer Korridor. Kühle Luft strömte mir entgegen, weswegen ich kurzzeitig fröstelte. Ich erhitzte die Luft in meinem Inneren und liess die Wärme in meinen gesamten Körper fortschreiten, bis jegliche Flüssigkeit auf meinen Schuppen verdampft war. Plötzlich kam mir ein weiterer Gedanke, der meine Neugier abermals weckte. Ich stellte mir vor, meine vordere linke Pranke würde aus Eis bestehen, um sie in eine menschliche Hand zu verwandeln. Überraschenderweise geschah nichts. Ich versuchte es erneut, jedoch ohne Erfolg.

Interessant, dachte ich.

Als ich dem Korridor weiterhin folgte, flackerte mein Sichtfeld und ich fühlte zwischendurch wieder die Metallringe um meine Gliedmassen.

Verwundert blickte ich umher, bis dieses Phänomen nachliess. Leicht zögerlich trat ich noch einen Schritt vor, bis das Bild vollständig schwarz wurde. Erst einige Sekunden später begriff ich, dass meine Augen geschlossen waren. Als ich sie öffnete, befand ich mich wieder in meinem originalen Körper, der zwischen Tom und Stella gefesselt war. Alle anwesenden Personen warteten schweigend. Ich konnte nicht feststellen, wie viel Zeit inzwischen verstrichen war. Ein Blick auf meine Tochter verriet mir, dass sie immer noch schlief, jedoch nahm ich nun ihre Gedanken wahr, was mich zutiefst beruhigte.

Ich versuchte, die Verbindung zu meinem Klon wiederherzustellen, jedoch ohne Erfolg. Es war, als befände er sich ausser Reichweite.

Mist. Ich hätte besser aufpassen sollen, dachte ich.

«*Wobei denn?*», fragte mich Tom verwirrt.

Telepathisch erklärte ich ihm alles, was ich über die Klone wusste, wie ich einen von ihnen gesteuert hatte und welche Hilfe solch ein Klon für uns sein konnte.

«*Das musst du unbedingt den anderen erzählen!*», dachte er begeistert.

Nein, das wäre eine miserable Idee. Ben hat bestimmt Mikrofone oder Kameras in diesem Raum installiert. Falls wir diesen Plan besprechen, könnte er sich darauf vorbereiten und mich beziehungsweise meinen Klon daran hindern.

Verständnisvoll blickte mir Tom in die Augen. Es fiel ihm schwer, den anderen diese gute Nachricht zu verschweigen. Dennoch blieb er stumm. Einzig sein zufriedenes Schmunzeln verriet, dass sich das Blatt für uns unter Umständen gewendet hatte.

Abermals konzentrierte ich mich auf alle Empfindungen eines Klons. Dieses Mal gelang es mir noch rascher, mich auf dieselbe Weise zu verbinden. Ausserdem glückte meine Methode, den Glaszylinder aufzubrechen, erneut. Einzig das Entfernen der Atemmaske war unangenehm. Ohne weitere Zeit zu vergeuden, begab ich mich in denselben Korridor wie zuvor. Seltsamerweise fehlte von meinem vorherigen Klon jede Spur.

Ben oder jemand anderes muss ihn gefunden haben. Eventuell stecke ich in grossen Schwierigkeiten, dachte ich mit zunehmendem Adrenalinpegel.

Instinktiv kehrte ich zum Labor zurück und wählte die zweite Tür auf der gegenüberliegenden Seite. Sie führte in einen dunklen Bereich, der lediglich durch ein halbtransparentes Fenster beleuchtet wurde. Dahinter erblickte ich meine Familie und mich selbst. Ich vermutete, dass es sich hierbei um den

Spiegel unseres Gefängnisses handelte. Nachdem mein Blick für einige Zeit nachdenklich auf meinem eigenen Körper hängengeblieben war, gab ich mir einen Ruck und sah mich im Raum um. Unterhalb des grossen, halbtransparenten Sichtfensters befand sich ein Steuerpult. Bei genauerer Betrachtung stellte ich fest, dass es sich um eine Fernsteuerung für die Fesseln und den Käfig handelte. Ich legte alle fünf Schalter um, wobei sich alle Metallringe ohne Zeitverzögerung öffneten. Selbst die Gittertür des Käfigs sprang automatisch auf. Alle befreiten sich von ihren Fesseln oder verliessen den Käfig. Vanessa eilte zu meinem originalen Körper, löste den Lederriemen und versuchte, mich anzusprechen. Voller Freude tapste ich zur Tür links neben dem Steuerpult und betrat den Gefängnisraum.

Stella war die Erste, die meinen Klonkörper entdeckte. Sie wirkte, als wäre sie eben erst aufgewacht und blickte verwirrt zwischen meinem originalen Körper und dem meines Klons umher.

«Papa?», fragte sie verunsichert.

Ja, ich bin es, mein Schatz. Geht es dir gut? Ich habe mir Sorgen um dich gemacht, antwortete ich telepathisch.

«Ich bin sehr müde.»

Gleichzeitig mit ihrer verbalen Antwort teilte sie mir ihre Empfindungen telepathisch mit. Sie litt unter keinerlei Schmerzen und es schien ihr gut zu gehen. Erleichtert trat ich auf sie zu und stupste sanft ihre Schnauze an.

Tom, Mario und die anderen erblickten mich nun ebenfalls. Bis auf meinen Bruder waren allesamt verwirrt. Selbst Mario wusste nicht, zu welchem meiner Körper er sich in diesem Durcheinander zurückziehen sollte.

«Was geht hier vor sich?», fragte Vanessa als Erste und stellte sich schützend vor meinen originalen Körper.

Ihrem Verhalten nach vermutete ich, dass sie mich für jemand anderen hielt.

«Gefällt dir mein neuer Körper?», entgegnete ich grinsend, um ihr die Verwirrung zu nehmen.

«Ähm … ja, eigentlich schon. Aber wie …?»

«Das sollten wir besprechen, wenn wir entkommen sind. Wir befinden uns jetzt auf der Flucht.», ermahnte uns meine Mutter.

Ratlos blickte ich zu meinem originalen Körper. Einerseits wollte ich wieder in diesen zurückkehren und andererseits konnte uns der Körper eines Klons gute Dienste leisten. Ich entschied, vorläufig meinen Klon zu steuern und meinen anderen Körper lediglich mitzunehmen.

Mit den Zähnen packte ich mich selbst am grossen Horn der linken Kopfseite. Sachte zog ich mich über den glatten Fussboden. Es fühlte sich seltsam an, den eigenen Körper auf diese Weise mitzunehmen. Einerseits wusste ich, dass es sich um mich selbst handelte, und andererseits war dieser Gedanke unvorstellbar, da ich mich aus der Perspektive eines anderen sah.

«Pass auf!», schrie Silvia plötzlich.

Erschrocken blickte ich umher und entdeckte einen Mann unter dem Türrahmen, der vollständig in einem schwarzen, gepanzerten Anzug steckte und mit der Plasmakanone eines Alienraumschiffs auf mich zielte. Einen Sekundenbruchteil später schoss ein hellrot leuchtendes Projektil auf mich zu. Als es mich an der von meinem originalen Körper abgewandten Seite traf, verdampfte meine linke Flügelhaut zischend, während sich die rote Masse bis auf den Fussboden verteilte. Lediglich die Knochen meines Flügels waren übriggeblieben. Ein unvorstellbar starker, brennender Schmerz breitete sich an meiner linken Seite aus. Meine Beine gaben nach und ich stolperte auf den hellgelb glühenden Beton. Augenblicklich versank ich einige Zentimeter tief in dieser zähen Masse. Die brennbare Substanz in meinem Rachen verdampfte, fing Feuer und erhitzte meinen Körper zusätzlich. Von meinen Schmerzen paralysiert blickte ich meinem Bruder entgegen, der das Geschehen in Schockstarre beobachtete. Gleich darauf warf er dem Mann einen zornigen Blick zu, entschied sich jedoch, meinen originalen Körper vor der heissen Einschlagstelle des Plasmas in Sicherheit zu bringen. Im Gegensatz zu mir biss er meinem Körper in den Nacken, um ihn zu sich zu ziehen.

Der Mann schoss ein weiteres Plasmageschoss auf mich ab. Dieses Mal wurde ich mitten im Gesicht getroffen. Mein Augenlicht verschwand in dem Sekundenbruchteil, als mich die unbeschreiblich intensive, scheinbar masselose Hitze erreichte. Die Schmerzen waren nun derart gewaltig, dass ich mir nichts sehnlicher wünschte, als mein eigenes Ableben, oder zumindest das meines Klons. Ich versuchte bereits, die telepathische Verbindung zu trennen, als mich erneut eine Welle dieser Hitze traf. Es fühlte sich an, als würde es mich bis auf mein Innerstes zerreissen. Dann war da plötzlich nichts mehr. Einzig ein leichtes Brennen auf meiner linken Gesichtshälfte blieb zurück. Ich öffnete meine Augen und stellte fest, dass ich abermals die Verbindung zu meinem Klon verloren hatte, mit dem Unterschied, dass ich nun die Ursache klar bestimmen konnte. Keuchend und japsend blieb ich liegen, während mich weitere Wellen der Hitze zu durchströmen schienen. Lodernde Flammen gingen von den kohlschwarzen Überresten meines Klons aus und wurden in Form eines Strudels in einen schmalen Spalt unterhalb der Decke gesogen. Ich blickte an meinem Körper herab, wobei ich erleichtert feststellte, dass ich grösstenteils unverletzt war. Sobald ich diese Erkenntnis erlangt hatte, verblassten die wellenartigen Hitzeschübe in einem unangenehmen Kribbeln. Schlussendlich blieb lediglich noch ein leichtes Brennen an meiner linken Gesichtshälfte zurück, die offensichtlich wirklich verbrannt war.

Ein Schrei befreite mich aus meiner Starre. Stella hatte dem Mann in den rechten Arm gebissen, der trotz seiner Panzerung gequetscht worden war. Wütend schüttelte er meine Tochter durch die Luft, bis sie den Halt verlor und mit voller Wucht gegen die Betonwand geschleudert wurde. Während des Aufpralls stiess sie ein schmerzerfülltes Jaulen aus.

Noch immer fiel es mir schwer, mich zu orientieren. Ich wollte meiner Tochter zur Hilfe eilen, jedoch verlor ich das Gleichgewicht, sobald ich mich aufrichtete. Voller Schwindel kippte ich zur Seite, stiess mit dem Kopf gegen den noch heissen Untergrund und litt unter neuen Schmerzen oberhalb meines Nackens. Mein Blick fiel auf Tom, der verkrampft zuckend neben mir lag. Da er keinerlei äusserliche Verletzungen aufwies, vermutete ich, dass er elektrisiert worden war. Mario hatte sich zu den anderen in den Käfig zurückgezogen, um der extremen Hitze zu entkommen, die noch immer von meinem Klon ausging, dessen verkohlter Körper beinahe zur Unkenntlichkeit entstellt war. Die Luft im gesamten Raum flimmerte stark und orangerote Flammen gingen vom aufgeplatzten Hals meines Klons aus. Von seinem Kopf waren lediglich halb geschmolzene Reste des Schädels und Asche übriggeblieben. Einzig seine rechte Seite war unversehrt.

Ich schloss die Augen, atmete einmal tief durch und konzentrierte mich auf das Wesentliche. Es gelang mir, mich aufzurichten, jedoch hielt ich in der Bewegung inne, als ich den bewaffneten Mann erblickte, der Stella unter den linken Arm geklemmt hatte. Mit einer Hand hielt er ihr die Schnauze zu und mit der anderen drückte er den Lauf einer Pistole gegen ihr geschlossenes, rechtes Auge. Dies war die einzige Stelle eines Drachen, von der ich überzeugt war, dass der Treffer eines Projektils garantiert zum Tod führen würde. Stella wand sich mit aller Kraft im Griff dieses Mannes, schlug mit ihrem Schwanz auf seinen Rücken ein und grub ihre Klauen in das widerstandsfähige Gewebe seines Anzugs.

Stella, nicht! Wenn du dich zu sehr wehrst, tötet er dich, rief ich ihr gedanklich entgegen.

«Stopp! Bitte! Lass sie am Leben. Ich mache alles, was du willst.», flehte ich den Mann währenddessen an.

Stella stiess ein trauriges Wimmern aus und stellte ihre Gegenwehr ein. Der Mann wandte seine Aufmerksamkeit nun mir zu.

«Darauf zähle ich. Sorge dafür, dass alle wieder gefesselt sind und ich verschone deine Tochter.»

Augenblicklich erkannte ich seine Stimme.

«Ben, was soll dieser Wahnsinn?»

«Das muss dich nicht interessieren. Jetzt beeile dich!»

Eingeschüchtert warf ich Vanessa einen Blick zu, die Benjamin mordlustig anstarrte. Sie nahm Mario auf den Arm, trug ihn zu seinen Fesseln und band ihm den Lederriemen um. Währenddessen betrat ich vorsichtig den Nebenraum, um die Fesseln zu aktivieren. Mit einem Klacken schlossen sich die Metallringe um seine Gliedmassen. Mario blickte Vanessa fragend an. Mit Tränen in den Augen zog sie sich zurück und widmete sich Tom, der noch immer leicht zuckend auf dem Boden lag. Währenddessen jaulte Mario, als würde er nach seiner Mutter rufen. Nachdem wir Tom ebenfalls gefesselt hatten, verschwand Vanessa im Käfig und ich betätigte den Schalter, der die Gittertür automatisch schloss.

Als ich den Raum abermals mit eingezogenem Kopf betrat, wimmerte Stella traurig. Benjamin hielt ihre Schnauze mit solch einer Gewalt fest, dass Stellas Blut von seinen Handschuhen tropfte. Telepathisch empfing ich die brennenden Schmerzen, die von ihren Lefzen ausgingen, begleitet von einem heftigen Stechen in ihrem Oberkiefer.

«Könntest du sie nicht wenigstens ein bisschen behutsamer festhalten?», fragte ich traurig und wütend zugleich.

«Dass sie mir wieder in den Arm beisst? Nein, danke. Jetzt folge mir ins Labor.»

Benjamin verliess langsam den Raum, ohne seinen Blick von mir abzuwenden. Ich konnte sein Gesicht zwar nicht hinter dem Visier seines Helms erkennen, jedoch bewies seine Körperhaltung, dass er mich ununterbrochen anstarrte. Mit einem flüchtigen Blick auf die Plasmakanone, die Benjamin zurückgelassen hatte, folgte ich ihm. Ohne Stella zu gefährden, würde ich diese Waffe ohnehin nicht einsetzen können.

«Papa, ich habe Angst.», vernahm ich Stellas Gedanken.

Ich auch, mein Schatz. Aber es wird alles wieder gut, versuchte ich, sie zu beruhigen.

Mit mehreren Metern Abstand tapste ich hinter Benjamin her, der Stella rückwärts ins Labor trug. Die Pistole hielt er noch immer gegen ihr rechtes Auge. Stellas Atem ging stossweise und sie zitterte, während sie mich verängstigt anstarrte. Kontinuierlich tropfte Blut von ihrer Schnauze. Ihren Empfindungen entnahm ich, dass sie bereits jegliches Gefühl in den Lefzen verloren hatte. Dies liess einen lodernden Zorn in mir anschwellen. Unwillkürlich ging ich mehrere Möglichkeiten durch, Benjamin auszuschalten oder erneut Besitz eines weiteren Klons zu ergreifen.

Solltest du die Gelegenheit dazu erhalten, hast du nun offiziell die Erlaubnis von mir, ihn zu verletzen, übermittelte ich Stella meine zornigen Gedanken.

«Nachdem ich die Klone von dir erschaffen habe, vermutete ich bereits, einen Fehler begangen zu haben. Selbst nach hunderten Versuchen gelang es mir nicht, sie zum Leben zu erwecken oder mein Bewusstsein in sie zu übertragen. Aber du hast es irgendwie geschafft, dich mit ihnen zu verbinden. Somit hast du bewiesen, dass sie einwandfrei funktionieren, was mich ausserordentlich erleichtert hat. Ich muss nur noch herausfinden, weshalb es dir gelungen ist. Aus diesem Grund musst du dir jetzt ein Implantat einsetzen.»

Mit dem Kopf wies er auf einen Gegenstand, der neben mir auf einem Schreibtisch lag. Dieses Gerät mit dem langen, spitzen Lauf, dem Griff und dem Abzug glich einer futuristischen Pistole. Verunsichert hob ich es mit den Klauen auf und blickte Benjamin fragend an.

«Es funktioniert wie eine Pistole. Du musst deinen Kopf stark nach unten neigen, sodass Lücken zwischen den Schuppen auf deinem Nacken entstehen. Anschliessend hältst du die Spitze des Laufs gegen die Haut und drückst ab. Eigentlich hätte ich dir dieses Implantat selbst verabreicht, aber gefesselt ist es für dich beinahe unmöglich, diese Haltung einzunehmen.»

Wortlos krümmte ich meinen Hals nach unten und tastete mit dem Lauf nach einer Lücke zwischen meinen Schuppen. Tatsächlich gelang es mir, die Nackenhaut mit der kalten Spitze dieses Geräts zu berühren.

«Ist es so richtig?», fragte ich verunsichert.

Vor lauter Nervosität zitterten meine Klauen geringfügig.

«Ja, das ist perfekt. Jetzt musst du nur noch abdrücken.»

Ich schluckte leer, während ich in dieser Position verharrte. Einerseits wollte ich mir nichts implantieren und andererseits wusste ich, dass ich keine andere Wahl hatte. Mit zusammengepressten Augen überwand ich meine innere Blockade und drückte ab. Ein lautes Klackgeräusch ertönte, begleitet von einem kurzen, stechenden Schmerz, der gleich darauf wieder verebbte. Zögerlich hob ich meinen Blick an.

«Als du mir erzählt hast, dass du ein Plasmageschoss überleben konntest, glaubte ich, dies wäre eine Lüge, bis du mir heute das Gegenteil bewiesen hast. Ganze drei Schüsse musste ich verwenden, um deinen Klon zu töten. Drachen sind erstaunlich widerstandsfähige Wesen, nicht wahr?»

«Mhm.», entgegnete ich unschlüssig.

«Ach, was quassle ich wieder vor mich hin. Das geht dich eigentlich überhaupt nichts an. Jetzt fessle dich wieder und ich lasse deine geliebte Tochter frei.»

Sobald du sie freilässt, bist du tot!

Zornig schnaubend verliess ich das Labor, band mir den Lederriemen um die Flügel, wobei mein linkes Flügelgelenk abermals unangenehm zwickte, und legte meine Gliedmassen in die offenen Metallringe. Benjamin schloss die Fesseln vom Nebenraum aus, trat zu uns und blickte in die Runde.

«Wie mache ich das jetzt bloss?», fragte er sich selbst.

Kurzerhand steckte er die Pistole in den Schaft zurück, löste seinen Elektroschocker vom Hosenbund und verpasste Stella einen Stromschlag, bis sie verkrampft zuckend die Augen verdrehte. Wütend schnaubte ich Benjamin flimmernd heisse Luft entgegen, als er meine Tochter in aller Ruhe fesselte.

«Damit kommen Sie nicht durch!», rief ihm Vanessa ebenso zornig entgegen.

«Und ob ich damit durchkomme. Ihr seid allesamt bei einem Erdrutsch in den Alpen ums Leben gekommen.», entgegnete er gelassen.

«Welcher Erdrutsch?», fragte ich verwirrt.

«Den, den wir mithilfe einer Sprengung ausgelöst haben, um diese Geschichte glaubhaft zu gestalten. Ich habe sogar zwei Zeugen organisiert, die die Presse bereits über diesen schrecklichen Vorfall informiert haben.»

Vor lauter Zorn verspannte ich meine Bauchmuskulatur, bis erneut stechende Schmerzen auftraten und ich dazu gezwungen war, mich zu entspannen.

«Weshalb tust du das hier? Welchen Vorteil verschafft es dir, uns hier einzusperren?», fragte ich, so ruhig ich konnte.

«Das geht dich rein gar nichts an. Ausserdem ist all das hier deine Schuld. Mit der Beendigung unserer gemeinsamen Zusammenarbeit hast du mich zu diesen Massnahmen gezwungen.»

Der ist doch komplett verrückt geworden.

Tom, der inzwischen wieder aufgewacht war, blickte fragend umher. Währenddessen schloss ich meine Augen und konzentrierte mich auf die Empfindungen eines weiteren Klons. Zu meiner Überraschung empfing ich rein gar nichts mehr. Selbst die Gedanken von Tom, Stella und Mario blieben mir verborgen.

Tom, kannst du mich hören? Fragte ich ihn telepathisch.

Keinerlei Antwort erreichte mich. Sein Blick war ununterbrochen auf Benjamin gerichtet, wobei ich befürchtete, dass er meine Frage nicht wahrgenommen hatte. Verdutzt starrte ich Benjamin an.

«Du fragst dich bestimmt, weshalb du nicht mehr telepathisch kommunizieren kannst, Nils. Das liegt an deinem neuen Implantat. Ich habe eine aktive Unterdrückung für eingehende und ausgehende Ultraschallwellen eingebaut, die ähnlich zu geräuschunterdrückenden Kopfhörern funktioniert. Es fängt jegliche Signale auf und sendet ein Gegensignal aus, welches das ursprüngliche Signal ausgleicht. Somit bist du sowohl taub als auch stumm, was die Telepathie betrifft.»

Erstaunt über die Effektivität dieses Implantats wog ich meine derzeitigen Fluchtmöglichkeiten ab. Nach einer Weile fiel mir nichts mehr ein, wie ich die momentane Situation bessern konnte, weswegen ich seufzend meinen Kopf auf den kalten Beton legte und auf die noch leicht rauchende Leiche meines Klons starrte.

Ein schmatzendes Geräusch zu meiner Rechten erregte meine Aufmerksamkeit. Stella hatte sich von ihrem Elektroschock erholt und spuckte Blut aus. Leise wimmernd blickte sie mir ins Gesicht. Allem Anschein nach wollte sie mir etwas telepathisch mitteilen, jedoch konnte ich sie nicht verstehen.

«Ich kann dich nicht mehr auf diese Weise hören.», flüsterte ich ihr zu, so leise ich konnte.

Entsetzt und voller Sorge starrte sie mich an. Anschliessend wandte sie den Blick von mir ab. Ihre Aufmerksamkeit galt nun dem Vorgesetzten der DrSG. Wütend spie sie einen gewaltigen, hellblauen Feuerstrahl, der Benjamin vollständig einhüllte. Bis zu diesem Zeitpunkt hätte ich ihr solch ein voluminöses Feuer nicht zugetraut. Einige Sekunden später ging ihr die Puste aus und die Flammen erloschen. Benjamin stand noch immer unversehrt vor uns.

«Diese Einstellung gefällt mir! Du kommst ganz nach deinem Vater.», sprach er fröhlich auf sie ein.

Stella antwortete mit einem zornigen Fauchen.

«Ich habe das Gewebe dieses Anzugs mit der Substanz verstärkt, die euch Drachen eure Feuerresistenz verleiht. Demnach bin ich jetzt vollkommen Feuerfest. Für eure Fesseln habe ich ein ähnliches Verfahren angewendet. Es hat sich herausgestellt, dass eine Legierung aus Stahl und dem in euren Körpern produzierten Material den Schmelzpunkt auf über neuntausend Grad Celsius erhöht. Passenderweise nenne ich es 'Drachenstahl'.», setzte er sichtlich stolz fort.

«Was zum Teufel ist hier los?», unterbrach Oberst Marti Benjamins Redefluss.

Mit verschränkten Armen stand er unterhalb des Türrahmens und musterte uns ausgiebig.

«Guten Tag Oberst Marti. Wie Sie sehen, mache ich gerade einige Fortschritte in meiner Forschung.», entgegnete Benjamin mit leicht nervöser Stimme.

«Sie haben die Befugnis, die Drachen zu Forschungszwecken einzusperren und zu klonen, jedoch schliesst dies nicht diese Zivilisten ein!», schrie Marti ihm ins Gesicht.

Benjamin trat einen Schritt zurück. Sein eingeschüchtertes Gesicht konnte ich mir förmlich vorstellen, obwohl es hinter seinem spiegelnden Visier verborgen war.

«Lassen Sie diese Menschen auf der Stelle frei! Sobald Sie dies getan haben, entziehe ich Ihnen jegliche Sonderrechte. Ausserdem müssen Sie sich vor dem Militärgericht verantworten.», setzte Marti fort, während er zu seinem Funkgerät griff.

Ein lauter Knall liess uns allesamt vor Schreck zusammenzucken. Benjamin hielt seine Pistole auf Marti gerichtet, aus dessen Lauf nun Rauch trat. Zitternd senkte er die Waffe, wobei sein Blick ununterbrochen auf Marti haften blieb.

Delia und meine Mutter schrien erschrocken auf. Silvia vergrub ihr Gesicht schluchzend bei Vanessa und Stella wandte stumm ihren Blick ab.

Der Oberst starrte sein Gegenüber entsetzt an, sackte zu Boden und blieb reglos liegen. In einem leisen Seufzer entwich die Luft aus seinen Lungen, während sich unter ihm eine Blutlache bildete. Ein widerlicher Gestank breitete sich aus, wobei Tom das Gesicht verzog.

«Es tut mir leid, aber ich lasse mich nicht von meinem Plan abbringen. Insbesondere nicht so kurz vor dem Ziel.», rechtfertigte sich Benjamin, als er seine Pistole zurück in den Schaft steckte.

Aufgeregt wanderte er im Raum umher und drückte seine gepanzerte, rechte Hand gegen seinen Helm.

«Mir wird etwas einfallen, wie ich diesen Mord vertuschen kann. Oberst Marti ist auf dem nassen Fussboden ausgerutscht, hat sich den Kopf gestossen und ist unglücklicherweise gestorben. Aber was ist mit seiner Schusswunde? Nein, so kann ich das nicht machen. Das ist es! Einer der Klone ist unerwartet ausgebrochen und hat ihn angegriffen. Dabei wurde sein Oberkörper aufgerissen. Ja, so wirkt es glaubhaft. Ich muss nur noch seine Leiche dementsprechend bearbeiten.», murmelte Benjamin vor sich hin.

«Sie sind ein Monster, wissen Sie das?», fuhr Vanessa ihn wütend an.

«Das kommt ganz auf den Blickwinkel an.», erwiderte er.

Hastig sah er sich im Raum um. Er schien zu planen, wie er sein Schlamassel bestmöglich aufräumen konnte. Plötzlich erklang ein dumpfer Knall. Benjamin erstarrte in seiner Bewegung. Selbst Mario, Delia und meine Mutter verstummten augenblicklich. Ein weiterer Knall drang gedämpft durch die Betonwände hindurch.

Eilig kramte Benjamin sein Mobiltelefon hervor, zog einen seiner Handschuhe aus, wobei er das Telefon beinahe fallenliess, und tippte wild darauf herum. In der Reflexion seines Visiers erkannte ich, dass er sich ein Überwachungsvideo ansah. Zeitgleich mit einem Knall von ausserhalb dieses Raumes sackte eine Person auf dem Video zusammen. Drei weitere Männer eilten herbei. In drei ebenso dumpfen Knallen wurden sie erschossen. Auf einem Einzelbild war zu erkennen, wie Blut aus dem Rücken eines Mannes spritzte.

Blitzschnell huschte ein muskulöser Mann mit einem Scharfschützengewehr durch das Bild. Ich erkannte ihn als Reto Gisler. In diesem Augenblick konnte ich mir ein schadenfreudiges Kichern nicht unterdrücken.

«Das darf doch jetzt wirklich nicht wahr sein! Weshalb muss sich dieser Typ genau den unpassendsten Moment aussuchen, mich anzugreifen?», sprach Benjamin zu sich selbst.

Beinahe hilfesuchend blickte er mich an. Anschliessend richtete er seine Aufmerksamkeit auf meine Kinder.

Nein, bitte nicht! Dachte ich in einem Anflug von Panik.

Benjamin zog seinen Handschuh erneut an, betrat den Nebenraum und öffnete Marios Metallringe. Mein Sohn stand verwirrt auf, blickte umher und tapste mit gefesselten Flügeln in meine Richtung, sobald er sich orientiert hatte. In eiligem Tempo kam Benjamin zurück. Er steuerte direkt auf meinen Sohn zu, der sich zitternd vor Angst gegen meine Seite drückte und versuchte, den Lederriemen von seinem Körper zu streifen.

«Nein!», schrie Vanessa und rüttelte verzweifelt an den Gitterstäben.

«Lass ihn in Ruhe!», fuhr ich Benjamin an.

Als er lediglich noch einen Meter von uns entfernt war, stiess ich einen mindestens ebenso grossen Feuerball aus wie Stella vor wenigen Minuten. Dies schien Benjamin jedoch nicht zu beeinträchtigen. Unbeirrt bückte er sich und griff nach meinem Sohn, der vor lauter Angst erschrocken jaulte. Ich stellte mein Feuerspeien ein, da mir bewusst wurde, wie aussichtslos die derzeitige Lage war. Sobald die Flammen erloschen waren, erkannte ich, dass Mario in seiner Panik uriniert hatte. Nun wurde er von Benjamin unter seinem linken Arm eingeklemmt. Wie bereits bei Stella hielt er Mario grob an der Schnauze fest und drückte den Lauf seiner Pistole gegen das rechte Auge seiner Geisel.

«Welchen Deal hast du mit diesem Attentäter ausgehandelt, dass er dich befreien kommt?», fuhr mich Benjamin an.

«Keinen, ich schwöre! Hiervon weiss ich nichts!»

«Das glaube ich dir nicht. Erzähl mir die Wahrheit, oder ich töte ihn!»

«Das ist die Wahrheit. Ich würde niemals das Leben meines Sohnes aufs Spiel setzen, um dich anzulügen.»

Die Geräusche von ausserhalb wurden lauter. Benjamin trat einige Schritte in Richtung des Nebenraums zurück. Sein Blick war auf die Tür neben dem Käfig zu meiner Linken gerichtet.

«Mach, dass er aufhört! Auf der Stelle!», brüllte er.

«Ich habe nichts damit zu tun. Bitte verschone Mario!», schrie ich mit Tränen der Verzweiflung in den Augen.

Innerlich betete ich, dass Reto die Tür nicht aufbrechen würde. Die Geräusche verstummten kurzzeitig. Alle hielten den Atem an ausser Mario, der noch ein verängstigtes Winseln von sich gab. In einem lauten Knall sprang die Tür abrupt auf. Beinahe zeitgleich wurde Benjamins Kopf nach hinten geschleudert. Das Visier seines Helms splitterte und ein grosses, glänzendes Projektil prallte von mehreren Wänden ab, bis es rasend schnell rotierend auf dem Fussboden landete. Reto trat ein, sein Scharfschützengewehr fortlaufend auf seinen schwer gepanzerten Gegner gerichtet, der während seinem Sturz nach hinten Mario losgelassen hatte. Mit eingezogenem Kopf rannte mein Sohn mir entgegen. Reto wandte seinen Blick kurzzeitig uns zu. Sichtlich verwirrt blickte er auf den mit Menschen gefüllten Käfig, die gefesselten Drachen und die zwei Leichen.

Benjamin richtete sich stöhnend auf. Obwohl sein Visier gesplittert war, hatte er lediglich einige winzige Glasscherben abbekommen, die blutige Schnitte in seinem Gesicht hinterlassen hatten. Reto lud seine Waffe nach und schoss erneut. Im allerletzten Moment konnte Benjamin seinen Arm hochheben, um das Loch in seinem Helm zu verdecken. Das Geschoss prallte an der Panzerung ab und schleuderte ihn geringfügig zurück. In hektischen Bewegungen rappelte er sich auf, flüchtete in den Nebenraum und verschloss die Tür hinter sich. Reto schoss nun auf das Türschloss, was jedoch nichts bewirkte, da es vollkommen schusssicher war. Anschliessend versuchte er es mit der halbtransparenten Glasscheibe, die von dieser Seite einem Spiegel glich. Lediglich kleine Sprünge bildeten sich darin, was den Auftragsmörder nicht zufriedenstellte. Er machte eine abweisende Geste und wandte sich mir zu.

«Ich hätte nicht erwartet, deine gesamte Familie hier zu finden.», begrüsste er mich, meinen Klon und Oberst Marti ignorierend.

«Was machst du hier?», fragte ich verwirrt.

«Die DrSG hindert mich bereits seit Wochen an der Arbeit und ich wollte dem endlich ein Ende bereiten. Da Benjamin Haag momentan stark mit euch beschäftigt ist, habe ich diese Gelegenheit ergriffen.»

«Kannst du uns befreien?»

Reto blickte kurzzeitig zum Spiegel, hinter dem sich Benjamin versteckte.

«Ich bin hier nicht auf einer Rettungsmission.», antwortete er schliesslich.

«Bitte! Ich flehe dich an!»

Seufzend betrachtete er unsere Fesseln und den Käfig.

«Euch Drachen kann ich nicht befreien, aber die Gittertür lässt sich aufbrechen.»

Bevor ich die Diskussion fortsetzen konnte, zielte er mit seinem Gewehr auf das elektronische Schloss des Käfigs und drückte ab. In einem lauten Knall sprühten Funken durch den Raum. Als kurz darauf wieder Stille einkehrte, zog er das Gitter auf. Er hatte den Riegel perfekt getroffen, wodurch er nun in mehrere Teile zersplittert auf dem Boden lag.

«Bitte sehr.», sagte er und wies mit einer einladenden Geste zur linken Tür, aus der er gekommen war.

«Kannst du sie nicht ebenfalls befreien?», fragte Vanessa ihn.

«Mal sehen. Vielleicht bringt dieses Ding etwas.», entgegnete er und steuerte schnurstracks auf die Plasmakanone zu, die immer noch auf dem Boden lag.

«Nein, die nicht!», rief ich erschrocken aus.

Bei dem Gedanken an die unerträgliche Hitze brannte meine linke Gesichtshälfte schubweise. Anschliessend fror ich an der betroffenen Stelle. *Weshalb führen Verbrennungen dazu, dass man friert?* Fragte ich mich.

«Weshalb nicht?», fragte Reto verwirrt, während er die futuristische Waffe mit dem langen, kantigen Lauf interessiert musterte.

«Das ist eine Plasmakanone. Die Hitze dieser Waffe kann selbst Drachen töten.», entgegnete ich mit dem Blick auf die schwarz gebrannte Leiche meines Klons gerichtet.

«Oh, dann weiss ich jetzt, was ich damit machen werde.»

Reto zielte auf den Spiegel und drückte ab. Zu unser aller Enttäuschung geschah nichts. Benjamin aktivierte ein Licht innerhalb des Nebenraums, wodurch wir ihn urplötzlich hinter der halbtransparenten Scheibe sehen konnten.

«So funktioniert das leider nicht. Nur mit dem RFID-Chip in meinem Handschuh lässt sich diese Waffe aktivieren.», bluffte Benjamin.

Seine Stimme klang aus einem kleinen Lautsprecher unterhalb des Spiegels. Er hatte seinen Helm inzwischen ausgezogen und beobachtete uns mit finsterem Blick.

«Dann eben nicht.»

«Und wenn du glaubst, du könntest mich töten, täuschst du dich gewaltig.»

Benjamin betätigte einen Schalter, ohne uns aus den Augen zu lassen. Toms Fesseln lösten sich. Leicht verwirrt stand mein Bruder auf und gesellte sich zu Delia, die ihm den Lederriemen entfernte.

«Verdammt, das wollte ich nicht. Eigentlich ist das hier der richtige Schalter.», korrigierte sich Benjamin.

Die Metallringe um meine Gliedmassen lösten sich und ich stand ebenso verwundert auf wie Tom.

«Jetzt noch das hier. Hoffentlich funktioniert auch alles.», setzte er fort, wobei er auf seinem Mobiltelefon herumtippte.

In einem Wimpernschlag veränderte sich meine Wahrnehmung. Eben schien ich noch gewusst zu haben, was diese seltsamen Wesen vor mir waren, jedoch konnte ich mich nicht mehr erinnern. Ein zähes, weiches Etwas war um meinen Körper gewickelt. Fauchend zog ich mich mehrere Schritte zurück, in der Hoffnung, die seltsamen Wesen würden mich nicht angreifen, während ich mich von diesem Ding befreite. Einen Kampf würde ich mit bewegungsunfähigen Flügeln höchstwahrscheinlich nicht gewinnen können. Glücklicherweise blieben allesamt stehen, wodurch es mir gelang, mich aus dem dünnen, braunen Etwas zu winden. Währenddessen schoss ein stechender Schmerz durch mein vorderes, linkes Flügelgelenk. Plötzlich verspürte ich einen unstillbaren Heisshunger. Obwohl viele seltsame Wesen auf ihren Hinterbeinen in meiner Nähe standen, die mir aufgrund ihrer schieren Anzahl gefährlich werden konnten, liess ich meinem Hunger freien Lauf und ignorierte meine Schmerzen. In einem Satz sprang ich das erstbeste Wesen an, was mir vor die Schnauze geriet, und biss ihm in die Kehle. Zu meiner Verwunderung verteidigte es sich nicht einmal, als ich ihm die Adern aufriss und mir das Blut entgegenspritzte. Einzig die anderen Wesen reagierten auf meinen Angriff. Sie brachen in Panik aus und erzeugten schrille Laute.

Ebenso plötzlich, wie ich vergessen hatte, welche Personen mit mir im selben Raum standen, wurde ich mir wieder allem bewusst. Schockiert stellte ich fest, dass ich mich soeben auf Reto Gisler gestürzt und ihm die Kehle aufgerissen hatte. Ich wusste weder, woher dieser Impuls gekommen war, noch wie ich dagegen ankämpfen konnte, was mir in diesem Augenblick Angst bereitete. Reto gab ein letztes Gurgeln von sich. Blut strömte aus seinem Mund. Ich erschauderte, als mir bewusst wurde, dass mein Maul nun ebenfalls mit Blut gefüllt war. Angewidert spuckte ich aus und wischte mein Gesicht mit den Flügeln sauber, so gut es ging. Anschliessend wandte ich mich den anderen zu, die mich allesamt schockiert anstarrten.

«Das war ich nicht. Ich weiss nicht, was plötzlich in mich gefahren ist.», antwortete ich ebenso schockiert über mein Verhalten.

«Ja! Es funktioniert prächtig! Demnach war meine Mühe doch nicht umsonst.», jubelte Benjamin.

Das war das Implantat in meinem Nacken, stellte ich erschrocken fest.

«Jetzt fesselt euch wieder, ansonsten hetzte ich euch Nils auf den Hals, und zwar wortwörtlich.», fuhr er fort.

Ich warf meinem Bruder einen vielsagenden Blick zu.

«Du musst mich fesseln, dann könnt ihr mit mir fliehen.», sagte ich.

«Und was ist mit Stella?»

Meine Tochter blickte mir traurig in die Augen. Sie war als Einzige noch gefesselt.

«Vielleicht können wir gemeinsam die Glasscheibe durchbrechen.», schlug ich vor, da wir ohne das Steuerpult im Nebenraum keine Möglichkeit besassen, Stella zu befreien.

«Bitte zwingt mich nicht dazu, diesen Knopf zu drücken. Ein derartiges Blutvergiessen wäre vollkommen unnötig.», unterbrach uns Benjamin.

Da er ausser dem Implantat nichts in der Hand hatte, mit dem er mich kontrollieren oder erpressen konnte, versuchte ich nun, es mir aus dem Nacken zu reissen. Ich beugte meinen Kopf nach vorn und griff mir mit zwei Klauen zwischen die Schuppen. Als ich exakt die richtige Stelle wiedergefunden hatte, an der das Implantat eingedrungen war, zog ich mit den Krallenspitzen an der Haut, bis es zu schmerzen begann. In einem Ruck riss ich meine Klauen nach hinten und stellte ernüchternd fest, dass ich lediglich einen blutverschmierten Hautfetzen, nicht jedoch das Implantat erwischt hatte.

«Ihr lasst mir leider keine andere Wahl.», sagte Benjamin mit echt wirkendem Bedauern in seinem Gesicht.

Das Wesen hinter der seltsam spiegelnden Oberfläche, was mir eben noch bekannt vorgekommen war, starrte mich durchdringend an. Dieser Blick weckte Zorn in mir. Bevor ich mich ihm widmen konnte, kehrte mein Heisshunger zurück. Auf meiner Zunge schmeckte ich Blut, was meinen Appetit noch vergrösserte. Intensiv schnuppernd fielen mir die anderen Wesen auf, die in greifbarer Nähe neben mir standen. Mein Bruder schien sie entweder nicht bemerkt zu haben oder er ignorierte sie, denn sein Blick war kontinuierlich auf mich gerichtet. Ich wollte ihn bereits mit einem Fauchen warnen, als ich meinen Sohn in den Klauen eines dieser Wesen entdeckte. Obwohl allesamt dicht beisammen standen und sich demnach Herdenschutz boten, war ich dazu gezwungen, anzugreifen, um meinen Sohn zu beschützen. Mein zusätzlicher Heisshunger erleichterte mir das Missachten jeglicher Vorsicht.

Wütend knurrend sprang ich auf ein weiteres Wesen zu. Bevor ich es erreichte, wurde ich seitlich getroffen. Ich stürzte zu Boden, wobei sowohl das vordere Gelenk meines linken Flügels als auch mein Bauch schmerzte. Sobald ich erkannte, dass mich mein Bruder beiseitegestossen hatte, fauchte ich ihn wütend an, um ihm zu signalisieren, er solle verschwinden. Meine klare Körpersprache ignorierend stellte er sich mir in den Weg und versperrte mir somit den Zugang zu meinem Sohn. Zähnefletschend starrte ich ihm in die grünen Augen. Ich stiess ein weiteres, bedrohliches Fauchen aus. Einerseits wollte ich meinen Bruder nicht verletzen, jedoch konnte ich mein Kind nicht im Stich lassen. Mein unerklärlicher Heisshunger verkürzte meine Geduld zunehmend. Ich versuchte, an meinem Bruder vorbeizugehen, jedoch ahmte er meine Bewegungen nach. Um ihm den Ernst der Lage näherzubringen, schnappte ich demonstrativ in seine Richtung.

Er ignorierte mein letztes Warnsignal und blockierte mir fortlaufend den Weg. Nun sprang ich ihn an, biss ihm in die Kehle und drückte ihn zu Boden. Sobald ich ihn losliess, um mich der Rettung meines Sohnes zu widmen, rappelte er sich auf. Wieder stürzte ich mich auf ihn. Dieses Mal biss ich stärker zu. Er versuchte, mich mit allen Vieren von sich zu drücken, jedoch erfolglos. Leicht wippend zog ich an den Schuppen, die seine Kehle bedeckten, bis sich eine davon knirschend löste. Anschliessend liess ich von ihm ab, spuckte die Schuppe aus und knurrte ihm voller Zorn ins Gesicht.

Währenddessen verspürte ich das unangenehme Gefühl, in der Klemme zu stecken. Ich wusste nicht, woher diese scheinbar unterbewusste Wahrnehmung stammte, weswegen ich sie ignorierte. Bei meinem nächsten Versuch, meinen Sohn zu beschützen, warf mich mein Bruder erneut zu Boden. Als mein Hinterkopf gegen den glatten, aus Stein bestehenden Untergrund schlug, zuckte ein schmerzhaftes Stechen von meiner Stirn bis in meinen Nacken hinunter.

Dies brachte das Fass zum Überlaufen. Voller Zorn knurrend biss ich meinem Bruder in sein linkes Vorderbein und riss meinen Kopf zur Seite, bis seine Knochen hörbar knackend nachgaben. Er stiess ein schmerzerfülltes Jaulen aus, während ich nach seiner Kehle schnappte und leicht wackelnd weitere Schuppen löste. Mit den Klauen seiner rechten Beine umfasste er beide meiner Kiefer und drückte sie auseinander. Wütend packte ich nun auch sein rechtes Vorderbein. Bevor ich es ihm ebenfalls brechen konnte, zögerte ich. Wieder hatte ich das Gefühl, einen furchtbaren Fehler zu begehen. Die seltsamen Wesen neben mir schrien wild durcheinander. Aus welchem Grund auch immer waren sie nicht geflohen. Meinen Sohn hatten sie ebenfalls nicht getötet. Die kurzen, abgehackten Laute, die sie ausstiessen, schienen an mich gerichtet zu sein. Ich konzentrierte mich darauf, bis sie plötzlich Sinn ergaben.

«Nils, bitte komm zurück!», flehte mich Vanessa mit Tränen in den Augen an.

Ich blickte Tom in die Augen, der vor Schmerz die Zähne zusammenbiss und das Gesicht verzerrte. Schockiert liess ich sein Bein los.

«Es tut mir leid, das wollte ich nicht.», entschuldigte ich mich bei ihm.

«Ich weiss doch, Born.», stöhnte er.

Mit den Klauen des rechten Vorderbeins umfasste er seine Kehle und hustete. Anschliessend rappelte er sich langsam auf. Delia eilte ihm zur Hilfe, während Nova kläffend zurückblieb.

«Das dürfte eigentlich nicht geschehen.», vernahm ich Benjamins Stimme. Er tippte erneut auf sein Mobiltelefon ein.

Urplötzlich hatte ich vergessen, was dieses flache, kantige Ding in den weichen Klauen dieses Wesens war. Da es sich hinter einer glatten, spiegelnden Oberfläche befand, widmete ich mich wieder den anderen Wesen. Eines davon berührte meinen verletzten Bruder mit den Vorderbeinen. Sofort sprang ich darauf zu und wurde lediglich von der hellgrünen Flügelhaut meines Bruders aufgehalten. Ich erinnerte mich, dass er mir den Zugang zu meinem Sohn verwehrt hatte, obwohl dieser sich in grosser Gefahr befand. In verzweifelter Frustration biss ich zu und riss ein grosses Stück aus dem Flügel meines Bruders heraus, wobei ihm erneut ein schmerzerfülltes Jaulen entfuhr.

Unsanft stiess ich ihn beiseite. Aufgrund seines gebrochenen Beins sackte er widerstandslos zusammen. Ich wollte umgehend meinem Sohn zur Hilfe eilen. Der flehende Blick meines Bruders liess mich jedoch erstarren. Etwas in mir interpretierte sein Verhalten auf eine eigenartige Weise. Es war, als würde er mir sagen, ich solle die Wesen um uns herum nicht angreifen. Mein Bruder stiess seltsam vertraute Laute aus. Sobald ich mich darauf konzentrierte, änderte sich meine Denkweise.

Mit seiner neuen, gut zwanzig Zentimeter grossen Bisswunde im Flügel lag Tom vor mir und flehte mich an, unsere Familie nicht anzugreifen.

«Gut so! Wehr dich dagegen!», rief mir Vanessa aufmunternd zu.

Wenn das bloss so einfach wäre. Ich muss dem ein Ende bereiten. Ansonsten töte ich noch jemanden, der mir wichtig ist, dachte ich.

«Anscheinend existieren noch einige Fehler in meinem System. Äusserst schade.», kommentierte Benjamin die Situation.

Wieder änderte sich meine Denkweise. Ich vergass alles, was mich als Mensch ausgemacht hatte. Gleich darauf gelang es mir wieder, meine Menschlichkeit zurückzuerlangen. Dieser Zustand wechselte noch einige Male, bis ich verzweifelt den Kopf schüttelte. Ich versuchte mit aller Kraft, dieses Hirngespinst loszuwerden, jedoch schien es mit jeder Sekunde mächtiger zu werden. Bald würde ich mich vollständig in meiner animalischen Denkweise verlieren.

Mein Blick fiel auf das Scharfschützengewehr. Instinktiv bewegte ich mich darauf zu, wobei sich meine Wesensart zweimal wechselte. So schnell ich konnte, nahm ich es zwischen die Klauen, hielt den Lauf gegen die Unterseite meines Kopfes und wollte in dem Augenblick den Abzug betätigen, als Vanessa und meine Mutter gleichzeitig aufschrien.

«Nein!»

«Nicht!»

Ich hielt einen Moment inne und blickte meine Familie verzweifelt an.

«Jetzt sollte es funktionieren.», sagte Benjamin.

Es hatten sich Schweissperlen auf seiner Stirn gebildet. Dass ihn diese Situation aus welchen Gründen auch immer ebenfalls stresste, beruhigte mich geringfügig.

Ich starrte in das schmale Loch dieses langen, unförmigen Gegenstands zwischen meinen Klauen. Seltsamerweise hatte ich vergessen, was ich damit bezwecken wollte. Der Geruch von Blut erinnerte mich an mein eigentliches Vorhaben, meinen Sohn zu beschützen. In einem grossen Satz sprang ich auf das vorderste Wesen der Herde zu. Gleichzeitig rappelte sich mein Bruder auf. Eine grosse, hellgrüne Flamme strömte mir aus seinem Maul entgegen. Erschrocken wich ich mehrere Schritte zurück. Leicht verwirrt, jedoch auch wütend fauchte ich meinen Bruder an. Weiteres Feuer trat aus seinem Rachen. Als es mich geringfügig am Flügel traf, zuckte ich panisch zurück, stellte jedoch fest, dass die Hitze angenehm war. Auf meinem Bruder musste ein Fluch lasten. Anders konnte ich mir die Flammen aus seinem Maul nicht erklären. Ihn auf diese Weise zu sehen, bereitete mir Angst. Mit einem hastigen Blick auf die Wesen hinter ihm fragte ich mich, ob dies deren Werk war und sie mit meinem Sohn dasselbe vorhatten. Bei dem Gedanken, er würde sich ebenso seltsam verhalten wie mein Bruder und Feuer atmen, griff ich erneut an.

Mit aller Kraft biss ich meinem Bruder in die bereits wunde Kehle. Obwohl mich hierbei einige Flammen trafen, blieb ich unverletzt. Mein Bruder gab ein ersticktes Geräusch von sich und versuchte abermals, meinen Kiefer mit den Klauen aufzusperren. Sein warmes Blut strömte mit zunehmender Geschwindigkeit in mein Maul. Gerade als ich ihm die Kehle vollständig aufreissen wollte, um den Fluch zu beenden, näherte sich eines der schreienden Wesen von rechts. Instinktiv schlug ich mit den Klauen danach, da ich meinen Bruder nicht frühzeitig loslassen wollte. Mit dem rechten Auge erkannte ich, dass ich das Wesen mittig am Hals getroffen hatte.

Das Gefühl, einen schrecklichen Fehler begangen zu haben, verstärkte sich, bis ich meinen Bruder schliesslich doch losliess und angespannt auf das in sich zusammensackende Wesen blickte. Es kam mir seltsam vertraut vor. Ich versuchte, mich daran zu erinnern und plötzlich traf es mich wie ein Schlag.

Das Wesen, wessen Kehle ich soeben aufgeschlitzt hatte, war meine Mutter. Voller Entsetzen starrte ich auf die tiefen Schnittwunden, aus denen Unmengen an Blut spritzte. Meine Mutter drückte ihre rechte Hand gegen die beschädigte Halsschlagader, jedoch konnte sie die Blutung nicht stoppen. Bald darauf sackte sie vollständig zu Boden und blieb reglos liegen.

Ein Schmerz, der sich von meiner menschlichen bis hin zu meiner animalischen Wesensart erstreckte, breitete sich in mir aus. Ich verfügte nun sowohl über meine ungezähmte, drachenartige Denkweise als auch das logische Denkvermögen und Wissen eines Menschen. Ich erlebte meine Umgebung urplötzlich intensiver als zuvor, wobei ich das volle Potenzial meiner fünf Sinne auszuschöpfen schien. Anstelle von unkontrollierbaren Instinkten waren nun leichte Bedürfnisse, die sich jederzeit unterdrücken liessen. Es war, als hätte dieses Ereignis meine beiden Wesensarten miteinander vereint, wie ich es bereits in meinen Träumen erlebt hatte.

Mein Atem stockte und ich ging auf meine Mutter zu, die soeben das letzte Mal zuckte. Ihre Pupillen weiteten sich, der unverkennbare Gestank des Todes breitete sich von ihr aus und ich wusste, dass sie für immer von uns gegangen war. Mit stark zittrigen Klauen umfasste ich ihre Hand, die nun eine leblose Kälte auszuströmen schien, obwohl sie eben noch gelebt hatte. Der Heisshunger, den ich aufgrund des Implantats in meinem Nacken verspürte, verblasste im Schmerz meiner derzeitigen Trauer.

«Das ist jetzt aber seltsam.», vernahm ich eine nur allzu bekannte Stimme.

Jegliche Emotionen verwandelten sich augenblicklich in blanken Hass. Knurrend und zähnefletschend drehte ich mich nach Benjamin um, der sich noch immer hinter der halbtransparenten Scheibe versteckte.

«Du warst das!», fauchte ich in einer Tonlage, die mich bereits selbst erschaudern liess.

Ich ignorierte alle Menschen und Drachen, die sich noch im selben Raum befanden und spie einen gewaltigen Feuerstrahl in Richtung der Glasscheibe. Plötzlich wurde mir schwarz vor Augen. Ich hörte, fühlte, roch und schmeckte nichts mehr ausser ein starkes, bedrückendes Gefühl, welches allumfassend meine Sinne überdeckte. Sofort wusste ich, dass es sich um eine Störfrequenz des Implantats handeln musste. Ich beugte meinen Kopf vor, rammte zwei Klauen in die betroffene Stelle und zerrte alles heraus, was ich zu fassen bekam.

In einem kurzen, stechenden Schmerz erlangte ich plötzlich meine Sinne zurück. Zwischen meinen Klauen hielt ich einige blutige Hautfetzen und einen kleinen, spitzen Gegenstand, der das Implantat sein musste. Voller Zorn zerdrückte ich dieses Ding zwischen zwei Klauenspitzen und widmete mich erneut der Glaswand. Benjamins Augen weiteten sich vor Furcht. Blitzschnell flüchtete er in das Labor, was die letzten vier Klone beherbergte.

Mit all meinem Hass erzeugte ich Flammen, deren Hitze trotz des ausgezeichneten Lüftungssystems den gesamten Raum erfüllten. Innert Sekunden vergrösserten sich die Sprünge auf der halbtransparenten Scheibe, bis sie schliesslich ein Netz aus Rissen bildeten. Ich hob das Scharfschützengewehr auf, zielte in Richtung der meisten Sprünge und drückte ab. Mit einem Knall, der einen kurzzeitigen Tinnitus in meinen Ohren verursachte, durchschlug das Projektil die Scheibe. Anschliessend liess ich die Waffe fallen und hechtete auf das eben entstandene Loch zu. Mein Schwung genügte, um es mithilfe meiner Vorderbeine zu vergrössern, bis ich mich vollständig hindurchzwängen konnte. Dass ich mir hierbei die Flügelhaut an einer scharfen Kante aufschlitzte, war mir gleichgültig. Selbst die zunehmenden Schmerzen in meinem Bauch ignorierte ich.

Rache war alles, was mir in diesem Moment von Bedeutung war. Ohne noch einmal zu den anderen zurückzublicken, sprintete ich los in Richtung des Labors. Die verzweifelten, traurigen und drängenden Rufe von Vanessa, Delia und Silvia betrachtete ich lediglich noch als unbedeutende, abgehackte Laute, was sie letztendlich auch waren.

Schnuppernd folgte ich Benjamins Duftspur auf animalische Weise, wie ich es noch nie zuvor getan hatte. Anstelle einer variablen Intensität seines Geruchs nahm ich seine Fährte nun als imaginäre, dreidimensionale Projektion wahr, die mir zentimetergenau anzeigte, wo, wie und wann sich mein Ziel fortbewegt hatte. Selbst die Entfernung zwischen uns konnte ich auf diese Weise ziemlich präzise einschätzen.

Während meiner Verfolgungsjagd nahm ich nebst der Fährte kaum noch etwas wahr. Das Labor, mehrere Korridore und Treppen rauschten unbewusst an mir vorbei. Erst als ich meine eigene Duftspur kreuzte, hielt ich einen Moment inne. Verwirrt blickte ich umher. Ich stand inmitten einer Kreuzung zweier Korridore, zu denen ich keinerlei Erinnerungen hatte. Ausserdem war die Duftspur mindestens eine halbe Stunde alt.

Das muss der erste Klon gewesen sein, mit dem ich mich verbunden hatte. Aber weshalb haben ihn keine anderen Personen begleitet beziehungsweise verschleppt? Fragte ich mich.

Bei genauerer Begutachtung der Fährte fiel mir auf, dass sich der Klon eigenständig fortbewegt haben musste, da in meiner Projektion unscharfe Prankenabdrücke erkennbar waren und seine Geschwindigkeit mindestens zehn Kilometer pro Stunde betragen hatte. Ich konzentrierte mich auf all meine Sinne, insbesondere mein Gehör und den Tastsinn. Augenblicklich fielen mir leichte Erschütterungen gefolgt von unregelmässigen Geräuschen auf, die sich vom leisen Brummen der Lampen und dem Rauschen des Lüftungssystems abhoben. Ohne meine animalische Denkweise hätte ich dies mit Sicherheit nicht wahrnehmen können. Nun versuchte ich, mich mit dem Klon zu verbinden, jedoch ohne Erfolg. Allem Anschein nach befanden sich zu viele Betonwände zwischen uns.

Nachdenklich setzte ich meinen Weg entlang Benjamins Fährte fort. Währenddessen grübelte ich über der Tatsache, dass sich mein Klon ohne mein Bewusstsein fortbewegt hatte.

Kurze Zeit später kreuzte ich erneut die Duftspur meines Klons, die identisch zu meiner eigenen war. Dieses Mal wusste ich, dass er erst vor einer Minute hier vorbeigekommen sein musste.

Hallo? Ist hier jemand? Fragte ich gedanklich.

Schwach empfing ich die verwirrten Gedanken meines Klons. Sein Bewusstsein glich dem Meinen, bevor ich die volle Kontrolle über meine animalische Denkweise erlangt hatte.

«Wer bist du?», entgegnete er fragend.

Ich fühlte, wie er auf meine Empfindungen zugriff, sich direkt mit meinem Bewusstsein verband, da keine Synchronisation notwendig war, und seine Verwirrung auf mich übersprang. Er entdeckte, dass sowohl meine animalische als auch meine menschliche Denkweise aktiv war, was ihm geringfügig Angst bereitete. Er wusste nicht, mit wem er sich soeben verbunden hatte. Bevor ich ihm seine Fragen beantworten konnte, entdeckte er meinen Schmerz, der aufgrund des Todes meiner Mutter entstanden war. In einem Sekundenbruchteil fühlte er dasselbe, spielte die Szene mit dem Implantat aus meinen Erinnerungen ab und entwickelte ebenso viel Hass Benjamin gegenüber, wie ich es bereits getan hatte. Er verstand nun, weshalb meine beiden Wesensarten miteinander verknüpft waren. Dennoch behielt er seine menschliche Denkweise unverändert bei.

«*Wo ist er?*», fragte er mich voller Zorn.

Ich habe seine Duftspur. Er befindet sich schätzungsweise dreihundert Meter vor mir. Du musst umkehren und denselben Weg zurückgehen, bis du auf mich triffst. Anschliessend können wir ihn gemeinsam angreifen.

Mein Klon stimmte meinem Plan telepathisch zu. Ich hörte, wie seine Klauen über den rauen Betonboden kratzten. Nur wenige Sekunden später empfing ich bereits den Anfang seiner Duftspur, die seine Ankunft eine halbe Minute im Voraus ankündigte. Da ich meinen Blick bereits in seine Richtung gewandt hatte, bevor er um die Ecke bog, erblickte ich ihn sofort. Er erstarrte in seiner Bewegung, sah mich einen Augenblick an und trat anschliessend näher. Seine eingeklappten Flügel erregten meine Aufmerksamkeit. Unbewusst richtete er die hinteren Spitzen nach oben, was einen eigenartigen Eindruck erweckte. Ich blickte an mir zurück und stellte fest, dass ich meine eigenen Flügel auf dieselbe Weise angelegt hatte. Leicht verlegen änderte ich deren Position, bis sie in meinen Augen perfekt war.

Wo warst du eigentlich die ganze Zeit? Ich hätte deine Hilfe gebrauchen können, fragte ich den Klon.

Während ich ihn bereits in Richtung Benjamin führte, erklärte er mir telepathisch, was geschehen war. Shona hatte ihn entdeckt und betäubt, bevor er reagieren konnte. Anschliessend war er gefesselt aufgewacht und hatte ihr erklären müssen, was hier vor sich ging und dass meine Familie in Gefahr war. Sobald sie erkannt hatte, dass er die Wahrheit sprach, hatte sie ihn wieder befreit. Sie hatte ihr voreiliges Handeln mit dem Verdacht auf eine Fehlfunktion des Klons begründet.

All dies erklärte er mir in weniger als fünf Sekunden, was ausschliesslich durch die direkte telepathische Übertragung von Erinnerungen möglich war.

Shona wusste von den Klonen?

Verblüfft blickte ich meinem Klon in die Augen.

«*Ja. Aber sie hat gesagt, sie wisse nichts von der Gefangennahme meiner Familie.*»

Du meinst wohl eher unsere Familie, korrigierte ich ihn.

«*Stimmt. Wir sind jetzt beinahe dasselbe Lebewesen. Man könnte uns als eineiige Zwillinge betrachten. Weshalb kannst du eigentlich ohne meine Hilfe denken?*»

Dasselbe könnte ich dich fragen.

Ich fühlte das Bedürfnis des Klons, wieder in den originalen Körper zurückzukehren. Dennoch fragte er nicht danach, da er mich ebenso sehr respektierte wie sich selbst. Ausserdem war sein Verstand beinahe vollständig von Hass und Rachegelüsten erfüllt, weswegen er sich nicht einmal gedanklich nach den Kindern oder Vanessa erkundigt hatte. Er nahm an, dass ich ihm allfällige Nachrichten diesbezüglich bedingungslos mitteilen würde.

Wir erreichten eine geschlossene Tür, hinter der ich Benjamin vermutete. Ohne Absprache erhitzten wir abwechslungsweise das Türschloss mit unserem Feuer, bis es hellorange glühte. Gemeinsam rissen wir es aus der Wand, wobei ein brennender Schmerz von meinem Bauch ausging.

«Alles in Ordnung bei dir?», fragte mich mein Klon besorgt.

Ja, es geht schon.

Meine Aussage beruhigte ihn keineswegs, weswegen er allein die Tür aufstiess und als Erster hindurchtrat. Wir gelangten in das Hauptgebäude der DrSG, in dem nun ein vollständiges Alienraumschiff stand, welches an einen Computer angeschlossen war. Ich roch nun sowohl Benjamins als auch Shonas Geruch. Beide befanden sich in dieser Halle, jedoch bewegten sie sich nicht. Einzig ihre Atmung war zu hören.

Mein Klon warf mir einen leicht neidischen Blick zu, da er sie aufgrund der leisen Nebengeräusche nicht wahrnehmen konnte. Meine animalische Denkweise filterte die akustische Wahrnehmung wesentlich besser als seine.

Telepathisch übermittelte ich ihm die Position der zwei Personen. Wir vereinbarten, uns aufzuteilen, da Benjamin höchstwahrscheinlich nicht mit zwei Drachen rechnete. Während sich mein Klon von vorn näherte, schlich ich mich hinter dem Raumschiff hindurch. Derweil achtete ich darauf, meine Flügel in einem möglichst perfektem Winkel angelegt zu haben. Kurz bevor ich Benjamins Sichtbereich betrat, blieb ich stehen.

Das ist unglaublich! Ich weiss genau, wo er sich befindet, ohne ihn sehen zu können. Meine fünf Sinne kombinieren sich auf eine Weise, die ich bisher nicht für möglich gehalten hätte. Ich kann ihn förmlich durch die Wand hindurch sehen! Dachte ich begeistert.

«Jetzt übertreib mal nicht. Du solltest dich lieber auf den Plan konzentrieren.», erwiderte mein Klon mürrisch.

Ich konzentrierte mich auf die Wahrnehmung meines Klons, um mir einen besseren Überblick verschaffen zu können. Er bog in dieser Sekunde um das Raumschiff herum und entdeckte Benjamin, der Shona festhielt und ihr den Lauf seiner Pistole gegen die Schläfe drückte. Er hatte sich einen neuen Helm angezogen und war demnach vollkommen schusssicher, feuerresistent und vor jeglichen scharfen Gegenständen geschützt.

«Keine Bewegung oder sie ist tot!», rief Benjamin ihm entgegen.

«Okay, okay. Bitte nicht schiessen.», erwiderte der Klon.

Aber die stecken doch unter einer Decke! Ist es nicht gleichgültig, ob Shona stirbt? Fragte ich ihn.

«Nein, das ist es nicht! Sie hat mir geholfen und nachdem wir uns getrennt haben, hat sie sich auf den Weg hierher gemacht, um Benjamins Forschungsdaten zu stehlen, die sie anschliessend der Polizei übergeben wollte, mitsamt einigen Beweisen für seine Verbrechen.»

Meine Verachtung ihr gegenüber wich der Bewunderung und Dankbarkeit. Ich änderte meine Meinung, sie im Stich zu lassen, und pirschte mich leise von hinten an, während sich mein Klon flach auf den Boden legte, um sich zu ergeben.

«Verpasse dir lieber einen Stromschlag mit einem unserer Taser, statt dich zu ergeben.», wies Benjamin ihn an.

«Was? Aber …»

«Tu gefälligst, was ich dir sage, oder sie stirbt!»

Zögerlich und ohne Benjamin aus den Augen zu lassen, tapste der Klon auf den offenen Schrank hinter ihm zu, der mit allerlei Betäubungswaffen gefüllt war. Während er nach einem Elektroschockgerät griff, erreichte ich Benjamin, der mich noch immer nicht bemerkt hatte. Blitzschnell umklammerte ich seine Pistole mit den Klauen des linken Vorderbeins. Mein Gegner erschrak, liess die Waffe los und trat einen Schritt zurück. Nachdem ich die Pistole beiseitegeworfen hatte, stürzte ich mich auf ihn, wobei ich ihm in den linken Arm biss, mit dem er Shona festhielt. Er schrie auf vor Schmerz, liess seine Geisel unfreiwillig los und schlug mir mit dem Knie gegen meinen Kopf. Die plötzliche Erschütterung löste starke Kopfschmerzen aus. Unter neuen Qualen entglitt mir sein Arm und ich sackte kurzzeitig zu Boden.

Benjamin griff nach einer Plasmakanone, die hinter ihm gegen einen Schreibtisch gelehnt war, zielte auf meinen Klon und drückte ab. Da mein Klon die Waffe bereits früher gesehen hatte als ich, wich er dem rot leuchtenden Geschoss geschickt aus und sprang mit allen Vieren unseren Gegner an. Benjamin fiel rücklings zu Boden, griff nach seinem Elektroschockgerät und erwischte meinen Klon beinahe, bevor er sich zurückziehen konnte. Gleichzeitig schlug das Plasmageschoss in einer Seitenwand der ehemaligen Lagerhalle ein, wodurch ein mindestens fünfzig Zentimeter grosses, hellgelb glühendes Loch entstand. Flüssiger Beton tropfte an der Wand entlang nach unten.

Während mein Klon überlegte, wie er Benjamin am besten entwaffnen konnte, trat dieser ihm gegen die Schnauze. Telepathisch fühlte ich den stechenden Schmerz, der sich in seinen Lefzen und seinem Kiefer ausbreitete. Sein Empfinden erinnerte mich an Stella, die ich schamlos zurückgelassen hatte. Für einen Augenblick verspürte ich Reue, jedoch schüttelte ich diesen Gedanken ab, rappelte mich auf und setzte trotz meiner Kopfschmerzen zum Angriff an.

Derweil hatte Benjamin erneut nach seiner Plasmakanone gegriffen. Blitzschnell schoss er in Richtung meines Klons, der dieses Mal nicht mehr ausweichen konnte. Er wurde mittig am Hals und der Brust getroffen. Die unbeschreibliche Hitze, die vom Einschlagsort des Plasmas ausging, liess mich augenblicklich zurückweichen. Stöhnend vor Schmerz sackte der Klon zu Boden und versank mit den Vorderbeinen im geschmolzenen Beton.

Da sich Benjamin ebenfalls aufgrund der Hitze zurückziehen musste und seine volle Aufmerksamkeit dem Klon zuwandte, griff ich ihn von der Seite an, entriss ihm die Plasmakanone und zog ihm den Helm aus. Aufgrund meiner zusätzlichen Gliedmassen und grösserer Körperkraft gelang es ihm nicht, sich zu verteidigen. Gerade als ich ihn bei lebendigem Leibe Feuer ins Gesicht speien wollte, empfing ich die unbeschreiblichen Schmerzen meines Klons. Ich musste ihm jetzt sofort helfen, jedoch wollte ich Benjamin nicht auf eine schnelle Weise töten. Kurzerhand schlug ich mit dem Helm gegen seinen Kopf, wodurch er das Bewusstsein verlor. Anschliessend näherte ich mich dem Klon, dessen Feuer bereits unkontrolliert aus seinen Nasenlöchern schoss. Krampfhaft wand er sich auf dem Boden und wünschte sich nichts mehr als das Ende dieser Qualen.

Obwohl aufgrund der Hitze ein schmerzhaftes Brennen von meiner linken Gesichtshälfte ausging, packte ich meinen Klon mit den Zähnen an einem seiner Hörner und zog ihn mit aller Kraft aus dem weichen Beton heraus. Die kontinuierlichen Schmerzen meines Bauches liessen mich kurzzeitig schwächeln, bis ich mich schliesslich wieder fassen konnte. Plötzlich verschwand der Widerstand und die Beine meines Klons lösten sich. So schnell ich konnte, zog ich ihn in eine kühlere Region dieses Raums und hoffte, er würde sein Feuerspeien erneut unter Kontrolle bringen können. Leider war dies nicht der Fall. Ununterbrochen strömten Flammen aus seinen Nüstern und zwischen den krampfhaft zusammengebissenen Zähnen hervor. Seine Körpertemperatur erhöhte sich fortlaufend.

«Bitte hilf mir! Ich kann das nicht länger aushalten.», empfing ich seine Gedanken.

Um das Feuer ersticken zu können, bedeckte ich seine Schnauze mit meinem rechten Flügel. Gleichzeitig befahl ich ihm, die Luft anzuhalten, was aufgrund seiner Schmerzen beinahe unmöglich war. Zwischendurch überwältigten mich seine Empfindungen, was zu ungewollten Zuckungen führte, die wiederum Sauerstoff unter meinen Flügel brachten.

Ich versetzte mich in die Zeit zurück, als ich damals von einem halb zerstörten Alienraumschiff angeschossen worden war. Bei dem Gedanken an das zugleich höllisch heisse und eiskalte Verbrennungsgefühl erschauderte ich. Dieses Schicksal wollte ich meinem Klon nicht auferlegen. Mit meinem gesamten Körper legte ich mich auf ihn, um möglichst viel von seiner überschüssigen Hitze aufnehmen zu können. Dank unserer starken, wärmeleitenden Eigenschaften dauerte dieser Temperaturausgleich sehr kurz. Bereits nach wenigen Sekunden musste ich selbst die Luft anhalten, da ich befürchtete, die Substanz in meinem Rachen würde sich eigenständig entzünden. Die Hitze, die sich in mir ausbreitete, brannte insbesondere an meiner linken Gesichtshälfte.

Mit wesentlich mehr Kraft als zuvor presste ich den rechten Flügel gegen die Schnauze meines Klons. Nach einer gefühlten Ewigkeit liess die Hitze, die mittlerweile unangenehm geworden war, endlich nach. Das Feuer erlosch und ich konnte den Klon loslassen. Für ihn waren die Qualen jedoch noch längst nicht zu Ende. Stossweise atmend wand er sich auf dem heissen Beton und stiess schmerzerfüllte Laute aus. Sowohl sein Hals als auch der vordere Teil seiner Unterseite waren vollständig verbrannt. Die Schuppen waren allesamt miteinander verschmolzen und hatten eine schwarze Farbe angenommen. Der Geruch von Fleisch, welches viel zu lange gebraten worden war, erfüllte die Halle.

Ratlos blickte ich umher, in der Hoffnung, meinem Klon irgendwie helfen zu können. Ohne eine weitere Nanobot-Injektion musste seine schwere Verletzung auf natürlichem Wege heilen, sofern dies überhaupt möglich war. Mein Blick fiel auf Shona, die Benjamin inzwischen an einen Stuhl gefesselt hatte. Er war wach und liess seinen Kopf niedergeschlagen hängen. Würde ich nicht blanken Hass für ihn empfinden, hätte ich ihn wahrscheinlich bemitleidet.

Plötzlich kam mir eine Idee.

«Habt ihr noch irgendwo Betäubungspfeile?», fragte ich Shona.

«Ja, da in diesem Schrank.», antwortete sie und deutete auf den Schrank neben dem mit den Betäubungswaffen.

Eilig trat ich darauf zu, öffnete ihn mit den Zähnen, ohne mir darüber Gedanken zu machen, ob dieses Verhalten menschlich war oder nicht, und nahm einen der Betäubungspfeile ins Maul, die fein säuberlich im viertuntersten Fach eingeräumt waren. Bei meinem Klon angelangt, drückte ich ihn mit meinem gesamten Gewicht zu Boden, da er seine krampfhaften Zuckungen nicht eigenständig unterdrücken konnte. Voller Mitgefühl steckte ich ihm den Betäubungspfeil mithilfe meiner Klauen in seinen linken Flügel. Anschliessend wartete ich, bis sich sein Krampf löste, seine Atmung verlangsamte und er sich endlich entspannen konnte.

«*Danke*», dachte er geringfügig schmunzelnd, kurz bevor ihm die Augen zufielen und er in einen tiefen, traumlosen Schlaf versank.

Nun wandte ich meine Aufmerksamkeit wieder Benjamin zu. Voller Hass knurrend pirschte ich mich an ihn heran, bis ich meinem Zorn freien Lauf liess und zähnefletschend auf ihn zusprang. Meine Vorderbeine trafen ihn an den Schultern, weswegen er mitsamt des Stuhls nach hinten kippte. Sein Körper schied Stresshormone aus, die seinen verängstigten Gesichtsausdruck noch unterstrichen.

«Nicht, Nils. Wir sollten ihn der Polizei übergeben. Sie sind bereits auf dem Weg hierher.», unterbrach Shona meine mordlustigen Gedanken.

Ich warf ihr einen leicht verwirrten Blick zu. Meine Wut obsiegte kurz darauf, weswegen ich mich wieder Benjamin zuwandte, die Luft in meinen Lungen erhitzte und mein Maul öffnete, um ihm Feuer ins Gesicht speien zu können.

«Lass uns das hier doch als erwachsene Männer klären. Wir finden bestimmt eine friedliche Lösung.», sprach Benjamin mit zittriger Stimme, als die ersten Flammen in meinem Rachen bereits in seinen Augen reflektierten.

Bis zu diesem Zeitpunkt hatte ich vergessen, dass er ein Mensch war, der verbal kommunizieren konnte. Langsam liess ich die Hitze in meinem Inneren verblassen, schloss mein Maul und knurrte ihn noch einmal zähnefletschend an. Da ich ihm noch eine Frage stellen wollte, musste ich ihn vorerst am Leben lassen.

«Weshalb hast du es getan?», zischte ich, wobei sich meine Schnauze lediglich noch einen Zentimeter über seinem Gesicht befand.

«Was genau meinst du?», fragte Benjamin.

Er versuchte, sich von mir abzuwenden, jedoch boten ihm die Fesseln keinerlei Bewegungsfreiheit.

«Weshalb hast du die Klone erschaffen, meine Familie und mich gefangengenommen und meine Mutter getötet?»

«Möchtest du die vollständige Erklärung hören? Die dauert vermutlich ein wenig.»

«Das ist mir scheissegal. Erzähl endlich!»

Voller Zorn bohrte ich meine Klauen in seinen rechten Schulterpanzer. Benjamin schluckte leer und begann schliesslich mit seiner Erklärung.

«Zusammengefasst wollte ich bloss meine Familie beschützen. Wie ich dir bereits gesagt habe, wird in den nächsten Jahrzehnten ein Krieg von globalem Ausmass ausbrechen. Als du damals in Kiew gekämpft hast, haben mich deine Videos dazu inspiriert, Drachen anstelle von Waffen einzusetzen, sobald die Anarchie ausbricht. Solche schusssichere, feuerresistente Wesen im Kampf zu verwenden, die gnadenlos jeden Gegner töten und besser Wache halten können als jeder Mensch, hätte mir einen entscheidenden Vorteil verschafft. Niemand würde es wagen, eine Familie anzugreifen, die von mehreren Drachen beschützt wird.

Demnach trat ich der damaligen Drachenschutzgesellschaft bei, da dies die einzige Schweizer Organisation war und immer noch ist, die sich mit echten Drachen beschäftigt. Leider war Herr Odermatt ein ausserordentlich schlechter Vorgesetzter. Er wollte die Drachen bloss fangen und an den Höchstbietenden verkaufen, anstatt sie zu erforschen und zu beinahe unfehlbaren Waffen abzurichten.

Ich überzeugte Odermatt, die Drachen nach der Gefangenschaft zu studieren, um neuartige Energiewaffen zu entwickeln. Mein eigentlicher Plan, euch auf mich zu prägen und zum Kampf abzurichten, behielt ich geheim. Um mir und der DrSG in Zukunft einen Deckmantel zu verschaffen, gab ich der Presse einen anonymen Tipp, dass Odermatt vorhatte, Waffen zu entwickeln und das Tierwohl nicht an vorderster Stelle stand. Somit würde jeder glauben, unsere wahren Absichten zu kennen, wobei dies lediglich ein Ablenkungsmanöver ist.

Leider waren Tom und du nicht leicht zu fangen, weswegen ich meine Herangehensweise ändern musste. Ausserdem liess mir Odermatt keinerlei Handlungsspielraum. Glücklicherweise bist du uns vor sieben Jahren beigetreten. Die Geschichte, weshalb ich dich von diesem Zeitpunkt an ausspioniert habe und Tom befreien liess, kennst du ja bereits. Aufgrund meines neuen Wissens, was die Intelligenz der Drachen betrifft, änderte ich meine Herangehensweise erneut.

Da ihr sprechen könnt, wollte ich euch aufspüren und gemeinsam mit euch zusammenarbeiten, sodass ihr im Falle eines Krieges meine Familie beschützen könnt.

Als du schliesslich Odermatt entführt hast, konnte ich endlich die Kontrolle über die DrSG übernehmen. Ich habe Shona in meinen Plan eingeweiht, da sie vertrauenswürdig ist und meine Motive verstanden hat. Nach der Alieninvasion bist du spurlos verschwunden und Tom liess sich immer seltener blicken. Ich wusste, dass deine Familie der Schlüssel zu den Drachen ist, weswegen ich euch bis jetzt ausspioniert habe. Jedoch wurde mir erst vor einigen Wochen bewusst, dass ihr die Drachen nicht bloss kennt, sondern diese Wesen seid.

Wie du bereits weisst, habe ich dich überzeugt, mit mir zusammenzuarbeiten. Meine Forschungen an dir eröffneten mir Möglichkeiten, die ich zuvor noch nicht einmal zu träumen gewagt hätte. Solange eure Zellen mit ausreichend Nährstoffen versorgt sind, reproduzieren sie sich fortlaufend, bis alle fehlenden oder beschädigten Teile eurer Körper ersetzt worden sind. Somit konnte ich aus einem kleinen Hautfetzen mehrere Klone heranwachsen lassen. Zeitgleich ist mein Plan einer Klonarmee entstanden.

Bedauerlicherweise gelang es mir nicht, die Klone zum Leben zu erwecken. Ich vermutete bereits, dass sie über kein Bewusstsein verfügen, weswegen ich versucht habe, meinen Verstand in sie hochzuladen. Mit der kürzlich entdeckten Ultraschallfrequenz hätte es auch beinahe geklappt, jedoch fehlen mir noch die entscheidenden Daten. Genau zu diesem Zeitpunkt hast du deine Zusammenarbeit mit mir beendet.

Kannst du dir meine Frustration vorstellen? Ich arbeite seit acht Jahren an diesem Plan, alles verlief perfekt, bis mein Ziel beinahe erreicht ist. Die anfänglichen Erwartungen habe ich längst übertroffen, da ich unbegrenzt viele Drachen erzeugen und mit meinem eigenen Bewusstsein ausstatten kann, wodurch sie immer für mich kämpfen werden, egal was geschieht. Das Einzige, was mir noch fehlt, sind einige Messwerte deines Verstandes. Und du sagst einfach Lebewohl!»

Benjamins Stimme begann zu schwanken. Tränen bildeten sich in seinen Augen. Dennoch setzte er seine Erzählung fort.

«Ich habe all diese Zeit, dieses Geld, mein gesamtes Leben dieser einen Sache gewidmet, nur um auf der Zielgeraden zu scheitern, weil du nicht mehr mit mir arbeiten möchtest! Da ich meinen Plan nicht einfach verwerfen konnte, habe ich die schwere Entscheidung getroffen, euch gefangenzunehmen. Selbst Oberst Marti hat mir die Erlaubnis dazu erteilt, da ihr unter Umständen eine

Gefahr für die nationale Sicherheit darstellen könntet. Bei der ersten Gelegenheit, als alle vier Drachen an einem Ort waren, fernab jeglicher Zivilisation, habe ich zugeschlagen. Die anderen musste ich ebenfalls entführen, da ich keinerlei Zeugen gebrauchen konnte.

Nach meinen Forschungen an euch hätte ich euch alle gehen lassen, sofern ihr zustimmt, nicht rechtlich gegen mich vorzugehen. Ich hätte euch an meiner Forschung teilhaben lassen und kein Haar gekrümmt. Aber anstatt mir eine Chance zu geben, stiehlst du einen meiner Klone, vereitelst meinen Plan und zwingst mich dazu, Gewalt anzuwenden!»

Seine zunehmende Verzweiflung liess ihn schluchzen.

«Alles, was mir wichtig ist, ist meine Familie. Ich hatte keine, als ich aufgewachsen bin, und möchte sie nicht in Zukunft verlieren, selbst wenn die Welt untergeht. Das mit der Hündin deines Bruders und deiner Mutter tut mir leid. Ich wollte nie, dass das hier geschieht, aber ihr habt mich dazu gezwungen.», setzte er fort.

Einen Moment wandte ich mich von ihm ab und tauschte einen vielsagenden Blick mit Shona aus. Ihrem Gesichtsausdruck nach schloss ich, dass sie zumindest teilweise seiner Meinung war. Sobald ich Benjamin wieder in die Augen sah, begann er erneut, zu sprechen.

«Du hast es irgendwie geschafft, dich gegen das Implantat zu wehren. Aus lauter Angst bin ich hierher geflohen, wo ich Shona vorfand, die meine Daten stehlen wollte. Ich hielt sie davon ab und befahl ihr, das Raumschiff flugbereit zu machen, damit ich fliehen und ein neues Leben beginnen kann. Mein Plan hat versagt und ich ebenfalls. Egal, wie diese Sache ausgegangen wäre, hätte ich meine Familie nicht mehr beschützen können. Ich bin kein guter Ehemann und auch kein guter Vater. Irgendwo auf der anderen Seite des Planeten hätte ich mich versteckt und meine Taten bis ans Ende meiner Tage bereut. Das musst du mir glauben. Bitte!», flehte er mich an.

«Nur weil du ohne Familie aufgewachsen bist, bedeutet das nicht, dass du mich meiner Familie berauben darfst, um deine zu beschützen!», fauchte ich Benjamin zornig entgegen, der ängstlich zitternd den Blick von mir abwandte.

Aus der Ferne waren die Sirenen von Polizeiautos zu hören. Meine Gedanken kreisten rasend schnell um alles, was Benjamin kürzlich gesagt hatte. Nun begriff ich, weshalb er auf diese Weise gehandelt hatte, jedoch machte ihn dies nicht weniger schuldig, meine Mutter getötet zu haben. Bilder von ihrem leblosen Körper erschienen vor meinem inneren Auge. Unwillkürlich verspannte sich meine Haltung und ich fletschte die Zähne.

«Lass dich nicht von deinem Zorn beherrschen, Nils. Er wird seine gerechte Strafe erhalten.», sprach Shona auf mich ein, blieb jedoch einige Schritte zurück.

Ungläubig starrte ich ihr in die Augen. Sie hatte soeben exakt dasselbe gesagt, was ich vor Jahren meinem Bruder geraten hatte, um ihn davon abzuhalten, seine Gegner zu töten.

«Nils, bitte. Du machst dich auf diese Weise selbst strafbar. Übergeben wir ihn der Polizei.», untermauerte sie ihre eigene Aussage.

Die Sirenen wurden lauter. In Kürze würden Polizeibeamte diesen Bereich stürmen. Sollte ich noch länger warten, hätte ich keinerlei Gelegenheit mehr, mich für den Mord an meiner Mutter zu rächen.

«Nein, dieses Mal nicht.», knurrte ich wütend.

Abermals erzeugte ich Hitze in meinem Inneren und öffnete mein Maul. Voller Hass atmete ich langsam aus, sodass die Flammen leicht mit Benjamins Gesicht in Berührung kamen und seine bereits von einigen Glassplittern aufgeschnittene Haut versengten. Ich starrte ihn ununterbrochen an, während er sich verzweifelt in seinen Fesseln wand und schmerzerfüllte Schreie ausstiess. In diesem Moment fühlte ich, wie sich all mein Hass in den orangeroten Flammen kanalisierte und auf das Gesicht dieses einen Mannes zuströmte. Seine Haut platzte auf und gab das darunterliegende Gewebe frei, was ebenfalls in kürzester Zeit versengte. Nach einigen zunehmend schrillen Schreien verstummte Benjamin plötzlich in einem erstickten Röcheln. Ich liess die Hitze aus meinem Körper entweichen, trat einen Schritt zurück und betrachtete mein Werk.

Benjamins gesamter Kopf war kohlschwarz gebrannt und strömte einen beissenden Gestank aus. Geringfügig rauchend und leblos lag er an seinen umgekippten Stuhl gefesselt auf dem Beton. Seufzend setzte ich mich daneben. Anstelle von Hass empfand ich nun nichts als Trauer um meine Mutter. Entgegen meiner Erwartungen hatte das Töten von Benjamin nicht dazu geführt, meinen Gemütszustand zu verbessern. Stattdessen fühlte ich mich nun leer und alles um mich herum verlor an Bedeutung.

Der tiefe Schmerz in meinem Inneren überlagerte sich mit den Schmerzen meiner körperlichen Verletzungen. Ächzend legte ich mich flach auf den Boden und schloss die Augen. Mithilfe meiner Ohren und Nase nahm ich Shona wahr, die Benjamin von seinen Fesseln löste, ihm die Plasmakanone neben seinen rechten Arm legte und den Stuhl zurückstellte. Kurz darauf traten einige Personen ein, die ich noch nie zuvor gewittert hatte. Den Geräuschen und dem unverkennbaren Geruch von Munition nach vermutete ich, dass es die Polizei war.

«Gut, dass Sie hier sind. Ich muss Ihnen leider mitteilen, dass Benjamin Haag gestorben ist.», begrüsste Shona die Neuankömmlinge.

«Was ist hier vorgefallen?», fragte einer der Polizisten verwirrt.

«Wie ich Ihnen bereits telefonisch erklärt habe, hat Herr Haag Experimente an Drachen durchgeführt, die gegen jegliches Tierwohl verstossen. Nun sind zwei dieser Geschöpfe ausgebrochen und haben Herr Haag getötet, nachdem er einen von ihnen mit seiner Plasmakanone angeschossen hat.», erklärte sie.

«Plasmakanone? Was ist das denn?»

«Eine neuartige Waffe, die stark erhitzte Gase anstelle von Projektilen verschiesst. Auf diese Weise ist auch dieses Loch in der Wand entstanden und der Fussboden wurde stellenweise angeschmolzen.»

«Sie haben erzählt, dass er auch Menschen gefangengenommen hat.»

«Stimmt. Ich kann Sie zu ihnen führen. Leider ist eine dieser Gefangenen ums Leben gekommen wie auch Oberst Marti und ein schweizweit gesuchter Auftragsmörder.»

Ich konnte die Verwirrung der Polizisten förmlich fühlen. Dennoch folgten sie Shona wortlos durch eine Tür, die zu den unterirdischen Räumen führte. Zwei Polizeibeamte blieben bei mir und bestellten einen Leichenwagen. Die Frau, die nur wenige Meter vor mir stand, bückte sich über Benjamins Leiche, um ihn genauer zu untersuchen. All dies konnte ich aufgrund meines Geruchssinns mithilfe der verbesserten, animalischen Interpretation wahrnehmen.

Vor lauter Trauer wollte ich weinen, jedoch schämte ich mich, meine Emotionen diesen wildfremden Personen zu offenbaren. Demnach öffnete ich die Augen, stand mühselig und unter grossen Schmerzen auf, die ich bisher aufgrund meiner Wut unterdrückt hatte, und tapste in Richtung des Ausgangs davon. Langsam durchquerte ich das Areal der DrSG. Hinter mir nahm ich die beiden Polizisten wahr, die jeden meiner Schritte beobachteten. Nach einer Weile erreichte ich die grosse, nahezu perfekt flache Wiese neben dem ehemaligen Industriegebiet. Kurz darauf brach ich im hohen Gras unter der emotionalen Last zusammen und liess meinen Tränen freien Lauf.

Eine unbestimmbare Zeit später nahm ich Toms Geruch wahr. Gleich darauf erschienen seine Gedanken in meinem Verstand.

«Nils, wo bist du? Geht es dir gut?»

Ich antwortete nicht und setzte mein leises Wimmern unbeirrt fort. Irgendwann vernahm ich Toms humpelnde Schritte im Gras. Den Geräuschen nach näherte er sich auf drei Beinen.

«Ich habe gesehen, dass du dich für Mama gerächt hast. Das finde ich gut.», dachte er.

Noch immer ging ich nicht auf seine Gedanken ein. Mit geschlossenen Augen weinte ich fortlaufend. Zitternd vor Schmerz legte sich Tom neben mir ins Gras und kuschelte sich an meine Seite. Unter normalen Umständen hätte mich dieser direkte Körperkontakt meinem Bruder gegenüber gestört, jedoch war es mir aufgrund meiner nun animalischen Denkweise gleichgültig.

«Es ist nicht deine Schuld, Nils. Dieses Arschloch hat dich ferngesteuert. Du würdest uns bei klarem Verstand niemals Schaden zufügen. Es tut mir leid, dass ich dich anfangs beschuldigt habe.»

Sachte legte er einen Flügel über mich und umarmte meinen Hals mit seinem rechten Vorderbein, wobei er kurzzeitig vor Schmerzen zusammenzuckte. Vermutlich hatte er sein gebrochenes, linkes Vorderbein geringfügig bewegt. Seufzend legte er seinen Kopf vor meine Schnauze. Ich konnte die noch immer blutenden Verletzungen seiner Kehle nun deutlich riechen.

«Wir sollten jetzt nach Hause gehen. Diese Mitarbeiterin der DrSG und Vanessa regeln alles mit der Polizei. Dich trifft keine Schuld, dass du Ben getötet hast. Ausserdem sind unsere Identitäten immer noch geheim.»

Tom setzte sich langsam auf und stupste mich auffordernd mit der Schnauzspitze an. Als ich nicht reagierte, packte er mich sachte mit den Zähnen am Nacken und begann, mich in seine Richtung zu ziehen. Dass er hierbei seine Verletzungen verschlimmerte, schien ihm gleichgültig zu sein.

Lass mich in Ruhe, dachte ich leicht genervt, wobei ich ein leises, bedrohliches Knurren hören liess.

«Wie du meinst. Dann muss ich eben Vanessa holen.», entgegnete er gedanklich und liess mich los.

Mühselig humpelte er zurück zum DrSG-Hauptquartier. Einige Zeit später witterte ich Vanessa. Sie trat in schnellen Schritten zwischen den über einen Meter hohen Grashalmen hindurch auf mich zu, bis sie mich erblickte.

«Hier bist du ja! Ich habe mir bereits Sorgen gemacht. Shona hat mir erzählt, dass dieser angeschossene Drache dein Klon ist.», sagte sie erleichtert und kniete sich neben mich.

Im Gegensatz zu Tom umschloss sie meinen Kopf mit den Armen und küsste mich von oberhalb auf die Schnauze. Ihr wundervoller Duft weckte erneut meine bereits vergessene Lebensfreude. Dennoch blieb meine Trauer unvermindert bestehen. Schniefend öffnete ich die Augen und blickte in Vanessas bildschönes Gesicht.

«Das ist alles meine Schuld.», flüsterte ich traurig, wobei eine Träne meinem linken Auge entkam und auf Vanessas Hand floss.

«In solchen Situationen sollte stets eine Lösung und nicht ein Sündenbock gesucht werden. Was geschehen ist, ist geschehen und kann nicht rückgängig gemacht werden. Ausser R-34-d hat die Baupläne einer Zeitmaschine in seinem Datenspeicher.», entgegnete Vanessa humorvoll lächelnd.

Ihre Aussage entlockte mir ein Schmunzeln, wenn auch nur kurz.

«Wir dürfen uns einen Transporter der DrSG ausleihen. Damit können wir nach Hause fahren und deine Wunden verheilen lassen, und zwar nicht bloss die physischen.»

Sie liess meinen Kopf los, stand auf und blickte mich erwartungsvoll an. Obwohl ich nichts anderes als weinen wollte, konnte ich ihrer liebevollen Art nicht widerstehen. Mit brennenden Schmerzen im Bauch richtete ich mich auf und folgte ihr zum Areal der DrSG.

Ich wartete gemeinsam mit meinem Klon und den Kindern im Laderaum des ausgeliehenen Transporters, bis Vanessa und Shona alles mit der Polizei geklärt hatten. Tom und Delia fuhren mit Emmas totem Körper und Nova nach Hause, während Vanessa es mit dem Klon, den Kindern und mir gleichtat. Die Polizisten waren verwundert über das Verhalten der Drachen, jedoch hielten sie uns nicht von unserem Vorhaben ab, was mich stark erleichterte.

«Wer von euch ist Papa?», fragte mich Stella gedanklich während der Fahrt.

Das bin ich, antwortete ich ihr.

Sie blickte unschlüssig zwischen dem noch immer betäubten Klon und mir umher, da sie die Veränderungen meines Bewusstseins noch nicht verstand. Das geistige Konstrukt des Klons war im Gegensatz zu meinem exakt das, was Stella von mir kannte. Demnach kuschelte sie sich an seiner Seite ein, was augenblicklich Neid in mir anschwellen liess. Ich konzentrierte mich auf all ihre Empfindungen, um mich mit ihrem Bewusstsein zu synchronisieren, sodass ich ihr alles auf verständliche Weise erklären konnte, jedoch wehrte sie sich dagegen. Die stechenden Schmerzen in ihrem Oberkiefer erinnerten mich wieder daran, dass sie verletzt war, wodurch mein vorheriges Anliegen verblasste.

Darf ich mal dein Gebiss sehen?

Zögerlich trat sie zu mir und öffnete ihr Maul. Ihre Gedanken verrieten, dass sie mir nicht vollständig vertraute. Dennoch tat sie, was ich von ihr wollte. Im ersten Blick auf ihre obere Zahnreihe entdeckte ich eine Lücke, die bereits aufgehört hatte, zu bluten.

Dir fehlt ein Zahn. Hast du den noch? Wenn wir ihn wieder einsetzen, wird er mit dem Kiefer zusammenwachsen, sprach ich gedanklich auf Stella ein.

«*Silvia hat ihn.*», antwortete sie mit dem Blick auf ihre Adoptivschwester gerichtet.

«Silvia, kannst du mir Stellas Zahn geben?», fragte ich sie.

Wortlos streckte sie mir den bereits gesäuberten, insgesamt zwei Zentimeter langen Zahn entgegen. Ich griff mit meinen Klauen danach, brachte ihn zu meiner Tochter und befahl ihr gedanklich, stillzuhalten.

«Was machst du da?», fragte Silvia verwirrt.

«Ich setze ihren Zahn erneut ein. Meiner Erfahrung nach wachsen Drachenzähne nämlich wieder mit dem Kiefer zusammen, wie wenn sie niemals ausgefallen wären.», erklärte ich.

«Wirklich?»

Das Erstaunen war ihr deutlich ins Gesicht geschrieben. Gespannt beobachtete sie mich, wie ich meiner Tochter den Zahn mit grösster Sorgfalt einsetzte. Erst ganz am Schluss, als die Wurzel ihre ursprüngliche Position einnahm, zuckte Stella kurz vor Schmerz zusammen.

Schon vorbei, beschwichtigte ich sie gedanklich.

Schnell zog sie sich zu meinem Klon zurück, dessen Atem schwach geworden war. Die zweite Dosis Betäubungsmittel, die wir ihm vor einer Viertelstunde verabreicht hatten, schien ein wenig zu viel gewesen zu sein. Inständig hoffte ich, dass er überlebte.

«Wird er wieder gesund?», sprach Silvia meine Sorgen ihm gegenüber aus.

«Das hoffe ich. Aber mit Sicherheit kann ich das nicht sagen.», antwortete ich wahrheitsgetreu.

Die Unterhaltung mit den Kindern lenkte mich geringfügig von meiner Trauer ab, weswegen ich sie fortsetzte, bis wir zu Hause angekommen waren. Gemeinsam betraten wir die Wohnung. Silvia und Vanessa trugen meinen Klon auf das Sofa. In diesem Augenblick schlug er die Augen auf und stöhnte vor Schmerz.

«*Ich habe Durst.*», war sein einziger Gedanke, bevor er aufgrund des Betäubungsmittels abermals das Bewusstsein verlor.

Nachdem ich Silvia gebeten hatte, dem Klon Wasser zu holen, eilte sie in erstaunlicher Hilfsbereitschaft in die Küche und brachte mir eine gefüllte Wasserflasche. Eine Minute später wachte der Klon erneut auf und krümmte sich sogleich vor Schmerzen. Mit stark zittrigen Klauen nahm er die Flasche entgegen, verschüttete während des Trinkens beinahe die Hälfte davon und schluckte die Flüssigkeit hustend herunter. Momentan litt er unter starken Schüben von brennender Hitze und eisiger Kälte, die sich beinahe sekündlich abwechselten.

Brauchst du noch Schmerzmittel? Fragte ich ihn besorgt.

«Ja, gerne.»

Ich gab ihm eine Tablette Valium aus der Packung, die mir mein Bruder vor einiger Zeit überlassen hatte, als Mario verletzt gewesen war. Sobald er das Schmerzmittel geschluckt hatte, verblassten seine Schmerzen allmählich. Nach einer Viertelstunde entspannten sich seine Muskeln zunehmend. Sein Atem ging ruhiger und sein Blick wurde abwesend. Aufgrund unserer telepathischen Verbindung erkannte ich selbst seine durch das Valium beeinträchtigte Denkleistung.

Stella hüpfte auf das Sofa und half ihrem kleinen Bruder, ihr zu folgen, indem sie ihn am Nacken packte und nach oben zog. Beide kuschelten sich neben dem Klon ein, denn sie fühlten sich nahe des Bewusstseins mit der ursprünglichen Denkweise ihres Vaters sicher. Traurig seufzend verliess ich das Wohnzimmer und kletterte auf mein Bett. Silvia setzte sich wenige Minuten später zu mir, da Vanessa noch mit einigen Telefonaten beschäftigt war.

Aufgrund des vorgetäuschten Erdrutsches und der Zeugen, die unser angebliches Ableben bestätigt hatten, waren wir allesamt für tot erklärt worden. Vanessa berichtigte nun alles, denn sowohl unsere Bankkonten als auch der Mietvertrag für die Wohnung waren aufgelöst worden.

Silvia starrte mich gedankenverloren an. Genau wie ich wirkte sie traurig und mitgenommen. Da ich ihr letzte Woche gesagt hatte, ich würde Berührungen nicht mögen, hielt sie respektvoll Abstand. Mit meiner nun veränderten Denkweise verspürte ich plötzlich ein Bedürfnis nach taktilen Reizen, die durch körperliche Nähe ausgelöst wurden, wie es bisher lediglich bei Vanessa und unseren leiblichen Kindern der Fall gewesen war.

«Du darfst mich streicheln, wenn du magst.», murmelte ich.

Einen Moment blickte sie mich fragend an, bis sie schliesslich ihre rechte Hand nach meinem Kopf ausstreckte und meinen Nacken streichelte. Ein Gefühl der Geborgenheit breitete sich in mir aus und ich schloss entspannt die Augen. Mit dem kontinuierlichen Schmerz, die eigene Mutter verloren zu haben, lag ich neben Silvia, die mir zumindest mein momentanes Wohlergehen besserte.

30

Zwillinge

Bis am späten Abend ass ich nichts. Einerseits war ich hierfür noch zu traurig und andererseits schmerzte mein Bauch fortlaufend. Erst mitten in der Nacht überkam mich ein Gefühl von Hunger, weswegen ich mich von Vanessa löste, unbeholfen aus dem Bett kletterte und stöhnend vor Schmerz die Küche betrat. Nachdem ich einen halben Laib trockenes Brot gegessen hatte, kuschelte ich mich wieder an Vanessas Seite ein. Obwohl wir bereits seit Stunden versuchten, Schlaf zu finden, wollte es uns nicht gelingen. Stumm lagen wir nebeneinander in unserem Bett und grübelten über den Geschehnissen des vergangenen Tages.

Am darauffolgenden Tag waren wir allesamt erschöpft, traurig und schweigsam. Stellas Zahn war mittlerweile wieder angewachsen, jedoch schmerzte er noch beim Essen, weswegen Vanessa ihr alles in kleine Stückchen schnitt. Mit der allgegenwärtigen Trauer in meinem Herzen kaute ich gedankenverloren auf einem gebratenen Stück Rindfleisch herum, bis mir auffiel, dass es von einer dünnen Fettschicht durchzogen war. Normalerweise hätte ich diese Stelle herausgeschnitten, da ich die Konsistenz von Fett nicht mochte, jedoch war ich aufgrund meiner neuen Denkweise wesentlich flexibler geworden, was das Essen betraf. Zum ersten Mal fiel mir auf, dass sich Stella in ihrer Drachengestalt noch nie über Gemüse in ihrem Teller beschwert hatte. Ihr schien es ähnlich zu ergehen wie mir, obwohl sie über keinen bewussten Zugriff auf ihre animalische Wesensart verfügte.

Es gelang mir, den Tod meiner Mutter kurzzeitig beiseitezuschieben, um das Bewusstsein meiner Tochter eingehender zu studieren. Sie hatte sowohl meinen Klon als auch mich als ihren Vater akzeptiert, weswegen sie mir diese Untersuchung gestattete. In ihrer Denkweise hatte sich seit meiner ersten telepathischen Verbindung mit ihr nichts verändert. Dennoch existierten einige Auffälligkeiten, die mir heute erstmals bewusst wurden. Ihre animalische Wesensart war viel stärker mit ihrer Menschlichkeit verknüpft, wie es bei mir der Fall gewesen war. Dementsprechend konnte sie leichter in ihren drachenartigen Zustand verfallen und wies mehr tierische Verhaltensweisen auf als zum Beispiel Tom.

Mario, der sein Fleischstück knurrend umherschleuderte und währenddessen die Sosse auf dem ganzen Tisch verteilte, war voll und ganz ein Drache. Wie sich sein Verhalten in den nächsten Jahren entwickelte, konnte ich lediglich erahnen, jedoch hoffte ich inständig, dass die Diskrepanz zwischen seinen beiden Wesensarten abnehmen würde.

Da heute Sonntag war, musste niemand von uns arbeiten, zur Schule oder in den Kindergarten gehen. Ausserdem war ich die nächste Woche noch krankgeschrieben. Demnach verbrachten wir allesamt den Tag zu Hause. Ich nutzte die Zeit, besser mit meiner Trauer klarzukommen. Stundenlang lag ich neben meinem Klon auf dem Sofa, der abgesehen von Tom das einzige Lebewesen war, was dasselbe empfand wie ich. Keiner von uns verspürte das Bedürfnis, Gedanken auszutauschen. Stattdessen lagen wir lediglich stumm nebeneinander, stets den Tränen nahe.

Mein Klon litt zusätzlich zu unserer Trauer noch an seinen körperlichen Schmerzen, die sich im Vergleich zum Vortag kein bisschen gebessert hatten. Alle paar Stunden nahm er Schmerzmittel, nur um es einigermassen gut aushalten zu können. Das kontinuierliche Frieren gefolgt von brennendem Schmerz beschäftigte ihn rund um die Uhr. Mitfühlend schnupperte ich an seinen miteinander verschmolzenen Schuppen, die eine harte, störrische Kruste bildeten. Unterhalb witterte ich Eiter und verbrannte Haut.

«Wie schlimm ist es?», fragte er mich urplötzlich.

Ziemlich schlimm. Ich vermute, diese gesamte Schicht wird sich irgendwann ablösen. Du tust mir echt leid, mein Bruder.

Dass wir uns gegenseitig als Brüder akzeptiert hatten, bereitete uns beiden Freude. Ein neues Familienmitglied gewonnen zu haben, konnte den Verlust einer Mutter zwar nicht ersetzen, dafür aber den Schmerz lindern.

Vanessa setzte sich zu uns und streichelte uns zeitgleich mit jeweils einer Hand. Seitdem der Klon bei uns war, hielt sie sich zurück, was die Zuneigung mir gegenüber betraf, denn sie kannte das Verhalten des Klons ebenso gut wie mein eigenes. Um Eifersucht zu vermeiden, verzichtete sie in seiner Anwesenheit auf das Kuscheln und auch das Küssen. Eigentlich hätte mich Letzteres stören müssen, jedoch verspürte ich nun vollkommen andere Bedürfnisse, was die körperliche Liebe betraf. Instinktiv schnupperte ich an ihrem Arm, ihren Achseln und schliesslich ihrem Hals. Den Körpergeruch meiner Liebe wahrzunehmen war alles, was mir in diesem Moment von Belang war. Lächelnd setzte sie die Streicheleinheiten fort, bis ihre Hände aufgeschürft waren und sie sich erschöpft neben uns setzte.

«Du hast dich verändert, Nils.», stellte Vanessa am späten Abend im Bett fest, als ich nicht auf ihren Kuss reagierte.

«Ich weiss.», antwortete ich geistesabwesend.

«Ist es wegen deiner Mutter?»

«Ja. Seitdem sie gestorben ist, habe ich die volle Kontrolle über meine animalische Denkweise wie in dem Traum, von dem ich dir erzählt habe.»

«Aber das ist doch toll! Jetzt ist zumindest dieses Problem gelöst.»

Ich ignorierte ihr Lächeln, woraufhin sie enttäuscht seufzte. Ohne unser Gespräch fortzusetzen, legten wir uns schlafen.

Die nächste Woche verlief eher schleppend und mühselig. Wir sprachen kaum über den Tod meiner Mutter und niemand schien noch irgendwelchen Sinn für Humor zu besitzen. Nicht einmal Vanessa gelang es, die Situation aufzuheitern. Meinem Klon, den wir inzwischen Born nannten, da dies mein Spitzname war, erging es nicht besser. Wie ich prophezeit hatte, löste sich die gesamte Kruste an seinem Hals und seiner Brust ab. Widerwärtig stinkender, gelber Eiter trat darunter hervor und Borns Empfindungen nach juckte es unerträglich. Unterhalb des Eiters bildete sich allmählich frische, pinke Haut.

Derweil waren meine Bauch- und Flügelschmerzen beinahe verschwunden. Lediglich während grosser, körperlicher Anstrengung zwickte es mich noch geringfügig an den betroffenen Stellen.

Am Freitag fühlte ich mich fit genug, den Friedhof zu besuchen, auf dem meine Mutter begraben war. Vanessa und die Kinder waren bereits am Mittwoch während ihrer Beerdigung hier gewesen. Das Wetter passte erstaunlicherweise gut zu einem Friedhofsbesuch. Der Himmel war vollständig von grauen Wolken bedeckt und es wehte ein schwacher, jedoch kalter Wind, der den Herbst dieses Jahr stärker denn je verkörperte.

Sobald ich ihren Grabstein mit den Jahreszahlen 1974 – 2030 erblickte, brach ich erneut in Tränen aus. Schluchzend stand ich neben ihrem Grab, was noch eine winzige Duftspur von ihr verströmte, obwohl sie verbrannt und ihre Asche innerhalb einer Urne vergraben worden war. Schluchzend fiel mein Blick auf die Klauen meines rechten Vorderbeins, die ihre Halsschlagader aufgeschlitzt hatten. Ich wünschte mir so sehr, die Situation im DrSG-Hauptquartier wäre anders ausgegangen, dass ich innerlich fluchend die Klauen im Erdreich vergrub.

Nachdem ich mehrere Male tief durchgeatmet hatte, verblasste meine Frustration allmählich und wich wieder der Trauer, an die ich mich bereits gewöhnt hatte. Ich wollte mich gerade nach Hause begeben, als mir plötzlich Shonas Geruch in die Nase stach. Aus der Ferne erkannte ich sie. Langsam und mit gleichmässigen Schritten trat sie auf mich zu. Mit leicht schräg gelegtem Kopf blickte ich sie fragend an.

Wortlos kam sie zu mir und blieb vor dem Grabstein meiner Mutter stehen. Obwohl ich ihr durchgehend in die Augen blickte, schenkte sie mir keinerlei Aufmerksamkeit. Mit glasigem Blick starrte sie auf den Namen meiner Mutter, bis sie so plötzlich zu sprechen begann, wie ihr Geruch erschienen war.

«Ich möchte, dass du weisst, wie leid mir diese Situation tut. Du hast deine Mutter verloren, weil ein verrückter Wissenschaftler mit einem Kindheitstrauma Experimente an dir durchgeführt und dich mitsamt deiner Familie eingesperrt hat. Etwas Willkürlicheres könnte ich mir überhaupt nicht vorstellen. Es tut mir leid, dass ich dir bisher nie gesagt habe, was Ben tatsächlich vorgehabt hat. Wenn ich besser gehandelt hätte, wäre all dies hier nicht passiert.»

Endlich blickte mir Shona in die Augen. Ihre Entschuldigung hatte unwillkürlich meinen Tränenfluss erhöht, weswegen eine grosse Träne seitlich an meinem Kopf entlangfloss und schliesslich auf die Erde tropfte. Bei genauerer Betrachtung stellte ich fest, dass Shona ebenfalls feuchte Augen hatte. Traurig trat sie näher und strich mir mit ihrer rechten Hand sanft über die Stirn. Währenddessen setzte sie ihren Monolog fort.

«Die übrigen vier Klone haben wir von den Lebenserhaltungsmaschinen getrennt und begraben. In Zukunft werden wir keine Drachen … ich meinte *euch* nicht mehr erforschen. Sorry, die Bezeichnung 'Drachen' klingt irgendwie abwertend. Meiner Meinung nach seid ihr den Menschen gleichberechtigt.»

«Ich finde 'Drachen' nicht abwertend oder beleidigend. Diese Bezeichnung gefällt mir und ich glaube, Tom wird derselben Meinung sein.», entgegnete ich.

«Na dann, Drache, solltest du irgendwann etwas von der DrSG benötigen, werden wir dir und natürlich auch deiner Familie behilflich sein.», sagte Shona lächelnd.

«Du bist die neue Vorgesetzte der DrSG, stimmt's?»

Sie nickte selbstzufrieden. Nachdem sie bereits mehrere Schritte zurückgetreten war, um zu ihrem Auto zurückzukehren, blieb sie abrupt stehen, als hätte sie etwas vergessen. Leicht verlegen blickte sie mir entgegen, wobei ich sofort wusste, was ihr Anliegen war.

«Steig auf, wenn du so dringend mit mir fliegen möchtest.», forderte ich sie grinsend auf, da ich ihr mittlerweile vollständig verziehen hatte.

Lachend trat sie näher, setzte sich auf meinen Rücken und wir flogen gemeinsam über den Friedhof hinweg.

«Fliegen ist einfach das Schönste!», rief sie durch den starken Gegenwind hindurch.

Da sie sich mit allen Vieren an mir festklammerte, wagte ich einige riskante Manöver, unter anderem einen Salto. Schreiend und jubelnd machte Shona jede meiner Bewegungen mit, sodass ich nie das Gefühl hatte, sie würde von meinem Rücken fallen. Erst als mich ein leichtes Stechen in meinem linken Flügelgelenk an die kürzlich verheilten Schusswunden erinnerte, setzte ich zur Landung an. Shona stand zitternd vor Adrenalin und Kälte auf, bedankte sich mehrfach und ging breit grinsend auf ihren Wagen zu, den sie neben dem Friedhof geparkt hatte. Ebenso sehr grinsend flog ich zurück nach Hause und teilte anschliessend meinen gesamten Friedhofsbesuch mit meinem Klon, der jeweils ähnlich emotional reagierte wie ich. Selbst Stella bat um diese Erinnerung, weswegen ich ihr eine Kopie davon übermittelte, die sie gleich darauf mehrfach abspielte.

Um Viertel vor vier kehrte Silvia aus der Nachmittagsschule zurück und erledigte ihre Hausaufgaben pflichtbewusst. Sie wirkte bereits wesentlich lockerer als letzte Woche, da Vanessa und ich ihr bisher stets ein Gefühl der Sicherheit vermittelt hatten. Nachdem sie auch noch für die Mathematikprüfung des nächsten Montags gelernt hatte, setzte sie sich zu uns auf das Sofa. Mario sprang ihr freudig in die Arme und erwartete Streicheleinheiten, was Silvia bereitwillig tat. Aufgrund ihrer liebevollen Umarmung ihm gegenüber vermutete ich, dass sie Mario ebenfalls als Familienmitglied akzeptiert hatte.

Gemeinsam sahen wir uns einen Film an, wobei Mario rasch auf Silvias Armen einschlief. Kurzzeitig vergassen wir die schrecklichen Ereignisse der letzten Woche und konnten uns uneingeschränkt auf die Unterhaltung konzentrieren. Erst am Ende des Spielfilms erschienen die Bilder meiner toten Mutter wieder vor meinem inneren Auge. Traurig seufzend versuchte ich, diesen Gedanken zu verdrängen, jedoch vergeblich. Vanessa bemerkte sofort, dass mich etwas bedrückte, denn sie begann, meinen Rücken zu massieren.

Eine Minute später wachte Mario in den Armen seiner Adoptivschwester auf, die ihm daraufhin einen Kuss auf die Oberseite seiner kleinen, hellblauen Schnauze gab. Als Antwort leckte er aufgeregt ihr Gesicht ab. Kichernd zog

Silvia ihren Kopf zurück, um seiner feuchten Zunge zu entfliehen. Born, Vanessa und ich beobachteten das Geschehen schmunzelnd.

Vielleicht wendet sich unsere Situation doch noch zum Guten, dachte ich hoffnungsvoll.

Am Montagmorgen um zwanzig nach sechs klingelte mein Wecker. Verschlafen tastete ich mit den Klauen des linken Vorderbeins danach, wobei die Nachttischlampe zu Boden fiel. Griesgrämig knurrend öffnete ich die Augen, hob die Lampe wieder auf und schaltete den Wecker aus. Heute war der erste Arbeitstag nach meiner Absenz, weswegen ich mich wieder in einen Menschen verwandeln und ins Büro fahren musste. Während ich an Eis dachte, hoffte ich inständig, dass meine inneren Verletzungen restlos verheilt waren.

Nebst dem vertrauten Kribbeln, was meinen gesamten Körper durchzog, verspürte ich plötzlich eine Veränderung meines Bewusstseins. Es war, als hätte ich einen Teil meines Verstands verloren, der zuvor noch essenziell gewesen war. Verwirrt blickte ich umher, konnte jedoch nichts erkennen. Erst einige Sekunden später fiel mir auf, dass das Licht noch ausgeschaltet war und ich als Drache lediglich aufgrund der Strassenlaternen, die durch die geschlossenen Fensterläden den Raum erleuchteten, gesehen hatte. Seufzend stand ich auf, tastete blind nach dem Lichtschalter und kniff die Augen zusammen, sobald das zusätzliche Licht das Schlafzimmer durchflutete.

Etwas fühlt sich anders an, aber ich weiss nicht, was es ist, dachte ich, als ich meine Hand nach dem Türgriff ausstreckte.

«Möchtest du dir nicht erst etwas anziehen?», fragte mich Vanessa verschlafen.

«Oh, eigentlich schon.», entgegnete ich leicht verlegen.

Gedankenverloren streifte ich mir die erstbesten Kleider über, verliess das Schlafzimmer und begann, mein Frühstück zuzubereiten. Währenddessen fiel mir Silvia auf, die gemeinsam mit Born auf dem Sofa schlief. Dem Atem meines Klons nach schloss ich, dass ich ihn bereits geweckt hatte, jedoch rührte er sich nicht. Leise, ohne meine Adoptivtochter zu wecken, näherte ich mich den beiden.

«Passt du heute auf die Kinder auf, während ich arbeite?», fragte ich leise flüsternd.

Born nickte kaum merklich, ohne die Augen zu öffnen. Leise setzte ich mein menschliches Morgenritual fort, packte meinen Geschäftslaptop ein und verliess die Wohnung, noch bevor die Kinder aufstehen mussten. Während ich im Auto vor einer roten Ampel wartete, vermisste ich Vanessa auf eine Weise, wie ich es bereits seit Wochen nicht verspürt hatte. Ausserdem wollte ich sie küssen. In diesem Augenblick fiel mir wieder ein, was sich an meinem Bewusstsein verändert hatte: Bei meiner Verwandlung hatte ich die animalische Denkweise verloren.

Was geschieht, wenn ich mich wieder in einen Drachen verwandle? Werde ich dann Zugriff auf beide oder nur eine Denkweise haben? Fragte ich mich.

Diese Fragen und die Tatsache, dass ich Vanessa vermisste, beschäftigten mich noch den gesamten Tag. Selbst mein Vorgesetzter, der mich bezüglich meiner Todeserklärung ausfragte, konnte meine Gedanken nicht von diesem Pfad abbringen.

«Dieser Benjamin Haag hat meine Familie und mich gefangengenommen und alles mit einem vorgetäuschten Erdrutsch verschleiert, der uns getötet haben soll.», erklärte ich knapp.

«Aber warum? Das ergibt doch überhaupt keinen Sinn. Und wie seid ihr entkommen? Geht es euch allen gut?», fragte er besorgt.

«Das ist kompliziert. Eigentlich möchte ich lieber nicht darüber sprechen.»

«Okay. Aber kannst du wieder normal arbeiten oder benötigst du noch eine Auszeit?»

«Das geht schon.», erwiderte ich geistesabwesend.

Nachdem ich am Abend wieder die Wohnung betreten hatte, begrüsste mich Vanessa herzlich. Wir umarmten uns, jedoch verzichtete sie auf einen Kuss. Da Born, Stella und Silvia im Wohnzimmer Fangen spielten und wir die Eifersucht meines Klons nicht unnötig schüren sollten, war ihre Entscheidung höchst vernünftig.

«Wie war euer Tag?», fragte ich in die Runde.

Born, der sich zuvor noch spielerisch knurrend auf Silvia gestürzt hatte, wobei Stella sie verteidigte, so gut sie konnte, wandte seine Aufmerksamkeit sofort mir zu, als würde er meine Tochter nicht bemerken, die ihm in den linken Flügel biss.

«Eigentlich ganz gut. Nachdem ich Lisa im Kindergarten besucht habe, um Frau Schneider und die anderen zu überzeugen, dass Drachen keine Gefahr für sie darstellen, solange sie uns nichts tun, habe ich mit Vanessa das Mittagessen gekocht. Anschliessend haben wir gegessen, eine Mittagspause gemacht und einen Film angesehen. Bevor du nach Hause gekommen bist, wollte ich noch Silvia fressen, da sie versucht hat, mich in eine Decke zu wickeln.», erklärte Born grinsend.

Silvia, die sich noch immer nicht aus Borns Klauen winden konnte, gab sich lachend geschlagen. Um ihre Adoptivschwester zu beschützen, stellte sich Stella nun direkt vor Born und fauchte ihn bedrohlich an. In diesem Augenblick liess sich nicht feststellen, von welcher Wesensart sie nun gesteuert wurde. Erst als sie ihre Aufmerksamkeit kurzzeitig mir zuwandte und mich mit einem «Hallo, Papa!», begrüsste, bevor sie sich wieder fauchend und zähnefletschend ihrem Spiel widmete, wurden jegliche Sorgen bezüglich ihres animalischen Zustands getilgt. Die Kinder auf diese Weise glücklich zu sehen, liess mich abermals den Tod meiner Mutter vergessen.

Glücklich schmunzelnd und erschöpft liess ich mich auf dem Sofa nieder und beobachtete das Geschehen fortlaufend. Borns grossflächige Verbrennung war nun abgesehen von den noch fehlenden Schuppen vollständig verheilt. Die frische Haut wirkte wesentlich widerstandsfähiger als noch vor drei Tagen und es traten keinerlei Wundflüssigkeiten mehr aus.

Spät abends lag ich in meiner menschlichen Gestalt neben Vanessa im Bett. Wortlos näherte ich mich ihrem Gesicht, bis wir uns schliesslich küssten. Glücksgefühle durchströmten meinen Körper und ich wollte diesen Augenblick bis in alle Ewigkeit hinauszögern, jedoch zog sich Vanessa bald zurück. Fragend blickte ich ihr in die blauen Augen.

«Ich möchte keinen Keil zwischen Born und dich treiben.», rechtfertigte sie ihr Verhalten.

«Und deswegen verweigerst du körperliche Zuneigung?», fragte ich beinahe empört.

Die Tatsache, dass sich unsere Beziehung aufgrund meines Klons geändert haben könnte, stimmte mich unruhig und eifersüchtig zugleich.

«Ja. Er denkt genauso wie du. Ausserdem liebt er mich wie die wahre Liebe seines Lebens. Euch unterscheidet lediglich euer Körper. Deswegen möchte ich ihn nicht auf diese Weise verletzen.»

«Aber das ist doch komplett unsinnig! Was dieser Klon von uns denkt, kann uns egal sein.»

Vanessa seufzte verständnisvoll.

«Nils, ich werde dich bis ans Ende meiner Tage lieben, egal was geschieht. Selbst Born wird nichts daran ändern.»

Beschwichtigend gab sie mir einen Kuss auf die Wange und kuschelte sich unter der Bettdecke ein, während ich sie verdutzt anstarrte.

«Gute Nacht.», sagte sie, ohne mich zu beachten.

Einige Sekunden erstarrte ich und dachte darüber nach, was sie soeben gesagt hatte. Ich konnte es nicht akzeptieren, dass sich unsere Beziehung aus solch einem Grund veränderte. Kopfschüttelnd schaltete ich das Licht aus und legte mich ebenfalls schlafen. Selbst das unangenehme Stechen in meinen Hinterkopf, was durch die ruckartigen Bewegungen ausgelöst worden war, war mir momentan gleichgültig.

Etwas Feuchtes, Glitschiges und zugleich Warmes strich über meine Wange, als ich erwachte. Sofort erkannte ich, dass mir ein Drache das Gesicht ableckte. Im Schlafzimmer war es stockdunkel, abgesehen vom fahlen Licht, was durch die offene Tür hineinschien. Von der unangenehmen Begrüssung überrascht stiess ich den Drachen mit beiden Armen von mir. Das düstere Licht funkelte dunkelrot auf seinen Schuppen. Einzig die vordere Brust und die Unterseite seines Halses reflektierten nichts. Angewidert wischte ich mein Gesicht an der Bettdecke trocken.

«Was soll das, Born?», fragte ich, da ich den Drachen inzwischen trotz der schlechten Sichtverhältnisse eindeutig identifiziert hatte.

«Ich wollte dich fragen, ob du heute wieder die Arbeit für mich machst.», antwortete er grinsend.

«Ja. Schliesslich kannst du dich nicht in einen Menschen verwandeln und es stehen einige Onlinemeetings an.», entgegnete ich seufzend.

«Danke, Nils.»

Wieder leckte er mein gesamtes Gesicht ab, bis ich ihm schliesslich mit meinem rechten Bein gegen die noch empfindliche Stelle seiner Brust stiess. Unbeirrt grinsend zog er sich zurück. Ich warf ihm einen Blick zu, der ihm zu Verstehen gab, dass ich ihm diesen Streich auf die eine oder andere Weise zurückzahlen werde. Er hielt meinem Blick stand und starrte mich herausfordernd an.

Selbst als mein Homeoffice begann und die Mädchen im Kindergarten oder der Schule waren, veränderte sich unsere brüderliche Rivalität nicht. Born lag auf dem Sofa und beobachtete mich ununterbrochen, bis Vanessa die Wohnung verliess, um einkaufen zu gehen. Er schien genau auf diesen Moment gewartet zu haben, denn nun kam er auf mich zu, starrte auf meinen Bildschirm und analysierte den Programmcode, den ich soeben geschrieben hatte.

«Du hast da eine Klammer zu viel.», sagte er plötzlich und betätigte die Löschtaste mit der Spitze seiner Klaue, wobei eine winzige Kerbe in der Tastatur entstand.

«He! Du weisst genau, dass eine Klammer benötigt wird, um ein logisches OR von einem AND zu trennen.», erwiderte ich und fügte die Klammer erneut hinzu.

Born tippte nun willkürlich auf meiner Tastatur herum.

«Lass das! Im Gegensatz zu dir muss ich arbeiten.»

Genervt versuchte ich, ihn beiseitezustossen, jedoch erfolglos.

«Jetzt ist dein Code doch viel besser.», sagte Born schliesslich, nachdem er einige Zeilen hinzugefügt hatte, die garantiert zu einem Absturz der Applikation führen würden.

«Na gut, dann arbeite ich für heute nicht mehr.», erwiderte ich und liess mich auf meinem Stuhl einen halben Meter zurückrollen.

Born blickte zwischen mir und dem Computer umher.

«Aber du musst.»

«Nö.»

«Wenn du nicht arbeitest, gerätst du in Schwierigkeiten.»

«Du ebenfalls.»

Verunsichert wartete Born darauf, dass ich weiterarbeitete, jedoch gönnte ich ihm diesen Erfolg nicht. Entspannt legte ich meinen Kopf zurück und starrte an die Decke. Eine Minute verstrich, ohne dass etwas geschah. Mein Klon wurde zunehmend unruhig.

«Bitte, Nils. Ich weiss nicht einmal, an welchem Auftrag du gerade arbeitest.», versuchte er, mich zum Arbeiten zu bewegen.

«Tja, das ist jetzt dein Problem.»

Seufzend wandte sich Born von mir ab und löschte seinen überflüssigen Code.

«So, jetzt kannst du weiterarbeiten.»

«Nicht ganz. Ich befinde mich noch einen halben Meter von meinem Arbeitsplatz entfernt.»

Genervt schnaubend trat er hinter mich, schob mich mitsamt des Stuhls an den Tisch heran und blickte mir erwartungsvoll in die Augen.

«Na los.», forderte er mich ungeduldig auf.

«Ich hätte noch gerne einen Tee, um mich besser konzentrieren zu können, Herr Ober.», entgegnete ich schadenfreudig.

«Wie Sie wünschen.», grummelte er.

Während Born meinen Tee zubereitete, widmete ich mich endlich wieder der Arbeit. Ich versank derart tief in meinem Code, dass ich nicht einmal bemerkte, wie über eine halbe Stunde verstrich, ohne dass mir mein Klon den bestellten

Tee brachte. Als er ihn endlich auf den Tisch stellte, bedankte ich mich dennoch bei ihm. Der Tee war inzwischen lauwarm, weswegen ich augenblicklich zu trinken begann. Nachdenklich, ohne meinen Blick vom Monitor abzuwenden, setzte ich mit der Tasse an. Gleich darauf überraschte mich der überwältigend starke, bittere Geschmack. Beinahe hätte ich den Tee in Richtung meines Computers ausgespuckt, konnte diesen Impuls jedoch im letzten Moment unterdrücken. Stattdessen prustete ich in Borns Richtung, der sich blitzschnell zurückzog.

«Wie lange hast du den Teebeutel drin gelassen?», fragte ich ihn.

«Dreissig Minuten. Und es waren zwei Teebeutel.», entgegnete er grinsend.

«Dann machst du mir jetzt einen neuen Tee und wischst den Fussboden auf.»

«Was, wenn ich mich weigere?»

Ich starrte ihm streng in die orangeroten Augen mit den schlitzförmigen Pupillen, bis er schliesslich nachgab.

Während der nächste Tee zog, nahm ich an einer Onlinebesprechung teil. Born sass auf dem Sofa und beobachtete mich wieder kontinuierlich. Sobald ich sprach, jaulte er laut auf, sodass es für all meine Arbeitskollegen hörbar war. Ich versuchte, mich nicht von seinen Spielereien ablenken zu lassen, was mir einigermassen gut gelang. Erst als er das Jaulen aufgegeben hatte, mir stattdessen die Socken auszog und mich an den Füssen kitzelte, verlor ich die Fassung. Ich schaltete mein Mikrofon auf stumm und brüllte ihn an.

«Kannst du mir mal für eine Sekunde nicht auf die Nerven gehen?»

Stumm grinste er mir entgegen, setzte das Kitzeln meiner Füsse jedoch nicht mehr fort.

«Entschuldigung, ich habe einen Hund zu Besuch, der andauernd spielen möchte.», sagte ich meinen Arbeitskollegen und setzte die Besprechung unbeirrt fort.

Born zog sich zurück, verschwand in der Küche und brachte mir meinen Tee, sobald ich die virtuelle Besprechung verlassen hatte. Dieses Mal roch ich an der Tasse und probierte vorsichtig, um sicherzustellen, dass es sich nicht erneut um einen Streich handelte. Da es nach gewöhnlichem Fencheltee roch und schmeckte, trank ich ihn dieses Mal leer. Mein Klon starrte mich währenddessen gespannt an.

«Was?», fragte ich vorwurfsvoll, nachdem ich fertig getrunken hatte.

«Ach, nichts.», erwiderte er schmunzelnd.

«Sag schon, was hast du mit dem Tee gemacht?»

Seinem Blick nach wusste ich genau, dass etwas nicht stimmte. Ich bereute bereits, ihm nicht während der Zubereitung auf die Finger beziehungsweise die Klauen geschaut zu haben.

«Ich habe das Wasser in meinem Maul erhitzt.»

Sobald Born diesen Satz zu Ende gesprochen hatte, konnte er sich das Lachen nicht mehr unterdrücken.

«Du widerwärtiges Ding!», rief ich empört aus, stürzte mich auf ihn und klemmte seinen Kopf unter meinem rechten Arm ein.

Bevor ich mir überlegen konnte, wie ich mich bei ihm rächen sollte, warf er mich rücklings zu Boden, wobei mir sein Kopf entglitt. Mit allen Vieren fixierte er meine Gliedmassen und grinste mich an, da ich ihm nun machtlos ausgeliefert war. Ich kannte dieses Gefühl bereits aus meiner Kindheit, wenn ich mich mit Tom gestritten hatte. Er war drei Jahre älter und verfügte stets über mehr Muskelkraft als ich.

«Du bist noch nerviger als Tom vor zwanzig Jahren.», sagte ich, da er meiner menschlichen Gestalt jegliche andere Optionen genommen hatte.

«Das freut mich. Schliesslich sollten Zwillingsbrüder die nervigsten sein.», entgegnete er und legte seinen Kopf seufzend auf meine Brust, ohne mich loszulassen.

In dieser Sekunde betrat Vanessa mit Mario auf dem Arm die Wohnung. Eine prall gefüllte Einkaufstasche hing an ihrer rechten Schulter.

«Was macht ihr denn da?», fragte sie schmunzelnd.

«Nils nervt mich.», antwortete Born, bevor ich etwas erwidern konnte.

«Das entspricht natürlich voll und ganz der Wahrheit.», ergänzte ich ironisch.

Mario, der sich momentan in seiner menschlichen Gestalt befand, entdeckte Born und begann, zu weinen.

«Sieh nur, was du angerichtet hast. Du bist ein Monster!», neckte ich meinen Klon.

«Ach, halt die Klappe. Er gewöhnt sich noch dran.»

«Nicht, wenn du seinen Vater bedrohst.»

Dieses Mal war ich derjenige von uns, der schadenfreudig grinste. Wortlos liess er von mir ab und begrüsste Vanessa, die beruhigend auf Mario einredete, um ihm begreiflich zu machen, dass er sich nicht vor Drachen fürchten musste. Ich begrüsste meine Frau nun ebenfalls. Im Gegensatz zu Born gab ich ihr einen Kuss auf die Wange. Mein Klon starrte mich nun vorwurfsvoll und eifersüchtig an, was ich in diesem Moment in vollen Zügen genoss. Schmunzelnd packte ich seine Schnauze mit einer Hand und liess ihn erst los, als er sich aus meinem Griff wand. In meiner Drachengestalt hatte ich das Gefühl stets gehasst, wenn meine Schnauze zugehalten wurde, was exakt der Grund war, weshalb ich es nun bei ihm tat. Aufgrund Vanessas Anwesenheit konterte Born meine Provokation glücklicherweise nicht.

Nach dem Mittagessen, an dem auch Lisa und Silvia teilgenommen hatten, setzte ich meine Arbeit fort. Born lag währenddessen gelangweilt auf dem Sofa, da ich ihm keine weiteren Aufgaben als Kellner zutraute. Kurz vor drei Uhr nachmittags fielen ihm die Augen zu. Ich wartete, bis er in einem tiefen Schlaf versunken war. Anschliessend klatschte ich einmal laut in die Hände, wobei Born unsanft aus dem Schlaf gerissen wurde. Vor lauter Schreck zuckte er derart zusammen, dass er vom Sofa fiel und mit dem Kopf voran auf dem Fussboden landete. Derweil brach ich in schallendes Gelächter aus.

«Jetzt sind wir quitt für heute Morgen.», brachte ich zwischen dem Lachen hervor.

Mit diesem Satz wollte ich ihn daran hindern, sich im Nachteil zu fühlen, um allfälligen Gegenmassnahmen zu entgehen. Leicht zitternd vor Adrenalin richtete er sich auf, beruhigte seinen Atem und kletterte erneut auf das Sofa. Seinem Verhalten nach schloss ich, dass er aufgrund meiner Aussage auf eine Racheaktion verzichtete.

Ich kenne mich einfach zu gut, dachte ich schmunzelnd.

«Kann ich mit einem von euch fliegen?», fragte Silvia am Abend, nachdem ich meinen Arbeitstag beendet hatte.

«Ja, sicher.», antwortete Born.

Ich war froh, dass er diesen Teil für mich übernahm, da ich mich geringfügig vor einer weiteren Verwandlung fürchtete. Noch immer wusste ich nicht, welchen Zustand mein Bewusstsein annehmen würde. Lisa, die um diese Uhrzeit normalerweise ins Bett gehen sollte, verwandelte sich in einen Drachen und wollte unbedingt gemeinsam mit Born und Silvia fliegen. Schlussendlich einigten wir uns darauf, dass sie eine halbe Stunde mitfliegen durfte und eigenständig nach Hause zurückkehren musste. Silvia setzte sich auf Borns Rücken und klammerte sich mit Armen und Beinen an ihm fest. Ihr schien es überhaupt nichts auszumachen, dass es sich hierbei um meinen Klon handelte. Sie vertraute ihm ebenso sehr wie mir.

Nachdem sie gestartet waren, versicherte sich Vanessa, dass Mario noch schlief und setzte sich gemeinsam mit mir auf das Sofa. Abermals überkam mich der Drang, sie zu küssen. Als sie bemerkte, dass ich mich ihr näherte, wich sie geringfügig zurück.

«Er ist momentan nicht hier.», flüsterte ich ihr zu, in der Hoffnung, ihre Meinung ändern zu können.

Sie öffnete ihren Mund, um etwas zu erwidern, hielt jedoch kurz davor inne. Nachdenklich sah sie mir in die Augen. Zwischendurch huschte ihr Blick auf die angelehnte Balkontür, durch die Stella, Silvia und Born verschwunden waren. Die tiefstehende Sonne tauchte das Wohnzimmer in goldenes Licht, was dieser Situation eine romantische Atmosphäre verlieh. Vanessas blonde Haare schimmerten hell, wodurch sie in diesem Augenblick für mich noch unwiderstehlicher wurde.

«Du hast recht. Ich kann nicht für immer auf dich verzichten, nur um diesen Klon nicht zu verärgern.», sagte sie schliesslich.

Zögerlich, jedoch auch liebevoll umschloss sie mich mit ihren Armen. Wir küssten uns auf die Lippen, was ein wundervolles Gefühl in mir auslöste, welches kaum mit Worten zu beschreiben war. Vanessa schien es nicht anders zu ergehen, denn sie küsste mich erneut, dieses Mal weniger zögerlich. Je intensiver unsere Küsse wurden, desto mehr umschlungen wir uns mit unseren Gliedmassen. Zeitgleich fühlte ich, wie sich mein Herzschlag erhöhte.

Plötzlich vernahm ich ein kratzendes Geräusch auf dem Balkon. Verunsichert blickte ich nach draussen und erkannte Born, der soeben gelandet war. Stella und Silvia wirkten sichtlich enttäuscht, mein Klon hingegen wütend.

«Anscheinend habe ich dich richtig eingeschätzt, Nils. Du vergreifst dich an meiner Frau, während ich mit den Kindern fort bin. Unser bisheriges Zusammenleben war in Ordnung, ich habe es sogar geschätzt, dass du mir einen Teil der Arbeit abgenommen hast, aber das hier geht eindeutig zu weit!», rief er aufgebracht in die Wohnung hinein.

Vanessa gab den Kindern mit einer Handgeste zu verstehen, in ihr Zimmer zu gehen, was sie widerspruchslos taten.

«*Deine* Frau? In was für einer verdrehten Welt lebst du denn? *Du* bist der Klon, nicht ich.», konterte ich beinahe ebenso aufgebracht wie Born.

«Ich dachte, dir wäre bewusst, dass dein Verstand eine Kopie ist, selbst wenn du dich in meinem Körper befindest.»

«Von was redest du da? *Dein* Verstand ist eine Kopie. Sieh dich doch bloss mal an! Du kannst dich nicht einmal in einen Menschen verwandeln und behauptest, das Original zu sein.»

«Ich *bin* das Original. Zumindest der Verstand davon. Unbestreitbar ist mein jetziger Körper geklont. Trotzdem weiss ich, dass du die Kopie bist.»

«Wie genau glaubst du, das zu *wissen*, wenn es noch nicht einmal der Wahrheit entspricht?»

«Ich habe mich mit dem Klonkörper verbunden und als die Verbindung aufgrund der Betonwände unterbrochen wurde, konnte ich nicht mehr in meinen originalen Körper zurückkehren. Als ich dich vorfand, war ich erleichtert, meinen Körper wohlauf und in guten Händen zu sehen. Ich habe dich respektiert. Aus diesem Grund liess ich zu, dass die Kopie meines Bewusstseins meinen Körper besetzt. Schliesslich bist du beinahe exakt dieselbe Person wie ich. Aber jetzt reicht es! Gib mir auf der Stelle meinen Körper zurück!»

Verwirrt und sprachlos zugleich schüttelte ich den Kopf. Vanessa lauschte unserer Konversation missmutig.

«Da unterscheiden wir uns. Ich habe mich mit dem Klonkörper verbunden und als die Verbindung unterbrochen wurde, konnte ich deinen Körper nicht mehr kontrollieren, weswegen ich im Originalkörper aufgewacht bin.»

«Du willst mir tatsächlich weismachen, dass du das Original bist? In deiner Drachengestalt fehlt dir jegliche Menschlichkeit! Dein Bewusstsein ist eine kopierte und veränderte Version von meinem. Ich an deiner Stelle hätte mich niemals von Benjamin dazu bringen lassen, meine Mutter zu töten.»

«Schluss jetzt!», fuhr Vanessa dazwischen. «Ihr streitet euch wie zwei kleine Kinder. Es ist offensichtlich, wer hier der Klon ist und wer nicht. Ebenfalls ergibt es Sinn, dass die Kopie davon überzeugt ist, das Original zu sein. Nils ist und bleibt mein Mann. Es tut mir leid, Born, aber du hast kein Recht dazu, uns beiden in die Quere zu kommen.»

«Aber ich sage die Wahrheit!», schrie Born voller Empörung.

«Die Fakten sprechen dagegen.», konterte Vanessa.

«Das kannst du nicht machen, Vanessa. *Er* ist der Klon, nicht ich.»

Born trat bedrohlich einen Schritt auf mich zu, wobei sich Vanessa zwischen uns stellte und den Klon mit ihrer rechten Hand aufhielt. Obwohl er sie problemlos hätte beiseitestossen können, blieb er stehen.

«Bitte, mein Schatz. Du musst mir glauben!»

Erste Tränen rannen ihm aus den Augen. Ich wusste genau, wie er sich momentan fühlte, weswegen sich ein flaues Gefühl in meinem Magen ausbreitete.

«Es ist an der Zeit für dich, uns zu verlassen.», sagte Vanessa kalt.

«Aber...»

Sie hielt ihm die Schnauze zu, wie ich es heute bereits einmal getan hatte.

«Ich sage das nur noch einmal: Du bist der Klon und gehörst nicht zu unserer Familie. Verschwinde von hier!»

Die Art und Weise, wie Vanessa diese Worte aussprach, liess mir einen kalten Schauer über den Rücken laufen. Ich war ausserordentlich froh, nicht in Borns Haut zu stecken. Sein Tränenfluss verstärkte sich. Er warf mir noch einen wütenden Blick zu und trat einen Schritt zurück, um sich aus Vanessas Griff zu lösen. Wortlos tapste er durch die Balkontür hinaus, sprang über das Geländer hinweg und flog davon. Sein letzter Blick zurück bestätigte meine Vermutung bezüglich seines zukünftigen Vorhabens, was mir mehr Angst bereitete als nahezu alles andere auf dieser Welt.

Er wird Vanessa und die Kinder niemals verlassen, egal was geschieht. Früher oder später wird er zurückkehren und sich holen, was er braucht, stellte ich gedanklich fest.

«Ich muss ihm folgen.», erklärte ich Vanessa schweren Herzens.

«Wieso? Bist du verrückt geworden? Der wird dich doch umbringen, so wie er dich angestarrt hat.»

«Nein, das wird er nicht. Er braucht diesen Körper. Aber um ihn aufzuhalten, muss ich mit ihm Frieden schliessen. Das ist die einzige Möglichkeit, diesen Konflikt zu beenden.»

Oder er muss sterben, schoss mir zeitgleich durch den Kopf, wobei ich diesen Gedanken schnellstmöglich verdrängte.

«Aber er könnte dich verletzen.»

«Das wird er nicht. Ich würde mir niemals selbst Schaden zufügen.»

«Selbst wenn du es bist, der dich davon abhält, mit mir und den Kindern zusammenzuleben?»

Nachdenklich blickte ich Vanessa in die Augen. Ich kannte die Antwort auf ihre Frage nicht, weswegen sich das flaue Gefühl in meinem Bauch verstärkte.

«Ich muss das tun.», erwiderte ich nervös und verunsichert zugleich.

Ohne sie weiterhin anzusehen, betrat ich das Schlafzimmer, zog meine Kleider aus und verwandelte mich in einen Drachen. Das Stechen in meinem Hinterkopf begleitete abermals das unangenehme Kribbeln. Zudem fühlte ich, wie sich meine Denkweise schlagartig änderte. Als ich nach der Verwandlung meine Augen öffnete, besass ich erneut die volle Kontrolle über beide meiner Wesensarten.

Zum Glück konnte ich diesen Zustand behalten, dachte ich, um mich ein klein wenig von meinen momentanen Sorgen abzulenken.

Als ich aus dem Zimmer trat, stand Vanessa direkt vor mir.

«Ich werde dich begleiten. Er wird es nicht wagen, dir in meiner Anwesenheit Schaden zuzufügen.», sagte sie bestimmt.

Ihrer Tonlage nach liess sie keinerlei Widerspruch zu. Demnach gab ich mich wortlos geschlagen und betrat gemeinsam mit ihr den Balkon. Sie setzte sich auf meinen Rücken und als ich über das Geländer hinwegkletterte, erblickte ich die wunderschöne, goldene Herbstsonne knapp über den Dächern von Zürich. Ausserdem sah ich Borns Duftspur, die trotz des leichten Windes noch klar ersichtlich vor mir in der Luft hing. Mit Leichtigkeit folgte ich der Fährte, bis ich Born schliesslich über einigen Bäumen am Stadtrand entdeckte.

Er erspähte uns ebenfalls und landete auf einer kleinen Lichtung, die von allerlei bunten Herbstblättern umrandet war. Kombiniert mit dem tiefblauen Himmel und dem goldenen Tageslicht, welches perfekt auf den rubinroten Drachenschuppen reflektierte, war die momentane Stimmung wunderschön. Dennoch war mir nicht dem Bewundern natürlicher Schönheit zumute.

Wir müssen eine friedliche Lösung finden, Born, dachte ich und setzte ebenfalls zur Landung an.

«Wenn du mir meinen eigenen Körper verweigerst, gibt es keine friedliche Lösung.», erwiderte er wütend.

Seufzend und mit zunehmend schlechtem Gefühl setzte ich mit den Beinen auf, federte den Schwung gekonnt ab und liess Vanessa absteigen. Sie rückte ihre Hose zurecht und trat selbstbewusst auf Born zu.

«Ich möchte, dass du verstehst, wie die momentane Lage aussieht.», sprach sie fürsorglich auf ihn ein.

Er liess zu, dass sie ihm den Kopf streichelte, was mich angesichts seines Zorns verwunderte.

«Ich bin mir der momentanen Lage durchaus bewusst.», knurrte Born.

«Gib mir meinen Körper zurück! Jetzt sofort!», befahl er mir telepathisch.

Du weisst, dass ich das nicht kann.

«Und ob du das kannst. Ich werde dir diesen Klonkörper überlassen, damit du dein Leben wie gewohnt fortsetzen kannst.»

Ohne Vanessa und die Kinder ist es nicht wie gewohnt.

«Genau das ist mein Problem.»

Aufgrund unserer starren Blicke hatte Vanessa bemerkt, dass wir telepathisch kommunizierten. Respektvoll hielt sie sich zurück und wartete, bis wir unser Dilemma gelöst hatten.

Derweil verband sich Born mit meinem Bewusstsein und begann, ohne meine Erlaubnis einzelne Konstrukte abzuändern. Als mir dies bewusst wurde, versuchte ich, ihn zu blockieren, was jedoch unmöglich war, da er über dieselbe Denkweise verfügte wie ich, abgesehen von meiner animalischen Wesensart.

Hastig reparierte ich die Schäden, die er in meinem Verstand angerichtet hatte, während er fortlaufend mehr durcheinanderbrachte. Da es wesentlich leichter war, etwas zu zerstören, als es wieder aufzubauen, fürchtete ich, diesen Kampf zu verlieren. Die einzige Massnahme, die ich treffen konnte, war der Gegenangriff. Schliesslich war mir nichts wichtiger als mein eigener Verstand.

Sobald ich damit begonnen hatte, mehrere Komponenten von Borns Bewusstsein zu verändern, verlangsamte er seine Angriffe. Es gelang mir, meinen Verstand restlos wiederherzustellen, bevor er erneut zum Zug kommen konnte. Gleichzeitig begannen wir, uns telepathisch anzugreifen, nur um wenige Sekunden darauf unsere Schäden zu reparieren. Jedes Mal waren wir exakt zur selben Zeit fertig.

Hör auf damit! Du kannst diesen Kampf nicht gewinnen.

«Du ebenfalls nicht. Wenn es sein muss, werde ich diese Angriffe bis an mein Lebensende fortsetzen, um meine Familie zurückzugewinnen.»

Mehrere Minuten setzten wir unsere telepathische Schlacht fort. Keiner von uns wagte es, grosse Risiken einzugehen, um den gegnerischen Verstand fatal zu beschädigen, da wir zeitgleich ebenso fatale Schäden erleiden konnten. Irgendwann fiel mir nichts anderes mehr ein, als Born physisch anzugreifen. Sobald ich diesen Entschluss gefasst hatte, sprang ich bereits auf ihn zu, da er jeden Gedanken aus meinem Bewusstsein lesen und sich demnach auf plötzliche Angriffe vorbereiten konnte. Je mehr Zeit ich damit verbrachte, einen Angriff zu planen, desto besser würde er darauf reagieren können. Da ich mich bereits mitten im Sprung befand, als er mit seinem Ausweichmanöver begann, konnte er mir nicht vollständig entfliehen. Mit den Klauen des linken Vorderbeins schnitt ich ihm die frische Haut an seinem Hals auf. Zeitgleich biss mir Born in den linken Flügel, riss seinen Kopf herum und schleuderte mich somit zu Boden. Sowohl stechende als auch brennende Schmerzen breiteten sich an der betroffenen Stelle aus. Aufgrund meines Schwungs verlor Born ebenfalls das Gleichgewicht und landete neben mir im Gras. Um meinen Körper nicht unnötig zu verletzen, liess er mich frühzeitig los. Seine Zähne hatten lediglich leicht blutende Kerben hinterlassen, meine Klauen hingegen tiefe Schnitte.

«He! Hört auf damit!», schrie uns Vanessa an.

Wir ignorierten sie und rappelten uns zeitgleich auf. Ich fletschte wütend die Zähne.

Einen physischen Kampf wirst du verlieren, da ich dich notfalls auch töten kann, dachte ich.

«Da irrst du dich. Ich habe einen entscheidenden Vorteil.»

Sobald er diesen Gedanken zu Ende gedacht hatte, stellte er sich vor, sein Körper würde aus Eis bestehen und sein Kopf aus Feuer. Sofort setzte das unangenehme Kribbeln ein, was eine Verwandlung ankündigte. Anscheinend konnte mein Verstand meine eigenen Gedanken nicht von denen des Klons unterscheiden. Es war, als hätte ich die Verwandlung selbst eingeleitet, wodurch ich mich nicht zu wehren vermochte.

Begleitet von einem stechenden Schmerz in meinem fortlaufend kleiner werden Flügel verwandelte ich mich in einen Menschen mit Drachenkopf. Noch während der Verwandlung packte mich Born mit den Klauen, schlug kräftig mit seinen Flügeln und trug mich dem Himmel entgegen.

«Lass ihn in Ruhe, du Monster!», rief Vanessa meinem Klon hinterher, der sie keineswegs beachtete.

Er war felsenfest davon überzeugt, meinen Körper stehlen und zu Vanessa zurückkehren zu können. Anschliessend würde er sagen, er wäre das Original, was seiner Meinung nach der Wahrheit entsprach. Nicht einmal Stella würde bemerken, dass es sich nicht mehr um ihren wahren Vater handelte.

Derweil versuchte ich, mich wieder vollständig in einen Drachen zu verwandeln. Sobald die Verwandlung eingeleitet wurde, verwandelte ich mich aufgrund Borns Gedanken an Eis bereits wieder zurück, was lediglich in einem Kribbeln resultierte. Es gelang mir nicht einmal, eine einzelne Drachenschuppe auf meiner Haut zu bilden. Nun versuchte ich, meinen Kopf in den eines Menschen zu verwandeln, um seiner telepathischen Kontrolle zu entfliehen. Wieder verspürte ich ein Kribbeln, ohne dass die Verwandlung gelang.

Verzweifelt stiess ich dem Klon mit meinem Knie in die Magengegend, was ihn kurzzeitig ablenkte und mir eine Prellung bescherte. Gleichzeitig dachte ich an Eis und ich konnte meinen Kopf aufgrund seiner unterbrochenen Konzentration endlich in den eines Menschen verwandeln. Stechende Schmerzen durchzogen meinen Nacken. Bevor ich mich daran gewöhnen und mich abgesehen von meinem Kopf in einen Drachen verwandeln konnte, spie mir Born Feuer ins Gesicht. Das Stechen verstärkte sich abermals, wobei ich unter heftigen Schmerzen das Gesicht verzerrte, während Borns lodernde Flammen unkontrolliert die Verwandlung meines Kopfes einleiteten. Bunte Punkte tanzten über mein Sichtfeld und ich keuchte. Dennoch versuchte ich mit aller Kraft, mich gegen meinen Klon zu wehren.

Weder gelang es mir, mich aus seinem eisernen Griff zu winden, noch konnte ich erfolgreich eine Verwandlung einleiten. Die Drachenklauen bohrten sich bereits schmerzhaft in meine Hand- und Fussgelenke. Ausserdem schmerzte meine linke Schulter aufgrund der Bisswunde, die mir Born zugefügt hatte.

Meine Bemühungen schienen ihn geringfügig zu beeinträchtigen, denn er stellte sich urplötzlich vor, sein Kopf würde aus Eis bestehen. Gleich darauf blendete mich sein Feuer erneut. Die doppelte Verwandlung meines Kopfes führte zu abermals verstärkten Schmerzen. Krampfhaft wand ich mich in seinem Griff. Es gelang mir kaum noch, zu atmen, denn mein Kopf fühlte sich an, als würde er jeden Augenblick explodieren.

«Und? Gibst du jetzt endlich auf?», fragte mich Born beinahe siegessicher.

Niemals! Schrie ich ihm telepathisch entgegen.

Mein Widersacher verwandelte meinen Kopf zwei weitere Male. Inzwischen waren die Schmerzen derart unerträglich, dass ich vergass, zu atmen. Mein Sichtfeld verengte sich und ich verlor zwischendurch das Bewusstsein. Als ich die Augen wieder aufschlug, landete Born gemeinsam mit mir in einer unbekannten Waldlichtung. Von Vanessa fehlte jede Spur.

«Sie kann dir jetzt auch nicht mehr weiterhelfen.», dachte er, als er meine Gedanken an sie wahrnahm.

Wieder verwandelte er meinen Kopf. Stöhnend vor Schmerz wand ich mich auf dem kühlen, jedoch trockenen Gras der Lichtung. Zeitgleich fühlte ich, wie Born in mein Bewusstsein eindrang. Dieses Mal fehlte mir die Kraft, einen Gegenangriff zu starten, denn ich fühlte nichts mehr ausser den unerträglichen Qualen meines Hinterkopfes. Wenige Sekunden später wurde mir schwarz vor Augen.

Beinahe all meine Schmerzen waren verschwunden, als ich erwachte. Lediglich mein Hals brannte. Verwirrt tastete ich danach und stellte fest, dass meine Klauen innert kürzester Zeit von Blut bedeckt wurden. Ausserdem fühlte sich die betroffene Stelle ungewohnt weich an. Ich berührte meinen Hals erneut und erschrak, als meine Klauen lediglich mit nackter Haut in Kontakt kamen. Die Schuppen an der betroffenen Stelle fehlten gänzlich. Dies war der Zeitpunkt, an dem mir bewusst wurde, dass ich mich erneut im Körper meines Klons befand.

Verdutzt blickte ich auf meinen eigentlichen Körper, der vor Schmerz zuckend vor mir lag. Die Hand- und Fussgelenke bluteten. Bevor ich ihn genauer betrachten geschweige denn reagieren konnte, verwandelte er sich vollständig in einen Drachen. Zeitgleich kam Vanessa aus dem Dickicht gestürmt.

«Was hast du getan, du Scheusal?», schrie sie mich an.

«Ich? Gar nichts. Born hat mich entführt und meinen Körper gestohlen.»

«Als ob ich dir das glauben würde! Denkst du tatsächlich, ich wäre so dumm, auf diesen simplen Trick reinzufallen?»

Vanessas Augen blitzten mich wütend an, was mir einen Stich ins Herz versetzte. Bevor ich etwas erwidern konnte, eilte sie zu Born, der sich nun in meinem Körper befand, und nahm seinen Kopf zwischen die Hände. Vor lauter Schmerzen zog er verkrampft die Lefzen zurück, was einem Zähnefletschen glich. Vanessa küsste ihn liebevoll auf die Schnauze.

«Was hat er mit dir angestellt, mein Schatz?», flüsterte sie ihm zu.

Born antwortete nicht. Seine gesamte Konzentration war darauf gerichtet, sein Bewusstsein zu verteidigen. Er wollte auf jeden Fall vermeiden, dass ich meinen Körper zurückerlangte. Dennoch griff ich ihn telepathisch an, wobei er augenblicklich zur Gegenoffensive ansetzte. Abermals verbrachten wir die nächsten Sekunden, die Schäden an unseren Bewusstseinen zu reparieren, bevor unsere Angriffe von Neuem begannen.

Da dies zu nichts führte, gab ich diese Herangehensweise frustriert knurrend auf und stellte mir vor, mein Kopf würde aus Eis bestehen. Sofort schrumpften Borns Hörner, seine Schuppen wichen nackter Haut und Haare sprossen wie winzige Pflanzen auf seinem Schädel.

«Lass ihn in Ruhe! Du hast bereits genug Schaden angerichtet!», schrie mir Vanessa ins Gesicht.

«Ich kann nicht. Er hat meinen Körper gestohlen!», fauchte ich wütend.

«Das hatten wir doch bereits. Verschwinde von hier und lass dich nie wieder blicken!»

«Du verstehst nicht, dieses Mal …»

Blitzschnell trat Vanessa nach meiner Schnauze. Einzig meine Dracheninstinkte ermöglichten mir den Rückzug, um ihrem Schuh frühzeitig zu entkommen. Instinktiv fauchte ich sie an, bis mir bewusst wurde, dass dies meine Situation keineswegs besserte.

«Geh weg!», schrie sie, während ihr Tränen aus den Augen rannen.

In dieser Sekunde verdunkelte sich der Himmel, da die untergehende Sonne hinter einer Wolke verschwand. Die Lichtung wurde in düsteres, diffuses Licht getaucht. Das goldene Leuchten, was zuvor noch von Vanessas Haaren ausgegangen war, verblasste. Selbst ihre Iris verlor an Tiefe und wirkte lediglich noch wie schwache, graue Wellen eines Sees an einem wolkenverhangenen Tag.

Da sich mein Klon aufgrund seiner Schmerzen kaum noch eigenständig bewegen konnte, klemmte Vanessa seinen Brustkorb unter ihren rechten Arm und zog ihn auf diese Weise in Richtung Zuhause. Derweil warf sie mir einen mordlustigen Blick zu, der jegliches Verständnis für meine Situation vermissen liess.

Schockiert und bis in mein tiefstes Inneres verletzt, blieb ich auf der zunehmend dunkler werdenden Lichtung stehen. Erst nachdem Vanessa den Klon in meinem Körper in das Dickicht neben der Lichtung gezogen hatte, erwachte ich aus meiner Starre.

«Vanessa, warte auf mich!», rief ich ihr nach, wobei ich den Tränen nahe stand.

«Nein!», schrie sie mir entgegen.

Dieses eine Wort traf mich härter als ein Schlag ins Gesicht. Erschrocken zuckte ich zusammen und eine scheinbar unendlich grosse Trauer durchflutete meinen Verstand. Dicke Tränen flossen mir aus den Augen, während ich zusehen musste, wie meine Frau mit meinem Klon im Wald verschwand. Ich wusste, dass ich sie in diesem Körper nicht von der Wahrheit überzeugen konnte. Dennoch war die Hoffnung noch nicht verloren.

Ich atmete mehrere Male tief durch, breitete die Flügel aus und stiess mich vom Boden ab. Schnurstracks flog ich in Richtung Zürich davon und steuerte anschliessend Toms Wohnung an. Nur wenige Minuten später landete ich auf seinem Balkon. Noch immer mit Tränen in den Augen klopfte ich an. Sofort war Novas Gebell zu hören, als sie auf die Balkontür zugestürmt kam. Schwanzwedelnd blieb sie hinter der Glaswand stehen und wartete, bis mein Bruder in seiner menschlichen Gestalt die Tür öffnete. Erleichtert stellte ich fest, dass seine Verletzungen von vorletzter Woche bereits vollständig verheilt waren.

«Guten Abend. Deine Verbrennung sieht schon wieder sehr gut aus.», begrüsste mich Tom, der jedoch gleich bemerkte, dass etwas nicht stimmte.

«Was ist los?», fragte er besorgt.

Vor lauter Trauer gelang es mir nicht, mich verständlich auszudrücken. Anstelle eines menschlichen Schluchzens stiess ich ein leises Wimmern aus. Tom umarmte meinen Kopf, wobei sein Blick auf das frische Blut fiel, was aus meinem Hals strömte.

«Du bist verletzt. Ich werde dir diese Wunde schnell nähen. Warte hier!», sagte er und verschwand in seiner Wohnung.

Nova schnupperte zurückhaltend an meinem rechten Vorderbein. Sie schien ebenfalls zu bemerken, dass ich traurig war. Ausserdem vermutete ich, dass sie mein Blut roch.

Nur eine Minute später nähte Tom bereits meine Schnittwunde. Währenddessen gelang es mir einigermassen, meine Tränen unter Kontrolle zu bringen.

«Mein Klon hat behauptet, ich hätte ihm seinen Körper gestohlen. Dann hat er mich entführt und ist gewaltsam in meinen Verstand eingedrungen, um Besitz von meinem Körper zu ergreifen. Nun bin ich in diesem Klonkörper gefangen und Vanessa glaubt mir nicht.», erklärte ich schniefend.

Tom blickte mir mit leicht schräg gelegtem Kopf in die Augen.

«Diese Geschichte klingt auch sehr unglaubwürdig. Du bist eindeutig der Klon.»

«Aber du verstehst das nicht! Er hat meinen Körper *wirklich* gestohlen.»

Tränen der Verzweiflung rannen mir aus den Augen.

«Es tut mir leid, aber vor mir steht definitiv der Klon. Ich kann deinen Worten leider keinerlei Glauben schenken.»

Wieder übermannte mich die Trauer. Mein Bruder, der soeben den letzten Stich gesetzt hatte, umarmte mich abermals liebevoll. Dennoch verriet sein Verhalten, dass er mir misstraute.

«Wie ist diese Wunde entstanden?», fragte er schliesslich.

«Die habe ich dem Klon zugefügt, bevor …»

Mein erneutes Schniefen aufgrund meiner durch Nasenschleim verstopften Atemwege unterbrach mich mitten im Satz.

«Geht es Nils, Vanessa und den Kindern gut?»

Tom war nun sichtlich nervös. Wahrscheinlich befürchtete er, ich hätte ihnen Schaden zugefügt. Ich atmete einmal tief durch und setzte meine Erklärung fort.

«Vanessa ist mit dem Klon im Wald. Sie können nicht nach Hause fliegen.»

Toms Augen weiteten sich und er eilte hinein in die Wohnung.

«Delia, ich muss schnell Nils und Vanessa helfen.», rief er seiner Freundin entgegen, während er sich zur Verwandlung vorbereitete.

«Wehe, du hast ihnen etwas angetan.», nahm ich seine aufgebrachten Gedanken kurze Zeit später wahr.

Ich …

Gedanklich vervollständigte ich meinen Satz mit Bildern und Eindrücken der Geschehnisse. Sobald Tom meinen originalen Körper entdeckte, der sich vor lauter Schmerzen nicht rühren konnte, schlug seine Wut in blanken Hass um.

«Es wäre besser, du würdest auf der Stelle verschwinden!», dachte er zornig, während er aus seinem Zimmer gestürmt kam.

Seine smaragdgrünen Augen funkelten mich böse an. Aufgrund seiner Reaktion trat ich wimmernd mehrere Schritte beiseite und beobachtete ihn, wie er blitzschnell in Richtung meiner Wohnung startete, um von dort aus Vanessa und meinen originalen Körper zu finden. Zwischendurch blickte er hastig zu mir zurück, um sicherzustellen, dass ich ihm nicht folgte.

Vor Trauer erstarrt stand ich auf dem Balkon und beobachtete Tom, der zu einem immer kleineren Punkt schrumpfte und schliesslich hinter einem Hausdach verschwand. Delia trat nach draussen und befahl Nova, zurück in die Wohnung zu gehen, da es bereits kalt wurde. Als sie mich erblickte, kniete sie sich verwundert neben mich.

«Was machst du denn hier? Und weshalb bist du traurig?», fragte sie.

Vor lauter Wimmern und Schniefen brachte ich kein Wort heraus. Stattdessen legte ich mich auf den kühlen Steinboden und rollte mich zu einer kleinen Kugel zusammen. Delia zog sich eine Jacke an, setzte sich neben mich und streichelte mir fürsorglich den rechten Flügel, der nun beinahe meinen gesamten Körper bedeckte. Vor Trauer zitternd vergrub ich meinen Kopf darunter und schloss die Augen. Die Zeit verstrich und es wurde zunehmend kälter. Irgendwann schloss Delia die Balkontür, blieb jedoch draussen bei mir. Ihre sanften Berührungen spendeten Trost, wenngleich sie mir die Trauer keineswegs nehmen konnten.

Nach einer Weile empfing ich plötzlich wieder Toms Gedanken. Aufgrund meiner verstopften Nase hatte ich ihn nicht gerochen. Seiner Denkweise nach schloss ich, dass er ausserordentlich wütend auf mich war und dachte, ich wäre der Klon.

«Geh bitte rein, Delia.», forderte er seine Freundin auf, so ruhig er konnte.

Wortlos befolgte sie seine Anweisung, wobei ihr sein Zorn bestimmt nicht entgangen war. Ohne meinen Kopf unter dem Flügel hervorzuziehen, wartete ich ab, was geschah. Kurz nachdem ich eine leichte Erschütterung begleitet von dem Geräusch von Klauen auf Stein wahrgenommen hatte, verspürte ich plötzlich einen unangenehmen Druck an meinem Nacken. Ruckartig zog mich Tom aus meiner zusammengerollten Haltung heraus. Erst jetzt begriff ich, dass er mich am Nacken gepackt hatte.

«Ich sagte, du sollst von hier verschwinden!», dachte er zornig.

Unsanft beförderte er mich zum Balkongeländer, riss meinen Nacken hoch und stiess mich darüber hinweg, ohne dass ich auch nur versuchte, mich dagegen zu wehren. Gelähmt vor Trauer fiel ich geradewegs der Strasse entgegen, die sich gut fünfzehn Meter unter mir befand. In diesem Augenblick verspürte ich nicht einmal Angst. Erst als ich laut knackend mit dem Asphalt kollidierte und sich ein stechender Schmerz in meinem Brustkorb und meiner Schnauze ausbreitete, wurde ich mir des Sturzes bewusst.

Ächzend richtete ich mich auf und zuckte sogleich unter den Schmerzen meiner vermutlich gebrochenen Rippen zusammen. Ein Blick nach oben verriet mir, dass Tom nicht einmal mehr zugesehen hatte, wie ich gelandet war. Nebst meiner Trauer verspürte ich plötzlich ein starkes Schwindelgefühl.

Traurig schloss ich die Augen und wartete, ohne zu wissen, worauf. Nach einer Weile wich mein Schwindel blanker Übelkeit. Das Gefühl wurde derart unangenehm, dass ich trotz meiner Schmerzen aufstand und in eine zufällige Richtung flog. Bei jedem Flügelschlag zuckte ich zusammen, setzte meine Reise jedoch unbeirrt fort. Selbst der klare Nachthimmel mit den tausenden Sternen, die ich in der Stadt lediglich als Drache sehen konnte, vermochte es nicht, meine Stimmung zu bessern. Laut jaulend flog ich durch die Nacht, wobei ich mir auffiel, dass sich aufgrund meiner neuen Denkweise selbst die Wirkung meiner Trauer verändert hatte. Mein Gesicht fühlte sich plötzlich eiskalt an und ich befürchtete bereits, mich zu verwandeln, als mir einfiel, dass der Klonkörper nicht über diese Fähigkeit verfügte.

Einige Zeit später glitt ich an meiner Wohnung vorbei. Durch ein Fenster hindurch erkannte ich Vanessa, die meinen Klon liebevoll auf den Mund küsste. Abgesehen von seinem Kopf befand er sich noch vollständig in seiner Drachengestalt. Meine Übelkeit verstärkte sich und ich steuerte den nächstbesten Fluss am Stadtrand an. Als ich landete, stolperte ich aufgrund meines verletzten Brustkorbs und überschlug mich einmal vollständig. Trotz meiner Schmerzen richtete ich mich wieder auf, da meine Übelkeit überwog. Ich erbrach jeglichen Mageninhalt und schliesslich auch Galle. Der bittere Geschmack verstärkte mein Unwohlsein noch, wodurch ich mich weiter in meinen Brechkrampf steigerte.

Irgendwann später brach ich zusammen, ob vor Schmerzen oder Trauer wusste ich nicht. Die Säure, die bereits ein brennendes Gefühl in meiner Speiseröhre ausgelöst hatte, war mir gleichgültig. Aufgrund der neusten Ereignisse befürchtete ich, nicht nur meine Mutter, sondern auch meine gesamte Familie verloren zu haben. Egal, wie ich diese Situation angehen würde, konnte ich Vanessa und Tom nicht von der Wahrheit überzeugen. Was diese Situation noch verschlimmerte, war die Gewissheit, dass der Klon nun alles mit meiner Frau machen konnte, was ich in den letzten sieben Jahren getan hatte.

Während ich zitternd und jaulend auf dem mit kleinen Steinen übersäten Flussufer lag, wich meine Trauer plötzlich unbegrenzter Gleichgültigkeit. Selbst mein eigenes Überleben war mir zu diesem Zeitpunkt unwichtig. Es fühlte sich an, als wäre ich jeglicher Lebensenergie beraubt worden. Sowohl mein Tränenfluss als auch mein Schluchzen stellte sich ein. In ruhigen Atemzügen lag ich trotz den stechenden Schmerzen in meinem Brustkorb entspannt auf dem Kiesstrand.

Ich habe verloren, und es gibt nichts, was ich noch tun kann, dachte ich niedergeschlagen.

Die Zeit verstrich, ohne dass ich davon Notiz nahm. Irgendwann ging die Sonne auf, mein Hals trocknete aus und brannte zunehmend. Selbst als ich urinieren musste, blieb ich reglos liegen, wodurch sich die warme Flüssigkeit ungehindert unter mir ausbreitete. Ein kalter Wind kam auf, Wolken bildeten sich am Himmel und Nieselregen setzte ein. Tausende Herbstblätter regneten in den Fluss vor mir und wurden in Richtung Zürich geschwemmt. All dies tangierte mein Bewusstsein nicht mehr. Meine vollumfängliche Gleichgültigkeit liess keinerlei Gefühlsregungen mehr zu. Ich hatte inzwischen alles aufgegeben. Nicht einmal meine Muskeln bewegte ich noch.

Nach dem Sonnenuntergang verstärkte sich der Regen. Der derbe Gestank von Exkrementen und Erbrochenem wurde verwaschen, während die Wärme allmählich aus meinem Körper wich. Noch immer rührte ich mich keinen Millimeter und liess alles um mich herum geschehen, wie es war.

Mitten in der Nacht witterte ich zufälligerweise den Geruch eines Rehs. Obwohl mein Magen bereits seit geraumer Zeit knurrte, verspürte ich nicht das Bedürfnis, es zu jagen. Aufgrund meiner geistigen Verfassung verblassten jegliche Eindrücke in absoluter Bedeutungslosigkeit.

Als die Sonne erneut meinen Körper erwärmte, verspürte ich zunehmend starke Kopfschmerzen. Das Stechen in meinem Brustkorb hatte sich ebenfalls nicht gebessert. Am Nachmittag fühlte sich alles an mir heiss an, obwohl ich fröstelte. Was dies zu bedeuten hatte, war mir gleichgültig.

Irgendwann vernahm ich Schritte neben mir. Ohne den Fokus meiner Augen zu ändern, erkannte ich Silvia, die in meine Richtung stürmte. Ihre bedeutungslosen Worte strömten mir entgegen, die ich lediglich als willkürliche, abgehackte Laute wahrnahm. Mein Gehirn bemühte sich nicht einmal, die Sprache zu interpretieren. Sie setzte sich neben mich und blickte mir in das linke Auge. Ausser einem reflexartigen Blinzeln aufgrund fehlender Tränenflüssigkeit reagierte ich nicht. Mein Blick war starr auf den wolkenlosen Himmel gerichtet. Sie strich mir mit der Hand über den Kopf und zuckte sogleich zurück. Nachdem sie aufgeregt einige Laute von sich gegeben hatte, nahm sie meinen Kopf zwischen die Hände und zog ihn auf ihren Schoss. Derweil zuckte meine Bauchmuskulatur kurzzeitig zusammen, da die Bewegung Schmerzen in meinem Brustkorb ausgelöst hatte. Ansonsten zeigte ich keinerlei Reaktion.

Wieder starrte sie mir in die Augen, stiess verzweifelte Laute aus und strich mir mit einer Hand über den Kopf. Eine gewisse Zeit später liess sie von mir ab und verschwand in die Richtung, aus der sie gekommen war. Später stiess sie erneut zu mir, dieses Mal mit einem Rucksack. Eilig setzte sie sich neben mich, packte eine gefüllte Wasserflasche aus und öffnete den Deckel. Anschliessend hielt sie mir die Öffnung vor die Schnauze und stiess abermals belanglose Laute aus. Der Duft von belegten Brötchen strömte mir aus ihrem Rucksack entgegen und mein Magen rebellierte lautstark. Dennoch verspürte ich keinerlei Bedürfnis, meinen Hunger zu stillen.

Ratlos blickte Silvia umher, stellte die Wasserflasche auf einen flachen, ebenen Stein ab und umklammerte meine Schnauze mit beiden Händen. Anschliessend zog sie meine Lefzen beiseite und sperrte unter sichtlicher Anstrengung meinen Kiefer auf. Da mein Maul vollständig ausgetrocknet und verklebt war, öffnete es sich erst, als Silvia mit aller Kraft daran zerrte. Laut schmatzend löste sich die Zunge von meinem Gaumen und es gelang Silvia, mein Maul mit einer Hand offenzuhalten, indem sie lediglich den Oberkiefer nach oben zog. Die Schwerkraft kombiniert mit der dem Himmel entgegengestreckten Haltung meines Kopfes erledigte den Rest. Anschliessend schüttete sie den Inhalt der Wasserflasche langsam in mein offenes Maul. Als das Wasser in meinen Hals floss, atmete ich einen Teil davon ein, da mir noch immer alles gleichgültig war. Reflexartig hustend und schluckend trank ich das Wasser unfreiwillig, bis die Flasche vollständig leer war.

Vorsichtig liess Silvia meinen Oberkiefer los, blickte leicht angewidert ihre rechte Hand an und säuberte sie anschliessend im Fluss. Kurz darauf setzte sie sich erneut zu mir und packte die belegten Brötchen aus, die ich bereits gerochen hatte. Aufgrund meiner allgemeinen Gleichgültigkeit wollte ich sie nicht essen, obwohl mein Magen bereits schmerzte und ich fühlte, wie viel körperliche Kraft ich inzwischen verloren hatte.

Wieder stiess Silvia drängende Laute aus, die nicht in meinem Verstand haftenblieben. Nach einer Weile gab sie es auf, verstaute das Essen wieder in ihrem Rucksack und liess mich allein. Das Brennen in meinem Hals besserte sich allmählich und der säuerliche Geschmack war beinahe vollständig verschwunden. Irgendwann verblassten selbst meine Kopfschmerzen und das unerklärliche Frieren verschwand. Einzig der stechende Schmerz meiner Rippen blieb unverändert.

Zwischendurch schlief ich ein, ohne zu wissen, wie viel Zeit verstrich. Als ich wieder erwachte, sass Silvia erneut neben mir. Sie hatte mich in eine Decke eingewickelt, weswegen mir nun nicht mehr kalt war. Ich wusste nicht, ob Stunden, Tage oder gar Wochen vergangen waren. Sie sprach sanft zu mir, flösste mir abermals Wasser ein und massierte meinen Nacken. Ihre Massage ging irgendwann in ein Streicheln über, was sie bis zu meinen äussersten Flügelspitzen fortsetzte. Wie bereits bei ihrem letzten Besuch verschwand sie wieder nach einer Weile. Teilnahmslos blickte ich ihr im Augenwinkel nach, ohne die Pupillen auf sie zu richten.

Sofern mich mein gestörtes Zeitgefühl nicht täuschte, besuchte sie mich von nun an regelmässig. Jedes Mal flösste sie mir Wasser ein und streichelte mich, während ihre Stimme beruhigend an meine Ohren drang. Manchmal bot sie mir Essen an, was mir gleichgültig war, weswegen sie es stets wieder verstaute. Ganz langsam verblasste der Schmerz meiner Rippen, während ich mich zunehmend schwach und erschöpft fühlte. Es geschah immer häufiger, dass ich während Silvias Besuchen das Bewusstsein verlor.

Eines Tages, als ich selbst während des Trinkens eingeschlafen war, rüttelte sie aufgeregt an meinem Kopf, sodass ich in die Wirklichkeit zurückkehrte. Drängender denn je sprach sie auf mich ein, was erstmals eine winzige Gefühlsregung in mir auslöste: Ich wollte ihr helfen. Der Fokus meiner Augen änderte sich, bis ich Silvia direkt ins Gesicht blickte. Voller Hoffnung strahlte sie mich an und setzte ihren Monolog aufgeregt fort. Ich versuchte, mich zu bewegen, jedoch hatte mich jegliche Kraft verlassen. Schockiert stellte ich fest, dass die lange Zeit, in der ich weder gegessen noch meine Muskeln eingesetzt hatte, mir die Fähigkeit des Bewegens genommen hatte. Einzig meine Sinne konnte ich uneingeschränkt einsetzen. Deswegen konzentrierte ich mich von nun an auf Silvias Worte, die plötzlich sinnvolle Sätze in meinem Verstand bildeten.

«Du musst endlich etwas essen. Bitte! Ich weiss zwar nicht, wie lange Drachen ohne Futter überleben können, aber es kann nicht gesund sein, vier Wochen lang draussen in der Kälte zu liegen, ohne etwas zu essen. Ich glaube, ein Mensch wäre bereits tot nach dieser langen Zeit. Du bist auch schon ganz dünn geworden.»

Silvias Worte waren wie Balsam für meine seelischen Wunden. Nach einer Ewigkeit verspürte ich endlich wieder das Gefühl, von jemandem wertgeschätzt zu werden. Dies gab mir den Anreiz, mich wieder um mein eigenes Überleben zu kümmern.

Sobald ich diesen Gedanken zu Ende gedacht hatte, bemerkte ich die starken Gliederschmerzen, die den durchgehenden, schmerzhaften Druck in meinem Magen begleiteten. Trotz der warmen Decke, in die mich Silvia eingepackt hatte, fror ich am ganzen Körper. Anschliessend überkam mich wieder das Gefühl der Hilflosigkeit.

Ich habe alles verloren, was mir jemals wichtig gewesen war und es gibt keine Möglichkeit, dies rückgängig zu machen. Weshalb sollte ich mich da noch um irgendetwas bemühen? Fragte ich mich niedergeschlagen und stiess einen tiefen Seufzer aus.

«Iss etwas, ich bitte dich! Du bist genauso mein Vater wie Nils. Es spielt keine Rolle für mich, ob du ein Klon bist oder nicht. Ich möchte einfach nicht wieder einen Vater verlieren, verstehst du das?»

Tränen rannen Silvia die Wangen hinunter und sie schniefte traurig. Erneut verspürte ich den Drang, ihr zu helfen, jedoch verlor ich in diesem Augenblick das Bewusstsein. Kurz darauf wurde ich ein zweites Mal wachgerüttelt, was meine Erschöpfung jedoch keineswegs minderte.

«Du darfst nicht sterben! Als ich klein war, hast du mich mal aus einem brennenden Haus gerettet. Jetzt werde ich *dich* retten. Das bin ich dir schuldig.», sprach sie bestimmt auf mich ein.

Hastig kramte sie ein grosses Stück Brot aus ihrem Rucksack hervor, brach einen Teil ab und hielt ihn mir vor die Schnauze. Obwohl ich es nun tatsächlich essen wollte, gelang es mir nicht, mich zu bewegen. Ich versuchte mit aller Kraft, mein Maul zu öffnen, jedoch brachte ich nicht mehr als ein leichtes Zucken zustande. Gleich darauf fielen mir wieder die Augen zu.

Ich schmeckte Brot in meinem Maul, als ich wieder erwachte. Allem Anschein nach hatte Silvia versucht, mich zu füttern, während ich ohnmächtig gewesen war.

«Jetzt iss endlich!», rief sie beinahe enttäuscht von mir.

Mit neuer Hoffnung versuchte ich, den Bissen zu schlucken, jedoch verwehrten mir all meine Muskeln den Dienst. Selbst meine nun erhöhte Speichelproduktion konnte mir nicht mehr helfen.

Ich kann nicht. Es tut mir leid, dachte ich.

Wie bereits dutzende Male zuvor sperrte sie meinen Kiefer mit einer Hand auf. Bestimmt blickte sie mir in die Augen und anschliessend auf das kleine Stück Brot, welches auf meiner Zunge lag. Seufzend, als hätte sie soeben einen schweren Entschluss gefasst, nahm sie das Brot aus meinem Maul entgegen und stopfte es mir kurzerhand in den Rachen. Aufgrund meiner körperlichen Schwäche reagierte nicht einmal mehr der Würgereflex korrekt. Abgesehen von einem Zucken der Halsmuskulatur geschah nichts. Ich versuchte, zu schlucken, jedoch erfolglos. Stattdessen verlor ich abermals das Bewusstsein.

Als ich schliesslich wieder erwachte, fühlte ich Silvias Hand mit dem Stück Nahrung tief in meinem Hals. Dieses ausserordentlich unangenehme Gefühl löste endlich den Schluckreflex aus, den ich zuvor nicht willentlich hatte hervorrufen können. Sie liess das Brot los und zog ihren Arm zurück. Angewidert starrte sie auf meinen Speichel, der ihr nun bis weit hinter den Ellenbogen reichte. An ihrem Handrücken klebte sogar das zähe, rote Sekret, welches für mein Feuerspeien benötigt wurde. Als sie daran roch, um festzustellen, was es war, erschauderte sie deutlich sichtbar.

Obwohl sie sich offensichtlich davor ekelte, mich auf diese Weise zu füttern, brach sie erneut ein Stück Brot ab und stopfte es mir unsanft in den Hals. Wieder und wieder setzte sie diese Prozedur fort, bis schliesslich jedes Stück meinen Magen erreicht hatte. Die Bauchschmerzen waren zwar noch nicht verschwunden, aber das leichte Völlegefühl besserte mein Wohlbefinden zunehmend.

Silvia wusch ihren linken Arm im kalten Flusswasser. Als sie eine Minute später fertig war, roch sie an ihrem Handgelenk und säuberte diese Stelle erneut, jedoch mit energischeren Bewegungen. Irgendwann war sie mit ihrer Sauberkeit zufrieden und kehrte zu mir zurück.

«Ich glaube, jetzt sind wir quitt. Hoffentlich muss ich das niemals wieder machen.», sagte sie.

Ihr fortwährend angeekelter Gesichtsausdruck und die Art, wie sie ihren Arm von ihrem Körper weghielt, amüsierten mich, jedoch brachte ich kein Schmunzeln zustande. Stattdessen fielen mir wieder die Augen zu und als ich erwachte, war Silvia verschwunden.

31

Fürsorge

Am nächsten Tag fühlte ich mich bereits wesentlich besser. Meine permanente Erschöpfung nahm ab und ich konnte mich geringfügig, jedoch unter grosser Anstrengung bewegen. Ausserdem hatte die Tatsache, dass Silvia ihren Ekel überwunden hatte, um mich vor dem Verhungern zu bewahren, meinem Leben einen neuen Sinn verliehen. Gespannt wartete ich auf ihren Besuch, obwohl ich nicht wusste, wann sie erscheinen würde.

In der Zwischenzeit dachte ich viel nach und gelangte zu dem Entschluss, all meine Trauer zu verdrängen und mich stattdessen lediglich auf das Hier und Jetzt zu konzentrieren, wie es für ein Tier üblich war. Diese kurzfristige Denkweise fiel mir aufgrund meiner animalischen Wesenszüge leichter, als ich anfangs angenommen hatte. Zwischendurch versuchte ich sogar, meine Menschliche Seite absichtlich zu deaktivieren, was mir leider nicht gelang. Der immerwährende Schmerz, der meine beiden Wesensarten miteinander verbunden hatte, erhielt diese Verbindung fortlaufend aufrecht.

Um meine degenerierten Muskeln zu stärken, versuchte ich, aufzustehen. Unter grösster Anstrengung befahl ich meinen Beinen, sich meinem Gewicht entgegenzustemmen, was jedoch kaum mehr als ein angespanntes Zittern zur Folge hatte. Obwohl mein Körper nun bestimmt wesentlich weniger wog als noch vor vier Wochen, schien er aufgrund seines Gewichts auf dem Kiesstrand zu kleben. Es gelang mir nicht einmal, mich kriechend fortzubewegen.

Nach einigen Minuten blieb ich ächzend und stöhnend liegen. Meine Glieder sendeten einen brennenden Schmerz aus, der mich auf die Überanstrengung der Muskeln hinwies. Glücklicherweise waren wenigstens meine Rippen verheilt, da ich nicht mehr durch das Stechen meines Brustkorbs beeinträchtigt wurde. Mein fortlaufend schmerzender Magen rumorte hungrig und ich verspürte wieder das Bedürfnis, etwas zu jagen. In der kalten Morgenluft hing der verführerische Geruch eines Fuchses. Instinktiv wusste ich, dass er sich hinter mir befand. Mit neuer Kraft, die ich einzig Silvias Brot zu verdanken hatte, spannte ich meine Nackenmuskulatur an, die brennend rebellierte, und reckte meinen Kopf geringfügig zur Seite. Im Augenwinkel erkannte ich eine Bewegung innerhalb eines Gebüschs. Rotbraunes Fell hob sich zwischenzeitig von den noch immer grünen Blättern des lediglich einen Meter hohen Gewächses am Waldrand ab. Gierig blickte ich dem Fuchs nach, während sich der Speichel in meinem Maul sammelte.

Komm bitte etwas näher, ich kann gerade nicht aufstehen, dachte ich hungrig.

Leider verfügten Füchse nicht über telepathische Fähigkeiten und selbst wenn, hätte er sich garantiert nicht freiwillig in Gefahr begeben. Demnach verschwand er zwischen einigen Bäumen und liess mich am Flussufer allein. Ich war mir nicht einmal bewusst, ob er mich überhaupt wahrgenommen hatte, da sich mein Geruch bereits seit einem Monat mit der Umgebung vermischte und ich mich kaum bewegt, geschweige denn einen Laut von mir gegeben hatte.

Kurze Zeit später, als mein Magen bereits zum ungefähr tausendsten Mal knurrte, witterte ich plötzlich Silvia. Unwillkürlich breitete sich ein Schmunzeln auf meinem Gesicht aus, während ich freudig ihre Ankunft erwartete. Als sie schliesslich zwischen zwei Bäumen hervortrat, blickte ich ihr erwartungsvoll in die Augen. Sie bemerkte meinen Blick sofort, wodurch sich ein erleichtertes Lächeln auf ihrem Gesicht abzeichnete.

«Geht es dir wieder besser?», fragte sie, während sie sich vor mich setzte und sowohl eine Wasserflasche als auch einige Würstchen aus ihrem Rucksack zog.

Ich nickte geringfügig, was Silvias Lächeln noch verstärkte. Sie liess das Essen fallen, nahm meinen Kopf zwischen die Hände und umarmte mich liebevoll. Freudentränen rannen ihr über die Wangen, als sie sich einen Augenblick später von mir löste. Ohne mich nach meinen Bedürfnissen zu fragen, öffnete sie die Wasserflasche und hielt sie mir vor die Schnauze. Selbst wenn es sich ungewohnt schwer anfühlte, öffnete ich mein Maul geringfügig, um zu trinken. Silvia stützte währenddessen meinen Kopf, worüber ich sehr dankbar war. Aus eigener Kraft hätte ich ihn nicht einmal einen Zentimeter anheben können, insbesondere da meine Muskeln aufgrund der heutigen Anstrengung bereits brannten.

Selbst das Schlucken fiel mir schwer. Meine Halsmuskulatur fühlte sich träge und schwach an, was jede Bewegung mühselig gestaltete. Zwischendurch verschluckte ich mich, wobei Silvia stets rücksichtsvoll wartete, bevor sie die Wasserflasche erneut an meine Schnauzspitze hielt und den Inhalt langsam in mein Maul tröpfeln liess.

Anschliessend fütterte sie mich mit Würstchen, die ich nun ebenfalls zu mir nehmen konnte, sofern sie sich direkt vor meiner Schnauze befanden. Gierig biss ich in das wohlschmeckende, zarte Fleisch mit der knackigen Haut und schlang alles restlos herunter. Je mehr ich ass, desto hungriger schien ich zu werden. Es war, als wollte mich mein Körper endlich darauf hinweisen, dass ich wochenlang nichts gegessen hatte. Leider fand das Vergnügen jäh ein Ende, als Silvia die leere Plastikverpackung, die noch verführerisch nach Fleisch roch, in ihrem Rucksack verstaute.

«Magst du noch mehr essen?», fragte sie fürsorglich.

«Mhm.», brummte ich heiser.

«Das freut mich. Heute Abend werde ich dir noch mehr bringen. Ich muss aber aufpassen, dass mich meine Eltern nicht erwischen. Naja, zumindest zwei davon.», entgegnete sie schmunzelnd.

«Danke.», flüsterte ich ihr zu, da dies weniger Kraft benötigte, als meine Stimme zu verwenden.

«Gern geschehen. Ich hab dich lieb, Papa.»

Sie gab mir einen Kuss auf die Stirn und liess mich am Flussufer zurück. Schmunzelnd vor Freude blieb ich liegen und erwartete bereits gespannt ihren nächsten Besuch.

Frische Energie floss in meinen Körper, als meine Magensäfte das Fleisch zersetzten. Ich fühlte mich wesentlich stärker als zuvor, weswegen ich abermals versuchte, mich aufzurichten. Zu meinem Erstaunen gelang es mir, den Kopf anzuheben, jedoch konnte ich das Gewicht meines gesamten Körpers noch nicht stemmen. Dennoch versuchte ich mit aller Kraft, aufzustehen, bis ich schliesslich erschöpft keuchend liegenblieb.

Ich hebe meinen Kopf an und verhalte mich, als wäre ich einen Marathon gelaufen, dachte ich schmunzelnd.

Einige Stunden später, als die Sonne bereits untergegangen war und ich aufgrund der zunehmenden Kälte fröstelte, besuchte mich Silvia erneut mit einem prall gefüllten Rucksack.

«Ich hoffe, das reicht.», sagte sie, während sie kiloweise Fleisch, Brot und Käse auspackte.

Hungrig reckte ich meinen Kopf in ihre Richtung und beobachtete jeden ihrer Handgriffe, bis sie mir das Essen endlich vor die Schnauze hielt. In kürzester Zeit ass ich alles restlos auf, obwohl mein Magen bereits nach der halben Menge ein Völlegefühl ausgesendet hatte. Anschliessend trank ich die gesamte Wasserflasche leer und blickte Silvia dankbar an. Mit prall gefülltem Bauch und mehrfach aufstossend legte ich meinen Kopf auf ihren Schoss. Sie wusste sofort, was ich von ihr wollte, denn sie begann, meinen Nacken zu streicheln. Derweil erkannte ich dies als perfekte Gelegenheit, eine Frage zu stellen, die mich bereits seit einem Tag belastete.

«Denkst du, dass ich der Klon oder der echte Nils bin?»

Meine Stimme klang schwach und schwankte zwischendurch, was mir jedoch gleichgültig war.

«Ehrlich gesagt ist es mir egal. Ihr seid jetzt beide meine Väter und ich bin froh, euch zu haben. Genauso froh bin ich, endlich eine Mutter zu haben, die mich gut behandelt. Hanna konnte aus dem Gefängnis gehen und hat versucht, mich davon zu überzeugen, wieder zu ihr zu kommen, aber ich habe gesagt, dass ich das nicht möchte. Du, meine anderen Eltern, Lisa und Mario sind jetzt meine Familie.»

Silvias Erklärung liess mich vor Freude strahlen. Ein warmes, wohliges Gefühl der Zugehörigkeit breitete sich in mir aus. Jegliche schlechten Gedanken bezüglich dem Tod meiner Mutter und dem Verlust von Vanessa und den Kindern verblassten.

«Glaubst du mir, wenn ich dir sage, dass mein Klon in meinen Körper eingedrungen ist und mich in diesem Körper eingesperrt hat?»

Noch während ich diese Frage aussprach, verspürte ich plötzlich einen Stich im Herz. Obwohl meine Freude einen Augenblick zuvor überwogen hatte, trat der Schmerz des Verlusts wieder in voller Stärke hervor. Ich wandte meinen Blick von Silvia ab. Mein Atem ging stossweise und ich kämpfte gegen die Tränen an. Silvia schien genau zu wissen, wie ich mich fühlte, denn sie umarmte meinen Kopf liebevoll und wartete, bis sich meine Körperhaltung allmählich entspannte.

«Ja, ich glaube dir. Weshalb solltest du sonst so traurig sein?», entgegnete sie.

Dies war der Ausschlag, der meinen Tränenfluss endgültig startete. Vor Freude und neuer Hoffnung schluchzend lag ich in ihrer Umarmung. Die Tatsache, dass sie meinen Worten Glauben schenkte, obwohl ich mich im Körper meines Klons befand, erschuf neue Möglichkeiten, vielleicht doch noch in mein früheres Leben zurückkehren zu können. Lange lag ich mit dem Kopf auf Silvias Schoss, während sie mich tröstete, was mein Wohlbefinden zunehmend besserte.

Am Tag darauf schmerzte mein Magen, nur dass es sich hierbei nicht um Hunger, sondern um ein starkes Völlegefühl handelte. Ausserdem musste ich erstmals wieder ein grosses Geschäft verrichten, jedoch wollte ich es nicht wie bisher an Ort und Stelle erledigen. Mithilfe der neuen Kraft, die durch meinen Körper strömte, stemmte ich mich der lästigen Gravitation der Erde entgegen. Wieder gelang es mir nicht, mich auch nur einen Zentimeter anzuheben.

Das lasse ich mir jetzt nicht mehr gefallen. Ich muss aufstehen, und zwar sofort!

Mit aller Kraft drückte ich meine schwachen Beine gegen den Kies. Obwohl meine Muskeln schmerzten und zitterten, liess ich nicht locker. Ich biss die Zähne zusammen und konzentrierte mich lediglich auf diese eine Sache. Plötzlich verringerte sich der Druck gegen meine Unterseite. Stück für Stück bewegte ich mich nach oben, bis sich mein Bauch schliesslich vollständig vom Kies löste. Ich hielt meinen Atem an, um dieser für mich enormen Belastung standzuhalten. Dies war kontraproduktiv, dessen war ich mir bewusst. Dennoch half es mir, meine volle Kraft einzusetzen.

Stark zitternd richtete ich mich auf. Die Decke, die noch immer auf mir lag, zog mich mit zunehmender Kraft abwärts. Irgendwann verliess mich mein Wille und ich sackte stöhnend zusammen. Keuchend schnappte ich nach Luft, bis sich mein Atem wieder beruhigte.

Ganz so leicht gebe ich mich nicht geschlagen, dachte ich stur und versuchte es erneut.

Dieses Mal gelang es mir wieder, vollständig aufzustehen. Unter grösster Konzentration hob ich meine rechte Vorderpranke an und setzte sie einige Zentimeter weiter vorn wieder auf den Kies. Währenddessen geriet ich gefährlich ins Schwanken, konnte jedoch das Gleichgewicht halten. Nun atmete ich schnell aus und wieder ein, sodass ich dasselbe Manöver mit meinem linken Hinterbein wiederholen konnte. Derweil nahm der Druck meines bevorstehenden Geschäfts unangenehm zu, was mein Durchhaltevermögen zusätzlich steigerte.

Schritt für Schritt bewegte ich mich nach vorn, bis die Decke von meinem Rücken rutschte. Als das Gewicht von mir fiel, fühlte sich jede Bewegung bereits leichter an. Mit roher Willenskraft näherte ich mich dem Fluss. Einige Zeit später erreichten meine Vorderbeine das kalte, kristallklare Wasser. Unbeirrt ging ich weiter, bis ich mit allen Vieren im Fluss stand. Das an mir vorbeifliessende Nass zog mir jegliche Wärme aus meinen Gliedern. Dennoch blieb ich stehen, da ich noch mein Geschäft erledigen musste. Aufgrund der

Kälte und der grossen, körperlichen Anstrengung gestaltete sich dies schwerer, als ich angenommen hatte. Nichtsdestotrotz gelang es mir schliesslich.

Eine eiskalte Welle schwappte gegen meine Brust und meinen Hals. Da die Kälte weniger brannte, als ich erwartet hatte, warf ich einen Blick auf meine alte Brandverletzung. Zu meinem Erstaunen war der Schuppenpanzer inzwischen vollständig wiederhergestellt worden. Alles an mir wirkte gesund, abgesehen von meinen degenerierten Muskeln, die mich mager erscheinen liessen.

Bei dem Versuch, mich umzudrehen, rutschte ich auf einem glitschigen, von Algen bedeckten Stein aus. Unbeholfen klatschte ich mit dem Kopf ins Wasser und sackte zusammen. Die Kälte umgab nun meinen gesamten Körper. Zeitgleich musste ich gezwungenermassen die Luft anhalten. Die überraschenderweise starke Strömung zog mich bereits mehrere Meter mit, da sich meine Flügel entgegen meines Willens ausgebreitet hatten und dem Wasser einen hohen Widerstand boten. Meine mittlerweile tauben, geschwächten Beine vermochten es nicht, mir in einen sicheren Stand zu verhelfen. Unkontrolliert wurde ich vom Fluss mitgerissen, unfähig, an Land zu schwimmen.

Meine Sinne schärften sich und mein Puls stieg an, als sich die Angst in mir ausbreitete. Verzweifelt ruderte ich im Wasser umher. Manchmal durchbrach mein Kopf die Wasseroberfläche, nur um gleich wieder von einer weiteren Welle bedeckt zu werden. Die Kälte an meinem Körper brannte bereits, meine Flügel wurden allmählich taub und ich wusste, dass ich nicht über genügend Kraft verfügte, mich mithilfe eines Gedanken an Hitze in meinen Lungen aufzuwärmen.

Ich erinnerte mich an Silvias Fürsorge mir gegenüber und an meine neue Hoffnung, Vanessa und die Kinder vielleicht ebenfalls von der Wahrheit überzeugen zu können. Dies gab mir die Kraft, mich mit all meinen Gliedmassen im reissenden Strom zu stabilisieren. In langsamen, jedoch zielstrebigen Bewegungen ruderte ich mit dem Schwanz, bis ich mich geringfügig in Richtung Flussufer bewegte. Meine Klauenspitzen schabten über einige grössere Steine, was mich kurzzeitig aus dem Gleichgewicht brachte. Ich zog meine Beine an und setzte die Schlangenbewegungen fort, bis ich der Hauptströmung entkam. Der Kies befand sich nur noch knapp unter meinem Bauch, weswegen ich meine Beine ruckartig ausstreckte und als Anker verwendete, um meine Geschwindigkeit zu drosseln. Mit aller Kraft stemmte ich mich der geringeren Uferströmung entgegen, bis ich schliesslich zum Stillstand kam. Ich reckte meinen Kopf nach oben, stiess schnaubend das Wasser aus meinen Nüstern, was einen leichten Sprühnebel erzeugte, und schnappte keuchend nach Luft.

Mit überanstrengten Beinen zog ich mich aus dem Fluss hinaus ans Ufer und brach zusammen, noch bevor sich mein Schwanz im Trockenen befand. Schlotternd vor Kälte stellte ich mir vor, die Luft in meinen Lungen würde sich erhitzen. Zu meiner Erleichterung breitete sich sofort das wohlige Gefühl der Wärme in mir aus. Leider verursachte dies zusätzlich ein schmerzhaftes Stechen in meinen Gliedmassen, die aufgrund ihrer exponierten Lage wesentlich mehr unter der Kälte gelitten hatten als der Rest meines Körpers. Mit letzter Kraft zog ich meinen Schwanz aus dem Wasser, um ihn ebenfalls erwärmen zu können. Erleichtert atmete ich einige Male durch, bis mein nasser Körper zu dampfen begann und allmählich trocknete.

Ich hätte niemals gedacht, dass ich mal beinahe beim Scheissen draufgehen werde, dachte ich schmunzelnd aufgrund dieser Tatsache.

Starker Regen setzte einige Stunden später ein, als die Sonne unterging. Bedauerlicherweise hatte mich Silvia noch immer nicht besucht.

Höchstwahrscheinlich kommt sie morgen, beruhigte ich mein Bewusstsein.

Da mein Magen genügend voll war und ich keinerlei Hungergefühl verspürte, war ihre heutige Abwesenheit hinzunehmen. Um nicht vollständig auszukühlen, kroch ich unter einen Baum, der mich vor den eiskalten Regentropfen bewahrte, und rollte mich erschöpft zusammen. Kurz darauf übermannte mich der Schlaf.

In den nächsten drei Tagen besuchte mich Silvia immer noch nicht. Leicht besorgt schnupperte ich alle paar Minuten in verschiedenste Richtungen, jedoch witterte ich ihren Geruch nie.

Ist ihr etwas zugestossen? Hat mein Klon herausgefunden, dass sie mich regelmässig besucht? Fragte ich mich.

Ich verspürte das Bedürfnis, ihr zur Hilfe zu eilen, jedoch waren meine Muskeln trotz täglichen Trainings noch zu schwach. Meine Flügel vermochten es nicht einmal, mich anzuheben, geschweige denn über zehn Kilometer zu tragen. Ausserdem knurrte mein Magen mittlerweile, da ich den gesamten Inhalt bereits verdaut hatte.

Seufzend richtete ich mich auf, was mir um ein Vielfaches leichter fiel als noch vor drei Tagen, und begab mich auf die Suche nach etwas Essbarem. Bald stieg mir der Geruch eines Rehs in die Nase. Schnuppernd folgte ich der Duftspur, die mit jedem Schritt an Klarheit gewann. Je näher ich meiner Beute kam, desto leiser schlich ich durch den Wald. Als ich das Reh schliesslich ungefähr einhundert Meter vor mir entdeckte, blieb ich einen Augenblick stehen.

Ich wartete, bis es sich von meiner Richtung abwandte, und pirschte mit vor Speichel triefendem Maul näher. Mein fehlendes Mitgefühl diesem Tier gegenüber überraschte mich, obwohl ich mir meiner neuen Denkweise durchaus bewusst war.

Was schere ich mich überhaupt um die Art und Weise, wie ich jage? Ich muss dieses Tier töten, um es zu essen, egal ob ich möchte oder nicht.

Ich schob meine menschlichen Gedanken beiseite und vertraute meinen animalischen Instinkten vollständig. Ohne auch nur eine Sekunde an die Planung meines Angriffs zu vergeuden, schlich ich auf das nichtsahnende Reh zu, bis ich mich lediglich noch zehn Meter dahinter befand. Es blickte umher, erkannte mich jedoch nicht hinter dem dichten Gestrüpp, was sich zwischen uns befand. In dem Sekundenbruchteil, als es den Kopf dem Waldboden entgegenstreckte, um etwas zu fressen, sprang ich in einem grossen Satz über die unzähligen, kleinen Äste hinweg, die mich beinahe vollständig verborgen gehalten hatten, und hechtete mit weit aufgerissenem Maul auf meine Beute zu. Das Reh erschrak und wollte sich zurückziehen, jedoch war es zu langsam. Gewaltsam biss ich ihm in den Nacken, riss es zu Boden und brach das Genick mit einem Ruck. Erleichtert darüber, dass mich das Gefühl von brechenden Knochen zwischen den Zähnen nicht mehr verstörte, machte ich mich über meine Beute her. Kraftvoll riss ich ihr die Haut vom Körper und zerfetzte das darunterliegende Fleisch, was ich schliesslich roh verschlang. Der Geschmack von Blut steigerte meine Gier noch, jedoch verlor ich mich nicht darin, wie es vor der Verschmelzung meiner beiden Wesensarten der Fall gewesen war. Ich hätte jederzeit aufhören oder langsamer essen können. Dennoch fühlte es sich gut an, meine Beute auf diese Weise zu verspeisen, weswegen ich mich gegen eine menschlichere Methode entschied.

Satt und mit blutverschmierter Schnauze tapste ich zurück zum Fluss, der inzwischen zu meinem neuen Zuhause geworden war. Meine Sorgen bezüglich Silvias Wohlbefinden beschäftigten mich abermals, weswegen ich mich vor Erschöpfung und Muskelkater ächzend neben dem Flussufer zusammenrollte und auf die ersten Schneeflocken starrte, die vom perfekt weissen Himmel her zu Boden rieselten. Alles war mucksmäuschenstill und friedlich, ausser der wilde Sturm an Gedanken, der in meinem Kopf wütete.

Zwei weitere Tage vergingen, an denen sich Silvia kein einziges Mal blicken liess. Nachdenklich sah ich auf die hauchdünne, in der Sonne glitzernde Schneeschicht, die den gesamten Strand bedeckte. Die einzelnen Schneekristalle verloren an Komplexität, wurden feucht und verwandelten sich schliesslich in Tropfen, die wiederum weiteren Schnee zum Schmelzen brachten.

Ich muss sie besuchen gehen. Es kann doch nicht sein, dass sie sich freiwillig eine Woche nicht um mich kümmert, dachte ich bestimmt.

Den Muskelkater ignorierend breitete ich meine Flügel aus, nahm einige Schritte Anlauf und stiess mich vom Kiesstrand ab. Die ersten Flügelschläge waren unbeholfen und ich setzte unfreiwillig wieder mit den Beinen auf, jedoch gelang es mir gleich darauf, abzuheben. Die kalte Luft umströmte meinen Körper und drückte sanft gegen die Unterseiten meiner Flügel. In schwachen, jedoch gleichmässigen Bewegungen schwang ich mich dem Himmel entgegen, bis ich mich weit über den Baumwipfeln befand. Als ich schliesslich entspannt in Richtung Zürich gleiten konnte, schloss ich genussvoll die Augen und wünschte mir, dieser Moment würde niemals enden.

Ich habe das Fliegen sehr vermisst.

Nur wenige Minuten später erreichte ich meine Wohnung, oder besser gesagt die, in der ich zuvor gelebt hatte. Sofort beschleunigte sich mein Herzschlag und ich war mir nicht mehr sicher, ob ich tatsächlich mit Vanessa, den Kindern und dem Klon Kontakt aufnehmen wollte. Erst als ich Vanessas, Silvias, Lisas und Marios Geruch wahrnahm, wichen meine Zweifel der Vorfreude.

Zielstrebig steuerte ich auf den Balkon zu. Aufgrund meiner noch schwachen Flügelmuskeln konnte ich lediglich in einem flachen Winkel und mit hoher Geschwindigkeit landen. Leider verkalkulierte ich mich geringfügig bei meinem Landeanflug, weswegen meine Vorderbeine mit einem langanhaltenden, metallischen Klang gegen das Balkongeländer stiessen. Ich geriet ins Trudeln und stürzte mit dem Kopf voran auf den rauen Steinboden. Meine Schuppen schabten laut über den harten Untergrund, bis ich schliesslich zum Stillstand kam.

Von diesem Missgeschick liess ich mich jedoch nicht beirren, da ich keinerlei ernsthafte Verletzungen davongetragen hatte. Lediglich meine Schnauze schmerzte an der Unterseite. Stattdessen stand ich auf und klopfte sachte mit einer Klaue gegen die Balkontür. Zu meinem Bedauern war es mein Klon, der sie wenige Sekunden später öffnete.

«Verschwinde von hier!», zischte er mir entgegen.

Obwohl er sich in seiner menschlichen Gestalt befand, wirkte er mir gegenüber furchteinflössend.

«Lass mich doch wenigstens die Kinder sehen.», flehte ich ihn an, so ruhig ich konnte.

«Nein!»

Dieses streng ausgesprochene Wort liess den Zorn in meinem Bewusstsein gedeihen, da er mir nicht einmal ein winziges bisschen entgegenkommen wollte. Wütend fletschte ich die Zähne und knurrte ihn an. Mein Klon war sichtlich unbeeindruckt und starrte mir fortlaufend in die Augen.

Hinter ihm vernahm ich eine Bewegung. Silvia trat zu uns und ihrem Gesichtsausdruck nach war sie ausserordentlich erleichtert, mich zu sehen. Ohne etwas zu sagen, blickte sie zwischen mir und dem Klon umher. In diesem Moment wusste ich, dass ihre ausgefallenen Besuche dem Klon zuzuschreiben waren. Als er Silvia entdeckte, wurden seine Gesichtszüge weicher.

«Geh in dein Zimmer, Silvia.», sagte er in ruhiger Stimme.

In meiner Stimme, korrigierte ich meine eigenen Gedanken und meine Wut ihm gegenüber verstärkte sich.

«Aber ich wollte mit den Kindern sprechen.», setzte ich meine Bitte fort, wobei ich mich bemühte, mir meine Verärgerung nicht anmerken zu lassen.

«Bist du taub geworden? 'Verschwinde von hier' bedeutet, dass du abhauen sollst!»

Wieder knurrte ich ihn wütend an. Einen Augenblick überlegte ich, ob ich ihn angreifen sollte, entschied mich jedoch aufgrund Silvias Anwesenheit dagegen.

Es gibt bestimmt einen besseren Zeitpunkt, mich mit ihr und Lisa zu unterhalten, besänftigte ich mich selbst.

Schnaubend wandte ich mich von meinem Klon ab, kletterte mühselig über das Geländer hinweg und breitete die Flügel aus, um schliesslich wieder in Richtung meines neuen Zuhauses zu fliegen. Als ich zurückblickte, erkannte ich den mordlustigen Blick meines Klons. Ich wusste, dass er nun physisch und mental dazu in der Lage war, mich zu töten. Demnach suchte ich nach einer einigermassen sicheren Stelle am Flussufer, bevor ich gespannt Wache hielt. Gedanklich spielte ich unzählige Szenarien durch, bei denen mich mein Klon angriff und wie ich ihn trotz meiner Muskelschwäche besiegen konnte. Meine grösste Chance bestand darin, ihn mithilfe einer mehrfachen Verwandlung vor Schmerzen zu lähmen.

Lange wartete ich in meinem Versteck, konnte ihn jedoch nicht wittern. Es wurde zunehmend dunkler, bis das einzige Licht von den Wolken ausging, die die Beleuchtung von Zürich reflektierten. Ich spielte mit dem Gedanken, mich kurzzeitig schlafen zu legen, als ich plötzlich ein verräterisches Rauschen wahrnahm. Ich blickte nach oben und zuckte sofort mit meinem Kopf zurück, da mich mein Klon im Sturzflug angriff, die Spitze meines beinahe unzerstörbaren Speers gegen mein rechtes Auge gerichtet. Er hatte sich derart schnell genähert, dass ich ihn nicht gewittert hatte, was durchaus ein kluger Schachzug gewesen war.

Ungebremst krachte die Speerspitze gegen den Kies, der sich wenige Zentimeter neben meinem Kopf befand. Aufgrund seiner kräftigen Flügel und Beine hatte der Klon seinen Sturz im letzten Sekundenbruchteil noch abbremsen können. Nun griff er erneut nach seinem Speer, während ich mir sofort vorstellte, aus Eis zu bestehen. Blitzschnell schlug er mit der Speerspitze nach mir, bevor die Verwandlung ihre Wirkung zeigte, wobei mein linker Flügel aufgeschlitzt wurde, da ich aufgrund meiner Muskelschwäche langsam war. Ein brennender Schmerz ging von der insgesamt dreissig Zentimeter langen Schnittwunde aus. Zornig knurrend schnappte ich nach dem Speer, wobei ein Stechen durch meinen Kiefer zuckte, als ich die harte Stange zu fassen bekam. Ich vermutete, mir einen Zahn ausgebissen zu haben, jedoch scherte ich mich momentan nicht um meine Verletzungen.

Der Klon sackte vor mir zusammen, den Speer immer noch zwischen den Klauen, die sich allmählich in menschliche Finger verwandelten. Mit all meiner Kraft entriss ich ihm die Waffe und schleuderte sie in hohem Bogen in den Fluss. Gleich darauf stürzte ich mich auf ihn, rechnete jedoch nicht damit, dass er mit seinem rechten Bein ausholte. Sein Fuss traf mich an der Schnauze, was mich kurzzeitig aus der Balance brachte. Mein Gegner nutzte diese Gelegenheit, um nach einem Stein zu greifen und ihn kraftvoll gegen meinen Schädel zu schlagen, wobei ich vorübergehend das Bewusstsein verlor.

Benommen versuchte ich, mich aufzurichten, jedoch hielt mich mein Klon in seiner Drachengestalt fest. Er biss mir in die Kehle, bis seine Zähne zwischen die Schuppen gelangten, und riss seinen Kopf zurück. Begleitet von einem neuen, stechenden Schmerz wurde mir die Panzerung vom Hals gerissen. Obwohl es mir unter diesen Umständen schwerfiel, stellte ich mir erneut vor, aus Eis zu bestehen. Gerade als der Klon ein zweites Mal zubiss und seine Zähne ungehindert in meine Haut drangen, schrumpfte sein Gebiss plötzlich. Die Zähne wurden aufgrund der Verwandlung nach hinten gezogen, weswegen sie tiefe Furchen in meiner Kehle hinterliessen, obwohl sich sein Biss bereits lockerte. Keuchend stiess ich den Klon von mir, richtete mich auf und spie ihm Feuer ins Gesicht, während er noch gegen die Kopfschmerzen seiner Verwandlung ankämpfte. Wie er es vor einem Monat bei mir getan hatte, zwang ich ihn dazu, mehrere Male innert kürzester Zeit die Gestalt zu ändern. Als er sich schliesslich vor Schmerzen gelähmt auf dem Boden wand und lediglich sein Kopf der eines Drachen war, knurrte ich ihm wütend und zugleich siegessicher entgegen. Dass sich hierbei ein Rinnsal von Blut aus meiner Kehle über den Oberkörper meines Klons ergoss, während ich ihn mit allen Vieren rücklings auf dem Boden fixierte, war mir gleichgültig.

«Lass meine Familie und mich in Ruhe!», rief mir der Klon telepathisch entgegen.

Das ist meine Familie, nicht deine. Du hast jetzt verloren, Klon.

Ich verband mich mit seinem Bewusstsein, wobei mich sofort unbeschreibliche Kopfschmerzen heimsuchten. Einzig mein eiserner Wille, meine Familie zurückzuerlangen, bewahrte mich vor einem Zusammenbruch. Mein Widersacher wehrte sich mit all seinen Kräften, wurde jedoch aufgrund der Schmerzen derart gelähmt, dass es mir gelang, sein Bewusstsein zu manipulieren, ohne dass er etwas dagegen unternehmen konnte. Rücksichtslos überschrieb ich sämtliche Funktionen und Konstrukte, bis ich schliesslich die Kontrolle über seinen Körper erlangen konnte. Gelähmt vor Schmerz lag ich unter dem roten Drachen, dessen Körper ich soeben verlassen hatte. Ich wusste, dass ich mein Ziel erreicht hatte und es nun für den Klon keine Möglichkeit mehr gab, zu gewinnen.

Gerade als ich mich vom Körper des Klons trennen wollte, um meinen originalen Körper unabhängig steuern zu können, zuckten die Beine des Drachen. Er schlug die Augen auf und die Verbindung zu ihm brach abrupt ab.

Ich dachte, ich hätte dich überschrieben, sprach ich telepathisch zu ihm.

«Das dachte ich ebenfalls.», konterte der Klon, der sich nun im physisch überlegenen Körper befand.

Anscheinend hatten wir zeitgleich vom anderen Körper Besitz ergriffen, wobei wir unsere Plätze getauscht hatten. Dieses Mal war es der Klon, der mich telepathisch angriff. Ich wusste, dass mich meine Schmerzen zu sehr lähmten, als dass ich etwas dagegen unternehmen konnte. Demnach überschrieb ich alles, was es in seinem Bewusstsein zu überschrieben gab, bis ich Besitz von seinem Drachenkörper ergriffen hatte. Dies geschah keine Sekunde zu früh, denn der Klon hatte soeben das Überschreiben meines Bewusstseins im originalen Körper abgeschlossen.

Wie ist das überhaupt möglich, dass wir uns gegenseitig überschrieben und dann die Plätze tauschen? Wir wurden nicht exakt zur selben Zeit fertig.

Theoretisch müsste einer von uns Informationen oder mentale Konstrukte verlieren.

Der Klon wand sich mit zusammengepressten Augen auf dem Kies. Obwohl er sich nun wieder in meinem originalen Körper befand, war ich froh darüber, nicht mehr unter seinen Schmerzen leiden zu müssen und lediglich einen aufgeschlitzten Flügel und eine blutende Kehle zu haben.

«Vielleicht gibt es eine Art Arbeitsspeicher, den wir nicht überschreiben können. Vermutlich das Kurzzeitgedächtnis. Wenn wir den Transfer noch nicht abgeschlossen haben, aber unser Kurzzeitgedächtnis immer noch damit beschäftigt ist, können wir unser Vorhaben wahrscheinlich noch beenden, selbst wenn das gesamte Bewusstsein bereits überschrieben wurde.», mutmasste der Klon.

Das ergibt tatsächlich Sinn, dachte ich und verband mich ein weiteres Mal mit dem Bewusstsein meines Klons, obwohl mich gleich wieder seine Schmerzen durchfluteten.

Abermals tauschten wir die Plätze und es gelang meinem Klon, es erneut zu tun. Dieses Spiel setzten wir noch dutzende Male fort, bis ich irgendwann wieder im Körper des Klons landete, der inzwischen derart viel Blut verloren hatte, dass ich vor lauter Schwäche zusammensackte. Mein Gesicht fühlte sich kalt an und mir wurde schwindelig.

«Gibst du jetzt endlich auf?», fragte der Klon hoffnungsvoll, dass ich bald verbluten würde.

Nein, niemals! Konterte ich.

«Du stirbst gleich an deinem Blutverlust.»

Nicht wenn ich kurz zuvor den originalen Körper übernehme.

«Dann werde ich gleich wieder zurückwechseln. Du weisst nicht auf die Sekunde genau, wann der Klonkörper das Bewusstsein verlieren wird.»

Wütend schnaubte ich dem Klon heisse Luft ins Gesicht. Leider hatte er recht. Keiner von uns wusste, wann der Klonkörper kollabieren würde. Demnach war es ein reines Glücksspiel, wer diesen Konflikt gewinnen würde. Ich wollte jedoch mit hundertprozentiger Sicherheit meine Familie zurückerlangen und kein Risiko eingehen müssen, sie an meinen Klon zu verlieren.

Nachdenklich legte ich meinen Kopf auf die Brust des Klons, dessen originaler Körper bereits aufgrund meines Bluts nass war. Plötzlich kam mir eine Idee.

Wie wäre es, wenn wir einen Kompromiss eingehen?

«Ein Kompromiss, der mich mit fünfzigprozentiger Wahrscheinlichkeit sterben lässt?»

Nein, ich meine etwas anderes. Wir könnten unsere Bewusstseine vereinen und die Erinnerungen von uns beiden behalten. Bei der Denkweise müssen wir uns lediglich zusammenfügen, wenn du verstehst, was ich meine.

«Ich verstehe.»

Die Schmerzen des Klons liessen allmählich nach, jedoch wehrte er sich nun weder körperlich noch geistig. In diesem Augenblick war es uns tatsächlich gelungen, friedlich zu verhandeln. Wortlos einigten wir uns auf einen fairen Kompromiss. Wir entschieden, die Erinnerungen von uns beiden zu behalten und meine kontrolliert animalische Denkweise ergänzt mit neu erlernten Fähigkeiten des Klons zu übernehmen. Gemeinsam begannen wir, unsere Bewusstseine zu synchronisieren. Als wir unsere Erinnerungen miteinander kombinierten, erreichte mich ein Schwall von neuen Informationen.

Ich sah, wie mein Klon von Tom nach Hause getragen worden war, wie er Vanessa geküsst und sich um die Kinder gekümmert hatte. Ausserdem wusste ich nun, dass die Fäden im linken Arm, mit denen die langen Schnittwunden genäht worden waren, immer noch existierten und bei bestimmten Bewegungen zwickten, da sie tief mit dem Fleisch verwachsen waren und sich wahrscheinlich niemals wieder entfernen liessen. Ich wusste, dass Lisa neue Freunde gefunden hatte, die sie im Kindergarten unterstützten und ihr sogar bei ihren Erklärungen der Relativitätstheorie zuhörten, dass Mario in seiner menschlichen Gestalt keine Angst vor Drachen mehr hatte und dass sich Vanessa gegen ein weiteres Kind entschieden hatte.

«Drei Kinder sind meiner Meinung nach genug.», hallte ihre Stimme in meinem Bewusstsein wider.

Selbst Hanna fand ich in meinem neuen Wissen. Sie hatte alles, was sie über mich und Drachen wusste, im Internet veröffentlicht. Dank Shona und der Tatsache, dass sie eben erst aus dem Gefängnis entlassen worden war, hatte ihr kaum jemand geglaubt und ihre Informationen blieben unbedeutende Gerüchte.

Auch an Schuldgefühle, die mir galten, erinnerte ich mich plötzlich. Mein Klon hatte sich niemals vollständig damit abgefunden, mich zu verstossen, um in den seiner Meinung nach rechtmässigen Körper zu gelangen. Seine aufbrausende Reaktion und der heutige Angriff beruhten auf der Angst, Vanessa und die Kinder zu verlieren.

Jetzt verstand ich, weshalb der Klon auf diese Weise gehandelt hatte und ich verzieh ihm. Gleichzeitig kannte er nun auch meine Sicht, weswegen er mein Verhalten ebenfalls verstand.

Da wir nun sämtliche Erinnerungen miteinander kombiniert und in das Gedächtnis des originalen Körpers geschrieben hatten, begannen wir, meine Denkweise zu übertragen. Hilfsbereit überschrieb der Klon seine eigenen Konstrukte, um die Prozedur zu beschleunigen, und ergänzte das Endresultat mit den Fähigkeiten, die er in den letzten Wochen erlernt hatte.

Nun waren wir ein und dasselbe, weswegen wir die Synchronisierung vervollständigen konnten. Für keinen von uns fühlte es sich an, als würden wir die Kontrolle verlieren. Wir dachten plötzlich dasselbe und konnten den anderen nicht mehr wahrnehmen. Aus diesem Grund entschied ich mich, «ich» anstelle von «wir» zu denken, da mein Gegenüber nicht mehr existierte, obwohl ich wusste, dass dies eigentlich nicht der Fall war. Ich löschte das gesamte System des Klonkörpers und unterbrach anschliessend die Verbindung, um meinen originalen Körper ungehindert steuern zu können. Die Schmerzen meines Flügels und meiner Kehle verblassten. Einzig das heftige Pochen in meinem Kopf blieb bestehen.

Der Klon, der noch immer auf mir lag, begann zu zucken, da er aufgrund des fehlenden Bewusstseins nicht mehr atmete und nun im Sterben lag. Mitfühlend strich ich ihm mit der Hand über die Schnauze und seufzte tief. Ich verwandelte mich vollständig in einen Drachen, stiess den mageren Klon beiseite und trat einige Schritte zurück, da der gesamte Kies im Umkreis von zwei Metern mit Blut bedeckt war, ebenso wie die Unterseite meines Körpers. Mit fliessenden, kopfschonenden Bewegungen watete ich in den Fluss hinein, wusch mir das Blut von den Schuppen und suchte anschliessend meinen Speer. Als ich ihn fand, tauchte ich unter und schnappte ihn mir mit den Zähnen, bevor ich an Land schwamm und mich mithilfe meines Feuers trocknete. Im Gegensatz zu meinem grossen Geschäft im Fluss hatte mir das Schwimmen keinerlei Schwierigkeiten bereitet.

Nachdenklich blickte ich den Klon an, der noch immer leicht zuckend auf dem Kiesstrand lag. Ich bemitleidete ihn, da es keine Möglichkeit gab, diesen Körper eigenständig am Leben zu lassen, ohne Konflikte auszulösen. Gerade als er das letzte Mal zuckte, stieg mir Silvias Geruch in die Nase.

«Papa!», schrie sie und rannte mit einer Stirnlampe ausgerüstet durch den Wald.

Als sie mich neben der Leiche des Klons entdeckte, blieb sie vor lauter Schock stehen. Ihr Blick war auf den Speer in meinem Maul und die riesige Blutlache gerichtet. Ich liess die Waffe augenblicklich fallen, da ich mich für diese Situation rechtfertigen musste.

«Es ist nicht so, wie es aussieht.», erklärte ich, so beruhigend ich konnte.

«Nein! Was hast du mit Papa gemacht?», fragte sie weinerlich und eilte schnurstracks zum Klon, dessen dünner Körper noch eine geringe Menge an Wärme ausströmte.

Silvia nahm seinen Kopf zwischen die Hände, obwohl dies bedeutete, sich auf blutverschmierten Kies zu knien. Schluchzend umarmte sie ihn und blickte zwischendurch verängstigt und wütend zugleich in meine Richtung.

«Papa? Wach auf, bitte!», flehte sie den bereits toten Klon flüsternd an.

«Sein Körper ist tot, aber sein Verstand nicht. Zuerst haben wir gekämpft, aber dann konnten wir uns einigen. Wir haben unsere Bewusstseine miteinander verschmolzen und jetzt bin ich das, was wir beide waren.»

«Ich glaube dir nicht! Du bist ein Mörder!»

Mit eingezogenem Kopf versuchte ich, mich ihr zu nähern, jedoch wich sie erschrocken zurück. Mir wurde bewusst, dass ich meine Herangehensweise ändern musste, um sie von der Wahrheit zu überzeugen.

«Als du mir gesagt hast, dass ich dein wahrer Vater bin, hat mich das mit mehr Freude erfüllt als alles andere, seitdem ich in depressivem Zustand auf diesem Strand gelegen habe. Zu diesem Zeitpunkt habe ich vergessen, dir zu sagen, dass du ebenso sehr meine Tochter bist wie Lisa.»

Silvia blieb stehen und blickte nervös umher. Ihre Stirnlampe blendete mich jeweils, sobald sie mir in die Augen sah.

«Woher kann ich wissen, dass du nicht einfach seine Erinnerungen gestohlen hast?», fragte sie verunsichert.

«Weil ich grösstenteils noch über meine eigene Denkweise verfüge. Seitdem meine Mutter gestorben ist, habe ich die Kontrolle über meine Dracheninstinkte erlangt, wie es jetzt immer noch der Fall ist. Stella kann dir bestätigen, dass meine Denkweise so ist, wie ich es dir sage.»

«Oder ich könnte dir beim Essen zusehen, um das herauszufinden. Bevor der Klon letzten Monat deinen Körper gestohlen hat, konntest du ohne Probleme Fleisch mit Fett essen, obwohl du das nicht magst.»

«Korrekt.»

Langsam bewegte sich Silvia in meine Richtung, blieb jedoch einen Meter vor mir stehen.

«Und was, wenn du trotzdem lügst und ihn einfach umgebracht hast?»

«Ach, Silvia. Ich bin kein Mörder, das musst du mir glauben. Ich wünschte, ich könnte meine Erinnerungen mit dir teilen, um dir zu beweisen, dass ich die Wahrheit spreche.»

Silvias Augen blitzten auf, sofern ich mich nicht aufgrund ihrer hellen Stirnlampe getäuscht hatte, die mich fortlaufend blendete.

«Du könntest zu Onkel Tom fliegen und ihm deine Erinnerungen zeigen. Wenn er dann dasselbe sagt wie du, sagst du die Wahrheit.»

«Das können wir machen. Wollen wir gleich zu ihm fliegen?»

Nachdenklich hielt Silvia einen Moment inne, bevor sie antwortete.

«Nein, das ist nicht nötig. Ich glaube dir jetzt.»

Unwillkürlich formten meine Lefzen ein Schmunzeln. Silvia trat den letzten Schritt auf mich zu und streichelte meinen Kopf. Ich stupste ihren Oberkörper sanft mit der Schnauze an. Ohne dass ich ihr etwas sagen musste, setzte sie sich auf meinen Rücken und klammerte sich fest. Ich hob den Speer mit dem Maul auf, breitete die Flügel aus, stiess mich vom Boden ab und flog in Richtung meiner Wohnung davon. Ich warf noch einen hastigen Blick zurück zum Klon, den ich offen auf dem Kiesstrand zurückgelassen hatte. Aufgrund der plötzlichen Bewegung schoss ein stechender Schmerz durch meinen Hinterkopf, weswegen ich mich kurzzeitig verkrampfte. Silvias Griff um meinen Hals verstärkte sich, bis ich mich wieder entspannte.

Ich werde ihn den Tieren überlassen, dachte ich, da ich mich nicht dazu überwinden konnte, mich selbst zu beerdigen.

In gewisser Weise empfand ich diesen Gedanken als Makaber.

Nachdem wir gelandet waren, öffnete uns Vanessa die Balkontür. Obwohl sie ein Teil von mir über einen Monat nicht gesehen hatte, vermisste ich sie nicht, da ich sie zeitgleich täglich an meiner Seite hatte. Demnach verspürte ich auch nicht das Bedürfnis, Lisa und Mario sofort wiederzusehen.

«Warte, Nils. Ich muss zuerst wissen, dass du es bist.», sagte sie.

Ich verwandelte demonstrativ meine rechte Hand und sie liess mich eintreten. Den Speer legte ich neben das Sofa im Wohnzimmer ab.

«Wo wart ihr? Ich habe mir solche Sorgen gemacht. Und weshalb hast du Blut an deiner Hose, Silvia?», fragte Vanessa uns, während sie die Balkontür hinter uns schloss.

Silvia und ich tauschten vielsagende Blicke aus. Ich wollte um jeden Preis vermeiden, dass sie für ihr Verhalten bestraft wurde, obwohl sie offensichtlich von zu Hause abgehauen war.

«Ich habe mit dem Klon Frieden geschlossen, nachdem wir gekämpft haben, und mein Bewusstsein mit seinem verknüpft. Jetzt gibt es nur noch mich, das wahre Original mit den Erinnerungen von uns beiden. Silvia wollte mir helfen und hat sich zwischendurch in die Blutlache des Klonkörpers gekniet, weswegen ihre Hose blutverschmiert ist.», erklärte ich.

Skeptisch musterte mich Vanessa von Kopf bis Fuss. Anschliessend sah sie Silvia kopfschüttelnd an. In diesem Augenblick wurde mir bewusst, dass sie die Wahrheit über Silvias Verschwinden kannte, oder zumindest erahnte.

«Es ist schon spät. Ihr solltet jetzt beide ins Bett gehen. Morgen ist genug Zeit, mir zu erklären, was ihr heute alles angestellt habt.», sprach Vanessa auf uns ein, als wäre ich ebenfalls ein Kind, was sie erziehen musste.

«Du hast recht, mein Schatz.», erwiderte ich grinsend und verschwand im Schlafzimmer.

Kurz darauf lag ich in meiner menschlichen Gestalt neben Vanessa und die Kinder schliefen bereits im Kinderzimmer. Endlich war alles wieder so, wie es sein sollte, abgesehen vom Tod meiner Mutter, der sich bedauerlicherweise nicht ungeschehen machen liess. Dafür hatten wir ein neues Familienmitglied gewonnen, was ich mittlerweile ebenso sehr ins Herz geschlossen hatte wie meine leiblichen Kinder, und ich verfügte über die volle Kontrolle meiner Dracheninstinkte.

Ich küsste Vanessa liebevoll auf die Lippen. Aufgrund ihrer Müdigkeit war sie bereits beinahe eingeschlafen, weswegen sie den Kuss nicht erwiderte. Seufzend löschte ich die Nachttischlampe, kuschelte mich neben Vanessa ein und schloss die Augen. An diesem Tag hatte ich eine wichtige Lektion gelernt: Für jeden Konflikt existiert eine friedliche Lösung, selbst wenn diese nicht auf Anhieb erkennbar ist.